我认为，这只鸟一辈子都在飞这条航线，从未被政治阻遏。

湖 岸
Hu'an publications®

欧洲五十年

破碎大陆的返航

FIFTY YEARS OF EUROPE

AN ALBUM

[英]简·莫里斯／著 方军 吕静莲／译

中信出版集团｜北京

图书在版编目（CIP）数据

欧洲五十年：破碎大陆的返航 /（英）简·莫里斯
著；方军，吕静莲译 . -- 北京：中信出版社，2023.1（2023.3 重印）
书名原文：Fifty Years of Europe: An Album
ISBN 978-7-5217-4776-8

I. ①欧… II. ①简… ②方… ③吕… III. ①游记－
作品集－英国－现代 IV. ① I561.65

中国版本图书馆 CIP 数据核字（2022）第 173355 号

FIFTY YEARS OF EUROPE: AN ALBUM
Copyright © 1997 by Jan Morris
This edition arranged with A.P. Watt
Through BIG APPLE AGENCY, INC., LABUAN, MALAYSIA
Simplified Chinese edition copyright © 2023 Beijing Qingyan Jinghe International Co., Ltd
ALL RIGHTS RESERVED
本书仅限中国大陆地区发行销售

欧洲五十年：破碎大陆的返航
著者： ［英］简·莫里斯
译者： 方军 吕静莲
出版发行：中信出版集团股份有限公司
（北京市朝阳区东三环北路 27 号嘉铭中心　邮编　100020）
承印者： 北京华联印刷有限公司

开本：880mm×1230mm 1/32　印张：19　　字数：380 千字
版次：2023 年 1 月第 1 版　　印次：2023 年 3 月第 2 次印刷
京权图字：01-2022-5689　　书号：ISBN 978-7-5217-4776-8
　　　　　　　　　　　　　　定价：88.00 元

版权所有·侵权必究
如有印刷、装订问题，本公司负责调换。
服务热线：400-600-8099
投稿邮箱：author@citicpub.com

For Elizabeth

献给 伊丽莎白

从雷克雅未克到卢布尔雅那
从欢乐的科克到怪异的地拉那
任何异国之路也驱不散
我对威尔士的思乡之情

那儿有我的爱人,还有爱猫詹克斯

除了零星的引语,书中的一切感受都是我自己的,跨越了我的青年,直到老迈。它纯粹是个人的,完全是主观的欧洲印象集。

目录

代中文版序
一卷欧洲的印象集,一部欧洲的微观察史 — *i*

引言
在的里雅斯特的一根系船柱上,为沉思铺陈背景 — *001*

1 / 神圣的征候
神圣的欧洲复合体,始于异教,终于艺术 — *011*

2 / 混杂
欧洲的种族与地理混乱、
缠绕的边界线、少数民族、飞地、岛屿、
反常以及混杂的惊奇 — *089*

3 / 民族、国家与嗜血的列强
一国接着一国,欧洲人在这片大陆上制造的混乱 — *189*

4 / 互联的网络
欧洲不由自主地被习惯和技术连成一体 — *377*

5 / 反复发作的统一冲动
统一欧洲的六次尝试,从神圣罗马帝国到欧盟 — *509*

结语
回到的里雅斯特的码头,带着嘲弄的微笑和勇敢的
希望 — *583*

一卷欧洲的印象集，一部欧洲的微观察史
——代中文版序

李孟苏

以简·莫里斯人生的广度、厚度与亮度，由她为欧洲留一部跨越半个世纪的印象集，再合适不过了。

50年间的时－空转换，始于1946年一个温暖美好的夏日，20岁的莫里斯坐在的里雅斯特码头的一根系船柱上，写一篇关于乡愁的随笔。多愁善感的莫里斯啊，这时莫里斯还叫詹姆斯，性别为男性，在英国军队里担任情报官员。

之所以选择的里雅斯特作为这段半个世纪旅程的起点，是因为这座意大利的港口城市是莫里斯踏足的第一座欧陆城市。战争把欧洲所有民族拖入"一场腌臜脏污、分崩离析的噩梦"，欧洲"变得无法辨认"。而

的里雅斯特幸运地躲过了战争的摧残，"一点儿也没有被击碎"，印证了莫里斯童年时期对欧洲的浪漫想象："一个玫瑰色的老德国风味的欧洲，并且是一个浪漫的整体。大作家和大音乐家漫步的街头——有湖和凉亭的可爱的公园——古老荣耀的建筑——阳光灿烂的咖啡馆里惬意的学生生活——饱含文化与历史的庄严老城。"于是这座城市唤起了20岁青年"真诚的怀旧之情"，让她"对一个只在幻想中见过的、已然消失的欧洲充满乡愁"。

20岁的这篇随笔没有写完，它试图记录的情绪却给莫里斯打上了终身烙印，"的里雅斯特"也被她"永远地同欧洲的概念联系在一起"。她以这座城市作为印象和反思的起点，踏上了重新看待欧洲、寻找自我身份的旅程。

此后，莫里斯的人生也分为了一段段旅程。作为记者、旅行作家和历史学家，莫里斯自述"在35岁以前就以走马观花但异常欢愉的方式几乎观光了全世界"。莫里斯的职业生涯颇为成功，她自述做记者时经历、目睹了很多改变人类文明发展进程的标志性事件："首次登上珠穆朗玛峰，各大国在莫斯科的较量，使得戴高乐重新掌权的阿尔及利亚事件以及汽车首次驶过阿曼沙漠等。"她还在耶路撒冷的法庭上看到站在防弹玻璃后受审的阿道夫·艾希曼，采访过"猫一样敏捷的"切·格瓦拉。《经济学人》杂志赞誉她是"我们这一代的首席记录者"。

FIFTY YEARS OF EUROPE
AN ALBUM
JAN MORRIS

20世纪60年代，莫里斯辞去新闻界的工作，改变写作方向，成为专职作家。她一生著述颇丰，40多本著作中除了三卷本的巨著《大不列颠治下的和平》(Pax Britannica)，更多的还是旅行文学。旅行写作给她的头上戴了一大堆"20世纪最优秀旅行作家"的高帽子。美国科幻小说作家托马斯·迪什称赞她的旅行文学写作，"对其他旅行作家来说就像约翰·勒卡雷对其他间谍小说家"。但是2016年她接受BBC采访时却说，她不喜欢被称为"旅行作家"，因为她写的不是旅游休闲指南和游记，而是关于某个地方和人的文字。

莫里斯自称，她的写作方式"大多数情况下就是无所事事地闲逛，看看世界，让世界看看我"，每到一地她都要去当地的法庭旁听审案，因为法庭最能反映"一个地方的社会、政治和道德状况"。接下来再去市场、火车站。就这样，她几乎走遍世界，为威尼斯、牛津、悉尼、西班牙等城市和国家留下了印象派风格的文学肖像画，而不是旅行指南、导游手册。

终于，在1997年，莫里斯为的里雅斯特、为欧洲献上了一本《欧洲五十年：破碎大陆的返航》。书以的里雅斯特为起点，结尾又落回的里雅斯特；全书分五个主题，每一部分都以这座城市为出发点，延伸到欧洲各地。

写作此书时，莫里斯已过古稀之年，距离在码头上写怀旧随笔的20

岁,过去了50年。漫漫50年间,莫里斯摆脱了对英帝国的认同,重新发现自己的威尔士身份,做了外科手术完成性别转变,形体和外观从男性转变为女性,名字从詹姆斯变为简,欧洲大陆又经历了什么?她用一个个观察、思索的片段,写出《欧洲五十年:破碎大陆的返航》,为欧洲描摹出一卷印象画册。

从艺术角度看印象派画作,印象派艺术家描绘的是大自然展现在眼前时那一刻的视觉效果,表现的是瞬间的光影效果、色彩变幻;也有看不惯的人说印象派的作品"杂乱无章"。

用这两种视角来看《欧洲五十年:破碎大陆的返航》,都不为过。莫里斯呈现的"欧洲五十年"是碎片式的瞬间,记录的是她在欧洲各地见到的普通人、平凡事,是从个人角度写的欧洲微观察史。她没有刻意寻找一个逻辑来写50年的编年史,即便给每一章都取有标题,也是晦涩的。每一章里,莫里斯做着随机、发散性的观察、思考,相似的话题反复出现,似乎没有经过组织。看似杂乱无章的安排反而带领读者踏上一趟有趣的旅程,每一段行程结束后将转到哪一个方向,我们永远不知道。

如果你真的以为《欧洲五十年:破碎大陆的返航》是一本"杂乱无章"的书,就被莫里斯骗了。采用片段式写法,莫里斯有意而为之。莫里斯的职业让她深度参与进里程碑式的新闻事件,但新闻报道、汗青史

FIFTY YEARS OF EUROPE
AN ALBUM
JAN MORRIS

书中有资格出现的只能是主角，是取得胜利或遭遇失败的强悍之辈；更多的凡夫俗子极少能被记录，只是充当新闻的背景板、历史的底色，用过即被撤下。莫里斯终生用记者的眼光打量每一个从她身边流过的人和物，这些于时间轴上微不足道的鲜活小人物，是对正统历史细节的生动补充。她写道："战后许多年，我经常在学者或同乘大巴的旅行者的手腕上发现集中营的文身标志。这让我想起共济会会员的秘密握手礼。到20世纪70年代，这种厄运留下的烙印就很少见到了。大多数幸存者已经逝去，在欧洲各处，他们都留下悲哀的空虚。"莫里斯认为自己有责任为历史补上一个个注脚。

正所谓：胜利者在高唱凯歌的时候，未被载入史册的普通人也在低吟属于自己的欢歌和悲歌。

莫里斯是性别转变的先驱，外科手术在生理上将莫里斯从男性变为女性，这改变了莫里斯对世界的看法，也改变了世界对莫里斯的看法。或许是这样的个人经历，让她格外关注弱势群体、无名之辈：文德人，卡拉派，塞尔维亚人，飞地居民，岛民，吉卜赛人，在海关被官员盘问的抱着婴儿的黑人游客，挤在梵蒂冈复活节狂欢人群中"老得惊人的患关节炎的女士"，教皇身后"双手像螳螂一样紧握的殷勤随从"……

她写南斯拉夫内战期间，萨格勒布的一个女人：1925年出身于一个南斯拉夫王室，她记得1934年南斯拉夫国王遇刺的事，记得1941年德国军队入侵,记得"二战"期间臭名昭著的克罗地亚法西斯国、残忍的乌斯塔沙军队、集中营和种族屠杀,记得自己的两个兄弟参加过游击队,记得1945年南斯拉夫联邦成立时她加入广场的欢庆人群中,记得1991年的南斯拉夫终结……莫里斯没有写出这个女人的名字,我想她是有意没有写。这位经历了20世纪所有战争苦难的女士,以及她的遭遇,正是莫里斯所说的"历史形成的碎片、小块与不规则之地"。

莫里斯笔下的这些"历史形成的碎片",犹如一粒粒闪亮的珍珠,每一颗都是大自然的造化。她对欧洲的观察,是观察太阳光通过棱镜后分解形成的各种光谱,每一种光谱不同,各有其波长、频谱。

莫里斯博览群书,她在威尔士的家仿若一间私人图书馆,藏书达六七千册之多。在《欧洲五十年:破碎大陆的返航》一书中,几乎任何一个主题都引发了她既博学又个人化的思考和反省。比如边界问题,她思索欧洲真正的边界是文化、语言、口音造成的;冷战时期东西方政治阵营也划分出边界,隔离铁丝网的东边,工业化的住宅楼又对新旧生活方式做了重新界定,莫里斯认为这种新的生活机器是对生活方式的扭曲。

莫里斯的文风有英国媒体人特有的幽默、嘲讽、愤世嫉俗,行文中处处有古今对照,有借古讽今。她写现实世界制造出来的"圣人",特蕾莎嬷嬷与当红的性治疗师别无二致,都为了传教,只是各自负责疏通

FIFTY YEARS OF EUROPE
AN ALBUM
JAN MORRIS

的堵塞管道有所不同。

　　威廉·福克纳说:"过去的永远不会死;它甚至不会成为过去。"莫里斯的《欧洲五十年:破碎大陆的返航》用现在的眼光看待过去,恰恰验证了这一点。智能手机时代,每天、每时、每刻,我们都能从各种社交账号、私人媒体平台、视频号里接收到海量的网红旅游打卡地信息,看到网络"意见领袖"发布的快餐化旅游攻略;当我们把视线转回到莫里斯的书页上,会赞叹,真是一个古典的浪漫主义者啊,她会不会是最后一个甘愿用漫长的半个世纪做时-空旅行,为我们做眼睛和耳朵的人呢?作为莫里斯的读者,我们是多么幸运啊。

引言

{ 在的里雅斯特的一根系船柱上，为沉思铺陈背景 }

1

在奥德斯码头

1946年，我20岁，一个温暖美好的夏日，我坐在的里雅斯特[1]的奥德斯码头，在海边一根系船柱上，开始写一篇关于乡愁的随笔。

奥德斯，这个码头从官方的城市中心广场伸入港湾，其名字有着令人好奇的含义。它纪念的是：1918年，1017吨级的意大利驱逐舰"奥德斯号"[2]停靠于此，一队士兵从船上登陆，以意大利王国的名义占领的里雅

---

[1] 的里雅斯特（Trieste），意大利东北部边境港口城市。
[2] 奥德斯（Audace），有"勇敢"之意，做驱逐舰名时常翻译为"勇敢号"或者"大胆号"，这里沿用码头名的音译。

斯特——此前一个世纪,它属于奥匈帝国。尽管这座城市是否属于意大利半岛仍存争议,且使用意大利语的居民不到一半,但它在事实上成了意大利复兴运动的最后一件战利品。"奥德斯号"伴随着热烈的鼓乐声和讲演声登陆,它至少得到了本地意大利人的欢迎,这个码头随即被改名。

然而,这艘驱逐舰原本并不属于意大利。1912年,它在苏格兰下水,本是日本人委托建造,却因1915年意大利对德宣战而转给了意大利海军。在的里雅斯特的荣光时刻之后,它继续为意大利皇家海军服役,直到1943年意大利在"二战"中向盟国投降。接着,它被德国人控制,出海加入德国海军。最终,它在达尔马提亚海岸附近的一场海战中被它的建造者英国人击沉。不消说,英国人和德国人都没觉得它在历史上有什么地位——没准意大利人当时有不同的看法。那天下午,我坐在那儿时,也还不知道"奥德斯号"的故事。不过,这艘战舰的经历混合了骄傲、痛苦、荒谬、讽刺和古怪等种种意味,回顾它的历史,对于一本关于欧洲的书来说,也许是个不坏的开篇吧。

2

过客

那一天,我笔下书写的是怀旧,尽管的里雅斯特在我心中激起的

FIFTY YEARS OF EUROPE
AN ALBUM
JAN MORRIS

只是一种替代性的怀旧之情。第二次对德战争已经结束,在将被调往巴勒斯坦服役之前的间隙里,我作为占领军的一员进入这座城市。对我来说,它是欧洲的引子。尽管我是个盎格鲁-威尔士人,但当时我坚定地站在英国人的立场上,所以多半是以一种轻微的傲慢态度环视周围的一切。阿兰·穆尔黑德[1]曾经写道,当年英国人在世界各地旅游时都像是被有钱爸妈宠坏了的小孩。没有任何一刹那,我曾把自己当作欧洲人。我是一个有特权的过客,来自另一种国家,那是一个海洋之国,其边境从塔斯马尼亚一直延伸到纽芬兰。

我的宿舍位于大教堂所在的山坡上一处古旧高耸的公寓楼里,窗口狂野地涌入波光粼粼的海湾景色——炽烈的湛蓝,灼眼的落日。我有大把空闲时间,特别是下午,我经常走下山坡,经过罗马圆形露天剧场,走下失败的法西斯主义者修建的雄伟庄严的阶梯,走上英国和美国旗帜在前总督府楼顶并排飘展的统一广场,去海湾边上找一个方便的地方写作。

来到的里雅斯特之前,我穿过了一个破碎、迷乱、沮丧、似乎永远无法复原的大陆。那时,我们只见识了这片大陆的一半,"二战"的全部恐怖及其后果尚未被完全揭露,但已足够令我觉得自己永不可能再体

---

[1] 阿兰·穆尔黑德(Alan Moorehead,1910—1983),战地记者、通俗历史作家。

验欧洲的优雅与荣耀。20世纪以来，欧洲内部的战争——法国对德国、英国对意大利、捷克对波兰、西班牙人对西班牙人、非犹太人对犹太人——持续毁损这片土地，最终达到了一个毁灭性的高潮，在我眼中，欧洲所有的民族如同陷入了一场腌臜脏污、分崩离析的噩梦。数百万人流离失所，在边界线上左奔右突，或者绝望地栖身难民营，被官员列入"难民"行列。大城市成了废墟。桥梁破碎，公路和铁路一片混乱。在东方的森林里，野蛮的游击队还在互相攻击。带着胜利的荣耀，或者战败的耻辱，思乡的军队被解散。从东到西，各处的征服者将他们的旗帜挥舞在旧权威的王座上，曾经高傲的人现在几乎什么事儿都肯干，只为换取一盒香烟或者几双尼龙袜。"当潮水退去，"流亡到美国的托马斯·曼写道，"欧洲将会变得无法辨认，我们将没法再说出'回家'这个词……"

尽管此前从未踏足欧陆，但打小所受的教育却令我对它充满幻想。我母亲是英格兰人，"一战"前在莱比锡读书，回国后依然保留了对莱比锡人身上那种从容魅力的欣赏——我想她同我威尔士籍父亲的婚姻便是对此的完美呈现。她的回忆点染了我孩提时对欧洲的想象。我心目中的欧洲，是一个玫瑰色的老德国风味的欧洲，并且是一个浪漫的整体。大作家和大音乐家漫步的街头——有湖和凉亭的可爱的公园——古老荣耀的建筑——阳光灿烂的咖啡馆里惬意的学生生活——饱含文化与历史的庄严老城——所有这些，与另外一些门德尔松式的概念搅拌在一

FIFTY YEARS OF EUROPE
AN ALBUM
JAN MORRIS

起，融混出我理想中的欧洲。当我将真实的当下与幻想中的过去进行比较，怀旧成了我午后随笔的主题，这有什么奇怪呢？似乎是为了让这种感觉更强烈，我眼中所见的这座城市，我踏足的第一个欧陆城市，恰巧一点儿也没有被击碎。没错，西方联盟（包括变节投靠的意大利）正同南斯拉夫铁托元帅为的里雅斯特的归属争执不休，而莫斯科的斯大林则计划控制它作为苏联在地中海的一个出口。但这座城市毕竟躲过了战争中最具毁灭性的那一部分，也许有点孤立无助，但基本上完整无损——它属于欧洲城市中幸运的那一半，战后同战前基本上没什么两样。

忆昔全盛时，它是哈布斯堡帝国的主要海港，一个通过铁路与维也纳直接相连的自由港。它倚靠整个中欧作为其腹地，获得了19世纪中欧那种丰足而有保障的体形。围绕着中世纪的内核，耸起一座宏伟的商业与金融之城，码头与货仓延伸于海岸，银行、交易所、代理行、运输事务所形成的奢华行列铺展于内陆。咖啡馆里有意大利复兴运动的文人与英雄在写作或密谋。有一座歌剧院，威尔第为它写过歌剧。这里有司汤达、斯韦沃[1]、温克尔曼[2]、詹姆斯·乔伊斯的记忆。这里的风景犹如老

---

1 伊塔洛·斯韦沃（Italo Svevo，1861—1928），是意大利犹太商人兼小说家埃托雷·施米茨（Ettore Schmitz）的笔名，其代表作为《泽诺的意识》（*La Coscienza di Zeno*）。
2 约翰·约阿希姆·温克尔曼（Johann Joachim Winckelmann，1717—1768），德国古代艺术史学家、艺术理论家、美学家，主要著作有《希腊人的艺术》《希腊美术模仿论》等。

明信片：纵帆船和古老的蒸汽船仍在港口中来去，海湾对面耸立着美妙的维多利亚风格的米拉马雷城堡，它曾经是一个哈布斯堡大公的居所，如今是一个美国将军的指挥部。

于是我能够唤起一种近乎真诚的怀旧之情（对于19岁的少年，怀旧毕竟是一种不常见的情绪）。的里雅斯特让我对一个只在幻想中见过的、已然消失的欧洲充满乡愁。越过城市的屋顶望向陡峭的喀斯特[1]石灰岩高地，我可以想象那后面所有著名的欧洲都城——东方不远处的贝尔格莱德和布加勒斯特，阿尔卑斯山脉背后的维也纳、布拉格、日内瓦，仍陷于梦魇的柏林，摇摆不定的罗马，蒙羞遭辱的巴黎，原封未动的里斯本和马德里，远到极北处的斯德哥尔摩、奥斯陆和哥本哈根（甚至还有获胜之城伦敦，尽管我压根没把它算作欧洲的一部分）；这些都城，有的被摧毁，有的被打懵，只有一个赢得了胜利。过去，写有"经的里雅斯特转运"的提货单将世界上那么多的货物引向欧洲的中心，而到1946年，就不再能够经常看到了；但那标签肯定适合用在我身上。

我坐在系船柱上，身处这片大陆的一个支点，斯拉夫人、日耳曼人、拉丁人在这儿碰头，或者互不理睬，巴尔干半岛从这里开始，地中

---

1 喀斯特（Karst），的里雅斯特周边伊斯特拉半岛上石灰岩高地的地名，意思是岩石裸露的地方。喀斯特地貌即得名于此。

FIFTY YEARS OF EUROPE
AN ALBUM
JAN MORRIS

海的浪涛穿过宽阔的亚德里亚海峡往上,在这里抵达它流域的最北端。然而,的里雅斯特已经失去了地理位置的优越性。30多年前,哈布斯堡帝国终结后,这个海港就失去了真正的存在价值,陷入了历史的停滞状态。它不再是一个帝国与外部世界交换人力物流的骄傲的门户。一种灵泊[1]般的沉寂笼罩着这座城市,尤其是在这样一个炎热的夏日午后,偶尔才有纵帆船从伊斯特拉半岛[2]闲游而来,码头附近有几个人在钓鱼,不时漫步走来,看看码头上的人们活儿干得怎样了。米拉马雷城堡朦朦胧胧地矗立在港湾对面的海角上。在我的记忆中,那天下午的光线明亮得令人晕眩,延伸进意大利的石灰岩山脊犹如被酷热与干旱漂白。

3

韦林碰到了啥事儿?

那天下午开始创作的这篇伤感的随笔最终没有完成(尽管我还有它的草稿,在楼下一本卷角的笔记本里),但它试图记录的情绪却给我打

---

[1] 灵泊(limbo),基督教神学中地狱的边境,不能进入天堂的正直或无辜的灵魂的所在地,后来也指被遗忘和被忽视的境地。

[2] 伊斯特拉半岛(Istria),亚得里亚海东北部一半岛。公元前2世纪,伊斯特拉半岛被古罗马征服,随后又被奥地利、威尼斯和意大利相继占领。1946年,除了的里雅斯特,周围地区全部划归了南斯拉夫。

上了终身烙印，的里雅斯特这座城市也被我永远地同欧洲的概念联系在一起。到今天，尽管它一直在被流光抛却，我却爱上了它那种尖锐的分离感。它让我想到海岸上的一位看守者，那人回头越过山脊眺望历史仍在继续进行的这些地方，并在它的内部隐约辨认出不同民族、财富、王朝、军队、信仰与雄心交织而成的宏大运动，这一切曾经塑造了远处那片骚动不安的大陆，如今却仿佛久远的回声。

现在，半个世纪过去了，我回到的里雅斯特，整理自己的欧洲游历，在港口上的一个房间里写下这篇引言，用这个城市作为我对欧洲的印象与反思的参考点——就像多年以前，我试图用它给我的怀旧之情赋形。我认为，托马斯·曼错了。要是他现在能够回到这片大陆，他会知道自己毕竟还是回到了家乡，我的欧洲五十年最终被证明是重返荣耀（即便无法重获优雅）的复杂的五十年。十年复十年，我看着欧洲从战争的伤口中恢复，忍受并逃离意识形态的创伤，重获自信，努力从自身制造出某种全新的东西。有的国家上升，获得新的荣耀，有的败落，遭遇进一步贬谪，有的陷入持续不断的内战，但在几个世纪的暴力对抗之后，在持续不断地通过或公正或邪恶的手段促成欧洲各国联盟的努力之后，在20世纪即将结束时，欧洲才真正朝向某种联合体（对于由众多相邻的国家组成的一个成熟的群体来说，这是唯一成熟的目标）做出了试探性的挪动。至于我自己，多年以前我就已经摆脱了对英帝国的认

FIFTY YEARS OF EUROPE
AN ALBUM
JAN MORRIS

同，重新发现了自己的威尔士身份，并且开始意识到我一直都是个欧洲人；尽管我总是一个孤独客，一个旁观者，但如今在的里雅斯特，我不再觉得自己是个局外人（糟糕的是，仍然是个富家孩子）。

不管怎么说，这是一个适合沉思和逃避的好去处，一个适合坐在码头边阳光下，寻思历史，琢磨写随笔思路的好地方。这座城市混合了浮华、放荡、忧郁、创造力与深长意味，其辛辣刺激的风味供养了我的灵感，我总是在它身上看到勃朗宁[1]笔下难以捉摸的韦林的影子——"自从彻底摆脱了我们／韦林碰到了啥事儿？"因为你会记得，韦林最终戴着一顶宽边草帽在的里雅斯特海湾里一艘船的船尾上露了面：我愿意想象，那艘船在奥德斯码头之外的某个地方，朝向米拉马雷城堡，张起三角帆，"开进玫瑰与金色的／半个天空"。

---

[1] 罗伯特·勃朗宁（Robert Browning，1812—1889），英国诗人，开创了诗歌中的戏剧独白体，其杰作《指环与书》在措辞和节奏上探索新路，对早期庞德影响甚大。此段所引诗句出自其诗歌《韦林》(Waring)。

1
神圣的征候

{ 神圣的欧洲复合体，始于异教，终于艺术 }

在奥德斯码头上面，的里雅斯特最高处，圣朱斯托大教堂耸立在山顶的一座城堡旁边。它纪念的是圣查士丁[1]，但同时也奉献给著名的罗马殉道者塞尔吉乌斯[2]，据说公元前4世纪后者在叙利亚被斩首的同时，一只戟从天而降，落在的里雅斯特，从此被永久保存，其形象也出现在这座城市的盾形纹章上。从圣朱斯托大教堂的钟楼上看到的风景极美——

---

[1] 圣查士丁（St. Justin），2世纪基督教的护教士之一，于165年前在罗马殉道。天主教相信他是哲学家的主保圣人。
[2] 塞尔吉乌斯（Sergius，或Serge），4世纪罗马士兵，因基督徒身份暴露而被折磨并处死，被教会封为圣徒。

大海、山峦、城市、港口与郊区的宏伟全景。朝东和朝南,能望见克罗地亚与斯洛文尼亚;朝北,望向奥地利;朝西,越过海湾望向威尼斯。如此雄伟的景色,不免让人思索起欧洲的定义。

第一次来这儿时,我并没有太多考虑如何界定欧洲的问题。当时我完全是一副英国人的样子,直接把欧洲视为"海外"。总体而言,剩余的世界似乎并没有那么异国,巨大的英国势力实际上将它包裹。50年后,在我看来,对这片大陆进行界定变得更简单了。我把它的界限定到土耳其和苏联的边境,但这仅仅是出于偏见,或者是为了描述方便。总而言之,欧洲是一个人为制造的地名。从地理的角度看,它不过是从亚洲大陆块上伸出的一个半岛,以及周围的岛屿和群岛。从文化的层面看,它一直处于变幻不定的语言、民族与传统的混乱中。从政治的角度看,它是一场流动的盛宴:35个主权国家,其中有9个是在这半个世纪里诞生或复兴。瑞典,直到17世纪末才被认为是个真正的欧洲国家。希腊,尽管是欧洲古典文化的源头,但在从奥斯曼土耳其的统治下独立出来之前,很难说是欧洲的一部分。西班牙经常觉得,就像奥登[1]说的那样,它似乎是"被添补到欧洲的底部"。保加利亚北部的人还记得他们把去维

---

[1] 威斯坦·休·奥登(Wystan Hugh Auden, 1907—1973),英国出生,后加入美国籍的诗人,20世纪最重要的文学家之一,中国抗日战争期间曾在中国旅行,并与其同伴小说家克里斯托弗·伊舍伍德合著了《战地行纪》一书。

FIFTY YEARS OF EUROPE
AN ALBUM
JAN MORRIS

也纳叫作"去欧洲",如今英国人穿越英吉利海峡时也说自己是"去欧洲"。在我看来,这么多个世纪以来,仅仅是宗教让这片大陆有了持久的共同身份。

欧洲这片土地上,犹太教间或得势,伊斯兰教的存在与威胁严重影响其历史;但异教与基督教才是定义它的普遍因素,并且,在很久以前,其中一个控制着另一个。"基督徒是一个民族。"[1]秃头查理[2]在9世纪宣布;9个世纪后,《乌得勒支条约》[3]仍然提到一个"基督教的共和国";格莱斯顿[4]认为欧洲协调[5]象征了基督教的统一。欧洲与基督教世界是同义词,即使到了现在,若是从外太空落入欧洲的任何地方,你的视野范围内多半会有一座尖塔、一个穹顶、一座钟楼或者一个修道院建筑群的轮廓。但上帝知道,基督教的圣殿向天堂举起十字架的姿势各不相同,

---

1 原文为拉丁语:Populus et Christianitas una est。
2 秃头查理(823—877),加洛林王朝的法兰克人的国王(843—877年在位),神圣罗马帝国皇帝(称查理二世,875年起)。
3 《乌得勒支条约》(Treaty of Utrecht),1713年4月至1714年9月,法国、西班牙同英国、荷兰、勃兰登堡等国为结束西班牙王位继承战争分别签订的系列条约之一。因首批条约在荷兰的乌得勒支签订,故名。
4 威廉·尤尔特·格莱斯顿(William Ewart Gladstone,1809—1898),英国政治家,曾作为自由党人4次出任英国首相(1868—1874、1880—1885、1886及1892—1894)。
5 欧洲协调(Concert of Europe),又称为会议制度(Congress System),是指拿破仑战争结束后欧洲列强以会议的方式协商处理欧洲重大问题的协商外交机制。其创建成员为英国、奥地利、俄罗斯、普鲁士,均属摧毁了拿破仑帝国的四国同盟成员。稍后法国亦加入,成为协调的第五个成员。

神圣的征候

祈祷的音调也迥然相异,从大教堂塔楼上俯瞰的里雅斯特,就连我们也能看出信仰的种类之繁多,令人迷乱。山下有个带穹顶的新古典派教堂,把守着一条船只密布的运河,那是罗马天主教的圣安东尼堂——献给奇迹创造者圣安东尼[1]。有两座塔楼的那个,是希腊东正教的圣尼科洛教堂。掏出街区地图,能找到小巧漂亮、有着古典式山形墙的圣公会基督教堂,高耸着新哥特风格尖顶的福音派教堂,17世纪耶稣会修建的圣母大教堂,11世纪韦尔多派[2]修建的圣西尔维斯托教堂,拜占庭式穹顶的塞尔维亚东正教大教堂。再往下,有一个本笃会教堂,一个圣方济各会教堂,还有一个以前供亚美尼亚神父使用的教堂,如今用德语行天主教的仪式,某个地方还有一个循道宗的整洁的小教堂,那是奸诈的百万富豪帕斯夸莱·雷沃尔泰拉[3]为母亲和他自己修建作为私家陵墓的。1995年秋,我带着一帮拍电视的人爬到山顶的大教堂找素材。后来我们才知道那一天是圣塞尔吉乌斯节,一处祭坛上供奉着那支神奇的戟,旁边有

---

[1] 圣安东尼(St. Anthony the Great,约251—356),或称"伟大的圣安东尼""大圣安东尼"。罗马帝国时期的埃及基督徒。他是基督徒隐修生活的先驱,也是沙漠教父的著名领袖。

[2] 韦尔多派(Waldensians),是大约从中世纪兴起的基督教教派。在教义上接近归正宗(Calvinists),以上帝的圣言为信仰和生活的唯一准则。它被当时的罗马天主教会视为异端,也因此受到迫害,现在被新教视为宗教改革的先声。

[3] 帕斯夸莱·雷沃尔泰拉(Pasquale Revoltella,1795—1869),意大利商人,出生于威尼斯,在的里雅斯特发迹。

FIFTY YEARS OF EUROPE
AN ALBUM
JAN MORRIS

警察守卫，一支庞大的合唱队在演唱，穿着金色法衣的神父在周围列队行进。

这还仅仅是基督教！在基督之前的久远岁月中，欧洲曾有过别的宗教，各种形式的异教信仰，古希腊和古罗马人的异教在我们的神话中无所不在——甚至还有比它们更早，让我感觉更震撼的、迷雾般的巨石崇拜，它在欧洲的广泛分布犹如今日的基督教，也许比基督教持续更长久。回望我半个世纪的欧洲行旅，试图从我如今在时间与空间上所处的有利位置理清自己对这一切的反应，我最先回忆的是几个随机但明显混合在一起的神圣性征候。

1

岩石

我是一个万物有灵论者，或者说，是一个泛神论者。我相信整个自然就是神，像帕斯捷尔纳克笔下的日瓦戈医生一样，我像崇敬祖先一样崇敬大地与天空的力量。多年前，我被达菲德·阿普·戈威利姆[1]用威尔士语写作的伟大诗歌《林地》深深打动，这首诗把森林想象成一个供人崇拜的场所，金色的树叶作为圣坛的屋顶，夜莺用"盛满狂喜与爱的圣杯"[2]唤醒主人。所以，在游历欧洲各处，发现前基督教的宗教遗迹时，我也总是会被打动。在这片大陆上，在关于基督的消息从东方流传出来之前，人们已经对宗教的秘密探索了几千年；在我看来，当人们还没有思索太阳和月亮的神圣奇观、森林的守护神或者这样那样的偶像时，他们总是会崇拜岩石。在马耳他和奥克尼郡，在爱尔兰和科西嘉，从卡纳克[3]无数的史前巨石柱到英国索尔兹伯里平原上宏伟的巨石阵，岩石都被提升到神圣的地位。有时，岩石还会被赋予祭司般的重要性，被视为同天神沟通的中介；但当天体们的神秘力量不幸削弱之后（最终证明，任

---

1 达菲德·阿普·戈威利姆（Dafydd ap Gwilym, 1315/1320—1350/1370），14世纪威尔士诗人，被认为是欧洲中世纪的伟大诗人之一。

2 原文为威尔士语：a charegl nwyf a chariad。

3 卡纳克（Carnac），位于法国布列塔尼地区，有近3000块新石器时代巨石的遗址。

FIFTY YEARS OF EUROPE
AN ALBUM
JAN MORRIS

何事物的魔力都不比月亮差），岩石本身对抗着地质学的分析，依然保持其魅惑之力。在我心中，它们是欧洲最神圣的东西。欧洲西部有些石头上印刻着神圣的足印，我将自己的脚探进去时，心中充满虔诚与深情。当然，这些足印如今被认为是基督教圣徒或朝圣者的遗迹，但在我看来，它们属于更加古老的圣人。我热爱这些古老岩石的质地，有时被地衣覆盖，变得毛毛糙糙。有一些岩石仿佛带着暖意，让我忍不住要触摸，似乎石头内部有温和的火——不是凶猛的火焰，而像是沉思般闷燃的木头灰烬。还有些岩石，特别是在我位于威尔士的家附近的那些，像驴子一样，有一种清新且安抚人心的气息。

2

摸了转运

依然被异教的神话包围着，许多神圣的巨砾慢悠悠踱进我们这个时代，成为守护神或公众的驱邪物。人们对于摸了就能转运的东西的热爱——这是当代欧洲拜物教特别中意的一种形式——毫无疑问源自对这些被当作十字架遗迹的珍贵岩石的虔诚爱抚。如今，公众热衷于触摸以求幸运的对象大多由青铜或某种同样耐磨的金属制成，明显可见锃光发亮，或者形销体损，其实它们和石头都是一家的。我喜欢望着人们郑重其事地触摸（在我自个儿没有亲自动手的时候）。在一些地方，人们压根不去琢磨这事儿，而是习惯成自然地抚摸幸运物；在另外一些地方，触摸似乎是一种真正的灵性体验；还有些地方，触摸是半开玩笑地进行的。

在作为1916年爱尔兰反英起义中心之一的都柏林邮局里，有一尊神话人物库丘林[1]的雕像，仅仅是在那场起义之后才成为辟邪物，其魔力附身的历史还不到百年，却已被众多轻信的手指摸出了神圣的光泽——人们摩挲它时大多表现出一种强烈的例行公事的态度，仿佛是在弥撒时把手指浸入圣水。曾经有个女人在摸过雕像后加入我们排队买邮票的行列，我问她："这个人是谁？"她说："我完全不知道他的名字，但我晓得，他是个有名的幸运物。"

在石勒苏益格-荷尔斯泰因的小镇莫尔恩（Mölln），人们抚摸的是德国民间传说中典型的捣蛋鬼提尔·欧伦施皮格尔[2]。他的青铜像竖立在旧市场的教堂下面，教堂的山形墙和半木结构作为背景颇有仙境之感，仿佛来自儿童立体书里的插画。提尔的雕像1951年才落成，但他吸引

1　库丘林（Cuchulain），凯尔特神话中半人半神的英雄，太阳神鲁格（Lugh）之子，性格极为暴躁易怒。

2　提尔·欧伦施皮格尔（Tyll Eulenspiegel），是传说中德国北边（今荷兰）的一个农夫，生活于14世纪。他到处流浪，每到一地都有一番恶作剧，讽刺有产者、贪婪者、神父和律师，以其为中心产生了大量的笑话故事。

FIFTY YEARS OF EUROPE
AN ALBUM
JAN MORRIS

人的魔力已经让两个脚趾和一根长手指被摩挲得变成了黄铜色。

在法国第戎，女人们触摸猫头鹰街上一尊小小的猫头鹰像，动作漫不经心，好像戴着手套一样——只不过雕像位于墙壁高处，所以小个子的女士必须跳起来才能够到，小孩不得不叠罗汉，而他们的母亲这样做时从来不会中断聊天唠嗑。

布鲁塞尔的幸运物是14世纪本地的一个英雄人物埃弗拉德·塞格拉斯[1]，他的卧像在大广场外面，人们抚摸时有点忸怩。他们伸手时四下张望，面带防御性的微笑——上方铭牌里有一只小狗，其磨损程度不亚于这位战士的雕像，我想，人们抬手摸狗的时候，甚至会流露出更为尴尬的神色。

布拉格的查理大桥上有一尊内波穆克的圣约翰[2]（他在1393年被丢下桥淹死）雕像，几乎每个游客都会摸摸它以求好运。这是欧洲最重要的旅游标志之一，看到人们急不可耐地撇清自己还真是有趣——他们全都宣称，自己是将信将疑的，"不过是玩玩而已"，每个人摆出姿势拍照时好像都在说，"我们当然没拿它当真……"但我确实见过年轻的捷克人

---

1 埃弗拉德·塞格拉斯（Everard't Serclaes，1320—1388），1356年从入侵的佛兰德人手中收复布鲁塞尔。
2 内波穆克的圣约翰（St. John of Nepomuk，约1345—1393），1387年成为布拉格教区总主教，国王怀疑王后与人私通，逼迫王后的告解神父内波穆克的约翰说出秘密，约翰不从，被丢下查理大桥，1729年被耶稣会封为圣徒。

神圣的征候

在暮色中带着虔诚抚摸它。

在德累斯顿市议会厅外面，竖着一尊酒神巴克斯的青铜像，胯下似乎骑着一头醉得不像话的小驴子。这位神祇的一只脚趾被信徒摩挲得锃光发亮，我一点儿也不惊讶，熬过恐怖的战争岁月，这座快活的雕像，连同他沉醉而欢乐的坐骑，一定被赋予了某种代表着可以忘却的责任以及幸福时光的象征意义。

西班牙圣地亚哥大教堂西门旁，跪着教堂建筑师马斯特罗·马提欧[1]的铜像，在他身前停下，用额头轻触雕像头颅的人们，绝无窃笑，绝不扭捏，绝非心不在焉。圣地亚哥是欧洲朝圣者的圣城之一，马提欧是每次朝圣之旅尽头的守门人——他守护的是完满。谁会那么不领情，谁会那么蠢，蠢到在他建造的宏伟教堂的门口，在教堂内祭坛上闪出的火光中，拒绝和他碰头？

在布加勒斯特主教教堂前，一座小山的山脚下是现代的钢筋混凝土街区，我发现山坡上有不少人在触摸一根特别的灯柱。我不明所以。我问一个这样做的市民，结果他反问我是否愿意用极优惠的汇率同他换一些美元。

---

1 马斯特罗·马提欧（Maestero Mateo，1150—1200/1217），12世纪活跃于伊比利亚半岛各基督教王国的雕刻家、建筑师。

FIFTY YEARS OF EUROPE
AN ALBUM
JAN MORRIS

3

古老的宗教

许多古老的石头是巨石崇拜的图腾。别管这种崇拜是什么,反正它似乎是传播最广泛的宗教,在基督教降临之前,它将某种特殊的凝聚力赋予欧洲——没错,是特殊的,因为现代学术界认为它毕竟未能形成任何宏大的整体系统。据说,欧洲大陆上巨石崇拜的遗迹几乎和基督教的教堂一样多。今天,它们在考古学和旅游业面前变得更脆弱了,因为这两个行当同样不受虔敬和守护神的支配,而这种态度比时间本身更能磨损巨石的魔力。不论巨石的神秘特质以何种方式征服人心,我都会为它们喝彩!比如,我知道葡萄牙阿连特茹郡雷根戈斯附近有一块岩石,愉快地逃过了学者和官僚们的关注。这块石头非常高,顶上是平的,被视为丰饶多产的象征,据说将石块成功丢上岩石顶部的情侣将会情路和顺。这块"爱人石"上散落着许多抛掷成功的卵石,大量周末度假的情侣把车停在公路对面,半带自嘲地往上面丢石头。在拉脱维亚首都里加,一些状如阴茎的石头耸立在位于城市中心的道加瓦河河堤上,我不知道它们是否属于任何古老的崇拜,但我知道(因为我从旅馆窗户就能看到)几乎每天都有两三位披着白色婚纱的新娘子来到石头旁拍照,给他们祖先的婚庆仪式再添一笔——哪怕是无意识的。

在西班牙巴斯克乡村，在从维多利亚通往潘普洛纳的公路路边，我曾经停下来吃过一顿野餐。我把奶酪、葡萄酒和面包块在草地上铺开时，看到附近的土丘上有模有样、煞有介事地种着五六棵小柏树。我信步走过去看看为什么，满以为会找到一个装饰华美的天主教圣祠，或者西班牙内战纪念碑，结果却在土丘外面的凹地里发现了一组难以形容的古老的环状列石。它们看上去像蹲伏的灰色癞蛤蟆，背上点染着苔藓。管理部门用柏树将它们围起来，似乎是要让它们显得更加平凡，就像一座公墓，或者一块用作纪念的石板。但那天的风特别大，呼啸着从这些丑陋而巨大的砾石中间穿过，让那几棵树显得过于烦琐又无足轻重。

4

帕拉丁[1]

在我看来，最宏伟最奇特的巨石是科西嘉岛上的费利杜萨（Filitosa）竖石纪念石雕。它们被叫作"帕拉丁"，也有一位它们自个儿的陛下。最早将它们介绍给世界的考古学家多萝西·卡林顿（Dorothy Carrington）宣称，它们"也许是西欧最早的个人雕像"，是日后千千万万骑马元

1　帕拉丁（paladin），又译为圣骑士、圣堂武士等，指跟随查理曼大帝东征西讨的12位骑士。

FIFTY YEARS OF EUROPE
AN ALBUM
JAN MORRIS

帅、大理石政治家、青铜列宁与不知名的哀悼士兵的先驱。卡林顿博士认为，它们可能有5000年历史。20世纪70年代，我自个儿发现它们时，它们神秘的权威尚未被大大减损。一条小路穿过田野通向它们，泥泞滑溜，并不欢迎游客，田野也是乱糟糟的，荆棘丛生，灌木密布，夹杂无人留意的橄榄，能闻到海水的味道，让人感觉这是个平凡庸常的地方，应该有母牛（也许偶尔确实有）。但那五根石柱奇妙玄奥地矗立着，甚至有几分险恶。它们冷漠而轻蔑。它们真的是人类的英雄？它们是神祇？是生殖崇拜的标志？它们是善，还是恶？当年无人知晓；如今也无人知晓。我沉思的当儿，一片雾气从海上飘来，这一刹那，它们像是被岁月磨损的、扭曲的基督受难十字架。

5

斯韦托维德

我认为，从那些"帕拉丁"身上，总是能够看到任何你想要看到的东西，任何时候，它们都会是被崇拜的偶像。若是参观波兰克拉科夫的考古博物馆，你会看到，单纯的巨石与雕刻的形象之间的界线并不分明。那里住着斯韦托维德（Światowit），唯一幸存的斯拉夫异教神祇。它大概有1000岁，它的同伴始终未被发现。它站在博物馆里专属于它的一个凹室内，背景是一片桦树林的照片，第一眼看上去，它不过是一根竖立的石头，高七八英尺[1]。然而，靠近些，你会发现它跨越了岩石与偶像的界线。它的身体不是简单的石柱，而是雕满了神秘的动物与人的形象；它的脑袋有四张脸，各自朝着一个方向，头上戴着一顶碗状的帽子。克拉科夫城堡与教堂是波兰最雄伟的建筑，通往它的山坡脚下竖立着这尊神像的一个复制品，在地上有雪的时候，斯韦托维德帽子下的四张脸望着每一个方向，灰色的剪影显得格外神秘莫测，会让你觉得，即使到现在，它的魔力也完好无损。

6

欢乐潜入

同样神秘莫测、同时更加欢乐的是欧洲大陆上到处都有的，古人留下并且仍然激发我们兴趣的石头迷宫。有时，它们大得可以走进去，有时，只是一块岩石上的划痕。根据传统，几乎在任何地方，人们都会把它们联系到特洛伊城上，有时还会以此命名。波罗的海中属于瑞典的哥得兰岛首府维斯比城外就有一个著名的范例，一直被岛上居民叫作"特

---

[1] 英尺，英制长度单位，1 英尺为 30.48 厘米。

洛伊堡"，如今同样不经意地被人们当作一个游乐园。它看上去几乎是新的，至今仍有大批孩子在里面玩耍，跟着迷宫的路径兜圈子，笑声穿过树林回荡在后山坡。在一个春光明媚的早上，我也走了一趟，感到自己同那些史前的设计者又近了一层，不管他们造这迷宫的目的是什么，但他们制造时一定是欢乐的。

在哥得兰岛，还有许多船墓——埋葬史前大人物的划艇形状的墓穴。尽管它们显然是神圣的遗址，但却不带一丝人们本以为会在巨石纪念碑上感受到的悲哀。它们置身于梦幻般的林中空地，坟头爬满鲜花蔓草；或者在海岸边高处的草地上晒太阳，像族长一样洋洋自得，令参观者精神振奋。我愿意认为，这是因为它们保留了埋在下面的那些高贵人物的一些粗鲁乐天的性格，还有他们对信仰的自信。史前遗址在明显失去其神圣性之后，在它们的神祇与幽灵消失之后，会让人觉得信心大丧。我唯一一次参观（一次也就够了）希腊克里特岛普西罗芮特山（Psiloritis）山坡上名为Idheon的岩洞时，就遭遇过这样的体验。那岩洞在古时候是个极其神圣的地方，据说宙斯就诞生于其中，但这丝毫不能给我安慰。我到那儿时暮色正降临，但让我浑身发寒的并非强烈的孤寂感，或者苍灰的景象，而是这样一种感觉：所有的信仰与虔敬已被千百年的时光耗尽，没留下一丝情绪。岩洞被风冲蚀，看上去仅仅是岩石上的一个洞而已。

7

旧音乐

一定有音乐始终回荡在这些圣地及其仪式周围，北欧仍然保存有一些上古时代祭司及其助手使用的工具。在丹麦，人们从沼泽里挖出30多件S形铜号，它们最后一次在岩石间吹响至少是在公元前1000年。它们有像虫一样扭动的长管，精心制作的吹口和修饰过的扁平喇叭口，还有松动的叮当作响的金属片，用来让音乐的效果更吓人——显然有时会被用作军号。在哥本哈根国家博物馆，一个玻璃柜里用铁丝系着几个这样的玩意儿，管子盘曲得像是海蛇或者变形虫。有时，它们会从博物馆里成对取出，在仪式或典礼上吹响，发出的肯定是欧洲最古老的声音。关于这种乐器的音色众说纷纭。国家博物馆说它深沉而凄切，犹如长号；《格罗夫音乐与音乐家词典》（1940年版）则认为它粗哑而喧嚣。法国作家马塞尔·布里昂[1]说它是一种阴郁而悲戚的呼喊。一位坦率的丹麦女士说它听起来很可怕。但我们尽可以想象S形铜号在它们原来的主人手里会发出怎样的声音，我自己觉得那是一种沙哑、断续、具有爆发力的伴有气声的呼号，像是穿透悬崖裂隙的海风，又像是科西嘉岛上帕拉丁的嗓音。

---

[1] 马塞尔·布里昂（Marcel Brion，1895—1984），法国随笔作家、文学批评家、小说家、历史学者。

FIFTY YEARS OF EUROPE
AN ALBUM
JAN MORRIS

8

两块神奇的石头

1996年的某个下午,我在伦敦独自参观了两块欧洲最神奇的石头。我先是打的去看"伦敦石"。"去伦敦石!"我像做戏一样嚷道,司机心领神会,尽管没人真正知道伦敦石在哪里,甚至也不知道它曾经在哪儿。它也许曾是极为神圣之物。也许是某件淫邪的东西。也许是罗马帝国治下不列颠中心的里程碑。也许是罗马总督官邸门前的一根柱子,作为其权威的标志。这传说到中世纪已经出现,据说拥有它就能掌握这座都城——"现在伦敦是我的了!"反叛者杰克·凯德[1]1450年用剑敲击它时叫喊着——据说它最终被砌进伦敦圣斯威逊教堂的一堵墙里。这座教堂在"二战"中被炸毁,原址重建了一家华侨银行,几乎正对着坎农街火车站。这家银行的墙里细心保存着伦敦石的最后一块碎片。我的的士司机完全知道到哪儿去找它。它半隐于铁格栅后面,从街上几乎就能看到,但在里面,华侨银行的工作人员不无虔敬将它展示于一片玻璃后面,看上去像是一块祖传的图腾,或者是和风水有关的某种东西。

接着我去威斯敏斯特大教堂,这里堆满了代表英国历史骄傲的物

---

[1] 杰克·凯德(Jack Cade,生于1420—1430年间,死于1450年7月12日),英国国王亨利六世统治期间曾于1450年领导过一次大规模叛乱。

件——阴影浓重的雕像，献给诗人、政治家和将军的鲜花环绕的纪念碑，乱糟糟的王室纪念物，每天都挤满了游客，怒视着这一切，我找到了那块加冕石，重 335 磅[1] 的粗糙打磨的石灰岩，又名"命运石"。它的史前史令人惊叹。难道它不是雅各看到天使降临时坐在上面休息的那块石头？难道它不是曾在塔拉（Tara）山上待了 1000 年且属于历任爱尔兰国王的神圣王座？它的历史同样精彩。它在苏格兰泰赛德区的斯昆村保存了几个世纪，苏格兰历任国王加冕时都坐在上面，它也因此成为备受崇敬的苏格兰象征。13 世纪英格兰人入侵苏格兰时，将这块石头抢到伦敦，以它为基础修建了加冕王座，从此历任英王均通过它走上权力巅峰。闹剧般的混乱、自相矛盾、误解、恶作剧成就了加冕石，有些苏格兰人认为它只是一件复制品，原物仍然藏身于苏格兰的某处。我去威斯敏斯特大教堂看它时，不管是不是真品，反正它就那样被安置在王座的下面，作为一个令人念念不忘的有着超凡魔力的历史梦幻与怨怼的象征。我这次朝圣后没多久，英国政府就将霸占了 700 年的加冕石连同一堆虚伪荒谬的恭维话还给了苏格兰——主要是为了减少自己的麻烦，而不是出于利他之心。这一次，苏格兰人将其慎重地安置于他们最稳固的爱丁堡城堡，向有着各种信仰的参观者收费 5.5 英镑。

---

1 磅，英制重量单位，1 磅约等于 0.45 千克。

FIFTY YEARS OF EUROPE
AN ALBUM
JAN MORRIS

9

狂想之物

旧时的信仰中有许多我格外欣赏的狂想的成分，弥合了智识与本能之间的裂隙。如今它被称作神秘动物学，但尼斯湖水怪对我来说显然是神圣的。不论它是否真的存在，但无可否认，它是某种类型的真实，像鼓眼的沫蝉吐出的泡沫，从浑浊的过往窥视着我们。一些好嘲弄的人说，它不过是人类对恐龙的无意识记忆，但我毫不怀疑，它曾经是一种宗教的设想，从石头里迸出来的一个或善或恶的形象。欧洲到处都有关于这种动物的传说——从波罗的海到黑海之间，江与湖都翻滚着、蒸腾着它们的传奇。威尔士最后的龙，夜里栖身于兰德洛·格拉班（Llandeilo Graban）教堂塔楼高处的龙穴；波兰克拉科夫大教堂的大门旁挂着一捆奇特、弯曲、古老的骨头，唤起人们对久远的神兽的信仰。

这些动物的神圣之处，绝大部分已经消散在民间传说或旅游故事中，外面的人把尼斯湖怪兽当成笑话，画出傻乎乎的怪兽像，还给它起名"尼西"（Nessie）。但对许多住在尼斯湖边上的苏格兰人来说，那怪兽和尼斯湖一样真实。早在这个传说被大肆宣扬之前，他们就从小听说湖水里有怪兽。他们的祖辈父辈也知道，并且从不怀疑其存在。在盖尔语中，它们的名字不是侮辱性的"怪兽"，而是"each uisce"，意即"水马"。曾经有几个严肃理智的人向我保证他们目击过尼斯湖水马,他们不觉得这个概念有丝毫滑稽之处,谈起自己的经历也毫不难为情。1985年,多尔斯邮政局的女局长告诉我,她偶尔会看到一只或两只怪兽在她房子下面的湖水里嬉戏。一般都是在下午茶的时间,她说。

10

寻找女巫

巨石崇拜催生了一种慈善的欧洲巫术,这一观点已经被学术界拒斥。遍及欧洲的宗教巫婆巫师们则不这么想,他们坚持认为,白巫术是母系氏族时代一种古老的、善良的信仰,继承自上古,被基督教时代的男性迫害者抹以污名。我赞同他们的看法,因为我对书中记录的关于他们的巫术实践感到同情:他们崇拜古老的巨石,他们热爱无害的私人仪式,他们相信一位无所不包的母神,这一切都让他们的宗教成为有组织的宗教中更有吸引力的一种——即便这宗教同宝瓶座时代[1]、新时代运动[2]、嬉

---

1 宝瓶座时代(Aquarianism),西方星相学认为人类即将进入的一个新时代,人类的灵性或宇宙意识将达到一个更高的高度。
2 新时代运动(New Ageism),在20世纪60年代于欧美地区逐渐蓬勃发展的运动,通过重新审视科学、宗教、东方神秘主义、灵修,逐渐形成一种新的生命观及宇宙观,现今在文化、艺术方面影响甚大。

皮士运动、女权主义信条、新托尔金主义[1]缠杂不清。不过，对大多数人来说，巫师当然是巫师，而"巫术邪恶"的想法显然根深蒂固。在20世纪的欧洲，不仅仅是女学生会用针头扎代表敌人的蜡像，事实上，没有人会拒绝善意或恶意的暗示力量。在20世纪70年代的诺曼底，流产、小孩生病或者奶油搅拌不化仍然会被归咎于坏巫师，人们还不时召唤好巫师（通常被叫作"祝福者"）来帮忙。当然，如何认出对你施法的巫师始终是个问题。在16世纪的欧洲，被认为唯一确凿的证据是所谓的"巫师印记"——女人身上的一种乳头状突起，通常长在靠近阴部的地方，据说这是她们的恶魔同类——老鼠、蟾蜍、兔子或猫——吸血时留下的印记。甚至在我们这个时代，欧洲各地都还有人自信无疑地断言存在真正的老派巫师。

比如，几年前在西班牙内华达山脉，就有人确信无疑地告诉我，邪恶的、善良的巫术都在大行其道。他们说，我应该警惕山村里的草药医生和魔法药剂师。果真，漫步行经这样一个小村庄时，我在一扇窗户上看到布告，推荐一款绝对有效的治病兼返老还童的冻胶，当即走进去打听。屋里黑洞洞，除了一台电视机闪烁微光，屏幕里放的是一个年轻的美国男子同两个成熟的女孩在床上翻腾。房间四周是一圈盛着液体的玻

---

[1] 新托尔金主义（neo-Tolkienism），以托尔金的《魔戒》等魔幻著作作为核心的一套新神话体系。

璃罐和一盒盒干菜，在中间的幽暗里，我只能辨认出两个极其古老的可怕形象：一个皱巴巴的老人，手持拐杖坐在扶手椅里；一个以惊人的幅度弓肩缩背的女人，在一张丝绒布面的桌边。他俩瞪着我，静得令人恐惧。真的巫师？我差点脱口而出："**不好意思，你的外阴附近是不是有乳头状的突起？**"——考虑到他们的样子绝对是邪恶而非善良，我买了一包无花果就跑了。还有一次，我饶有兴趣地听说科西嘉岛上一个在我看来真是充满黑暗气氛的村庄是恶名昭著的马扎里[1]的居所——这是能预测死亡的预言家和巫师，能够同时出现在两个地方，完全住在自己的梦幻世界里。回想起来，曾经和我说过话的一些村民的目光多么有穿透力，多么令人毛骨悚然！

我在威尔士的家附近，有一个女人总是习惯性地敞开牧场栅栏门，让羊群漫游，人们半玩笑半认真地说她是女巫，但我赞同英国智者雷金纳德·斯科特[2]，他在1584年写道：邪恶的巫术是"孩童、笨蛋和忧郁症患者"才会当真的东西。我们应该害怕的不是巫术，而是追逐迫害女巫的人。

---

1 马扎里（mazzeri），科西嘉传说中的梦猎人，这种人在梦中分身漫游，猎杀动物，从它的面孔辨认出某个熟人的特征，第二天宣布自己看到了谁，然后这个人就会在三天至一年内死去。

2 雷金纳德·斯科特（Reginald Scott, 1538—1599），英国乡绅、下议院议员，著有《巫术的发现》，反驳对巫术的信仰，认为巫术并不存在。

FIFTY YEARS OF EUROPE
AN ALBUM
JAN MORRIS

11

"纯粹的迷信"

"纯粹的迷信",这是基督教神学家对一切古老信仰的残余及回响的评价,不过,长期以来,它们也渗进了基督教徒的意识里。这些信仰取得了成功。当代欧洲人的信仰形形色色、无所不包——从相信幸运数字,到确信圣餐礼上的面包和酒(别管啥口味,也别管啥外形)确确实实是被神奇的祷告从基督的血与肉转变而来的。在比利时那慕尔,人们崇拜一个圣骨匣,据说里面装着圣母马利亚的奶水!成千上万的那不勒斯人到今天还相信,在圣雅纳略[1]庆典上,这位烈士的凝血会奇迹般地液化,尽管150年前,牛津大学的学者威廉·巴克兰[2]就曾跪下舔尝液化的"圣血",然后宣称那不过是蝙蝠尿。希特勒统治欧洲的时候,相信占星家的蠢话。在被辩证唯物主义统治近半个世纪后,布加勒斯特街头,又能普遍看到衣冠楚楚、时髦新潮的中产阶级人士在过十字路口前手画十字;在萨格勒布,每当教堂响起三钟经的钟声,集市上的商贩头也不抬

---

[1] 圣雅纳略(St. Januarius),意大利卑尼佛多城主教,在罗马帝国迫害基督教时,于305年殉教。信徒认为,他的血液至今仍存放在那不勒斯的一只玻璃瓶里,是一团黑色、不透明的物质,在祭典上会化为液体。

[2] 威廉·巴克兰(William Buckland,1784—1856),英国神学家,同时也是地质学家和古生物学家,最早写出对恐龙化石的详细描述。

地手画十字。就说我自己吧，许多年来，我从来不会从梯子下面走过，而每当一个轻率自满的念头浮上心头，我总是要从铺盖里伸出手去碰碰木头床架。像几乎任何人一样，我也经常在感到压力或挫折时默不作声地祈祷——我留意过，开头总是过时的祷告词"求上帝保佑"——这是在英国国教管束下的童年留给我的不可磨灭的印记。

护身符、魔法水晶、圣油、塔罗牌、吸血鬼研究、驱魔术、算命、为下雨或胜利而祈祷、神圣的遗迹、摸了就能转运的东西——欧洲人仍然对这些秘方情有独钟。"二战"前几个月，名噪一时的占星师在伦敦《每日快报》上的专栏向读者反复保证，从星象看，欧洲不会有战争。当德国入侵波兰，掀动战争旋涡时，占星师专栏头条是"希特勒违逆星宿"。

12

过渡状态

作为一种永恒的妥协，我特别欣赏欧洲宗教、场所和仪式的融合，新旧信仰的互相冲撞。甘地曾说过，一切宗教都是对的，也全都是错的。不管彼此多么互相憎恨，它们肯定是互相连接的，基督教就从未彻底抛弃过它的异教遗产。当然，基督教尽量做到最好，尤其是特别严格地对待岩石。574 年，杜米姆（Dumium）主教圣马丁宣布，石头上点蜡烛完全就是一种魔鬼崇拜，658年，南特教令让主教们"将那些在偏远地区或森林地带仍受崇拜的石头挖出、搬走，并藏到不可能找到的地方"。全欧洲的古老教堂里，我都能开心地发现精灵、小绿人或者怪兽的形象，它们被巧妙地从一种信仰转移到另一种信仰，也从一个教派到另一个教派，因为它们往往是通过教义的革命与改革继承下来的（不管是否乐意），在朴素的新教教堂，看到它们从圣坛屏、唱诗班席位里淘气地向外窥看，颇为有趣。你经常会发现一块古老信仰的石头被战战兢兢地安放在教堂的墙壁里，或者像班柯[1]的鬼魂一样矗立在哥特式样的门廊外，或者被结合到十字架或耶稣受难像里。在瑞典上古时代埋葬国王们的老乌普萨拉（Gamla Uppsala），墓地旁边的小教堂建在瑞典最后一座活跃的异教神庙的遗址上——没准用了原来的地基，甚至还沿用了同样的设计。岩石的形象也是永远少不了的。"我会把我的教堂建在这块岩石上。"耶稣对圣彼得说过。"万古磐石为我开"，英国国教的会众今天还在唱。"上帝造岩石时，也造出其中的化石。"勇敢的基要主义者约翰·基布勒[2]宣布。基督教纪元的8世纪，查里曼大帝建都于亚琛，

---

1 班柯（Banquo），莎士比亚悲剧《麦克白》中人物，被麦克白下令杀死，后以鬼魂显灵，使麦克白暴露自己的罪行。
2 约翰·基布勒（John Keble, 1792—1866），英国牧师、诗人，牛津运动（1833年在牛津开始的基督教运动，寻求在英国国教内恢复传统天主教的教义和礼仪，它为现在的英国国教高教会传统奠定了基础）领导者。

他的皇室教堂修建时融入了无穷无尽的《圣经》典故的精妙之处，还有《启示录》中神秘数字的部分；然而，789年，尽管他的一道敕令痛斥了"在天主面前"的一切圣石，但他自己的王座，世间权力的最高位置，却是用粗糙的大理石制成。

在葡萄牙中部的一条道路旁边，我曾经看到一座小建筑，似乎从欧洲宗教的过渡岁月里直接对我讲话。实际上，圣布里索斯教堂很有名，但我之前从未听说过。它的基础是一座古老的环列巨石柱群，三块鼎立的石头，顶上放着一块巨石，教堂就在其中并围绕着它建立起来。到处都刷得雪白，靠近地面有一条蓝色条带，异教和基督教无法分割地融合在一起。一边有道门，还有一面白色蕾丝窗帘的窗户，看上去非常安逸；另一边岩石裸露，长有薄薄的一层地衣，仿佛从冰河世纪以来它们就一直在那儿。一个骑自行车经过的人告诉我，这座原始的教堂里如今进行的是正规的基督教活动，我不得不认为，岩石的牧师已经被迫让位于十字架的牧师。然而，我禁不住好奇，眼下基督教会众们的虔诚是否也掺杂了异教的成分？果然，多年以后，我在1992年的一份葡萄牙官方出版物上看到了对圣布里索斯教堂（以及其他类似的混合体）的如下评论："当地人意识到史前石板墓的宗教意义……为了保障那些社会的掌权者的利益，这些纪念石碑被纳入权威的事物秩序中去。"

FIFTY YEARS OF EUROPE
AN ALBUM
JAN MORRIS

13

衰退

说来也巧，即使到了我们这个时代，那些在社会上掌权的人，往往自己也被这些岩石的魔力慑服。普通的欧洲人通常将古老的巨石用作基督教圣殿、坟墓、仓库、牛棚，甚至有时作为咖啡馆。统治阶级更为频繁地造出新的巨石，到18、19世纪，委托制造仿史前巨石的纪念碑、花园建筑和山顶装饰成了一种时髦。有些是确凿无疑的赝品。约克郡马萨姆附近有个所谓的德鲁伊[1]神殿，闯入此地的陌生人大多会认为它同梅林[2]一样古老。实际上，它是19世纪20年代才由一位本地乡绅威廉·丹比（William Danby）修建，好在生计维艰的年月给当地人一份工作。这个神殿隐秘地藏身于荒野上一片松树林场中，非常精巧，和巨石阵极为类似——小一些，但更形似。在一圈竖立的石头和拱顶石中间，是仪式性的柱子、平台、祭坛和空穴，在周围的树林里矗立着各种各样的石板墓、巨石牌坊。我在那儿看到一个老人专注地研究这一切，还问我觉得它有多古老。我告诉他丹比先生的故事，他说我残酷地撕碎了他的幻

---

1 德鲁伊（Druid），公元前5世纪至公元1世纪散居在欧洲的凯尔特民族的神职人员，擅长运用草药进行医疗，橡树、橡果等是他们崇拜的圣物。

2 梅林（Merlin），英格兰及威尔士神话中的传奇魔法师，他法力强大同时充满智慧、能预知未来和变形，据说曾扶助亚瑟王即位。

想，令他尤其伤心的是他足足花了两天时间才找到这儿来。

在德国，巨石纪念碑总是同更可怕的异教信仰、好战的神祇和瓦格纳式的传奇联系在一起，并因此同邪恶的神秘主义的纳粹脱不了干系。据说，所有仿造史前巨石中最野心勃勃的一座——下萨克森州费尔登城附近，萨克逊森林里那座宏伟的异教圣殿，就是党卫军司令、头号屠犹刽子手海因里希·希姆莱在20世纪30年代鼓动修建，用来纪念782年法兰克人在这里屠杀的4500名萨克逊战俘——这场屠杀的实施者是来自南方的元气衰残的基督教入侵者，而受害者则是健康强壮的诺迪克[1]异教徒。为此，人们将4500块巨石运来此地，竖立成一条巨大的环形大道，也许有1.25英里[2]长。我认为这是最大的新造古迹。这条大道有些部分变宽成平台，有些地方同巨石围成的小径连接，中间围着一片绿幽幽的草地，一条溪流穿过，牛吃草，樱桃树应节开花，大道边上还有一座人造或天然的土丘。

1995年，我被带去萨克逊森林时，立马被它迷住了。它让我想起牛津的基督堂草坪[3]，后者似乎是在某个乖僻学者的影响下做了无害的改动。

---

1 诺迪克（Nordic），19世纪到20世纪中期部分人类学者在高加索人种下分出的亚种，指金发碧眼的北欧种群，被认为比其他人类种群更高贵，这一理论成为纳粹的理论基础。
2 英里，英制长度单位，1英里约等于1.61千米。
3 基督堂草坪（Christ Church Meadow），英国牛津一个草甸，著名的步行和野餐地点。大致呈三角形，以泰晤士河、查韦尔河与牛津大学基督堂学院为界。

FIFTY YEARS OF EUROPE
AN ALBUM
JAN MORRIS

但当我沿着大道走动（鸟在唱歌，两个女人在驯狗），我想到每年冬至和夏至纳粹党人在这儿举行狂热仪式，向古日耳曼人阳刚强力、血统完美的神祇宣誓效忠。然后我想象他们打起火炬的行列在岩石间行进，在象征性的交汇点，与其他行列仪式性地交错，互相挑战，吼叫口号，高唱仇恨的圣歌，在平台处停留，詈骂，念咒。在火炬闪烁不定的微光下，我看到大祭司希姆莱的窄眼睛，在金属边的眼镜后面闪闪发光。就连假的史前巨石也能强有力地蛊惑人心。

14

巴斯和韦尔斯的主教乔治·洛
于1840年左右竖起的彻头彻尾
伪造的史前巨石上镌刻的文字

往昔曾有德鲁伊踏足

以牺牲之血将祭坛染污

从异教获救的基督徒

如今崇拜仁慈与爱的主

15

我们德鲁伊

德鲁伊出现在巨石崇拜和基督教之间的某个时间段，对我们来说相对熟悉些。没有人知道巨石宗教的牧师是什么样子，但我们全都认为自己知道德鲁伊的模样。德鲁伊一直存在到有历史记载的年代，在身后留下许多谜团。威尔士传统的头韵诗的形式据说就源自德鲁伊的记忆法，如今仍然被或年轻或年长的诗人热情地采用。威尔士国家文化艺术节（Eisteddfod Genedlaethol）上，主持人化妆成德鲁伊，身旁跟随着森林中的花之少女。在这些场合，我也是一个德鲁伊，属于威尔士吟游诗人集会上白袍品级[1]的一员。其实，我们的仪式和服饰起源于18、19世纪，构思者是一个半疯的天才文人，被人们称作"亚洛·莫干[2]"，具体设计者是画家休贝特·赫尔科默[3]和雕塑家格斯康博·约翰[4]，两人设计了一套辉煌的新德鲁伊式袍服和徽章——颜色是蓝、绿、白、金、银和貂白。

1　威尔士吟游诗人集会的参与者被分为3个从低到高的品级：贤哲（Ovate），着绿袍；诗人（Bard），着蓝袍；德鲁伊（Druid），着白袍。
2　亚洛·莫干（Iolo Morganwg，原名 Edward Williams，1747—1826），威尔士近代吟唱诗人的鼻祖，1792年在伦敦主办第一次吟游诗会，促进了威尔士语言文化的复兴。
3　休贝特·赫尔科默（全名为 Hubert von Herkomer，1849—1914），出生于德国，1857年随父亲到英国，自学成为优秀而多产的肖像画家。
4　格斯康博·约翰（Goscombe John，1860—1952），威尔士雕塑家。

FIFTY YEARS OF EUROPE
AN ALBUM
JAN MORRIS

在文化艺术节的盛大场面开始前，我们这些吟游诗集会（Gorsedd，由亚洛复兴或者说是创造出来的一个吟游诗人的群体）的成员聚集在附近的某个学校，穿上松垂的袍服，戴上头饰，打扮成德鲁伊的样子。这个过程并不排斥喜剧性的元素。背景多半平淡无奇——乡村学校里常见的松木桌、金属框窗户，外面空荡荡的操场，空气中有些微粉笔和橡皮擦的味道。吟游诗人中既有写论文的学者，也有歌剧演唱家，或者无政府主义诗人。负责分发衣袍的女士亲切如慈母，又像是教堂筹款游乐会上牧师的妻子。我们一边欢快地换装变容成古老神秘的形象，一边互相调侃，哈哈大笑。男人的鞋子总免不了要笨拙地从袍服下面露出马脚。女人的耳环并非总是要保管起来。有人没法把头饰戴好。别介意，我们马上就会融进一大群蓝袍、绿袍和白袍，艰难地爬上即将开往文化艺术节场地的大巴——我们向巡游线路两边的非德鲁伊亲友挥手致意，而路人透过车窗，会看到我们大多戴着眼镜，显得很不协调。外来者往往带着讥诮旁观我们的伪装，不过他们是不会懂的。它有许多方面非常滑稽，但它代表了同古代真正德鲁伊的森林誓言一样强有力的信仰与同志之情。第一次穿上白袍，加入高贵的德鲁伊品级，那是我平生最自豪的时刻之一。

16

返祖

在欧洲大多数地方，都能发现宗教上的返祖现象（沃尔特·白哲特[1]将其定义为"某种回到原始过去的奇特的复兴"）。1858年，圣贝尔纳黛特[2]在卢尔德看见圣母的幻象，她用当地方言称其"小仙女"。甚至到了19世纪80年代，在英国，约翰·阿特金森牧师（Revd John Atkinson）还不安地听人说，"旧宗教的牧师比你们教堂的牧师法力可大多了"。就连宣布上帝已死的尼采也认为，圣影可能仍然潜伏在洞穴里！约克郡霍沃斯的英国国教教堂是帕特里克·勃朗特牧师抚养三个天才女儿[3]长大的地方，20世纪80年代，我在这儿发现一丛树枝被用作献祭。本地人钻进它的枝叶里许愿，像非洲部落人取悦邪灵时一样热诚。"让我成为马克·阿斯彭的女朋友吧"，这是一张揉皱的作业纸上孩子气的潦草笔迹，"让我同姐姐和好如初"，这是另一张，还有几张诚挚地请求让哈利法克斯镇在星期六的比赛中获胜。波兰的灌木丛里的碎布

---

1 沃尔特·白哲特（Walter Bagehot，1826—1877），英国商人、散文家、社会学家、经济学家，宣扬社会达尔文主义的理论。
2 圣贝尔纳黛特（St. Bernadette，原名 Marie-Bernarde Soubirous，1844—1879），法国农村姑娘，1858年自称在卢尔德于异象中看到圣母玛利亚，使该镇成为信徒朝拜中心。
3 即英国文学史上著名的勃朗特三姐妹。

FIFTY YEARS OF EUROPE
AN ALBUM
JAN MORRIS

片——西班牙或意大利那些圣地里被丢弃的拐杖——午夜列队行进，奇迹般的治愈——"上帝啊，让我找到车钥匙吧"——如今在十字架庇佑下干出的所有这种愚蛮之举，仍然让我想起对岩石的崇拜。

17

迷恋死亡

一些学者认为，死亡崇拜是巨石宗教的一部分。倘若如此，那它一定被现代欧洲人继承下来了。我以为，木乃伊和尸体，血和骨头，同一种建立在残酷折磨的死亡之上的文化联系在一起，这不是自然而然的事吗；在基督教的欧洲，盗尸者和恋尸癖不必感到无用武之地。到处都有尸体提供，圣骨盒里腌制保存着数不清的身体碎块。都柏林有变成木乃伊的修女，那不勒斯有硬化的僧侣，石勒苏益格的沼泽挖出变成皮革质地的尸体，丹麦的特朗德霍尔姆沼泽（Trundholm Bog）里完好保存了有2000年历史的死人，葡萄牙埃武拉有一个布满5000个死人骨骸的藏尸所，而穿着本色布裤子和卧室拖鞋的哲学家杰里米·边沁[1]的骨架就坐在伦敦大学学院一个玻璃橱窗里。在布达佩斯，往一条槽里投入50福

---

[1] 杰里米·边沁（Jeremy Bentham, 1748—1832），英国法理学家、功利主义哲学家、经济学家、社会改革者。

林[1]，圣斯蒂芬的一只被制成木乃伊的手就会被自动照亮。在西西里的巴勒莫，圣方济会的地下墓窟里，在托钵修士的看守下，展示着一代又一代市民的干尸，展览的高潮是一具童尸，上面有标签写着"婴儿——美丽的睡女孩"。"小心点，"我离开这可怕的展览时，一个托钵修士用颇为平和的声音说，"小心被打劫"。我觉得他的眼睛里有一丝怪异的神色，有点像是那个气氛阴暗的科西嘉村庄里村民瞪着我的目光。几乎是刚一走出这个神圣之地，就有两个歹徒骑着摩托抢走了我的包，搞得我一文不名。

18

山

我敢肯定，圣帕特里克[2]之前，智者就已经不时造访爱尔兰梅奥郡西海岸的帕特里克山，据说后来他在山顶上显现神力，将蛇驱赶出爱尔兰。一块圣石上写有这段经历的简介，当时一同被他驱逐的还有德鲁伊教会。爱尔兰人把这块石头称作"力克"（Reek），它光秃秃地耸

---

1 福林（forint），匈牙利货币单位。
2 圣帕特里克（St. Patrick, 386—461），5 世纪时将基督教传入爱尔兰的传教士与主教，被视为爱尔兰的保护神。

立在海岸边，俯瞰港湾中星罗棋布的上百个小岛。今天，人们在7月的最后一个星期天攀爬帕特里克山，表面上看是为了朝圣，寻求基督教的安慰，但我加入后就发现不少人和我一样，实际上是来感受更质朴原始的本能冲动。我们基本上不可能自称是来追逐太阳或月亮的，因为下雨，那座山的顶部也几乎看不到，但我们肯定同那些岩石产生了密切的联系。

大约两万人参加攀爬。据说如果不是罗斯康芒郡对梅奥郡的足球赛那天下午进行，爬山的人会更多。在山脚下，一群铁匠带着徒弟们卖给我们粗糙打制的手杖，当地土话称作"力克杖"。一整天，紧裹在连帽雪衣里，顶着毛毛雨，朝圣者们沿着山峰往上爬，有人单走独行，有人三五成群，有人大笑高歌，有人一路诵经。感觉像是在城里的一条购物街上同人群一起移动。有小孩，有老人。有满脸皱纹的老太太。有一队队穿制服的士兵。一些铁匠在人群的边缘大步走，欢呼雀跃的顽童挥舞手杖。许多狂热者赤脚爬山，表情因痛苦而扭曲，又充满大无畏的精神，血混着泥巴从脚趾缝里渗出。前半截山路挺轻松，但再往上看，只见迷蒙的雨雾中碎石山坡陡峭如壁，全然寻不着路径。"上帝啊，"我旁边的一个人说，"你看看！"他们把这段山麓碎石叫作"天堂之前的地狱"，接下来的山坡我们得咬着牙费劲爬。不时有人跌倒，时常有人停住，一动不动，呼吸沉重，请求帮助或者犹豫是否放弃。偶尔会有担架蹒跚而下，上面躺着流血或打了绷带的伤者——仿佛这是对大家的鼓励[1]。"爬到山顶,"同行者说,"你的灵魂就会得到清洗,你又可以重新犯下罪孽了。"

果然,爬上山顶,走进一个前面装着玻璃幕墙的小祷告所,里面流水席一般地进行着永不停歇的弥撒,扩音器里神父的声音穿透薄雾嗡嗡作响,一群朝圣者绕着山顶转圈。有人在专卖饮料点心的售货处买茶和小圆面包。有人在排队等做忏悔。有人疲惫地绕着一块被叫作"圣帕特里克之床"的石头转圈,据说要转七圈才行——转圈的人不时和我发生碰擦,最后我才意识到自己转圈的方向是反的。尽管爬帕特里克山让我浑身瘀伤、透不过气,但我很喜欢这次朝圣。"你是第一次来?"不时有人同情地问我,到最后,我瘫坐在地吃三明治时告诉他们"是的";但我心里并不这么认为,因为我丝毫不觉得那些温暖的驴子形状的岩石会把我当作外人。

19

最后的异教徒

旧神的力量仍然残留于大地之上,感知它们的最佳场所是立陶

---

[1] 原文为法语: pour encourager les autres, 语出伏尔泰小说《赣第德》,多用于反讽。

宛——欧洲最后一个接受基督教的国家——时间是基督诞生之后13个世纪。旧信仰的印记与回声无处不在，有时不禁让我觉得，即使到现在，这个国家还没完全摆脱异教。到处都有东西提示佩尔库纳斯[1]的存在，有时会直接出现他的形象：一个令人生畏的雷电之神，一个真正的偶像，矗立在该国前首都考那斯城的一个广场。而作为国家核心标志的维尔纽斯城堡下面有座教堂，占据的就是佩尔库纳斯神庙的遗址（据说地基中间有一座异教祭坛，我在那些形态各异的棺材、尸体、神圣遗物中进行了一番漫长而令人沮丧的搜寻，却没能找到它）。1996年，这座教堂里竖起了最重要的民族英雄之一、城市建立者盖迪米纳斯大公[2]的雕像。这是对不久前还统治该国的苏联的反击，也是对民族意义的一次宣告。那是全世界我最喜欢的一尊骑马雕像——部分原因是这位大公并未欢欣鼓舞地奔向落日，而是以一种慷慨豪迈的姿态站在马头旁边；另一部分则是因为它直接竖立在一块古老的异教圣石上。

隔那儿不远，走过一条阒寂的小街，就能看到红砖圣尼古拉斯教堂。这是一个精致小巧的建筑，隐身于环绕的围墙中，显得结实坚定。它必

---

1 佩尔库纳斯（Perkūnas），波罗的海异教中最重要的神祇，在立陶宛和拉脱维亚神话中，他是雷电、雨、山、橡树和天空的神。
2 盖迪米纳斯大公（Grand Duke of Lithuania Gediminas，1275—1341），奠定了立陶宛民族的基础，将国土扩展到波罗的海到黑海之间的大片土地，并促成立陶宛人改信基督教。

须得这样。它是由14世纪早期这座城里的德国商会出资修建的，当时立陶宛人还未改宗基督教。那些虔诚的德国人参加礼拜天的宗教活动时，知道周围全都是些异教徒，还有他们崇拜的岩石、树木与泉水，城堡下面的路上进行着供奉古老佩尔库纳斯的仪式，天知道有多么渎神又恐怖。

20

十字架山

在我看来，就连立陶宛天主教最深邃最神圣的地方也反射着比基督更古老的信仰。十字架山[1]是立陶宛宗教虔诚与民族骄傲的另一个著名象征。那是个再奇怪不过的地方。至少从19世纪早期以来（也许还要更早些），人们就把它视为圣地。经过许多代人，它的土壤中被植入一片纠结的十字架森林，木头的、金属的、石头的十字架，高高的雕刻的十字架，用旧管子做的十字架，精细雕刻的十字架，成排成行的十字架，聚成一簇的十字架，堆叠成一团无法辨认的混乱的十字架。在几乎每一个十字架周围都挂着几百个较小的十字架，还有乱糟糟的一团团念珠，

---

[1] 十字架山（立陶宛语：Kryžių kalnas），希奥利艾以北12千米处的一座山丘，目前覆满数万个十字架。苏联时期，立陶宛人不断来到十字架山留下十字架，成为进行和平抵抗的象征。苏联政府也不断搬走新的十字架，并至少三次试图用推土机推平此地，甚至有传言说苏联当局计划在附近修建水坝，将十字架山淹入水底。

在它们之间，所有的小径都被朝圣者踩踏过，人们从立陶宛的每个角落川流不息地来到这儿。整个山丘看上去像是被**熔化**了，仿佛它所有的数之不尽的象征被熔合到一块儿，到处都留下锯齿状的突起。它有一种压倒性的神秘原始主义的感觉——作为一个泛神论的异教徒，我自己对它也充满崇敬，敬意既来自其基督教旨意，也来自它那抽象的神圣性。苏联统治期间，他们对这两方面都很憎恶。他们正确地将其视为一个爱国主义兼宗教忠诚的焦点，以最专制的态度尽可能地终结它。他们用推土机推倒了6000多个十字架。他们禁止再竖起新的十字架，但这显然不起作用。爱国者和教会人士在夜里悄悄潜入，费尽心思种下新的十字架，苏联崩溃以来，成千上万的新十字架竖了起来，扩散到山丘周围的草地上。一天下午，我站在从附近流过的一条芦苇丛生的小溪堤岸上思考这一切时，宁静的牧歌氛围中传来十字架丛林某处正在竖立新十字架的锤击声。基督、爱国主义和雷神佩尔库纳斯的组合怎么可能是粗暴的力量所能阻挡的？

21

独占一个等级

基督教在欧洲取胜已久，压倒了各种形态、各种变体的异教，替换了古希腊罗马的众神,贬斥了各种各样的佩尔库纳斯,也挺过了它自己的数不胜数的异端与分裂。"国王死了,国王万岁!"[1]詹姆斯·弗雷泽[2]在1880年写道,他想象三钟经的声音被风从罗马吹来,降临在内米圣湖的金枝神庙之上。玻璃削弱了石头的原始魔力,神灵的一套新秩序接管此地。直到今天他们还和我们在一起。我不止一次碰到自称见过圣母马利亚的人,还有一位女士,说她见过耶稣基督本人。然而,这些人从来没同神圣的人物说过话,对方总是保持庄严的沉默从他们的路上穿过,1994年我参观葡萄牙法蒂玛朝圣地时,兴奋地发现自称在1917年同圣母进行过长时间交谈的传奇修女露希亚还活着。在她那个时代的基督教预言家中,她独占一个等级。她对神圣遭遇的描述让法蒂玛成了重要的基督教圣地之一,是反无神论的"蓝色阿玛达"(Blue Armada)运动的总部,据说这场运动波及上百个国家,有几千万人参加。她也是"第三秘密"的保管者,这个秘密据说太过可怕或者太过老套,因此从未向世人披露,只有教皇和梵蒂冈核心人员知晓——按照宗教法庭庭长、枢机主教奥塔维亚尼在1960年的说法,是被隔绝在"一个犹如黑暗深井的档案馆里,文件坠入井底,没人能再见到",这说法太神秘了,撩拨

---

[1] 原文为法语:Le roi eat mort, vive le roi!
[2] 詹姆斯·弗雷泽(James Frazer, 1854—1941),英国著名的人类学家、宗教历史学家、民俗学家,认为"巫术先于宗教"的第一人,《金枝》为其代表作。

FIFTY YEARS OF EUROPE
AN ALBUM
JAN MORRIS

得人简直受不了，于是到了1981年，一个前特拉普[1]修士意图劫持一架爱尔兰客机，以迫使梵蒂冈公布这个秘密，当然，他未获成功。露希亚修女死后，教会肯定会为她举行盛大的宣福礼，法蒂玛长方形大教堂（其典礼广场大如两个罗马圣彼得广场）任何时候都会恭候她的葬礼。

法蒂玛的一位神父告诉我这一切，听到他不经意地透露露希亚修女还健康地生活在科英布拉的一座修道院里，我一分钟都没等，起身就走。露希亚修女！她身上有一种不可思议的巨大的神秘，她会被永远尊崇，她的一生充满神奇的启示，她将被葬在大教堂里，毫无疑问会被尊为圣徒，她的"第三秘密"埋藏在深不可测的档案里，曾被特拉普派修士劫持！不到一个小时，我就来到她所属的加尔默罗会修道院，她已经带着记忆与秘密在那里生活了几乎半个世纪。

然而，我没有见到她——也许这样更好。我能对她说些什么？我不过是个好奇的异教徒。一个年轻修女打开门，露出一个停尸房般的大厅，她表示歉意，因为露希亚修女不愿接受我的访谈，隔着栅栏也不行。我咕哝了几句，大意是希望得到她的祝福，其实这只是没话找话，年轻修女也知道。

---

1 特拉普派（Trappist），经过改革的天主教西妥修道会的主要一支，以苦行和发誓沉默为特征，来自1664年建立于法国西北部的拉特拉比斯修道院。

22

见异象

圣母马利亚在法蒂玛向露希亚修女现身,这是 1917 年的一桩大事。1858 年,卢尔德的贝尔纳黛特看见圣母,她因此被封圣,并被拍成电影。但在 20 世纪后面的岁月里,神圣幻象在欧洲基督教徒里大行其道。这也许是一种时代的标志。神圣幻象与奇迹在欧洲各地突然流行,同 UFO 和电视文化里其他未解之谜的兴趣正相吻合。在意大利,无数人声称见到圣母像眼睛里冒出泪水或血水,尽管教会本身只认可其中一起,科学家则嗤之以鼻,认为全都是骗局或者自然现象。事实证明,爱尔兰是"活动圣母像"的胜地,遍布岛上的许多圣像曾经奇迹般地摇晃或摆动,有时还伴随着幻想的幽灵,传达有关离婚或纯净生活的教诲。一个雨天的下午,我在沃特福德郡的卡波昆,一片幽暗的小树林里,参观一处供奉圣母的洞穴,里面有一尊圣母像,据说经常移动、变容,并且发出声音,比如"世界须遵正道""感谢圣歌""世人必须多去弥撒"。有一家人孤独而执拗地坐在岩洞上方潮湿的露台里:夫妻俩带着已经成年的一对儿女,神情恍惚,手攥念珠,眼神直勾勾地望着岩石上的雕像,指望它没准会动一动,祈祷一次神圣的显灵,这一家人偶尔动动嘴唇,但身体始终如同画中人。又像是赌桌旁的狂热赌徒。到处都在下雨,雨

FIFTY YEARS OF EUROPE
AN ALBUM
JAN MORRIS

水从露台顶上倾泻而下。

显灵事件中最难以索解的是默主歌耶（Medjugorje）的奇迹。那是波斯尼亚的一个小山村，1981年，一群孩子自称看到了圣母马利亚。从那以后，他们几乎每天都宣称见到了圣母，没人能动摇他们的信念，尽管天主教会不认可此事，但这个山村还是成了欧洲的另一个著名朝圣地。南斯拉夫内战未波及被信众认为本身即是一个奇迹的默主歌耶，战争期间，朝圣者仍然从世界上许多地方来到这里，希望分享那群孩子见过的幻象，即便是退而求其次，也希望能看到作为前一幻象附带的太阳跳舞的景象。1996年，我到那儿时，山坡上那簇房舍已经变成一个典型的法蒂玛传统风格（默主歌耶的这群孩子也被传授了秘密）的基督教圣地。人们正在修建一座崭新的圣殿，附带两个方形塔楼，周围荒凉的石头地上，一个朝圣地所应有的各种设施逐渐冒头——摆满各色亮闪闪小饰品的形如街市的商铺、比萨餐厅、旅馆、加油站、出租车站、银行。我敢肯定，幻象出现之后有几百万人来过默主歌耶，但在我到此地的那个冬日，还猜想不到有此盛况。当时，天上下着细雨，圣殿空空荡荡，商铺毫无人气，出租车绝望地等待客人。我走到孩子们看到幻象的山上，沿着石头小路往上爬，看到香客们撑着伞，形成一条黑线，向山顶延伸。雨下大了，云在头顶飞掠，哪怕是最容易见到幻象的人也没看到太阳跳舞。

23

一个爱尔兰人看见的太阳跳舞,
引自亚历山大·卡迈克尔[1]1994年版的
《苏格兰盖尔语歌谣和祷词集》(Carmina Gadelica)

辉煌的鲜红太阳在绿色的山顶升起,不断改变颜色——绿、紫、红、血红、白、纯白、泛金光的白,像元素之神展现给人类的孩子们的荣耀。它兴奋地上下舞动……

24

脚指甲

我在欧洲那些年见到的另一个奇观是教皇坐在所谓的"教皇车"(popemobile)里高速移动、四处巡行,这种交通工具总是让我想起阿道夫·艾希曼[2]在耶路撒冷接受死刑判决时的玻璃笼子。波兰籍教皇约翰·保罗二世[3]是个顶厉害的旅行家,也是一个顶厉害的展示家,是他第

---

1 亚历山大·卡迈克尔(Alexander Carmichael,1832—1912),苏格兰民俗学者、古文物研究者、作家。
2 阿道夫·艾希曼(Adolf Eichmann,1906—1962),纳粹德国高官,在犹太人大屠杀中执行"最终方案"的主要负责者,战后被以色列判处死刑。
3 约翰·保罗二世(John Paul II,1920—2005),出生于波兰,1978年10月16日当选罗马天主教第264任教皇。

FIFTY YEARS OF EUROPE
AN ALBUM
JAN MORRIS

一次将教会最高权力机构的神秘权威带到欧洲的各个地方——50年前，谁能想象教皇会去威尔士首府加的夫？我从未见过教皇，但我曾经对坎特伯雷大主教颇为熟悉。我们同一天生日（还有甘地），我们还有同样的毛病：每过5年左右，右脚大脚指甲就会脱落。他这病根是"二战"时在坦克里受伤留下的，而我是在喜马拉雅山被一块冰砸出来的。他同800多个主教、大主教一起构成全球7000万英国国教徒的精神领袖，但我必须得说，我从未被他的崇高地位所震慑。要是某位教皇的脚趾也和我有同样的毛病，那可能不太一样，因为，即使在一个万物有灵论者心中，罗马教皇也有某种超验的权威。坎特伯雷大主教来了又去，退位后简直就像女人恢复了娘家姓，但教皇永远是教皇。教皇称得上拥有巨大影响力。全球将近九亿天主教徒都忠于他。大教堂里供奉有诸多遗迹，领受着枢机主教的鞠躬、王公贵族的崇拜，但都赛不过教皇的一片脚指甲。

25

死教皇

我曾经见过死去的教皇，就连遗体也充满光彩。庇护十世[1]成为教

---

[1] 庇护十世（Pope Pius X，1835—1914），原名朱塞佩·梅尔基奥雷·萨尔托（Giuseppe Melchiorre Sarto），罗马天主教第258任教皇（1903—1914）。

皇之前是威尼斯大主教，1959年他的遗体被送往威尼斯，当时我恰好住在那儿。我在阳台上望着他从大运河上经过。尽管遗体经过防腐处理，但他仍然有一种无限屈尊俯就的气派。打头的几艘贡多拉由穿白袍的船夫划动，里面坐满神父，深陷在座位的软垫里。跟在后面的是一串如梦似幻的大游艇，丝绒帷幔拖曳到船后的水里。最后面是金碧辉煌的布钦多洛船（Bucintoro），这种船是华丽的威尼斯总督官方游艇的后继者，一群年轻强壮的水手伴着鼓点划桨前行。钟声响起，喇叭里传来单声圣歌，响彻整个城市，庇护十世的遗体仰躺在水晶棺里，在隆隆的鼓声中驶过。

26

活教皇

教皇生前也会有他自己的光环，在我心中，欧洲最好的朝圣之旅是去罗马圣彼得广场见证教皇向全球九亿信徒进行复活节宣讲。这个场面也许已经司空见惯，甚至有点陈腐，教皇说的话也不大可能激动人心，但这一切的魅力其实有一半都来自它的按部就班、一成不变。"在此岩石上！"[1] 无数兴高采烈的人从无数长途汽车上下来，沿着协和大道从容

---

1 创立天主教会的圣彼得，被耶稣称为"岩石"，并称将把教会建立在这岩石上。

漫步，从梵蒂冈的后街小巷涌出，无所不包的复活节狂欢中有必不可少的修女、面色苍白的神学院学生、波兰人、美国游客团、爱尔兰的狂热信徒、背包客、老得惊人的患关节炎的女士、从英国来的夫妇。今日的瑞士卫兵[1]尽管并不像昔日传说中那样强悍，但身着16世纪的制服，手持过肩的长矛，仍然威仪堂堂。卫兵列队行进，带着真正的意大利羽饰，羽毛颤摇，鼓乐高亢。固定的电视摄像机到处都是，教皇的阳台上不时出现衣着考究的神父，慌手忙脚地摆弄演讲台，调整麦克风，显出一副权威的样子。

最后，教皇出现了，随他出现的还有一两个恭顺的枢机主教，以及双手像螳螂一样紧握的殷勤随从，此刻，教皇恍如上帝现身，古老而遥远，身旁如有天使拱卫。他的声音响起，在大广场上回荡，有点延迟，像是一部糟糕的越洋电话里的交谈，同一时刻既远又近，那可能真的是天堂的声音，说的都是些陈词滥调，但却无可指摘，措辞的转换无懈可击——倘若未来我们够幸运站到天堂门口，听到的欢迎辞想必就是如此。

---

[1] 瑞士卫兵成为梵蒂冈教皇的警卫队始于16世纪初。1505年6月，当时的罗马教皇尤里奥二世将在欧洲各地以骁勇善战闻名的瑞士雇佣兵带到罗马，并正式决定让他们来守卫梵蒂冈。

基督徒的力量

"教皇有多少个师？"斯大林直白地嘲弄道。实际上，欧洲历史上基督徒的力量无法计数。让罗马成为世界最伟大城市之一的，绝非意大利总统，而是教皇。欧洲许多其他城市也是因为和基督教的关系而在国际上享有重要地位——比如说，西班牙圣地亚哥-德-孔波斯特拉这样的朝圣地，坎特伯雷、阿维尼翁、马丁·路德的维滕堡这样的异端教派中心，特里尔或美因茨这样的大主教教区，或者那些举行过基督教历史上关键会议、对欧洲大陆的命运产生过重要影响的地方。德国康斯坦茨（Constance，德语中写作 Konstanz）就是其中之一。这是个中等大小的城市，位于莱茵河流出康斯坦茨湖的地方，地势优越，风景壮阔，但在其他方面并不突出。这个城市之所以出名，是因为 1414 年至 1418 年这里召开过一次决定性的基督教宗教会议，正式宣判约翰·威克里夫[1]和扬·胡斯[2]的主张为异端，并背信弃义地将胡斯烧死（请他赴会时教会曾许诺其安全），成功结束了由于在罗马和阿维尼翁各有一个教皇而导致天主教会

---

1 约翰·威克里夫（John Wycliffe，约 1320—1384），英国宗教改革家和《圣经》翻译家，有时也被称为第一个新教徒。
2 扬·胡斯（Jan Hus, 1369—1415），捷克宗教思想家、哲学家、改革家，曾任布拉格查理大学校长。罗马天主教视其为异教徒，于 1411 年革除其教籍。1414 年，康斯坦茨宗教会议判罚胡斯有罪，于次年将其处以火刑。胡斯之死直接导致了胡斯战争的爆发。1999 年，罗马天主教会为此进行道歉。

分裂的状态。但当我漫步在这座城市的街道，我并未看到我脑海中前来参加教会机密会议的身着紫袍的神职人员，也没有看到成为唯一教皇、凯旋而来的马蒂诺五世[1]。我看到的是四年中把城里塞得满当当的令人惊讶的信徒大杂烩，他们已永远成为宗教会议传奇的一部分。在1414年，去康斯坦茨就像今天去举办奥运会的城市。古老的房舍里挤满各国首脑、大使、学者、律师，还有成千上万的仆人、卫兵、侍臣，整座城市变成了一个巨大的交易市场和大百货商店。据说整个大公会议期间，共有十万人来到康斯坦茨，其中大多对神学并不特别感兴趣，因为其中包含各种类型的商人、江湖医生、骗子、巡回演员、街头音乐家、小丑，当然也少不了数量庞大的妓女。我仍然能够清晰地看到他们，胡斯被烧死时他们在教堂广场周围乱转，我想象得到，要是在当下，我听到的争论会是关于火刑柱周边投放烟草广告是否合适、电视转播权该卖给谁。

28

信仰之用

根据我50年的欧洲游历所见，欧洲基督教在压抑严苛的时代提供

---

[1] 马蒂诺五世，又译马丁五世（Martin V，约1368—1431），于1417年的圣马蒂诺日被选为教皇。

反抗或单纯的快乐时，有着最明显不过的影响力（今天，基督教已经很少有代表社会地位的骄傲或商业方面的优势——在美国它还有此功能）。在东欧剧变前的波兰，琴斯托霍瓦的朝圣教堂，波兰最神圣的基督教圣殿，每个礼拜堂都被秘密警察持续监听，唯有教会能对抗专制。我绝不会忘记，在教堂周围举行的仪式或庆典多么宏大，人们的热情又是如何倾泻——然而，打动我的往往并非圣礼的辉煌。在20世纪50年代的华沙，工作日的晚上，常能看见市民从寒冷飘雪的街道溜进教堂（就像其他地方的上班族在搭车回家之前闯入酒吧那样），快步进入，在胸前画十字，如同在俱乐部签到；片刻之后重新出现在外面，外套扣紧，戴上厚手套，快步冲向电车，简直像是打了鸡血。在节日庆典中，天主教会展现出最辉煌灿烂的一面，美妙的赋格，庄严的神父，然后是衣衫破旧的庞大会众像西方资本主义国度里铜管音乐会的听众一样，精神得到提升，从现实中获得一两个小时的盛大逃避。

在佛朗哥[1]独裁统治的晚期，在纪念圣人的节日里，马拉加和塞维利亚的市民带着巨大的圣母像，由一名骑着马、抽出剑、奖章叮当响的官员引领着涌上街头，那是否真的是悔罪？忏悔者一群群走过，头顶锥

---

[1] 弗朗西斯科·佛朗哥（Francisco Franco, 1892—1975），西班牙政治家、军事家，西班牙内战期间推翻民主共和国的民族主义军队领袖，法西斯主义独裁者，西班牙长枪党党魁。

FIFTY YEARS OF EUROPE
AN ALBUM
JAN MORRIS

形风帽,手持棍棒,从一头看到另一头,全都阴森可畏,以一种近乎狂傲的姿态昂首阔步,他们身后,由一排排弯腰曲背、蒙着斗篷、身披黑袍的信徒举起的巨大镀金圣像在灯光下摇摇摆摆。一个披垂布的管事者让他们同一口钟的叮当声(就像威尼斯教皇遗体巡行时的鼓点一样)保持一致的节奏,这群人迈着缓慢、悲哀而可怕的步履穿过街道。我还留意到,这些汗流浃背的上帝奴仆停下来休息时,会向人群中的朋友快活地挥手致意,要可乐,或者点起香烟。这些并非真正的悔罪的程序,它们部分反映出统治西班牙的力量:拥有绝对权力的双驾马车——教会与国家,实际上也部分表达了民族的欢乐。

　　1996年春,我走在新近成立的斯洛伐克共和国的首都布拉迪斯拉发,找地方吃饭。我渐渐留意到,成群结队、欢快而吵闹的年轻人都在朝同一个方向涌去。是一家品质可靠的酒窖?一家欢乐的音乐咖啡馆?我也想要喝点酒听音乐,于是就跟着他们走,最终来到一个正举行庆典、挤得水泄不通的洛可可风格的耶稣会教堂,这里的大学生们明显一副兴高采烈的样子,正在举行学生弥撒。在爱尔兰,我偶尔会疑心,伴随最严厉的天主教仪式的是一种欢乐的情绪——也许是一种受虐狂式的欢乐,比如,攀登帕特里克山。偏远而令人疲累的多尼戈尔山区有个德格湖,湖里有个阴沉的荒岛,那是爱尔兰最严酷的朝圣地之一。在那儿,信徒们斋戒三日,守夜祈祷24小时,在石头小径上赤脚行走,并且必须背诵63遍荣归主颂、234遍信条、891遍主祷文、1458遍万福马利亚。我曾经在爱尔兰东海岸的德洛赫达参加过一次婚礼，听到一个女人问一个扣眼里簪着康乃馨、手上端着一杯香槟的游历甚广的年轻宾客，问他当年打算去哪儿度假。我以为他会说"巴巴多斯"或者"希腊米克诺斯岛"，结果他的回答是："我打算去德格湖朝圣三天。"

29

教会的王子

当代最著名的天主教受难者生前必定更多是理论家，而非圣徒。1949年，我初次知晓枢机主教约瑟夫·闵真谛（Cardinal József Mindszenty），当时我从牛津休假，正在伦敦《泰晤士报》做助理编辑。他是匈牙利大主教，我编的新闻里写到他被布达佩斯的共产党政府控以叛国罪。经过几天拷问，通过一次摆样子公审，他被判处终身监禁；1956年匈牙利反苏暴动中，他被短暂释放，这成了更轰动的新闻。共产党重新控制政局后，他进入布达佩斯的美国领事馆获得庇护。他在那儿待了15年，反复拒绝来自外国的避难邀请。对我们这一代人来说，闵真谛是一个家喻户晓的名字——后来他和梵蒂冈也闹翻了，因为他认为教会对斯大林主义太过软弱。

FIFTY YEARS OF EUROPE
AN ALBUM
JAN MORRIS

闵真谛在奥地利逝世、下葬，但1991年匈牙利的共产党政权下台后，他的遗体被移葬到埃斯泰尔戈姆的长方形教堂（这是匈牙利大主教的所在地），1996年我曾去参观过他的坟墓。对于一位教会的王子来说，这是一个多么完满的结局！有巨大穹顶的埃斯泰尔戈姆长方形教堂矗立在多瑙河边一处高高的绝壁之上。下方远处是一座原本通往斯洛伐克河岸的断桥，"二战"期间被炸毁，给一个真正史诗性的地方添加了悲剧性的暴力元素。教堂前面是一个巨大的永远无法彻底完工的广场，朝上通往一个古典式的柱廊，让你感觉自己正在接近一个基督教的权力中心。这座教堂据说是世界上第五大教堂，它的宝藏中包括一大批神话般的金银器。闵真谛就葬在一处由50英尺厚的墙壁支撑的教堂地下室里，由两座分别代表"复活"与"永生"的女性雕像守卫，弥漫出一种无限阴郁不祥的氛围。墙上石板铭刻着对他的许多前辈的纪念，其中一个人的肖像被巨大的黑天使的翅膀荫蔽；但那下面没有什么可堪与闵真谛墓的意义相比拟的东西，它是匈牙利天主教会的一个重要的圣地。他死后20多年，我到那儿时，坟墓仍然为花环、缎带和纪念信环绕，其中还有前来参观的教皇留下的照片。我再次回到上面的阳光中时，听到教堂里轰响着管风琴的乐声，不由得略带嘲弄地回想起多年前自己如何绞尽脑汁围绕一个由十个字母组成的姓名[1]写出两栏头条新闻。

---

1 即闵真谛的姓名 Mindszenty。

神圣的征候

30

真正的信仰

但在某些地方,特别是东欧,人们仍然有可能体验到最为超验的基督教信仰。立陶宛首都维尔纽斯有一座被叫作"黎明之门"的城门,就是这样一个地方。这座城里住的主要是波兰人,城中有对波兰天主教会来说最神圣的东西——城门上一个小礼拜堂里供奉的据说能带来奇迹的圣母像。当年的老照片里能看到,下面的街道上挤满跪着的信徒,仰望上方的礼拜堂,到20世纪90年代末,我发现此地的香火之盛仍然不减于往日。黎明之门始终是一个每日朝圣的地方,就我所见,信徒们表现出了最纯粹的虔诚。这里每天都举行弥撒,音乐回响在下面的街道上(礼拜堂开着窗户,好让人们能看到圣母)。一个工作日的早上,我走上通往这处圣地的楼梯,里面塞满了处于狂喜状态的基督徒,挤到险些窒息。有人在唱,有人高声祈祷,有人试图跪着爬上台阶,全都兴高采烈地朝前挤,争着要去看一眼在神父仪式的微光中闪烁着黑色与金色的圣像。

另一个被信徒崇拜的城门是通往克罗地亚萨格勒布市内城区的一道直角石门。在星期天,来到此处的基督教徒的虔诚尤其让人过目难忘。大门内阴影覆盖处,铁栅栏后矗立着另一尊出现过奇迹的圣母像,信徒们站在前面沉默祈祷,或者跪在成排长椅上,半边身子被暗影遮没。一

FIFTY YEARS OF EUROPE
AN ALBUM
JAN MORRIS

个洞穴般的小店贩卖香烛,还有信徒们递给修女点燃后摆放在圣像前的祭品。我到那儿时看到两个点香烛的修女——面无笑容、全神贯注。她们面前一个大托盘里点着一堆蜡烛,火苗在幽暗中闪烁,她俩用金属刮铲不断清理,腾出位置点燃新的香烛。熔化的蜡烛凝结成还在燃烧的一大团。像在中世纪的厨房里分割蛋糕一样,修女将蜡块分成小块,切成薄片,把它们挪来挪去,从托盘里挖出大坨大坨的烫软的蜡,切,挖,挪,没一刻能停下来,而信徒们就沉默地、一动不动地站在圣母像前,他们后面的长椅上蹲伏着模糊的形影,一列信徒排队等待将未点燃的蜡烛加入这熔炉。切啊挖,切啊挖,修女连轴转地完成神圣的责任,火光中的侧影轮廓像是一对冥府小鬼——我心里突然冒出这渎圣的念头。门外路边一左一右两个小乞丐哼唱着单调平板的颂歌,不时磕磕巴巴地唱断了气,但只要看到有信徒来到,马上又重新开始诵念。

31

西番莲花

大众的信仰的力量就是这样,即使在我们这个时代,意识形态非基督教的欧洲有时也需要基督教的虚饰。20世纪60年代,我在西班牙写一本书时,曾听到一个被非公开地逐出教会的人向"西番莲花"多洛雷斯·伊巴露丽·戈麦斯[1]的名字呼告。这是西班牙内战期间共产党的超级女英雄,在20世纪30年代的左翼共和国,她被提升到迄今为止只有圣母马利亚达到过的崇高地位。在政治游行的行列中,她的肖像实际上被放到了圣母像的位置,就像在复活节的游行队伍中一样,前面以举蜡烛的人和鼓手作为引导。她在内战中的战斗口号也像教令一样被广泛引用,比如"别让他们通过!""宁可站着死,不可跪着生!"——就连她的别名也足够清楚地指向基督教信仰。这个炽热的马克思主义先知,是按照基督教圣徒的模子创造出来的。倘若历史走上另一条道,世人极可能会崇奉她的雕像(也生出奇迹),或者她的凝血(也不时液化)。我在西班牙的时候,"西番莲花"[2]正流亡莫斯科。然而,不论神圣抑或世俗,宗教就是宗教。在天主教独裁者弗朗西斯科·佛朗哥死后,她回到家乡,成为新生的西班牙民主议会的一员,于1989年逝世。

32

圣斯格鲁奇日

　　某些基督教的庆典本身就继承自异教,某种程度上仍然保留了无

---

[1] 多洛雷斯·伊巴露丽·戈麦斯(Dolores Ibárruri Gómez,1895—1989),西班牙共产党人,内战中任西班牙共和国领导者,长期使用化名"西番莲花"(La Pasionaria)。
[2] "西番莲花"的原文是La Pasionaria,又可译为"热情之花"或者"受难之花"。

法追溯的普遍的神圣性。复活节的星期天去教堂，这是纯粹的基督教习俗，到今天还是欧洲信徒们的大节日——比如，对几百万基本上持不可知论的英国国教徒来说，它几乎是强制性的——但我从未看到，它对欧洲的风俗或道德产生过任何直接的影响。另一方面，圣诞节无疑是直接源自圣斯格鲁奇日（St. Scrooge's Day）。也许因为它是儿童的节日，也许因为圣诞节故事如此迷人，也许因为圣诞节颂歌格外动听，可以说，过圣诞节时欧洲会变得更美好。圣诞节早上，扒手会待在家里。坏脾气的人会和颜悦色。人们脸上的笑容更常见，在欧洲大陆任何地方，随着烤箱里鸭、鹅或者更常见的乏味的火鸡逐渐焦黄，你会觉得人们进入了一种更缓慢更温和的状态。有一年圣诞节，我在维也纳一个公园里散步，而我的圣诞大餐正在萨克酒店里烘烤。公园里几乎没有女人。到处都是维也纳的男人，带着孩子，无目的却又充满期待地闲逛，妻子们正在家准备大餐，丈夫们就被赶了出来，女人和男人继续各司其职。在圣诞节，旧时的等级重新建立。"看在上帝的分儿上，"这一天，我似乎听到全欧洲的家庭主妇咕哝道，"去吧，带着孩子出门，去透透风。"

33

和匹克威克俱乐部[1]一起过圣诞节

斯堪的纳维亚的圣诞节特别令人信服。毕竟，圣诞老人就住在他们那儿。无数游客带着儿女乘机直飞瑞典拉普兰，小孩们常常会困惑地发现自己头一天还在玩具反斗城的塑料洞穴里见到的那个白胡子老头又出现了。一到圣诞节，斯堪的纳维亚各个城市的市场里就弥漫着加香料温热的格拉格（glögg）酒味。斯堪的纳维亚航空公司的空姐头顶烛形王冠出现在机舱，尖声唱起圣歌。我某些最幸福的圣诞节记忆同斯德哥尔摩的卡拉伦歌剧（Operakällaren）餐厅联系在一起：节日晚餐一直进行到夜深才结束，奢华的餐厅外面火炬熊熊燃烧。

随着暮色降临，卡拉伦歌剧餐厅中，越来越多的房间里，快活的老派侍者奉上北欧产的开胃酒，在我看来，这展现了一种会让狄更斯喜欢的圣诞节的基督教精神——简直像是和匹克威克俱乐部同进晚餐。各个时代融混于此，每个人都像是同其他人联系在一起。神奇的麋鹿肉来了，一道鲱鱼轻快地经过，大马哈鱼一条接一条地端上餐台，很快你就同邻座的瑞典人熟络起来，恭维他们说得一口流利的英语，对小伊娃的

---

[1] 在狄更斯成名作《匹克威克外传》中，老绅士匹克威克组织的俱乐部，除他之外还有3位成员。

圣诞礼服或小埃里克的蓝色领结大加赞赏,同安德森太太谈起家长里短,向他们敬酒,一杯又一杯。斯德哥尔摩市民并不特别虔诚,在我的想象中,至少从建都乌普萨拉[1]老城的异教国王时代以来,他们就一直这样大块吃鱼、大杯喝酒。但是,倘若我要向外星人展示仍有活力的基督教仪式,我仍然会选择卡拉伦歌剧餐厅,让他们来到火炬后面,尝一尝圣诞节的瑞典式自助餐。金格尔先生[2]会说:这晚餐棒得可怕——天气冷,但爽透了——这些兴高采烈的人们——举止也很得体——非常得体。

34

基督教徒更善良?

精神的欢乐当然并非基督教所关注,并且,从冰岛到保加利亚,不论基督徒还是非基督徒,普遍认为虔诚的基督徒比其他人更善良。这话也许没错。我并不认为布加勒斯特是最有同情心的首都,我曾经拜访它的主教教堂。那是某个节庆的日子,教堂里挤满了人,排队亲吻圣像。

---

1 乌普萨拉(Uppsala),瑞典东部一城市,位于斯德哥尔摩的西北偏北方向,在中世纪初是基督之前王国的首都。
2 《匹克威克外传》中人物之一。

包方头巾的老妪、气度不凡的绅士、流浪儿童、辍学学生，耐心地缓步走过烛光照亮、霉味弥漫的空间。当他们从圣像屏帏后面重新出现时，一个高瘦的神父站在那儿，向他们赐予祝福并洒圣水——身板僵直，手像鸟爪一样痉挛般地挥动，从左到右，从右到左，一个接着一个。起初我觉得这虔诚是敷衍的，我从阴影里向他们投去冷嘲的目光，但没过多久，一个关节变形、半身不遂的疯女人蹒跚走进教堂，东倒西歪，又吼又叫，我觉得她是在满口诅咒。我以为他们会把她撵走，或者至少让她闭嘴，但他们并不在乎，而是就让她吼叫着在等待的信徒中跌跌撞撞、推推搡搡。不时有人好心地伸手扶一把，或者拍拍她的肩膀。

噢，在基督教里，慈善的精神经常找到实实在在的出口。还有别处比在罗马——在台伯河刚从梵蒂冈流出来的地方——更好检验这一点的吗？某年圣诞节的早上，我在罗马一个主要居住穷人和艺术家、尚未被中产阶级侵入的街区特拉斯提弗列（Trastévere）闲逛，突然听到圣马利亚教堂里传出嗡嗡声和餐具的碰撞声。我探头一看，发现黑魆魆的教堂里摆满一排排搁板桌，坐着几百号穷人，正在吃丰盛的圣诞大餐。为这些穷人服务的明显是罗马的有钱人，大多年轻时髦，不少还很漂亮，出于宗教狂热和慈善之心，他们拿着长柄勺和碗四处奔忙。（然而，特拉斯提弗列的吉卜赛人被远远地安排在教堂尽头，在最阴暗的地方，小心地同其他人隔离开来。）

FIFTY YEARS OF EUROPE
AN ALBUM
JAN MORRIS

35

两个修士

基督教肯定从各个方面影响了它的信仰者,有时甚至是从截然相反的方向。一次独自旅行欧洲时,我从两个年轻修士那儿感受到的宗教人士的态度有天壤之别。其中一个是本笃会修士,来自距慕尼黑不远的巴伐利亚安德希斯修道院。我现在还能想起他的样子。我猜他快30岁了,更像个审讯者而不像个告解神父,一脸控诉而不是宽恕的表情。高,瘦,苍白,毫无笑容,目光冷漠,虔诚得要命,我问他去修道院墓地怎么走,他开始毫不理睬,只是抬起眉毛,把形如鳕鱼的脸转向我。最后他给了我一个简短而无情的回答,我还没来得及感谢他(我压根也没表现出要为此奉上一堆虚伪的恭维的样子),他就把长袍嗖地一甩,猛然转身,傲慢地推开旅客,走进教堂,不见了。我希望他在晚祷时被呛到。第二个修士差不多同样年纪,是瑞士和意大利之间大圣伯纳德山口上一个济贫院的圣奥古斯丁修会成员。他和我在招待所的走廊里说话时,一个模样有点古怪的老人向我们走来。他留着胡茬,白发剪得非常短,像刚毛一样直立,他穿着短裤和破旧的靴子,身上挂着各种各样的背包、棍子和杯子,让我想起被20世纪30年代放浪不羁的英国珠峰攀登者们熟识并当作"外国运动员"的一个著名的夏尔巴人。这个诡异的老人打断我们的交谈,喊那个年轻修士"神父",问能否给他提供一个房间。圣奥古斯丁修士带着最和善的笑容转向他,只问了一个简单的问题:"你是徒步走来的?"怪老头给出非常肯定的回答——除了用脚走,还能怎么来?修士对我说了声抱歉,就帮老头拿掉比较容易取下来的装备,像五星级酒店的助理经理一样殷勤、周到、恭敬地领着他往走廊前面走。"现在不需要登记,"我还能想起他说的话,"你住进来,我们会照料一切。"祝愿他的修院生活始终幸福,直到灵魂抵达天堂的接待处——"你是徒步走来的?"——希望他受到的欢迎也同样专业。

36

两个圣人?

是的,欧洲仍然在制造圣人,其中一些(法蒂玛的露希亚修女)最终无疑会被封为圣徒。我曾经碰到过两个可能成为圣人的候选人。有一次,我去参观一栋房子时,在门口碰到特蕾莎修女。她是阿尔巴尼亚裔,原名艾格尼斯·刚察·博加丘(Agnes Gonxha Bojaxhiu),一辈子都在印度加尔各答的贫民窟工作。那时她还在各地旅行,所以我对遇到她并不特别惊讶,还和她握了手。她的手纤细冰冷,尽管整个人也比我想象中小许多,但她叽叽喳喳的嗓音和明亮的眼睛却让我不禁想起美国电视节目上一位小个子的性治疗师——以直言不讳地谈论手淫之类的事情而著名的鲁思[1]博士。在简短的交谈中,特蕾萨修女没有向我提供咨询,却给了我一本宗教小册子,劝说招待我们的主人向一家新济贫院捐款数十万美元后,马上就兴高采烈地走了。

另一个潜在的圣人是嘉德骑士[2]、第七代朗福德伯爵、朗福德男爵、希尔切斯特男爵、佩肯汉姆男爵弗朗西斯·昂吉尔·佩肯汉姆[3],这是一位盎格鲁-爱尔兰裔的贵族,作家兼政治家,因为公开地友善对待最肮脏、最堕落、最令人憎厌的罪犯而闻名。小报对他大加嘲弄。大报奚落他是个圣愚。喜剧演员讥讽他,漫画家讽刺他,他成了公众的笑料。但每次我去见他,看到瘦高个儿、戴眼镜的他从座位上站起来,满面笑容地迎向我,我就觉得自己站在神圣的化身面前。做殉教者,被车裂或者乱箭穿身,需要的是勇气;而为了信念忍受庸众的嘲辱,这可能需要一种更为真实的圣洁。

1　鲁思·韦斯特海默(Ruth Westheimer,1928—),美国性治疗师、媒体名人、作家,《纽约时报》称其为20世纪80年代的文化偶像。
2　嘉德骑士(Knight of the Garter),嘉德勋位获得者。嘉德勋章是授予英国骑士的一种勋章,它起源于中世纪,是今天世界上历史最悠久的骑士勋章和英国荣誉制度最高的一级。只有极少数人能够获得这枚勋章,其中包括英国国君和最多25名在世的佩戴者。英国君主还可以授予少数超额佩戴者(包括王室成员和外国君主)。与其他勋章不同,只有国君可以授予嘉德勋章,首相无权建议或者提名佩戴者。
3　弗朗西斯·昂吉尔·佩肯汉姆(Francis Aungier Pakenham,1905—2001),英国政治家、社会改革者。

37

信仰的衰落？

　　人们常说，在今天的欧洲，基督教信仰已然衰落。在作为基督教大本营的维多利亚时代的英国，甚至在 1851 年就有官方调查显示：在英国人口中，仅有一半到了该去教堂的年龄还常去。一个半世纪以后，欧洲几乎没有哪个地方敢自夸能有一半了。贞女诞子说、三位一体论、基督之神性、教皇不谬性——教义的确定性已经成了筛子，只有更为基础的宗派得以昌盛。漫游欧洲时，我亲眼见证了传统基督教信仰的削弱，就好像我亲自目击了印度的人口爆炸一样。过去，西班牙街头挤满神父、修女和神学院学生，如今没有了，他们黑色的修会建筑现在时常关门闭窗，或者干脆被拆除。托钵僧曾经是威尼斯街区的常客，如今街头罕见。威尔士的非国教教堂里，周日不再涌出数量庞大、同声同气的会众，好客长辈的周日餐桌上也不再频频出现来访传教士的身影——羊肉、烤土豆、薄荷酱盖过了对早晨布道词的认真探讨。多年前我去过一家都柏林的书店，在书堆里随意翻看时，突然听到店主桌上一台收音机里传出大谈天主教会丑闻、挖苦嘲讽教会的滑稽节目。我简直不相信自己的耳朵！居然在一个罗马天主教会长期拥有无限权力的国家听到如此放肆的攻击。可是店主似乎毫不在乎。"有时候，他们很滑稽的，"他

FIFTY YEARS OF EUROPE
AN ALBUM
JAN MORRIS

仅仅如此说道,"这取决于节目的主题。"几年后,有一次走在都柏林的教堂街上,我伤心地发现备受尊敬的著名教士用品商店"麦考尔"外面挂起了"待售"的招牌。它的橱窗里展示着最新一代的教士长袍、围兜,还有极度不讨人喜欢的泥巴色的修女鞋——20世纪80年代以来,修女服饰需求量下降的幅度"极度惊人",这是第二天的报纸上帕德瑞格·麦考尔先生的说法,我必须承认,对此我毫不吃惊。某些权威人士暗示,露希亚修女的第三个秘密其实说的就是罗马教会内部的信仰衰落。这一过程被称为"恶魔的迷乱"。

38

火焰与激情

然而,从基督教各种支派持续的激情来看,你几乎完全看不出信仰出了任何问题。1995年,在捷克共和国,我发现新教徒强烈反对一个17世纪的天主教神父扬·萨坎德纳(Jan Sarkandner)被封为圣徒,梵蒂冈说他被狂热信奉摩拉维亚教派[1]的贵族们杀害,而新教徒们宣称,实际情况是他招募哥萨克人迫害波希米亚的加尔文教徒。巨大而自负的神殿

---

[1] 即摩拉维亚弟兄会,又称弟兄合一会,起源于14世纪末的扬·胡斯运动,胡斯被处以火刑后,他的追随者在波希米亚和摩拉维亚组织的弟兄会。

仍然被建造：在爱尔兰的诺克，有附属机场的庞大教堂用于纪念奇迹事件；挪威特罗姆瑟的北极教堂，形如有角的悉尼歌剧院；德国圣布拉辛的修道院教堂，1983年最终完成重建，穹顶的尺寸仅逊于罗马圣彼得教堂和伦敦的圣保罗教堂。耶和华见证人[1]教派始终满怀希望地敲打着欧洲的大门。在欧洲许多地方，灵恩派基督徒[2]说方言，按手祷告，在圣笑[3]的突然发作中浑身抽搐、摔倒在地甚至在走廊里打滚。若是你怀疑各宗派的信仰在20世纪快结束的年代还有多大能量，我可以带你去到北爱尔兰伦敦德里市一座桥上去看看，20世纪80年代某个7月的一天，橙党[4]正在纪念3个世纪前新教对天主教的一次著名的胜仗。你不会看到比这更充满正义荣耀感、更好斗、更傲慢或者更令人着魔的游行队伍。它让西班牙人的游行显得小儿科。我在其他任何地方见过的面孔，都不像

---

1 耶和华见证人（Jehovah's Witnesses），19世纪70年代末由查尔斯·泰兹·罗素在美国发起的一个独立的宗教团体，自称信仰完全基于《圣经》，无论是教义内容还是生活准则或传道方式都成功地恢复了1世纪的基督教，截至2012年年末，信徒人数超过750万人。

2 灵恩派（Charismatic Christianity），20世纪出现的基督教派别，相信今天仍然可以直接通过超自然的方式从上帝那里得到额外的恩赐，重视基督徒的个人属灵经验，例如说方言、见异象、医病神迹、先知预言等。

3 圣笑（Holy laughter），部分灵恩派教徒相信的宗教体验，在宗教聚会中倒在地上无法控制地狂笑。

4 橙党（Protestant Orange Order，又译为"奥兰治会"），创立于1796年，得名于信奉新教的威廉王，每年7月都会盛大纪念。1690年7月12日的博因河战役中，信奉新教的威廉王击败了信奉天主教的詹姆斯二世。

FIFTY YEARS OF EUROPE
AN ALBUM
JAN MORRIS

遵章守纪的"橙党"派中产阶级那活力十足、红光满面的脸庞一样狂暴而独特。在约定俗成的圆顶高帽和宽顶无檐圆帽下面,他们的面孔比在横跨福伊尔河的桥上来回行进、挥棍敲鼓的少年鼓手更淘气。

多么猛烈的火焰!多么炽烈的热情!伦敦德里的天主教徒离得远远的,躲在山上由路障隔成、被叫作"柏格塞"(Bogside)的社区里,而新教徒们一整天来回游行,挥舞旗帜,敲鼓,吹喇叭——5~6岁的小男孩,胸口挂满勋章的白发老人,趾高气扬,昂首阔步,龇牙咧嘴,挥舞剑或拐杖,旋转短棍,脚步沉重地发出噔噔或者嗒嗒声。而大摇大摆走在所有人正中间的是反天主教的中流砥柱:一个魁梧的长老会[1]牧师,带着一大群支持者,走在大桥上,领受众人的欢呼。

39

来自叶芝1931年的《悔于讲话过激》

我们走出爱尔兰。

巨大的恨意,狭小的空间,

---

[1] 长老会(Presbyterian church),基督教新教的一派,起源可追溯到英国苏格兰的宗教改革,长老会于1560年由加尔文的学生约翰·诺克斯在英国苏格兰进行宗教改革时正式建立。

神圣的征候

从一开头就让我们伤残。

从母亲的子宫里,

我带来一颗狂热的心。

40

太多钟声

  至少,基督教嘈杂的钟声正在开始减弱。拿过罗德奖学金[1]的美国作家艾莫尔·戴维斯[2]说过,牛津是一个太多钟声总在雨中响个不停的地方。我对钟声的看法和他差不多,碰巧牛津的钟声也是我最深恶痛绝的。为了尊重某条已经失效很久的古老规定,每天晚上9点过5分,基督教堂的大汤姆钟要响101下,这足以令圣人发狂;时不时地,这座城市的空气就会被链条鸣钟器反复敲打排练八度音程的铿锵巨响震裂。威尼斯的教堂钟发出的吱嘎、轰隆、叮当、哐啷声也很可怕。钟琴的声音实在太过阴沉,经常像是哀乐,无法逃避地响彻许多欧洲城市:比如,在比利时安特卫普,每当你为一轮钟声结束而松一口气,准备开始

---

1 罗德奖学金(Rhodes Scholarships),也译为罗兹奖学金或罗氏奖学金,是英国大学历史最长并且也是声誉最高的奖学金,获得者将在牛津大学深造。
2 艾莫尔·戴维斯(Elmer Davis, 1890—1958),著名记者、作家,"二战"期间曾主管美国战时情报局。

看书——上帝啊，著名的钟琴肯定会再次响起。（钟琴演奏师是该市名人，有一次他穿过大市场走向教堂，有人无比尊敬地将他指给我看；但丁·加百利·罗塞蒂[1]写过一首诗描述钟琴那强健有力的乐声，"日落时钟声轰鸣，犹如肌腱旋动"。）

葡萄牙有些教堂的钟声每小时响两遍，生怕你错过第一遍。阿姆斯特丹的铸币塔[2]在每小时的中间也会响，预报下一个小时。在法国一些美好的旅馆，当最后的燕子都已归巢，餐厅的椅子倒竖起来，周围的房舍不再传来断断续续的嘀咕声，可是，每15分钟就传来"不眠圣母院"[3]大教堂的钟声——"当！"——同你的卧室就只隔了一条风景如画的小巷，一整晚强制性地告诉你时间，这谁能睡得着？

41

大教堂里

有一天，我在安特卫普圣母主教座堂（我敢说，我遁入这间教堂只

---

1 但丁·加百利·罗塞蒂（Dante Gabriel Rossetti, 1828—1882），英国画家、诗人、翻译家，创立前拉斐尔派，主张回到意大利文艺复兴拉斐尔以前的艺术传统。
2 铸币塔（Mint Tower），又称孟图恩塔，是阿姆斯特丹市中心的一座古塔，位于铸币广场边。
3 原文为 Notre-Dame-des-Insomniacs，系作者模仿"巴黎圣母院"（Notre-Dame de Paris）之名编造的教堂名。

是为了逃避钟琴）的访客留言簿上愉快地看到一条留言。1995年2月15日，L. R. 布尔托恩写道："看到这座庄严的大教堂，我们因身为比利时人而自豪。"安特卫普的建设者们在14世纪开始修建这一杰作时，还没有比利时这个国家，也没有比利时国籍可供自豪，但圣母主教座堂仍然早就为这个国家所有，而布尔托恩因其所有权而产生的满足也就变得可以原谅了。可以说，欧洲那些最伟大的教堂作为上帝居所不过是转租户而已。其中一些给人因商业而繁荣的印象，尽管全部的利润都被投回其事业。有些根本就是艺术展览馆。有的兼任音乐厅，甚至剧院。许多坦率地展示国家历史，装扮成纪念、奉献或和解的地方，但实际上是自尊心的展览馆。

一些西班牙的教堂有金色的大格栅，国王、女王、胜利者的宏伟陵墓，像大炮一样集结起来的管乐器，这一切让它荣耀而浮夸。约翰·保罗二世自己就说过，位于波兰克拉科夫的瓦维尔大教堂"以其巨大宏伟向我们讲述波兰的历史，讲述我们的全部往昔"；那里埋葬了41个国王，还有各种各样的英雄，让这座建筑不仅是上帝的圣殿，也是波兰民族的圣殿——教皇说，进入这个民族圣地，"不可能不产生发自内心的战栗与敬畏"。然而，英国的大教堂在这方面总是胜人一筹，它们让许多本国游客——至少是某些年龄段的——坚决地以身为英国人而自豪。今天，这些教堂已经很少给你神圣魔力的感觉。它们在这方面已经完全不行了——1994年在牛津大教堂，我曾经见识过一位正式职衔号曰"欢迎者"的工作人员的过分殷勤。在教堂祭坛周围他的地盘上，上帝也许仍然是全能的，但其他任何地方都是负责英国历史的官员说了算，并且，仅仅是附带性地登记在被他们认领的基督教德行的名下。各种人物列队前行，经过一面面墙：热心公益的本地大亨，出身名门却毫不张扬的绅士，在异国战场上经锤炼而被证明是真金的将军。在孟加拉国待了一辈子的坚定正直的法官，将财产慷慨地分享给全社会的成功的西印度商人，深孚众望、三次当选市长的参议员。同任何神圣的裹尸布或者留有圣人余香的手帕同样神秘的，是在军团礼拜堂的天花板下面满布蛛网、经年累月腐败褪色的旗帜；同《圣经》一样神圣的，是橡木框玻璃匣里一周周翻动的、记录获胜的英国战死者姓名（因为，英国人的战争最终都取得了胜利）的手写字体的大纪念册。

42

年岁不会令他们疲乏[1]

在我们这个时代，对"二战"的纪念仿佛已经覆盖了对"一战"的

---

[1] 出自英国诗人劳伦斯·宾扬（Laurence Binyon, 1869—1943）1914年为"一战"中英国战死者而写的著名诗篇《致倒下的战士》(For the Fallen)。

纪念，经常会有后一场战争的铭文加到前一场战争的墓志铭上的情况发生。我发现它们全都令人深深地悲哀，但也得承认，它们并不总是带给我和解的感觉。纳粹的失败改变了德国人的国民心性，他们改用最精致的战争公墓纪念德国的战死者，但徘徊于其中，常有怨怒哀痛令我泣下。我记得雅典附近有一个特别可爱的墓地，桃金娘和橄榄树林中不显眼地分布着几百块沉默的墓碑；可是，即使在我为长眠于此的可怜的年轻人们哀悼时，仍不免想起他们活着的样子：也许刚离开希特勒青年团，就到阿提卡[1]炫耀他们作为优等民族的威风。他们原本就不该埋在这里！在德国基尔城外，波罗的海旁，为"二战"德国潜水艇船员竖起一座巨大的纪念碑，它绝不可能打动我基督徒的仁慈之心。这座建筑顶上是一个巨大、凶猛而庄严的海鹰雕像，怎么看都感觉不到悔恨之意。里面，潜水艇船员的名字按船罗列，大门边一个荷兰人专门提醒我关注1939年突入英国海军基地斯卡帕湾，击沉"皇家橡树号"战列舰的普里恩[2]少校的名字。他搞错了。我热爱神圣庄严的"皇家橡树号"及其代表的一切，当我在墙上看到普里恩的名字，我想到的不是他，也不是U47

---

1 阿提卡（Attica），希腊中东部雅典周围的一古老地区。根据古希腊传说，四个阿提卡部落由雅典国王忒修斯统一为一个阿提卡国家。

2 高特·普里恩（Goether Prien, 1908—1941），德国潜水艇最优秀的指挥官之一，指挥U47潜艇共击沉船只31艘，共计193 808吨，1941年2月20日随U47潜艇在巡逻过程中失踪。

FIFTY YEARS OF EUROPE
AN ALBUM
JAN MORRIS

潜艇船员，而是那艘战列舰上长眠冰冷北海中的833位船员。

我们都是自己那个时代的孩子——比我晚几代的参观者，不会产生这样的反应。欧洲大陆上不少被炸毁的教堂和圣物保留了残貌，用以展现战争的残酷——柏林威廉大帝纪念教堂的废墟、考文垂大教堂遗迹、吕贝克圣马利亚教堂被烧熔的钟——我仍然疑惑它们真正的意义：其中有多少是基督徒的宽恕，又有多少谴责？

43

小英雄

在华沙旧城的城墙边，立着一尊"小叛乱者[1]"纪念碑，谁能不被它打动？不论你是什么国籍、什么年龄、什么意识形态、什么信仰或经验背景。它纪念的是1944年的华沙起义，波兰人以一种浪漫而绝望的勇气与占尽上风的纳粹势力战斗，最终被镇压。雕塑表现了一个非常小的男孩，戴着一顶对他来说太大的钢盔，像抱玩具一样抱着一挺冲锋枪，准备迎战任何敌人——在那场伟大而可怕的起义中，的确有许多华沙儿童参加了决死的战斗。这恰恰是一个令人感伤的形象。它脚下几乎总是

---

[1] 小叛乱者（Little Insurgent），1983年落成的纪念碑，纪念的是1944年8月的华沙起义，当时地下军与德国纳粹对抗，8月8日一位13岁少年战死。

有鲜花。

44

上帝的系统

如果说,是宗教能够让我们对欧洲有一种探索性的定义,那么,是艺术让这片大陆成为一个形而上学的统一体,对我这样的泛神论者来说,艺术是对神性的终极揭示。在我看来,欧洲的宗教曾经是艺术的侍僧,而不是反过来。爱德华·吉本[1]说,欧洲不过是"一个艺术、法律和礼仪的系统":法律和礼仪来自基督教,但艺术来自上帝。我曾经领悟到,欧洲真正的人文荣耀存在于如下事实:几千年来,在这片大陆的每个角落,人们都被激励去制造美好事物,作为对某个神祇(甚至是完全没被有意识地认出的某个神)的侍奉。水彩画是最繁盛的业余爱好,哪怕是画最无聊的瑞士瀑布或者威尼斯大运河,也有益于欧洲的一体化("这个湖,"塞尚说法国的安纳西湖,"令人钦敬地将自己出借给画素描的英国年轻小姐")。让欧洲音乐异于亚非音乐的调式、时间与和弦的特定组合,是足以定义欧洲大陆的要素;几个世纪以来,透视法也

---

[1] 爱德华·吉本(Edward Gibbon, 1737—1794),近代英国杰出历史学家,《罗马帝国衰亡史》的作者。

有同样的作用。就连欧洲的自然也必定会在艺术面前俯首称臣——古斯塔夫·马勒与布鲁诺·沃尔特[1]一同游玩阿尔卑斯山时说过，"没必要看，我已经把它们都谱曲了"。

艺术是统一是上帝，某些欧洲国家制定荒谬的规则，不允许视觉艺术作品出境，我认为这是彻头彻尾的渎神。幸运的是，他们不能阻止天才跨越欧洲的国界线。在世界的这个宏大的角落里，一个大教堂将你引向另一个。在一座意大利官邸的荣光中，你会认出一座英国乡间别墅的魅力，犹如家族的相似性。莎士比亚无疑是上帝的人格之一，他属于一切欧洲人。莫扎特在伦敦创作，如同在萨尔茨堡创作。拿破仑邀请歌德去法国生活。塞缪尔·贝克特既是法国人，也是爱尔兰人。伏尔泰、卢梭、拜伦、巴尔扎克、陀思妥耶夫斯基、雪莱、李斯特、安徒生、柴可夫斯基，全都曾经在瑞士日内瓦湖旁生活和工作过。摇滚乐比其他一切（也许不包括大麻）更有效地将现代欧洲年轻人连接在一起——20世纪80年代，著名摇滚乐队平克·弗洛伊德（Pink Floyd）在威尼斯圣·马可湾里一条木筏上演唱，这是堪与古代狂野庆典相匹配的市民庆典。某个傍晚，我信步走进巴黎圣母院，发现一支阵容豪华的德国合唱队在高高的祭坛前面演唱巴赫的《圣马太受难曲》，一群法国年轻人在灯光昏

---

[1] 布鲁诺·沃尔特（Bruno Walter，1876—1962），德国指挥家，以其对莫扎特和马勒作品的演绎而闻名。

暗的大教堂周围地板上坐着，或者倚靠柱子，虔诚而入迷；有一次，在雷克雅未克郊区的一个冷峻无装饰的教堂大厅里，我听到同样的音乐，产生了同样的效果。

45

《美丽的罗斯玛琳》

克罗地亚萨格勒布市耶拉西奇广场（Ban Jelačić Square）旁，有一条巷子从石门沿山坡而下，现在请随我回到1996年冬日的一天，顺着这条路走上片刻。一个裹着大衣的男人正在演奏他自己发明的一种乐器，乐器主体是一个像晾衣绳一样的装置，上面系着一排酒瓶和矿泉水瓶，瓶子里装着不同高度的水，以此调音。他非常巧妙地演奏我们都很熟悉但却一辈子也没搞清楚的一首曲子，身旁围着一圈人，面带微笑，被乐器逗乐，被曲调打动。观众前排站着一个两三岁的男孩，身穿蓝白两色的羊毛连衫裤童装，戴一顶与衣服相配的帽子，随音乐的节奏曳足而舞。

这怪异的表演有着动人的力量，部分因为那熟悉的甜美音乐（该死，这曲调叫什么名字来着？）在如此粗陋的装置上奏出，但另一方面，则是因为那演奏者是今天我们在欧洲各地都会碰到的街头音乐家群体的一员，这群艺术家才能有高下，但却总是带来欢乐的信息。这是真正的欧洲音乐会。想到他们，我脑子首先冒出来的是魏玛一个公园里演奏马切洛（Marcello）奏鸣曲的一个长号手和一个大提琴手，巴黎宝伯格（Beaubourg）酒店外一个天才杂耍者，还有那些杰出的吉卜赛提琴家，柏林选帝侯大街上一个娴熟的长笛演奏者，布拉格的人行道肖像画家，罗马的乡村风笛手，随处可见的滑稽演员和丑角，我那在弗赖堡教堂广场上弹竖琴、唱威尔士歌的儿子特姆（Twm），伦敦地铁里一个吹双簧管的年轻女人（英语中"街头卖艺"写作"busking"，这个词原本的意思是"海盗巡航"）。

对我来说他们不是海盗。他们是欧洲神圣质地的组成部分，除了滑稽演员和丑角，我总是很高兴看到他们。稍等！我想起那曲调是什么了。难道它不是弗里茨·克莱斯勒[1]那些迷人的小玩意里的一首吗？过去棕榈庭（Palm Court）咖啡馆里经常演奏它，由一个穿丝绸罩衫的女子拉小提琴，一个兼职的文法学校音乐老师弹钢琴。《美丽的罗斯玛琳》（*Schön Rosmarin*），不就是这个吗？

1　弗里茨·克莱斯勒（Fritz Kreisler，1875—1962），美籍奥地利小提琴演奏家、作曲家。

老朋友

艺术造就了欧洲范儿——乔伊斯的都柏林，塞万提斯的西班牙，卡蒙斯[1]的葡萄牙，狄更斯的伦敦，卡夫卡的布拉格，普鲁斯特的法国，伦勃朗的荷兰，巴赫的德国，西贝柳斯的芬兰，易卜生的挪威，莫扎特的奥地利，达·芬奇的意大利——艺术家的天才成了欧洲的共同财富。你也许会发现，神圣的乔尔乔内[2]不仅在他的故乡威尼斯，也在阿姆斯特丹、巴萨诺、贝加莫、柏林、布达佩斯、都柏林、佛罗伦萨、格拉斯哥、伦敦、马德里、米兰、摩纳哥、那不勒斯、牛津、帕多瓦、巴黎、罗马、鹿特丹和维也纳。他的《沉睡的维纳斯》的复制品到处可见，这辈子我见过无数次，最后却是在德累斯顿的战争废墟中猝不及防地一睹真容。我毫不惊讶。我甚至没有狂喜——仅仅是对在那儿见到它感到高兴，就好像某一天在离家不远的街头碰到一个老朋友。

---

1 卡蒙斯（Camoens，1524 或 1525—1580），葡萄牙诗人、戏剧家，葡萄牙文学的奠基人。
2 乔尔乔内（Giorgione，1477 或 1478—1510），意大利文艺复兴艺术大师，威尼斯画派代表画家。

FIFTY YEARS OF EUROPE
AN ALBUM
JAN MORRIS

2

混杂

{ 欧洲的种族与地理混乱、缠绕的边界线、少数民族、飞地、岛屿、反常以及混杂的惊奇 }

时间和历史反复地破坏由宗教赋予欧洲的不稳定的同一性,瓦解艺术的统一。边界线、飞地、少数民族、领土收复主义[1]、种族的不规则分布、政治破裂,在的里雅斯特,正适合思考这一切。这个城市被人为的边境包围,住着几个种族的人民,被崩溃帝国的碎屑和不必要的战争的后果复杂化。即便在我们时代,它的处境仍然变动不居。它曾是一个被

---

[1] 领土收复主义(irredentism),或译复故土主义、民族统一主义,是人文地理学及国际关系学的概念名词,指以实质上或宣称的共同民族或其他拥有权记录为由,对另一国政府所管辖的土地提出领土要求。

外国占领的港口，一片自由领土，一个意大利长官的首府，共产主义世界边缘的最后一个资本主义前哨，南斯拉夫冲突的瞭望站。它曾经是能唤起奥匈帝国记忆的遗迹。在东欧剧变前，东欧国家的国民常一车车前来购物。大巴站附近的一个巴尔干市场在自由广场上开花的栗子树下特别为他们提供饭食，几百上千号购物者在此闲逛——匈牙利人、罗马尼亚人、保加利亚人、塞尔维亚人、克罗地亚人、波斯尼亚人、黑塞哥维那人——矮壮结实、精打细算的人，拖着系得乱糟糟的包裹，偶尔停下来用西里尔字母乱涂乱画（有证据表明是他们干的）。他们重现了的里雅斯特还是他们所有人的重要贸易中心的时代，我曾经问一个来自布达佩斯的人他是否喜欢这趟行程，他说，有"一种怀旧的体验"——我觉得，就像是那天我坐在防波堤上一样，对一种他从不了解的事物状态产生了怀旧。在我们那个时代，拉法埃莱·道格拉斯·德班菲尔德·特里普科维奇[1]男爵曾做过《的里雅斯特歌剧》的导演，他是作曲家、商人、政客和名誉法国领事；他是一个见多识广、风度翩翩、对女士还用吻手礼的男人，是一个斯拉夫女伯爵同一个获得奥匈帝国最高授勋的军人的儿子，他继承了弗朗茨·约瑟夫[2]皇帝赠予他父亲的"的里雅斯特男爵"

---

1 拉法埃莱·道格拉斯·德班菲尔德·特里普科维奇（Raffaele Douglas de Banfield-Tripcovich，1922—2008），英国出生的作曲家，父亲是奥匈帝国王牌飞行员高伏瑞·冯·班菲尔德男爵，母亲是家族发源于的里雅斯特的女伯爵玛利亚·特里普科维奇。
2 弗朗茨·约瑟夫（Franz Joseph，1830—1916），奥匈帝国创立者。

FIFTY YEARS OF EUROPE
AN ALBUM
JAN MORRIS

头衔。

很难说的里雅斯特属于什么国籍。它不像任何别的意大利城市，的里雅斯特人是一种特殊类型的意大利人——许多的里雅斯特人宁愿自己不是意大利人。在我看来，这座城市里，除了种族之间的界限，事实与虚构、过去与现在、显而易见与莫测高深之间的界限总是不确定的。假如的里雅斯特觉得有必要在路标上给自己做广告（像法国城镇一样，比如"它有大教堂、洞穴和龙虾"），那一定毫无问题。这是一个独特的、完全新颖的城市，它可以在一块大广告牌上只写两个词"Sua Triestinità"（它的的里雅斯特特性）。这是一个适合隐于其中的完美之地，有时可以一隐数年。在我的英国特性自我提炼成威尔士特性的过程中，同时又发现自己在纠结错杂得显然无法分解的欧洲大陆中为那些小国和小民族的无能为力而分心，我忍不住想要隐遁于此地。我会在意大利统一广场后面，在隐没于书摊和旧货店之间的某个阁楼公寓里住下，从此隐姓埋名、消磨时日，穿拖鞋戴宽边草帽，整日在阳光中写作哲学随笔。

我会不会因此逃离欧洲大杂烩，在这样一种自由境地里去追寻种族、边境或国家所代表的意义？分界线的假象在欧洲专横地纵横交错着，断片与碎块黏附在它的边缘，模糊了它的轮廓，让事物一片混乱，而我，会从这片大陆的复杂性里渐渐脱身。

混杂

1

多勒

在我心中，欧洲国界的缩影永远是在大多数人还须坐火车穿越欧洲的年代，阿尔卑斯山背风面那些横跨大陆的蒸汽快车会停靠的铁路车站中的一个。我们似乎总是在午夜抵达这些车站。地上总是有雪。火车停下来时，伴随着嘶嘶的刹车声和叮当哐啷的一阵乱响，然后突然陷入完全沉寂，只有车上传来零星的咳嗽。透过雾气迷蒙的卧铺车厢窗户，模模糊糊看到的夜色几乎是纯粹的黑暗。几颗昏暗的灯泡。一个荒弃的车站。四下里看不到城镇——只有灯柱上的地名，可能是布里格（Brig）或者多莫多索拉（Domodossola），但在我的记忆中似乎永远是多勒。

那时我总是怀疑，真的有这么个地方吗？我们在哪儿？我们可能被彻底抛弃了，远离任何地方。直到我们听到列车里远远地传来脚步声，还有走廊门滑动的声音。"请出示护照——女士们先生们，请出示护照——把护照全部拿出来！"[1]嗓门越来越大地穿过寂静，直到我们的房门也被猛地拉开，尽管我们早就料到有这一出，还是被吓了一跳。

---

1 原文为法语。

FIFTY YEARS OF EUROPE
AN ALBUM
JAN MORRIS

海关人员朝我们伸出手,有个警察从他身后望过来。有时,他们还想要检查行李,大吼大叫地凑到乱糟糟的卧铺的毯子边,不过仅仅是个形式,到最后你费力打开箱子,他们多半也不查。然后你听到他们沿着列车往前走——"护照!把护照全部拿出来!"朝车头走去,声音越来越小。寂静又回来了,那是雪原里窒息的寂静,只有远处的关门声和你车厢上下传来睡梦中的咕哝偶尔将其打破,直到最后,随着车钩颤动,木板吱嘎作响,列车重新缓缓开动,朝阿尔卑斯山下的隧道开去。

多年来,我记忆中的多勒总是黑夜中一个葬礼般的停顿,一个车站,一片寂静,卧铺车厢门上两张公事公办的脸。前不久,坐汽车去瑞士旅游途中,我突然发现自己置身于多勒。它一直在这儿!原来它距离真正的边境还有40英里,是一个安逸的城市,有尖塔、桥梁和快乐的广场,它是巴斯德[1]的出生地,在远离火车站的城市另一头,在小客栈的花园里,我享用到有小鲑鱼和本地葡萄酒的令人愉快的一餐。这充分表明了边境可能是多么奇幻。

---

[1] 刘易斯·巴斯德(Louis Pasteur, 1822—1895),法国化学家、微生物学家,创立了现代微生物学,发明了巴氏杀菌法,并且改进了炭疽、狂犬病和鸡霍乱的疫苗。

2

上帝的边境

17世纪,红衣主教黎塞留[1]宣称,适合于法国的边界线应该是阿尔卑斯山、莱茵河与比利牛斯山。一张人造的边界线网被强加给欧洲——就连气象图,也经常在国界线上戛然而止——但其他的界线则是上帝给予的。"看多瑙河多么蜿蜒,"从未见过多瑙河的斯威夫特写道,"分开王国与宗教!"河流与山川、海峡与湖泊总是将人们隔开,其中一些直到今天还是政治分界线——阿尔卑斯(分开法国、瑞士、德国、奥地利和意大利),比利牛斯山(分开西班牙和法国),多瑙河(分开罗马尼亚、南斯拉夫、匈牙利、斯洛伐克和保加利亚),摩拉瓦河(分开斯洛伐克与捷克),大贝尔特海峡(分开瑞典和丹麦),英吉利海峡(分开英国和欧洲大陆),莱茵河(分开德国、法国和瑞士)。

特别是莱茵河。沿着它旅行,不可能不回想起拉丁人和条顿人在此展开的殊死对抗。在地图上,在人们心里,莱茵河是同样强有力的边界

---

[1] 阿尔芒·让·迪·普莱西·德·黎塞留(Armand Jean du Plessis de Richelieu, 1585—1642),法国红衣主教,被后人称为法国历史上最伟大、最具谋略,也最无情的政治家,1624—1642年间任法国首相,对内恢复和强化遭到削弱的专制王权,对外谋求法国在欧洲的霸主地位。

FIFTY YEARS OF EUROPE
AN ALBUM
JAN MORRIS

线。《保卫莱茵河》，这是马克思·施奈肯伯格[1]在19世纪献给日耳曼主义的赞歌，它不仅仅是一首诗、一首歌谣或者一句口号，更是一种古老本能的表达——在1870年普鲁士战胜法国后，俾斯麦说，这首歌顶得上三个师。《马赛曲》被写出来，也是作为一支负责守卫这条边界线的法国军队的战歌。在"一战"中，甚至英国人也用《来自阿尔芒蒂耶尔的小姐》唱到它，"告诉你，两个德国军官越过莱茵河……"在德国的吕德斯海姆，巨大的普法战争纪念碑高耸出两岸，凯旋的日耳曼尼亚引领呈爆发之势的鹰、羽冠、雕刻的将军、胜利的天使，意图给这条河的意义加上一个傲慢的封印。（然而，"二战"中对德国本土的首度空袭是由纳粹德国空军在1940年发动，因为它把弗赖堡错认成莱茵河另一边的科尔玛。）

法国阿尔萨斯省斯特拉斯堡，距多瑙河还有几英里，是一个避开那些古老而荒唐的敌意的好去处。随着对抗的浪潮朝这边或那边涌过莱茵河——1870年是法国，1871年是德国，1918年是法国，1940年是德国，1945年是法国——它有时属于法国，有时属于德国。这是一个战争、暴力、压迫与狂怒的爱国主义的城市。俾斯麦说，斯特拉斯堡，连同阿尔萨斯的其他部分，不过是德国防御的缓冲区。威廉二世[2]在斯特拉斯堡

---

1 马克思·施奈肯伯格（Max Schneckenburger, 1819—1849），德国诗人，德国爱国歌曲《保卫莱茵河》歌词作者。
2 威廉二世（Wilhelm II, 1859—1941），末代德意志皇帝和普鲁士国王，1888年到1918年在位。

混杂

释放出最日耳曼的建筑。1914年，率军进入阿尔萨斯后，霞飞[1]将军宣布，它将永远属于法国。1940年，希特勒宣称，它应该是"我们祖国的一部分"，要禁止法语，要将居民的名字日耳曼化。今天，在我看来，斯特拉斯堡有着同等的法国属性与德国属性，居民一视同仁地说着两种语言，平静地分别享用酒焖鸡和腊肠。伏尔泰曾经写道，阿尔萨斯人"半是法国人，半是德国人，而且是彻头彻尾的易洛魁人[2]"，但到今天，激情已然平息——至少眼下如此。漫步在斯特拉斯堡漂亮的街头，俯瞰欧洲大街（Avenue de l'Europe）上的一个公园，对莱茵河长久的苦难提出一个乐观的结论，此时此刻，不会有人割掉你的头皮。1979年，欧洲议会开始在这里召开会议，玻璃议会大厅外并排飘扬着半个欧洲的国旗，足以让莱茵河畔那些凶猛的老民族主义者——俾斯麦和霞飞、德国皇帝和阿道夫·希特勒——气得在坟墓里翻身。

3

在前线

对他们来说，边境或多或少意味着一条边界线，就像古罗马时代一

---

[1] 约瑟夫·雅克·塞泽尔·霞飞（Joseph Jacques Césaire Joffre，1852—1931），法国元帅和军事家，"一战"中指挥在法国的盟军。
[2] 北美洲印第安人的一支，伏尔泰的意思是阿尔萨斯人野蛮难驯。

FIFTY YEARS OF EUROPE
AN ALBUM
JAN MORRIS

样。罗马帝国在欧洲用界墙和设防的边界标识出确定的北方界线，在那之外就是无政府状态。它的残迹依然断断续续留存在从苏格兰到黑海的广阔领域。西边最尽头，矗立着波浪形的哈德良[1]长城，在从大西洋延伸到北海的盎格鲁-苏格兰边境的荒凉风景中，它不断被风侵袭。在另一端，古地图仍然以类似于城堡的传统标识划出边界，经过多瑙河河口伸向黑海（可怜的诗人奥维德[2]曾于公元8年被奥古斯都[3]流放至此，在如今叫作康斯坦萨的鬼地方，梦想着几乎还触手可及的家园与欢乐时光）。在这两极中间，是荒凉的西部、忧郁的东部，横越欧洲仍能不时见到**界墙**的遗迹，有的被圈进了围墙，有的在草皮覆盖的堤坝和沟渠里，有的超出自然的藩篱，形如改进版的前哨。比如说，布达佩斯的阿奎恩库姆[4]，不幸被尖木桩错误地插到了堡垒上朝向天堑难渡的多瑙河的一边。

1　哈德良（Hadrian，76—138），罗马帝国安敦尼王朝的第三位皇帝，五贤帝之一，117—138年在位。在不列颠岛北部建造了横贯东西的"哈德良长城"，以防御苏格兰"蛮族"的入侵。

2　奥维德（Publius Ovidius Naso，公元前43—公元17/18），古罗马诗人，与贺拉斯、卡图卢斯和维吉尔齐名。代表作《变形记》《爱的艺术》《爱情三论》。

3　奥古斯都（Augustus，公元前63—公元14），罗马帝国第一任皇帝，尤利斯·恺撒的侄孙，于公元前31年打败马克·安东尼及克利奥佩特拉，得到了整个帝国的统治权，于公元前29年称帝。

4　阿奎恩库姆（Aquincum），匈牙利最古老的人文建筑遗迹，在布达佩斯的老布达地区，公元前2世纪，古罗马帝国在向海外扩张中，建立行省制度，位于东方边界的潘诺尼亚省的省会就是阿奎恩库姆城。这里有议事厅、温泉浴池、斗兽场、祭祀场所等。

混杂

在德国，这条界线从巴特洪堡以北几英里的地方经过。1899年，德皇威廉二世让人严格依照原样重建了一个边境堡垒。他自称这样做是出于对父母的虔诚怀念（这番话也用拉丁文刻在一道城门上方），但毫无疑问他是有政治企图的。他自己的普鲁士王国位于这条界线以北，曾经属于野蛮人的国度，他有野蛮人的渴望，出资修建了新异教纪念碑，并且鼓励他的士兵像匈人[1]一样战斗；但他也喜欢看到新兴的德意志帝国拥有古典范儿，有时是古希腊式，有时是拉丁式，当他在随从的簇拥下参加那些假古董的落成典礼时，侍臣们必须身穿古罗马长袍。纯粹主义者嘲笑重建的萨尔堡要塞，说它极度画蛇添足，但我在此度过一个下午时，我觉得它真能唤起激情与回忆。它耸立在一片森林边上，虽然是法兰克福人午后远足的热门目的地，但仍然表现出颇为偏远的感觉，很像是个边境堡垒。一切都很到位，哪怕是水井和烤炉都经过精心的修复或重建。我幻想自己听到了罗马便鞋的脚步，还有百夫长发号施令的声音（不过我料想自己误会了他们的命令语气）。地上有些许雪，枝头也有，我甚至努力感觉到了一丝乡愁，想象自己是从更温暖更舒服的地方被发派到这儿戍守。大约一英里开外，绿草如茵的土墩在树林里延伸，那就是古罗马的**界墙**，这一切设计的目的：在它外面，远远的，在不祥的北方薄雾中，有陌生人在等待。

---

1 匈人（Hun），一个古代生活在欧亚大陆的游牧民族，在4世纪西迁到欧洲东部，并入侵东、西罗马帝国，其首领阿提拉被称为"上帝之鞭"。他们和中国古代的匈奴是否有血缘关系或系同一民族尚无定论，近年来使用DNA等测试手段也未能回答这一问题。

FIFTY YEARS OF EUROPE
AN ALBUM
JAN MORRIS

4
特里尔城门

边境后面不远，摩泽尔河上，罗马人修建了他们在西北欧的主要首府奥古斯塔·特雷维洛伦（Augusta Treverorum）——德语叫作特里尔（Trier），法语叫作特雷维斯（Trèves）。这个堡垒城市仍然矗立着的北门是阿尔卑斯山以北现存最大的罗马建筑，是边塞风格的一种标准范例。尼格拉城门（Porta Nigra）以一种庄严的警惕姿态从城墙上向外远眺，仿佛永远准备迎接最糟糕的来访者。它的孪生塔楼呈半圆形，窗户像是永不闭合的眼睛，三层楼上的卫兵视野极佳，能从四面八方观测危险。过了许久，我才意识到特里尔的圆形塔楼让我想起了什么——它们像是纽约老式拖船上圆形的甲板上部结构。作家们对特里尔的城门写了一千多年，但我沾沾自喜地想到，此前绝不会有人发现这一类似之处。

5
一个令人恶心的传说

到中世纪时，欧洲已经陷入混乱许久。几个世纪以来，小王公和

混杂

有野心的教会人士用他们各种私人的"多勒"建立了自己的边境、自己的界线。希特勒不以为然地回忆,那时"王公和王公夫人们对国界线讨价还价"。许多这样类似儿戏的边界,就像带状耕作政策沿着圣劳伦斯河扩展一样,恰好延伸到莱茵河堤。欧洲最著名的边境驻地也许是德国莱茵河上的两座岛堡,以前当地统治者会向船只收取关税。其中一个是普法尔茨伯爵石(Pfalzgrafenstein),通常简称为普法尔茨,是小城考布(Kaub)附近一座白色的六角形城堡,莱茵河上领主伯爵手下的官员们就从那儿发号施令,以至于这座城堡被长期作为莱茵河旅游业的标志。另一个是13世纪的小城堡鼠塔(Mäuseturm),被刷成黄色,以一种难以言喻的权威姿态耸立在宾根镇附近的峡谷口。鼠塔过去为美因茨的大主教教区收过路费,民间传说里长期把它的名字同10世纪一位大主教可怕的死亡联系在一起。据说,哈托(Hatto)大主教是一个邪恶凶残的领主,在一次饥荒中,他下令将一些可怜的佃户关进谷仓烧死,还指责他们"像田鼠一样"吃掉珍贵的谷物。他领地上的老鼠被他的残酷与谰言激怒,发起无情的报复,将他从大教堂赶到府邸,又赶到乡间别墅,咬断了所有的路,迫使他逃往莱茵河中央的塔堡。英国诗人罗伯特·骚塞[1]写过关于他的诗——"'我要去莱茵河上我的城堡。'他回答。/'那

---

1 罗伯特·骚塞(Robert Southey,1774—1843),英国作家,湖畔派诗人之一。"消极浪漫主义"诗人,曾一度激进,后反对法国革命,于1813年被封为英国桂冠诗人。

FIFTY YEARS OF EUROPE
AN ALBUM
JAN MORRIS

是德国最安全的去处，/ 城墙高耸，岸壁陡峭，/ 河流汹汹，水深难渡。'"然而那城堡既不够高，又不够陡，河水既不够猛，也不够深。成千上万的老鼠游过去，爬上塔堡，吃掉了大主教——"它们啃掉四肢上的肉，/ 因为它们是被派来执行天罚！"这一切全是谎言。据学者考证，哈托大主教[1]是一个温和的神父、慷慨的领主，塔堡也不是在他任上修建，也许 Mäuseturm 的真正写法是 Musterungturm，意思是"检阅塔"。

6

安全港

另一个声名不佳的海关是布尔齐（Bourdzi）海上城堡——也是另一个避难港——它耸立在南希腊阿尔戈利斯湾的一片礁滩上，与纳夫普利亚城（Nauplia）仅有一条堤道可通。它是一座漂亮得惊人、如同明信片的城堡，偃卧在蓝色的海水中，远处就是阿尔戈利斯山。威尼斯人在统治这一地区时修了一个堡垒，1540 年土耳其人攻占纳夫普利亚后，建起一座城堡。所有船只进港前都必须在此暂停，支付过路费，但这要塞

---

[1] 美因茨教区在 10 世纪先后有两位哈托大主教，前一位是哈托一世（Hatto I，850—913），891—913 年任大主教，被萨克森人痛恨，长期有残酷与背信的名声。后一位是哈托二世（Hatto II，？—970），968—970 年任大主教，对教区内的主教和修道院颇为慷慨。关于鼠塔的民间传说对两位大主教并未有严格的区分。

获得了一个更不祥的功能：土耳其总督要为希腊人厌恶与之为邻的刽子手找一个退休后的隐居地，最终将他们安置在布尔齐堡。

7

等待

国境线荒谬地沿着一条街将村落或城市割开的地方，是旅行指南的至爱。比如说，康斯坦茨就这样被分成德国康斯坦茨和瑞士克罗伊茨林根（Kreuzlingen）。界桩在一个城市街道中间，经常造成交通堵塞，"二战"期间，从德国集中营逃出的囚犯倘若能跑到康斯坦茨，然后只需跨过一条街，就安全地置身于中立地带了。我觉得同样令人难忘的边界线是那种似乎以纯粹理论的方式凭空冒出来的界桩。走到一些空旷的荒原中间，偶尔会碰到它们，站在几近废弃的公路上淋着雨，守卫者懒洋洋地待在一间孤独小屋里，这里距离最近的咖啡馆也要几英里，每半个小时才有一辆汽车开来。所以，我喜欢想象古时候的外交谈判代表，也许还戴着假发，像虔诚的犹太人俯身于《摩西五经》一样趴在桃花心木的桌子上，摊开羊皮纸地图，用银质量角器在上面比比画画，标出一条穿越沼泽、山岭、麦田或苔原的假设的界线，以此满足他们各自主人的体面——几个世纪后，在飘着细雨的下午，那些无聊而可悲的工作人员，腿翘得老高，坐在电视机

FIFTY YEARS OF EUROPE
AN ALBUM
JAN MORRIS

旁，等待下一辆车，如今由他们维持的这体面是多么苍白。

8

想象中的边界线

有些边界线仅存于想象中。梅特涅[1]曾说，亚洲的边界位于乡村大道（Landstrasse），那条从维也纳的城墙通往匈牙利的大路上。这种感觉到今天没准更强烈了——要是你驱车开出维也纳，驶进匈牙利或斯洛伐克的穷乡僻壤，耳中传来听不懂的语言。他们说，"二战"后联邦德国首位总理康拉德·阿登纳[2]对普鲁士**故土**有着类似的感觉。他是莱茵兰[3]人，向东开往柏林的火车跨过易北河的时候，他总会嘟囔道，"从这里开始就是亚洲了"[4]，然后拉下窗帘。在沙文主义盛行的时代，英国人也有类似的表达，他们会说，"过了加莱[5]，就是南蛮子[6]"。

---

1 梅特涅（Metternich，1773—1859），奥匈帝国保守政治家，促进神圣同盟的形成，最终击败拿破仑。
2 康拉德·阿登纳（Konrad Adenauer，1876—1967），德国政治家，1949年当选为联邦德国首任总理。
3 莱茵兰，旧地区名，联邦德国沿莱茵河的区域，包括著名的葡萄园及波恩和科隆以北的高度工业化地区。
4 原文为德语。
5 加莱（Calais），位于法国北部，与比利时接壤，与英国隔海相望。
6 南蛮子（wog），对南欧人的蔑称。

9

专列

从美学的角度看，最确凿的边界线显然就是阿尔卑斯山的勃伦纳山口（Brenner Pass），它不仅分开了奥地利和意大利，也分开了日耳曼和拉丁。罗马人对此非常了解，从 18 世纪开始就有一条马车道穿过这个山口，1867 年后有了铁路，20 世纪 70 年代以后有了高速公路。从南方通往勃伦纳山口的道路壮观地穿行于风景绝赞的山岭，偶尔还缀有城堡、教堂、整洁的古村，全都是深湛的蓝、明艳的绿，还有厚雪的白，一切美如画中。边界线位于海拔 5000 英尺左右，几个小时的行程就让你从波河（Po）村落尘土飞扬的燠热抵达阿尔卑斯山上非尘世的清凉，从地中海抵达中欧。1940 年，希特勒和墨索里尼乘坐各自的专列抵达勃伦纳，进行了一次决定性的会谈。每次我经过这个山口，眼前就会浮现出两个独裁者沿着铁路分别从北、从南驶近目的地时整装修饰的样子。当时，"元首"对"领袖"还存有几分尊敬，[1] 因为后者做独裁者的资历比他更老，但谁能说，墨索里尼不是也想要拿出最好的样子给人看呢？让我们想象他们在各自的列车上"梳妆打扮"！想象被比拼

1　元首（Führer）指希特勒，领袖（Duce）指墨索里尼。

FIFTY YEARS OF EUROPE
AN ALBUM
JAN MORRIS

着擦得锃亮的火车头，穿着刚刚压平的制服的随员，飘扬的旗帜，金灿灿的束棒与黝黑闪光的万十字[1]！无可置疑的领袖与元首一边坐着蒸汽火车穿山越岭，一边唤来贴身仆人，在镜前整理衣着仪容，随着车厢的运动，身体微微摇摆，偶尔踉跄，一个梳理黑色小胡子，另一个调整武装带，让它更贴合他那耸得像凸胸鸽的胸脯。两列火车抵达前线（实际上，元首晚到了一会儿），让仆人最后一次用刷子轻掸衣服，自己最后一次练习姿势之后，两位独裁者满面笑容，走出车厢，走进阳光下的雪地里，举手致意，着意地检阅，像是一对无情的美人儿在慈善舞会上短兵相接。

10

比乌诺的边界线

威尔士和英格兰的边界体现了另一个极端，它几乎完全注意不到，游客经常不知道自己置身于哪边。以前可不是这样。在撒克逊异教徒被威尔士的凯尔特天主教徒抵挡在外的时代，威尔士语提供了一条形而上的边界线。6世纪的凯尔特圣徒比乌诺（Beuno）有一次走在塞文

---

[1] 束棒与万十字分别为意大利法西斯和德国纳粹的标志。

河岸边，无疑正在沉思基督的凯尔特化，突然听到河对面传来粗鲁的音节。上帝啊，那是有人在说英语！圣比乌诺马上就知道自己走到了威尔士的边界，前面就是异教徒。当我驱车在塞文河谷的拉纳马内赫（Llanymynech）边境村里穿行时，我就会想起他。这个村子是旅游指南上最爱推荐的一类目的地，因为边界线会在这儿穿过一个社区，切开白天鹅酒吧的吧台，将村庄墓地（甚至某些坟墓）一分为二，于是就有些躺在地下的教区居民头在英格兰，脚在威尔士。如今拉纳马内赫人说的是一种仅有少许威尔士口音的英语，要是圣比乌诺回来可未必会高兴：因为就连形而上的边界线也难保不被侵犯，尽管它们肯定比大多数别的界线要坚持得更久。

11

枪的边界

举个例子，在 300 多年里，哈布斯堡帝国被一条名叫"武装边境"的无形分界线限定着，那是一段 750 英里的自治区，基本上分布在多瑙河边，并不依靠防御工事而存在。这里被有意识地塞进了许多野蛮而好战的种族，他们只对帝国皇帝本人效忠，一代接一代成功抵御了掠夺成性的土耳其人。自治区南端的支撑点是位于达尔马提亚海岸的塞尼

FIFTY YEARS OF EUROPE
AN ALBUM
JAN MORRIS

（Senj）要塞，作为一伙被称为乌斯科克人（Uskoks）、令人恐惧但却得到官方支持的海盗部族的基地，这个区域在20世纪90年代再次进入历史，被称作Vojna Krajina[1]，成为天主教与东正教之间的边界，南斯拉夫战争的鏖战地。

然而，更为正统的军事壁垒的残迹将欧洲弄得皱皱巴巴，它们几乎全都意味着失败。**界墙**将野蛮人挡在外面了吗？在法国的边界线上，比如阿登高地，比如侏罗山（Jura），或者远到面朝意大利的阿尔卑斯山，甚至在科西嘉岛，我时常碰到马其诺防线的残余。这条防线由20世纪30年代修建的要塞、隧道、碉堡和军用道路构成，法国人曾经天真地以为它可以保障永远的安全。它的名字源于法国陆军部长安德烈·马其诺，包含欧洲最高的汽车公路（经过加利比耶山口，从海拔10 636英尺的高度越过贝桑松），在我年轻时，它被称为自中国长城以来世界上最大的人造工程。现在，它只剩下一些零星的摇摇欲坠的碉堡，半隐在荆棘丛里，但我偶尔会在林地深处或者山脊尖儿的下面发现一个形如钢盔的褐色钢铁穹顶，裂开空洞的机枪口，周围全是窗框。在我看来，防御工事造得颇为漂亮，是工匠的作品，形状精雕细凿，混凝土墙富有质感，铁门完美地吻合整体结构。它们对我说的话充满矛盾，有英勇的回

---

1 南斯拉夫各族语言中对"武装边境"的拼写。

混杂

忆,有难堪的羞辱(1940年德国人入侵边境时,简单地绕过了它们),也有法国那些微妙而优雅的事儿。它们看起来一点儿也不残酷,实际上,马其诺防线是一门独特的法国艺术的最后传承——那就是在17世纪德沃邦[1]元帅那些荣耀的要塞与城堡中登峰造极的筑城艺术。这条防线上成百上千的要塞仅有一座陷落于德国人之手,而从另一边入侵的意大利人更是一座也没攻下,但说什么都是白费,马其诺的名字已经成了"自鸣得意的防守"的代名词。"从中国长城到马其诺防线,"雄心勃勃的美国将军乔治·巴顿宣称,"在任何地方,防守都没有取得过胜利。"

12

边境风格

我和家人曾经在法国靠近瑞士的边境地区待过一段时间,住在日内瓦东边的上萨瓦省山区。想要正儿八经购物的时候,我们必须从一个国家进入另一个国家,一路上见证了不同的国民特性。在法国这边,乡村警察快活、马虎,经常酒气醺醺。而在瑞士那边,警察冷淡、认真、礼貌而面无笑容。当时我的车是一辆老劳斯莱斯,宽大、豪华,因为已经

---

[1] 塞巴斯蒂安·勒普雷斯特雷·德沃邦(Sébastien Le Prestre de Vauban, 1633—1707),法国元帅,著名的军事工程师,著有《论要塞的攻击与防御》《筑城论文集》等。

用过很长时间，就连马克思主义者看到都会宽容地一笑，它可以引起两国那些官员们做出不同的反应。法国人很喜欢它，看到它就很开心，有时还会要求坐到驾驶座上，或者坐坐后排柔软的灰色真皮座椅。瑞士人的反应大不相同。他们觉得劳斯莱斯是财富的标志——日内瓦的劳斯莱斯比欧洲其他任何城市的都要多——像我的车这样半新不旧才让人感到奇怪，它既没有老到足以当作价值高昂的古董，肯定又没有新到可以作为身份的象征，这真是让他们有点迷惑。他们用一种覆盖了各种可能性的敬重与屈尊混合的态度习惯性地对我们表示欢迎。

我们住在那儿是1956年，中东爆发了战争，英国法国卷了进去，站在以色列一边对埃及发动进攻。我被《曼彻斯特卫报》派往战地报道，于是我就带着行李钻进老劳斯莱斯，开往日内瓦搭飞机去以色列特拉维夫。瑞士人听说我要去什么地方后，表现得极其扬扬得意——看，他们几个世纪的中立又获得了回报！而法国人表现出温和的同情，这次他们一点儿都不再冲着我的车哈哈笑，而是抓住我的肩膀，祝我好运。

13

幽灵出没的边境

在我这半个世纪的许多时间里，欧洲最悲哀的边界线之一是英国治下北爱尔兰六郡与独立的爱尔兰共和国的分界线。北爱尔兰是我在第1章第38节《火焰与激情》里写到的那些圆顶高帽的绅士和狂野的少年鼓手们的领地，饱受游击战的困扰——敌对的一方是信天主教的非官方的爱尔兰共和军，另一方是英国及当地各种新教徒准军事组织——但在某些地区，边境完全不设防，只有一个路牌，警告你到了两个国家交界之处。这种情况在偏远的乡间小路上经常发生。德里或者阿马的穷乡僻壤笼罩着彻底的沉寂，潮湿青绿的草地似乎在偷偷吸走声音，仿佛各种秘密的事物都被藏到草皮底下，每次越过边界线我都觉得背脊发凉。谁在我看不到的地方用望远镜盯着我？壕沟里藏着什么样的坏家伙？

每个爱尔兰人都知道边境的无人区，那是毒品、武器、各种各样违禁品的地下交通线。我曾经在莫纳亨郡的克朗斯问过一个女人，为什么我的地图上有些交叉路口被标上小旗子。"那是不允许偷运东西经过的地方。"她说。带小旗的地方显得莫名的诡异。经常是你刚刚越过边界线进入北爱尔兰，就突然发现道路被一大堆空白的混凝土和沙包挡了起来，像是撞上一道中式庭院里用来屏蔽妖魔的影壁。交通灯让你继续走，壁垒后面站着几个年轻士兵，头戴迷彩帽盔，其中一个用自动步枪对准你，另一个将你的车牌号大声报给一个隐蔽的同伴；他们会马马虎虎问几个问题、对汽车进行简单的检查，其间枪口多多少少对着你的头，然后这个让你极不舒服的过程才结束，这几个粗鲁的边境守卫才挥

FIFTY YEARS OF EUROPE
AN ALBUM
JAN MORRIS

手让你通过。

这是个幽灵出没的边境。其中一些你从来见不到，他们在农庄武器厂里给炸弹装填火药，或者隐身于小酒馆喝烈性啤酒。另一些能看到：从用棕褐色混凝土修筑、四周围着带圈铁丝网的高而丑陋的碉堡的枪眼里，你经常能看到沉默的目光（无疑是从枪筒上面）瞪着你。在阿马市荒无人烟的边境村克罗斯马格伦里，粗糙的手写海报宣布某人是爱尔兰的叛徒，一座可怕的堡垒迫近威慑着村庄及其生灵，我站在废弃的广场，抄写一段以爱尔兰语和英语书写、献给本地的共和国爱国者的铭文："**光荣属于你们全体，被颂赞的谦卑的英雄，你们自愿受难，为了爱尔兰自由献出无私而热情的爱。**"我站了一会儿，反刍这悲凉；转身离去时，我看到一只手，从堡垒的一道枪眼里，朝我凄凉地挥别。

14
——

现代

在最糟糕的时代，连北爱尔兰首府贝尔法斯特也像个边境城市，不断巡逻的英国士兵将新教徒和天主教徒社区严格地分开。在城市中心，我曾经看到一组五六个士兵的巡逻队慎重而警惕地穿过街道，以标准的戒备姿态——抬起枪，戴头盔的脑袋左右转个不停，领头的隔开一段距

混杂

离,殿后的手指扣在扳机上,倒着走。经过一家国民西敏寺银行时,其中一个士兵离开队伍,其他人停步、蹲伏,护住他的后背,防备突如其来的开火。他把银行卡插入自动柜员机,取出钱,塞进迷彩服的口袋里,然后他们继续冷酷地巡逻。

15

另一种边界线

华沙泽罗塔(Zlota)街外土褐色的廉价公寓街区中间,楔着另一种边境的残片。只有几码[1]宽,高约20英尺,却有着可怕的重大意义,因为它是华沙犹太隔离墙的残余。20世纪40年代,纳粹占领波兰期间,这道墙包起城中很大一片区域,禁锢着几十万犹太人,后来他们被押上运牲口的大车,送到附近的死亡集中营里待宰。在一个冬日早晨,地下厚厚地垫着雪,天上一直下着雨雪,我找了很久,到最后才寻到路,穿过雪泥覆盖的大门、院子、窄巷,看到那丑陋的褐色墙体耸立在眼前,我马上知道,就是它。至少在我的想象中,它是生与死之间的一道确凿无误的边界。

---

1 码,英制长度单位,1码约等于0.91米。

FIFTY YEARS OF EUROPE
AN ALBUM
JAN MORRIS

16

幕

然而，我们这个时代，欧洲最臭名昭著的边界线还是那道铁幕。1945年，苏联人一声令下，从波罗的海的吕贝克湾到的里雅斯特，一条意识形态的壁垒落下，将欧洲一分为二，将德国分成两半，构成民主德国、捷克斯洛伐克、匈牙利的西边界。

铁幕在欧洲大陆上投下一道寒意，激起各种各样的诡计，从国家间谍到老派的威士忌走私。在冷战最激烈的岁月，我去任何一个东欧国家的首都，都会觉得自己成了小说或电影里的人物——出于某种原因，当年，在那些地方，报纸记者被普遍认为是另一边的密探。约翰·勒卡雷[1]那些预示了一种新类型小说与电影的间谍小说出版后，我们在书里看到了自己的影子。某次去布达佩斯，有朋友托我将一包书带给在那里的大使馆里工作的一个外交官。我没有问这是些什么书；他让我在横跨多瑙河连接布达和佩斯的塞切尼链桥[2]（曾被德军摧毁，后重建）中间一

---

1 约翰·勒卡雷（John le Carré，1931—2020），原名大卫·康威尔（David Cornwell），英国间谍小说家，18岁被英国军方情报单位招募，担任对东柏林的间谍工作。退役后开始写作，1963年以第三本著作《柏林谍影》一举成名。
2 塞切尼链桥（Chain Bridge），位于匈牙利首都布达佩斯，跨越多瑙河，简称为链桥。链桥以资助者伊斯特凡·塞切尼伯爵为名，全长375米，1849年完工启用。

个约定地点转交这些书,我也没有提出疑问。这真像是一场电影。在约定时间,我快步走上这座桥的人行道,并立刻在行人中发现一个特殊人物从桥另一头朝我走来。恍如透过微微闪光的长焦镜头,我看见我们两个,当我们彼此靠近时,距离被扭曲。我们相遇了。我们打招呼。我们握手。我交出包裹,并且,伴着阴暗不祥的音乐——全是鼓和大提琴——我返回布达那边,此刻,片头字幕开始滚动。

17

进入新世界

铁幕最戏剧化的一种展现:你驱车向北,驶出奥地利东部,奔向当时还属于捷克的布拉迪斯拉发。紧贴在边境的铁丝网和警戒岗背后,是欧洲最壮观的住宅开发区之一。边界线对面,不论往左还是往右,名叫 Petržalka 的庞大新城都延伸到视野尽头,遮没了地平线。这是一个高层公寓的社区森林,一片混凝土、没树木、没烟囱、没尖顶、新崭崭、全直角的苔原,一个街区后面跟着另一个,无情地纵向延伸开去。这是一个美丽新世界的宣言,这里没有琐碎之物。超过十万人被重新安置到这个生活机器中,从街区之间的缝隙里,你可以辨认出多瑙河对面布拉迪斯拉发的古塔,还有山上被烧毁的 15 世纪城堡。

FIFTY YEARS OF EUROPE
AN ALBUM
JAN MORRIS

18

尽情享乐

在铁托当政的时代,就连去一趟南斯拉夫都会让人沮丧。当年我经常从的里雅斯特去那边。那时铁幕还在,但南斯拉夫已经脱离苏联体系,周末的时候,从它的各个共和国涌来大量游客到的里雅斯特购物、卖货或者搞些上不得台面的交易。周日晚上,他们回家,运走炊具、电视机、录像带、玩具和衣服,大巴里被箱子和行李挤得连气都不透,座位下面塞着包裹,塑料袋装着衣服挂在车厢顶,购物者的面孔从车窗往外望,倒像是迁徙的逃难者。各种流氓和投机分子也来了,兜售黄金、牛仔裤,还有其他镶金边的时兴商品,所以等到他们回家的时候,南斯拉夫边境官员毫不轻松。因此,周日晚上要进入南斯拉夫得费上好几个小时。我现在还记得成百上千辆汽车在渐暗的夜色中举步维艰、热气腾腾,还记得路边麇聚的临时汉堡摊,偶尔凭借大吨位大马力强行闯出一条路的货车,大巴车上那些苍白疲倦的面孔,最后是灯光昏暗的边检站,帽子上缀着一颗红星、面色不悦的检察官。他们慢慢翻动我们的护照,沉默地做出个放行的手势,让我们进入这片大陆上的另外半边。"加油。"有次我对一个边境检察官说。"尽情享受吧。"此人阴郁地回答道。

19

冷酷世界的温暖

然而,在铁幕后面,在被美国总统里根称作"邪恶帝国"的领土里,各成员国之间的边检站可能是出人意料的欢乐的岛屿。我认为,总会有隐隐约约的希望:在下一个人民共和国,现实会更明亮些。我愉快地忆起,在斯大林体制还当道的时候,我在捷克斯洛伐克和波兰之间的林地中一个小边检站的咖啡馆里所做的记录。几个星期来我都被大都市的党员包围,如今这一幕令我多振奋!幽暗的树下堆满睡袋与背包,兴奋的学生从大巴里一涌而出;戴宽边黑帽的商人,像老式惊悚片里的流氓一样坐着,用钞票干些偷偷摸摸的事儿;穿皮夹克的大块头波兰卡车司机一壶一壶地喝啤酒,偶尔还有个把肩挂冲锋枪的警察掺和进去;在森林边缘,围着边检站几乎扎下营来的,是来自本地村庄的不断流动的人群——漂亮丰满的母亲,扎马尾辫的可爱小女孩,前来看热闹。"换不换钱?"不时有可疑的游荡者同我搭讪——这是到东欧旅游常见的主题。尽管当时我总是拒绝,并且在华沙有过一次糟糕的受惊吓的体验,但就连黑市的询问都像边境本身的热闹与喧嚣一样,让我在这个普遍冷酷的世界上有了一种共谋的温暖感。

FIFTY YEARS OF EUROPE
AN ALBUM
JAN MORRIS

20

在边缘

冷战期间,在铁幕的一个圈里,有联邦德国的最东端。那是下萨克森一个名叫施纳肯堡(Schnackenburg)的小渔村,位于作为两个德国天然界线的易北河的河湾。这真像是文明的边缘。它是一个可爱的小地方,孤零零矗立在河岸边。它有一个捕鱼的港口,一个掩映在栗子树荫中的小市场,几条街,一些舒适的砖木结构的房子。村子周围全是绿色农田,有如密西西比河流域那样高高的防波堤保护它免遭洪水侵害。在那儿,如果你朝身后往西边看,会看到村庄安全地藏身在绿草如茵的堤坝后面,这是一个村里人彼此相熟的小地方,男人们晚上到小酒店亲热地碰头,或者在港口修理渔网或舷外马达,小男孩在水边嬉戏胡闹,女人在晾衣绳边上交换闲言碎语——老式的德国河畔生活的小小的缩影。往东边看,越过宽阔的河面,你看到的似乎是一片蛮荒。那边有灌木丛生的洼地,零星点缀着低矮的柳树,潮湿,荒凉,也许还埋有地雷。那里似乎再无人迹,仿佛一场残酷的灾难将乡间的活气儿统统吸尽。那时,民主德国有许多地方从20世纪30年代以来就没见过一张外国人的面孔(苏联人除外)。易北河两岸像是两个不同的世界,不时有一条德意志民主共和国的灰色巡逻艇警惕地逆流而上,维持两岸的差异。

21

墙

铁幕最公然的羞辱的顶峰与典型是柏林墙,它将老德国首都分成东西两半,阻止人们互相迁徙,长达 28 年。东西两半各是一种意识形态的代理:一边代理华盛顿,一边代理莫斯科。这对市容造成古怪的影响,让一座伟大的城市变得可笑。旧首都的权力中心全都落在东边,西柏林其实只是郊区。这就好像穿过海德公园角,从北往南划一道界线,将伦敦分成两半。白厅、白金汉宫,甚至可以说伦敦本身被划给一边,而另一边以骑士桥和斯隆广场为中心。全部奢华辉煌在一边,而大多数活气儿在另一边。柏林墙鬼鬼祟祟地穿过城市,资本主义那一侧爬满涂鸦,而另一侧则是触目惊心的空白。

我对 20 世纪 50 年代第一次穿过边界进入东柏林那天记得很清楚,当时柏林墙还未建,我犹如陷入一部可怕的奇幻电影(不是好莱坞风格,而像是乌发[1]电影公司出品),展现在我眼前的是尚未完工的斯大林大街(后来更名为卡尔·马克思大街)留下的宽阔、苍白的空间。我似乎记得,当时天色已经全黑,街上没有一盏路灯,路边肯定没有树,只

---

[1] 德国乌发电影公司(Universum Film A. G. 简写为 UFA),成立于 1917 年。

有新的方块建筑的可怕形体，一个接一个，赫然显现在这巨大的公路上，这里完全没有树、没有生命、没有爱、没有幽默且变幻无常。我同样清楚地记得那次从另一路离开苏联经由民主德国进入西方的经历。我还记得，通过民主德国边检站让人郁闷的盘查和美国关口那同样不讨喜的检查后，我见到的似乎是一道光之墙，一种正好是对面情况之反面的幻觉——一切都是闪烁的、彩色的、耀眼的、诱人的。当时，我像那些从苏联来到柏林的游客一样，打了一辆的士，直奔希尔顿酒店，问前台能否把我的里海鱼子酱罐头放到厨房冰箱里。对比就是这样强烈，而柏林墙还故意作对似的非要把它再加以强调。

22

补偿

尽管共产主义体制在外人看来非常可怕，对身处其中的许多人来说也非常残酷，但社会制度剧变后，很多上年纪的老百姓还念着它的好，继续投票给共产党的候选人。在这些国度，工作基本稳定，养老金发放无误，很少有公开的犯罪，只要循规蹈矩，一般就没人打扰你。甚至在持不同政见者中，除了危险感也有一种兴奋的刺激感，我同铁幕背后的人在一起感到很愉快，即便在斯大林体制最恐怖的时候也是如此。保加利亚小说家伊万·瓦左夫（Evan Vasov）宣称，在19世纪土耳其人占领他祖国的时代，压迫可能给人们带来幸福——被剥夺政治自由后，他们在生活、爱情和音乐中找到了补偿。

23

庆典

到最后，铁幕终于被掀开，可怕的柏林墙坍塌。1990年，我从柏林墙上某个最先出现的洞里窥视，看到对面两个士兵在一片尘土飞扬的空地上把一顶旧钢盔踢得满场飞，如同置身一出道德剧。成千上万物质匮乏的民主德国人开车穿过废弃的边检站进入西边，破旧的"卫星"（Trabant）小汽车砰砰作响、黑烟直冒，有时还会在联邦德国人优雅摩登的小轿车洪流里抛锚，这一刻，全世界分享了他们的兴奋。我发现这一幕无比地令人同情，特别是你看到一个汗流浃背来自民主德国的男人，在他局促不安的孩子们的帮助下，绝望地想把熄火的车推动——车周围是锃亮的宝马，车里是坐在前排面色阴霾的妻子。不过，在最初几个月，能够随意越过曾经不可和解的边界仍然让人高兴，我愉快地忆起东柏林郊区米格尔湖边的一个周日早晨，要是时间前推几个星期，这个仍被"工人天堂"阴沉的黑色工厂俯视的湖边，气氛一定是压抑的。而那天，我穿过树林,听到一曲德国音乐——喔喔、嘭嘭那种音乐——接着就看到几千个民主德国人正在一个湖滨旅馆庆祝他们获得解放,他们大笑、歌唱、跳舞、喝酒,一支乐队演奏古老的嗡啪啪[1],另一支徘徊在不那么嘈杂的摇滚的边缘。一切都亲热友好、令人感动,充满和谐[2]的精神。

24

污染

第二天我同分别来自东西两边的两个柏林官员见面。来自西边的那个衣着非常得体,给我一张雅致的具有浮雕效果的参观卡,上面印有英文和日文。来自东边那位穿着一套裁剪拙劣的黑色西装,没系领带,只给了我一张印有他名字的纸片,背面有一个歪斜的戳记。这是铁幕分隔多年的结果。当你从铁幕的阴影下经过而不再害怕秘密警察的威胁,但仍有一种残存的不适感压抑着你——一种被磨损、眼睛充血、裁剪拙劣、污秽的感觉。其中一些真的是脏污。民主德国许多老边境城残破得可怕,楼房脱皮掉漆,街道坑坑洼洼,衣着邋里邋遢,还在用着低瓦数灯泡,到处都缺乏色彩,令人沮丧。在郊区,如同工业革命时代磨坊的工厂仍在喷

---

1 嗡啪啪(oom-pah-pah),由大号或其他铜乐器演奏的有节奏的乐曲。
2 原文为德语:gemütlichkeit。

发煤烟，公路上，轿车、卡车把黑色的尾气排入本身就已经不透明的空气中。单调的高层出租公寓楼赫然耸现在历史老城高处。卑劣的黑帮在扩张。每一种污染都少不了。20世纪90年代初，从奥地利进入捷克斯洛伐克，在边境上你会看到移民文明有礼，也没有卫兵在你车周围充满恶意地挥舞卡拉什尼科夫冲锋枪，但若是再开远一点儿，就仍然会有一种你料想不到的官员让你明白：哦，已经到了原来的铁幕后面。三三两两的妓女站在路边揽客，有些聚在公交候车亭，有些朝卡车竖起拇指，大多数只是踢着锥子一样的高跟鞋游来荡去——当年，这条通往布拉格的公路被叫作"世界上最长的妓院"。不过，至少女人露出了微笑。这也算件要紧事儿。

25

1990年1月1日，捷克斯洛伐克总统瓦茨拉夫·哈韦尔（Václav Havel）的讲演节选

我们生活在精神被污染的环境里。我们在精神上生了病，因为我们变得习惯于口是心非。我们学会不要相信任何东西，学会彼此忽略，学会只关心自己……这个体制把在自己的国家里熟练工作的、有天赋的、独立自主的人降格为某种巨怪

的、嘈杂的、发臭的机器上的螺丝钉和螺丝帽……

26

旧旅馆

然而，令人吃惊的是，那么快我就找到了对从前的欧洲充满毫不含糊的怀旧之情的旅馆。当然，有些很快就国际化了，变得和西方任何地方的旅馆差不多——华沙的布里斯托尔酒店，20世纪50年代我曾住过，并应酒店管理方的请求，用便携式打字机给它草草写了一个简单的小册子，今天，它已经变成"世界顶级酒店"联盟的成员。但我非常怀念那些老旅馆，那些被控制、有窃听器的旅馆。后来我还在某个没有彻底重建的人民共和国偶尔碰到过一家，办理入住手续时，我觉得一切都回来了，至少回到了我的记忆里！这里有面如冰霜的接待员，命令你出示护照。这里有狡猾的搬运工，想要和你换钱。面前是褐色的走廊，铺着皱巴巴的地毯，装着40瓦的电灯泡，领你去房间的酒店员工大步流星，身材魁伟，外套松垮垮地搭在肩膀上，手里拎着假皮公文包。周围的桌子上分发有粗制滥印的酒店小册子，和我帮波兰人写的那本倒也不无几分相似，纸页像餐巾纸一样装饰性地打了褶。在你之前，亲如兄弟的代表们曾经走过这些通道。克格勃小组曾经在这儿潜伏过。当你最终走到大楼后面阴暗窒息的客房,哎呀!这就是多年前你住过的那间啊,当时你还能越过众多屋顶看到大楼上闪耀的大红星。"60兹罗提兑换1美元,"搬运工再次催促,"你不可能找到更优惠的。"这次你说:"好吧。"

27

附带一提

附带一提,我最近回了施纳肯堡一趟,发现捕鱼码头旁边修了一个小小的边境区展览馆,用以纪念那些糟糕的旧年月。展览馆关着门,但仅从窗户里窥上一眼就已经让我打了个寒噤。在窗户半闭的幽暗房间里,站着真人大小的边境卫兵的模型。一个骑着摩托,胸前挎着自动武器。另一个明显是将军,坐在勤务兵驾驶的一辆苏联吉普上。周围有旗帜,还有写着"停下!"字样的生锈的告示,透过模模糊糊的窗子,这些模型显得可怕。屋子中间立着一张光秃秃的木头桌,似乎是用来进行审讯的;屋子外面,下水滑道的撑架上,高高地摆放着干燥、灰色的民主德国巡逻艇。

杰弗里·穆尔豪斯[1]在《雪里的苹果》(1990年出版)一书中有一段出色的预言,以近乎超现实主义的风格,描述了苏联成千上万座列宁像被

---

[1] 杰弗里·穆尔豪斯(Geoffrey Moorhouse, 1931—2009),英国记者、作家。

FIFTY YEARS OF EUROPE
AN ALBUM
JAN MORRIS

推倒，造成铜的巨量过剩，让整个世界的金属市场陷入混乱。在过去的那个时代，东欧还有几乎同样多的斯大林像，它们也全都在几年时间里被清除一空。到20世纪90年代中期，还有最后一尊斯大林像显眼地矗立在阿尔巴尼亚首都地拉那一条主街旁，其显要程度仅次于主街尽头大广场上恩维尔·霍查[1]的铜像。东欧剧变时，斯大林的雕像被移走，但到1996年，它还摆放在城郊的一个棚屋里。我去那儿看过。它看上去保存良好，摆出一副官方认可的居高临下的仁慈姿态，但我看它没啥前途。

28

边界线的尽头？

如今，欧洲的边界线正在失去意义，我希望它们完全消失。在某些方面，我会对此感到遗憾。毕竟，我这50年里，边界线是欧洲民族气质的一个基本要素——退伍后我第一次从英国去意大利的时候，不得不办了一张过境法国的签证。但我觉得，过不了多久，卡车在欧洲各国边检站前排成长龙的景象就将只存在于民间记忆中了，而我乘坐的蒸汽火车也无须呼哧呼哧地在多勒停下，实际上，现在欧洲大部分地区的大多

---

[1] 恩维尔·霍查（Enver Hoxha, 1908—1985），阿尔巴尼亚领导人，曾任阿尔巴尼亚劳动党第一书记与总理，掌权达40年之久。

混杂

数海关人员早已是看都不看一眼就挥手示意驾车者通过。英国工党外务大臣欧内斯特·贝文[1]说过,他在外交政策方面的抱负就是让英国人能够不用护照就从滑铁卢车站坐车直抵巴黎。我想,在 20 世纪 80 年代以前,英国边界算得上是西欧最粗暴的边界线,这也理所当然,毕竟这个岛国已经因为隔绝于世而保持傲慢与独立近千年了。然而,在绿色通道无情的灯光下,皇家海关官员盘问某个抱着婴儿的不幸的黑人游客,或者翻查一个度假学生的背包,看到他们毫无宽容的面孔,这仍然是一种糟糕的体验。

29

碎片与小块

20 世纪 60 年代的一天,我漫游在鲁西永[2]的法国部分,突然猝不及防地遭遇一个飘着西班牙国旗的边检站,还有一张告示,提醒我已经进

---

[1] 欧内斯特·贝文(Ernest Bevin, 1881—1951),英国工党领导人和政治家,曾任劳工部部长(1940—1945)、外务大臣(1945—1951),并参与战后外交政策,特别是 1949 年《北大西洋公约》的制定。

[2] 鲁西永(Roussillon),法国南部与西班牙和地中海接界的一个历史地区,古伊比利亚人最初在此定居,公元前 121 年该地区开始成为古罗马高卢的一部分,后来多次易手,最终成为西班牙人的领地,《比利牛斯条约》(1659)签订后转交给法国。

入西班牙赫罗纳省的利维亚（Llivia）。那不过是一个破烂的小村子，由一条特意修建、笔直笔直、正式中立的道路同最近的西班牙城市普奇塞达（Puigcerdá）连接起来。毫无疑问，此地的建筑风格、语言和精神气质都属于西班牙，原来它是历史造成的一种尴尬。1659年，该地区被法国和西班牙瓜分，这一带乡下的村庄全被划归法国。但西班牙方面提出了一个狡猾的条款，认为利维亚不是村庄而是一个城镇，所以应属西班牙，从此这个地方的居民就只能通过那条地理上的脐带与其祖国相连，即使到了我去漫游的那个时代，仍然不允许从那条路上走开。

即使欧洲的边界线全都消失，这种历史形成的碎片、小块与不规则之地也依然存在。眼下，它们几乎随处可见。多瑙河的匈牙利那边有块斯洛伐克的飞地。西班牙南端，有块飘着米字旗的英国殖民地，居民则大多是意大利、西班牙、马耳他和北非人后裔。一条极小的波黑领土穿过克罗地亚延伸到亚得里亚海。德国领土布辛根古怪地孤悬在莱茵河的瑞士那边，通用瑞士货币，但邮戳地址是德国——在这个令人愉快地混合了河畔古镇风格与时髦现代性的地方，国籍的意义似乎丧失甚多；除了河流本身，这里没有任何边境的划分，它原本以压倒性优势的投票要加入瑞士，但这场公投结果却因为两国政府为了保持良好的现状而被轻率地忽视了。

1867年后，卢森堡（人口40.7万）才成为一个独立的大公国，但当你驾车进入它尖塔林立的首都，你一定会知道自己进了一个主权国家：作为欧洲最富有的城市之一和欧洲主义的中心，它同时展示了19世纪的富丽堂皇与20世纪的活力四射。想要成为圣马力诺[1]（人口2.4万）公民？你必须在这个位于意大利中部、适合旅游的、陡峭的袖珍山地共和国住上50年。从4世纪以来，它一直保持独立。梵蒂冈城邦（人口1000）的首脑是天主教教皇，它有自己的铁路、直升机机场、报纸、大学、外交部门，它还有电台，用34种语言广播。在1956年好莱坞演员格蕾丝·凯莉[2]嫁给摩纳哥亲王兰尼埃之前，世人大多不知摩纳哥是个独立国家：其实，这个家族从13世纪以来就一直统治着它，疆域也几乎没变过（除了那些有利可图的垃圾填筑地在向外扩张）。如今，当你翻过法国的滨海阿尔卑斯山脉，看到摩纳哥的摩天大楼、游艇、宾馆和常坐喷气飞机到处旅游的富豪们的别墅，被它们枯燥乏味的闪光罩住，你会感受到欧洲历史悖论中最古怪的体验之一。我第一次从法国开车沿着盘绕的公路穿过比利牛斯山去安道尔共和国（人口6.2万）时，车内的

---

1 圣马力诺（San Marino），世界上最小的共和国，位于亚平宁山脉靠近亚得里亚海沿岸，周围被意大利环抱，传统上认为它建于4世纪，并且因为它相对难以接近，而成功地保持了独立，但曾有几次短暂地失去独立。

2 格蕾丝·帕翠西亚·凯莉（Grace Patricia Kelly, 1929—1982），美国电影女演员，奥斯卡影后，摩纳哥亲王兰尼埃三世之王妃。1999年美国电影学会将其评选为百年来最伟大的女演员第13名。

FIFTY YEARS OF EUROPE
AN ALBUM
JAN MORRIS

指南针像发了疯似的。指针狂野地甩来甩去，我猜想是被周围荒凉山岭里的矿层干扰了。这还真是贴切，因为这个小国似乎存在于自然法则之外。它名义上的国家首脑号称"安道尔共同国君"，由法国总统和乌尔赫尔（Urgel，西班牙北部一个主教管区的小城）主教担任，700年来，它维持着不可思议但却大体平静的独立，近些年来依靠旅游收入与合理的税收安排过活，但却没有获得日本政府的官方承认。怪不得我的指南针会错乱了。

30

大公权威

列支敦士登公国位于瑞士和奥地利交界的山区。列支敦士登（人口3.1万）像是地图上的一块堆积物，极不显眼，以至于坐车穿过瑞士从巴德拉加兹去康斯坦茨湖的路上，很容易经过它而没有留意到——这尤其是因为它把外交事务委托给瑞士负责，所以它只在与奥地利接壤处有唯一的海关或边检站。然而，它是一个非常特殊的主权国家。它是大公权威的典型。它只有一座城市瓦杜兹，也就是它乱糟糟的首府，充满由餐厅、银行、观光商店和停车场组成的欢快的混响，在城里往高处望，你就能在露出地面的岩层上看到宛如传奇或寓言中的城堡——里面住着

混杂

大公汉斯·亚当二世。这个家族从1719年开始就独立统治列支敦士登，这里没人能忽视他们的存在。王孙和贵妇多如牛毛，除了汉斯·亚当二世以及他的妻子公爵夫人玛丽，还有他们那群名叫爱罗斯、马克西米利安、康斯坦丁、塔季亚娜、索菲的儿女及儿媳；甚至不用算上我还不知道的叔叔伯伯姑姑堂兄弟姐妹，每4000个臣民就会摊到一位王室成员，王室的气派堪比沙特阿拉伯。王室成员的肖像随处可见，王冠、王室纹章、王室婚照、王室旗帜、王室称号、王室敬称无所不在。邮票上当然也有王室的存在。如果列支敦士登有货币，货币上也会有——不过，其实他们用的是瑞士法郎。就连葡萄酒也是通过王室雇用的零售商、来自王室葡萄园，标签上多半印有王室头衔，还有浮雕的王冠，以及老鹰和圆球的纹章。

1996年，我在列支敦士登住过一段时间，留下的印象是：从表面上看，不可能有别的地方比它更幸福。这里没有贫穷，某个星期日，我走进山里，到斯德格（Steg）的一个小湖边吃户外午餐，那里已经聚集了大群兴高采烈、彬彬有礼的人，在船上嬉闹，做烧烤，沿着山间小径大步走远，或者在咖啡馆桌旁大杯喝酒，真是叫我好生羡慕。然而，后来我才知道，那一周，列支敦士登人并非全都过得心满意足。紧挨在城堡下面就是不起眼的议会大厦，几乎是历史上第一次，议会的立法者中出现了反大公权威的骚动情绪。作为一个共和主义者，我当然不会大惊小怪。尽管

FIFTY YEARS OF EUROPE
AN ALBUM
JAN MORRIS

宣传册上说"大公与人民共治",但列支敦士登是一个近乎绝对的君主国。山坡上那座城堡的寓言完全真实。所有那些纹章、头衔、旗帜都不仅仅是象征。列支敦士登的经济部分依赖繁荣的工业部门,部分依赖于世界上最成功的银行与金融体系之一,在整个国有企业中,到目前为止,大公汉斯·亚当二世仍然是最大的股东。大公说的话,能管用!

后来我经常在报纸里看到列支敦士登出现越来越普遍的反对声,但当我回想起那个周日湖边的午餐,想到那些川流不息地从瓦杜兹开来的汽车(在列支敦士登,不论老少,每两个人就有一辆车),我就没法把这些新闻真当回事儿了。

31

在岩石上

我认为,半个世纪的游历中,这些不规则之地中最令我吃惊的是直布罗陀——在英帝国的海外领土基本上已经完全消失的今天,它仍然是英国王室的殖民地。20世纪90年代,它在宣传中把自己描述成一个提供给巨贾的避税天堂,即使称不上奢华至少也是阳光灿烂的,但我30年前在西班牙工作时,总觉得它是一个阴郁的遗迹,形如巨大的山丘,矗立在阿尔赫西拉斯湾对面,或者阴沉沉地隐现于安达卢西亚的地平线上。对于一代代不列颠人和许多外国人来说，它一直充满了帝国的浪漫——这是英伦岛民借以维持世界海上霸权的众多要塞中的一个。作家威廉·梅克比斯·萨克雷[1]将它比作大口径短枪，被英国人夺取并"掌握，上足了弹药，擦得锃亮，随时准备开火"。理查德·切尼维克斯·特伦奇[2]说，"它是一场舞蹈的核心"。"**英格兰在这道门前站岗，**"几乎对一切英帝国的东西都充满仇恨的威尔弗里德·斯科恩·布伦特[3]写道："**上帝啊，听听这微风中传来横笛尖锐而甜蜜的高音，看看在山岩枪声怒吼的召唤下，英国军人从山坡上行军而来！**"甚至乔伊斯笔下的莫莉·布鲁姆[4]对直布罗陀也有骄傲的回忆，她就是在摩尔墙下被皇家海军上尉马尔维亲吻的（或者只是她愉快的幻想）。

尽管没有人比曾经的我更容易被帝国美学打动，但当时的直布罗陀仍然让我大为失望。从路过船只的甲板上看，它那么巍巍然地耸立，遍插英国国旗，也许足够壮观，但到了陆地上看，它只是一个破旧的军营兼城镇，有潮湿的店铺和供士兵喝酒的肮脏小酒吧，随处可见光秃秃的

1　威廉·梅克比斯·萨克雷（William Makepeace Thackeray，1811—1863），英国维多利亚时代的代表小说家，代表作为《名利场》。
2　理查德·切尼维克斯·特伦奇（Richard Chenevix Trench，1807—1886），爱尔兰诗人、语言学家、词典编纂者，著作包括《词语研究》(1851)和《英语的过去和现在》(1855)。
3　威尔弗里德·斯科恩·布伦特（Wilfrid Scawen Blunt，1840—1922），英国诗人、作家。
4　《尤利西斯》主人公布鲁姆先生的妻子。

FIFTY YEARS OF EUROPE
AN ALBUM
JAN MORRIS

花岗岩石板突出地面。土褐色的石头堆里,有一处花园绿洲,那是"岩石旅馆",可是就连它也会让帝国的狂热爱好者失望。我曾经听到两个非常老派的美国太太评论刚刚把她们行李粗鲁地卸到门厅地板上的坏脾气的搬运工。"这人怎么这么讨厌啊!"其中一个说。"你还能指望啥?"她的"美国革命姐妹"[1]回答道,"他是个**英国人**,亲爱的,而且是个**男的**。"

32

寻找文德人

世上有数不清的种族混杂与错乱,通常是在爆发暴力冲突后才被世人注意到——克罗地亚的塞尔维亚人、南斯拉夫的阿尔巴尼亚人、波斯尼亚的克罗地亚人、罗马尼亚和捷克共和国的德国人、波兰的卡舒比人[2]、瑞典的芬兰人、南意大利的希腊人和阿尔巴尼亚人、北欧的奥地利人、波罗的海国家的俄罗斯人和鞑靼人,以及仍然散布在欧洲大陆东部

---

1 美国国会特许的群众性组织"美国革命女儿全国协会"(National Society of the Daughters of the American Revolution,通常简称为 Daughters of the American Revolution,缩写为 DAR),成员必须是美国独立战争时期革命者嫡系子孙当中的女性。莫里斯称其为"美国革命姐妹"(Sister of the American Revolution),显然是根据这位女士对英国人的态度进行调侃。
2 卡舒比人(Kashubians),也称卡舒布人,是西斯拉夫民族的一支,主要分布于今波兰北部地区,人口约30万。目前该民族仍保持自己独特的文化传统,年长者能够讲卡舒比语。

边疆的多种族源的群体。南斯拉夫一个名叫伏伊伏丁那（Vojvodina）的地区，是匈牙利人、罗马尼亚人、马其顿人、塞尔维亚人、斯洛伐克人、希腊人、保加利亚人、吉卜赛人（根据某些权威意见，还有至少十几个小民族）的家园；1991年，在南斯拉夫即将解体前，只有不到7%的当地人认为自己是"南斯拉夫人"。

在德国，靠近捷克和波兰边境，住着5万多斯拉夫人，被称作索布人（Sorbs），他们说索布语，有自己的语言文学。有人告诉我，另外一些自称文德人（Wends）的，还在这个国家的中心用着自己的语言，维持自己的传统。[1] 文德人在历史上曾经是一支强大的部族，由于坚持异教不肯顺服，在12世纪被罗马天主教会发动圣战征讨：战争最高潮时，他们的斯韦托维德（详见第1章第5节）巨型神像被摧毁——这个神像矗立在吕根岛（Rügen）的尖端，基督教士兵郑重其事地将它推入海中。

我对这一小群人如何在联邦德国腹地生存下来充满好奇，就在1995年去往下萨克森一隅，到一个仍被称作文德兰（Wendland）的地方找他们。那是在常规旅游线路上的一片美好的三角形农地，地图上散落着各种肯定会让人兴奋地联想到托尔金神话的地名——Satemin、Mammoisel、Gohlefanz。我毫不惊讶地听说，最晚到19世纪，本地还有人使用文德语，并且很快搞清楚，在纳粹统治期间，因为斯拉夫人被划为劣等民族，所

---

1 索布人和文德人是同一民族的不同叫法。

FIFTY YEARS OF EUROPE
AN ALBUM
JAN MORRIS

以许多居民选择遗忘自己的文德出身。但我很高兴地发现，古老的异教徒在被德国基督教吸纳后，仍然留下了一系列他们特有的村庄。这种村庄里，砖木结构的房舍绕着村里的绿地大致围成一个圈，紧挨着圈的边上通常会有一座教堂。这让我联想到南非祖鲁人的村庄，当然，比那个精巧得多，更先进也更舒适。文德式围村（Runddorf）周围没有散乱的房舍破坏其雅致，它本身可能也就由五六栋房子组成，矗立在无比安详的绿色风景中，房屋正面镌刻着神圣的经文，还有逝世已久的居民的名字。

我本以为文德血统会是时髦的，结果发现几乎没有居民承认，但迷雾般的文德身份并未完全消散。我去那儿时，正赶上德国政府计划将核废料倾倒在一个废弃的岩盐坑。当地人竭力反对，甚至提出了"文德兰自由共和国"，随处可见文德语的标语和不熟悉的旗帜，这一定会让那些早已消失的土著的幽灵开心（尽管到最后废料还是倒进了那个岩盐坑）。

33

找到卡拉派

卡拉派（Karaim，或 Karaites）是全欧洲最小、最有趣的一个种族与宗教群体，我找他们的过程顺利多了。这是非常特殊的一支犹太人，源自巴格达或波斯，8世纪时从犹太教主体中分离，只承认《圣经》的神圣地位，认为《塔木德》是不敬的，是拉比们制造的虚假教义。这群人审慎、禁欲，留下了丰富的文学，严格地自我隔绝于基督教和伊斯兰教。许多卡拉派信徒去了克里米亚（Crimea），18世纪末，俄国女沙皇叶卡捷琳娜二世[1]对他们颇为友善，将其中一些人迁移到她在波罗的海边立陶宛境内的领地中。有文献记载说他们曾为立陶宛大公担任特拉凯城堡的护卫，那城堡位于立陶宛中心的一串湖泊中，于是1996年我去那儿找他们。

　　特拉凯风景极美。15世纪哥特风格的城堡，主体重建过，耸立在一个半岛最前面的一个岛上，周围是一个小镇，建筑大多为木制——街两旁是厚木板铺成的破旧而优雅的房舍，水边点缀着山毛榉树。卡拉派信徒留下许多迹象。我敢肯定，不少房子是由卡拉派信徒建造的。一条街以他们的名字命名，城堡附近一个大概驻扎过大公卫兵的岛也是。但当我跟着地图走到卡拉派展览馆，我发现这座四四方方的小建筑已经废弃，路边的犹太会堂由一个明显非犹太人的工人照看。"你们是卡拉派

1　叶卡捷琳娜二世（Catherine II，1729—1796），俄罗斯帝国女皇（1762—1796年在位），生于普鲁士斯特丁，1745年与沙皇彼得三世结婚并皈依东正教，改名叶卡捷琳娜。1762年，因面临被废的威胁，率领禁卫军发动政变即位。在任期间，俄罗斯成为名副其实的欧洲最强国家之一。叶卡捷琳娜被尊称为"大帝"，即俄罗斯历史上两位大帝之一（另一位是彼得大帝）。

FIFTY YEARS OF EUROPE
AN ALBUM
JAN MORRIS

的?"我问城堡看门人,但他们坚决摇头。难道卡拉派死光了?全都被纳粹杀掉了?

不,后来搞清楚了。反犹主义者从来不把卡拉派当作**彻底的**犹太人——颇为吊诡的是,卡拉派倒是把自己视为最纯正的犹太人。俄国沙皇给了他们完整的公民权。纳粹宣称,他们的血统并非犹太人,只是从其他种族改信犹太教。尽管这并未能保护他们免于克里米亚的大屠杀,但在立陶宛倒是救了他们的命。那现在他们在哪儿?卡拉派去哪儿了?我在特拉凯街头见人就问,最后终于找到了,那是两个极为快活、极为健壮、非常外向的中年妇女,住在两座古老的木头房子里。

她俩完全不是我想象中的样子——一点儿也不审慎、禁欲或者孤绝。她们告诉我,特拉凯有大概 150 个卡拉派信徒,还住在两个世纪前从黑海之滨迁来时落脚的街上。她们领着我去了一家店铺,去那儿找真正的卡拉派佳肴,一种名叫"kibini"的馅饼。没准它的味道非常可怕,不过,我还是欣然接受了这个机会。我想,坐在湖边,眺望对面的城堡,吃一种在俄国女沙皇的庇护和立陶宛大公的雇佣之下,经由巴格达、克里米亚来到这个欧洲角落的馅饼,还有比这更浪漫的吗?两个卡拉派女士嘲笑我的热情,但我最终发现 kibini 颇为美味——尽管实际上和康沃尔油酥面团味道差不多。

混杂

34

塞尔维亚人的欢欣

少数民族在流亡中多半会比自然状态下更强化其民族特性。然而，在匈牙利的圣安德烈，有一小群塞尔维亚人——也许只有几百人，他们在一代代的传承中，创造了一个与我心目中今日塞维亚人特征（好战、执拗、阴郁）彻底相对立的城镇。圣安德烈位于布达佩斯以北几英里的多瑙河边，这群塞尔维亚人 17 世纪晚期从土耳其治下的巴尔干流亡至此。他们的教长跟他们一起，作为流亡的塞尔维亚东正教会首领，他们将这个河边的小村子变成了对其宗教和进取心的展示。两个世纪后，它成了艺术家的聚居地，是来到布达佩斯的外国游客出城远足的首要目的地。现在它是一个精致的小城，从山坡延伸到河边，有渡船从布达佩斯开来，城里色彩明艳，铺鹅卵石的街巷里遍布画廊和纪念品商店，还能看到塞尔维亚商人的漂亮旧房子和六座洋葱头穹顶的塞尔维亚教堂，城市中心是一个可爱的巴洛克式广场，夏天傍晚有戏剧上演。我发现这个轻松惬意的地方时，正逢塞尔维亚人的祖国陷入内战后的苦难。天知道圣安德烈的塞尔维亚人在匈牙利的 300 年里吃了多少苦，但他们仍然是幸运的，当我在阳光下漫步于那些专门诱惑游客的街巷，偶尔停下来看一幅水彩画或者一条刺绣的裙子时，我能感受得到，当年那

FIFTY YEARS OF EUROPE
AN ALBUM
JAN MORRIS

些流亡者选择一个如此幸福的目的地逃避土耳其人的暴政,这是多大的幸运啊!

35

岛

现在让我们谈谈欧洲的岛。哪怕只是想想,就足以让外交家迷糊,让绘图员头昏!欧洲有成千上万的岛屿。我威尔士的家窗外就有两个,其中一个是 2 万名凯尔特圣人的传统墓葬地,另一个只住着羊。据说仅芬兰沿海就有 80 897 个岛,瑞典群岛则至少有 2 万个。有被土耳其管辖的希腊岛屿。有距离法国 20 英里的英国岛屿。挪威的斯匹次卑尔根群岛住的主要是俄国矿工。塞浦路斯一半住着希腊人,一半住着土耳其人。苏格兰的巴拉岛是新教徒海洋中的一块天主教飞地。英帝国吞并的最后一块土地是大西洋里的圣基尔达岛;它首次主动放弃的一块土地是北海里的黑尔戈兰岛,用来同德国人交换了桑给巴尔岛。因《基督山伯爵》而出名的基督山岛是一个无人居住的自然保留地。德国基姆湖里有个女人岛,葬着"二战"后因战争罪行被处决的阿尔弗雷德·约德尔[1]将

---

[1] 阿尔弗雷德·约德尔(Alfred Jodl,1890—1946),纳粹德国陆军大将,德军最高统帅部作战局局长,"二战"主要战犯,被判处死刑。

军。那么多奇珍异宝中，芬兰湾里的奥兰群岛显得格外珍奇。它拥有货真价实的岛屿精髓！我在一架从赫尔辛基起航的飞机上俯瞰，只见大海水面上密布绿色的群岛，仿佛一整块大陆被可怕的灾难撕裂，一块块漂流至此。

我对奥兰群岛早有了解，因为尽管只有2.5万居民，它却因上面的船主而出名——最后一批能出洋的帆船的主人就是一家奥兰公司，许多定期往返波罗的海的大渡船也注册在奥兰群岛。然而，让这片群岛卓尔不群的是它特有的令人满意的宪章。大多数岛民有瑞典血统，说瑞典语，在"一战"后欧洲各国重新洗牌时，他们大多想要加入瑞典，用瑞典语生活。然而，事实上拥有其主权的是芬兰，这个事情就被交给国际联盟[1]裁决。一张颇为奥兰人喜欢的照片上，一群留连鬓胡、打领结的政客坐在透过窗子能看到日内瓦湖和阿尔卑斯山的一个房间里，决定奥兰人的未来。他们做得很好。1921年，他们裁决：芬兰人保留主权，奥兰人保留语言，群岛成为芬兰国内一个非军事化的自治省。它们就这样保留下来。首府玛丽港中心的大型现代建筑，并非一般人以为的市政休闲中心，而是奥兰群岛议会。市展览馆里塞满国民标志物、遗物和纪念品，包括一块巨大的金属宪章，骄傲得如同华盛顿的美国国家档案馆大

---

1 国际联盟（League of Nations），一个成立于1920年的世界组织，旨在促进国际间的合作与和平。从本质上来说，国际联盟毫无实权，1946年正式宣布解散。

FIFTY YEARS OF EUROPE
AN ALBUM
JAN MORRIS

楼内的《美国独立宣言》，还有那场决定奥兰岛命运的会议（主持人是一个日本人）的一张放大的照片。奥兰人有自己的旗帜和邮票。他们被免除了一切军事义务。他们拥有所有这些船。他们极端爱国，有可能确实如此，有一次我碰到一艘要从瑞典哥得兰岛回奥兰岛的纵帆船，船员劝我与他们同行，如同召唤我去金苹果园[1]自治省。

36

说到哥得兰岛

波罗的海里瑞典的大岛上散落着众多中世纪教堂，代表了瑞典的荣耀，说到哥得兰岛，且随我去其中一座。这座教堂像披锁子甲的骑士一样耸立在平地上，魁伟而雄健，旁边紧挨着一座筑有防御工事、由白嘴鸦驻守的塔楼。建筑周围是一片漂亮的草地，新鲜的青草中，矢车菊、雏菊、毛茛、蒲公英、峨参开得正盛，仿佛多年来一直在这片草地上。附近也许就有整洁的牧师宅邸，还有一两栋村舍，一个教会礼堂，却没有村庄的迹象。教堂本身就是一个小社区，周围整齐地排列着一代代会众——成排成排的贝里斯特伦、埃里克松和昂斯特伦的墓碑。教堂君临

---

[1] 原文为 Hesperides，即"赫斯珀里德斯"，希腊神话中看守金苹果园的四姐妹，也指金苹果园。

其上，周围时常飞起不安的白嘴鸦，叫声粗哑，意味深长。

然而，打开高高的木门（哥得兰的教堂很少锁门），立刻就感觉自己进了一个亲切的旧农庄。一股旧书的味道。礼拜堂厢座只需简单粉刷就能恢复亮丽，白石灰墙面上也许有古老的壁画——圣徒、天使、圣光中的基督、最后审判，也许还有一头被羞辱的龙。一只帆船模型悬挂在屋椽上，高高的木头布道坛上的读经台旁立着一台沙漏，好让滔滔不绝的牧师知道何时收嘴。祭坛画用的是柔和的中世纪色彩。这里有古老的本地家庭的镀金纪念碑。教堂司事的椅子披垂着一块舒适的羊皮。在高坛拱顶下，竖着一根宏伟的木头十字架，高10或12英尺，精雕细琢，色彩华丽，两边各有一个令人心碎的哀痛的形象。

现在你要说什么？像我们一样被打动，心绪激荡——哦，等会儿，我们一定要往大门旁的募捐箱里投下几克朗——我们会在路边找到一家咖啡馆，吃一块藏红花薄煎饼？那是哥得兰岛的另一种特产。

37

仍在阴燃

"二战"后不久，从一艘运兵船上，我第一次看到希腊的克里特岛，当时的感觉是：它肯定闷烧着战争的狂怒。30年后，我踏足此地，这

FIFTY YEARS OF EUROPE
AN ALBUM
JAN MORRIS

30年来，旅游业渗透到希腊海上每一个港湾，古老的生活方式已经从忒涅多斯岛退却到了伊萨卡岛。但是，凭着上帝起誓，我发现克里特仍然是一个狂怒的岛。从整体外形看，它像是被朝着各个方向扭曲的沟壑砍得到处都是伤口，山体侧面如被刻出深深的阴影，让一切显得更加可怕。我觉得，制造它的力量一定很**残酷**。岛上有一条会叫人联想到但丁《神曲》中那些深渊的撒马利亚大峡谷，峡谷里鸟羽习习，鸟鸣吱吱，常有被岛上居民称为"野东西"的大山羊出没，哪里的风景能比这儿更狂暴？我最欣赏的克里特景色是：时常悬挂在山顶周围的云铺展开来盖满整个岛，雾气和暴雨在山隰中旋动。有时，被吹开的云染上阳光的色泽，整个岛都像有火在烧；有时，风像喷气一样冲上山谷，雷声响彻高地，仿佛马上就要在山的表面劈出洞来。后来我回过几次克里特，每次都以为会对它幻灭，并发现游客越来越多。然而，我始终没有克服对它的第一印象，在我看来，它一直在阴燃。

38
—

一场舞会与一道门

不久前的一个晚上，我在克里特一个院子里碰到一场舞会。灯光非常明亮。音乐震耳欲聋，是一种颤抖的东方曲调。院子闭着高高的门，但一群村民沿着上方道路的墙边，从周围的窗户和阴暗的露台上围观。院子里的灯光下，一长列克里特人（有男有女）围成圈跳一种奇怪的舞。我被迷住了。跳舞的人优雅、轻快、沉思、炫耀，踏着复杂的舞步，音乐穿过凉棚传来。他们来回转圈，领头的男人有时短暂地离开队列，痉挛，跳跃，在空中两脚互踢，在一种高傲而完满的狂喜中旋转，抽搐还没结束，他又回归到音乐的节奏中。我一会儿想起复兴宗教的聚会，一会儿想起仙人圈[1]。最后我强迫自己离开，走进夜色中，还能隐约听到喇叭里传来的音乐。

我威尔士的家里那扇木门破破烂烂、古老而巨大，到处都有坑眼和补丁，钉满了小块的木头和铁片，与铰链接合处往下塌陷了不少，被一道并不太合适的沉重的木头门闩合在一起。家养的猫"詹克斯"能够从门下面挤进来。我保留这道门，只是因为它让我想起克里特的门，想起被那些门挡在外面的风暴与坏东西，还有被它们封锁在里面的神秘。

39

有两道门的咖啡馆

1974年，塞浦路斯岛因为土耳其入侵而被强行分成两个共和国——

---

[1] 仙人圈（fairy ring），草地、草坪或草甸中出现的深绿色圈，由土壤中富含的真菌体引起。有时仙人圈会从中心向外散发，还会逐年变大。民间传说认为，这些圈是仙女跳舞留下的。

FIFTY YEARS OF EUROPE
AN ALBUM
JAN MORRIS

南部是以希腊裔为主导的塞浦路斯共和国；北部是未获国际社会承认的北塞浦路斯土耳其共和国。其实，在此之前多年，这个小岛上两个民族就存在可怕的分裂，我当记者的大多数年头，它给媒体提供了大量的连续报道。当时，英国人还半心半意地统治着这个地方，新闻中不是希腊人和土耳其人互相杀戮，就是希腊人暴动反抗英国（那时他们想加入希腊——直到后来才决定自行建国）。报道里充斥着战斗、威胁、装甲车、埋伏。恐怖主义者潜伏在山区岩洞里。戴钢盔的士兵巡街。一天早上，我站在尼科西亚我住的那家酒店门口，等着去采访英国总督、陆军元帅约翰·哈定爵士（Sir John Harding），这时来了个骑单车的男孩，将一卷纸丢到我脚下。那是有希腊游击队领袖"迪根尼斯"（Dighenis）签名的传单，说游击队抓到了"一个名叫克里默（CREMER）的英国人，英国军情部门的高级军官"，如果"独裁者哈定"不在次日中午 12 点之前撤销针对热爱自由的爱国者扎克斯（ZAKKOS）、米海尔（MICHAEL）和帕塔索斯（PATATSOS）的死刑判决，他们就会处死克里默。"这是最后通牒。"

当天上午，见到"独裁者哈定"后，我把这张传单交给了他。但丢人的是，我忘了那个军情部门的高级军官或者那些热爱自由的爱国者的最终结局。那是 1956 年夏天，说实话，英国政府对此事已经颇为厌倦。当时，壁垒森严的尼科西亚城被铁丝网一分为二，将希腊人和土耳其人分开；但在铁丝网的某处有一个拐角小咖啡馆，它有两道门，一边开向希腊区，一边开向土耳其区。间或却连绵不绝地，有家庭主妇和生意人穿过脏兮兮的餐厅，从敌对的一边走向另一边。他们似乎对此安排习以为常。他们来来往往，抓紧购物袋和发票簿，一边门进，一边门出，只冲店主点点头，或者稍停片刻，整理包裹。铁丝网栅栏似乎仅仅是一种政治虚饰，对现实生活毫无影响。

那个夏天，我误以为这就是岛上整体情况的反映，以为希腊人和土耳其人正在厌倦彼此的敌意。我认为岛上有一种**阻滞的**感觉。但是，塞浦路斯人像北爱尔兰人一样争斗不休。这些年来，斗争持续酝酿，冲突不时爆发。英国政府走了。土耳其军队来了。有两道门的咖啡馆只是一个幻象，希腊人和土耳其人继续强烈地互相厌憎。

40

非荷马风格

许多地中海岛屿展现出强有力的形象。比如科西嘉，给人以荣耀之感——每 12 瓶本地葡萄酒就可能有一瓶散发出地中海沿岸灌木那甜蜜的花香。比如撒丁岛，是"不祥"——海边的奢华别墅里住着各国富豪，全副武装防备绑匪。比如爱琴海的岛屿，"被游客摧残得厉害"。它们因为住过名人而出名：拿破仑的厄尔巴、肖邦的马霍卡、提比略[1]的卡普里、尤利西斯的伊萨卡（也许吧）。然而，至少有一个岛，完全没有鲜明普遍的形象，那就是意大利那不勒斯湾里的伊斯基亚。我发现，外国人大多认为它在希腊——"难道这**听起来**不像是个希腊名字吗？"伊斯基亚没有浮夸的含义。它有着风平浪静的地中海况味，没有风险，也少有兴奋：是一个相当适合中产阶级和中年人士的岛。它形状优雅，乡野怡人，而且因为火山赐福正巧是个疗养胜地。蒸汽和沸水随处喷涌：从泉眼和暗渠里，地上的洞眼里，沙滩上，它们顺着管道源源不断地涌出，注满游泳池。岛上的白葡萄酒，和科西嘉酒的野花香大相径庭，据行家称，可以辨出一种火山的风味，对风湿病大有裨益。

广告上说，从古希腊罗马时代以来，伊斯基亚就是一个"热力天堂"，岛上有成百上千处温泉，被酒店圈占，半隐于山坡露台的棕榈树和九重葛下。成千上万的朝圣者来这儿疗养，赋予它一种洋洋自得的布尔乔亚的体面姿态，在这片放荡的蓝色海洋里真是难得一见。一种几乎可触及的满足感笼罩着伊斯基亚，让我觉得，这个地方的物质理所当然地乐于待在此地。一天晚上，我在一片有硫黄味的蒸汽升腾的沙滩上，

---

[1] 提比略（Tiberius，公元前42—公元37），罗马帝国第二位皇帝（公元14—公元37年在位），继承由奥古斯都缔造的帝国，借由联姻关系，成为朱里亚·克劳狄王朝之继承人。提比略个性深沉严苛，对付政敌手段残暴。

混杂

沿着海边漫步，孩子气地幻想一排温柔的海浪随着晚潮掀起涟漪抵达岸边的情景。我想，它来自第勒尼安海，新鲜而没有经验，也许希望去卡普里岛，或者遥远的利古里亚，转眼之间却发现自己钻进了伊斯基亚火山岛沙滩的一个洞里。妈妈咪呀，下面好热啊！在火山的激情中，一两个震惊的瞬间后，那个小小的第勒尼安细浪就热得能煮鸡蛋了。然而，它不抱怨，我愿意这样想。它也许是没去成某一片荷马风格的海滨，也没能抵达某个浪漫而狂暴的前滩，但来到这里，扎进热力天堂的深处，它一定会温暖而舒服。

41

偶遇？

20世纪60年代，在卡普里一辆公交车上，我偶遇（记不得是如何开始的）一个男人，自称鲍里斯·阿尔佩罗维奇（Boris Alperovici），身份是格蕾西·菲尔兹[1]的第三任丈夫。她曾经是一个著名影星，为英帝国女爵士，原本在英国家喻户晓，但在"二战"初期去了美国，随后

---

1 格蕾西·菲尔兹（Gracie Fields，1898—1979），原名 Grace Stansfield，昵称"我们的格蕾西"（Our Gracie），英国著名喜剧演员、歌唱家，在20世纪30年代曾是英国收入最高的女演员。

逐渐从公众视野中消隐。此时，她已经退休，住在卡普里岛上一栋别墅里。鲍里斯带我去拜访她，她亲切地接待我，向我讲述她职业生涯中的轶事，在海滨游泳池边上请我喝咖啡。老太太表现得像是处于事业巅峰的好莱坞大演员，很明显她和我一样享受这一切。后来鲍里斯开车送我回酒店。回到英国后，我惊讶地听说其他人也有和我一样的遭遇：在卡普里的公交车上偶遇阿尔佩罗维奇先生（他们也不记得是如何开始的），然后就被邀请到"我们的格蕾西"面前，愉快地喝咖啡。

42

统领独来独往者？

所有的岛屿都是独特的，当然，其中一些比另一些更独特。而马耳他无疑是其中最独特之一，几百年来游客对它的称呼从"地中海之头"，到"心脏"，到"肚脐"，到"屁眼"。从西西里几乎就能看到它，但其实它比突尼斯的位置更南，面积不到125平方英里，却拥有一个堪称强权之都的首府瓦莱塔，马耳他是真正的孤独者，它的历史波澜壮阔，有攻城战，有达官显贵，有舰队司令，有中世纪骑士团。半个世纪前，它还是英国殖民地，是英国地中海舰队的主要基地，我认为它对英帝国的归属既令人感动又让人烦恼。在我看来，瓦莱塔意大利化的工人阶层大多和英国那些读小

混杂

报的民众差不离，他们说各种口音模糊的区域英语，热衷于足球彩票，而我见过的马耳他上流阶层则以英伦范儿作为装饰，尽管他们长期被排斥在联盟俱乐部之外。食物以卷心菜和黄姜为主，港口里泊着宏伟的战舰。

到 20 世纪 80 年代晚期，英帝国已崩溃多时，情况大不一样了。当时马耳他的一切都在波动——经济、法律、态度、价值、国际地位。谁能猜得到，博若莱新酒上市会在斯利马（马耳他东北部城市）做广告——这规格赶得上加的夫迎接教皇？谁能想到，《明镜》周刊会在瓦莱塔的报摊上有售？谁能想到，卡布奇诺咖啡会迅速取代英国人过去喝的糟糕的即溶咖啡，而粗俗不雅的意大利语电视频道的数量会大大盖过英语频道？快离岛之前，我参观了一场庭审。案子有关海洛因交易，小小的法庭挤得还挺满，整个前排除了我就坐着另一个人。一切都非常不正规，令我吃惊的是，居然没看到被告人。离开法庭时我问警察被告席在哪儿，他告诉我，我坐的位置就是，而我旁边就是当天受审的坏蛋（第二天我在《马耳他时报》上看到，他获刑 5 年）。

在我心目中，20 世纪末马耳他的本质是流动性。几乎一切都可变，数不清的社会、经济、财政、历史的关节与接口，清晰地说出了社会的本性。多年前，我有一个想法：极地附近的全体居民——拉普兰人、因纽特人、西伯利亚游牧民——的联邦将会提供一种令人愉快的国家类型。一天早上，在马耳他共和国广场上，在仍然散发出恢宏气度的维多

FIFTY YEARS OF EUROPE
AN ALBUM
JAN MORRIS

利亚女王雕像下，我坐着喝咖啡时产生了一个疑惑：互不对付的欧洲诸族，那些不驯、放荡、迂回、只在个体状态下才会竞争的民族，能否产生一个类似的联盟？也许，马耳他完全有资格统领这样一个独来独往者的联盟，为它的骑士与舰队司令的遗产增加一丝不端的色泽。

43

沙滩悖论

通往叙尔特岛的堤道是一道奇怪的景观。叙尔特是弗里西亚群岛中一个沙滩遍布、石南丛生、海水冲蚀的细长形岛屿，位于德国石勒苏益格-荷尔斯泰因的北海海岸附近。自古以来，它就是一个渔民和水手的居住区，极度简单，极度虔诚，孤绝，很少有外人来。1927年，他们建了条铁路堤道用于连接大陆和它那座孤独的小镇——韦斯特兰（Westerland），不过一直只有一个方向的线路。开车去叙尔特是不行的，但你可以用火车运一辆车过去，而这正是兴登堡堤道的古怪之处。它穿过一片潟湖样的海水、圩田和沙洲，一半是水面，一半是地面，在薄雾的早晨朦胧而神秘，只有海豹和海鸟不时造访。厄斯金·蔡尔德斯[1]的惊悚小说

---

[1] 罗伯特·厄斯金·蔡尔德斯（Robert Erskine Childers, 1870—1922），爱尔兰作家、爱国者，代表作为《沙洲之谜》。

混杂

《沙洲之谜》正是以此为背景。但是，从早到晚，每半个小时左右，就有一长串双层运输列车轰隆隆驶过这片荒凉，将成百上千、成千上万辆汽车送进那座小岛——汽车多到让你觉得会把岛压沉。开进去的还有许多其他列车：大陆城镇开来的本地列车，德国中心开来的城际列车，更不用说频繁起落于叙尔特机场的飞机，因为这块弹丸之地如今已是全德国最受欢迎的海边旅游胜地之一。徒步者和风帆冲浪者涌向它壮美的海滩。一群群城市孩童被赶到户外你追我逐。韦斯特兰街头到处闲荡的度假者吃掉数以百万计的冰激凌，这让我强烈地想起澳大利亚新南威尔士的热门休养地曼利（Manly），也是有沙滩，有汉堡。然而，就在这同一座岛上，仅仅几英里开外就是坎彭（Kampen）度假村，它沐浴在特权的阳光下，属于欧洲那些限制开放的飞地中的一个。

每位德国小报和八卦杂志的读者都知道坎彭。所有名人都去那儿，电影电视明星、杂志发行人、时尚的实业家、百万富豪级的作家。它聚集了所有的奢华与炫耀。它是欧洲大陆的汉普顿[1]。严格的规划意味着它始终是个非常漂亮的小地方。它的房舍几乎全都是茅草屋顶，每一栋都被规定大小的正常的土地围绕；那里有个市镇池塘，海滩上有座灯塔，初看上去，你会觉得它朴素而娴静。你别相信它。坎彭在钱里打滚，要是你看得更仔细点，你会发现确凿无误的迹象：昂贵的小店，珠宝商卡

---

1 汉普顿（Hampton），伦敦一个区，包括汉普顿王宫，以奢侈华美闻名。

FIFTY YEARS OF EUROPE
AN ALBUM
JAN MORRIS

地亚的分店，三四家豪华酒店，一个高尔夫俱乐部，朴素的古董店，一家夜总会，几家舞厅，多得过剩的豪车。周末结束时，这些大车开往韦斯特兰火车站，货运列车驶过堤道时，你会看到被高高安放于上层甲板的汽车，还能看到车主静坐前排，抽雪茄，聊天，往汉堡和鲁尔的家里飞驰而去。

44

在克拉克斯维克[1]诵诗

我在欧洲体验过的最兴奋的时刻发生在法罗群岛一处高而多风的放风筝的山坡上。当时我所处的位置在北大西洋里，丹麦和爱尔兰的正中间，苏格兰以北200多英里，周围全是此地该有的风景——海沫拍击的悬崖，一阵阵的狂风，尖叫的海鸟，盐味，飞溅在身上的水沫。低处的沼地里点缀着蓝、黄、粉、白的花。无数的鸟尖叫、鸣啭、叽喳、啁啾、咯吱、喘气或者发出低沉沙哑的声音，偶尔飞来作势要撞我的头，以此警告我离开它们的筑巢地。远远的下面，在一条冲沟边上，有一堆色彩明艳的房子，还有一个白色的小教堂。渔船费力地穿风过浪。海岸远处，能够看到几辆车沿着一处险峻的山路爬行，消失进一个隧道。在

---

[1] 克拉克斯维克（Klaksvik），法罗群岛第二大城镇。

苍白的北国阳光中,我在海风中放一只精巧的红风筝,感觉自己完全遗世而立,隔绝于时间之外。

这里有我爱的岛屿特性!像奥兰人一样,法罗人多多少少能自己做主,尽管要向丹麦的主权略微让步——不过这能带来好处。他们小小的首府托尔斯港高耸在一个名叫廷加内斯(Tinganes)的海岬上,长只有几百米,宽度更是窄到经常可以看到两边的水面——这是一个玩具般的木头建筑迷宫,房子大多是黑色。一些屋顶是草皮,一些是瓦楞铁,它们中间蜿蜒着一条古老的窄巷。在海岬尽头的岩石上,刻着一些古老的大写首字母和设计图样,像是涂鸦,这些粗朴的纪念文字说明,迟至16世纪,法罗群岛的议会——当地语中叫"廷"(Ting)——在廷加内斯尽头的岩石上召开露天会议。如今,议会改到室内,但距离这儿不远,并且很不起眼,因为它占据的是一个如同英国乡村会堂的建筑。我踮着脚从窗子里窥看这个简朴的权力中心,里面是成排的桌子,和学校课桌全无二致,议会就在这里掌握着4.7万岛民的命运。墙上挂着鼓舞人心的法罗人历史画,我还看到一个硕大的手铃,想必是给总理维持秩序用的。

法罗籍的标志是岛民的语言,类似冰岛使用的北方日耳曼语,又带有盖尔语的感觉,但在这种语言背后,保存了许多古老的传统。法罗人制造的小船有高高的船首和优雅的弯曲船体,明显带有维京风格。他

FIFTY YEARS OF EUROPE
AN ALBUM
JAN MORRIS

们烤海鹦,我得说真的非常美味。他们网捉管鼻䴕,诱捕海雀,带着孩子去海滩上杀引航鲸。他们用刀修剪羊毛。他们中的老男人,有时会戴一种像小地精帽[1]的羊毛帽。其实我从来没看到本地自古以来的娱乐活动——跳圈舞或者朗诵诗歌,但我多次撞见成群结队的穿传统服饰的民间艺人,系搭扣,穿围裙,走在去各种节庆活动的路上,或者从活动现场回来。一个艺人同我坐在渡船甲板上,山与峡湾如同仙境般从身旁飘过,他告诉我,"我们一直在克拉克斯维克诵诗"。"长诗?"我大胆发问,心想幸好我没赶上。"长得**没边没沿**。"他骄傲地回答。

45

神经官能症

有一些少数民族国家——并不仅仅是飞地居民,或者种族碎片,或者被强迫组建联邦的成员,或者岛民,而是那些尽管被夹在一个更大的国家内部,却仍然认为他们自己完全是自己的民族,住在自己的领土里。他们全都被历史以某种方式糟践过。通常,他们天然的统治阶层早就被清洗掉,他们被降到从属地位,也许只能通过语言、风景和古代纪

---

[1] 原文为 goblin cap,goblin 是欧洲传说中一种矮小丑陋的地精,头上戴着一顶用鲜血染成的红帽子。

念物维持作为一个国家的存在感。这些不幸的人要斗争许多年才能完全取得独立，在我这50年，他们对欧洲的和平已不再构成威胁，但他们的怨恨一代代积累，搅动，嘟哝，有时爆发成激进行动，有时休眠几十年。我对这些情绪知之甚详，因为我父亲所属的威尔士人就是一个被半压制的民族的典型，在某些方面，没有人比我更能体现威尔士人的焦虑、怨怼和神经官能症。

威尔士人是欧洲一个古老的凯尔特民族，1284年后屈服于英格兰人的统治，但是，尽管他们的国家已经被持续地、无情地盎格鲁化，并被潮水般涌入的英格兰殖民者占据，它仍然是一个明显与周围隔离的地方。威尔士语可能只被五分之一的威尔士人使用，但它仍然充满意义和雄心，在一切事物中——从最古老的威尔士诗歌那传统而严格的韵律，到摇滚歌词，到前卫小说——表达自己。那些在历史、政治和经济力量的强迫下放弃了母语的威尔士人，仍然对自己的威尔士身份感到自豪。

然而，尽管威尔士始终是一个民族，但它显然还不是一个国家。在政治上对自己缺乏信心，又习惯了几百年的蔑视与征服，威尔士人似乎还不能相信自己管理自身事物的能力。多年前，我描述了威尔士的"四大痛苦"（就像凯尔特神话中的诅咒），随着年岁渐长，我越来越意识到自己也是它们的受害者。首先是身份困惑的痛苦：一个威尔士人何时不是威尔士人？一些威尔士人比另一些更威尔士吗？其次是语言分裂的痛

FIFTY YEARS OF EUROPE
AN ALBUM
JAN MORRIS

苦：一个群体被对母语及母文化的爱、轻蔑、渴望或拒绝所撕裂的焦虑。然后是两个族群的痛苦：苦乐参半、爱恨交织、永远无法完全坦诚的盎格鲁-威尔士关系。在这些有意识的不适背后，还有更基本的忧虑，那是被剥夺的痛苦：无法根除的深切渴望，渴望在世界上拥有一片他们自己的、不可侵犯的国土。这些是神经官能症，每一个都是；但我怀疑，只需作必要的修正，它们就是欧洲一切少数民族的爱国者所共有的症候。

46

快活的一小群人

也许，在威尔士比在其他任何地方都更能理解神经官能症，因为280万威尔士人生活在地球上最强大、最有侵蚀力的文化影响（由英语作为后盾的英美文化，几亿人的偏好、才能、技巧与金钱）的直接进攻下。面对如此强力的猛攻，很难保持单纯爱国主义的火苗不灭。"**我们的城堡在哪里？**"斯洛伐克爱国者弗拉基米尔·米纳奇[1]抱怨说，倘若没有他们自己的力量与权力的象征，他的人民就会被视为没有历史的粗坯。在威尔士，我们有自己的城堡，有遗落已久的本土王公的要塞，但

---

1 弗拉基米尔·米纳奇（Vladimír Mináč，1922—1996），斯洛伐克小说家、记者、政治家，1944年参加反抗纳粹的起义。

在外国人心中，同英国人竖起作为其权威标志的巨大堡垒相比，它们实在太相形见绌了。1981 年，英国王位继承人、名义上的威尔士亲王在伦敦威斯敏斯特大教堂结婚，外界对这桩婚事谀声一片，而我，作为一个共和主义者兼威尔士独立分子，决定去威尔士西南部普利斯里山脉（Preseli Hills）里一座名叫 Mynydd Carn 的山上，参加一场拒绝效忠英王的示威。我们不掺和亲英分子的喧闹，而是去纪念 1081 年于此发生的一场战争——战争的一方是卡拉多克（Trahaearn ap Caradog），另一方是肯南（Gruffydd ap Cynan）和图得（Rhys ap Tewdwr）。[1] 这也许是一个不重要的替代活动，但它没准儿是你能找得到的最好的一个。

那天威尔士持续下着雨，我们这快活的一小群人，蹲在山顶附近一片岩层的潮湿的背风处，说些沾沾自喜的、有温和颠覆意味的闲话，也许还被一两个警方的探子注意过。到最后，我们觉得聊差不多了，就急匆匆下山回到车里，但我必须承认，驾车离开时，我有一种白费力气的感觉：我们这一小群人爬到光秃秃、雨淅淅的山上，没人看到我们，而威尔士的其他人同全世界一起围坐在电视机前，为王室的荣光啧啧惊叹。然而，当时我们是在颂赞一种激情，而他们不过是在看一出肥皂剧——后来很快就暴露出是一桩丢脸的悲剧婚姻。肯定有些时候，我对

---

1 威尔士历史上影响深远的一场战争，发生在几个威尔士王国之间，卡拉多克兵败被杀，诺曼人也由此将势力伸入威尔士。

FIFTY YEARS OF EUROPE
AN ALBUM
JAN MORRIS

威尔士感到绝望，想到在不时反抗800年后我们已经输得精光，我略有打算，准备离开家国去的里雅斯特，而到现在，这个民族还一直给我羞辱。有时，我觉得我们是被罚生活在一个政治灵泊，始终战斗，有时向前涌进，有时沮丧后退；但我又经常以为，威尔士毕竟还是在一点一点地重新找到自己，也许还在重新定义自己，觉得在我子女这一代，它会获得独立。也就是说，自由地成为自己。

47

北布立吞人[1]

20世纪90年代中期，苏格兰人在各个方面或多或少屈服于英语的统治，并且，在保持民族性方面同威尔士人差不多，只是苏格兰盖尔语相较之下更为弱势。1993年的一天，在英格兰南部的亨廷登，我参观了英国首相约翰·梅杰[2]的房子。那是典型的英国有产阶级的漂亮别墅，拥有一片像郊区后院草坪一样平整的风景。接着我马上驱车赶往苏格兰，

---

[1] 布立吞人（Britons），生活在不列颠的古代凯尔特人的一支，公元前1世纪中叶至公元5世纪中叶受罗马人统治。5世纪后，曾长期抵抗来自欧洲大陆的盎格鲁人和撒克逊人的侵略，后被迫退入不列颠西部山地，逐渐形成近代威尔士人。部分渡海迁居高卢的阿尔摩利卡（Armorica，今法国布列塔尼），现法国境内的布列塔尼人即其后裔。
[2] 约翰·梅杰（John Major, 1943— ），英国政治家，1990年至1997年出任英国首相。

视野中的风物变得迥然相异，它的传统如此独特，风格如此明显，让我对历史的错乱大为惊讶——为何住在这里的人们要一代又一代地被住在亨廷登那边的人统治？和威尔士不一样，苏格兰是自愿加入大不列颠联合王国，理论上来说是一个平等的成员，而不是一个屈服的民族。在这个国家游历时，难以言喻的苏格兰风景和经历纷至沓来，让我深切地感受到这一切的反常。

这里有"哈维克少年"雕像，一个明显是不良少年的男孩像牛仔一样松开手脚骑在马背上，以一种鲁莽大胆的精气神挥舞着1514年他从英格兰夺来的旗帜。半废弃的邓凯尔德大教堂里，有19世纪为苏格兰高地警卫团战死者而立的可怕的纪念碑，上面雕刻着一堆混乱的尸体与破碎的军备，充满悲剧气质，像是苏格兰的《格尔尼卡》[1]。爱丁堡街头，有头发稀疏姜黄的老人，手揣在口袋里，漫步走向某个角落的小酒馆，身后四五十码处跟着他那条老得不像话的苏格兰牧羊犬。这老头不时带着鼓励的微笑回头望，那条狗也报之以不服输的微笑，他们就这样完美融洽地前行，犹如彭斯[2]诗中的形象，直到最后钻进酒馆，消失在麦芽味的阴影中。我去拜访过大诗人、马克思主义信徒兼民族主义者休·麦克

---

1 《格尔尼卡》(Guernica)，毕加索名作之一，表现的是1937年德国空军疯狂轰炸西班牙小城格尔尼卡的情景。
2 罗伯特·彭斯（Robert Burns, 1759—1796）苏格兰农民诗人，在英国文学史上占有特殊的重要地位。他复活并丰富了苏格兰民歌，他的诗歌富有音乐性，可以歌唱。

迪尔米德[1]，他把我领到拉纳克郡他那栋可爱的小村舍里，入屋的门槛上刻着他最著名的诗句：

全世界的玫瑰我都不要，

我只想要我那份儿，

苏格兰的小小白玫瑰，

香气甜蜜而尖锐——刺痛我的心。

我想，多么不同寻常，这个独特的国家里，居然没有人希望它掌握自己的命运！苏格兰的人口与丹麦、芬兰差不多，比爱尔兰和挪威要多。历史上，它骄傲而迷人。地形方面，它独立而雄伟。它有两个欧洲级的大城市，还有一些最壮美的风景。它的人民受教育程度很高，有许多能干的经济学家、技术人员、实业家和官员。它怎么可能失败！"我们失掉了胸中的火。"有人这样回答我，诚然，大部分时候无论普通苏格兰人多么爱国，说到国家的命运，他觉得还是谨慎为妙。也许他不相信那些他不了解的家伙，甚至对他自己也不信；也许和他的老狗一同慢慢走进街角小酒馆时，他已经觉得足够幸福了。

---

1 休·麦克迪尔米德（Hugh MacDiarmid，1892—1978），当代苏格兰大诗人，原名克里斯托弗·默里·格里夫（Christopher Murray Grieve），苏格兰民族主义党创建人之一。

混杂

48

南布立吞人

法国的布列塔尼民族主义者带着嫉妒隔海眺望威尔士与苏格兰。他们与后两者同是凯尔特人,并且同属其中的布立吞亚支,共同的祖先是6世纪从康沃尔迁居而来的部落民。他们的语言类似威尔士语,总是有布列塔尼的学者和艺术家在威尔士工作和漫游,反之亦然。20世纪90年代威尔士一支顶级的摇滚乐队曾用布列塔尼语唱过歌。游客可能会认为,总体而言南方的布立吞人像匈牙利圣安德烈那支塞尔维亚人一样是幸运的,因为他们横渡比斯开湾后,到未曾受损的壮美海滩吃上了丰盛的海产,但布列塔尼民族主义者并不总是同意这一点。巴黎的法国政府很少向他们让步。布列塔尼语基本不受鼓励,一年又一年,它逐渐退缩到老年群体里——其实,就连老人也不愿意向陌生人讲土语了。对于讲布列塔尼语的歌手或演员来说,如果有合同邀请她不用法语而用布列塔尼语表演,不管是在舞台上,还是在电视里,那都是令人欢欣鼓舞的胜利。

"二战"结束没多久我就第一次去到布列塔尼(布列塔尼语:Breizh),当时布列塔尼人的声誉正蒙上阴影。像爱尔兰人一样,他们中的一些民族主义者把敌人的敌人当作朋友,认为同德国纳粹合作是实现独立的最佳途径。这是一个悲剧的错觉。战后一些人坐了牢，一些人被枪毙，一些人流亡到了爱尔兰和威尔士。甚至到现在，挥之不去的怀疑与怨恨还纠缠着布列塔尼人的事业，给了巴黎的中央集权主义者足够的理由继续钳制布列塔尼民族主义。然而，布列塔尼人始终比其他凯尔特族群更能保持自我，也更有辨识度。高速列车从巴黎直通雷恩（法语：Rwnnes，布列塔尼语：Roazhon），公路将曾经偏远的布列塔尼海岸与法国的权力中心相连，但习俗与传统的强大张力仍然将布列塔尼人同法国人区别开来。在有着精美回纹装饰的中世界教堂里，崇奉着关于凯尔特圣人的记忆，即便只是老人还在这么做。人们用游行、音乐、舞蹈和展览神圣遗物的方式热情地庆祝本地圣人的赦罪日和其他节日。在布列塔尼城，仍有几百位老妇人日常戴着传统的白色高帽——通常戴在结辫的长发上。

在西南部的比古登（布列塔尼语：Bro Vigouden，法语：Bigouden）地区，有非常出名的一族布列塔尼女人，她们全都遗传了畸形的腿，所以在赶集的日子，你可能会看到到处都有人歪着身子一瘸一拐，似乎遭遇了神话中残酷的魔咒。这一族女人的高帽近年来甚至变得更高了，也许还变得更加坚定，甚至更加笨重，以至于她们钻进汽车时几乎要把身子弯成两半——由于两条腿不一样长，她们的动作显得格外笨拙。在下雨天，她们会把超市的购物袋套在高帽顶上。我面前有几张拍摄于

20世纪90年代的照片，照片上有几百个这样的女人，全都很老，重聚在蓬拉贝（布列塔尼语：Pont an Abad，法语：Pont-l'Abbé）。我不相信这个时代的欧洲还有别的地方能提供这样的景观：独特的头饰下面，严厉、强硬、皱皱巴巴的面孔凝视着我——耄耋的寡妇梳着少女的辫发——有流苏的披肩和刺绣的花边——这群人瘸着腿往庆典安排的食物走去时，高帽塔立的白色森林东摇西晃、颠来簸去。

49

想和一个老太太说话

也许，布列塔尼民族特征所留下的就只是这样一些怪癖，一些零碎的民俗，但他们至少还暂时保留着凯尔特文化的回音，非常古老、神圣而安详。在20世纪70年代，我的小女儿和我在杜瓦讷内（Douarnenez）海边抬头望，看到一位老太太，正从高处的一扇窗户里冲我们微笑。她没有戴白帽，但肩头围着披巾，脸皱无可皱，微笑如此和善，像是来自完全不同的时代——也许是人类堕落之前。"我想和她说话。"我的小女儿说。

FIFTY YEARS OF EUROPE
AN ALBUM
JAN MORRIS

50

严酷之城里的心

欧洲少数民族中形象最鲜明的是加泰罗尼亚人，多年前臣服于西班牙卡斯蒂利亚王国权威的五六个民族中的一个。他们曾经有自己的帝国，并且一直是强硬而杰出的族群，历史上，很少有比14世纪的加泰罗尼亚大佣兵团更凶猛、更傲慢、更无情、更经常打胜仗的士兵。他们今天也同样强硬而成功，是欧洲少数民族中的成功者，他们的首府巴塞罗那是最卓越的少数民族首府。那些塑造了欧洲的势力，有一半曾经在不同时期抵达巴塞罗那。希腊人和罗马人来过这儿，西班牙人、法国人和意大利人留下他们的印记——从天主教到无政府主义的各种意识形态，普罗旺斯的口味，摩尔人的态度，全都被加泰罗尼亚人独特的尖锐泼辣的天才熔为一炉，变得更火热、更丰富、更辛香、更刺激。35年来，我一直不喜欢这座城市，但我不能否认它的活力。

1994年圣诞节，我在巴塞罗那，街头充满民族主义的喧嚷。这座城市在西班牙，但只能勉强说是属于它。真正的加泰罗尼亚政府的办公室在圣豪梅广场（Plaça de Sant Jaume），它有实打实的权力，飘扬的加泰罗尼亚自治区旗展示出彻底独立的姿态。加泰罗尼亚语无所不在，不说这种语言的人被问到时显得有点尴尬。以少数民族首府的标准看，巴塞罗那自信得让我吃惊，它充分意识到自己是一个强大有力的工业区的首府，有自己的历史、自己的语言、自己的文学、自己的建筑，最为决定性的是，有自己的个性。

我倒是想说自己欣赏这种个性来着，可是我做不到。在这一切事物的表面，没有太多东西打动我或者给我希望。我不喜欢坐在丽兹酒店柔软的沙发上喝茶的那些穿黑色晚礼服、外套马甲的有钱人，全都是优越感十足的遗产继承人。我不信任那些成群结队的亡命徒，他们急匆匆穿过加泰罗尼亚广场，或骑着消音的摩托阴险地穿行于僻静小巷。走进这个城市的咖啡馆和餐厅，我感觉不到自然散发的人类的温暖与友爱。简而言之，总体上我没发现善心的抚慰。当然，那都是些最简单化的主观反应——住在巴塞罗那的人认真地说他们爱它。然而，我仍然遇到了出乎意料的愉悦——某日下午，我不经意地看到一位穿红外套的老女士，身旁跟着两个体贴的年轻人，正朝兰布拉大道走去，身姿矫健但微驼。我觉得她样子挺虚弱。对于巴塞罗那来说，她显得有点太柔和了。路人对她视而不见——有什么理由要注意她呢？——她走近了，我如同在幻觉中一般，发现她居然是欧洲的铁娘子撒切尔夫人！尽管我是撒切尔主义及其所代表的一切的猛烈的反对者——猛烈得简直像是加泰罗尼亚人——我还是被打动了，甚至对于在这儿见到她感到奇怪的愉快。她似乎正在对那些英雄的雕塑投以特

FIFTY YEARS OF EUROPE
AN ALBUM
JAN MORRIS

别的注意。

51

拉普艺术家

拉普人（Lapp）如今更多被称作萨米人（Sami），想必你知道我说的是谁——那个裹着毛皮、戴垂耳帽、裤子用皮带扎紧在腿上的矮个儿民族，经常在照片上看到他们驱赶驯鹿穿过挪威、瑞典和芬兰的冰原。20世纪50年代，外界对他们的称呼还全都是拉普人，我在瑞典最北端城镇基律纳附近，从当地一家铁矿场的宾馆漫步到一个居民点，一群健壮的拉普人给了我热情的接待。他们是追随季节的游牧者，带着牲畜在这里过冬。他们带我去他们的学校，我被一个男孩的画震惊了。那些画构图大胆、色彩明晰，非常美。我拿了一张走，五六岁大的小画家在背后郑重地签了个名。这幅画以半抽象的方式表现了一片苍白、寒冷、有驯鹿、极度拉普的风景，它不时将北极的地平线带回我的脑海，那是欧洲的边缘与反面，接下来许多年，它挂在我家里，直到最后纸张变黄、颜色消退。然后我惆怅地将它收起来，揣想那些驯鹿如今正在哪里吃草，而那个拉普小艺术家有了什么样的经历。

52
一个宣传家

1962 年,我第一次去仍被佛朗哥独裁统治的巴斯克地区,巴斯克人给我的困惑比以往任何人都要多。他们让我感觉既蒙昧又神秘。他们难解的语言不被官方鼓励使用,而我一个字也不懂。这个地区的地名——Oxocelhaya,Itxassou——让我以为自己到了完全非欧洲的地方。起初,我认为巴斯克人是彻底的物质主义者。城里每座建筑都像是银行,每个地方都有一堆堆生意人,穿着浅灰色西装,围着餐盘里的鳗鱼卵,讨论合同或者股票价格(我猜的)。在这个地方,生活似乎是机械般的实际,参观农舍像是在一款降临节日历上打开窗户:这里,农民正在给镰刀上油;那里,他的妻子在搅汤;他们的女儿在一个房间里缝纫,儿子在另一个房间做作业;房舍中间有几头奶牛,随时可以挤奶。

但我马上就从巴斯克人(当地人自称 Euzkadi)身上意识到一种更加情绪化的倾向。25 年前,曾经有过一个短命的巴斯克共和国,西班牙内战后被佛朗哥将军镇压,它的遗迹还能不时碰到:一张逃过了国民警卫队眼睛的褪色的爱国海报,一张邮票,一张歪歪扭扭贴在抽屉背后的钞票,已经全无价值。边境对面的法国境内还有一个流亡的巴斯克政府,但在西班牙,巴斯克爱国主义似乎已经完全被遏制住了。

然后我去了格尔尼卡，它自古以来就是巴斯克的自由圣殿所在地，掌握主权的巴斯克议会曾经在此屹立过数百年。1937年，为协助佛朗哥，德国轰炸机摧毁了市中心，从那以后，它被明显有意地废弃。那风景颇为悲哀。至少从14世纪以来，格尔尼卡始终生长着一棵被巴斯克人尊奉的橡树，老树死后，则继之从老树橡子长出一棵新树，如今，似乎所有的美德都离开了这棵格尔尼卡橡树。它的圣殿的遗迹久被遗弃，尘土堆积。立法椅上的裂缝里长出青草。修复此地，显然是对西班牙国家的敌意行为，倘若有人这么干，恐怕马上就会被投入监牢。我站在那儿沉思，一个穿蓝色大衣的大块头男人向我搭讪，我试探性地提起巴斯克身份的话题，他倒是全无禁忌，向我原原本本讲了起来，声音洪亮、夸张，我紧张地担心连马德里都能听到了。这个鲁莽的爱国者叫道，他会告诉我巴斯克人是什么，他还会告诉我他们不是什么。我在笔记本逐字写下他的话："我们**不是一个地区**，**不是一堆省份**，**不是一种语言**，**不是一种民俗传统**，而是一个**国家**，名叫 Euzkadi，**巴斯克人的国家！**"

53

超越神秘的咕哝

15年后我再去巴斯克地区，情况有了很大的改变。年事已高的佛朗哥放松了控制，对巴斯克语的禁令减少了，巴斯克民族主义的浪潮无可回避。能够听到激烈的演讲。暴力示威的抗议者同警察发生冲突。有一些罢工很难说是罢工，其实是爱国主义的姿态。一支巴斯克地下武装以恐怖主义手段对付敌人，用炸弹和机枪同西班牙当局展开永恒的战斗。这一次，我更加明确地意识到巴斯克民族性的另一面——超越神秘的咕哝：让这个民族在各种粗暴的比赛中脱颖而出的野性能量——在潘普洛纳街头追逐公牛，在比利牛斯山山口捕捉迁徙的鸽子，一种名叫"鹅戏"的可怕活动（将活鹅倒吊在一根绳子上，人们比赛徒手扭断其脑袋），回力球运动的令人恐怖的精力，数不胜数的力气、胃口、酒量、砍木头、凿石头、吃牛排的竞赛。20世纪后期也是如此，无法压制的巴斯克爱国者们为自由持续战斗，再一次赢得某种自治地位，但永远也缓解不了他们狂暴的需求。任何时候，只要我又在新闻上看到逮捕或爆炸、警察的肮脏把戏、恐怖主义的伏击，我就会想起格尔尼卡那个声嘶力竭的宣传者。

54

上帝弃儿

"一战"前的奥斯曼帝国，官方宣称有17.5个民族。那半个就是吉卜赛人，这个民族的名称首字母直到当代才被改成大写，他们仍然是一

FIFTY YEARS OF EUROPE
AN ALBUM
JAN MORRIS

个并非民族的民族,一个没有边境、没有首都、没有祖国、没有神话、没有英雄、没有纪念碑、没有圣书的民族。当然吉卜赛人也分成很多支,在欧洲某些地方,他们的东方罗姆人血统被稀释到极为淡薄,以至于很难区分一个吉卜赛人和一个补锅匠、旅行者或无业游民。然而,在欧洲多数地方,"吉卜赛人"这个名字表示的含义没有多大变化,在今天仍会招致迫害甚至屠杀——这种定居者对游荡者的反应至少从古典时代就遗传下来了。特别是在东欧,吉卜赛人最遭歧视。如果不能像纳粹希望的那样将他们灭绝,至少要将他们变成其他人一样的普通公民!波兰新政府强迫他们定居,把这一进程叫作"大停止"。阿尔巴尼亚新政府把他们集体驱入公租房。保加利亚新政府禁止提及吉卜赛人,在人口统计中忽略他们,强迫他们改名。但全都不起作用。到20世纪90年代,据说吉卜赛人达到800万,是欧洲最大、增长最快的少数民族。

各种吉卜赛组织开始出现,试图赋予这个种族某种更常规的民族身份——1996年,布加勒斯特市议会的选举中,吉卜赛民族党赢得了1%的选票,少于全国汽车党。然而,无论如何,没有哪种国家制服,没有哪种翻领上的徽章,能够比吉卜赛人那一身几乎无法形容的明艳色彩更能准确无误地标识出身份。在每个国家,吉卜赛人都是受教育程度最低的族群,多么巨大的智力资源被忽视了!在欧洲许多地方,他们被普遍当作替罪羊,几乎要承担从窃钩到窃国的一切罪行。在罗马尼亚尤其如此，因为它是欧洲吉卜赛民族的重心，似乎每一场对话都会牵扯到吉卜赛人霸占、败坏、侵扰或者随时可能偷窃的某样东西。有一次，我猜测，吉卜赛人在尼古拉·齐奥塞斯库[1]独裁统治下遭受的苛待也许跟他们自己的行为也不无关系。哼！——这是我得到的回答：谁都知道，齐奥塞斯库自己就是个吉卜赛人。

55

浪漫

我一直热衷于这个令人不安的族群的浪漫传说。1953年，我为伦敦《泰晤士报》写了一篇有关吉卜赛人的文章，花了一些时间来找到他们。当时，欧洲大陆的吉卜赛人流浪过程中偶尔会通过英吉利海峡隧道，罗姆语在英国有不少人使用，关于英国吉卜赛人的一切都令我着迷。我在埃塞克斯湿地参加了一场吉卜赛葬礼，一位老太太的木头篷车像维京葬礼上的长船一样被仪式性地焚烧。柴堆周围肃穆地站着她的全部族人——那里的部族当时真的还在用古老的英国吉卜赛姓名——李、博斯韦尔、赫恩、斯坦利，褐色皮肤、大鼻子、黑眼睛、庄重高贵的神态，

---

[1] 尼古拉·齐奥塞斯库（Nicolae Ceaușescu，1918—1989），罗马尼亚前领导人，其政权于1989年被推翻，其本人及妻子则被枪决。

全都显而易见地表明了他们的同族身份。"我不信上帝，"一位汉普郡的女士告诉我，"但我相信赐福的主，因为我见过他的照片。"另一个人说："每次泡茶的时候，我都抬头望天，说'非常感谢你'。"我对这种吉卜赛风格逐渐产生了羡慕和嫉妒。我去朝拜过威尔士最出名的吉卜赛竖琴师艾布拉姆·伍德（Abram Wood）的墓地，1799年他被隆重地安葬在兰盖兰宁（Llangelynnin）教区海边的高处、教堂门廊的外面。每个圣诞节我都去我家附近的乡下，同一对老吉卜赛夫妇分享一瓶威士忌，他们俩真的还住在灌木篱墙中，荆棘丛里只有一块粗制的帆布遮风挡雨。

我也爱吉卜赛人的炫目华彩。20世纪60年代，我曾经被西班牙格拉纳达圣山（Granada Sacromonte）上穴居者们那戏剧性的诱惑力弄得神魂颠倒。在我看来，那些人大胆、傲慢、庄严，他们跳舞时跺脚跟、敲响板、用鼻音哼唱，虽然常有玩世不恭者说那舞蹈是专为旅游业而发明的，但我却认为是直接源于他们无法抑制的心。我喜欢信步走到一个吉卜赛营地，观赏它大片大片的杂乱、生命、尘土与色彩。希腊纳夫普利亚附近的阿尔戈利斯海岸，从迈锡尼通过来的道路边上，也有一个营地：人们像蒙古人一样住在海边的圆形大帐篷里，提篮子的吉卜赛女人从城里来来往往，年轻人闲倚着帐篷柱子，姿态与黎凡特[1]古画上的吉卜

---

[1] 黎凡特（Levant），是历史上一个并不十分精确的地理名称，指的大略是地中海东部沿岸诸国与岛屿，包括叙利亚、黎巴嫩等在内的自希腊至埃及的地区。

混杂

赛人如出一辙。随处可见旧汽车、手推车，蓝色的海湾边上有一顶杂乱拼凑的宽大的羽饰。奇迹般地无视新体制下单调规则的东欧吉卜赛小提琴手怎样？他们在自己的艺术里非凡地混合了愤世嫉俗、恶作剧、傲慢与共谋，将一种挑衅的姿态越过咖啡桌投向听众——虚张声势地挑战头晕目眩的听众，或者大胆质疑他们的至高地位，这同样的魅力与优雅卓别林也有，无疑是从他的吉卜赛祖母那儿继承而来。他们基本上不取悦观众，而是像微服私访的君王一样表达其自身的自由与优越。在匈牙利人民共和国统治时期，最令人振奋的事是去布达的老盖勒特（Gellert）旅馆，那是一个衰败的新艺术[1]奇观，在那儿可以听到吉卜赛小提琴手的曲调忽高忽低，突起突落。30年后，在那儿演奏音乐的是一个保加利亚的高手，我无限感激地将几张钞票滑进他外套上位置精心设计得正称手的口袋里。

56
—
读心

在德国德累斯顿的易北河下面，灯光昏暗的人行隧道里，我曾经听

---

[1] 新艺术（art nouveau），19世纪后期和20世纪初期的一种建筑和装饰艺术风格，主要特征为用流动的曲折的线条绘出叶子和花卉。

FIFTY YEARS OF EUROPE
AN ALBUM
JAN MORRIS

到同样的小提琴发出的曲调，来自一对演奏维也纳华尔兹的吉卜赛人。我正处于抠门的心绪，决定一毛不拔。这时隧道里正巧没有别的人，我经过两位音乐家，音乐未停，但我感到他们沉思的目光跟随着我。我明确地感到不自在，因为我非常清楚，自己应该往他们脚下张开的小提琴盒里投点东西。我继续走向天光，但决心已动摇。"你会感到丢脸的。"我对自己说。就在走出隧道的那一刹那，我从钱包里掏出几个硬币，转身走回隧道。来自维也纳森林的曲调仍在昏暗中回响，吉卜赛人对我回身毫不惊讶。他们已经看穿了我，正在等我回去呢。我把硬币放到小提琴盒里，两人彬彬有礼地鞠躬，没有露出笑容。我钦羡地鞠躬回礼。

57

林间空地

但是，不必假装关于吉卜赛的一切都与我浪漫的想象吻合，20 世纪 60 年代的一天，我驱车带着我的家人去往科孚岛上一处林间空地，那天的遭遇让我的同情心也收紧了。那片空地如同戏剧的场景，堤岸上野百里香随风飘摆，多瘤节的老橄榄树有如温莎公园里的橡树，我停下车，打算就地野餐。这时从树林里的帐篷和篷车中立刻涌来一群野蛮的吉卜赛女人。这可不是我记忆中有教养的博斯韦尔或者李，不是那种优雅的小提琴手或者庄重的威尔士竖琴家！这是些乱抓乱刨、衣衫褴褛、掠夺成性的原始人，穿着颜色鲜明的破烂棉衣，像猴子一样抱着婴儿，身边还挤满小孩，把汽车拍得砰砰响，紧攥车门把手，手从打开的车窗里伸进来抓捏。车外是吉卜赛人的高声讨要，车内是被吓到的孩子的鬼哭狼嚎，于是我猛按喇叭，狂野地蹭过矮树丛，猛然加速，离开这个鬼地方。

唉，到20世纪90年代，这些林中复仇精灵的稍许柔和一些的形象就成了欧洲人对吉卜赛人的普遍印象。旧时卖晾衣夹的上门推销员或铁器销售商的叫卖声本来是可爱的，如今在大多数人的心目中，变成了街头乞丐充满威胁意味的哀叫。技术发展剥夺了吉卜赛人的古老技艺，贫穷让他们越来越爱犯些小罪。眼下半个欧洲的火车站都被吉卜赛人滋扰。他们成群结队涌上布加勒斯特街头。他们是布拉格和索非亚街上的小偷。他们在地拉那街头乞讨时，会极其轻微地触碰你的肩膀。他们在柏林未修复的轰炸废墟扎营。有一次，在布鲁塞尔行政系统的塔式大楼间，我发现他们盘踞了欧共体中心。想知道"二战"前欧洲人怎么说犹太人的，60年后，你只需要听听他们谈吉卜赛人。20世纪90年代我心中典型的吉卜赛形象是在罗马街头逡巡的那群孩子，他们截住游客模样的人，信口开河讲起老一套的不幸故事，揪住裙子和衣服后摆，从一边到另一边又跑又舞，要是扒窃被发现，马上就像影子一

FIFTY YEARS OF EUROPE
AN ALBUM
JAN MORRIS

样四散奔逃。可怜的小家伙们，他们把纸板盒捧在胸前，用以藏起偷偷摸摸的手指。

58

上帝选民

这一长列例外、悖论与反常，极大地活跃和复杂化了我的欧洲视野。像旧时杂耍戏院里的压轴节目一样，排在队列最后出场的一定是犹太人。很久很久以前，他们就进入了欧洲，像这片大陆上的彗星，璀璨而悲剧地反复穿过历史。他们是欧洲的寓言式的常客，一个"顽固、抑郁、窃窃私语的种族"，17世纪英国诗人约翰·德莱顿[1]这样描述他们。犹太人中的杰出男女达到了欧洲的顶峰——社会、经济、智识、艺术，各方面都是。他们中的可怜人，则是欧洲最悲惨的，从波兰的犹太村社（shtetl）到伦敦东区的出租屋，犹太人的形象就是"被剥夺者"。它的另一重形象是"陌生人"——不论被社会吸纳得多么深入，不论多成功、多受羡慕，犹太人始终是局外人。一个犹太人，他的宗教（假如有的

---

[1] 约翰·德莱顿（John Dryden, 1631—1700），英国诗人、剧作家、文学评论家。从王政复辟（1660年）到17世纪结束，他一直是英国文学界的主导人物，1668—1688年，担任桂冠诗人一职。

话)、外貌、气质、他给人留下的更宽广更古老的忠诚信徒的印象、时常围绕着他的神秘、他招来的嫉妒、将他污蔑为基督徒之敌的迷信、成百上千年来逐渐形成的以这个民族为主角的阴谋传说——这一切合在一起，让他们成为欧洲最孤独的人。

我用过去式书写，是因为，最终它们全部合起来，要摧毁它。改变了这个大陆本性的、20 世纪欧洲的标志性悲剧，就是纳粹及其支持者处心积虑实施的对犹太人的灭绝，这意味着在我身处的这 50 年里，欧洲的犹太人大多是幽灵。不管去哪儿，在消失的隔离区，在集中营，我都会发现他们，我在酒店阳台上听到他们悲哀的曲调，在不知为何已经失去犹太盐的城市街道上漫游。

犹太人之屋

一天，我走在通往康沃尔郡以风景出名的波尔派罗村的海边小路上。不久前这里还是一个说凯尔特语的偏远渔港，如今成了英国南部的一个热门旅游点。我走进小镇，经过一个美得像明信片的渔港，看到一只大猫坐在潮汐退去的泥巴里舔自己，接着就在一栋古老建筑的墙上看到一张庄严的公告："犹太人之屋。"这个名字让我战栗，让我着迷。这个犹太人是谁？他是如何来到英国的这个偏远角落生活？他会留着长鬈发、戴上黑帽子，在水边四处走动？他的奶油点心小屋里是否举行过犹太男孩成人仪式？透过狭窄的窗户，会不会看到犹太教的7支烛台？他最终遭遇了什么？他被烧死还是被驱逐？或者，是不是经过几代人，他的种子逐渐混合到异族的谷粒中，直到他的犹太特性湮灭，能够叫人记起他的，只剩下港口边这栋房子上谜一般的词句？

我后来才搞清楚，这句话实际上是一句古老的康沃尔凯尔特语的误译，原话的意思是"星期四之屋"，和犹太人毫无关系。但这丝毫没有改变我那天感受到的情绪。对我来说，曾经有过一个波尔派罗的犹太人，就算不是历史性的，至少是象征性的，在我心中成了犹太人的典型。甚至在我们这个如此多犹太人被屠杀、被驱散的时代，我在欧洲最偏远的角落也发现了他们的踪迹，有时还有他们挥之不去的存在。很久以前，他们经常三三两两地抵达此地，一两个家庭歇在这儿，一个孤独的商人落脚在那儿。多年前，名叫波利科夫斯（Pollecoffs，也许在波兰语或俄语里写作 Polyakoffs）的一家进入我们威尔士的偏乡僻壤，在探入爱尔兰海的里恩（Llŷn）半岛，在一个对他们来说异域到了极点的地方，不可思议地成了当地的头面人物；到20世纪90年代，尽管这个家庭已经完全消失，但他们布料铺的名字——"皮尔赫利[1]的波利科夫斯"

1　皮尔赫利（Pwllheli），里恩半岛上一个居民区和主要的商业城。

混杂

仍然在我们的电话簿里回响。

60

圣殿尘埃

甚至在威尔士，一个基本上并不排外的地域，犹太人也会遇到麻烦。在皮尔赫利，波利科夫斯家族出过几任市长，但在威尔士工业化的末期，20世纪30年代大萧条时代，这一小群犹太店主有时也会被嘲弄，被迫害。当然，那没法和同一时期德国犹太人（不久以后整个欧洲的犹太人）遭遇到的难以想象的仇恨浪潮相比。我第一次坐在的里雅斯特的系船柱上时，对这场悲剧的规模还没多少概念，也肯定没预料到，接下来的时光里，犹太人的命运会追随我的脚步踏遍欧洲。我首次间接了解到对犹太人的大屠杀是在我全不知晓地漫游的里雅斯特时。我来到城里巨大宏伟的犹太教会堂，它的规模堪比基督教的大教堂——安特卫普那位布尔托恩[1]先生也会为它感到骄傲。它通体透露出文雅的财富与自信，因为的里雅斯特的犹太人早就是有国际影响的金融家和大商人。在20世纪，这座建筑落成时，他们控制了奥匈帝国经由此地的大部分商贸活动，就连维也纳也把权益委托到他们手中或他们的商业网络里。从弗洛

---

1 参见第1章第41节《大教堂里》。

伊德到斯韦沃，不少著名犹太人来此居住与生活，甚至《尤利西斯》里的布鲁姆先生据说也是半个的里雅斯特人，因为詹姆斯·乔伊斯创造这个人物时正是住在此地。

然而，那一天，我试探着溜进这座会堂时（以前我从未进过犹太教会堂），看到的是一片惨景。一切辉煌荡然无存。织物腐朽，就连它的神圣也显得半心半意。到处都是尘土。发现它处于这种状态，我一点儿也不惊讶——欧洲的东西大多处于被忽略或搁置的状态，等待着复苏——但我仍然记得，得知这座会堂现状的原因时，强烈的震撼让我眼前一黑：原来，的里雅斯特的所有犹太人——几乎每一个——都被抓走，或者被杀了。

61

空虚

我猜想，被屠杀的犹太人的幽灵将纠缠欧洲数百年。别的不说，光纳粹集中营遗迹就够了。有些遗迹荒凉废弃，有些变成纪念馆。有些在波兰凄凉的褐色风景中，有些靠近德国精美文明的城市。一车车参观者前来，哀悼或窥探，犹太人从四面八方赶来祭拜牺牲地——很久以前我就教自己把这当成一种为了救赎我们所有人而承受的无法解释的可怕的牺牲。我年轻时，认为犹太人大屠杀是邪恶的一次完全无意义的表达，但我逐渐领悟到，它是寓言性的燔祭。有一次，我走向布痕瓦尔德集中营[1]大门时，正赶上一大群游客到来。他们踌躇不决地乱转，试图掌握和理解这个地方，有人急匆匆走向书店，有人去观影，用各种语言交谈。然而，透过这些激动不安的形影，我看到一张长椅上坐着一个孤独冷漠的形象，绝对静止，完全沉默。这显然是个犹太人。他一动不动地坐着，如一尊雕像，一直等到人群散去，只剩下他独自坐在椅子上，我才看到他摘下眼镜，擦掉泪水。

战后许多年，我经常在学者或同乘大巴的旅行者的手腕上发现集中营的文身标志。这让我想起共济会会员的秘密握手礼。到20世纪70年代，这种厄运留下的烙印就很少见到了。大多数幸存者已经逝去，在欧洲各处，他们都留下悲哀的空虚。犹太性几乎已经离弃了欧洲——即使还没完成纳粹的目标，至少也达到了让许多最古老、最有历史性的地方无犹太化的程度。布拉格著名的犹太城中心汇聚了千年来的犹太人坟墓，如今仍然堆满墓碑，但却只剩下一小批犹太人。立陶宛首都维尔纽斯曾被称作"东欧的耶路撒冷"，实际上整个犹太社区都在城外几英里

---

[1] 布痕瓦尔德（Buchenwald）集中营，位于德国东部城市魏玛附近，是"二战"德国最大和最早的集中营之一，1937年7月建立。1945年4月美军到达前，德国将该集中营撤空。在此期间，预计共有5.6万人受害，其中大约1.1万名犹太人。

FIFTY YEARS OF EUROPE
AN ALBUM
JAN MORRIS

处的波纳利（Paneriai）死亡集中营被杀。著名的犹太教大会堂及图书馆，还有大约95个小会堂，一起被摧毁，一个曾经以文化和学术而出名的犹太街区完全被抹掉，只剩下街名。倘若你觉得阿姆斯特丹似乎少了些精髓或反讽，那是因为犹太人不见了。在柏林，一个富有、文雅而爱国的犹太社区，曾经是这座城市特质中不可或缺的一部分，如今已永远消失。波兰数不清的犹太村社，已经很少有犹太人留存。如今，从欧洲大陆的一头走到另一头，穿过6座古都，都有可能看不到任何犹太人生存生活的迹象。

若是某个时代的犹太人在"二战"后重访欧洲，回忆起那些完全消失的犹太生活与多种多样的犹太特性，那会是怎样的情景？有时我想象自己回到威尔士，发现我的族人消失了。救生艇站外长椅上的老兵不见了——威尔士人常去的酒馆关门了——新店（Siop Newydd）食品杂货铺废弃，高街（Stryd Fawr）拐角的药店空空荡荡——特姆·莫里斯（Twm Morys）[1]和他的诗只剩下记忆——没有人唱老歌。快活的邮递员杜伊不再从特雷范（Trefan）巷急匆匆走来，一排排坐在健康门诊里拉家常的老太太们也不见了。威尔士语永远哑默，礼拜堂破破烂烂，我全部亲爱的朋友和邻居全都成了我们村社街头的孤魂野鬼。

---

1 本书作者简·莫里斯的儿子，1961年出生，威尔士诗人、音乐家。

混杂

62

我期待什么？

20 世纪临近结束，我在欧洲每个地方残存的犹太人中都发现复兴的迹象。当然，幸运的不列颠从未失去过它的犹太人，只是在 20 世纪 90 年代，每过 1 个月，伦敦都有讣闻宣告又一个杰出的犹太市民过世，我才真的意识到，20 世纪 30 年代以来巨大的欧洲难民潮让这个国家的生活丰富了多少！在欧洲其他地方，尽管还有攻击犹太教会堂、侮辱犹太人坟墓的事情发生，但在我看来，犹太人已经普遍恢复了信心。以色列的雄起（不管你是否喜欢）抹去了数百万犹太人引颈受戮的孱弱形象。就连银行家盖伊·罗斯柴尔德[1]都说过，以色列解放了"我们的部分内在自我"。美国犹太人的巨大势力犹如欧洲剩下的犹太人在银行的存款，犹太性这个概念以往长期是一种蔑称或指控，如今获得了魅力与威望。维也纳的犹太人聚居区，在我记忆中原本是一个肮脏的近乎废弃的半贫民窟，如今成了城市的景观，犹太教会堂被修复，恢复活力，骄傲地展出珍宝。在世界上有着举足轻重地位的安特卫普珠宝区，再一次汇聚了犹太切割工、磨光工、锯工和研磨工，这个完全的

---

1 盖伊·罗斯柴尔德（Guy Rothschild，1909—2007），法国银行家，罗斯柴尔德家族的后代。

FIFTY YEARS OF EUROPE
AN ALBUM
JAN MORRIS

犹太区复活了。布达佩斯住着8万名犹太人，让它再次成为欧洲的犹太人大都会，巍巍耸立的大会堂恢复了气派与庄严。在直布罗陀，犹太人繁盛起来，影响力也越来越大。布拉格残留下来的小小犹太城曾因为纳粹几乎长期窒息，但随后作为犹太共同体也奇迹般地焕发新生，成千上万游客穿过它的公墓与会堂时神情肃穆。在维尔纽斯，几千名犹太人回来了，一个孤独的大会堂再次活跃，一个国家犹太展览馆开建，街上有了一间犹太餐馆——"团体预约请提前打电话"。在波兰克拉科夫，古老的犹太街区卡齐米日（Kazimierz），游客蜂拥而至，在重建的广场吃犹太午餐，去参观新建的犹太文化中心，追逐斯皮尔伯格关于大屠杀的电影《辛德勒名单》的拍摄场景，去把表达恭敬的石头放到神圣拉比瑞姆[1]的墓地上，或者继续去参观奥斯威辛。在斯洛伐克首都布拉迪斯拉发，犹太人大多被纳粹杀掉或运走，城堡下面的犹太街区被政府拆毁，坊间仍有反犹谣言在流传，但在旧街区的原址上耸起一座棒极了的摩登公寓"戴维小舍"（Chez David），只供应犹太膳食，闪烁着舒适的微光，在犹太和非犹太游客中都大受欢迎。在葡萄牙的托马尔，犹太人要么离开这个国家，要么皈依了基督教，但人们告诉我，此地的犹太小会堂最近举办了它从1497年以来的第一次赎罪日庆典：被

---

1 拉比瑞姆，指拉比摩西・以色利斯（Rabbi Moses Isserles，1520/1530—1572），波兰犹太法学家、哲学家，以其有关犹太法学的作品著称。"瑞姆"是其普遍的称号。

混杂

强迫改信的家庭重归犹太教,几百年来半隐秘半公开保持信仰的"秘密的犹太人"再次公开身份。1996年,一个阴郁的傍晚,我经过萨拉热窝的犹太会堂时,看到里面闪耀着充满希望的光。在佛朗哥谢幕后的西班牙,我发现一个来自北非的领唱者,在他的犹太会堂隔壁的现代办公大楼的高层给人上声乐课。在法西斯覆灭后的都灵,世人皆知其城市标志是闪亮、高耸的安托内利尖塔,而我第一次听说它最初是计划建成一座犹太会堂。甚至在德国,尽管犹太人数量还少得可怜,并且偶尔会遭遇蠢货侮辱,他们也恢复了信心。多年前,我在西柏林住过选帝侯大街的凯宾斯基酒店,从卧室窗前能够直接俯瞰犹太社区中心。它包含了一座会堂的门道,那座会堂1938年被纳粹烧毁,后来几乎是城里唯一活跃的犹太机构。甚至在那时,优雅地步行或豪奢地坐车进入会堂门道的犹太人,就已经以其显而易见的富有与自信令我吃惊。可是,我期待看到什么?集中营里被脱下来的衣服?犹太人隔离区的破烂?

63

战栗

走上维也纳一道又黑又脏的楼梯,我去拜访纳粹猎人西蒙·维森塔尔[1]博士。对我来说，他是个彻头彻尾来自过去的人。首先，他无疑是个来自战前欧洲的犹太人，一个波兰犹太人，一个集中营幸存者。70来岁，小个子，开始秃顶，杂乱的房间里围在他身边的全是功勋证书和感谢锦旗，因为他是一个得过很多奖的纳粹猎人。而且，他的仇恨永难平息，同我见的欧洲年轻一代犹太人不一样——他们当然不会忘记，但也不再胸藏复仇怒火。维森塔尔绝不如此。他把复仇叫作报应，投入全部生命追踪残余的纳粹屠夫，定要看到他们受惩罚——年复一年，十年复十年，那些曾经趾高气扬的党卫军变得衰弱、健忘，而维森塔尔也迈入老年，但仍然被自己不倦、无情的正义搜寻激发热情。他说，只要被他知晓，任何一个纳粹刽子手，不管多老多衰弱，都不允许平静地死去。他的办公室，在萨尔兹托大街（Salztorstrasse）的高处，致命得叫人难以遗忘。堆满墙边的文件是死亡与折磨的可怕档案。维森塔尔令人不安地谈到，邪恶的人仍然在欧洲活着，并且发展壮大。沿着这条路往前不远，就是古老的维也纳犹太社区，以及相伴的盖世太保总部。

许多人，并且不仅仅是犹太人，高度崇敬维森塔尔博士。更多人，并且不仅仅是非犹太人，憎恨他，害怕他所代表的东西。尤其是维也纳

---

[1] 西蒙·维森塔尔（Simon Wiesenthal，1908—2005），犹太裔奥地利籍建筑工程师、犹太人大屠杀幸存者，著名纳粹猎人。他一生致力追查纳粹党人和取证，把他们送上法庭。

人，他们共同在犹太问题上的良心态度还暧昧不清，非常希望他去别的地方。我拜访他之前几个星期，有人试图谋杀他，有关部门勉勉强强派来一个警察守卫。离开维森塔尔办公室时，当天的警卫抬头看我。那是一个金发碧眼的长发青年，懒洋洋坐在长椅上，腿搁在椅子上，大腿上搁着一把枪，正在嚼什么东西：他无礼地瞪着我，瞪着在门口同我道别的老绅士，我感到一种不安的战栗。

3
民族、国家与嗜血的列强

{ 一国接着一国，欧洲人在这片大陆上制造的混乱 }

正如我所说，在的里雅斯特（斯洛文尼亚人称其为"Trst"，奥地利人称其为"Triest"），你不太能确定自己置身于哪个国度。如果一个国家可以被定义为种族、语言、历史和风景的结合体，或者像詹姆斯·乔伊斯笔下布鲁姆先生所做的更为简洁的陈述——"住在同一个地方的同一群人"，那么的里雅斯特的国籍还远远不是绝对的，这个城市的足球队在意大利其他地方客场比赛时，其队员有时会被观众嘘作斯拉夫人或者德国人。20世纪70年代某一天，的里雅斯特市长向我宣称，"我们是拉丁民族的最远界，是日耳曼特征的最南端"——他可能还说到斯拉夫民族向西方的突出点，不过那话就有点政治不正确了。我第一次到的里雅斯特时，它的国家归属尚存争议。南斯拉夫声称拥有其主权，因为不可抗力（在赶走德国纳粹和意大利法西斯的过程中，他们出了大力），因为历史（他们和的里雅斯特人同是前哈布斯堡帝国的臣民），也因为血脉（除的里雅斯特主城外，居民大都是斯洛文尼亚人）。意大利人可以宣示主权，因为在古代的大多数时候，它是一个意大利海港，也因为这是他们参加"一战"获胜的战利品。历史将其丢于列强之手，到今天犹自抛掷不停——1947年，它被宣布为联合国保护下的自由领土，几乎自成一国，直到1954年，它才再次归于意大利。

在这样一个地方，谁会把国家归属当回事儿？20世纪后期的欧洲挣扎着朝向（或者抵抗）统一，民族国家成了流行的话题，似乎民族和国家就是同义词。其实，它们很少同一。50年前为的里雅斯特争吵不休的其中一个国家如今已然解体，事实证明它原来不过是被强制融合在一块儿的乱糟糟的一堆民族——信东正教的塞尔维亚人、信天主教的克罗地亚人、波斯尼亚伊斯兰、科索沃的阿尔巴尼亚人、斯洛文尼亚人、黑山人、马其顿人，拿的是同样的护照，都被叫作南斯拉夫人。的里雅斯特对非正统人士和局外人有吸引力，因为在这儿他们可以感觉到（恐怕是特别能够感觉到）自己摆脱了国家-民族体系的桎梏。卡尔·马克思曾经写道，建立这座城市的是"一群混杂的……意大利人、德国人、英

FIFTY YEARS OF EUROPE
AN ALBUM
JAN MORRIS

国人、法国人、希腊人、亚美尼亚人和犹太人"。"在的里雅斯特，我吃掉了自己的肝。"乔伊斯如此描述他寓居此地的岁月；这实际上是一句本地习语的翻译——"吃肝"意味着"伤心至极"——但它也以某种方式表达出这个海港的隐秘飞地的意味。

在欧洲，给我这种感觉的地方并不多。这片大陆总是被几个妄自尊大的国家主宰，从外交和历史的角度，它们被叫作"列强"，这些年来我将忠诚越来越多地献给了威尔士（它甚至都不算一个国家，更别说是"列强"），我发现自己越来越被列强们幼稚的傲慢所激怒。列强有来有去，有兴有衰，但在短暂的幸运时光里，它们凌驾于其他国家与民族之上，的里雅斯特的战争纪念碑悲剧而荒谬地说明了结果。这些纪念碑大多建立于意大利王国与奥匈帝国（两者都是当时毋庸置疑的列强）进行战争的"一战"之后，从死者的名字完全无法辨别其国族的归属——Borgello 挨着 Brunner，Silverstro 挨着 Liebmann，Zanetti 靠近 Zottig 和 Blotz，很难弄清楚他们是为谁而战。航海站外面的海军军官雕像表现的是一个为意大利而战的意大利裔的里雅斯特人，被统治此地的奥匈帝国人抓住，以叛国罪（我压根就不承认这种罪名的存在）处决。

"它会千秋万代，"奥格登·纳什[1]写道，"在相邻的欧洲人中……"

---

[1] 奥格登·纳什（全名为 Frederic Ogden Nash, 1902—1971），美国诗人，以精致微妙的轻松诗闻名。

民族、国家与嗜血的列强

这一切曾经多么荒谬!民族的歧视与国家的野心已经够糟了,但嗜血的列强才是欧洲的诅咒。

FIFTY YEARS OF EUROPE
AN ALBUM
JAN MORRIS

1

瑞士小银币

我乘一趟军用运输列车从英吉利海峡去意大利。"二战"已经结束，现在瑞士政府允许获胜的西方列强的军队通过其中立的领土，这趟旅程的奇迹就是从交战国土地上衰残、枯萎的风景中，转眼间进入一切仍然**光滑完好的瑞士**。没有什么比我这辈子第一次见到的、红蓝绿闪动的霓虹灯广告牌更辉煌，我还记得，火车经过洛桑湖畔郊区时，我是多么涎皮赖脸地透过公寓楼窗户窥视其中的安逸，一派灯火亮堂、地毯柔软的景象。火车进入洛桑站，微笑的瑞士女士向我们迎来，奉上热咖啡、小面包和三明治——用瑞士白面包夹成的奇迹般的三明治，内里蓬松、外皮香脆，在吃过几年褐色的战时面包之后，这简直像是天上掉下的吗哪[1]。

就在火车重新启动时，从车窗探出身子猛吸这新奇景色的我看到一个衣着考究的小个子男人犹豫不决地站在月台上。带着羞涩的微笑，他快步朝我走来。火车加速。这男人小跑起来。火车更快了。他不再笑，大步开跑。他朝我伸出手。我也朝他伸出手。火车变成全速。他充满渴望地大声喘气。我尽量伸过去，身子都快掉出车窗。我们的手碰到一块

---

[1] 吗哪（manna），《圣经·出埃及记》中所述古以色列人在荒野中奇迹般得到的食物。

儿,就一瞬,一枚小小的瑞士银币到了我手里。它不值钱,但是个无价的信物。他肯定是把它当作信物的吧?我伤感地紧紧攥住它,冲他挥手道谢,直到他从我视野里消失——到现在,他还站在我的记忆里,一动不动,面无笑容,模模糊糊地抬起白皙的小手作为回应。

2

多民族国家

他也许会说法语、德语、意大利语或者罗曼什语[1],但他肯定把自己当成瑞士人——就好像那枚看着像新铸造的硬币一样。瑞士人将民族-国家转变成一个多民族的国家,从而将尊严赋予民族-国家这一概念,使其成为我心中我们所有国家的模范。他们的国家地位与民族特性都没有受到损害。4种语言几乎都没有被削弱,但在各个自治州里瑞士人就是瑞士人就是瑞士人。[2]

然而,瑞士并不是在欧洲任何地方都能获得赞赏。19世纪,世人对瑞士联邦的态度是近乎恭维的尊敬。它的国民是强健的山民和农夫,是

---

[1] 罗曼什语(Romansh),瑞士格里松州不到3万人使用的雷蒂亚罗马语,有数种方言,是瑞士4种官方语言之一。

[2] 这里模仿格特鲁德·斯泰因的著名句子:"玫瑰就是玫瑰就是玫瑰就是玫瑰。"

天然的绅士。在大型工程学方面，他们甚至能够教给维多利亚时代的英国人一些东西，而且，它也是一个全民皆兵的国家，每个男人都有一杆枪挂在壁炉台上。然而，在两次世界大战中，瑞士选择了不参战，这极大地改变了它的名声。保持中立，让瑞士不仅避开了落在欧洲其他国家头上的悲剧，甚至还从中得利，到我赶赴欧洲的时候，瑞士特性已经成了一个不怎么高贵的概念。英国人尤其鄙视它，怨恨它。几乎没有什么话能比卡罗尔·里德[1]的电影《第三人》（1949）里那句关于瑞士创造力的著名评语更准确地表达出一种历史性的怨恨："他们拥有500年的民主与和平，从中产生了什么？布谷鸟钟。"

维多利亚时代的英国人会对这样的攻击吃惊，但那电影问世后不列颠人就开始引用它。我们的军车经过瑞士时还没人听过这话，但车上许多军官肯定有过类似的想法，尽管他们的咖啡是从那些彬彬有礼的志愿者手里接过的。这话完美地表达了一个被战争弄得伤痕累累、枯竭贫穷，经历了史诗般的苦难也做出了史诗般的表现的帝国，对一个舒适、富有、如巧克力般香甜，对拯救文明的战斗没提供任何帮助的共和国的刻薄评判。

---

[1] 卡罗尔·里德（Carol Reed，1906—1976），英国电影导演，擅长采用悬疑片和纪录片的手法拍摄，是英国"二战"后具有代表性的导演之一。

3

风格与瑞士

更为优雅之人无疑会嘲笑瑞士不够高雅，没错，战后多年来，瑞士中产阶级似乎打定了主意绝不打破平庸。（墨索里尼鄙视这种平庸，把瑞士称作"一个做腊肠的民主国家"。）但实际上，瑞士特性真有可能呈现出宏伟壮丽的姿态。瑞士的桥很壮观，其跨度尤其惊人，工程师罗伯特·马亚尔[1]正是以此将一种前所未有的美赋予混凝土。瑞士的悬檐木屋被开发商和投机建筑商无情地平庸化、琐碎化，成为布谷鸟钟在建筑领域的对等物，但其实也能是壮美的观赏对象——杰出的豪华居所，由大师级的工匠为上流人士修建，其规模宏大，既适宜环境又坚固牢靠，有时能让一个家族住上几百年。瑞士的高山山口，连同棒极了的公路和灯火明亮的隧道，盘绕在山岭中心的铁路，高峰极顶的城堡，那种巨大的规模、目标与计算缜密绝无错谬的感觉，这一切都像是一个超级大国的构成要素，而不仅仅属于一个小小的内陆共和国。瑞士的湖泊里，高烟囱的蒸汽船从远处看可能颇为古怪，但当它进入港口，你会发现它集合了尽其所能的庄严与豪华，展现出各个方面的技能。我在拥有半隐藏地

---

[1] 罗伯特·马亚尔（Robert Maillart，1872—1940），瑞士著名工程师、建筑师，其设计的萨尔基那山谷桥（Salginatobel Bridge）当选为瑞士国家遗产。

FIFTY YEARS OF EUROPE
AN ALBUM
JAN MORRIS

堡和飞机棚的瑞士军队里也发现了某种恢宏之处：尤其是在周末，民兵出现在山岭间，在树林中的骑兵补给站里磨光马鞍，两人一组带着对讲机爬上山坡小路，或者在几乎无法通行的山谷里轰隆放炮。150年来，他们几乎从未在愤怒中开过一枪，不过，这正是其恢宏所在。

4

新派瑞士人

到20世纪90年代，瑞士还是变得风雅多了。一些滑雪胜地有了幼儿活动区，周围的山坡上每天展示着从一出生就按照当代的完美标准加以培养的新派儿童。他们穿着明显崭新的幼儿滑雪服，一般戴着颜色明亮的头盔，像是极其微小的宇航员，看上去似乎永远不会被弄湿、弄脏，甚至都不会被弄乱，并且天生免于风险。这些孩子有时带滑雪棍，有时不带，看岁数几乎都还没脱离婴儿床，他们以可怕的满不在乎的态度从山坡上飞驰而下，滑出你的视线，过一会儿又出现在缆索吊椅上，神色沉静地归来。他们几乎从不摔跤，万一摔倒，一眨眼的工夫就奇迹般地甩开滑雪用具站了起来。他们从不哭，也不抱怨。他们从不会弄伤自己。回家的时间一到，他们就被人各自领到总是一尘不染的私家车里，玫瑰色的小脸蛋全无怨恨的表情，只有对日常运动发自内心的满意，和对父母的恰到好处的感恩。

在山上，瑞士人的年轻和活力显得不可思议。休闲晨练爬山坡时，我碰到过成群结队的壮爷爷壮奶奶，我发誓，他们拿着手杖，大步流星，友好和善，被太阳晒得红彤彤的脸上带着微笑，朝丰盛的午餐走去。有一次，我抬头看到一个白胡子老头独自坐着一把缆索吊椅，朝最高的滑雪道驶去，他气度非凡，衣着鲜明，有如雪中宙斯。这像是在某个只能坐索道、通达、干净得难以想象的诊所，人们一面让慈祥的荣格派心理医生抚平他们一切困惑，同时又被分发效果奇佳的壮阳药。

5

老派瑞士人

我曾经带着教徒朝觐的心情游览过湖畔的吕特利草原。在1291年那场反抗哈布斯堡王朝权威并由此成立瑞士共和国的起义中，瑞士高地的叛乱者们就是于此聚众起事——至少有个虔诚的传说是这么讲述的。在一个周日，我沿着小径从高处往下走，成千上万的瑞士爱国者正来往于神圣的遗址，密密麻麻穿过森林，或在草地上准备野餐。我朝自己碰上的每个人快活地说声"早上好"，大多数人的反应完全不含逢迎，而是谦恭里夹杂着显然被搁置的、面无笑容的判断，这让我忍不住心生钦羡。

在我看来，这是一种农民的特征，在许多方面，瑞士仍像是一个牧民的国家。在滑雪胜地有新派的瑞士人，但在低地的农村里多数还是老派的瑞士人。在瑞士，我经常因为看到那么多身体扭曲、弓腰驼背或者衰弱干瘪的老人而震惊，因为，这样的老人在西欧其他地方几乎已经消失了。他们是刚刚摆脱如符咒般纠缠着山民的甲状腺肿的那一代人；尽管今天瑞士人的预期寿命比欧洲其他地方都要高，而且即使最偏远的阿尔卑斯农场也可能拥有各种家用的便利设施，但那些歪歪扭扭的老人们刀砍斧削般憔悴沧桑的面庞，似乎仍在诉说着多少个世纪以来土里刨食的艰辛、隔绝和疑虑。毕竟，欧洲最后一次公开烧死巫师就发生在1782年的瑞士。

6

两个漂亮小孩

20世纪90年代初，一天下午，在弗利姆斯山区的旅游胜地，我看到三个放学回家的瑞士小女孩。她们是标准的新派幼儿园里出来的瑞士人，丝毫没有甲状腺肿的迹象，也不带一丝牧民味儿。她们像是现代派的小精灵，背着颜色亮丽的书包，一边爬山回家一边欢快地絮叨个不停。她们停下来，坐在路边一张长椅上，晃着腿说了一大通闲话，然后一个女孩独自漫步走开,不留神把太阳镜掉在了长椅上。一眨眼,另外两个女孩就咯咯笑个不停,把眼镜丢到地上,就在我眼前,以最漂亮的姿势,你一脚我一脚把它踩成了碎片。

7

历史的终极?

我有时住在卢塞恩湖边的韦吉斯,你想象中的瑞士能是啥样这个地方就是啥样:戴帽子的女士在湖滨人行道上边散步边聊天,露天音乐台上有乐队演奏,推车里胖乎乎的婴孩在喂食天鹅与野鸭。此地拥有无性别的魅力,这魅力友善却又带点优越感,如薰衣草香一般悬浮在空中。这是瑞士特性的一个窝,一个巢,或一种陈腐。然而,在湖边游荡时,我不时碰到小小的、不显眼的边界标石。卢塞恩湖边环绕着4个州(因此它被称作"四州湖"[1]):卢塞恩、乌里、下瓦尔登、施维茨——每个州都在很大程度上自主管理事务。仍然只有那些朴素的有时远离道路的石头标示出它们的边界。这些石头令我动容。几个世纪以来,这些州没有彼此开战,也没有谁试图凌驾于邻居之上。这些石头代表了对国家主义观念的一种温和的尊崇,而在其他大多数地方,与国家主义有关的一

---

1 原文为法语:Lac des Quatres Cantons。

FIFTY YEARS OF EUROPE
AN ALBUM
JAN MORRIS

切绝不可能是温和的。我一点儿也不介意欧洲以同样的方式划分边界，比方说，仅仅用一块标明"法国"的石头或木头（也许顶上有一只混凝土公鸡）告诉旅行者，他们已经走出了德国或意大利国境，必须得换一本其他语言的词典。马克思曾认为共产主义为民族-国家的疯狂提供了彻底的解决方案；在韦吉斯待上一个星期后，我仍然隐约希望历史以瑞士特性作为其终极目标。

8

或者是南斯拉夫特性？

想到我曾经以为历史会以南斯拉夫特性作为终结，真令人悲哀。我曾经最喜欢的欧洲道路绝对是沿着达尔马提亚海岸从的里雅斯特开往黑山的那条海滨公路，因为我把它视为统一的宣言，并且希望，"二战"后南斯拉夫的体制在最终凝聚成功时，会成熟到变成自由意志社会主义。这条路适合高速行驶，通常没什么车跑，若是拐弯处有超速监控，经过的驾车者会乐意闪烁车灯或鸣响喇叭给你提醒。沿途可一览壮丽的达尔马提亚海岸线全景，看到所有的小港小湾、岛屿和船。你会不时碰到一个美妙的威尼斯市镇，市中心饱经风霜的教堂，圣马可[1]的带翼狮子

---

1 圣马可（St. Mark），基督教圣人，传说中《马可福音》的作者。

随处可见，鼻子短而翘的亚得里亚海捕鱼船互相偎依在港口。有时我会迂回绕到莫斯塔尔，那里有一座土耳其统治时代留下的可爱的古桥[1]，以高而优雅的姿态跨在内雷特瓦河上。有时我会在杜布罗夫尼克或者斯普利特金色的城墙下面停下来住一两晚，这里的居民是我心目中全欧洲最漂亮的人。至少在我的记忆中，光线总是明亮的。我当时开的宝马也总是表现出色。我用录音机播放巴赫、莫扎特和西纳特拉[2]。有一次我看到南斯拉夫联邦的总统铁托元帅，穿着白色制服，坐在豪华轿车里，朝位于布里俄尼群岛的休养地飞奔而去。

这条路始于伊斯特拉半岛，此地曾经先后属于奥地利、意大利，如今部分是斯洛文尼亚人民共和国的领土。往南没多远，就进入克罗地亚共和国。在波斯尼亚共和国[3]穿行几英里。道路绕过作为独立的拉古萨共和国[4]存在了几百年的杜布罗夫尼克，然后穿过黑山人民共和国海滨的狭

---

1 即莫斯塔尔桥，由土耳其建筑师 Hairuddin 于 1556 年奥斯曼帝国占领巴尔干地区时建造，曾是天主教、东正教、伊斯兰教三教并立、彼此沟通的符号，"莫斯塔尔"这个城市的名字即意为"大桥守护者"。1993 年 11 月 9 日该桥被克罗地亚人轰炸摧毁，2004 年修复重建完工。

2 西纳特拉（全名为 Francis Albert Sinatra, 1915—1998），美国著名歌手、演员，以嗓音甜美著称，拥有"白人爵士歌王"的美誉。

3 原文如此，应为"波黑"。

4 拉古萨共和国，1358 年到 1808 年之间，以拉古萨（今克罗地亚杜布罗夫尼克）为中心所存在的国家。在 15—16 世纪时受奥斯曼土耳其的保护，国力达到顶峰，是当时亚德里亚海唯一能与威尼斯匹敌的城邦。1808 年，因拿破仑的入侵而灭亡。

FIFTY YEARS OF EUROPE
AN ALBUM
JAN MORRIS

长地带，最终在阿尔巴尼亚边境戛然而止。当年的阿尔巴尼亚不欢迎外人，只有极少数旅行者获准越过边境，还必须到一个装消毒剂的水箱里走一遭。这些国家大多曾经是奥匈帝国的领土。有些曾属于罗马。有些曾被土耳其统治。"二战"前，其中不少属于意大利。有些主要是天主教徒，有些信仰东正教，有些是穆斯林。后来，很大程度上由于我见过一眼的梅赛德斯轿车后座上那位穿白夹克、大块头的大人物[1]（他的政治生涯从奥匈帝国军队里一个下士开始），这些地方都被纳入了一个联邦国家，在欧盟出现之前多年，就能让一个人无须出示护照也不用兑换货币，从南斯拉夫的一头开车到另一头。

行驶在达尔马提亚公路上，想到这个国家混乱狂暴的历史终于抵达一种外表良好的平静，曾经让我又开心又乐观。后来，有本杂志委托我驾驶一辆新的阿尔法·罗密欧重走这条路，从威尼斯出发，最终开回威尼斯。但最终没能找到保险公司为这趟冒险提供支持，因为那是1994年，南斯拉夫正上演新的混乱历史。

---

1 指铁托。

9

一个变了样的国家

下一次我旅行穿过所谓的"南斯拉夫"的时候,已经没有南斯拉夫特性这回事儿了。也许从来就没有过。回想起来,不同寻常的是,我们这些外国人漫不经心地穿过南斯拉夫联邦旅行时,很少留意自己是在其中的哪一个共和国。对于的里雅斯特周边的居民,我想到他们时总是将其归入南斯拉夫人,或者斯拉夫人,而很少把他们称作斯洛文尼亚人。没错,时不时地,我的记者本能会警告我,有些危险的事情正在这里发酵,但我做梦也想不到,到20世纪90年代这个国家会轰然崩塌,陷入一场可怕的战争——不太像"二战",而像是中世纪那种无差别的、几乎难以定义的种族-宗教-世袭的战斗。后来我去杜布罗夫尼克,它已经被炮火弄得满目疮痍,旅馆阳台上凄凉地飘动着难民的换洗衣物。后来我去斯普利特,一队装甲车正轰隆隆开出码头。莫斯塔尔桥已经被炸毁。黑山边境被封闭。我后面一次南斯拉夫汽车之旅不是沿着欢乐的海岸线,而是要穿过战乱过后严酷的波斯尼亚山区,它在我心中激起的不是希望,而是绝望,甚至还有自责。

1996年冬天,我去了萨拉热窝,发现机场被雪封闭,只好搭了一辆跑夜路的小客车,往海边开去。波斯尼亚-黑塞哥维那的雪积得很厚,

FIFTY YEARS OF EUROPE
AN ALBUM
JAN MORRIS

道路状况难以预料，我们在荒野中不时碰到路障停下来，周围隐约浮现的、伸入山岭的可怕的峡谷显得黢黑而危险。有时，我们咔嗒咔嗒地经过被炸掉的桥梁旁边一座临时搭建的铁桥。有时，在黑暗中，一辆影影绰绰的装甲车守在一个三岔路口。还在路上跑的，除了我们的车，就只有从海滨费力赶往萨拉热窝的巨大的油罐卡车，它们的前灯探出好远好远，远到山路拐弯之处。这一切里最令人不安的是，我不时透过车窗看到车子从那些散落的废墟旁凄凉地经过——黑暗中裂开口的房子一栋接着一栋，没有任何生命的迹象，除了某个底楼可能有一点儿微弱的灯光，或者火盆里一团火焰在忧郁地燃烧。车到科尼茨附近某个地方，我姿势别扭地睡去，醒来后再次望向车窗外，灰暗的晨曦中，经过的仍然是一栋栋废墟。

这不是常见的战争废墟。它们不像是"二战"中法国、德国或意大利农村那样紧凑的村庄遭遇地毯式轰炸、巷战或集中式炮轰后的常见景象。它们通常是成排成串的彼此完全分离的房子，每一栋都是最近被个别地、刻意地摧毁。同样，萨拉热窝与世界大战中遭遇轰炸的欧洲城市也全无相似之处。它并非一片焚烧殆尽的框架与形销骨立的街区的荒原。但在市中心，几乎没有哪一栋房子没被有针对性地攻击过，有的半坍塌，房梁和大卵石一片混乱，有的仅仅是遍布炸弹碎片和狙击枪手的弹孔。所有这一切，给我留下一种特定的、个人化的仇恨的印象。这像是一种**充满恶意的**毁灭。它表明，蹂躏波斯尼亚的不是对它一无所知、强行征募且相互冲撞的军队，而是成群结队表达其真实情绪的市民。艾伦·约翰·珀西瓦尔·泰勒[1]曾经写道，第一次世界大战开始时是最受民众支持的一场战争，但我感觉，南斯拉夫内战甚至更加真实地源自人心深处。黑暗中从那些破碎的房屋旁经过时，我忍不住疑惑，关于人心，这一切说明了什么？

那天晚上的小客车上还有其他四名乘客——一个瑞典人，一个芬兰人，一个克罗地亚人，一个英国人。身后还有一辆车跟着我们穿过黑暗。大约凌晨两点我们停下来，我们的司机下车去，沿着积有雪堆的公路，相当无助地凝望身后黑暗的空虚。"出什么事儿了？"我前面的英国人问，"我们为什么停下来？"司机解释道，另一辆客车好像不见了：看不到它的灯光，他很担心它在后面遇到了麻烦。英国人伸直身体，把衣服在肩膀上裹得更紧，安坐下来继续睡觉。"谁在乎啊？"他说。但他也可能是在开玩笑。

---

[1] 艾伦·约翰·珀西瓦尔·泰勒（Alan John Percivale Taylor，1906—1990），20世纪最著名和最具争议性的英国历史学家之一，1961年出版的《第二次世界大战的起源》一书，至今仍引起不少争论。

FIFTY YEARS OF EUROPE
AN ALBUM
JAN MORRIS

10

变老

在我出生那个年代，对一个人来说，不管属于哪个民族，生为南斯拉夫人是多么奇怪的一件事！南斯拉夫内战前，我第一次到萨拉热窝时，这个城市的名字对世界有一种不同的意义。到20世纪90年代，萨拉热窝代表了残酷的围困、狙击枪手、无用的协议、种族清洗、贫穷和公共的困境。在20世纪70年代，对我和对全世界大多数人来说一样，萨拉热窝唤起的记忆是引发"一战"的奥匈帝国王储弗朗茨·斐迪南大公遇刺事件。和每个游客一样，我也去过1914年6月28日加夫里若·普林西普（Gavrilo Princip）开枪行刺的那个地点。当时，他站在米加卡河（Miljačka）上一座桥的桥头的人群里，这座桥后来被改成他的名字；那里有一座小展览馆，用以纪念这一历史事件，人行道上还有一些脚印，表明普林西普所站的位置，一面墙上有块匾，每个人游客都会去合影。一切全都向我骄傲地指出：普林西普是一个南斯拉夫的爱国英雄。每年的刺杀纪念日他的坟墓前都会举行仪式。20年后，我回到被摧毁和荒弃的萨拉热窝，出于好奇回到普林西普桥去看历史如何对待这个遗迹。当天下着雨，天色晦暗。桥还在那儿，依然横跨狭窄湍急的河水。展览馆也在，但关了门。人行道上的地砖被砸坏、敲裂，积有雨水，我找不到那些脚印。我跌跌撞撞地四下里寻找墙上那块著名的匾，但路人告诉我别白费劲了。他们说，它已经被拆掉了。这里已经不是南斯拉夫了。现在这里是波黑，而加夫里若·普林西普是个塞尔维亚人。

在萨格勒布，我碰巧被介绍给一个1925年出生于此地的女人。我们饶有兴趣地彼此打量，讨论了各自的私人生活之后，又花了半个小时交流我们的过往经历。我的很快就讲完了，她的要复杂些。她生于一个南斯拉夫王室，住在一个许多方面都是（今天仍然是）典型的奥匈帝国外省首府的城市里。她岁数够大，还记得1934年南斯拉夫国王亚历山大一世[1]遇刺的事（她说，她母亲当时哭了）。她记得1941年德国军队入侵，还记得"二战"期间臭名昭著的克罗地亚法西斯国，以及残忍的乌斯塔沙[2]军队，包括它的集中营和种族屠杀。她说，她的两个兄弟都跑去同游击队打过仗。1945年南斯拉夫联邦宣告成立时，她在中央广场的庆

---

1 亚历山大一世（King Alexander of the Yugoslavs, 1888—1934），南斯拉夫王国首任国王（1921—1934年在位），是塞尔维亚卡拉格奥尔基王朝国王彼得一世的次子（1918年12月1日，彼得一世宣布成立塞尔维亚-克罗地亚-斯洛文尼亚王国，亚历山大任摄政王）。1934年亚历山大一世对法国进行正式访问时，于10月9日在马赛遭到克罗地亚民族主义者刺杀。

2 乌斯塔沙（Ustashi），克罗地亚独立运动组织，1929年成立，其领导人帕韦利奇（Ante Pavelić）与意大利法西斯有密切关系。1941年德国与意大利进攻南斯拉夫，乌斯塔沙的军队趁机成立克罗地亚独立国，并加入轴心国阵营。据统计，乌斯塔沙建立超过十个集中营，对非克罗地亚人（主要是塞尔维亚人）进行清洗，战争期间杀害达9.3万人。

FIFTY YEARS OF EUROPE
AN ALBUM
JAN MORRIS

祝人群中。1991年，克罗地亚士兵进攻萨格勒布的南斯拉夫国民军营房时，她在场，见证了这一预示着南斯拉夫行将终结的事件。她熬过了南斯拉夫内战的艰难岁月。现在她急切地盼望着不久后爆发起义推翻克罗地亚此时的独裁总统，并且她相信一定会实现真正的民主。

然而，她说，她感觉自己并不比三四十年前更老。"没错，"我以套话作答，"这完全视乎心境。"然后，她沉思着注视我。

11

或者是爱尔兰特性？

爱尔兰共和国存在着一种真正的、和平的民族国家——也许它的幸运在于：自从20世纪20年代英国人将爱尔兰南北分开，北边的新教徒（主要是苏格兰裔）就再没和南边重新联合起来。西欧任何地方的历史都没有爱尔兰变化得快——在20世纪，它从英国人占据的一个羞愧、叛逆而贫穷的殖民地变成了欧盟的一个自信、先进的主权成员。甚至在我那个时代，这个国家就已经遍布英裔爱尔兰房舍的废墟，在动乱之后从未被重建，或者随着独立被放任倾圮。也有数不清的被半摧毁的英裔爱尔兰人，在没供暖的公寓里被宏伟的记忆围绕，在基尔代尔街俱乐部的休息室里追忆战争和年少轻狂的岁月。我第一次去爱尔兰时，很容易碰到还记得新教徒（实际上就是英帝国）掌权时代的人，他们那时就算不是处于全盛时期，至少也是充满活力。我嫉妒他们。那听上去既可耻又迷人。谁**不**愿意身为尊贵的沃特福德侯爵，与活泼的子女、忠诚的家仆、几百匹骏马生活在柯瑞福摩的广阔森林里？

那时，当外国人说到爱尔兰风格，多半指的是英裔爱尔兰人的风格。当然，爱尔兰的笑话，指的从来不会是沃特福德侯爵，而是"爱尔兰式鲁莽""爱尔兰式勇气"和"爱尔兰式幸运"，一种"爱尔兰的气质"——在外人看来，所有这些概念都是由土生的凯尔特人而非殖民的不列颠人产生的。没错，这两者之间的界线变得模糊了，拥有完美诺曼血统的人向他们自己永恒的爱尔兰特性发誓，看上去明显是新教统治阶级成员的原来是本地酋长的后裔，但对爱尔兰的神秘感来说，英裔爱尔兰仍然是不可或缺的。

12

太晚了！

如今它在哪儿？甚至它的残迹也在逐一消失，而现在爱尔兰的统治阶级换成了当年那些礼貌、文雅、世故、聪明、有时堕落的佃户后代。再说 20 世纪 60 年代那次去爱尔兰，凝视着新教贵族地主留下的一座极为壮观的废弃宅邸，我颇为感伤地对一个路过的爱尔兰人说：这座大宅里欢乐喜庆、多彩多姿的生活消失了，这真是一件憾事。"哦，"他回答道，"难道你不觉得，那种荒唐胡闹结束得太晚了吗？"

几十年后，在戈尔韦郡附近一个著名酒店，我参加了一场顶级的爱尔兰乡村午宴，身处重现于当代的古老享乐主义中，这句话又浮上心头。我以前没来过这儿，这次发现它气派辉煌、兴致高昂。周围挤满衣着考究、令人愉快、爱尔兰范儿十足的戈尔韦人，在餐厅或者外面的木头长椅上吃蟹爪、挪威海螯虾和新鲜的鱼。不时有车明显充满期待地开来。"在今天这样的日子，"我的同伴对我说，"说实话，我哪儿都不想去，就想待在这儿。"我们在露天坐着，俯瞰水面和来往的沃尔沃轿车，我已经就着一瓶吉尼斯黑啤酒吃掉了半打戈尔韦牡蛎，结果发现还不够，就又点了半打，在等上菜的过程中，我往路上边溜达边打望。说真的，我在地平线上看到了当年我凝望过的那座废宅，没错，轮廓一模一样，它过时的欢乐曾被那位路人不屑地点评过。它看上去依然宏伟——巨大的方形建筑，阳光闪耀在空荡荡的窗户里——不过，牡蛎、吉尼斯黑啤酒和戈尔韦的同伴发挥了作用，我不再指望听到猎狐舞会的音乐，也不再打算看到年轻的伊顿公学学生和他们的女伴在玫瑰花园里闲荡。

13

前进

　　20世纪结束时，爱尔兰是欧洲最年轻的国家，也是受教育程度最高的国家之一，并且仍然在前进。你还记得我在都柏林那家书店里听到的煽动性的电台节目吗，它拿天主教会开涮，让我大为震惊。到20世纪90年代，教会上层的丑闻已经流传到大众中间，传播得如此广泛，甚至叫人没法记住哪位神职人员卷入的是哪一桩丑闻（爱尔兰有4位天主教大主教，31位主教）。"让我想想，"一天早上我谨慎地自言自语，"是弗恩斯的主教——呃，你知道的——和那个女人？""不，"回答的语气极为平淡，"你说的是戈尔韦的主教。弗恩斯的主教是跑到美国戒毒的那位。"当然，这样的发展也有可遗憾之处——旧信仰被质疑，旧方式被抛弃——但爱尔兰似乎在坚定不移地往前走。他们仍然是一个无忧无虑的国家，充满已经被大多数西欧国家忘却的怪癖和多样性。某一次吃午餐时，我大着胆子抱怨发霉的烤土豆，"天大的误会啊，太让人震惊了！"咖啡馆女老板选择用委婉的真正挑剔的口气叫道，并给了我一份免费的布丁。深入这个国家后，有一天，我如同做梦般地走到一个村庄，村里每栋房子都刚刚重刷成炫目的颜色——粉、蓝、红、耀眼的黄——而唯一的街道大部分铺满泥巴，令人吃惊地挂满了松垮垮的电

FIFTY YEARS OF EUROPE
AN ALBUM
JAN MORRIS

线。若是公民信托组织[1]看到这儿，估计会做噩梦！我走进一家店铺打听究竟，结果里面没有人，仁慈的上帝啊，就连在这样晕头转向的情况下，我都感觉像是走进了某个疯狂隐士的阁楼储藏室——破损的盒子，碎裂的筐，成堆报纸，油漆桶，菜叶到处乱甩，成垛的罐子丢在角落，阴影中高高的货架上挤满包裹，一两个土豆滚过地板，这一片混乱中藏着一个镇定有礼的店主，像站在福南梅森高档百货商店糖果柜台后面一样，等待我的指令。

毫无疑问，这个共和国有各种问题——毒品、黑帮、暴力——但在追求幸福的道路上，爱尔兰仍然比大多数国家走得更好。把传统现代化而非摧毁，让事物更有效率但又不减少其愉悦，而这是每个社会都要面对的问题。如果说有哪个国家能做到这一点，爱尔兰得算一个。

14

《我来自爱尔兰》（作者匿名，约1300年）

我来自爱尔兰，

那神圣的土地

---

[1] 公民信托组织（Civic Trust），英国公益组织，1957年由政治家邓肯·桑迪斯（Duncan Sandys）成立，致力于改善人民居住环境。

是爱尔兰。

仁慈的主啊，我向您祈祷，

为了神圣的爱恤，

来与我共舞

在这爱尔兰。

15

风玫瑰图

葡萄牙曾经是列强之一。"二战"中，他们保持中立，但在那之后很长时间，他们仍然是帝国主义者——他们的非洲殖民地直到20世纪80年代才瓦解，他们在中国南海边的澳门进行殖民式统治的时间甚至更久。直到今天，在葡萄牙，帝国的掠夺物仍然显而易见——在里斯本和波尔图的宏伟宫殿里，在新近归乡的殖民者粗陋的乡村屋宅里。我清晰地记得葡萄牙人的帝国主义姿态，他们穿着迷彩服开着装甲车镇压非洲殖民地的黑人。我记得那些强硬的葡萄牙雇佣兵，越过边境去攻击罗得西亚[1]

---

[1] 罗得西亚（Rhodesia），原非洲中南部一广阔地区，分为北罗得西亚（今赞比亚）和南罗得西亚（今津巴布韦）。

的黑人，最终输掉了莫桑比克的独立战争；一场场战斗的间隙，他们在索尔兹伯里[1]的游泳池旁，抽雪茄、喝威士忌、晒太阳。即使到了20世纪90年代，在葡萄牙国内，还能偶尔碰到老兵的集会，他们快活地拎着生葡萄酒，挥舞团旗，庆祝他们的最后一场帝国主义战争。

我想象自己被大航海时代（葡萄牙列强的黄金岁月）的遗迹攫住，15世纪的葡萄牙海员在亨利王子[2]的支持下横扫大洋，进行贸易或征服。这些纪念物中最棒的是亨利在欧洲西南端的圣文森特角为他的船长们提供指导而建立的巨大的风玫瑰图。那是一张巨大的海图，铺展在一个宏伟的海角堡垒外围的地面上，记录着盛行风的强度与方向。我去那儿时，它被可悲地忽视了，看上去像是个废弃的岩石花园，但仍然震撼了我。傍晚时分，我站在它旁边，能够看到几百年前那些卡拉维尔帆船的船长们聚集于此，费尽心思掌握新的航海技术与器械；而且，若是我稍稍扭头，就能看到他们征服的那片海洋，他们将风玫瑰图中学到的东西带到巴西、安哥拉、好望角、莫桑比克、果阿、澳门，带到葡萄牙人为欧洲基督徒发现并控制的那些地方。

---

1 索尔兹伯里（Salisbury），津巴布韦首都哈拉雷旧称。
2 亨利王子（葡萄牙语：Infante D. Henrique，又译殷理基皇子、恩里克王子，1394—1460），建立了全世界最早的航海学校、天文台、图书馆、港口和船厂，为葡萄牙日后成为海上霸主奠定了基石。

16

和平与安静

我在风玫瑰图旁沉思时,一家子葡萄牙人走过来,站着,静静地凝视这个代表古老探险的象征,没有流露出一丝情绪。葡萄牙人大多已经将列强的历史抛在脑后,跟随时代调整好了心态。1139年以来,他们的边界就没有丝毫改变。20世纪70年代,他们除掉了最后一个独裁者;他们的最后一次革命发生在1974年,如今他们是最平静的欧洲人。和平与安静是现代葡萄牙的产物,也正因如此,里斯本南边的阿尔加维早已成为口味温和的北方老年人最喜欢的旅游胜地(尽管大众旅游已经削减了这种老派的谨慎)。葡萄牙人开起车来会像其他地方的人一样疯狂,但在大多数情况下,他们表现得异常克制。他们不再是征服者。他们的微笑亲切,但却已经退化。他们挥手的动作庄重严肃。他们的礼貌显得矜持,特别在乡下,要逗他们开心,让他们做出机敏的应答或开玩笑,那是相当费劲的。在风玫瑰图附近,圣文森特角雄伟的悬崖上,有人在劲吹的阵风中钓鱼,将蚌类鱼饵贴着峭壁垂到下面的海水里。这种古怪的技术自然会引来外国观光客,但垂钓者似乎认为,将几百英尺的钓鱼线垂入翻腾的波浪中,这完全是一种常规的捕鱼方法。"有收获没?"他们互相询问,悠然得如同坐在一条运河的堤坝上,一边喝着保温瓶里的茶，一边等待浮漂的动静。

葡萄牙的一些地方是西欧最穷的地区，女人仍在河里洗衣服，耕地仍要靠骡子和驴，但这个国家却丝毫没有原始的气息。甚至动物和儿童也是彬彬有礼的。有一次，在比什普镇的那个村庄，我发现村里的狗全都聚在集市广场上，等着接种疫苗，其间没有一只狗乱叫。有一天，在里斯本，我被旅馆里一群像恶魔一样发狂的小屁孩惊呆了，他们简直吵得人心烦。直到下半夜，他们还在走廊里尖叫。他们把陌生人的房门敲得山响。他们长得极丑，而且毫无教养。到前台询问，我欣慰地得知，那不是葡萄牙小孩，而是来里斯本表演的一支俄罗斯芭蕾舞团的儿童成员。"应该把斯大林请过来。"我对门房说道，但他只是笑笑，非常葡萄牙式的微笑。

17

那枝迷迭香

某一次，在葡萄牙乡间公路上行车时，我突然在一个村子外面看到有橙子卖。天气酷热，我停下来买橙子。没人照看水果摊，于是我给自己选了三个橙子，然后去敲一所农舍的门。没人应门。没有任何生命的迹象。我透过窗户往里看，又绕到房子背后，最后自行推开了前门。里面非常黑，但眼睛适应之后，我看到房间角落的一张床上熟睡着一个小个子的老太太。我咳嗽并拖出脚步声，她醒了，丝毫没被惊着。她的第一反应是微笑。然后是伸手从旁边一把椅子上拿到一顶草帽，小心地戴到头上。她显得完全沉静而镇定，收下我给的几枚硬币，然后温和地将我推到屋外，从另一个盒子里拿了两个杏子，递给我作为礼物。她一直保持微笑，对我从常用语手册上学来的葡萄牙语发笑，手脚不停地四处寻找能展示给我的别的善意。她是我碰到过的**最无忧无虑**的人之一，我觉得，她同我在第 2 章第 49 节里提到过的我女儿特别向往的那个布列塔尼老太太有着密切的联系。道别后，我回到车上，她把帽子按在头上，再次跑出花园大门，仍然微笑着，递给我一枝迷迭香。

18
—

青少年社工

20 世纪 50 年代，我到瑞典的第一个傍晚，在酒店餐厅吃饭时看到一位仪容异常整洁的女士，就冒失地将她当作这个国家的典范。她很漂亮，很沉静，似乎刚刚做过发型。她一个人吃饭，喝一瓶德国白葡萄酒，但完全不会让人觉得她孤单或无聊。看过菜单后，一瞬间她就做好了选择，向侍应生点菜时礼貌而麻利。她咀嚼的动作很有规律，似乎出于统计学的目的计算好了时间。有时我觉得她的呼吸也应和着一个有意识的节奏。我向她搭讪，她彬彬有礼，但并不积极，她用淡蓝色的眸子凝视我的双眼，充满绝对的自信，同时感觉不到任何兴趣。我想，她就是我理想中的瑞典人，她绝对想象不到，打听到她的职业时我多么高兴。"青少年社工。"她用无可挑剔的英语说道，格外慎重地抿了一口酒。

她就是当年我们想象中标准的瑞典人。像瑞士、爱尔兰、葡萄牙一样，瑞典在"二战"中也保持中立，略微有些倾向德国纳粹——他们是唯一被德国势力在三个方向包围，而第四个方向面临俄国势力威胁的国家。我们觉得瑞典人自命不凡、幸运、高效、追逐时髦，没有大国的各种焦虑，对意识形态的选择沾沾自喜，同时自杀率高——这是他们的代价。难怪那天傍晚我觉得这个青少年社工喝酒的姿态显得过分讲究、过分慎重——我现在还记得她用修剪整齐的小拇指指尖从舌头上钩掉一小块酒瓶塞碎片的样子。

19

瑞典帝国

然而，最初的访问过后，我很快意识到瑞典曾经是一个完全不同类型的民族国家：自以为是、好出风头、嚣张好斗，是北方的恐怖势力——实际上，是另一个该死的列强，频频阻挠欧洲的进步。我想，我的印象是被斯德哥尔摩国王花园里一座卡尔十二世（1682—1718）的雕像改变的。花园本身几乎是夸张的瑞典式样。周围是一圈热闹的餐厅与咖啡馆，还有高高矗立的庞大歌剧院。夏天，阳光照耀，天空呈现北方那种夸张的蓝，空气中充满码头传来的缆绳的啪啪声，还有旗帜在风中的猎猎作响（瑞典是一个旗帜特别多的地方，大多采用国旗的蓝黄两色，一看就知道全都崭新）。在这个宜人之所的底下，站着老卡尔国王。他看上去一点儿也不像当代的瑞典人，而是毫不掩饰的帝国范儿，以蛮横的姿态伸出右手，指向圣彼得堡的方向，似乎在说，"前进，前进，高贵的瑞典人"，还会加上几句"瑞典绅士如今成了病夫"之类的话。这还不仅仅是雕刻的戏剧表演。瑞典人可是真的不止一次侵略过俄罗斯，它的军队曾经横扫半个欧洲，它的殖民者曾经去到东印度和西印度群岛——这次印象转变的多年后，在加勒比海的法属圣巴泰勒米岛上，我碰到一个极度瑞典式的宅邸，那是昔日瑞典总督的居所，在这热带海洋旁边尽其所能地干净整洁。

40年前，在斯德哥尔摩，偶尔会看到旧帝国阶级的代表。当时，瑞典国王仍然是真正的国王，住在港口旁巨大的宫殿里。有时，原来的瑞典贵族代表会昂首阔步地走在大街上。他们看上去有点东方——毫无疑问有芬兰血统。大衣是容克[1]式的，在雪地里大步走路时几乎垂到脚后跟；他们的靴子显然是由祖传庄园里的家庭鞋匠用柔软的鹿皮制成。他们穿了紧身胸衣吗，或者只是摆出睥睨众生的姿态？他们戴单片眼镜吗，或者这是我编造的？

20

群岛之外

现在见不到瑞典的国王王后了，斯德哥尔摩的八卦杂志上也找不到他们的照片。一般来说，他们不再住在港口旁的宫殿里，而是去了更舒适宜人的德罗特宁霍尔摩宫，留下戴头盔的王室卫队龙骑兵，不时在庭院里转着圈吹响号角。然而，我对瑞典人了解越多，就越觉得我最初的印象过于浅薄。瑞典不再是一个列强，但它仍有许多英雄主义的东西。瑞典人肯定不是最受喜欢的欧洲人，但那也许是因为他们在普遍充满不确定性的一个世纪里成功地看护了自己的利益。"二战"后许多年，他们把军舰停泊在海边人工挖掘的巨大山洞里，驶入阳光时引擎轰鸣，回声震荡，这是何等令人无法抗拒的英雄气概！

---

1 容克（Junker），德国历史名词，原指无骑士称号的贵族子弟，后泛指普鲁士贵族和大地主。起源于16世纪，"二战"后基本消亡。

另外，即使瑞典几乎不算一块陆地，而是分散在银色海洋中的一片领土，它所处的位置也真有一种史诗般的气魄。它的北方领土伸入冰封的北极，南边的半岛扼守波罗的海（这是我心目中欧洲最险恶、最诡异的一片水体）出口。波罗的海里可怕的事情时有发生。战争将它卷入。冰雪将它冻结。身份不明的潜水艇巡弋其中。不同的帝国从不同的方向狂暴地横扫它。嗜血的列强一个接一个地觊觎着它——德国人、俄国人，也包括瑞典人自己。由众多小岛组成的群岛地形，保护瑞典免受这片大海之害，尽管今天它主要是那些安置第二个家（连同游艇与桑拿房）的有钱人的外省，但在我看来，它也一直抵御着外面世界的全部威胁与神秘。在群岛后面，瑞典丰满、自信，旗帜鲜艳崭新，武装力量齐备，不再是列强，不再威胁任何人：在群岛之外，任何事情都有可能发生。

21

易卜生风格与格里格派头

隔壁的挪威从来没当过列强，从1905年开始才摆脱瑞典统治，成为一个独立国家。20世纪50年代，我觉得它代表了魔法般的北方，乡土而内省，像是易卜生戏剧里的场景。我受邀参加完美得体的中产阶级午宴，在厚重丝绸、白漆镶板、抛光木地板、严厉祖先肖像与狂暴海景画像的布景里吃渍鲑鱼片、煮土豆。20世纪50年代的挪威,作家们仍然有着美好的文人气度,画家还像画家,中年女士穿开襟毛线衣,拥有恰当的中年样貌。在奥斯陆的一天晚上,我碰巧看到一出戏剧的部分演职人员表演结束后在饭店聚餐,望着他们一丝不苟地逐次登场,优雅娴熟地问候,看到他们精纯的肢体表现,真是和看戏一样刺激。然后,似乎没有什么比卑尔根郊区的爱德华·格里格[1]故宅更能代表这个国家——那房子藏身于一个花园,一点儿也不显眼,却简单舒适,摆满各种小装饰,花园树林中有一间木屋,靠角落有大铁炉子生火取暖,作曲家就在木屋里的一张旧桌子前工作。从窗前峡湾的静水里,从身后林木茂盛的山冈上,多少宏伟的挪威旋律穿过树林进入他的脑海!我得出结论:挪威就是为创作A小调钢琴协奏曲而存在的地方。

22

新挪威

40年后,因为从北海石油获利,挪威富过大多数国家,展露出大都会一切摩登的标志。一天,我坐在奥斯陆的一张长椅上,往笔记本上

---

[1] 爱德华·格里格(Edvard Grieg,1843—1907),挪威作曲家,19世纪下半叶挪威民族乐派代表人物。

匆匆记下我所看到的一切。一个扎马尾辫的男人推着婴儿车走在人行道上。一个年轻的高管对着车载电话说话。一辆欧洲巴士（Eurobus）载着度假者启程前往安达卢西亚。一群不同种族、肤色的学生举着环保标语游行示威。有名叫"氛围"和"马克·波罗"的店铺，有一家巴基斯坦人的街角商店，一家保加利亚旅行社，一间寿司店，一个比萨柜台，墙上有一个涂鸦，写着"挪威是挪威人的"。有许多剧作家、动物、裸体和健壮得不可思议的儿童的雕像。黄砖的议会大厦也许像是一只土豚，我觉得其有趣胜过可爱。国家大剧院一看就知道，毫无疑问是国家的、戏剧的。大学和它那古典式立柱以及吃三明治的学生，一看就是无可争议地属于学术的。总体来说，奥斯陆已经变成了现代欧洲的一个小小的典型。

甚至在更加绝对挪威的地方，也不再有极度的隔绝或内省，就连在最荒僻的北方也是，尽管那里只有凄凉的大海与苔原，风呼啸着吹过北极和彼此相距数百英里、各自蜷缩在昏暗光线中岩石峭壁下的渔业小镇。到 20 世纪 90 年代，这样的小镇几乎全都有了摩登的连锁酒店，有了乡村音乐与西方音乐的周六夜场秀。在卑尔根，周末有同性恋迪斯科。在深入北极圈的斯尔沃于，有推销去加那利群岛的旅行团广告。在特隆赫姆一家咖啡馆里，我碰到两个喝热巧克力的彻头彻尾的拉斯特法

FIFTY YEARS OF EUROPE
AN ALBUM
JAN MORRIS

里派[1]信徒，还有一对真正的朋克夫妇，顶着莫西干头，戴着部族首饰。这里到处都有墨西哥餐厅、录像店、软色情杂志，不论往哪儿看，都有可能看到一个正用弯吸管喝芬达的婴儿。我在奥勒松的一面墙上看到一句涂鸦，似乎表现了那个旧日挪威的气质。"给我一个活下去的理由。"它说。我忍不住添了一句："易卜生称雄，够了吗？"

23

引自易卜生《人民公敌》（1882），彼得·瓦茨（Peter Watts）翻译

> 斯多克芒医生：能成为这丰富、繁盛的生命的一部分，我有说不出的快乐。我们生活在一个奇妙的时代——好像整个世界在我们周围迅速成长！
>
> 市长：您真的这么认为？

---

[1] 拉斯特法里派（Rastafari），20世纪30年代起自牙买加兴起的一个黑人基督教宗教运动。该运动信徒相信埃塞俄比亚皇帝海尔·塞拉西一世是上帝在现代的转世，是《圣经》中预言的弥赛亚重临人间。拉斯特法里一名即是对海尔·塞拉西的指称，其中Ras是阿姆哈拉语中"首领"之意，Tafari是海尔·塞拉西即位前使用的名字。

民族、国家与嗜血的列强

24

幸运的国家

多年前，在列宁格勒（原来的圣彼得堡）机场，我偶遇一个熟人，他是英国驻莫斯科大使馆的工作人员，正在等航班去芬兰。那是冬天，他穿着全套冬装：皮帽子、皮大衣、厚靴子。我觉得他像是古画里莫斯科大公国时代的英国商人：瘦削、精明、准备推动最艰难的海豹皮生意，或者安排运一船获利极为丰厚的琥珀。他去芬兰的真正目的是什么？看牙医。

过去我们总认为芬兰人有许多神奇之处——脚步轻捷、颧骨高耸，说一种奇怪的语言，迷恋神秘的民俗。据说，"芬兰"这个词意味着"魔法师"，甚至到19世纪末，英国水手还不愿与芬兰人同船，因为他们觉得芬兰人有超自然的力量。不管是否有魔法，但在我这50年，芬兰肯定是欧洲的幸运之国，在历史的动荡中维持了非凡的平衡。1939年苏联入侵芬兰是斯大林在武力扩张方面的一次挫败。接着，芬兰同德国结盟，但"二战"后也很快就被忘了。没人忌恨芬兰人，除非是我不知道的斯堪的纳维亚各国之间传统的怨恨；芬兰人赢得所有人的尊重，因为他们滑不溜手的外交技巧。在苏联帝国时代，只差一点儿就被它吞并的芬兰像是俄罗斯边上的一个安全阀。不仅英国大使馆的年轻人去芬兰

FIFTY YEARS OF EUROPE
AN ALBUM
JAN MORRIS

放松，就连苏联政要也知道如何越过边界，或者横渡窄窄的芬兰湾，去看牙医，进餐厅，做衣服，去找赫尔辛基的肉锅和银行家。"哦，去芬兰，"e.e.卡明斯[1]1950年写道，"现在俄罗斯在那儿。"

当时，从列宁格勒去那儿，简直有滋补的功效。从苏联的海面上吹出的风像是家人的死讯，但同样的风在芬兰就仅仅是脸颊上的一丝刺痛。就算在苏联待过一两个星期后，到芬兰桑拿浴室里待一个小时，就能将瘴气从你的身体中驱走，让你干净、活泼、年轻十岁。没有人能对芬兰人感到同情，而我时常对苏联人感到同情。另外，在芬兰，你可以随心所欲。你可以乘马拉雪橇穿越冰封的港口，而不会被疑神疑鬼的警察用望远镜窥视。你可以用恰当的速度开车，而当时在苏联，汽车时速似乎从不超过30英里。你可以去看法国电影或美国戏剧，可以读英国报纸。你可以举着标语牌到处走，要求货币改革，或者预测万物将尽。你可以满足自己的任何渴望。第一次从苏联飞去芬兰时，我的特殊渴望是生胡萝卜，抵达赫尔辛基后，我直奔一家杂货铺，要了半磅胡萝卜，在旅馆浴室里洗净后，就着一杯荷兰杜松子酒奢侈地吃了个精光。果戈理写过，在芬兰人的国土上，"一切都迷失、扁平、苍白、灰暗、雾蒙蒙……"他应该试试就着杜松子酒吃胡萝卜。

---

[1] e.e.卡明斯（Edward Estlin Cummings，1894—1962），美国著名诗人、画家、评论家、作家、剧作家，发表诗歌在署名时总是用小写的"e.e. cummings"。

25

依然幸运

　　大约 30 年后，苏联已经解体，我又回到赫尔辛基。这次我是乘海船去的。我把包吊在背上，绕着南边的港口走向城市中心，发现全城都在过节。原来这一天是赫尔辛基日，我在市集广场（Kauppatori）受到欢迎，滨海区的商场已经狂欢起来，一个统一制服的乐队在市政厅底楼演奏。旗帜到处飘扬，咖啡馆桌子挤满享乐者，全芬兰的焦点——漂亮的参议院广场被列队行进、极度快活的一群人占领——一个军乐团兴高采烈地绕着圈前进、后退，鼓手长有时挥舞指挥棒跳到空中，乐手们不时气咻咻地小跑，以跟上运动的节奏，我发现自己也带着欣赏哈哈大笑起来。赫尔辛基似乎被成功与自尊激动得满面通红——穿着入时的漫步市民，来自四面八方的游客，分发宣传册的男女莫辨的年轻人，轰隆驶过的电车，演奏的乐队，疾驰的游艇，随着音乐昂首阔步的游行者，奢华的店铺，房间被订满的旅馆，几乎每个人都在微笑。

　　幸运之国！实际上，它并不像表面上那么幸运，此时经济处于衰退，失业率高达 20%。然而，对我来说它是幸运的，此时置身此地，我觉得几乎同多年前一样幸运——当时，它给了我从牢笼里逃脱的欣慰。我努力试着重新体验 20 世纪 50 年代的欢乐情绪，并且成功地实现了大

FIFTY YEARS OF EUROPE
AN ALBUM
JAN MORRIS

半——清新、新鲜、自由、繁富、彩色。它最终满足了我旧时的渴望，然而，我无论如何都想不起那渴望曾经是怎样的。

26

命运改变

爱沙尼亚就在窄窄的海峡对面，距芬兰只有50英里。"二战"前它是个独立国家，随后50年是苏联的加盟共和国，1991年后再次独立。首都塔林曾经是赫尔辛基的反面。一座不幸之城，被我们时代的历史腐质反复污染。1940年被苏联人攫夺，1941年被德国人占领，1944年再次落入苏联之手，不受欢迎的苏联移民占爱沙尼亚人口三分之一，成了它独立之后的噩梦般的负担。它的运气糟得不能再糟。然而，1995年我到那儿时，几乎没人知道它。差点就被这些事件彻底破坏的塔林老城，显然已经决定要成为大众旅游的一个重要目的地。一切准备就绪。铺鹅卵石的街道整饬一新。浪漫的钢琴乐曲从楼上窗户传来。教堂尖顶上小饰物闪烁着新镀的光。中心大广场、市政广场都被修缮得像是刚从中世纪绘本里蹦出来，只不过添加了一些冰激凌摊点和咖啡馆。城市边缘的庆典场地为下一届全爱沙尼亚音乐节做好了准备，到时会有20万人来。这是欧洲最大规模的音乐活动——我听了不下一百次这样的介绍。在众多的地下酒窖和有裂缝的仓储地，古董商、小酒馆厨师和时装店主热切地工作，桑贾伊（Sanjay's）餐厅里泥炉串烧滋滋作响。我曾经听说，爱沙尼亚人出了名的寡言少语——该国传说中，一个聋哑人20岁才第一次开口说话，别人问他为什么，他回答道："在那之前没什么可说的。"但在1995年的塔林，我看到他们十分健谈。我在一家地下餐厅吃午餐，同桌是一位爱沙尼亚学者，她对首都的剧变几乎同我一样诧异。仅仅四年前，它还深陷于政治沼泽，而且当时看上去无休无止。我们吃的淡水小龙虾让她滔滔不绝地回忆童年，她和父母在桦树间清澈的溪流里捉虾，在河岸边的大锅里煮了吃。

遗憾的是，几番问询，我们发现这小龙虾来自路易斯安那，但这没有败坏我们的兴致。我后来常听到关于东欧剧变后的抱怨：失业、低工资、物价飞腾、犯罪、腐败、住房紧张，还有那些惹人憎恨的俄罗斯人——在他们脏兮兮的斯大林风格的城郊社区里，有人指给我看其中一些人鬼鬼祟祟地走来走去，但所有这些抱怨都不会让我扫兴。没有什么不愉快的事实能够否认，在1995年，塔林这座不幸之城，毕竟已经开始了幸运的岁月。

FIFTY YEARS OF EUROPE
AN ALBUM
JAN MORRIS

27

奥秘

我年幼时，花了许多时间追踪沿着布里斯托尔海峡行驶的船只，从望远镜里所见最神秘的是甲板上堆着高高的木头、飘着拉脱维亚和立陶宛国旗的船。我对这两个国家的位置不太清楚，对它们的历史一无所知，当多年后终于踏上它们的国土，我的了解也没有增进太多。"二战"时，它们和爱沙尼亚一起被纳粹占领，战后又同样被苏联吸收为加盟共和国。尽管我去的时候，苏联已经解体，它们再次获得了独立（独立程度或高或低，因为俄国仍然能够以这样或那样的方式影响塔林的事务），但仍然是我最不熟悉的欧洲国家。它们去苏联化的过程比任何地方更困难。到1996年，两国首都里加和维尔纽斯在自由市场的道路上走了很久，已经被视为普通的欧洲城市，但是我想要找个地方看看，以便更真实地观察这两个仍在摆脱斯大林体制的国家转型中途的状况，于是我就来到立陶宛的工业城希奥利艾（Šiauliai，德语中写作Schaulen）。它特别符合我的要求，因为在苏联时代，它是一个战略性的重要空军基地，禁止一切外国人进入。以前我甚至没听说过它。

我在城里一家挺大的宾馆办理入住手续，那是苏联时代修建的一栋邋遢的高层建筑，也许仍然归苏联所有（似乎没人知道确切的归属），并且顽固地坚持老一套（我已经开始从中发现怀旧的感觉了，就像我在第2章第26节里写到的那样），也就是说：条纹状的混凝土，没有暖气的房间，废弃的电话亭，糟糕的食物，严严实实裹着大衣的接待生，电视里正放的一场莫斯科脱口秀，墙上有一张通告，写明对立陶宛公民、苏联公民和我们其他人的不同价格。当那台惊悚地忽动忽停的电梯痉挛着将我送上客房，我对自己说，"我想看的就是这个"。立陶宛简直像是完全没独立。清晨出门散步，我觉得自己很有可能是在十年前苏联某个相对繁荣的城镇，只不过没有斯大林或列宁的雕像。

其他的一切都在。这里有纪念碑一样方方正正的国有办公大楼，俯瞰着其中带花园的宽阔广场。这里有法定的装饰性的步行大道——维尔纽斯大街——穿过市中心，街上有不同的文化机构，有许多长椅给幸福的工人提供完全应当的休憩，还有包俄罗斯头巾的大妈在卖香蕉。无与伦比的圣彼得和圣保罗教堂，有着高高的多边形的尖顶，已经被改造得漂漂亮亮——也许被用作无神论博物馆？——这里还展露出许多怪异的幽默，比如搞笑的老鼠雕像，柱子上的石头鞋子，还有一个猫博物馆。因为失去了苏联市场，城郊大部分工厂已然废弃，陷入衰残。前空军基地正在变成一个自由经济区，但当我徜徉于它破烂的半废墟区、飞机棚和废弃的警卫室，想到若是在斯大林时代闯入这片街垒会遭遇怎样的对待，这一刻，它仍然让我感到一丝战栗。

FIFTY YEARS OF EUROPE
AN ALBUM
JAN MORRIS

但是，慢慢地，非常缓慢地，这些波罗的海小国都会重新找到自己的身份，希奥利艾也是如此。维尔纽斯街上，到处都有各不相同的机构耸起。能喝到卡布奇诺咖啡了。时装店里大声放出摇滚乐。外国商人在时髦的新餐厅吃可以报销的午餐。信用卡付款被接受。穿超短裙的迷人女孩永远不会长成大妈。维尔纽斯街88号地下室有保龄球道，146号能吃到相当不错的汉堡。尤里威瑟琳百货商店看上去还有点斯大林风格，但商务咨询中心的《希奥利艾在指尖》已经大胆指出，它是"一个可用于怀旧的好地方"。圣彼得和圣保罗教堂每天举行五次弥撒。

我住的旅馆不协调地隐现于这条街的尽头。那里没有卡布奇诺，没有乡村音乐和西方的音乐。《希奥利艾在指尖》将它划入被挖苦的对象，"大多数客人只在其他旅馆都客满的时候才来住"。早餐时，一张盖着褐色棉绒布的长桌周围，满满当当挤着20个年轻的俄罗斯女性，像是从旧时代过来参观的技术员，与此同时，灯光昏暗的房间尽头独自坐着一位正在吃东西的安静的女士，她的角色可能是女政委：严厉，戴眼镜，强健有力，头发扎个髻子，裙子又长又重。一个孤独的侍者正挽起袖子为我们服务——浓稠的黑咖啡（不放奶），豌豆煎鸡蛋，黑面包和非常棒的奶酪。早餐吃到一半时，我们都得到了一瓶可口可乐。大多数人马上喝掉，同咖啡一同下肚。而那位女政委离开房间时，一边用纸巾挑剔地擦嘴，同时刻意不正眼看任何人，我注意到她带走了可乐。

28

在游乐园

我同丹麦的接触很轻浅，并且没法叫人满意。它是又一个一度强大的小国。多年前，我走在印度乌木海岸[1]特兰奎巴的街道上，这里曾是丹麦帝国主义的殖民地。17世纪，丹麦人在此建起一座堡垒和一片贸易殖民地，尽管墙上灰泥掉皮，壁柱剥落，我仍然能辨认出丹麦堡（Danesborg）和盖德王子（Prins Christian Gade）的遗迹，在幻梦中度过数百年沧桑。我同丹麦本土的初次接触同样奇特。1952年，我参加了北约的一次演习，其目的是展示西方有能力对苏联攻击斯堪的纳维亚国家做出即时反应。演习的高潮是海军陆战队登陆，地点位于北海与波罗的海之间、卡特加特海峡与斯卡格拉克海峡相交处日德兰半岛最北端斯卡恩的一处海滩。我就是这样进入丹麦的，我记得很清楚，是因为负责迎接登陆的丹麦国家警卫队的一个营跑错了地方，结果迟到很久，他们穿着长大衣出现在沙滩上时，快活而气喘吁吁。

我知道，这不公平，但我怀疑这个滑稽的插曲将会一直在潜意识里影响我对丹麦的观感。无可否认，这是一个快乐的国度。它风景亲

---

[1] 乌木海岸（Coromandel Coast），印度半岛东南部海岸的名称，又译为科罗曼德尔海岸。

切，建筑美观，人民普遍真诚友善。它造出的东西漂亮。它的黄油和培根可口。它的国家博物馆是欧洲最棒的之一。乐高是全世界疲倦父母的福音，安徒生的童话也是。丹麦在"二战"中的行为堪称楷模，尽管广泛传播的"丹麦被德国占领期间好国王克里斯蒂安十世（Christian X）曾经在袖子上佩戴犹太大卫星公开露面"的故事是虚构的，但丹麦的犹太人确实未被强迫佩戴大卫星。然而，不知为何，我总觉得它是个"愚蠢"的地方，这种感觉初次被激发是因为看到那些兼职士兵在迟到很久后还笑闹着怠懒地走在沙滩上（当年我还年轻，有点好斗），多年后感觉又被特别强化，则是因为我看到哥本哈根的蒂沃利游乐园在该国国民心智里占据的核心地位。向任何不论丹麦还是非丹麦的人提到哥本哈根，他们几乎都会说起蒂沃利游乐园作为回应。这个园子本身确实可爱，有中国灯笼、鲜花台地，有秋千、吃角子老虎机、气枪打靶，还有欢闹的乐队演奏至深夜。去蒂沃利游乐园，我也玩得很开心。但我总觉得它在丹麦的生活与声誉中地位太重要，这未免有点幼稚，有点跌份儿。要知道，丹麦可是维京人的故乡，老高姆[1]和哈拉尔蓝牙王[2]的国家，

---

1 老高姆（Gorm the Old，或译老戈姆，约900—958），丹麦开国国王，丹麦正史第一位有记载的君主，大约在936—958年间统治丹麦。

2 哈拉尔蓝牙王（Harald Bluetooth，约910—985/986），即哈拉尔一世，是10世纪的丹麦及挪威的国王。他是老高姆的儿子。他的绰号蓝牙（Bluetooth）被用于命名通信技术标准。

民族、国家与嗜血的列强

它的殖民者曾经深入印度和非洲，它的战士曾经跨越所有冰封的北国！它的形象为何降格至此？我觉得，全都要怪蒂沃利游乐园里叮当作响的音乐、小丑和彩色小灯泡！

另外，丹麦的公共风格也从来讨不了我的好。在我看来，在丹麦旅游中心景观蒂沃利游乐园之后，没有比哥本哈根阿马林堡宫卫兵每日换岗更愚蠢的场景了。当今的军事表演在我看来大都颇为幼稚，但阿马林堡宫的交接仪式似乎是刻意设计得荒谬可笑。不幸的卫兵像是被正式训练成模仿玩具士兵的样子——白色的交叉皮带、有条纹的蓝裤子、成堆的扣子、夸张得离谱的熊皮帽，无一不是如此。乐队指挥重重跺脚，如同滑稽戏里的军士长。一些个子较小的军官被熊皮高帽衬得格外矮小，局促尴尬地绕着士兵行进，或者猛烈地拔剑致敬，很难不让人把他们想成轻喜剧里的滑稽演员。

这种文化里一些甜腻的、异想天开的东西让我倒胃口。在大多数欧洲人手里，爵士乐都显得愚蠢，而在渐趋中年的丹麦人手里，则蠢到了巅峰。哥本哈根的斯托罗里耶步行街是丹麦最出名的购物区，大行其道的是一种俗丽廉价的资本主义，常能看到最潮流的街头艺人——就是演奏秘鲁风笛或表演莫名其妙哑剧的那种。丹麦人最喜欢的童话故事的名字——"卖火柴的小女孩""小克劳斯和大克劳斯""坚定的锡兵""玫瑰花精"——已经说出了一切。未来某一日，没准会有个艺术破坏者爬上港口岩石上俏生生坐着的小美人鱼雕像，锯掉她的头——我对他的行为颇为认同。但是打住吧，也许我就不适合安徒生。也许我属于格林兄弟那个类型！丹麦人的幽默从来就不太能打动我。丹麦人对玩笑和魅力的国民口味，对魔力法术和小精灵传统的信赖，都不能让我有所反应。我反复努力欣赏丹麦，到目前为止一直失败：不公正的偏见的力量就是如此——并且，那偏见越不公正，没准就更强有力。

29

冰岛没有猫头鹰

冰岛曾经是丹麦的领土，但我对它观感截然不同。在冰岛我像在家一样愉快。我当然不是说自己完全适应它那奇异疏离得几乎如同幻觉的风景。那风景里兀立着可怕的冰川，到处都有温泉和火山在喷发；八分之一的冰岛国土是辽阔的雪原，这些年来，我亲眼看到冰岛东南海岸外的叙尔特塞岛[1]从大海里一缕炽热的烟，逐渐变成一片面积可观的新领土。我的意思是，这个国家的景观让我感到舒服、自在。冰岛丝毫没有

---

1 叙尔特塞岛（Surtsey），冰岛外海一座火山岛，也是冰岛的最南端。因海面下130米处的火山爆发而形成，于1963年11月14日突出海面。火山喷发一直持续到1967年6月5日，岛的面积也达到最大值2.7平方千米。之后，由于风和波浪的侵蚀，到2002年其面积减小为1.4平方千米。

那种负面意义的孤绝感。去冰岛的路程似乎也不是特别遥远。你会觉得从爱丁堡往北走没多远就到了雷克雅未克，许多爱丁堡人圣诞节去那儿采购。我曾经同一个著名的瑞典男高音同机抵达冰岛，他去是为演出一场清唱剧，次日早晨就会飞回斯德哥尔摩。冰岛爱乐乐团的竖琴师按照惯例都是从威尔士招募。我第一次到冰岛，同英国大使一同吃饭时，他告诉我，头天晚上他用一个威士忌酒瓶砸了冰岛外交部部长——仿佛他们是在学生联盟共度了一个有点粗暴的夜晚。

冰岛人同其他威尔士人有几分像，但像得不多。他们有凯尔特人与维京人的血统，有时看上去温和而诗意，有时又粗鲁得应该戴上有角的头盔。《美女与野兽》是真正能说明冰岛特性的寓言故事。在冰岛，我反复被某些完全意料不到的行为或评论噎得半死。多年前，我在雷克雅未克买了一本赫瑞鲍[1]1758年出版的英文版《冰岛自然史》。这本书大部分内容是理性时代的典型作品，各章标题格式统一，理性探讨——"关于冰岛的土方工程""关于冰岛的森林""关于马""关于黄油和奶酪"——但第17章是一个更具冰岛特色的条目，它的标题是"关于冰岛的猫头鹰"，整章就是一句话，是一个极简主义者的分析："整个岛上没有任何种类的猫头鹰。"

---

1 佩德·赫瑞鲍（Peder Horrebow，1679—1764），丹麦天文学家。

FIFTY YEARS OF EUROPE
AN ALBUM
JAN MORRIS

30

哪个是幻觉？

从一开始我就喜欢冰岛人这种古怪的气质。许多人认为自己与众不同，自吹"非常非常疯狂"，但就我所见，唯有冰岛人才真正具有民族性、基因性的古怪。这也许要归因于漫长的北国冬日，或者头顶的风的笼子。巨大的吐司面包、可怕的宿醉、自由恋爱、"性"情高涨、以加仑计的咖啡、互相丢瓶子、连睡一整天——我逐渐将这一切同冰岛人联系起来。他们古老的语言、民族身份的内核，都被一种神秘的兴奋围裹，并且也不缺喜剧因素。此地盛产吟游诗人，人们会毫无预警地突然进入诗朗诵的状态，陌生人说起萨迦[1]里的人物山羊胡格里姆（Grimur Goatbeard）或者好运莱夫（Leif the Lucky），就像是说起道路前方的邻居。

一天晚上，在北海岸的阿克雷里，我听到一家餐厅里传出庄严的歌声，我从门里看到一大群人正在聚会。这些冰岛人整齐地坐成一排排，围着长桌子，胳膊相连，他们唱的好像是某种圣礼赞美诗，唱的时候身体有节奏地大幅度左右摇摆。这给了我一种民间联盟的古怪印象——各

---

[1] 萨迦（saga），冰岛及其他北欧地区特有的一种文学。此语源自德语，本意为"小故事"，后来演变成"史诗""传奇"之意。以故事的中心人物为主要依据，中世纪冰岛传说可分成以下三类："王室萨迦""神话萨迦""冰岛人萨迦"。

方面都是冰岛式的。每个人都知道那首歌的歌词，整个集会仿佛一场神秘的共谋。我注意到，这帮人在桌旁边唱边摇摆时，不论我捕捉到谁的目光，等我片刻迷惑的聚焦后，它就迅速从我身上挪开，仿佛是要摆脱一个幻觉。

31

迷宫

我认为罗马尼亚人**几乎**同冰岛人一样古怪。1994年前我没去过罗马尼亚，但我觉得对他们早已熟知。他们是法国化的拉丁人，独特地嵌在东欧的斯拉夫人中，他们出了名的放荡、诡计多、华而不实、出人意料、不可靠。起初，我觉得他们的谈话大多有关"地道"。在罗马尼亚历史上，地道显然扮演了重要的角色，并且仍然广泛出现在他们的事务里——爱的地道，逃跑的地道，谣传阴谋的地道。到处都是关于地道的谈话。我觉得，整个罗马尼亚的思想构造就是地道式的。尼古拉·齐奥塞斯库和他那位同样可怕的妻子死了5年了，但他们许多伙伴仍在政府内部工作，各种类型的扭曲与杂乱仍在把权力的通道复杂化，让人感觉它们也是在地下运作。

对于无知如我者，罗马尼亚人复杂的暗示与影射真是叫人震惊。哪个是摩尔多瓦（Moldova），哪个是摩尔达维亚（Moldavia）？铁卫队[1]成员和军团战士[2]有什么区别？德涅斯特河沿岸问题[3]和外聂斯特河[4]问题是一回事儿吗？罗马尼亚东正教会对比萨拉比亚[5]问题持何种态度，天主教

1　铁卫队（Iron Guard），罗马尼亚极端右翼政党，1927年成立，具有极端民族主义、反犹主义和法西斯主义的特征，曾与纳粹德国合作。东欧剧变后，罗马尼亚一个新纳粹组织也采用了这一名称。

2　军团战士（Legionnaire），铁卫队前身名为大天使米迦勒军团（the Legion of the Archangel Michael），故其成员被称为军团战士。

3　德涅斯特河由北向南流经摩尔多瓦东部，河流左岸与乌克兰相连。1990年9月，因担心从苏联独立出来的摩尔多瓦与罗马尼亚合并，河左岸的俄语居民成立了没有得到国际社会承认的"德涅斯特河沿岸共和国"，引发武装冲突，俄国军队曾介入，直到目前争端尚未彻底平息。

4　书中原文为Trans-Istria，疑有误。因Istria译为伊斯特拉半岛，指的是巴尔干半岛西北部、的里雅斯特湾畔的一个区域，与位于巴尔干半岛东北部的德涅斯特河沿岸相距甚远，在主权、民族、语言各方面均无关系。而德涅斯特河沿岸在罗马尼亚语和英语中又被写作Trans-Nistria，与Trans-Istria仅相差一个字母，通译为"外聂斯特河"，故译者猜测是作者笔误。回到作者在文中提出的这一问题，我们可以得出明确的答复：德涅斯特河沿岸问题和外聂斯特河问题是一回事。

5　比萨拉比亚（Bessarabia），德涅斯特河、普鲁特河-多瑙河和黑海形成的三角地带，本属罗马尼亚，"二战"后被苏联吞并，大部分改为摩尔达维亚苏维埃社会主义共和国，小部分划归乌克兰（南比萨拉比亚）。1989年罗马尼亚革命后，曾出现罗马尼亚及摩尔多瓦统一运动，主张将苏联境内的比萨拉比亚地区并入罗马尼亚，但始终未果。摩尔达维亚后于1991年脱离苏联独立成为摩尔多瓦。

民族、国家与嗜血的列强

会对米哈伊国王[1]的回归感觉如何？谁是塞克勒人[2]？他们品行不端但却虔诚，不乏猫科动物般的优雅——有女电车司机边开车边抽烟，有戴俄式头巾的老妇打扫落叶——有狡猾的草药根贩子和头戴高高皮帽的农民——有电影角色般的流氓，外套搭在肩膀上，试图骗你交易——有老奸巨猾、模棱两可的官僚，讨人喜欢的愤世嫉俗的历史学家——有晦涩得叫人丧气的谈话，有几乎是虚构的未必有的回忆——罗马尼亚人向我展现了一长串我所能想到的所有最恒久不变的巴尔干特性，这深深地打动了我。我待在罗马尼亚的时候，正赶上该国国家安全局首脑宣称：罗马尼亚受到军团战士，铁卫队成员，国际恐怖主义，有组织犯罪，极端左翼分子，匈牙利族独立分子，俄罗斯、乌克兰、匈牙利、摩尔多瓦等国特务机关的威胁。整个欧洲的命运，他说，都取决于德涅斯特河沿岸问题的解决。

---

1 米哈伊国王（Mihai I，1921—2017），罗马尼亚末代国王，1947年罗马尼亚人民共和国成立时退位。米哈伊国王信奉罗马尼亚东正教，其妻安妮公主是罗马天主教教徒，两人结婚需寻求天主教皇庇护十二世的豁免，故而文中问天主教会对他的回归持何态度。

2 塞克勒人（Szekel），历史上与马扎尔人有着密切联系的一个民族，先于马扎尔人定居到今属罗马尼亚的特兰西瓦尼亚地区。

FIFTY YEARS OF EUROPE
AN ALBUM
JAN MORRIS

32

六个原因

一天,我欲进入位于锡纳亚的罗马尼亚王室前故居佩莱斯城堡而不得,问其理由,得到了六个不同的答案:

(1)它正在重建。

(2)里面发生了一起抢劫。

(3)正在整理藏品目录。

(4)埃及总统穆巴拉克即将参观。

(5)土库曼斯坦总统萨帕尔穆拉特·尼亚佐夫(Saparmurad Niyazov)刚刚参观过。

(6)它关闭了。

33

没问题!

罗马尼亚人里聚居着大量匈牙利人,又如树木被寄生植物的卷须缠住一般被吉卜赛人盘曲环绕,因而颇有些神经官能症,但在陌生人看来却是迷人又热诚。一天,我走过布加勒斯特的军方总部,那是一栋辉煌的巴洛克式建筑,是这"巴尔干的巴黎"市中心的一个繁复精美的奇迹,我看到一楼是一家餐厅。我轻快地穿过旋转门,问是否能带几个客人来吃饭。"没问题。"他们马上回答,露出罗马尼亚人擅长的熟透了的微笑,没错,那天晚上,同一帮快活的熟人坐在餐厅,耳朵里响彻震耳欲聋的乐队,吃来自多瑙河的梭鲈,喝来自摩尔达维亚的雷司令葡萄酒。我还曾莽莽撞撞地闯进罗马尼亚作协总部,在这数十年共产主义正统的裁判所里,我昏头昏脑、不受阻拦地游荡,在成千上万场意识形态争论不断积聚下来的雪茄烟雾中穿行,不时有书生气重得出奇的同行冲我和善地点头。

34

精神病统治

罗马尼亚的共产主义从类型上不同于华沙、布达佩斯、索非亚、布拉格或东柏林。它是一种拉丁式专制,它经常与苏联发生龃龉,被一对精神病人统治:齐奥塞斯库及其近乎文盲的妻子与其说是通常意义上的斯大林主义者,倒不如说是古老东方的疯狂暴君。他们几百个几百个地摧毁整座村庄。他们计划排干欧洲重要的野生动物避难所——神奇的多瑙河三角洲,连根拔掉上面所有的植物,把它改成稻田。他俩造成的问题甚至超过匈牙利人的屡屡再犯，超过历史的苦难或奥斯曼帝国的遗产，超过德涅斯特河沿岸问题，超过吉卜赛人！这对令人感到恐怖的夫妇的幽灵仍在搅乱和压抑这个国家的事务。在他俩22年的统治下，成长起来整整一代人，这就能说明问题了。

我曾经把齐奥塞斯库的覆灭视为罗马尼亚历史上犹如柏林墙坍塌一样的决定性的事件——幻梦与噩梦终结，通往平凡生活的道路打开。但来到这个国家，我一度不那么确信了。齐奥塞斯库的愚行似乎已经融入这个地方：也许罗马尼亚人的天性就是吸纳一切，全不吐渣，头脑简单地把甚至最狂野的过分构想和不可能存在之物也加入它的历史库，或者储藏在地道里。比如，齐奥塞斯库有个臭名昭著的新布加勒斯特规划，意图将其建成空前宏伟、超级巨型的历史纪念性建筑群，其中作为中轴的是一条两三英里长的巨大林荫道。这个规划1994年仍未完工（沿途无数喷泉依然干涸），但部分路段已经种上了树，开了商店，有了城市生活总会有的喧闹与人气，我能够想象它在20年后成为布加勒斯特风味不可或缺的元素，这条林荫大道代表了这座城市过去对法国文化的迷恋。甚至作为这座城市冠冕的巨大宫殿也正在变得熟悉——尽管还很难说变得家常。当然，它的规模与丑陋无法磨灭。就算把罗马的维托里奥·埃马努埃莱纪念堂放大20或30倍，其公民威慑力也没法超过布加勒斯特的议会宫（过去的人民宫，也即是齐奥塞斯库宫）。就生活及工作空间而言，仅有五角大楼的面积盖过它；就纯粹的容量而言，只有卡纳维拉尔角[1]的火箭组装棚或者墨西哥披羽蛇神奎兹特克（Quetzalcoatl）的金字塔胜过它。尽管它还没有完工，但我觉得人们已经接受它作为市政设施的一部分。游客被带到这里，宽阔的大厅里时有会议举行，参众两院都被认为未来会入驻。一天下午，离开这栋建筑时，我注意到，在有不停转圈的士兵和安保人员看守的正门旁，一只老狗蜷着身子，在凉丝丝的阳光中打盹。完全就像在家里一样。

35

圣殿与象征

多瑙河对面的保加利亚，不幸置身于世界上最令人不安的两大强邻之间，其近代历史大体上是一段漫长的困苦与挫折的记录。俄国是保加利亚的传统保护国（"祖父伊万"），最终给它套上一种斯大林体制；土耳其是其传统压迫者，占据这个国家长达几个世纪，并且间歇性地进行屠杀。在20世纪，保加利亚所经历的只有痛苦——不是这种就是那种专制，1913年巴尔干战争中的失败，"一战"中的羞辱，"二战"中与纳

---

[1] 卡纳维拉尔角（Cape Canaveral），美国佛罗里达州布里瓦德县大西洋沿岸的一条狭长的陆地，是众人皆知的航空海岸，附近有肯尼迪航天中心和卡纳维拉尔空军基地。

FIFTY YEARS OF EUROPE
AN ALBUM
JAN MORRIS

粹的不幸联盟，1944年苏联的"解放"，漫长的专制统治——它给世人留下的记忆普遍是毒伞、雇佣杀手、残酷强迫少数民族保加利亚化的怪诞可怕的形象。

直到20世纪90年代，几乎谁都喜欢的有魅力的保加利亚人才获得做自己的自由。我漫游此国，穿行于共产主义与彻底的资本主义之间的裂隙——集体农庄撂荒，而层架式养鸡场尚未引入，党总部被改成电影院，而保加利亚共产党创始人之一格奥尔基·季米特洛夫[1]的陵墓还没有变成艺术展览馆——我的旅途变成了穿过一圈圈骄傲与违抗、从一个国家圣殿到另一个国家圣殿的行程。那些坚强意志与国家复兴的纪念碑！那些勇敢的保加利亚狮子的形象！那些牺牲与革命的展览馆！那些诗人和士兵的衣冠冢、陵墓和坟地！那些英雄雕像、感恩教堂和立宪议会的遗址！世上没有哪个国家的爱国者比保加利亚的爱国者更爱国，也没有什么象征比保加利亚的象征更有象征性！

一座山顶的巨大衣冠冢"自由纪念碑"，铭记着现代保加利亚历史

---

[1] 格奥尔基·季米特洛夫（全名为Georgi Dimitrov Mikhailov，1882—1949），保加利亚共产党领袖，国际共产主义活动家。1933年2月27日，震惊世界的德国柏林"国会纵火案"发生，3月9日，当时正在柏林的季米特洛夫被纳粹警察局逮捕。9月21日，德国审讯季米特洛夫，季米特洛夫在法庭上宣称"纵火案"是纳粹策划的，最终被无罪释放。

中最决定性的事件——希普卡山口[1]之战。它高耸在这个国家中心的巴尔干山脉上，装饰着最强大最健壮的保加利亚狮。其实这场战斗是1877年俄土战争中的一个插曲，但它的直接起因是头一年的保加利亚反土耳其大起义，土耳其人的镇压来得如此残暴，让整个欧洲为之惊骇。俄国人全面介入帮助起义者，于是希普卡的雪地里打赢的这一仗最终促使保加利亚独立。那里有许多献给战争中俄国牺牲者的纪念碑，但自由纪念碑将它们轻松盖过。难道不是保加利亚分遣队"在不算太多的俄国人的支持下"（我看到的保加利亚历史书大胆宣称）真正打赢了这一仗？学童们近乎川流不息地爬上894级阶梯，来到希普卡纪念碑。我敢断言，他们不太清楚那场战争的策略，甚至也不清楚战斗的参与者，但却留下确凿无疑的印象：那是一场他们自己的著名的胜利。

36

雨中的忠诚

一天，我在保加利亚心脏、首都索非亚的亚历山大·涅夫斯基广

---

[1] 希普卡山口（Shipka Pass），保加利亚境内巴尔干山脉上一道关口，1877—1878年的俄土战争中，为控制这处要地，俄国军队在保加利亚志愿军的协助下与奥斯曼土耳其的军队交战，最终取得胜利。

场上遭遇狂风暴雨。雨势猛如倾盆，水浸绿色花园，洗亮铺路石，雨水从周遭的树叶上滴落，沿着圣议会（Holy Synod）大厦花哨的瓷砖和教堂的金色穹顶奔流！转眼间，广场周围路上的行人全都跑去躲雨，只有少许汽车在瓢泼大雨中谨慎地穿行。我到处乱跑，想找个避雨地，直到最后跑进圣索非亚（Sveta Sofia）教堂的门里。这是一个非常神圣的小建筑，建于6世纪，这座城市就因它而得名。在里面，我发现两个修女和一个年轻神父，正在幽暗处交谈，他们给我拖来一把餐椅，邀请我加入。圣像在我们周围闪耀。古老的砖头教堂阴暗，有回声。雨水敲打屋顶，溅到门洞里。我不会说保加利亚语。修女和神父不会说外语。我们坐在一起，友善地互相微笑，不时点点头，或者羞涩地笑，直到雨停歇。我说谢谢，再见，然后走回广场。风暴正隆隆向山岭移去。转过街角，我看到一个浑身湿透，衣衫湿淋淋贴在身上，帽子被完全泡软的老人站在"无名战士墓"前，一动不动，一声不吭。

37

Nazdrave!

怀抱对保加利亚人明显的偏爱，我打心底同情所有这些情绪，同其他任何人一样被自由纪念碑、无名战士墓和一切爱国者的英勇事迹打动。每个人都需要浪漫主义的狂喜时刻，以弥补其可悲的生活，甚至到了20世纪90年代末，保加利亚的困境似乎都还看不到尽头。乡村美好，葡萄酒可口，到处有鲜花，侍者羞涩微笑，鹅、山羊和驴在风景如画的村庄周围漫游，卡车司机在休息点可以享用营养的汤，黑海海滨的胜地吸引来大量旅游团，但大多数保加利亚人仍然极度贫穷，政坛是一潭浑水，而经济岌岌可危。保加利亚人当然想要圣殿和象征！谁不想呢？他们频频回溯历史，进入原初的保加尔人[1]、色雷斯人[2]和鲍格米勒派[3]那丰富而朦胧的世界，寻找象征。在我心中，他们的一切爱国主义象征中最恰当的就是上述三者之一。马达拉（Madara）村有一个火车站，让我想起"阿拉伯的劳伦斯"[4]在汉志（Hejaz）铁路上进行爆破的场景，这座灰扑扑的小村庄高处的悬崖上雕刻着一个古老的人像。它是那么古老，剥

---

1 保加尔人（Bulgar），2世纪起在欧洲不同地区定居的一个游牧民族，分散生活在欧洲的东部和东南部地区，为巴尔卡尔人与保加利亚人、楚瓦什人、塔塔尔族的先祖，为突厥人的一支（另一说法是来自帕米尔，与塔吉克人有关的东伊朗人），今天的保加利亚人已经斯拉夫化，语言属于斯拉夫语族。

2 色雷斯人（Thracian）是古代色雷斯地区的居民，是保加利亚早期居民，有的学者认为和现在的罗马尼亚人有血缘关系。古色雷斯语属印欧语系，今已灭绝。

3 鲍格米勒派（Bogomil），基督教二元论支派，10世纪中叶兴起于匈牙利，曾盛行于巴尔干半岛和小亚细亚，主要教义是上帝有二子，一为撒旦，一为耶稣。

4 指托马斯·爱德华·劳伦斯（Thomas Edward Lawrence，1888—1935），英国军人、作家，1916—1918年间在中东帮助阿拉伯人反抗奥斯曼土耳其的统治，其事迹1962年被拍成著名电影《阿拉伯的劳伦斯》。汉志铁路是战争期间土耳其军队的重要运输线。

FIFTY YEARS OF EUROPE
AN ALBUM
JAN MORRIS

蚀得那么厉害，以至于只有在落日捕获其轮廓时你才能辨认出来，而且，即便那时也是非常模糊的。但在照片中，你能够更清晰地看出"马德拉的骑手"，并意识到他的形象多么贴合这个国家的状况。他骑着马，不屈不挠，但仅仅是勉强可辨。一只快活的猎犬紧随身后，像是刚刚猎杀过野兽。他用右手抓着腾跃的骏马的缰绳，左手攥着一只酒杯，欢快地高举过头顶。马德拉骑手向历史高喊"Nazdrave!"——意思是"干杯！"隔着那么多个世纪，保加利亚也忠诚地高喊"Nazdrave!"作为回答。

38

错误的故事

在第2章第12节，我开车去机场，准备飞往中东采访战争的时候，布达佩斯正发生市民武装起义。当时我们没心没肺地说，两个大新闻同时发生，而我去采访了错误的那一单。苏伊士运河战争原来不过是一场愤怒情绪肮脏而耻辱的发泄，而匈牙利起义则是整个冷战期间最悲剧的英雄事件。

布达佩斯就是起义的发生地。我并不觉得它是一座像旅游手册上说得那么可爱的城市，但它是为光荣而生。老首都布达堆叠在多瑙河右岸，有皇家城堡和顶上金光灿烂的教堂；佩斯大部分延展于左岸，全都是宽广的林荫大道、公园和教堂尖顶，沿着平坦的郊区一直伸向天边，前方的河堤上矗立着奇形怪状且巨大的议会大厦。六座桥连起布达佩斯的两个部分，整个城市在我看来是一个拥有宝贵自豪感的形象，永远纪念着它历史上那些围攻、战斗、反叛与各种荣耀。总体而言，当代匈牙利人看起来似乎同我们其他人一样寻常，但在我浪漫的想象中，总觉得他们身上充溢着英雄广场上民族纪念碑周围那一圈马扎尔[1]骑士青铜雕像的精神：按辔徐行、高傲雄壮的贵族，鞍辔华美的马背上傲慢得难以形容的姿态，打头的君主威严地望向前方，他的随从像总统的保安人员一样戴着羽毛头盔，目光炯炯地朝各个方向巡视。在 1956 年，我的想象恰巧是真确的：布达佩斯的人民，从老人到小孩，打起血脉中的马扎尔精神，在狂怒中反抗压迫者。

我多想亲临现场！一个月内，一千辆苏联坦克残酷镇压了匈牙利革命，一个彻头彻尾的共产党政府重新建立。但是，尽管战斗悲壮地失败，但那却是斗争最终胜利的开始。20 世纪 70 年代我去匈牙利时，它是东欧社会主义国家里第一个涉猎市场经济理念的国家。已经有说法

---

[1] 马扎尔人（Magyar），原居于匈牙利的种族，属于乌拉尔语系，被认为源自突厥人，在文化上与东亚社会有类同之处，他们的命名方式是，先姓，后名，最后身份，和周围的印欧语系完全相反。

FIFTY YEARS OF EUROPE
AN ALBUM
JAN MORRIS

称，这里要建一家希尔顿酒店！苏联士兵仍然到处都是，仍从莫斯科开来的火车里涌出，仍戴着他们荒唐可笑的军官帽大摇大摆，但同波兰、捷克斯洛伐克或民主德国相比，这边的体制已经很开明了。我惊讶于市民的谈话，在我当时听来真是相当有风险，人们公然鼓吹颠覆，对生活会越来越好显然充满信心。政府勒令被大胆地无视。我被带去巴拉顿湖一家私营假日旅馆，几乎像是到了瑞士，我第一次体验到在国有和私营企业之间做选择的苦涩的喜悦。

25年过去，我回到布达佩斯过圣诞节。斗争已经胜利了。除了一两处纪念物，几乎没有任何东西让我回想起过去的岁月。希尔顿酒店，在当年曾经是个疯狂的想法，如今已稀松平常，还有其他四五家同样奢华的国际酒店加入进来。商店明艳鲜亮，不管我费多大劲，再也找不到那些系白围裙的坏脾气女人——其实我还真想再见见她们，她们天生面无笑容，曾经代表了布达佩斯社会主义时期马克思列宁主义的胜利。旧时那种英雄主义的氛围呢？它已经挥发殆尽了吗？去维噶多（Vigadó）音乐厅观看一场小歌剧时，我觉得它的确已经消失。当然，那表演伴随着旧旋律，仍然充溢着大量的轻浮与吉卜赛魅力，但在我看来，穿白色燕尾服、绕着舞台跳华尔兹的舞蹈合唱队的年轻绅士们未免有点娇弱。然而，过了一会儿，他们换上较为宽松的服装后，立刻迸发出查尔达什舞狂暴的跺脚与踏步，这是展示对一切最为戏剧化的匈牙利特征的古老方式。然后，他们把头往后甩，用力跺着地板，拍打大腿，在空中挥舞胳膊，有时发出狂野的喊叫，而观众伴随着越来越快的音乐节奏鼓掌——在他们身上，我看到英雄广场上那些骑手们冷酷轻蔑的笑容经过良性变异后的样子，还看到1956年那些涌向苏联坦克的小伙子们不顾一切的姿态。

39

旧日风格重现

20世纪70年代的布达佩斯，共产主义体制松弛的一个征候是开始强调历史延续性。没错，我偶然看到的这座都城的官方历史将1956年的起义斥之为反革命，宣称"匈牙利社会主义工人党的一项决议"几乎是立刻"分析了它的原因，并为新的政治尺度和经济决定奠定了基础"。同样如此的是，布达佩斯的纪念性环城公路"大林荫道"（Great Boulevard），其中一段仍然被冠以列宁之名。但我震惊的是，人们对统治匈牙利直到"一战"结束、帝国崩溃为止的哈布斯堡王室产生了那么浓厚的兴趣。大林荫道名字的一部分确实以弗拉基米尔·伊里奇·列宁命名，但还有一部分源于奥匈帝国皇帝弗朗茨·约瑟夫；象征了哈布斯堡领土的黄色油漆被认认真真地重刷；党给我派来的导游非常重视地将我领进保留了古老帝国氛围的那些咖啡馆和餐厅——被改名"匈牙利"的"纽约"咖啡馆（改的名没人当回事），爱吃甜食的贵族旧日常光顾的捷波德饼屋（Gerbeaud's patisserie），或者最初是一家动物园饭店后来在19世纪与20世纪之交变成布达佩斯标志的贡德尔（Gundel）餐厅。

到1996年，对哈布斯堡王朝及其时代的怀旧更是到了过度的地步。纽约咖啡馆和捷波德饼屋成了城里最知名的旅游景点。大林荫道的大部分再次被冠上旧君主的名字。长期被国有化的贡德尔已经被富有想象力的匈牙利裔美国有钱人接管，用美食坦率地表达对旧王朝的忠诚。我的确没有尝试那道据说是弗朗兹·约瑟夫最爱的汤，但却如朝臣般毫不客气地享用了神奇的一餐，包括"龙蒿调味的野乳猪汤"和"塞切尼伯爵（Count Széchenyi）烤雉鸡脯填匈牙利鹅肝"。吃的时候，我觉得周围坐有大公，所以看到奥托·冯·哈布斯堡[1]本人的推荐也毫不惊讶。这位无依无靠的帝国王室继承人宣称贡德尔的复苏表明匈牙利"正从被压迫的岁月复兴，迎向辉煌的未来"。没错，我自言自语道，极不文雅地打了个嗝。

1　奥托·冯·哈布斯堡（Otto von Habsburg, 1912—2011），奥匈帝国末代皇帝及匈牙利王国末代国王卡尔一世的长子，1916年成为奥匈帝国最后一位皇储；1918年奥匈帝国瓦解，随父流亡海外。

40

引自1996年12月19日的《布达佩斯太阳报》

王室继承人提升加入欧盟的胜率

为了帮助提升本国加入欧盟的胜率，匈牙利委任王室继承人久尔吉·哈布斯堡[1]为驻欧盟大使。

从15世纪开始继承匈牙利王位的哈布斯堡家族，自1989年政治变革以来，一直在欧洲的组织中动用王室及外交关系网为匈牙利游说。

哈布斯堡经营着中欧最大的电影制造和发行企业MTM Communications公司。

41

希腊幻灭

在一个美好的春日，我爬上掩映在橄榄树中的雅典缪斯山，从山顶眺望精美绝伦的帕特农神庙。清晨的空气中有令人愉快的松树、鲜花与

---

[1] 久尔吉·哈布斯堡（György Habsburg，1964— ），奥托·冯·哈布斯堡幼子，现任匈牙利红十字会主席、匈牙利驻欧盟大使。

FIFTY YEARS OF EUROPE
AN ALBUM
JAN MORRIS

尘土的味道，我心中充满希腊的荣光。爬到半山腰，灌木丛里跳出一个希腊人，掀开雨衣，向我展示下体。

哎哟，有什么不可以？希腊艺术把男性的荣耀向我们展示了几千年。然而，在缪斯山上，在能看到雅典卫城的地方……我有一种遭到背叛的感觉。我们这一代人从小接受的教育中，希腊的事物都是特别纯净而灿烂的，希腊士兵显然应该穿芭蕾裙、系绒球，在战争中勇敢地对抗意大利人和德国人。希腊人不是民主的发明者吗？他们不是诗歌之父吗？突然发现这个高贵种族的一个代表在缪斯山上向无辜的游客亮出阳具，这还真是可悲的幻灭。

不过，其实雅典本身早就衰落了。回想当年，我觉得自己在山上享受到的那些希腊的芬芳恐怕纯粹是我幻想出来的，因为这座都城早就时常笼上了一层微绿的烟雾，从比雷埃夫斯的工业区升起，打着旋涡，厚重地覆盖在城市上空，让耸出雾气的雅典卫城犹如飘浮在云端。这个圣殿外面的卫兵，也会让怀揣浪漫幻想的人失望。他们身着全套著名的华丽服装，上上下下走正步，看上去不像希腊神话里的士兵，而像是男扮女装的乡村少年，我忍不住想，这些汗流浃背的小伙子在休息时间可以轻易地在缪斯山上来一出表演。

42

窘境

我曾经问过一个希腊熟人,希腊人把自己视为东方人还是西方人?"我们的窘境就在于此。"他回答道,"窘"字被他咬得格外重,显然自有其道理。20世纪90年代,希腊已经成为欧盟的正式成员,但我仍然怀疑希腊人的气质、本能甚至风格是否已经属于欧洲。在古典教育的时代,约翰·默里在《希腊手册》(1884)中愉快地观察到,任何"拥有关于古希腊的常识"的游客都能轻松阅读雅典的报纸。如今那些知识不再是常识,而由一代代教师、神学家和艺术史家培养出来的同希腊的普遍联系也衰落久矣。每有一个专注于希腊文化的温克尔曼或拜伦,相对应的就有十多个投入非洲、印加或澳大利亚土著文化的学者和艺术家。对于我来说,眼下欧洲的语言、历史、生活与爱的方式如此紧密地联系在一起,这里很少地方会让我感觉置身国外,但在希腊,几乎一切都充满异国风味——从书写,到烹饪,到思想方式。我简直觉得,从种族上看,希腊人不比曼谷人或扎加齐格人同我的亲缘关系更近。

FIFTY YEARS OF EUROPE
AN ALBUM
JAN MORRIS

43

一个帕夏[1]

"旅馆开门吗?"在纳夫普利翁奢华的兹尼亚宫酒店(Xenia Palace),在因为淡季而几乎没人的大堂里,我天真地问。"好像开吧,"接待生不友好地回答道,"你不是都进来了吗?"希腊的工作人员可以非常讨厌,即使到了20世纪90年代,我还把这当成被土耳其占领几百年造成的后果——我们可以看到布尔齐海上城堡,在第2章第6节我写过,刽子手退休后会在此度过余生。兹尼亚的接待生像是古老旅游手册里读到过的那种蓄意刁难的帕夏,永远让事情变得无比困难,直到今天希腊还有许多方面,让人想起奥斯曼帝国的坏脾气,以及像茴香烈酒一样成为如今该国特产的狡诈与阴谋的迹象。

44

是不是欧洲?

20世纪末,让我们参观希腊的随便一个普通外省城市。大海在前,山坡在后。建筑大多是纯粹的巴尔干式样:平顶,有花点缀的混凝土,

---

1 帕夏(pasha),奥斯曼帝国行政系统里的高级官员,通常是总督、将军及高官。

民族英雄半身像，隔着旗帜飘扬的水泥广场互相竞争的咖啡馆。科技方面似乎处于半停滞，以至于我们永远搞不清交通灯是否在工作，一半的建筑像是没完工就被废弃。崭新的酒店一股水泥味儿，一大清早窗外码头区就传来有节奏的砰砰声将你吵醒，那是渔夫在地上拍打一只大章鱼，想把它拍软了好塞进罐子里。这座城市对人的态度极难预测，有时和蔼，有时乖戾。在一家比较而言态度最不冷淡的餐馆里，我们可以选择羊肉、炖鱼和粗面条，全都在厨房的大锅里沸腾着。宣传册上的海滩一尘不染，实际上遍布垃圾，乌鸦飞来吃腐肉，猫在里面翻捡。晚上，咖啡馆被希腊军人占领，几百个穿制服的大兵坐着，什么特别的事也不干；而在市场区，鲜亮的商品和蔬菜摆放得像是阿拉伯露天剧场，微微染上旅游业的色彩。这座城市嗓门非常高。空气令人振奋。市民的情绪普遍热诚。我们是在欧洲吗？这真是个窘境。

45

它的魅力

但它也能带来解放的感觉。希腊人轻松的个人主义很好——如果说有过什么同当代希腊不同的东西，那也都被压制或标准化了。无政府状态初期通常给我的感觉是对我口味的一种刺激，欢腾的生活多样性、永远不知道拐过街角会见到何种奇景的感觉,对于其他任何地方逐渐增强的同质化来说,是一剂受欢迎的解毒药。这一分钟,有水翼艇向海里疾驰,掀起浪花泡沫,轰隆响着奔向某个荷马式的海岛,下一分钟,马拉大车的轮轴上挂着的铃铛发出刺耳的叮当声。一辆飞奔的卡车像露天游乐场的旋转木马一样按响喇叭。从分布在道路两旁的玻璃正面的小神龛里闪出小摆设、硬币和瓶子的原始微光。希腊的蜂箱一定比世界上其他地方加起来还要多,在特尔斐城,人们用易拉罐装蜂蜜卖,看上去像啤酒罐或者猫粮。在拜占庭时代留下来的米斯特拉(Mistra)斜坡,我碰到一个修女,爬上一棵树的半中腰摘橄榄,她的山羊站在底下。

　　有时,我惊讶地发现,似乎希腊一切运转良好,老百姓稀里糊涂地傻乐,这也许是容纳能力的问题,但也是个性使然。我越发频繁地觉得,若是到了紧急关头,某种将就凑合的工作方式将会大行其道——那是黎凡特式的狡诈,再结合"用口香糖往汽化器上糊"的即兴发挥(这种行为曾被认为表现了美国乡土的机智应变)。一天晚上,在埃维亚岛入住旅馆时,我发现护照不见了,它被我粗心地落在了几百英里之外的伯罗奔尼撒半岛。几通嗓门高得要命的电话,动用了涉及出租车、公交车和家庭联系人的复杂关系,搞不清楚怎么弄的,反正到第二天上午,我的护照已经被送往埃维亚的主要城市哈尔基斯。"我一定会让你开心得不得了。"旅馆经理像变魔术一样从桌子下面掏出护照,他当然晓得我也会有所表示，好让他开心。

46

在莫奈姆瓦夏喝醉

在欧洲，我只真正醉过两次——微醉倒是有上万次，烂醉就只有两次。第一次是在英格兰北部的卡特里克军营，当时刚满18岁。第二次是在伯罗奔尼撒的莫奈姆瓦夏村，我55岁，正在写一本书，比前一次有经验得多。我在村庄外边的一栋私人房舍里租了一个房间，那天晚上走了一英里左右，去到一个小酒店吃饭。酒馆客满，热闹得很，大多是本地人，还有一些快活的美国人。我们用金属杯喝了大量有松脂香味的希腊葡萄酒，这简直是我最开心的一个晚上。下半夜，我跟跟跄跄走回住处，女房东为我拉开门闩，解开前门链条时，我还能看清楚她的脸，能看出她在睡衣上面罩了一件有花的家居服。我以为她会一言不发、面带不满，结果她却带着同谋的狡猾而会心的笑容，好像还眨了眨眼，仿佛令人愉快地不怀好意。我不成曲调地吹着口哨，上床，次日醒来，神清气爽，有如一朵雏菊。

FIFTY YEARS OF EUROPE
AN ALBUM
JAN MORRIS

47

欧洲－希腊人

欧洲？如果在德国，我的女房东会这样同谋般地宽大为怀吗？希腊的卡车司机真的遵守欧洲转速表规则？瘦骨嶙峋的希腊山区绵羊真的按照布鲁塞尔标准浸洗消毒、打过疫苗？在码头上砸章鱼的希腊渔民，有人是否留意过"加工海产品时须包住头发"的欧洲法律？但是，希腊人现在也被正式纳入西方，获准加入欧洲共同体，这让我想到把一种未加工过、生机勃勃的东西塞进一口大缸，以帮助发酵：一种粗糙的、有机的、包含大量细菌的力量。这个比喻同我年轻时接受的经典形象截然不同：当年希腊代表了活力不衰的优雅与魅力，其标准形象是举止庄严的哲学家，是四肢匀称、头发卷曲、鼻子轮廓鲜明犹如刀削斧刻的运动员。可是谁知道呢？没准古老的古希腊人真的一直都是黎凡特人——像比雷埃夫斯的二手车经销商一样皮肤黝黑，身材矮壮，模棱两可。

1993 年，我在埃皮达鲁斯待了一天，那里的阿斯克勒庇俄斯[1]神庙曾经向其信徒提供永生的希望。那座神奇的古剧场，舞台艺术的摇篮，

---

[1] 阿斯克勒庇俄斯（Ascklepius），希腊神话中的医神，太阳神阿波罗与塞萨利公主科洛尼斯（Coronis）之子。

挤满了来自各个国家的参观者。有时，人们站在剧场舞台的半圆形区域里低语，或者把纸片弄得沙沙响，以展示其著名的音响效果。一个导游爬上一块石头，朗诵了几句对古希腊文化有基本了解的人马上就能明白出处的诗。一个意大利人演唱《我的太阳》。一个高个子的年轻人和一位只有他一半高的老太太饱含深情地唱了一首浪漫歌谣，唱得棒极了，非常动人——那语言我们听的人谁都不懂，但全都鼓起掌来。

在那索福克勒斯、阿里斯托芬和欧里庇得斯的剧场里，你们唱的是什么语言，我急切地问表演者。是芬兰语，他们说，这首歌是欧洲最北端的一首民歌。我喜悦极了，"欧罗巴万岁！"我像个少年一样高喊起来，但除了一两声羞怯的笑声，没人做出太多回应。

48

Mirësevni në Shqipëri!

阿尔巴尼亚入境表格上写着"Mirësevni në Shqipëri"，意思是"欢迎来到阿尔巴尼亚"。这肯定是1992年以后印上去的，因为在那之前，Shqipëri是欧洲最僵硬、最讨厌、最令人恐慌实际上也是最疯狂地拒人于千里之外的国家。游历欧洲的50年，其中大部分时间我都只能充满困惑地从外面注视它。蓝灰色海岸回望着我，目光穿过仿若银行金库般同样可望而不可即的科孚海峡。我凝视着它整个死气沉沉的模样，如同望着黑山共和国山上的一座停尸房。我追随英帝国在爱奥尼亚群岛的轨迹，带着一丝战栗回想起过去那些从阿尔巴尼亚受雇而来的刽子手（没有希腊人愿干这活儿）戴着面罩，穿着小丑一样斑斓杂色的服装。科孚海峡事件——阿尔巴尼亚水雷击沉了两艘英国驱逐舰，造成巨大人员伤亡——在我刚入新闻行业时曾掀起轩然大波，以后几十年，不论我在哪儿，只要拧开短波收音机，我就会听到阿尔巴尼亚电台单调、教条的声音告诉我们，霍查同志在彻底变革化学生产或消灭宗教方面又取得了新成就。"霍查同志"——他的臣民甚至根据要求称呼他"朋友霍查"！在我身处的时代，恩维尔·霍查无疑是欧洲所有精神错乱的专制者中最疯狂的。他比齐奥塞斯库还疯。他的人民被切断了来自外界的一切信息，许多年里，他们被调教得认为他近乎拥有魔法。他能够呼风唤雨！他的脚印里会开出花来！他的许多臣民真的相信他让阿尔巴尼亚取得了独特的成功，在世界各国中令人羡慕，实际上它是特别不成功、特别不值得羡慕的。和霍查接连发生争拗的有西方民主国家，有南斯拉夫、苏联、中国，甚至还有上帝（"阿尔巴尼亚唯一的宗教信仰是成为阿尔巴尼亚人"），直到最后，他的国家茕茕孑立、无亲无朋、一贫如洗，偏执得人人厌之。

民族、国家与嗜血的列强

49

霍查活着!

我终于踏足阿尔巴尼亚时,霍查已经死去六年,他那个款型的非理性共产主义已经被抛弃了四年。我一到那儿,就去参拜一个古老得多的斗争者、战士兼领主斯坎德培[1](亚历山大贝伊),他在15世纪成功抵抗了嗜血的土耳其人。对阿尔巴尼亚人来说,斯坎德培无疑是历史上的头号阿尔巴尼亚人,我从小就从一张邮票上熟悉了他充满英雄气的胡子和山羊角头盔。斯坎德培最著名的英雄事迹的发生地是阿尔巴尼亚中部被摧毁的克鲁亚要塞,其雄踞于山腰,越过平原眺望遥远的亚得里亚海。这地方给我印象很好。风景壮美,微光闪烁的大海升起热腾腾的雾气。要塞的残迹桀骜不驯。山下的街市卖狐皮。然而,即使在1996年,即使在斯坎德培本人面前,恩维尔·霍查都还活着!整片辽阔的风景里,最引人瞩目的是成千上万个蛋形的混凝土碉堡,像无数灰白色的

---

[1] 斯坎德培(Skanderbeg,1405—1468),阿尔巴尼亚民族英雄,出生于一个拜占庭帝国贵族家庭,其父反抗奥斯曼帝国失败后,被迫交出他作为人质。他改信伊斯兰教后,成为奥斯曼帝国将领,其军事能力被认为可与亚历山大大帝相比,因此被称作"阿尔巴尼亚的亚历山大贝伊"(奥斯曼帝国地方长官)。1443年,斯坎德培趁匈牙利讨伐奥斯曼帝国时举起反旗,恢复天主教信仰,此后25年坚持抵抗,使阿尔巴尼亚在他生前保持独立。

FIFTY YEARS OF EUROPE
AN ALBUM
JAN MORRIS

拱顶小屋，那是这位独裁者下令在该国每一块土地上修建的。我听说全国共有80万个之多，有大有小，看不出战略意图，甚至看不出战术目标——仅仅是兀然出现在你视野所及的任何地方，有时三三两两，有时几十个，直到霍查死后，它们才开始瓦解。有的被打破，有的被翻转，有的被用作屋舍或干草仓库，在假日海岸边，最近有一两个被改造成咖啡馆。

50

大释放

我问，阿尔巴尼亚人用这些设施抵御什么人，他们说"一切人"。霍查年轻时打过多年游击战，他害怕的入侵者显然有美国人、苏联人、南斯拉夫人、希腊人、意大利人，就我所知甚至还有利比亚人。我向一个人问克鲁亚的碉堡，他只是把手指放到脑袋边上，弯曲手指。我不知道最普通的阿尔巴尼亚人是如何被霍查的受迫害情结说服的，但在他死后，他们才像是从一个可怕的噩梦里醒来，摇晃脑袋，想甩掉记忆。他是个可怕的暴君。在他的监狱集中营里（这个同威尔士或马里兰面积相当的国家有48座集中营）成千上万的阿尔巴尼亚人被杀害或者劳动至死。任何一种自由都被废除。审查不受限制。秘密警察和官方线人无所不在。胡须、蓝色牛仔裤和摇滚乐都被禁止。没人能进入这个国家，也没人能离开。婴儿的名字必须选自一个官方批准的名单，名单每年一换。

霍查死去六年，尸体早已从恐怖的坟墓中被掘出，那种释放的感觉仍然触手可及、感染力十足。阿尔巴尼亚的贫穷依然残酷，工业依然衰朽，政治依然腐败。东欧剧变后常见的黑手党势力猖獗，阿尔巴尼亚黑帮恶名远扬到德国。然而，在1996年，在我看来，它是一个格外生气勃勃的国度。资本主义的所有征候喷涌而出——西方投资的酒店、阿拉伯人投资的旅游开发区、意大利餐厅、后街小巷的时装店、加油站、洗车店、给前来参观的外国商人提供的纸页光滑的宣传杂志。一个周末，我去到海边，都拉斯周围的海滩挤满小轿车和大客车，喜气洋洋，吵吵闹闹，黏黏糊糊。那些碉堡卑贱地潜伏在满是郊游者的海边松林里。

51

庆祝

1992年，阿尔巴尼亚改变体制时，首都地拉那仅有50辆轿车，我从照片上看到市中心的斯坎德培广场几乎全空，只有几个循规蹈矩的步行者穿过它宽阔的仪式性的空间。到1996年我去那儿时，地拉那的

FIFTY YEARS OF EUROPE
AN ALBUM
JAN MORRIS

街头涌动着 4 万辆轿车（三分之一是奔驰，几乎全是二手车，大多数是从德国偷来的），斯坎德培广场变成了一个大旋涡。它包含一个清真寺，一个钟楼，一个博物馆，一个文化中心，一个实用型的现代主义风格的宾馆，一个国家银行，一两处喷泉，各色各样的意大利风格的政府办公楼，大量街头货摊，一尊斯坎德培骑马雕像，还有两个极端吵闹的游乐场。无数各种年龄的人在你周围逡巡，开出黑市货币兑换的汇率。数不清的小孩在游乐场骑木马玩。广场周边，大量咖啡馆处于永恒的狂乱中；绕到广场背后，一条宽阔的街市聚集了乱糟糟的一大堆鱼摊、肉档、卖菜推车和成垛的旧自行车。这座巨大的广场仿佛属于马拉喀什[1]，先后被阿塔图尔克[2]、墨索里尼和斯大林成功改造，然后又被交给哥本哈根的蒂沃利游乐园进行管理。

傍晚时分，地拉那似乎所有人都出来散步，沿着主街来回闲逛，坐在喷泉边，绕着游乐场转圈，在公路上随意游荡，明显还保留着全城只有 50 辆轿车那个时代的习惯。此刻我听到的是一种极阿尔巴尼亚特色的喧嚣——上千台新买入手、开得还很不稳当的汽车喇叭轰鸣，心烦意

---

1 马拉喀什（Marrakech），摩洛哥西南部城市，有摩洛哥最大的柏柏尔人市场（露天市场），也有整个非洲最繁忙的广场。
2 阿塔图尔克（Ataturk），意为"土耳其人之父"，即穆斯塔法·凯末尔（Mustafa Kemal, 1881—1938），土耳其共和国奠基人和第一任总统，1934 年被土耳其大国民议会授予"阿塔图尔克"的称号。

乱的交警猛吹口哨，饶舌乐、摇滚乐和巴尔干民间音乐混为一体的震耳欲聋的节奏。我爱这一切透出的那种声名狼藉的满不在乎，我爱市民随时奉上的微笑、无可避免的流氓行径的迹象、覆盖于所有事物之上的辽阔的嗡嗡声，我爱那些怪异与惊奇。有时，我觉得有干涩的嘴唇在我胳膊上轻轻一吻，扭头一看，发现是一个吉卜赛小孩叫人难以抗拒地讨要现金。我不耐烦地嘘走一个穿T恤和牛仔裤的年轻人，以为他是又一个货币贩子，结果他羞涩地自称总统保镖，提醒我离总统府前门远一点。

一天晚上，我走进一座金字塔形的巨大建筑，那原本被设计成恩维尔·霍查博物馆——在他还活着的时候！——现在派上了更加世俗的用途。入夜后，它的灯火明亮得扎眼，周围挤满无数闲人，在礼仪台阶上上下下，从地下室咖啡馆进进出出，吃冰激凌，高声谈笑。无法无天的顽童爬上光滑的混凝土扶壁，只为了从上面再滑下来。这沸反盈天的建筑是对妄自尊大的示众，是欢闹的耻辱纪念碑，在它的主厅里，美妙地演奏拉威尔弦乐四重奏的4个年轻人，可不正是我想要看到的？

52

肯定的确认

可怜的老霍查！他会怎么想？尽管他的所作所为为人所诟病，但我

FIFTY YEARS OF EUROPE
AN ALBUM
JAN MORRIS

对他死后从地拉那消失还是颇感遗憾。毕竟，对于大多数外国人来说，他比斯坎德培更像是头号阿尔巴尼亚人。我参观了他的故居，位于以前被叫作"集团"的封闭式的官方区域——城中有着郊野风格的体面地方，在霍查时代，普通市民完全禁止入内。即使到1996年，我在这个暴君的花园小径里游荡时，仍然被一个持枪警卫一直跟着，当我弯腰从紫菀花圃里摘花，仿佛听到背后（虽然有可能是我的幻觉）传来拉保险栓的声音。可以摘一朵花吗？为防万一我扭头问那个年轻人，他不是朝我开枪，而是大大地一挥手表示允许。似乎在说，随便摘。它们仅属于"朋友霍查"。

我多希望霍查博物馆仍然是他的博物馆，我特别希望他巨大的青铜雕像仍然矗立在斯坎德培广场——雕像的基座还保留在那儿，挨着一个游乐场，有大胆婴孩在父母搀扶下蹒跚着爬上去。因此，当有人告诉我那座雕像还在地拉那，保存于原来浇铸它的那家纪念碑工厂时，我非常兴奋，一眨眼的工夫就赶到那儿，陪同的是我认识的一位年轻的阿尔巴尼亚工程师。同阿尔巴尼亚的大多数工厂一样，纪念碑工厂已经歇业，起初守门人把我们错领到最后一尊仍在公开展示的斯大林雕像前（第2章第27节写到过）。"哦，原来你们要看**恩维尔**，"守门人说（阿尔巴尼亚人都还喊他恩维尔），"恩维尔在**那儿**。"他把我们领到一座明显是要永远封闭的没窗户的仓库前。我们绕着这座阴沉的陵墓，搜寻可以往里面看的钥匙孔或门缝,最终我在砖头之间找到了一个窥视孔。

恩维尔·霍查在那儿,躺在阴影中,只能看到他的青铜大腿,像是图坦卡蒙[1]法老墓里不是特别有趣的某样东西。这就够了。陪我来的工程师看过后,肯定地确认这就是那尊雕像,他应该不会弄错。这尊雕像在斯坎德培广场上被推倒时,他还是个学生,曾经冲在欢天喜地的人群最前列。"我在上面尿过尿。"他洋洋自得地回忆道。没有比这更确凿无疑的了。

53

常态归来

一种常态就这样回到阿尔巴尼亚——尽管才一两年,但在捷克共和国,它已经回来很久了。我最初了解捷克时,它是捷克斯洛伐克的一部分,1938年,英国首相内维尔·张伯伦[2]要命地将其描述为一个遥远的国家,"我们对其人民一无所知",从那时开始,捷克就将其名字与特

---

1 图坦卡蒙(Tutankhamun),古埃及新王国时期第十八王朝的一位法老(约公元前1332—前1323年在位),其坟墓在3000年的时间内从未被盗,直到1922年被英国人霍华德·卡特发现,从中挖掘出大量珍宝。由于有些最早进入其坟墓的人意外死去,它因此被媒体大肆渲染成"法老的诅咒"。

2 亚瑟·内维尔·张伯伦(Arthur Neville Chamberlain,1869—1940),英国保守党政治家,1937—1940年任英国首相,由于在"二战"前夕对纳粹德国实行绥靖政策而备受谴责。

质印刻在全欧洲的意识中。20世纪50年代，我第一次去捷克，它是个卑躬屈膝的国家，似乎一切都散发出腊肠的味道。每块招贴板上都有不断向党表忠心的标语，每个街角店铺都挂有国家政府的单调标识。我所见到的外国人全都是被认可的同志——来买武器或车的阿富汗人或叙利亚人，与其意识形态一致的波兰、罗马尼亚、匈牙利和民主德国代表团，或者成群结队、穿肥大裤子、戴土褐色帽子的宽肩膀苏联人。

出于文学兴趣，当时我注意到布拉格卡普洛瓦街和瓦伦丁斯卡街交接处的一栋公寓楼。这是巴洛克和新艺术主义的混合，在一个角上有个洋葱形小圆顶，上上下下都装饰着象征性意象。它有阳台、窗口花坛和蕾丝窗帘。底楼有一家烟草店，街道尽头的河对面，能够看到捷克国王的古老要塞城堡区的尖顶与城垛。我也看到它在十字路口，被卷入欧洲历史进程的旋涡。我看到弗朗茨·约瑟夫、阿道夫·希特勒、约瑟夫·斯大林的军队列队经过它的大门。我狂喜地看到勇敢的学生喊着口号，挥舞旗帜。帝国特派专员、纳粹省长、党政委，个个官威十足地乘车经过。弗朗茨·卡夫卡书里那些面目模糊的官员费力地走向审问室，雅洛斯拉夫·哈谢克的好兵帅克一脸傻相，冲他们中的许多人嘲讽地微笑。

但多年以后，我回到布拉格卡普洛瓦街和瓦伦丁斯卡街交接处，去重新想象这一切，这一次，我在那栋公寓楼的高层阳台上，盆栽天竺葵的上面，看到了非常新的东西——圆盘式卫星电视天线，市场经济社会

民族、国家与嗜血的列强

的普遍标志。在我眼中，它像是大洪水开始消退时，鸽子衔回诺亚方舟的那片橄榄叶。

54

历史停摆了？

历史已经在捷克共和国终结了吗？在天鹅绒革命发生几年后，回到这个国家，我不时感到的确如此：在那以后发生的唯一重大事件是斯洛伐克自愿同捷克分裂，而这几乎未被大部分世人留意（然而，一个配得上好兵帅克的讽刺是：斯洛伐克上一次同捷克分裂[1]，是由希特勒暗中操纵的，并且触发了"二战"）。20世纪50年代，我觉得布拉格是东欧最压抑的首都，但它的命运是一场巨大而可怕的悲剧。40年过去，苏联解体留下它自己正在闷燃的肮脏堕落的表层，但这个地方公开的悲惨遭遇是我们全都熟悉的。上帝知道，斯大林体制下的布拉格已经够腐朽了，但那还只烂在体制方面，20世纪50年代，至少你不会被出租车司机欺骗，也不会被推推撞撞的扒手打劫。糟糕的旧年月里，秘密警察无所不在，每个官员都需

---

[1] 第一次世界大战后，奥匈帝国瓦解，1918年斯洛伐克和捷克一起组成捷克斯洛伐克，第二次世界大战期间的1938—1945年斯洛伐克获得"独立"（实际上是当时被纳粹德国控制的一个傀儡国）。

FIFTY YEARS OF EUROPE
AN ALBUM
JAN MORRIS

要贿赂，但至少街头没有坐满乞丐，垂着头，有时还绝望地闭上眼睛，他们代表了20世纪90年代的悲哀现状。1993年，我去饱受压迫的时代里曾经举行过英勇示威的老城广场参加一个政治集会，听一个讲演者痛骂德国人、吉卜赛人、妓女和非法移民，一群光头党和各色各样的游荡者为他呐喊助威，有人丢瓶子和烂菜根对他进行攻击，而骑警为他提供保护。布拉格已经加入了普通的世界，历史至少停了下来。1957年，某个知情者警告我，不仅我在皇宫酒店的房间被窃听，其实连我在餐厅的饭桌都有可能安装了窃听器。现在，这同一家酒店的卧室里提供美国有线电视，品类丰富的香皂、乳液、浴盐和浴帽，还有电话机旁棒极了的小便笺簿，我从走廊里女服务员的推车上取了一些点心。捷克记者卡雷尔·金科[1]流亡7年后，于1989年回到布拉格，他说这简直像是梦游。

55

三场音乐会

20世纪最后十年，布拉格成了欧洲一个热门的旅游目的地。之前它也试图发展旅游业，但当时单调乏味的宣传册和烂糟糟的节目单对其声

---

[1] 卡雷尔·金科（Karel Kyncl，1927—1997），捷克著名记者，在1968年布拉格之春中影响极大，后流亡伦敦。

名无济于事,所以没揽到多少外国游客。如今,成千上万的游客涌来,爱上它——爱上它的建筑、气氛、啤酒,也许还有它的大多数音乐。等我最终来到此地,我去观赏了三场音乐表演,它们以不同的方式深深地打动了我。

第一场是即兴爵士音乐会,表演地点是那个右翼演讲者煽动仇恨的老城广场。在整个东欧,爵士都扮演了重要的角色,在几场群众运动中几乎成了一种象征,我认为,在布拉格的心脏听到萨克斯风的尖啸与布鲁斯的哀诉,这是激动人心的。我像好兵帅克一样坐下来喝巴洛维卡(Borivicka)酒,在我周围,天鹅绒般的天空下,布拉格展露出巴洛克风格的辉煌天际线。四轮大马车的马站着大声咬马嚼子,穿长斗篷、戴褐色圆顶硬礼帽的马夫侍立一旁;表演者热情洋溢,不时有激动的小孩在父母鼓励下跑出来,往领队敞开的小号盒子里投硬币。

第二场给我带来的情绪没那么温和。一个冬日早晨,我来到城堡区的大门口,在共和国总统骄傲的旗帜下,正好赶上卫兵换岗。这场军容秀让我产生了矛盾的情绪。穿灰色大衣的士兵,佩戴美国军人一样的白肩带,但步伐却是俄式的。乐手出现在一楼敞开的窗户里,颇像欧洲随处可见的中世纪钟的小窗子里整点报时蹦出的神圣形象。乐手吹奏一系列美妙的号曲,像电影配乐一样故作感伤。我们头顶的旗帜在风中沉重地拍打。军人列队前行,然后转向行进。电影配乐般的号声持续。我能

FIFTY YEARS OF EUROPE
AN ALBUM
JAN MORRIS

够想象,倘若布拉格的历史重启,这一切会变得多么令人厌恶。

第三场是在残破而镀金的泰恩圣母教堂里举行,表演六部《万福马利亚》的音乐作品(舒伯特、塞扎尔·弗兰克[1]、凯鲁比尼[2]、圣–桑、威尔第、古诺[3])。教堂里冷极了,我们全都裹得严严实实坐在椅子上。国家歌剧院的克卢博瓦(Zdena Kloubová)站在我们身后的风琴台上独唱,我不时回头看她。站在那么高的地方,她显得小而勇敢,几乎有一种挑战的姿态。她穿着黑色皮马甲抵御寒冷,悦耳的歌声回荡在祭坛周围,我想,这声音会萦绕心头,让捷克人反复回忆起那些更有英雄气概的岁月:糟糕的时代,残酷的时代,但历史发生过的时代。

56

我最初碰到的波兰人

我最初碰到的波兰人是流散世界的波兰人。"二战"后许多年,我

---

[1] 塞扎尔·弗兰克(César Franck, 1822—1890),比利时裔法国作曲家、管风琴演奏家、音乐教育家。
[2] 路易吉·凯鲁比尼(Luigi Cherubini, 1760—1842),是一位出生于意大利、在法国度过其大部分创作生涯的作曲家,以创作歌剧和基督宗教圣乐著名。贝多芬认为凯鲁比尼是自己同辈当中最伟大的作曲家。
[3] 夏尔–弗朗索瓦·古诺(Charles-François Gounod, 1818—1893),法国作曲家,代表作是歌剧《浮士德》。

在世界各地碰到他们。在威尔士我自己的家附近，有1939年从波兰流亡的几百个军官及其妻子，生活在尼森式活动房屋和公共机构建筑的荒凉营地里。许多人在战争中曾经表现英勇，许多人在战前波兰是地主和专业人士，但在过去几十年，我看着他们在沙滩的灌木丛林地里、在高贵的无能为力中逐渐老去，最终只剩下几个老人沉思记忆，将旧时的荣耀故事讲给为本地报纸写特别报道的年轻记者听。1948年，我第一次移居阴沉、残破、不时停电的伦敦，我们家楼上的房间就租给一个波兰人，"二战"之初他是一个骑兵军官。他每次出门都极为讲究，戴圆顶硬礼帽，穿一身很旧的黑色西装，去一家旅馆做门卫。多年后，在埃及参观一个皇家空军战斗机中队时，我发现最老最勇敢的飞行员是一个参加过不列颠空战的波兰老兵。年轻人喊他"叔叔"。不论处境如何，我见到的所有这些人在流亡中仍然优雅而活力十足，其中一些可能曾是法西斯主义者，许多无疑是反犹主义者，但战争的冲刷让他们的心灵和肉体一样消瘦——其中没有一个胖子。

57

在祖国的波兰人

这些是我最先认识的波兰人。20世纪50年代我在波兰本土见到的

FIFTY YEARS OF EUROPE
AN ALBUM
JAN MORRIS

波兰人同他们差别真大！当时的波兰屈从于斯大林主义，被一种傀儡意识形态统治。起初我认为这个国家没劲透了，因为似乎看不到任何人希望去做出改变。几百年来，波兰如此频繁地被列强占领，让波兰人晕头转向、无所适从。有同事把我带去南部山区小镇扎科帕内附近的一个作家隐居地，在路上，我们被警察以种种借口拦下。我们的司机是一个魅力十足、机智过人的记者，和我年纪差不多，当警察敲车窗时，他连话都不讲，只是从内口袋里掏出驾驶证，里面夹上一张钞票，递出去。警察也不开口。没那个必要。他只是收下钞票，递回驾驶证，走开。我的朋友开车离去，也不对我说什么。他知道我在想什么，没什么可说的。

我想，要是这样一个活跃、聪明而快乐的人都对历史和体制如此麻木，我还能怎样指望普罗大众呢？在我们看来，他们彻底地幻灭了。到华沙的第一天，一个侍者提出要以合算的黑市价帮我换钱，我接受了。后来我把这事告诉波兰的熟人，他们说我犯了个愚蠢的错误。侍者很有可能是个**密探**——等到从波兰离境并出示收据时我就会发现。这可能是个圈套。惩罚是极重的，特别是对外国人——外国记者尤甚。另一方面，这也许只是一个穷光蛋想要捞点外快，就像南边那些警察一样。谁知道？我该怎么处理这事？谁在乎？忘了它吧，揣着最好的希望就行了。他们带我去卡拉辛斯基（Krasiński）广场，带我参观1944年起义中被英勇的起义者用来逃生的窨井，他们被纳粹赶出旧城后，带着伤员逃进下水道。但那不过是个窨井罢了，我们沉默地望着它，只能再次让人想起这个国家的无力。

然后，在一个非常寒冷而泥泞的日子，我站在克拉科夫大广场上听一曲号角演奏的《圣马利亚破晓》（Hejnał Mariacki）。不论白天黑夜，每个整点都有一个号手出现在圣马利亚教堂的高窗前，朝东、西、南、北，吹一曲舒缓、悲哀的号角，那是最悲哀的警报，根据传统（13世纪的一个号手还没吹完警报就被蒙古人一箭射死），总是在一个乐句的中间戛然而止。这是一支萦绕心胸、难以忘怀的波洛奈兹舞曲，是喉咙里真正的哽咽，我觉得，在这个宽广、漂亮却破旧得叫人绝望的广场上，听到这样的乐曲，真是件可怕的事。克拉科夫是"二战"时波兰德占区的首府。这一地区被叫作波兰总督府，克拉科夫的一切都被强行德国化——这个广场当然被改叫阿道夫-希特勒广场，德国人觉得他们的统治将稳固长久，连贝德克尔旅游指南系列在1943年都专门为此地区出了一本导游手册。沿着路往前走，就到奥斯威辛。现在德国人已经走了，但苏联人又来了，同样作威作福，同样傲慢自大，并且显然无法驱除。战争中克拉科夫未遭严重毁损，但那一天，始终有一种瘴气般的绝望感将其笼罩。周围几乎没人，号角飘荡在一座哑然的城市上空——这哑然既因为雪，也因为历史——当乐曲戛然而止，随之而来的沉寂在我

FIFTY YEARS OF EUROPE
AN ALBUM
JAN MORRIS

听来简直是必然的。

58

闪烁摇曳的风格

我想,这种无力的宿命论肯定一劳永逸地弱化了让那些流散的波兰人如此桀骜不驯的活力与乐观。但我错了,特别是在波兰首都,我有时也嗅到了它。华沙肯定是那个时代所能想象得到的最悲哀的地方。苏联人捐建给这个不幸邻居的文化宫以巨大的阴影笼罩华沙,是它反复屈从列强的一个无可逃避的象征。毕苏斯基[1]广场改名斯大林广场。城里大部分建筑破败得不成样子,许多地方还是废墟。然而,仍有古老的精神在闪光。他们重建了老城广场——被德国人完全摧毁的一个巴洛克式的建筑群,完全按照原样,每一栋房子都一丝不苟地精确复原,如此勤勉地向往昔致敬,这是波兰体制保留的一丝体面。我记得一天早上,一队快乐的学童,吧唧吧唧穿过雪地,高颧骨的面庞从皮毛兜帽里朝外窥视,如同灌木丛里的狐狸幼崽。尽管物资紧缺、生活困苦、风气拘谨,仍有

---

[1] 约瑟夫·克莱门斯·毕苏斯基(Józef Klemens Piłsudski, 1867—1935)波兰政治家,曾任波兰第二共和国国家元首(1918—1922年在任)、"第一元帅"(1920年起),后成为军事独裁者,被认为是让波兰在亡国123年后于1918年重返独立的功臣。

一些漂亮女人想尽办法把自己打扮得优雅动人、韵味十足。尽管波兰人平常垂头丧气，但在特殊场合，他们仍然开心而好奇。波兰醉汉仍然放荡可喜。波兰幽默仍然粗鲁不敬。我曾在流亡者身上看到的令人沉痛而有教养的波兰范儿，在他们故国的悲惨境遇中依然闪烁摇曳。作家尼尔·阿彻森[1]在《黑海》（1995）一书中写道，150年来，"每一代波兰年轻人必不可少的经历"就是在冷屋子里喝热饮料，争论他们想要怎样的波兰，吟唱和倾听诗歌。我想，他们已经适应了。

59

奇谈

20世纪70年代，我把一张唱片从波兰带回家。那是当时流行的一个波兰年轻男高音歌手用英语唱的《横扫世界之歌》。那时它多么打动我，并且，如今仍然打动我！这些充满渴望的感伤曲调，来自那个冰封雪冻、悒悒不乐的国度，可以说是向其他地方更幸运的我们伸出的求援之手。歌手的英语并不完美，他小心翼翼地唱出那些如今已被我忘却不少的歌词，带有轻微爵士味、节拍精确的管弦乐像是来自20世纪30年代的电台节目。这年轻人能够驾驭感伤的曲调——"做我的哀人，银

---

[1] 尼尔·阿彻森（Neal Ascherson, 1932— ），苏格兰记者、作家。

为么有别人能结苏这奇谈！"[1]——他的嗓音无畏地上升，始终如一地抵达终曲的主音，向我这遥远的起居室注入波兰人的全部宏大的悲悯与激情。

60

不是肖邦

1996年冬天我回到波兰，其时苏联早已解体。我惊讶地发现我的情感体验和上次差不了太多。我觉得经历过东欧剧变的国家里，波兰变化最少。街上有足够多的明亮簇新的商店、时髦的旅馆、大量的汽车、活跃时尚的年轻人，全都是资本主义的标准配置。但这里仍然能呼吸到一种异常强烈的尖锐辛辣的精神，仔细想来是肖邦的精神，曾经被舒曼描述为"花丛中的大炮"的那种气质。那个鞑靼风格的文化宫，如今虽然被一个极不可靠的自由市场的货摊和货车包围，却依然散发出支配性的气势。旧意识形态指导的长方形廉价公寓仍然在阴沉地向郊区行进，甚至重修的著名的老城广场在我看来也是一个确凿无疑的仿冒品，并且有点劣质，它的门不像原物那么贴合，若是交给迪士尼的木匠也许能做得更好（这想法让我感到一阵剧痛）。

---

1 原文为发音不准的英文，意为："做我的爱人，因为没有别人能结束这奇谈！"

另一方面，当我回到卡拉辛斯基广场附近那个窨井，我发现墙上贴了一块铭牌，街对面修了一座巨大的纪念碑，献给1944年起义的英雄，他们狂怒地带着枪从藏身地冲出来，最终消失在迷宫里，永远的虽败犹荣。共产党人对这次起义的记忆颇为暧昧，因为苏联红军的坦克已经到了河对岸的普拉加郊区，但却拒绝渡河支援波兰人。现在这个可怕的故事再次流传开来，被认为是波兰历史上最重要的事件之一。这当然是一场英勇的失败，但波兰的大多数战斗都是英勇的失败，波兰的光荣总是染着悲哀的色彩。

克拉科夫的号手仍在忠诚地吹奏《圣马利亚破晓》，尽管那个大广场不再空荡荡，尽管这个可爱的城市再次奇妙地苏醒——充满学生、游客、外国企业家——即便如此，我发现那悠长而缓慢的号声依然悲哀。共产主义者在城郊修了一座巨大的钢铁厂，我在克拉科夫的几天，有时城市会被像老伦敦浓雾一样的雾霾笼罩，教堂的尖顶消失在黑沉沉的蒸汽中，高窗前那个号手的身影也看不到了。不过，一个晴朗的早晨，太阳升起，阴影中铜号闪闪发光。一群学童朝上面热情挥手，号角突然中止时，我勉强辨认出号手在挥手作答——像是我在爱尔兰的碉堡里见到的那只手（参见第2章第13节《幽灵出没的边境》）。

于是，波兰仍然打动我，华沙尤甚。它始终是欧洲首都中最**不肤浅的**，也最不适合一切浮华与时髦，它是花丛中的大炮，还在阴沉地闪

FIFTY YEARS OF EUROPE
AN ALBUM
JAN MORRIS

耀，带着关于残酷、爱、勇气、希望、绝望与牺牲的记忆。"好车"，我对开新沃尔沃送我去机场的人说。他耸耸肩，把冷漠的微笑投向我。我知道他的意思。"哦，不好，"我寻思着加了一句，"我认为它不是肖邦。"他也知道我的意思。

61

一个特殊的国家

比利时竟然成了欧盟（我这代人试图让这片大陆成为一个整体）的行政中心，这真奇怪！它肯定不是一个列强。它显然不是一个民族，因为它的国民分成佛兰芒人和瓦隆人两个族群，都有各自的语言、历史、领土和忠诚对象。[1] 从19世纪30年代开始，它才成为一个国家，甚至当它在非洲建立殖民帝国时，刚果也不过是比利时国王的私人封地。在我看来，它如今仍然是一种特殊的政治实体。布鲁塞尔的比利时王宫，是从世上曾有过的一切王宫浓缩出的精华。一天，我往那儿去，刚走到就

---

[1] 佛兰芒人（Fleming）居住在同荷兰接壤的比利时北部佛兰德地区，讲佛兰芒语（类似荷兰语，属印欧语系日耳曼语族）。瓦隆人（Walloon）居住在同法国接壤的比利时南部瓦隆区，讲瓦隆语（一种从未独立形成文字的法语方言，属印欧语系罗曼语族）。位于中部的首都布鲁塞尔是双语区，近年来比利时的语言争端不断升级，严重影响到国家的政治和社会生活。

看见一个全权代表坐着黑色大轿车从王宫大门内出来，想必是刚同比利时国王（当时这位是继承国王头衔的第六位君主）进行过外交会面。一小队闲混的骑兵在外面的仪式广场上等他。军官披着浪漫的白色斗篷。属下的骑兵们略微歪戴熊皮高帽，像是音乐戏剧或化装舞会上的造型，其中有些面带怀疑神色的老兵，并且至少有一个面颊绯红的女人。他们跟随大使的凯迪拉克踢踏前行，一辆市政扫路车轰隆作响，绕着骑兵集合之处，清扫马粪。这辆车的司机告诉我，他整日干这活儿。他说，布鲁塞尔有那么多大使馆、代表团和国际机构，所以宫廷骑兵总是在这儿——当然，就在司机说话的当儿，挥舞长矛的骑手们消失在街角，随后，又滑稽地跟着另一队豪华轿车的行列回来了。

62

失去的只是红利[1]

欧洲关于比利时人的刻薄笑话很多，就像美国人对波兰人、英格兰人对爱尔兰和威尔士人一样。我很讨厌这种激怒对方的做法，但我必须说，即便这个王国的心脏，常被吹捧为"世界上最美广场"的布鲁塞尔大广场，也总让我感到自命不凡、不甚满意。广场并无魅力，除了在

---

1 这是对《共产党宣言》中的名言"无产者在这个革命中失去的只是锁链"的戏拟。

FIFTY YEARS OF EUROPE
AN ALBUM
JAN MORRIS

花市花团锦簇时，或者在被用作圣诞溜冰场时。它的中心装饰是那阴郁的哥特式市政厅，周围环绕着山形墙式样的华丽宅邸，属于旧时行会所有。这些宅子覆盖着镀金、花饰，有代表谷粒、前景、丰饶、农业、屠宰（属于屠夫行会）、海神（为河运船夫而建）、箭囊（属于弓箭行会）、圣尼古拉斯（St. Nicholas，缝纫用品商的守护神）、奥贝特主教（Bishop Aubert，面包师的守护神）、圣巴布（St. Barbe，裁缝的守护神）的雕像与象征，还有风标与 S 形窗户，绒球和小玩具，首字母和精细的镀金日期。在我看来，什么也不能让它们显得优雅。这些房子厚重结实，主人是市议员、有钱人、贵族，唯一讽刺的是其中最雄伟的一座，9 号大宅，是 1847 年马克思与恩格斯合作起草《共产党宣言》的地方——"全世界无产者，联合起来！"今天，大广场和汇聚于此的道路主要被贡献给比利时的杰出活动——吃。马克思和恩格斯住过的那栋房子成了在《米其林指南》上得到四个红色叉匙的天鹅之家酒店（La Maison du Cygne）。

63

街垒在哪里？

同比利时相比，尼德兰（世人错误地坚持称它为荷兰）显得非常真实。该国 96% 的人口是荷兰人，这让它有了明确无疑的民族归属；它强有力的国家地位无可争议；它曾经是一个帝国列强。今天它仍然是一个经济强国。荷兰公司环球运营：许多国家的商店、巴士公司、出版社和航运线路由荷兰人拥有；成打计的日本和美国公司倾向于将其欧洲活动中心放在尼德兰，这个国家里，一切运作良好，人民可信可靠，充分理解金钱的意义（我曾经在代夫特郊区看到一栋楼，起名叫"时间就是金钱"……）。在我们这个时代，尼德兰给人的普遍印象就算不是过分的忍耐力，也是格外的进取，是一个万事运行良好的国家。20世纪60年代，作为另类文化的毫无争议的首都，去阿姆斯特丹旅行是属于欧洲的一种刺激与震撼。当时，整个世界以不同方式被它的诱惑力迷住或者吓着，几乎任何一个迷恋无政府主义的人都会去这个有着醇厚的色彩、温雅的建筑立面、稳健实际的商人的国家进行自相矛盾的朝圣。

　　30年后回到阿姆斯特丹，会让人感到奇怪。这不像是东欧剧变后重返布拉格，但它仍然带来一种文化冲击。这不是我们熟知和热爱的那个阿姆斯特丹！它的震撼去哪儿了？那些街垒呢？再难见到毒贩子或擅自占地者，难见到抗议的队列，也不见碎酒瓶，没有催泪瓦斯，没有激进的自由主义主张，也没了无法管束的青年。三节电车平稳滑过。玻璃罩的旅游汽艇在水路上四处滑行。数十万辆自行车来来去去。交通井然有序。喧闹并不过量。亲爱的上帝，这个城市和我们年轻时看到的那个太不一样了！

FIFTY YEARS OF EUROPE
AN ALBUM
JAN MORRIS

当然，另类阿姆斯特丹的声音仍在回荡。这里有一座性博物馆。你可以参加"烟船巡游"（Smoke Boat Cruise），在水道上漂流；也可以在咖啡馆里试尝各种大麻。在老教堂（Oude Kerk）旁的红灯区，妓女仍在橱窗后面穿着粉色的丝质睡衣卖弄风骚，天黑之后街角有许多人，我估计是皮条客、毒贩子或者不正常的家伙。但是，那又怎样？如今这些情景欧洲到处都能见到，就连在阿尔巴尼亚，色情片也正流行！世纪末的阿姆斯特丹，没有多少东西会吓到你的老祖母，更何况老祖母也不是过去的老祖母了。

64

现代性的本质

另外，尼德兰是一个特别现代化的国家。它那20世纪60年代风格的放纵主义在当时非常时髦，但几十年后，已经有点过气了。30年来，作为一个整体的欧洲，尽管一直在发生令人惊异的变化，但不得不承认是变得比以前越来越**平凡**了。这是现代性的本质，而荷兰人正首当其冲。作为一个旧日辉煌过的航海民族，荷兰人一直有世界主义的情感，如今轻易地接受欧洲逐渐同质化。荷兰港口鹿特丹真的和德国港口没啥两样。午餐时刻，阿姆斯特丹的办公楼里涌出来自诸多国家的年轻而面目模糊的食利者。在这里没必要说荷兰语：我曾经看到一个人骑自行车，后座带着幼小的女儿，从我身旁经过时我毫不惊讶地（那婴儿也不）听到他对着手机说全欧洲通用的英语。另一天，我碰到一个特别典型的荷兰人，我特意和他搭话，希望能展开一场典型的荷兰谈话。他高个子，留着军人式的小胡子，深蓝色眼珠，有城市中产阶级标准的大肚子，但他不谈伦勃朗、郁金香、防波堤、贝娅特丽克丝[1]女王、新一季的鲱鱼、海军上将勒伊特[2]或者阿姆斯特丹音乐厅（Concertgebouw）当晚上演的曲目。不，他谈的是失业率、亚洲移民太多、如何减肥，还有他早年想当一名职业足球队员。他是尼德兰的市民，但我在西欧到处碰到这样的人，说着差不多的话题。

65

他们签约之地

马斯特里赫特（Maastricht，重音落在"tricht"上面，而不是

---

1 贝娅特丽克丝·威廉明娜·阿姆加德（Beatrix Wilhelmina Armgard，1938— ），1980 年起任荷兰女王（为荷兰王国所含 4 个构成国的国家元首），2013 年退位。
2 米歇尔·阿德里安松·德·勒伊特（Michiel Adriaanszoon de Ruyter，1607—1676）荷兰海军上将，1665 年成为荷兰海军总司令，在 3 次英荷战争和法荷战争中，他指挥荷兰舰队多次击垮英国舰队和法国舰队，1667 年杀入泰晤士河，直接威胁伦敦。

FIFTY YEARS OF EUROPE
AN ALBUM
JAN MORRIS

"Maas"上面），一个典型的荷兰城市，1991年，一个确立了欧盟崭新架构的、开创性的欧洲条约以它的名字命名，当时这一选择是唯一恰当的。这座城市位于尼德兰、比利时、德国、卢森堡、法国非常紧密的交接之处，很容易搞混。偶尔可见附近的路标上将亚琛（Aachen）拼写为"Aken"。"Luik"和"Luttich"其实都是列日[1]。马斯特里赫特名字里的"Maas"其实就是我们熟悉的默兹河（Meuse）。布鲁塞尔、多特蒙德、科布伦茨、里尔、埃因霍温都在附近，来自基督教世界各个角落的成千上万辆卡车川流不息地从它们中间轰隆隆驶过。在马斯特里赫特醒来的第一个早晨，我从卧室窗户望出去，透过薄雾看到这样的情景：一对早来（没准是待得太晚）的情侣在河边拥抱，几辆自行车吱扭吱扭行驶在鹅卵石路面，一条长长的黑色驳船顺流驶向鹿特丹，上面载有煤炭，舵手室后面高处停着一辆汽车，灯光通明的舱室里一个系花围裙的女人拿着咖啡壶忙忙碌碌。

　　简而言之，一切都是典型的。像是电影里的欧洲：鹅卵石，情侣，自行车，雾，大河，驳船，拿咖啡壶的女人，塔楼，老城的尖顶和城垛。起床后我发现码头后面也是一样，欧洲风物无所不在。我住的旅馆

---

[1] 列日（法语：Liège，荷兰语：Luik，德语：Lüttich，瓦隆语：Lîidje）位于比利时东部默兹河与乌尔特河交汇处、邻近比利时与荷兰的边境，是该国重要城市之一，也是列日省省会。

民族、国家与嗜血的列强

充分展现了荷兰的魅力与效率，后来发现是英国人开的，旅馆后面是低地国家的精美街道，装饰着古旧的行会招牌，在街上小走片刻，我看到"村舍"咖啡馆、"微妙"服装店，一个名叫"第一街景"（Prima Vista）的地方，一片遍布着"法西斯主义无所不在，反法西斯主义要时时抓"口号的涂鸦，一辆汽车打出挑逗人的广告"公平竞赛完美娱乐"。我往圣母会堂里看，以为会见到一场沉静的北方天主教仪式，结果只看到圣母像前点燃上千根蜡烛，闪烁着如此虔诚的耀眼光芒，让我以为到了西西里。可我不是啊——我是在尼德兰，在欧盟之城！

66

平台上

斯洛伐克首都布拉迪斯拉发（以前叫普雷斯堡，又叫波若尼）还在昔日的长期创伤中渐渐康复。1995年的一天，在议会大厦的平台上，一个胖乎乎且颇年轻的政府部长在阳光下主持了一场小型午餐会。多瑙河在下面流淌，城堡矗立在后面，平台阳伞上印着可口可乐广告。部长的主要嘉宾是一个扎马尾辫的类似于访问艺术家的人（也许是个斯洛伐克摇滚歌星），还有一个少年才俊模样的企业家（手机令他的这种形象更为完美），两位客人各有一位穿迷你裙、浓妆艳抹到无法区分彼此的苗条女子作陪。一些殷勤的官员坐在下首。嗨，让我们看看这场宴会！少年得志者的手机响了一两次，他急忙离席接听，其他时候部长亲切地完全控制着局面。他是典型的后共产主义时代的民主政客——神采飞扬，广受欢迎，轻松从容。不时有两人一组穿衬衫的安保人员从门里往外望，确定一切正常，他会和他们开几句玩笑——当代政客都会这一套。他慷慨和蔼，有很多故事。官员们对他的俏皮话笑得多开心！两个女人说话很少，但比任何人都笑得多。明星嘉宾们试图表现得慵懒又恭敬。我坐在平台对面，就着斯洛伐克葡萄酒吃蘑菇和土豆，部长大人曾有一次半开玩笑地冲我举起酒杯。

67

两位奥地利公主

1946年我第一次去奥地利，坐火车穿过勃伦纳山口，当时我所属的团驻扎在意大利的波河河谷。维也纳被四支军队占领：美国、英国、法国和苏联（"一条独木舟里四头大象"，奥地利国家元首卡尔·伦纳[1]如此评论）。这个地方很适合休几天假。碰巧一位同事有德国血统，在维

---

1 卡尔·伦纳（Karl Renner，1870—1950），奥地利社会民主党政治家、总理（1918—1920、1945年在位）和总统（1945—1950年在位），被称为奥地利国父。

也纳有两个姨妈,据说是两位饶有胆识的奥地利老公主。我从未见到这两位颇为神秘的女人,但她们允许我们使用市中心一个舒适的公寓。

尽管国家歌剧院被毁,大教堂屋顶坍塌,但维也纳在战争中并未遭遇灾难性的毁灭,整个城市有着暧昧到古怪的气氛。战胜国们在1943年决定将奥地利视为纳粹德国的受害者,而非其盟友。对给纳粹事业贡献了好些个最狂热支持者的奥地利来说,这是一个幸运的决定,但在我看来不怎么有说服力。当时维也纳的一个头面人物枢机主教西奥多·因尼策尔(Theodor Innitzer)不仅在1945年为德国投降举行过一场感恩弥撒,还在1938年德国吞并奥地利时热情欢迎过希特勒到维也纳。我成长于那个时代,至今对奥地利和奥地利人有着矛盾的感情。

1946年,这座都城最著名的旅馆之一萨赫(Sacher)酒店被征用为英国军官俱乐部,正是在那儿,我对这个国家的势利与做作初次产生了厌恶。酒店大厅里,常有一位戴阔边花式女帽以及佩戴大量珍珠的贵妇人向我们问候,我一直把她当作萨赫夫人,49年后才发现萨赫夫人战前就死了。在任何方面,这位女士都气派得吓人,到现在还是我记忆中奥地利最首要的形象;因为,尽管她总是热情有礼,但你免不了会挑剔地觉得,她会对一位有头衔的(打个比方)冷溪近卫团[1]上校或者一个有真

---

[1] 冷溪近卫团(Coldstream Guards),隶属英国陆军近卫师和王室近卫师,是英国正规军中历史最为悠久的团,1650年由蒙克·乔治创建于苏格兰边界的冷溪。

正贵族身份的纳粹国防军军官更谦恭。这一点正像那两位老公主（据说她们有时会从浴室钥匙孔里偷窥不列颠小伙子洗澡），听说我们不仅是由她们亲爱的奥托引荐，而且还是来自一个值得尊敬的装甲骑兵团，无疑这才完全放下心来。

对于奥地利人参与纳粹迫害犹太人（99.75%的投票赞成剥夺犹太人公民权）和未能抵抗德国吞并的历史，直到1993年，才有奥地利总统托马斯·克莱斯蒂尔[1]表示"可悲"。

68

死得像个裁缝

老一代奥地利人的诏媚是我最讨厌的。它无疑源自哈布斯堡王朝时代，这些皇帝郑重其事地自号帝王、君主、使徒陛下，并领受各个阶层的阿谀奉承。有时在我看来，奥地利人几乎每个姿态都是对等级制度的致敬；在上了点年纪的人们中间，几乎每一场谈话最后都会通往等级和地位的话题。1889年，鲁道夫王储和17岁的情妇、女男爵玛丽·维兹拉（Maria Vetsera）自杀殉情，直到今天，这个悲剧故事还被奥地利

---

[1] 托马斯·克莱斯蒂尔（Thomas Klestil, 1932—2004），1992年起任奥地利总统，1998年继续连任，在还剩两天任满时因病去世。

人反复提起，其中包含的势利、浪漫、怀旧、伤感和几分廉价正适合维也纳。弗朗茨·约瑟夫皇帝听说他唯一的儿子的死讯后，说他"死得像个裁缝"，并下令将小女男爵埋葬在一个远离王储的偏僻的乡村葡萄园。我参观过她的墓地，正好听到一位有点年纪的维也纳女士向美国客人讲解，"不管怎么说，"她的语气没有丝毫讽刺，"她只是一个资产阶级的女儿……"

请注意，这种谄媚在许多方面产生了效力。它促使奥地利成为一种全国性的大家庭——皇帝通常被称作"人民之父"，等级制度下的爱意味着，奥地利人会讨好这个家庭里的上级，但同时也会怜爱其下级。E. M. 福斯特[1]将"唯有沟通"作为生命的主题，要是让奥地利人来总结，他们会说"唯有从属"。一天早上，我走在维也纳的科马克大街（Kohlmarkt）上，见一个本地著名的怪人阔步走在霍夫堡皇宫马车拱门下。他瘦得惊人，简直像个鬼影子。一身白衣，像是套在古罗马长袍里，额头上戴着一个王室桂冠，手持一根旗帜飘飘的长棍。他边走边高喊口号，拖鞋啪嗒作响，走出巨大的拱门，来到阳光中。没人表示惊讶。一个警察同他打趣，一个骑自行车的年轻人放慢速度，亲切地拍拍他肩膀。他是他们中的一员，在这个社会里有他的位置。

---

1 E. M. 福斯特（Edward Morgan Forster，1879—1970），英国著名小说家、散文家，主要的小说有《霍华兹庄园》（1910）和《印度之旅》（1924）。

FIFTY YEARS OF EUROPE
AN ALBUM
JAN MORRIS

怪人是怪人，警察是警察，而教授，绝对是教授。1977年，维也纳人为西格蒙德·弗洛伊德竖起一座纪念碑，碑文如下："在这里，1895年7月24日，梦向西格蒙德·弗洛伊德博士坦露了它的秘密。"向一个犹太人坦露，但你会注意到，至少是向一位博士坦露嘛。

69

《蓝色多瑙河》

在维也纳的一场舞会上，勃拉姆斯在一位女士的扇子上亲笔签名，写下几小节《蓝色多瑙河》，后面跟着一句："唉，不是约翰内斯·勃拉姆斯所作。"我没法相信勃拉姆斯真的希望自己能写出那首无聊的华尔兹舞曲，但它确实包含与维也纳特性有关的某种东西，打动了几乎所有人。奥地利人是最顽固不化的欧洲人，但你的脚仍然会随着他们的曲调轻快地拍打，即使对我来说，也很少有什么情景的愉快惬意比得上一个初夏的阳光灿烂的日子，在维也纳人行道咖啡馆里修改打字稿。

有时，在这样的早晨，我仍然看到萨赫酒店那位女士（可以说是打个比方）。她穿着褐色斜纹软呢套装，没戴帽，但戴着珍珠。如果我冲她微笑，她的第一反应是冰冷地瞪视，似乎是提醒我没人给我引见，但是，如果我同她搭上话，她会散发出绚丽的魅力。与奥地利人荒唐的社会等级意识无法分割的是他们著名的"gemütlichkeit"[1]，一种有秩序的舒适感，尽管它有时足以让一个威尔士无政府主义者寒毛直竖，但在其他场合则极为讨喜。在咖啡馆，邻座的人冲我微笑或者挥手打招呼、祝我写作顺利时，我欢迎这种"gemütlichkeit"。奥地利人有能耐把最庄严的艺术（尤其音乐）表达降格到家居琐话的层次，我忍不住会被这种本领打动——比如，上年纪的音乐会常客的脸上经常流露出一种"老爹会更有技巧地演奏这段慢板"的确信。在维也纳市中心墓地，贝多芬的墓前，我甚至发现自己潜移默化地变成一个奥地利人：因为墓石上雕刻的镀金里拉琴，它的旧式德语的雕刻字，它总体上那种机械呆板的或者说类似于彼得斯音乐出版社作品那样的风格，只能让我想起钢琴练习课。

70

吻

有一次，租来一辆车在维也纳穿行，我放慢速度，不确定地寻找路径。后面的车立刻极为粗暴地按响喇叭。我冲那个司机做了个粗鲁的

---

[1] 德语，意为"平易近人，随和"。

反V手势[1]，要不是我新近了解到它只是一个由威尔士弓箭手创造出来向敌人炫耀拉弓弦的两个手指完好无损的手势，我还真是从未想过会用到它。这辆车赶上我时，里面两个人都急切地朝我这边望来。司机是个粗壮汉子，衣服紧扣、戴角质眼镜，带着被冒犯的惊讶，冲我摇摇下巴。他的妻子给了我一个飞吻。

71

关于旗帜的插曲

在断断续续穿越欧洲的行旅中，且让我们稍息片刻，思考整个欧陆共有但同时又表现出无限多样性的几件事。首先是旗帜。所有国家和列强，以及一些民族，都有各自的旗帜。政治激进派总是讨厌它们——"粪堆上插着的烂布"——但它们仍然是大多数欧洲人的情感标志。尽管欧洲人对旗帜不像老派的美国人对待星条旗一样报以迷信的尊崇（根据美国法律，星条旗不能接触地面、地板或水面，绝不能横放，除非是用来盖在棺材上），但欧洲各国的旗帜都充满意义。有些起源最为古老的展现了基督教

---

[1] 反V手势源于英法百年战争之阿金库尔战役，法国人扬言将砍掉英国弓箭手的中指和食指。英军战胜后，弓手伸直中指和食指，掌心向内，向法国俘虏示威，意思是：我们的手指头是完整的。

十字架的各种形式——证明了这片大陆起初的统一，抑或，宣示了民众在与伊斯兰教的战争中激发出来的狂热。丹麦人最先采用这种形式：据说13世纪一场与爱沙尼亚人的战争中，一面有白色十字架的红色旗帜神奇地从天而降，让处于劣势的丹麦人重整旗鼓，避免了失败。今天，英国、瑞士、希腊和所有斯堪的纳维亚国家的国旗都采用了某个版本的十字架。

其他欧洲国旗大多是三色的，彼此之间的区别仅仅在于颜色、色彩的排布或条纹的走向。这要归咎于法国人。荷兰人最先采用三色条纹的旗帜，在反抗西班牙帝国、争取独立的漫长斗争中，它逐渐成为全欧洲自由主义原则的象征。但在法国大革命后，法国人采用自己的方案，将条纹从水平改成垂直，并让世人接受三种颜色分别代表自由、平等、博爱的观念。从那以后，到今天，这个图样（19世纪政治正确的图样）被至少17个欧洲国家毫无想象力地复制（有些加上了小小的装饰）。能将这些旗帜与国家一一对应的旗帜学家确实造诣非凡。

在君权时代，会有一些国旗（数量较少，但更有趣）是双头鹰、金冠和交叉权杖的华丽图样。列支敦士登小王朝的旗帜上仍然有一顶王冠，梵蒂冈的则有教皇法冠。阿尔巴尼亚飘扬着斯坎德培的黑色双头鹰旗。波黑国旗是白底上一面蓝色盾牌纹章[1]。苏格兰的旗帜是黄底上一个立狮纹章，威尔士的旗帜最惹眼，上白下绿的背景上有一头红龙，据说

---

1 仅用于1992—1998年之间。

FIFTY YEARS OF EUROPE
AN ALBUM
JAN MORRIS

直接承袭了罗马帝国旗帜的紫色狮身鹰首兽。许多其他国旗的颜色都继承于已经消亡的王子、大公或边疆伯爵的封地的颜色，但从图样上看，只有很小部分仍然与众不同。斯堪的纳维亚各国国旗颇为正统，但通过裁成燕尾变得活泼。瑞士国旗简洁庄重，在一片纯粹的红色背景中央印着一个白色十字架（颜色正好同最著名的瑞士机构"国际红十字会"的旗帜颠倒过来）。希腊裔塞浦路斯人的国旗上印着该岛地图——整个岛！英国人把他们自己的圣乔治十字架同苏格兰的圣安德鲁十字架、爱尔兰的圣帕特里克十字架结合在一起，以此永远象征着（或者只是希望）三者的统一，并将其称为联合王国国旗（旗帜中心一度有把竖琴，代表的不是威尔士，而是对爱尔兰的强调）。布列塔尼人优雅的黑白旗帜（Gwenn ha Du）据说代表了该地区的语言分歧：黑色代表法语，白色代表布列塔尼语。

　　布鲁塞尔、斯特拉斯堡和卢森堡的欧盟机构外面，许多这样的旗帜猎猎飘展，此外还有一些最新的、样子还过得去的旗帜：多少有点试验性的欧洲联盟的深蓝色旗帜。上面有12颗金星，排成一个圈。欧盟的成员国增加或减少（我写这篇文章时，有15个），这个设计都不做改变：不是为了方便旗帜制造商，而是因为理事会早就决定，12颗星组成的圈是"完美与完整"的精确象征。

72

关于颂歌的插曲

所有欧洲国家,包括一些民族,都有自己的颂歌。我与一切爱国者同声同气,许多国歌在正确的场合恰当地演奏,会深深地打动我。法兰西共和国卫队乐团骑着马,羽饰摇动,橐橐地行进于香榭丽舍大街,此刻演奏《马赛曲》,它的召唤谁能抵挡?拿破仑就说过,《马赛曲》是共和国最伟大的将军!就连英国那沉闷的老调子《天佑女王》(God Save the Queen),若是足够庄严地演奏,或者按照埃尔加[1]壮丽辉煌的编曲奏出,也能让我激动。

实际上,从历史角度看,《天佑吾王》(God Save the King)是所有国歌中最卓越的。尽管我们难以确定它的词曲作者,但可以肯定的是,自打18世纪40年代以来,它就大概以今天这种形式存在了,据说它是世界上最著名的曲调。首先,它是第一首国歌,到1825年才获得今天的标题,当时大多数现代欧洲国家还不存在。它也是被用得最广泛的国歌。贝多芬用它写了一套变奏曲,"向英国人表明《天佑吾王》里包含

---

[1] 爱德华·埃尔加(Edward Elgar,1857—1934),英国作曲家,1904年被封为爵士,1924年获"英王音乐大师"称号,他的军队进行曲《威仪堂堂》第一首,多年来一直是新闻片中英国王室镜头的必不可少的配乐。

FIFTY YEARS OF EUROPE
AN ALBUM
JAN MORRIS

了怎样的神恩"。其他20个国家在不同时间选用这首曲调作为他们自己的爱国歌曲。在德国，它变成《向戴胜利冠冕的你欢呼》的曲调，这首歌曾被用作德国国歌，直到1922年（尽管在爱炫耀、好奢侈的威廉二世时代，有人建议将开头的歌词改为"向专列里的你欢呼"）。

半个世纪前，不论英国人在哪儿，奏响《天佑吾王》时气氛就会变得庄重，国王的臣民大多站得笔挺，即使在电影结束时也是如此，一直要等到最后一个音符落下。据说，无论何时，只要这曲调一响，音乐会常客的身体就会随之上下摆动，这一场景频繁出现在韦伯的《欢庆序曲》(Jubilee Overture) 响起时。这么多年来，人们对这国歌越来越不耐烦，于是电影院经理开始只播放它的第一句。接着，电影院发现顾客越来越忽视它，一听到它响起就戴帽子穿外套溜走，到最后就干脆完全不放《天佑女王》了。在BBC每天节目的最后，仍然会郑重其事地放国歌，我敢说，还会有一小群忠诚的臣民站立凝神，大拇指按着裤缝，直到最后一个音符落下才上床。

其他国家，其他风格……"一战"后成立的南斯拉夫王国，最初的国歌将塞尔维亚、克罗地亚和波斯尼亚各民族的颂歌精妙地穿插起来。"二战"后铁托掌权，国歌抄袭了波兰国歌的曲调，第一句歌词是："嗨，斯拉夫人！"科西嘉爱国者的国歌是一首17世纪献给圣母马利亚的颂歌，歌词早就被稍微改动，从奉献式的"赐予我们胜利，击败**你们**

的敌人"改成了煽动性的"赐予我们胜利，击败**我们的敌人**"。威尔士的民族颂歌很独特，是献给幸存的民族语言的，"噢，让这古老的语言永存"！

最美也最有影响力的国歌是海顿写于1797年的辉煌曲调《皇帝颂歌》，它是哈布斯堡帝国的第一首国歌，最终翻译成十个官方译本，在帝国各地传唱。它被有意识地用来与《天佑吾王》匹敌，并对法国大革命那鼓舞人心的势头做出回应。海顿的曲调源自一首古老的克罗地亚民谣，他小时候在下奥地利州的克罗地亚社区里听到这歌就爱上了它。他还把它用在《皇帝四重奏》里作为变奏，直到晚年都经常在钢琴上弹奏它——据说，他生前弹奏的最后一曲就是它。1922年，德国魏玛共和国[1]选它作国歌，但不幸的是，配上了自相矛盾的歌词"德意志高于一切"：这是霍夫曼·冯·法勒斯莱本[2]在1841年写下的一首诗，呼吁从马斯河（Maas）到梅梅尔（Memel）的所有日耳曼人团结起来，"高过世上其他人"。纳粹几乎像崇拜《霍斯特·威塞尔之歌》[3]一样崇拜这首歌，

---

1 魏玛共和国是指1918—1933年期间采用共和宪政政体的德国，于德意志帝国在第一次世界大战中战败、霍亨索伦王朝崩溃后成立。由于这段时间施行的宪法是在魏玛召开的国民议会上通过的，因此这个共和政府被称为魏玛共和。
2 霍夫曼·冯·法勒斯莱本（Hoffmann von Fallersleben, 1798—1874），德国诗人。
3 《霍斯特·威塞尔之歌》（*Horst Wessel Song*），又根据首行称为《旗帜高扬》（*Die Fahne hoch*），是1930—1945年的纳粹党党歌，也是1933—1945年除《德意志高于一切》（*Deutschland über Alles*）以外的另一首德国国歌。

FIFTY YEARS OF EUROPE
AN ALBUM
JAN MORRIS

于是这可爱的曲调（我心中完美的旋律）就逐渐代表了德国民族性中最险恶、最傲慢的一切。今天它还是德国国歌，但歌词只用了那首诗的第二节，当代德国人只能唱"如手足同心同力"，为统一、正义与自由而奋斗。

1823年，贝多芬在《第九交响曲》里采用了弗里德里希·席勒的诗句："万民啊！拥抱在一处，和全世界的人接吻！"他给它加上如此鼓舞人心的曲调，主旋律如此简单，配乐如此丰富，人们普遍认为它让人体验到了交响乐艺术中至高无上的境界。这就是《欢乐颂》，欧盟的颂歌。

73

关于议会的插曲

欧洲各国都有议会，因为它们都自称为民主国家。东欧最极权的国家过去曾被称作民主共和国，甚至拥有像疯狂的齐奥塞斯库这样的人物，他是广大人民高贵的向导。想要体会一个国家的风味，议会像市场和法庭一样总是值得参观——只要不被门口的警察拦住。（"今晚能看到什么有趣的东西？"我曾经问过爱尔兰下议院的守门人，"一直就是我啦，"他说，"我最有趣。"）议会建筑大多平淡无奇，普遍采用新古典主义风格，议会体系19世纪在欧洲扎根时这种风格正流行，象征性直接明了。但也有一两个标新立异的。泰晤士河边的英国国会大厦密布尖顶、塔楼和鳞次栉比的窗户，我觉得它是伦敦最令人兴奋的建筑。布达佩斯的议会大厦矗立在多瑙河边，它是欧洲第一座用上空调的公共建筑，直到1839年，它的全部会议记录用的都还是拉丁文。

代表们端正而整齐地坐成马蹄形行列；议会大多极为沉闷，但有时也会突然活力四射。伦敦的国会下议院喜欢自称"议会之母"，看他们开会有时颇为有趣——当然，原因是：英国政治针尖对麦芒的风格产生了最糟糕的、但偶尔却堪称最机智的议员。倘若有幸，你会在南欧某个议会里见到一场小规模的暴乱。不过，要说最能暴露国民性的议会，我的首要推荐是冰岛那个小得惊人的议会，雷克雅未克大教堂隔壁一栋不起眼的灰色小会堂，至少我在20世纪70年代见到时是这个样子。毫无奢华，也极少仪式，唯有慎重从容。冬天，与会者的橡胶套鞋整齐摆放在议事厅门外，人们在暖烘烘的旁听席上闲散而愉快地读报。没准冰岛的政治也有险恶之处，但议员们却极少恶语相加，多半因为他们几乎全都是亲戚，经常一起坐到议事厅边上的扶手椅里，安逸地抽烟斗，完全就像是顺道来此参加一场家庭讨论。偶尔，一位青年服务员快步走入，也许是给外交部部长传来一段话，或者给财政部部长送来统计数据，但他穿的可能只是格子衬衣、绿色运动衫、灯芯绒裤子，并且总是砰的一声关门，打断辩论。大家对此都不太在意。"这小鬼头，"你似乎听到尊

FIFTY YEARS OF EUROPE
AN ALBUM
JAN MORRIS

贵的议员们窃窃私语,"和他父亲一模一样。"

74

关于食物的插曲

所有国家都有自己的烹饪法,并经常以之为傲,尽管快餐和冷冻食品正迅速占领大部分地方——巨无霸汉堡不仅仅是美国人的发明,也是从人类心灵里迸出来的。我绝非美食家,但在吃遍欧洲半个世纪后,也有了一些结论、观察和回忆。

意大利人吃得最富感官刺激。英国人吃得最不健康。西班牙人吃得最有节制。斯堪的纳维亚人吃得最挑剔。希腊人吃得最单调。比利时人吃得最难消化。法国吃得最做作。德国人吃得最多。

爱尔兰牡蛎最棒。德国芦笋最棒。葡萄牙的干鳕鱼同洋葱与炒蛋一起吃最棒。尼德兰的生鲱鱼最佳。我吃过最丰美的一道菜是在巴伦西亚吃到的幼鳗鱼汤。我吃过最糟糕的食物是50年前英格兰流行的腌牛肉(有可能是马肉),周边一圈厚厚的黄色肥肉。我吃过最好的食物是意大利任何值得一提的地方都有的黄油通心粉,再配上当地红酒和一份混合沙拉。

我最爱的欧洲咖啡馆是奥斯陆主广场上的大咖啡馆(Grand Café):

一面巨大的壁画占据其中心,上面画着它19世纪黄金时期的常客——一名马斯维尔德鲁普[1]的主人,地主盖恩斯(Gjerns),作家奥尔森和易卜生,还有其他许多人——到今天也能看到这些人(稍稍改头换面)在咖啡馆桌边吃大虾、抽雪茄。我最爱的欧洲餐厅是威尔士集市小镇阿伯加文尼(威尔士语:Y Fenni)附近的胡桃树餐厅,它最著名的一道菜叫作"兰欧福尔女士腌鸭"(Lady Llanover's Salted Duck)。我最爱的欧洲酒吧是威尼斯的哈利酒吧,放荡的意大利贵族在那儿交换流行的八卦消息,他们会欣赏到信心满满的游客看到天价账单后发出的神经质的笑声。

在法国科尼亚克,早餐是汤、馅饼和腊肠。在德国亚琛,市面上出售20种不同的甘草糖。比利时特产包括狠狠油炸的虾馅腊肠、土豆片贻贝。过去人们传说(尽管我发现不可信),在英国兰开夏郡的伯恩利祝福仪式上喝掉的本笃会利口酒比欧洲其他任何地方都多,据说兰开夏郡燧发枪手团"一战"期间在法国养成了这个习惯。布拉格卡里查酒店(Hostinec U Kalicha)的广告自称其菜肴口味重、多油腻、不健康,但非常美味。在曾经属于德国的法国城市科尔玛,Jean-B. Werz 家族从1686年以来就在运河旁一家小铺子里卖鱼,他们用浴盆装活鱼,他们的家训是:"想想鱼!"

---

[1] 斯维尔德鲁普(全名为Otto Sverdrup,1854—1930),挪威探险家,曾几次前往北极探险并发现一些以前未知的岛屿,文中的马显然是以其名字命名。

FIFTY YEARS OF EUROPE
AN ALBUM
JAN MORRIS

立陶宛的一道特色菜叫作"齐柏林飞船"（capelinas），因为它样子像一艘飞艇：压紧的土豆面团，浸透培根肥油，中间夹有蘑菇或腊肠，是我见过的样子最恶心的食物。

1995年去赫尔辛基，我的旅游指南上说，这座城市汇集了13种菜系——芬兰菜、德国菜、希腊菜、匈牙利菜、爱尔兰菜、意大利菜、日本菜、俄国菜、墨西哥菜、西班牙菜、瑞士菜、德州风味的墨西哥菜以及麦当劳。同一年，我的巴黎旅游指南说，以鱼子酱拌海螯虾、芜菁龙虾出名的琶音（Arpège）餐厅"吸引的不是偶来的游客，而是那些真正懂得食物的人，比如久经世故且往往最有影响力的巴黎人……他们每天来吃两趟"。唷！

我在法国上萨瓦省一个膳宿公寓住过一周，每天早餐都是饕餮盛宴，中午野餐丰盛多样，晚餐海吃海喝。在回日内瓦机场的路上，我在当时法国最著名的一个餐厅麋鹿碧色客栈（Auberge Du Père Bise）停下，吃了湖畔的一餐小鱼配白葡萄酒。很精美，但价格昂贵，比过去一周吃的所有早餐、午餐、晚餐再加住宿费的总和还要高，但我一点儿也不觉得亏。

在我看来，欧洲最被吹嘘的餐厅是波兰克拉科夫的维耶任内克餐厅（Wierzynek），自称1364年就为波兰国王卡西米尔大帝、神圣罗马帝国皇帝查理四世、匈牙利国王路易斯、丹麦国王瓦尔德玛、塞浦路斯国王彼得、来自奥地利和波美拉尼亚的王子以及勃兰登堡边疆伯爵操办过宴会，并由此发迹。此后它曾经招待过国王、皇帝、沙阿、总统、首相，餐厅四周都悬挂着典雅的纪念品。

"按照数字顺序，"斯德哥尔摩一位出租车司机问我，"威尔士前三位最有吸引力的东西是什么？""我不知道，"我说，"但我知道第48位是什么。""食物。"他立刻敏锐地回答道。

75

最小的列强

现在让我重新说回列强。20世纪最后几十年，欧洲仍然有五个国家自视为列强——欧洲只有合在一起才算得上是超级列强，这一目标尚未达成。这五个国家里，西班牙是没底气的，其自信的基础不是当下的局势，而是往昔的荣光（巴塞罗那的兰布拉大道上耸立着秘鲁总督的宫殿），还有说西班牙语的新世界国家不断增强的地位。

1960年，我受委托去西班牙写一本有关它的书。此前，我只去过一次。我买了一辆大众野营挂车，几盘西班牙语教材磁带，从比利牛斯山开了过去。当时西班牙的统治者还是佛朗哥，这里还闷燃着25年前内战的仇恨，同欧洲其他国家不仅从地理上隔开，也被历史、习俗和意识形态之间深深的鸿沟割裂。我还记得，通过头戴漆皮三角帽、态度粗暴的国民警卫队把守的高高的龙塞斯瓦耶斯（Roncesvalles）山口后一路向下，发现自己置身于西班牙人之中时，我激动得发抖。我到的第一站是潘普洛纳，就是因为过圣费尔明节让公牛满街跑而出名的那个城市，在1960年，没有哪个地方比它更能体现西班牙的精髓。街上看到的人肤色黝黑，垂头丧气，怒目而视。教堂钟声整晚敲响。早上，我用小杯子喝肉桂味的热巧克力。晚上，我在阴沉的旅馆周围游荡，直到十点吃最后一餐。同住一个酒店的游客似乎格外严肃、正式，他们的孩子应该在几个小时前就上床了。我记得整个城市阴暗，被攥得紧紧的。这让我兴奋极了。

我罗曼蒂克的反应某种程度上是对的。当然，西班牙炽热激烈的声誉影响了我——熟悉的暴力传奇、纵情声色、公爵、响板、愤怒的公牛，诸如此类。但我将发现，独裁的岁月并未消磨掉西班牙的大多数传统风格，甚至对老兵（管你是保皇党还是共和派）的不宽恕的控诉也能存在。西班牙几乎成了一个岛，历史强硬地将它从欧洲其他部分切掉，在它境内，更古老时代的神奇事物被保留下来：风俗与技艺，思想方式与语言风格，安达卢西亚和卡斯蒂利亚的所有大戏。当年，西班牙辽阔的风景里，有公牛犁着一眼望不到尽头的田地，凶猛的狗到处跑，项圈上套着长棍子，好让它们进不了房门。西班牙的穷人多么可怜，贵族多么专横，神父多么无所不在，刷白石灰水的山村（村里穿黑衣的女人坐着缝纫，成群山羊在门阶上蹦跳）多么偏远！我几乎没法把西班牙当成欧洲的一部分，它像是另一片被惊异地发现的大陆。

76

忧郁的首都

我觉得当时的马德里弥漫着忧郁。那场让全世界聚焦的内战过去了四分之一个世纪，它孤独、凝滞、被忽略。城里每一道门上都有鏖战的记忆，我想找《泰晤士报》的通讯记者了解详情，却发现该报在本城没有记者。马德里像是奥威尔小说里那种首都，唯一活跃的只有旧时的争论——左派对右派，自由主义对法西斯，不可知论者对教会，无政府主义者对权力机构，甚至还有西班牙人对外国人。每天都有愚蠢的头条新闻宣扬佛朗哥元首的政策取得空前的胜利。新的航空部大楼的门据说比空军的飞机还多。去拜访公共信息部部长时，他给我一本名为《西班牙绘画中的死亡》的书留作纪念。几乎没人讨论新观念。我去高级住宅区的林荫大道看乔尔乔内的美妙画作，上面画的是圣母和圣子、帕多瓦的圣罗克和圣安东尼，1839年以来就被陈列在这座博物馆。再一次溜进乔尔乔内那个被施了魔咒、询问得不到回答的静默世界，其中某种神秘或充满预兆的事情永恒地处于即将发生的临界点，我觉得这幅画是展览馆外那个城市的一个恰当的暗示——在那儿，历史屏息静气，已经持续了一辈子的三分之一那么久。

77

就是这儿！

还是在这个国家，时间似乎被悬搁（虽然是以一种更高贵的方式），没准现实也一样。有一次，我在堂吉诃德的故乡拉曼恰色彩暗淡的辽阔天地里停下野营车，向几个犁田的农民打听附近哪个村庄是那位骑士的诞生地。"拉曼恰的堂吉诃德？"他们总是出于尊敬说出他的全部名号，"噢，他就出生在阿尔加马西利亚德亚尔瓦城外。他的故居被推倒了，不过你还能看到那个地方——就在那边，那个教堂塔楼的后面，那就是拉曼恰的堂吉诃德出生的地方"！我简直以为他们会说还清楚地记得他的样子。

78

压迫感

当我回想当年，越过现代西班牙的车道和超市，越过它地中海海岸的高楼大厦，越过马德里的活力与优雅，我的记忆中盘桓得最多的是一种次级的压迫感。龙塞斯瓦耶斯的国民警卫队不过是一支非利士军队中的先遣巡逻队，致力于将西班牙维持在由佛朗哥大元帅决定的、他们无可逃避的状态。教会和国家至高无上，得到一切反动和复仇势力的支持，因为佛朗哥从不宽容内战中的敌人，所以这个国家依然充满怀疑与指控。让这些记忆保持鲜活的是我眼中神秘的象征：只有西班牙人才熟悉的英雄的名字；某些以浮夸警句为训言的已经消亡的部队留下的徽章；被遗忘的战斗或暴行的纪念物。幽暗的秘密被噤声。一些人的名字最好别提——"西番莲花"、加西亚·洛尔迦[1]。关于牺牲、屠杀和悲壮的防御，有些可怕的故事被反复讲述。在马德里的一天，我亲眼看到老独裁者佛朗哥，身子陷在豪华轿车后排，车子周围环绕着他的摩洛哥骑兵，策马腾跃，光彩熠熠。我觉得他像是获得了永生。多年以后，他躺在临终的床上，一周又一周，医生用输液和注射绝望地维持其生命，仿佛若是他死了，西班牙也会随之而逝。

---

1 加西亚·洛尔迦（García Lorca, 1898—1936），西班牙诗人、剧作家，被誉为西班牙最杰出的作家之一。1936年，西班牙内战爆发初期，他支持第二共和国的民主政府，反对法西斯，遭长枪党杀害。

FIFTY YEARS OF EUROPE
AN ALBUM
JAN MORRIS

79

新西班牙

在某种意义上，那个旧的西班牙确实消逝了。到 20 世纪 90 年代，西班牙已经是另一个国家，欧盟的正式成员，一个民主的王国，政治区域化运动的一个领袖——实际上，就是一种政权。异常怪异的是，西班牙在北非还有殖民地（欧洲在整个非洲拥有的土地中唯一留下来的），华丽的骑兵就是从那儿招募，而佛朗哥也是从那儿开始发迹。马德里成了一个最有活力最令人振奋的首都，1992 年巴塞罗那奥运会被赞为西班牙现代主义的一次璀璨的展示。

不过，西班牙是个大地方，仍然忠于自己的生活方式，要完全同其他国家一致，还得相当长时间。在奥运会那一年，我重游西班牙，试探性地去了它传统意义上最落后、最隔绝的一个地区——阿尔普哈拉斯。这是地中海与内华达山脉之间的一片山区农村，作家杰拉尔德·布伦南[1]"一战"后住到这里，发现当地人信仰的天主教结合了一种活跃的异教信仰，而他的邻居们认为新教徒长有尾巴。但它危险地靠近马拉加，可怕的太阳海岸和其他梦魇般的安达卢西亚滨海旅游胜地，所以，看到

---

[1] 杰拉尔德·布伦南（Gerald Brenan, 1894—1987），英国作家、西班牙文学学者，长居西班牙，其作品《西班牙迷宫》(*The Spanish Labyrinth*) 对西班牙内战背景有深刻研究。

通往这个地区的大路上挂着"旅游路线"的牌子,又不时看到旅游高铁"安达卢西亚快车"风驰电掣奔向塞维利亚,我一点儿也不诧异。

当代一切标准的便利设施都已深入阿尔普哈拉斯,我非常怀疑如今当地的妓女,是否会像她们在布伦南那个时代的前辈,用六个鸡蛋便可以打发她们的服务。一个直升机起降台、一块太阳能面板、几家雪铁龙经销商、一个迪斯科酒吧、饶舌音乐以及完全不见踪影的神父——漫步其中,我留意到这些新西班牙特性的征候。我还发现巨量的垃圾,从被丢弃的汽车到啤酒瓶到塑料袋。然而,不知为何,这并未令我不快。正如西班牙城市的小吃馆里,地板上的垃圾已经快没过脚踝,店家还在卖力迎客,在这偏乡僻壤,最难降解的垃圾竭力显得有机,同岩石、褐色土壤、砾石、灌木浑然一体,成了风景的一部分。

阿尔普哈拉斯人似乎适应了同新的物理垃圾——发展进程的排泄物——共存,所以他们也明显不受文化垃圾的影响。显然,这里的现代化是按照阿尔普哈拉斯自己的方式进行的,我仍然时刻感觉自己身处西班牙。骡子随处可见,驮女人去市场,或者仅仅是像自古以来一样,神秘地独自拴在路边木桩上。这里仍然可以吃到羊肉和烤山鹑。也许巫师是看不到了,但土法医师还在。穿印花围裙的女人用长柄细枝扫帚打扫前院,有猫一旁观望。老头在公路边尿尿,把弯曲的拐杖戳到墙上作为支撑。强壮暴躁的汉子进山打猎,枪挂在肩上,狗欢蹦乱跳地跟在身

FIFTY YEARS OF EUROPE
AN ALBUM
JAN MORRIS

旁。这是 1992 年的西班牙——它正在举行奥运会！

80

在意大利人中

我第一次去意大利时，见到了真正属于意大利的三件事，它们如今看来几乎难以想象。（1）米兰洛雷托广场人行道上的痕迹，带我去看的人说，那是墨索里尼及其情妇不久前被倒吊的尸体留下的血迹。（2）当代最杰出的政治家阿尔契德·加斯贝利[1]从在维也纳的奥匈帝国国会做代表起，便开始其政治生涯。（3）等浓缩咖啡被米兰酒保阿基莱·加贾（Achille Gaggia）发明，还要再过两年。

50 年前，在英国人心目中意大利的普遍形象并不好。宣传让大多数人相信，意大利是一个小丑之国，士兵无能，组织力量可笑。我们这代人"二战"前大多没去过意大利，老一代絮絮叨叨谈起温暖的南方，在我听来只是语无伦次的多愁善感。意大利艺术与文学的光荣似乎完全成了过去。温斯顿·丘吉尔将墨索里尼贬斥为希特勒的走狗，他给我们总结的当代意大利的形象，被当时伦敦尽职的漫画家热情地采用。

---

[1] 阿尔契德·加斯贝利（Alcide Gasperi，1881—1954），意大利政治家，1945—1953 年担任意大利总理，与德国总理阿登纳及法国外长罗伯特·舒曼等人被称作欧盟之父。

数十万英国士兵（其中有我）踏上意大利后态度发生了改变。一些因为种种原因搁浅在敌人防线后面的士兵讲述了意大利人友善与牺牲的暖心故事。另一些，同游击队打过仗的士兵，告诉我们意大利人居然也有英勇善战的。我想，几乎所有人都对意大利人明显不排外的态度留下了深刻印象。有可能意大利人对德国士兵和对我们同样欢迎，起初这一点令我颇为不安（因为当时我还嫩得很，我的爱国主义观念还很初级）；开战时意大利在一边，结束时它却投到了另一边，这一事实无疑会遭遇我轻蔑尖刻的嘲弄；但我很快就成熟到可以接受这种我们自己多半缺乏的态度。

81

"他永远不会知道"

我是一个半吊子无政府主义者，但意大利人对各种形式的权威的普遍轻蔑还是让我吃了一惊。有一次，我把上校的吉普偷偷开到山里去玩，在卡多雷（Cadore）峡谷撞了墙。无论如何都只能第二天早上才能回到军营，把它伪装成从来没出来过的样子。怎么办？"别担心，"山里接待我的意大利人说，"我们会把它修好。"他们把我带到村里的车库，那其实是铁匠铺里清出的一块区域，一个孤独的技工整晚捶打、上漆。

FIFTY YEARS OF EUROPE
AN ALBUM
JAN MORRIS

第二天一早，他们带着同谋的微笑，将吉普还给我，它完全恢复了原貌——当然不会太新，否则我的上校就会觉得不对劲了。"他永远不会知道。"他们高兴地说。亲爱的上校确实没发现，到死都没有。

82

意大利式感染力

即使在那时，意大利的设计还是把我给镇住了。我曾经以为这个国家的视觉天才衰退了，或者至少被粗糙地套进了法西斯艺术徒有其表的模子里，但身边所见的当代物品仍然有我从未见识过的雅致。英国笨拙的奥斯汀7系汽车与意大利精致小巧的米老鼠（Topolino）汽车之间简直有天渊之别，后者在半个世纪后也毫不落伍！此前我见过的打字机都是沉重的工业品样貌的恩德伍德（Underwood）和雷明顿（Remington），但在意大利我第一次见到了便携式的奥利维蒂（Olivetti）打字机——光滑、轻便、坚固而优雅——后来我就一直用它，用了好几款，直到进入电脑时代。20世纪60年代，我带着可爱的鲜红色情人节版奥利维蒂去纽约，一个美国海关官员问："这是什么？"因为它一点儿也不像打字机。我用一种意大利式的手势，从罩子里将它猛地抽出，那位官员惊讶于它的简洁优美，彬彬有礼地对此展示表示感谢。

像其他任何人一样，我逐渐意识到，在意大利比在大多数国家更能感受到往昔与现代的交叠。设计米老鼠的可能是达·芬奇，情人节版奥利维蒂也可能是米开朗琪罗的设计。意大利古老的魅力对我产生了良性的影响，我发现战前那些旅行家对意大利的记述并非纯粹是对古代的怀旧。意大利感染了我，也感染了当时被战争和历史置于其地的无数英国年轻人。1994年世界足球锦标赛的宣传者将歌剧重新包装成一种流行的艺术形式，在那之前许多年，就有数不清的来自各个阶层的英国士兵学会了欣赏它。我看的第一场歌剧是在斯卡拉大剧院。剧目是《茶花女》，我还记得第一次听到阿尔弗雷德在舞台外唱出咏叹调"那爱情如同心跳"时那愉悦的战栗——歌声温柔、遥远、略略被压低，从深藏在布景后面的某个地方、从意大利的心脏里发出。

83

祝福祈祷

意大利是一场祝福祈祷：其中降临到我身上的最大的祝福，是一天早上，长官把我叫到他的帐篷，同情地告诉我，接下来一段时间我被安排负责管理当时全被英国军队征用的威尼斯摩托艇。我所在的军队即将被调派到巴勒斯坦，他保证会让我在那之前回到团里，同时，因为管理摩托艇对一个专业的骑兵上校来说未免有点掉价，他对此非常遗憾，所以希望我尽可能利用这个机会，从中捞点什么也无妨。

这是任何人一生中所能收到的最棒的礼物了。熟悉威尼斯为我改变了一切。14年后，我写了一本关于威尼斯的书，我和它的关联给我带来源源不断的快乐。当时我的一个职责是接待前来参观的将军们，并用我们的摩托艇带他们入城。日子一天天过去，我在这项活动里产生了一种仿佛所有者的骄傲感。那些高级军官以前大多没来过威尼斯，当摩托艇突突突突地行进在大运河里，望着他们花白的头发，以及好斗的脸上掠过惊讶与喜悦的表情，我心里几乎冒出一种为人父母的感觉，尽管我还只是个青年。那时的威尼斯是个梦，因为战争的余波而冷寂空漠，依然浸透了忧郁，那忧郁紧紧攫住维多利亚时代游客的心，也迷住了我。我和一个朋友住在朱代卡岛上一栋房子里，那房子俯瞰荒芜的环礁湖，尤其到了晚上，岛上一片寂静，唯听得湖水拍打船库，或者一阵突然爆发出的洪亮的笑声（也许从花园墙外某处传来），我发现此地忧郁的魅力几乎让我高潮——这是我第一次暗示，对美丽之地的爱不仅是感官的，也的确可以是性欲的。

意大利的阴暗面

意大利也有阴暗面,这些年来,像它的阳光与涟漪一样萦绕在我心中。地下经济,原本听起来是合我某种胃口的迷人的自由论,其实基本上全无自由,而是被凶残的黑手党无情地控制。意大利中世纪风格的魅力,它狭窄蜿蜒的街巷与古怪的塔楼,经常向一个肮脏而愚昧的世界呈现华而不实的外观。1961年的一个晚上,在撒丁岛首府卡利亚里,20世纪60年代一个生气勃勃的世界性海港,我当起了文学偷窥者,跟随一群活泼的女孩沿着山坡走向她们的家。我们第一眼看到她们是在卡利亚里市区,这几个女孩显得充满自信与欢乐。水手冲她们眨眼睛,小青年吹口哨。街灯下,人行道对面就是一排咖啡馆,挤满了人,热气腾腾。菲亚特轿车和韦士柏摩托(Vespa)在林荫道上飞驰。女孩们轻松泰然地漫步,不时碰到个把熟人,或者停步注视商店橱窗。逛了没多久,还不太晚,罗马路(Via Roma)仍然洋溢着激情与享乐,她们走回家,走回黑暗时代。

经过一道阴暗的门楼,她们回到被叫作城堡(Castello)的灯光幽暗、迷宫般的街区。现代欧洲马上就被遗忘。黑暗中乱纷纷的小巷、隧道和狭窄的庭院,周围弥漫着贫穷的压力,回荡着迷信的咝咝声。这地方适合乞丐、罗圈腿、侏儒、黑话、老妇人的故事，充满含糊不清的声音——干瘪老丑婆的粗嗓子，疲倦孩童的呜咽，闲言碎语的齿擦音，嘶哑的笑声，争吵或抱怨中突然提高的尖嗓音。女孩们回到这个地方，脚步越来越慢，越靠近家就越畏缩不前，直到最后走到家附近的巷子。一只皮包骨的猫在家门外啃咬一副肠子。屋里传来婴儿的尖叫声。母亲一见女孩就骂骂咧咧。空气中有锅里煎油的味道，有猫、香烟、湿石头和坏下水道的味道。女孩们脱下鞋子，用亲吻和对骂安抚母亲，回到——我应该把她们放进我书中哪个部分？——比方说，14 世纪。当年，在撒丁岛的某些地方，人们还会说一种拉丁语，各个社区极为封闭，以至于鹡鸰在九个相邻的村子有九种不同的名字。撒丁岛人从来没想过修剪橄榄树，到"二战"后才引入这门手艺，我听说，在我们这次穿行卡利亚里之前（20 世纪 50 年代末），他们才刚刚开始接受吃胡萝卜。

85

一条意大利狗

还记得那条跟着主人去街角酒吧的苏格兰狗吗？在意大利我也看到这样一条狗。它是一条肥胖的可卡，在比萨码头边啪嗒啪嗒地蹒跚而行，摇着尾巴，停在一个仓库的木头大门前，从喉咙深处发出吠叫。

门马上就开了,出来一个同狗长得几乎一模一样(除了不是四条腿而是两条腿)的男子,低头冲着狗,也冲着我们,咧嘴笑,然后,他在人行道上跪下来,拥抱狗。狗热情地喘气,耷拉出舌头。那男人也这样做。

86

空气中的毒气

像我这样来自一个万花筒般变幻不定的北方王国的人,有时会被意大利人对事物旧秩序顽强的忠诚打动。但有时,它也会有一些阴森可怕、充满威胁的东西,就像空气中的毒气。在西西里我格外有这种感觉,尤其是在尘土覆盖的乡野——"偏远的恒久不变的风景",在朱塞佩·托马西·迪·兰佩杜萨[1]的小说《豹》的背景中如此压抑地酝酿着。20世纪60年代,我同朋友在巴勒莫南方的小城帕尔蒂尼科住过一段时间。每天一大早,漫步到阳台上,面前的风景完全是喜悦的——纯洁、新鲜、富有异国情调。斑驳而平坦的葡萄园伸向远处蓝如金属的大海,

---

1 朱塞佩·托马西·迪·兰佩杜萨(Giuseppe Tomasi di Lampedusa, 1896—1957),意大利帕尔马公爵,第11世兰佩杜萨亲王,西西里作家。唯一的长篇小说《豹》讲述了意大利复兴运动时期西西里一个贵族家庭的故事,文字古雅,与意大利现代文学的风格背道而驰。

周围的村庄被阳光照耀，清晰得如在画中。农民沿着房舍下面的小巷叮叮当当地走，他们的马被羽毛装饰得漂漂亮亮，大车刷成艳丽的色彩，他们看到阳台上的我，就慎重地摆摆手，微笑一闪而没。可是，到了晚上，在一日将尽时回到阳台上，我总是被一种迥然相异的情绪压倒。此刻，似乎有一种阴沉不安的气氛降临到这片风景上。山岭仿佛险恶地蹲伏在平原上，清晨阳光中迷人的村庄此时凄凉地缩成一团。日头西落，四野一片寂静，关门闭户，空空荡荡，因为自古相传的恐惧与疟疾让西西里的农民天一黑就回家。

这些寒意逼人的联想并非全是虚构。它真的是一个复杂险恶的乡村，布下了圈套，包藏着秘密，潜伏着危险。我的东道主们积极参加一个主要通过修建灌溉系统让本地农民拥有更多经济独立性的运动，他们的确受到了来自黑暗的西西里极端保守势力（有世俗的，也有宗教的）的威胁。第二年我才知道，附近一个修道院的方济各会修士被发现犯有勒索、贪污、偷窃和谋杀的罪行。修道院的宗教活动丝毫未受他们罪行的影响，修道院长是这个团伙的头目，一个修士承认曾经在一个由他亲自授令杀死的人的葬礼上做弥撒，宣讲布道词。

87
那是少不了的

　　接下来几十年里,尽管意大利南部地区改变了许多,但在我心中,还是个险恶恐怖的地方,总是让我毛骨悚然。"村里有黑手党吗?"我曾经问一个西西里人。"**那是少不了的**。"他用一种明确无误的强调的口吻回答。此外还有一段让我战栗的回忆:我漫游到卡拉布里亚一个更偏远更封闭的村子,正赶上节日弥撒;那是一个明显废弃的地方,像一堆古老的碎石,高踞于山石荦确、山羊唷啮的山岭。教堂挤满了人。有五个神父出席,两个警察在门口,无数坐立不安的瘦弱小孩,披着褴褛的黑色斗篷的乞丐,形容憔悴、不停从喉咙里清痰的人,几百个有关节炎的鼠脸妇人。教堂弥漫着焚香和穷人的味道;祭坛旁金色袍服的神父有意地来回走动。这氛围古怪得让人恍惚,我简直以为自己到了一个外星的生存位面。

88
未来主义

　　我曾经乘帆船从美如天堂的平静海湾开进那不勒斯,发现这座城

FIFTY YEARS OF EUROPE
AN ALBUM
JAN MORRIS

市臭名昭著的交通状况被一场失业者的游行恶化到有如地狱。整个城市沸反盈天、烟气腾腾，尽管旅馆从渡船码头上几乎就能看到，并且我压根就没有瞧见游行队伍，但我坐出租车花了一个小时才到旅馆。你可能认为这是一段叫人沮丧的经历，但实际上，它是一针兴奋剂。我们的司机，上了年纪但却对职业充满热情，把这一事件看作对其行家技能的挑战，于是我们走了一连串捷径或私人临时通道，在单行道里狂野逆行，旁若无人地挤过购物街的货摊，有时纯粹是被路人指指点点的压力逼得转向，有时在确实无法通行的背街小巷里绝望地掉头。我们大笑，我们颤抖，我们闭上眼睛。当我们暂时开进一个小广场休整，在重新踩下油门飞速穿过晾衣绳上随风飘荡的衣物、钻进另一个贫民区迷宫之前，司机时不时像演戏一样地抹拭自己的额头。车窗外面——"把窗子关上！"司机叫道，"这里有坏人！"——那不勒斯的传奇被一幕幕展示，像是在一家主题公园或水族馆。流着鼻涕的小孩的脸会突然出现在一两英寸[1]之外。坏人带着掠食者的冷笑盯着我们的行李。当汽车与水果摊发生碰擦，守摊老女人的目光在我看来只能理解为恶毒。在帕特诺普路（Via Partenope）上，即使我们一度陷入无可救药的拥堵，而在我们周围，小型摩托犹如嚎叫的小恶魔，狂喷废气黑烟，穿梭于汽车之间，爬上人行

---

1 英寸，英制长度单位，1英寸相当于2.54厘米。

道跑远。

那不勒斯人似乎永远生活在机动化的一团糟里，但却显然远未被其打败。性子并没有被磨光。喇叭很少乱响。在一场明显不可开交的大堵塞里，不论哪一位邻车司机的目光都显得愉快而非恼怒，而那些可恶的小型摩托全都在我们中间漫不经心地迂回穿行，怎么看都像是在冲浪或者玩飞盘。对那不勒斯人来说，置身如此困局再自然不过。他们是机动化无序状态的主人。我突然觉得，依这种态度而论，他们甚至超过了清醒、理智的北欧人。他们更容易接受现代性的无法逃避的糟糕与可怕，并且已经适应了它，这让他们在（姑且说）未来主义的赌局中大大地领先瑞典人一筹。你想想，UFO会选择在哪儿着陆，是那不勒斯，还是哥德堡？

89

老，而且非常顽强

后来在罗马——我心目中一切意大利事物的焦点、顶峰和精髓——我也得出了类似的结论。1991年年末，我倚在罗马的一道栏杆上，望着太阳落到圣彼得大教堂后面，琢磨着有关新旧年份交接的恰到好处的格言警句。不幸的是，那个傍晚，太阳永远也触不到地平线，而是泛着淡灰蓝色，被吸入诅咒般笼罩着罗马的那片厚重的烟雾里。我觉得自己几乎能听到它发出的声音——不是咝咝声，而是**嘶嘶响**——并且可以想象出，幽暗吞食太阳时微波加热的废气的硫黄味。落日的象征意义给我留下深刻强烈的印象。又过了不讨喜的一年，罗马腐蚀性的污染像是某种更加普遍的衰败的寓言。空气如此糟糕，拥堵如此骇人，肮脏的垃圾满地都是，被风吹掠过辉煌的广场，在喷泉里腐烂，散落在亚壁古道上。中毒的台伯河丑陋而放纵地从水泥码头间流过。过去美妙如画的建筑如今看上去邋遢得无可救药，人行道出现裂缝、坑洞，整座城里的翻修和挖掘都因为缺钱而停工。

漫游在这座城市，有那么一会儿我得出结论：欧洲文明，在这儿曾经产生过那么精致高雅的典范，如今正无可挽回地走着下坡路，以至于康多提大道上光闪闪的店铺、圣彼得大教堂里奢华的仪式都不过是残酷的过时事物。然而，这种确信逐渐被一个更加鼓舞人心的念头所取代：尽管罗马的环境出了毛病，但它的居民依然强健有力。不论烟雾弥漫或是烟消雾散，他们都保持着一贯的做派，展现出与游客多年来在他们身上所观察到的一模一样的傲慢与纯朴、狡诈与同情心的混合。经过维托里奥·伊曼纽尔二世[1]纪念碑，卫兵并不拒绝同我简短地打个招呼。吉卜赛儿童毫无掩饰的扒钱包的企图被我挫败时，仅仅是咯咯发笑。我想从圣彼得大教

---

[1] 维托里奥·伊曼纽尔二世（Vittorio Emanuele II, 1820—1878），萨丁尼亚-皮埃蒙特国王（1849—1861），意大利统一后的第一任国王（1861—1878）。

堂去西班牙台阶[1]，出租车司机开出天价，我一拒绝，他就乐呵呵地做出让步。交通信号灯前，黑人男孩推销擦挡风玻璃的服务，若是驾车者愤怒地拒绝，他们也不过是跳起舞，一笑了之。渐渐地，我觉得，倘若这座城市突然剧变，所有建筑都整洁亮丽，所有交通都井然有序，所有堕落都被一扫而光，恐怕罗马人也不会注意。一天傍晚，我看到一只非常小、样子奇怪的蜥蜴一动不动地趴在圣天使桥的一道扶壁上。我凑近观察，心想，它可能被周围永恒旋动着的臭味和化学物质以某种方式变异了。然而，不，它仅仅是太老了，老得没法想象，并且顽强得不可思议。

90

"这就是我！"[2]

我想，法兰西的荣耀更加潜在地诱人，也许是因为它完全缺乏幽默感这一点总是令我震惊。你没法嘲笑它的炫耀排场与趾高气扬，正如窃笑戴高乐将军憔悴的庄严显得很不友好，对他来说，全部生命都是实实在在的悲剧，而失去列强地位的法国则是一种荒谬。我去过巴黎，正赶

---

1 西班牙台阶（Spanish Steps），罗马著名景点，联结圣三一教堂和西班牙广场的台阶，共 138 级，因为西班牙使馆在这里，故而得名。
2 原文为法语：C'est moi。

上节庆，香榭丽舍大街汽车禁入，行人可以从协和广场一直走到星形广场。我走得很粗鲁，因为我一直讨厌豪斯曼[1]的林荫大道的虚荣与单调。然而，当我走在坡度轻缓的大街，穿过绿色的公园，经过一排排豪华大楼，走向道路终点逐渐显现的凯旋门——当我沿着街道中央大步走向那儿，在周围成千上万情绪高昂的骄傲巴黎人中，我也渐渐变得像太阳王路易十四或戴高乐主义者一样趾高气扬。谁也不能对法兰西无动于衷，托克维尔说过，它是欧洲最辉煌最危险的国家。另外，在我心中，法国的荣耀是真正的光荣。

91

一百零一天

然而，"二战"后法国的荣耀迅速枯萎，到20世纪90年代的最后40年里，我觉得法国一直在努力拖延这荣耀，可以说是生活在一个拖长到难以令人信服的幻想的百日王朝中。坦率地说，在我生活的时代，法国的军事能力不值一提。"二战"中耻辱地惨败，从印度支那不体面地

---

[1] 乔治-欧仁·豪斯曼男爵（Baron Georges-Eugène Haussmann，1809—1891），法国城市规划师，因获拿破仑三世重用，主持了1853—1870年的巴黎城市规划而闻名。当今巴黎的辐射状街道网络的形态即是其代表作。

被驱逐，在各种沙文主义宣言和武装暴行之后，仍然灰头土脸地放弃了阿尔及利亚，法国的军事声誉只能靠单个勇士的闯劲和残忍（再加外籍兵团）来挽救了。但法国人仍然比欧洲其他国民更执着于军事力量的形式和幻想。在无畏舰时代过去多年后，我记得自己还在图卢兹见过欧洲最后一艘战列舰"让·巴尔号"，它巨大的上层结构与独特的烟囱高耸于船坞之上，它的维护费用格外昂贵，但作为法国自尊心的体现，仍被列入现役名单。她是一艘宏伟的战舰，是欧洲人建造过的最强有力的传统战争武器之一，我想象法国人注视她的目光仍带着爱国主义的自鸣得意——正是公众意见促成她在战后修建完工。在我看来，她已经露出几分可怜样（姑且不把那叫作凄惨），纯粹是一个宏大的象征。我想不出法兰西共和国能把她派上什么合理的用场，果然，六七年后法兰西共和国得出了同样的结论，将她拆解了。

1956年，我在沙莫尼附近一个乡村旅馆住了一晚，听到酒吧传来纵酒狂欢的声音。我下楼看个究竟，发现是即将出发赶赴注定失败的阿尔及利亚殖民地战场的本地服役士兵正聚在一起开联欢会。这是些极度勇敢的小伙子，全都穿着迷彩服，法国人很快就会让这种军装成为全球军队的时尚。他们剪了平头，几个月的基础训练让他们精力十足，夜色越来越浓，嗓门越来越大，歌声越来越粗俗。这些士兵像是电影中的角色，狂欢后也许就要奔赴凡尔登战场，在我看来，他们是在有意识地扮

FIFTY YEARS OF EUROPE
AN ALBUM
JAN MORRIS

演这个角色。他们似乎生错了时代，扮演着过时的英雄主义，在一场本来就不该打的战争中寻找一种没人在乎的光荣。

92

相称

然而，当时的法国人是天生的性格演员，并且绝妙地符合他们自己模式化的形象。1968年学生运动达到高潮时，我正好在巴黎，惊讶地发现自己不是置身于一部老的新闻片，而是亲历一出历史的再演。我想，这恰恰就是21世纪电影将会如何重现的前一个世纪的欧洲学生示威运动的样子。头盔、警棍、盾牌、水龙头、催泪弹、护目镜和枪——再没有什么场合，防暴警察会武装得比这更完备。警车沿着码头一溜排开，再没有什么场景比这更充满戏剧性的不祥预兆。在临时拼凑的街垒中间，学生来回涌动，手帕蒙着嘴，不时抛掷东西，喊叫口号——啊，学生！他们是老人在回想自己的自由岁月时梦想的他们自己的模样，在那样的岁月里，他们有理由扔砖头，在那样的岁月里，活着就足够伟大，但在那样的岁月里，年轻、激进，在巴黎挥舞棍棒、呼喊口号，这就是天堂本身。

93

积怨的终结?

英法海底隧道完工前,有一次,我开着车在多佛排队等待上气垫船,两个法国年轻人拿着一本写字板,在周围走来走去,做调查或者拉选票。我是否乐意看到英吉利海峡底下连通一条隧道?我告诉他们,我乐意(其实这是因为我是一个威尔士民族主义者),我还记得他们在"乐意"那一栏里画钩时多么开心。那几乎是他们得到的第一个积极回应。他们说,在多佛,他们感受到的只有负面情绪,有时还会被人爆粗口,这太让人灰心了,因为他们自己对这一项目充满热情。

为什么?修建隧道对法国的影响远比对英国要小,理论上来说,至少会在文化方面是有害的。法国人是全欧洲最民族主义的,但他们不得不忍受同其他八个国家(如果把安道尔和摩纳哥也算上)接壤。维持法国特性需要持续不断的努力。法国当代唯一的马其诺防线是他们的语言,法兰西学术院的不朽者们费尽苦心维持它,用以对抗一切外来者,这一景象让我想起一群不屈的老人集合起来,用古董枪和干草叉抵抗侵略者。即使这样仍然无法阻挡侵袭,1987年,在巴黎一处商业拱廊里,百米左右的距离,我就扫到如下招牌:"Paris Basket""Tie Break""New York New York""Scoop""Blue Way""Awards Academy""Yellow""Bubble-Gum and Lady"。附近还有几处涂鸦:"Fuck Off Skinheads""Kill The Cop"和"Crack Snack"。

你可能会想,海峡隧道肯定会让更多粗鄙的外国文化从水下涌来,但法国人却普遍比英国人对此热情得多。我想这是因为他们觉得这会终结一种陈旧、古老的积怨。他们认为隧道开通意味着英国人(或英格兰人——他们肯定会这么说)在道德或心理上不再有"我们与众不同"的优势——不仅是作为岛民的区别,而且在其他方面也不一样,是不同种类的一群人,虽然距法国仅仅 25 英里,但却远离了欧洲其他所有国家共有的思虑,也免去了这片大陆遭受的那么多苦难。这是我自己的理论。我问两位调查者为什么那么想要隧道,他们的回答是:"所有国家都应该走到一起。"

94

最法国的人

我碰到过的最法国的人是时装设计师伊夫·圣罗兰,他是彻头彻尾的法国人。他告诉我,他只读普鲁斯特的《追忆逝水年华》,而且只读前 11 卷,反复读,但第 12 卷(最后一卷)从来也没读过——我想,他是要把它留下来,在临终前躺卧的长椅上,用作最后一把挥霍的法国风情。他身上体现出一切法国特性,甚至还有一些旧日的荣耀[1],因为他忧郁的羞涩后面潜伏着一种不同寻常的高贵,而他的生活方式也是高贵的。学生抗议运动是我心目中典型的法国风格,这也点燃了他的想象力。他把他们的形象转化为一种对无性别的衬衫和牛仔裤的崇拜,激进,便宜,改变了全世界妇女的生活,多年以后,当他的设计再次发生经典的转型,他说,真正的优雅是"忘记你穿的东西"。圣罗兰喜欢自称工匠,并在身边建起一个手艺人的小世界,一个裁剪师、制鞋匠、制帽商和裁缝专注投入的世界,在我看来这是法国文化的真正的装饰品,是对法国骄傲的辩护。我问他,他是否在有意识地为法兰西的光彩做出贡献,他淡淡地一笑。是的,他说,是的。在被征召入伍时,他精神崩溃了。

95

在乡下

我年轻时见到的法国乡村时常显得像是(至少在我的记忆中是如此)一场马拉犁铧的缓慢芭蕾——无论往哪边看都能见到犁铧,朝向各自不同的方向,有鸟在高飞鸣啭,有肥硕的牛在观望。那时我以为法国是永远老派的。我觉得它仍然是一个农民的国度。20 世纪 50 年代我住

---

1 原文为法语:gloire。

FIFTY YEARS OF EUROPE
AN ALBUM
JAN MORRIS

过的一个阿尔卑斯山村比现时落后了好几代。秋天，常有一个流动的蒸汽酿酒厂来访，用大量的火焰和蒸汽将村里收获的苹果变成一种强劲的烈酒，后院厨房里，炉灶上几乎永远煨炖着冒蒸汽的大汤锅，人们就在旁边品尝烈酒。我每天去村里的酒吧拿信，因为我知道上午十点左右邮差会在那儿喝白兰地。

我怀疑今天的法国，是否还有佩尔什马[1]拉犁铧。大多数鸟在杂树林周围蹦跳，隐起身，叽叽喳喳叫，牛大多是贫血的夏路来牛（Charollais），像是血被人们抽去做黑布丁了。即使在萨瓦的村子里，滑雪文化也开始影响古老的生活方式，高山上的奶牛木屋被改成度假屋，我怀疑邮差是否还有时间上午去喝白兰地。对我来说，所谓欧洲失落的天真，本身不过是欧洲年轻人浪漫想象的产物，但在法国，却永远是一种古老的回忆。

96

一个邀请

让我邀请你在1955年左右去一个老式的法国乡村餐厅，吃星期天的午餐。那时快餐或美食学的做作还没有腐蚀其秩序，这是法国中部一

---

1 佩尔什马（percheron），起源于法国的灰色或黑色重型挽马。

个古老的城镇,街道蜿蜒着从铁路爬上来,穿过中世纪风格的阴沉晦暗的墙壁,最后汇聚到大教堂门外的广场上,广场被巨大的石头动物透过大教堂塔楼的石头格栅俯瞰,周日早上有猫和零零散散的游客漫步。餐厅的菜单用一种硕大的花边字体写就,陈列在一个铜框里,基本上几个世纪以来都一模一样。老板娘是一切虚假做作、鸡肠小肚之物的典型。一位侍者像公爵,另一位则明显是个乡下傻子。我旁边一张桌子上坐着星期天出门下馆子的本地大家庭,老板娘和他们很熟,街区里的人对他们颇为尊敬——他们面容庄重,面前铺着宽大的餐巾,严肃地吃个不停,嚼牛肉的同时偶尔从猪一样的眼角上匕斜我一眼。其实那份牛肉相当筋筋绊绊。我并不怀疑账单会算错。我肯定,老板娘讨厌我们,就像我们不信任她一样。但这一切是一种多么相反的快乐,不是吗?从老板娘的花园里新摘的蔬菜依然多么营养丰富!来自山下葡萄园的美酒多么棒!那公爵多么气派!那傻瓜多么讨人喜欢!邻桌那一家子离开时叠好餐巾,用鞠躬和谨慎的微笑道别,这多么暖人心!说到底,就连老板娘本人冷酷的魅力也多有说服力!我带着真正的感激,将这顿午餐的老派法国风味像披风一样裹在身上,无比珍爱地返回 20 世纪 90 年代的世界。曾经的早餐现在在哪里?[1]

---

1 原文为法语:Ah, où sont les déjeuners d'antan?

FIFTY YEARS OF EUROPE
AN ALBUM
JAN MORRIS

97

并非一切都失去

然而，并非一切都失去！法国比大多数国家更成功地在新旧之间取得了一种平衡。到20世纪结束时，法国人的确成了非常现代的一群人。20世纪80年代，我入住一家法国乡村旅馆，发现厨师正从电脑上一个有关烹饪的中央数据库中打出当天的午餐菜单，这是我第一次真正感觉同赛博空间产生关联。今天，法国高速路旁有太阳能电话如向日葵一般轻柔地旋转，在我看来，没有比这更优雅的未来主义况味。没有哪个欧洲首都能比巴黎组织得更平滑，我们的世纪末的真正形象是巴黎－里昂－马赛高速列车以180英里的时速在罗讷河谷里风驰电掣的景观。

然而，无论按照哪个标准衡量，法国乡村生活都仍然亲切而令人嫉妒地贴近泥土。也许鸣禽已经消失，但燕子还在夏日傍晚盘旋。摇摇晃晃骑自行车归家的鳏夫互相大声打招呼，鞍袋里戳出长条面包。上流人士在秋天的别墅花园里漫步。森林边缘仍有伐木丁丁，木头堆得像维吉尔的农事诗。空气中飘溢着芳香的烟气。轻型摩托车的轰响舒服地——没错，让人非常舒服——融混于蜜蜂的嗡嗡声。野餐聚会在蜻蜓的池塘边铺开垫布，如同旧时画家梦想的场景。树与河，城市与公路，通过互相协调，通过自然与人造之间的一种和谐的平衡，似乎比其他任何地方更欢乐地共存。

对我来说，这种协调中最令人欣慰的一个成分是法国人持续不变的对动物的爱护。法国人似乎承认动物平权守护神蒙田所说的人与动物之间有"某种责任和混杂的交往"[1]。他们像是在对动物们说：我们可能会强喂你们以获取更肥大的肝脏，可能会活煮你们，在你们的迁徙路上设网捕捉，把你们装到盐水瓶里，但至少可以说我们是坦率地处理你们。我曾经在一家咖啡馆里提起这事。咖啡馆门边懒洋洋地躺着一只肥胖而乖戾的金色拉布拉多犬，每个人从那儿走都会被它绊倒。店主说，这条狗非常老，别担心会打扰它；但当我提及蒙田说过的交往和责任，他似乎认为这不过是诡辩。"我不欠那条狗什么，它也不欠我什么，总有一天它会死，嗖的一声就消失！"我颤巍巍地端着咖啡杯跨过那条狗去外面的天井找桌子坐，它一动不动。但是，我想起自己身处何处，就忍住了经过时踢它一脚、加速它那嗖的一声的冲动。

98

尝一尝法兰西

我爱在阳光明媚的日子驾敞篷车出行，在巴黎环城大道上飞驰。这

---

[1] 出自蒙田随笔《论残忍》一文。

速度是明智的，否则就会被可怕的法国司机撵出马路。阳光是必备的，因为它把一次可能让人阴郁、疲累甚至恐惧的远征变成对法兰西的兴奋的尝试。这条大道不是环绕首都，而是蜿蜒盘绕着它，像前卫默片一样急速闪现法国风范：一个单调的工业区，一排犹如风景画的白杨树，一片乏味的白色居民区，运河里咔嚓行进的驳船，一闪而过的宏伟的林荫道，一堆中世纪的房舍，突然穿越隧道的**嗖嗖风声**，带着震耳欲聋声响超车的重型卡车——而始终在你的视野里，隐约而闪烁地浮现的是刚刚离开舞台的欧洲最辉煌的都城。

这不仅是被压缩的法兰西，照我看来，这是20世纪90年代法国的各个方面。对如今我们大多数人、对大多数时代来说，法国是一系列闪光，一个被反复摇动的万花筒，我们快速越过它各色各样的风景，奔向对我们最有意义的特定的法国地点。绅士老爷们乘坐吱嘎作响的高轮马车走在这条路上时，它一定更加连续，那些缓缓经过的风景有一种古典的清晰感，轮廓分明，形象丰富，虽然路面上有些可怕的凸起。如今我们全都是超现实主义者，当法国朝挡风玻璃猛冲而来，又从后视镜里急速远去，它的形象支离破碎、互相矛盾。你想要悲剧？直到今天它还悬浮在北部那些挽歌般的战壕风景之上。你想要享乐？我们飞驰过的那些温暖舒适、热气腾腾的餐厅，铺好餐巾的桌子从窗子里向你发出召唤，葡萄酒在一千个好客的地窖里等你品尝。想要蛮荒？如今我们周围有的是荒凉赤裸的土地：花岗岩、沼泽地、雄伟的修道院、毫无吸引力的山口旅馆。想要浪漫？这里有甜蜜的紫罗兰偷偷爬进来，赭色、茶褐色，展示着地中海的风景。吉卜赛人的湿地乡村，牡蛎养殖者的苍白的河口，耸立的史前巨石柱、大风劲吹的草原，雨中路边招牌上不时蹦出的凯尔特名字——这一切，所有这些法兰西宏大的况味，在我驾车绕行巴黎环城大道时涌上心头；而且，既然法国如此无情、如此狂暴地处于活跃状态，我有时会觉得，伴随着刺耳的收音机之声，这个宏大古老的国家正垂着头、脚步沉重地走在它自个儿的历史环形大道上。

99

英格兰人

在我这个半个世纪的开初，英格兰人总是显得自相矛盾的独特。他们由（也许只是名义上的）贵族统治，但其实是个由店主组成的民族。他们遵纪守法，但又出了名的古怪。他们保守，但却被无法抗拒的贪婪、野心和不切实际的社会改革主义的狂热劲儿驱使着奔向世界各地。他们打赢了"二战"，既靠火力，也靠其臭名昭著的奸诈的外交手段。不论是傲慢的贵族，拘谨的中产阶级还是粗俗快活的工人阶级，他们都绝不会被错认成其他民族。每个人都知道——至少理论上如此——哈福德郡领主、牛津学者运动员、金融区商人、兰开夏郡工厂主、萨默塞特郡乡下人、伦敦佬。直到1950年，伦敦的绅士俱乐部成员在圣詹姆士区闲逛时，还会穿上同样款型的细条纹西服，黑色圆顶礼帽优雅地斜压在眼睛上，带着裹紧的雨伞，像是几年前他们中许多人当军官时还携带过的包皮短手杖。那时伦敦的出租车司机几乎全都是本地人，大多上了年纪，坏脾气，像极了旧时《笨拙》（Punch）杂志的卡通漫画里的马车夫。英格兰人实际上还是那样子，不可救药地一成不变，总是把整个国家叫作"英格兰"，完全忘了还有苏格兰、威尔士和北爱尔兰。其中一些人还真就是那么想的。他们嘲笑苏格兰、威尔士和北爱尔兰的人与物时，我努力表现出好脾气：因为我知道他们的笑声不过是从辉煌岁月里继承下来的遗物，当时他们是超级列强，可以不受惩罚地嘲笑任何人。

100

他们怎么说话

当时，英国的阶层几乎可以由他们说话的方式精确地区分，如今我们仍然可以从老电影里听到上流社会的语言——口音矫揉造作到难以置信，元音扭曲得叫人吃惊，重音特别平板，似乎不仅情绪，就连词汇表都被成规与习惯的僵硬上唇紧紧抿住。这种奇怪的方言在女人中比在男人中更流行，我们听到哪怕最优秀的女演员也试图用这种媒介表达永恒的爱情或爱国主义情感：比如，大卫·里恩（David Lean）导演的《相见恨晚》(Brief Encounter)里，西莉亚·约翰逊（Celia Johnson）所扮演的城郊版安娜·卡列尼娜站在火车月台上，她不自然的爱情宣言与拉赫玛尼诺夫斯拉夫风格的华丽配乐不可思议地相冲。当今在位的伊丽莎白二世女王也是这样说话，直到攻击传统观念的人们取笑她的演讲风格——勇敢的奥尔特灵厄姆男爵（Lord Altrincham）把她比作"一个自以为是的女学生，坦白地讲，那嗓音像是喉咙痛"——她母亲将是这种方言最后的代表人物之一，几乎要把它说到 21 世纪去。[1]

这种语言本身充满早就被遗忘的微妙之处。至少从 20 世纪 30 年代以来，美式英语就对它发动了攻击（上流社会特别容易受爵士乐和好莱坞的诱惑），但直到 1956 年，南茜·米特福德[2]以及她从语言学家艾伦·罗斯那儿借鉴来的对词语及其用法的分析才能进入畅销书榜，她讨论的就是语言的 U（上流社会）和非 U（非上流社会）。短语"不是很 U"很快就进入了英语本身。必须承认，米特福德的一些荒谬的偏见我也有过。鬼才知道为什么，但我从来无法接受把"mantelpiece"（壁炉

---

1 伊丽莎白二世女王的母亲伊丽莎白·鲍斯-莱昂，生于 1900 年，死于 2002 年，所以她是真的把这种方言说进了 21 世纪。当然，莫里斯写作此文时还只能是猜测的语气。

2 南茜·米特福德（Nancy Mitford，1904—1973），英国畅销小说家，著名的"米特福德六姐妹"中的老大。

FIFTY YEARS OF EUROPE
AN ALBUM
JAN MORRIS

架）喊成"mantelshelf",到现在还接受不了。英语同英国社会一样有细微而刻板的分层,错误使用名词,或者糟糕地选择习语,都会给说话者打上永久的印记。

在那以后,英语发生了很大改变,在语义方面被美式英语的潮流席卷,在社会方面则特别体现为说话方式的变化。甚至过去被视为受教育阶层通用语的无口音的标准英语也正在迅速消失,将被一种平板的新伦敦腔取代。同预料的大不一样,地区口音保留下来,但你再也没法如萧伯纳所说,听英国人一开口就知晓其社会阶层。电视广告保留有教养的老式英语（只是稍做夸张）,用以产生喜剧效果;单口喜剧演员偶尔用它制造暗示,我想人人都懂,除了困惑的外国人。

101

他们长什么样

过去曾有过特定的英国人的长相。曾经,在世界上任何地方,我都能够辨认出英国人,不仅是通过举止和态度,实际上是通过面貌。现在我可没那么自信了。英国绅士曾经是世界上最好认的一类人,实际上已经消失,这个民族里剩下的人失去了独特的外表。部分原因是生物学上的。英国人不再是自鸣得意于与世隔绝的同质的白种岛民,这半个世纪，数十万亚洲人、非洲人、拉丁人将自己的基因加了进来。20世纪90年代，在伦敦打开电视，会让你觉得英国一半人口是移民。尽管这部分是由于完全歧视造成的曲解，但今天英国没有移民居住的地方已经不多，其中一些移民除了相貌在任何方面都同英国人一样。

但外貌的改变并不全因种族。甚至最纯种的英国面孔如今也不一样了。变得更加模糊，更少北方特点。原因是饮食、更广泛的教育、说话方式的改变、中央供暖（50年前我觉得这有点娘娘腔，如今仍然觉得这是软弱无用的表现），但我认为最首要的原因还是历史的变迁。50年前，英国人对自己无比骄傲。他们史诗般地赢得了一场可怕的战争，领导他们的是一个魅力超凡的天才政治家，支持他们的是一个被广泛崇敬的王室，更有调查显示，40%英国人相信这个王朝是由上帝选中。英国人知道自己的独特。20世纪40年代去伦敦时，我觉得自己置身于一个向全球扩展的、庞大的历史有机体的心脏，领受各种信仰和肤色的亿万人民近乎崇拜的注视。去了海外，BBC国际广播电台里大本钟的沉重声响与回音，在时常噼啪作响、声音忽起忽落的电波里，主持人播报"**这是伦敦**"时如教士宣讲般的庄严，让我觉得英国是这个星球上会永远独特的一个地方。伦敦可能被摧毁、变得贫瘠，但在最最英国人的心中它仍然是万物的中心，是最好、最大、最古老的，是永恒的。

毫无疑问，英国人的面孔曾经如此特别，毫无疑问，半个世纪后，

FIFTY YEARS OF EUROPE
AN ALBUM
JAN MORRIS

它已经失去了锐利与棱角。不论哪个阶层的英国人的面孔都曾是自信的。你可以想象，在人们还熟知吉尔伯特与沙利文[1]的时代，一个英国市民在镜子里凝视自己，想到倘若这是一张俄国佬、法国佬或普鲁士人的面孔，他会多么惶恐！感谢上帝，他抵挡住了一切诱惑，没有变得像其他民族！这张脸，分毫不差地就是一张英国人的脸。

102

摘自马克斯·比尔博姆[2]《一个陌生人在威尼斯》（1906）

穿过伦敦的街巷，我时常疑惑，这些居民倘若不再被他们高于其他人的想法所支撑，他们会变成什么模样？

103

守夜人与哈利挑战

然而，即使到了20世纪90年代，我还两次见到过依然英国的英

---

[1] 吉尔伯特与沙利文（Gilbert and Sullivan），即英国维多利亚时代幽默剧作家威廉·S.吉尔伯特（William S. Gilbert）与作曲家亚瑟·沙利文（Arthur Sullivan），两人在1871—1896年的合作中，共同创作了14部喜剧。
[2] 马克斯·比尔博姆（Maximilian Beerbohm，1872—1956），英国作家、讽刺画家。

国。第一次，与最喜欢的英国抽象概念"远古传统"（Immemorial Tradition）有关。一天晚上，我来到以教堂为主体的小城里彭（Ripon），刚赶上守夜人[1]吹起号角。在集市广场里，绕着市政厅正面，写有大大的一句话，"EXCEPT THE LORD KEEP YE CITTIE YE WAKEMAN WATCHETH IN VAIN"（除非上帝佑汝城，否则守夜亦徒劳），在那下面，每天晚上九点，头戴三角帽的里彭官方守夜人都会在城市方尖碑的四个角吹起非洲牛角号。据说这套仪式从8世纪以来就已固定。欧洲许多城市都有守夜人吹号角的传统，但即便有也极少能自夸保持纪录如此之久。我以为，一种古老传统逐渐屈从变成华而不实的模仿（然此乃传统之常态）其实也是一件尴尬事，但那天晚上，我所见到的一切完全自然。坚定的吹号者以一种肃穆而不造作的姿态履行职责，身旁汽车来往，市民冷漠地走过，附近酒吧传来约克郡欢宴的声音。我问守夜人，在他戴着古董帽子吹号时是否有过无礼少年模仿，他说没有。他说，他比他们大。

英国身份的第二个生命力顽强的幸存物被我在约克郡发现。当时，哈利·拉姆斯登炸鱼配薯条餐厅（Harry Ramsden Fish and Chip Shops）

---

1 守夜人（Wakeman），886年，英格兰阿尔弗雷德大帝（Alfred the Great）参观里彭，留下一个号角作为纪念，并建议市民指定一名守夜人巡逻，防备维京人偷袭。这名守夜人在每晚九时吹起号角，告知市民守夜开始。这一传统保留下来，成为著名民俗。

FIFTY YEARS OF EUROPE
AN ALBUM
JAN MORRIS

已经开到全世界，但位于盖斯利（Guiseley）那间最初的店铺还很兴旺，并成了一处朝圣地，让好奇的人们去看这家连锁店原初的模样。它后面保留了拉姆斯登先生20世纪30年代开的小铺子，让我想起巍峨的阿西西长方形基督教堂里保留的圣方济各的林中礼拜堂。附近一家纪念品商店出售瓶装糖果和漫画徽章，替代了祈祷蜡烛和圣母像。餐厅的装饰包括：地毯，枝形吊灯，彩色玻璃窗，已故的拉姆斯登先生（1963年去世）的许多肖像；菜单榜首是一道名曰"哈利挑战"（Harry's Challenge）的盛大圣餐——一份巨大无比的炸鱼配薯条，你若能吃掉，就会获得一份免费布丁和一张签署过的赦罪证书。

1995年圣诞节前我在盖斯利参加宴会时，英国肯定还是那个英国。所有宾客都是真货色——没有一个外人（除了我），只有围着"哈利挑战"喧闹欢庆的公司聚餐，几个亲密的大家庭（有戴帽子的祖母和手持录像玩具咿咿呀呀的小孩），一群群烈性啤酒聚会者（我看他们最好少吃点蒸姜布丁）。下午一点整，前门外来了哈德斯菲尔德的希瑟特青年乐团（Scissett Youth Band of Huddersfield），活力十足地为我们演奏美好的老颂歌——不是你想象中基督教会那种——而是在节奏里明确地增加了大量鞋底踏地的声音，虽然我正把豌豆糊吃得面前一团糟，但作为一个吹口哨的老手，还是被他们刺激得加入演奏。

摘自堂·摩希[1]《哈利·拉姆斯登：炸鱼配薯条的无冕之王》(1989)

哈利站在天堂门，

脸庞苍老没精神，

细声询问命之主，

大门可否为他开。

老彼得问："你做过什么，

能让你有这资格？"

"多年以来我经营

一家盖斯利鱼餐厅。"

彼得伸手碰铃铛，

大门立刻为他敞。

"老伯快进寻欢欣，

地狱滋味你已尝尽。"

---

[1] 堂·摩希（Don Mosey，1924—1999），英国知名体育记者、电台制作人。

FIFTY YEARS OF EUROPE
AN ALBUM
JAN MORRIS

105

怀疑

从理性上来说，甚至半个世纪前人们就知道英国其实已经不再是超级列强。任何人只要想到美国，就不得不承认其势力强大无边，我记得驻扎意大利时我那个团里的副官们的胡思乱想，认为大英岛国也许会有一个仪式性的终结，成为美国的一个州，或者全体4000万人每四人一排，列队走出岛屿尽头的半岛，加入湮灭的亚特兰蒂斯。然而，在大多数情况下，这个民族并不担忧自己的衰落，因为有媒体不断鼓吹沙文主义，人们又倾向于恋恋不舍地沉浸于梦幻：1953年女王伊丽莎白二世继位，英国人普遍欢欣鼓舞，认为一个新的伊丽莎白时代开始了，英国将从战争创伤中复苏，恢复其凯旋的荣光。

我也曾陷入这种幻梦。那一年6月，我和刚刚全球首次登顶珠穆朗玛峰的英国探险队成员同去白金汉宫，作为随同探险队的记者，我写的关于胜利登顶的新闻稿恰在伊丽莎白二世加冕礼的头一天晚上传抵伦敦。那是我同女王唯一的会面。她同我年纪差不多，尽管我已经有几分倾向共和主义，但只要是个人，就不可能不为这场会面感到激动。我问她如何看到登顶的新闻，她说，新闻是装在一个红色公文箱里送到她的卧室。我想，我那篇小小的通讯经过了多么神奇的历程——在珠穆朗玛峰山坡上我亲笔写下，由夏尔巴信使装进袋子送往低地，插上翅膀越过大洲，最终送进我想象中英国女王那个金碧辉煌、帷幔高挂、羽绒围裹、无疑会有一张四柱床的房间！

不久以后，我走在伦敦的一条仪式大道林荫路（The Mall）上，正碰上女王骑一匹高大战马经过。原来这是女王寿辰阅兵巡游（Trooping the Colour）的日子，每年夏天一次的仪式，纯粹就是为了展示一些炫目而过时的军事技能。旗帜招展，一支乐队在某处演奏，嘈杂的骑兵队行进，三个奇怪的老绅士骑马经过，被厚实的熊皮高帽压低身子，硕大的剑在身侧跳动。新鲜面孔的士兵在街上一溜排开，明显比其他士兵更年轻，并且总是给英国军队带来一种动人的单纯清白的感觉。快乐的女人拥挤在人行道上挥舞小旗帜，警察紧跟着她们，象征性地摇摆身子。当年轻的女王本人骑着高头大马经过时，群众以一种高贵的同情望着她。但我已经觉得这持续太久了。女王看上去很疲倦，游行队伍的全套华丽阵势，全套的泥古不化与光滑锃亮，所有那些无法改变的仪式，在我看来不过是一个被耗尽的传统的垂死展示：年复一年，世纪接着世纪，同样节奏的鼓点，同样飘摆的羽饰，一代又一代同样弓腰驼背的老侍臣，骑着战马，沿着林荫路蹒跚而行。

FIFTY YEARS OF EUROPE
AN ALBUM
JAN MORRIS

106

马车夫

一天,我和一个朋友驾车行驶在牛津郡一条安静的路上,突然看见一道别致的风景。一辆古老精美的四驾马车迅捷有力地奔跑,坐在驭手席上的是一个绅士模样的老车夫。他身后的车顶上坐有乘客,那看上去完全就是一辆日常使用的精巧马车。"看到那个驾车的人没?"同伴对我说,"这是还活着的英国人中最遭人恨的一个。"这话真没错,要是德国人赢了"二战",这个车夫一定得从地下途径转移到澳大利亚或者马尔维纳斯群岛。不仅他的敌人恨他,成千上万的英国人也认为他是个战犯。听说他的身份后,超车时,我也不免用明显混合了多种情绪的目光打量他。他应该那么做吗?我问自己。他有选择吗?这场屠杀是正当的吗?他那来自五湖四海的下属,是否将勇气浪费在一场邪恶的战役中?一场正义的胜利能否证明屠杀手段的正当性?就连温斯顿·丘吉尔也有疑惑的时候。

这个车夫就是亚瑟·哈里斯爵士[1]——"轰炸机"哈里斯。"二战"

---

[1] 亚瑟·特拉弗斯·哈里斯爵士(Sir Arthur Travers Harris, 1892—1984),大英帝国元帅,是"轰炸机制胜论"的倡导者,人称"轰炸机"哈里斯,主张对平民无差别轰炸,这一策略在丘吉尔支持下得以实施,对德国城市造成极大的破坏。

期间，正是他释放出黑色轰鸣的飞机的庞大队伍，由来自大英帝国下属各国的小伙子们操纵着摧毁了数目可观的德国城市，杀死了几十万德国平民。我们的车将小跑的马匹抛在身后，我透过后车窗无礼地瞪着他，但他看上去只是个坐在车架上紧攥缰绳的已经足够快乐的老家伙。

107

失落的帝国

到今天，到这个世纪末，伦敦还有一尊"轰炸机"哈里斯的雕像，然而，尽管英国女王还参加寿辰阅兵巡游，她已经不再骑马了。侍臣和军乐队指挥仍然骑马经过，但警察凶了不少，士兵更显粗笨，人群也不再像婚礼上围在教堂大门周围的邻居一样激动，而把这一整套皇家排场视为堕落而非骄傲与团结的表征，也不再是一种异端的看法。20世纪四五十年代，英国人的民族特征举世公认。到20世纪80年代，英国人没了民族特征。他们被迫接受自己多种族、多文化的现实，所以"英国人"这个词几乎失去了意义。教育告诉他们，对他们失去的那个帝国，应该感到羞耻。他们被连续不断的立法搞迷糊了，几乎忘掉他们自己法律的基本原则——法律沉默，公民才自由。他们最珍视的制度一个接一

FIFTY YEARS OF EUROPE
AN ALBUM
JAN MORRIS

个被蓄意地诋毁，不是被政治，就是被讽刺。他们几乎滑稽地顺从了美国的模子：复制每一场年轻人的狂热、每一次语言和艺术的潮流；从外交政策到社会态度，从热衷于打官司到电视新闻的播报方式，英国人对美国人卑顺地亦步亦趋——与此同时，在一种旧时优越感的怪诞回响中，他们又极为频繁地公开表示对美国的鄙视。

简而言之，英国人陷入了一个转瞬即逝的灵泊。其实，可以说他们正苦于自卑情结——在我年轻时，这简直不可想象！实际上，我认为他们还有很多地方值得骄傲——在艺术上，在娱乐业，在流行时尚，在精明得可怕的小报上，在金融和贸易方面，我甚至认为，在英国军队自我营造的那种严酷隐秘的军事生活上——在这一切方面，英国仍然是杰出的。新近融入他们的种族成分（像在一口熔炉里）常让他们显得比欧洲大陆上的同辈们更摩登——这就像蛹一样，很快就会从中出现一种新类型的民族。但对大多数英国人来说，英国不再比任何国家优越，除了偶尔有美国杂志认为伦敦多姿多彩，或者很酷，这会短暂地提升岛民的士气。他们怀念列强时代的昔日荣光（这怀念是间接的，因为真正还记得的人已经没多少还活着了），总是以怀疑和反感的态度看待欧洲变得一体化的前景，更别提一个欧洲联邦了。他们害怕自己在欧洲的联盟里将不再特殊。会变成其中的普通一员。会失去主权。最深沉的民族信念似乎在说，诡诈的欧洲大陆会结伙羞辱他们。民族国家，民族国家!

　　当然，倘若欧洲的联合终于实现，他们无疑会习惯这一概念，就好像他们很快就习惯了英吉利海峡隧道的存在，虽然此前多年，英国人反对它，觉得它为敌对的军队、恶心的外国观念、有害的甲虫与狂犬病敞开了坦途。我从威尔士往伦敦打电话，订一张开往布鲁塞尔的"欧洲之星"车票，几乎从服务一开始，我就听出，电话那头订票人员中年式、慈母般的英语简直像演戏一样夸张，但却丝毫不为她这份工作的革命性感到惊讶或兴奋。一张从英吉利海峡底下穿过的车票哎！"喔，亲爱的，祝您旅途愉快。"她的口气平淡而家常，她建议我买头等舱，就当是让自己开心，然后对我说再见，仿佛刚才只是卖了一张去滨海韦斯顿（Weston-super-Mare）短途旅游的车票。人们对任何事情都会习以为常。

108
支点

　　在穿越 50 年、跨过 1000 万平方千米的欧洲诸国漫游中，德国是唯一可以终结行程的地方。"欧洲，"陀思妥耶夫斯基笔下一个人物说，"永恒的德国！"德国是这片大陆的支点，我们这一代欧洲人，连同我们的父辈与祖父辈，都生活在对德国力量的反应中。德国爱国者经常说，对其他国家来说不幸的是：德国位于这片大陆正中间，占据了枢纽位置，是最富有、最强大、最有持续动力的欧洲国家，同法国、尼德兰、卢森堡、比利时、丹麦、波兰、奥地利、捷克共和国和瑞士接壤。它像是发电机，要不就是个沉重的负担。德国干了很多让20世纪变得恐怖的事，到这个世纪结束时，它还是个强大的有凝聚力的国家，一个半自治国家[1]的联邦，但又是一个仍然自负地意识到自己的民族与种族同一性的共同体。"二战"前，德国宣称对欧洲各处居住的德国人所生活的领土拥有主权；"二战"后，流散到各处的德国人成千上万地返回祖国，从波兰，从捷克斯洛伐克，从立陶宛，从罗马尼亚，从乌克兰，从苏联；冷战结束后，民主德国的1600万公民被重新纳入统一的联邦共和国。大体上，他们坚忍地表现出强大的适应能力。

然而，在某些方面，德国仍然比大多数欧洲国家更脆弱，这让我吃惊。"德国，它在哪儿？" 1797年，席勒这样问道，对我来说，它仍然有点像个孤儿。甚至到现在，它还偶尔让人感觉是可怜地孤立于一个其他民族可以如此舒适如此有利地迁居的更广大的世界。我生来（"一战"结束后8年）就感觉到德国凶险的存在，它是一个已经被历史羞辱、嫌恶的国家。英国人，法国人，荷兰人，意大利人，瑞典人，丹麦人，西班牙人，葡萄牙人，在各自的全盛期都曾拥有巨大的海外帝国，长期习

---

[1] 原文为德文：Länder。

惯于辽阔的地平线。就连俄国也有太平洋海岸。通过对非洲和中国的急不可耐的干涉，德国进入帝国主义竞争，而此时，帝国主义的观念几乎已经死去。芬芳的马拉巴尔海岸不是他们的，加勒比的棕榈和沙滩也不是！德国人对命运不满，他们的能量凝结成恶意。两场世界大战，他们都不是被实力相等的军队公平地击败，在象征的意义上，挫败他们的是来自大海的力量——积聚这力量和财富的是组织更自由、朋友更多、更幸运的民族，被德国人整体妖魔化为基督教欧洲的古老妖怪，锡安长老会。

50年的和平平息了德国的神经质。今天德国人同其他任何民族一样，被世界上其他人熟悉——也许他们从未统治过那些遥远的海岸与沙滩，但他们比其他欧洲国家更成功地把产品卖到那里，并坚持不懈地在那些地方晒日光浴（尽管，出于一条我认为是旧时不自信心态残余的禁忌，他们很少住那些与其财富地位相匹配的最好的酒店）。海外帝国死了，消亡了，命运吊诡的轮转让今日欧洲又像是回到了德国特有的那种更为古老的统治权的时代——德国力量主宰欧洲的既好又坏的时代。

109

事件现场

我的天啊，我第一次去柏林时肯定没有这种感觉。当时我以为这辈

FIFTY YEARS OF EUROPE
AN ALBUM
JAN MORRIS

子都不可能看到它再成为一个伟大的都城。不久前这里发出过多么可怕的命令，策划过多少几乎超乎想象的梦魇，它简直不是个城市，而是个恐怖的渊薮。尽管它已经大部分沦为废墟，但断砖碎瓦中仍有令人恐惧的纪念碑。希特勒的地堡是碎石中一处不起眼的土丘，指出来免不了让人打个寒噤。戈林的空军部大楼和盖世太保的总部依然矗立，我住在被烧坏的阿德龙（Adlon）酒店摇摇欲坠的残余部分里，纳粹曾经在这酒店的棕榈树盆栽下阴险地同上流社会人士交际，安排上千种堕落行径。他们在万湖（Wannsee）边一座别墅里策划了屠杀欧洲犹太人的"最终解决方案"。多么可怕的城市！甚至在破碎的宫殿和残破的教堂，在堵满碎石的街道，在裂开大口的国会大厦和用栅木板阻断的剧院废墟，仍徘徊着一种可怕的潜能。我想，在希特勒首都的最后一丝阴影被驱散之前，德国将永远不可能放松下来。

然后柏林墙被修起来，这座城市似乎以另一种方式变得虚幻。此时它像是一种双重展示。墙东边是宽阔的林荫道、庞大的公寓楼、国营商店、宣传海报……墙西边是当代资本主义的大杂烩在欢跳腾跃、精心打扮：霓虹灯、自动点唱机、《时代》杂志、马尾辫、平装本惊悚小说、干马提尼酒……在那些年月里，这座城市似乎与德国关系不大。它的两半分别移植于两个遥远的列强，一边是美国，一边是苏联。纳粹主义的丑恶幽灵逐渐退却，但却没有什么本土的东西取而代之，只有对其他国家价值的或阴沉或俗丽的展示。

110

噢柏林！

只有在东欧剧变、柏林墙坍塌后,我才感觉柏林像其他首都一样,成了一座真正的城市。然后,我带着欣喜观看它一年年复苏。我喜欢去原来的东半边,住进菩提树下大街(Unter den Linden)边上一座酒店,它虽然很难企及战前阿德龙酒店邪恶的光彩,但至少热切追求着资本主义西方的标准。一走出那儿,我就可以进入这座正在苏醒的城市的中心。一点又一点,破碎发黑的林荫道被重建;一个微笑又一个微笑(我喜欢这样多情地幻想),老柏林的精神再次慢慢复活。在歌剧咖啡馆(Operncafé)吃苹果馅奶酪卷(Apfelstrudel)和冰激凌,麻雀在我脚边嬉戏,学生在树下大笑,我立刻体会到世世代代快乐柏林人的情绪,他们就在这同一个地方把自己养肥。有一次,我听到从剧场(Schauspielhaus)背后一道地下室窗户里传来天籁般的音乐,往里一瞅,眼睛正对上柏林交响乐团一个年轻小提琴手全神贯注的目光,他没穿外套,系白色领结,正为晚上的音乐会热身。在我看来,他就是永恒的柏林的化身;然而,还要许多年,德国人才能确定自己心目中的新柏林（一个统一的民主的德国的新首都）是哪种样子，并召集全欧洲的建筑师来规划它。

III

经理囚徒

我碰到的第一批德国人是战俘，被俘获他们的英军派作食堂帮佣和公用杂役。在埃及有几千号这样的德国人。在我看来，他们几乎像奴隶一样守纪律，但同时比我们的士兵更纯朴，更有文化。一方面，他们往往是优秀的工匠，能够修东西、建东西，英国士兵很难做得那么好；另一方面，他们在智力上显得更自信，似乎一个德国二等兵也能像英国军官一样称职地看地图，或者制定时间表。我的感觉是，这些战俘中很大数量是英国人所谓的"当军官的材料"，既然他们的体格与气质与我们大体类似，我只能认为是教育让他们显得出色。他们的德国，在1945年的火焰中消亡的那个德国，是一个仍由贵族和农民组成的国家：一端是许多小诸侯仍然居于祖传的产业里，另一端是大量农业无产阶级过着旧的生活方式，直到20世纪40年代还用马犁地，还穿着古怪的服饰。尽管那些士兵看似有教养，实则有的不是勇气，而是返祖性的过度残忍，但他们学习和思考能力都很敏锐。数十年后，德国再次成为欧洲最富有最强大的国家，我偶尔会记起那些在厨房里如此谦卑地侍弄餐饭的勤奋而聪明的战俘，不知其中有多少人如今在摩天大厦的公司办公桌前，坐在宽敞的旋转椅里。

112

一件贡品

我母亲曾经熟悉的是一个有皇帝的德国。和当年许多大不列颠人一样，我外公热情地崇拜德国文化。母亲在莱比锡读书期间，外公急切地跑去看她，带去一对蒙茅斯郡雉鸡进献给她的教授，显赫的罗伯特·泰西穆勒[1]。80年后，我去了莱比锡，去看我母亲度过快乐的少女时代的地方。我想象她初抵莱比锡的样子，在当时欧洲最大的火车站的月台上，兴奋，又有点害怕。我重新体验了她在露天咖啡馆里度过的快乐的夜晚。我像她一样，听到巴赫的圣多马教堂[2]里传来巴赫的曲调。我穿过她曾漫步的公园和花园，想象她急匆匆奔向音乐厅，因为被禁止去看理查德·施特劳斯那出不适合少女观看的歌剧《莎乐美》，她是跳窗逃出来

---

1 罗伯特·泰西穆勒（Robert Teichmüller，1863—1939），德国钢琴家、音乐教育家，是其时代最有影响的钢琴教师之一。

2 圣多马教堂（Thomaskirche），莱比锡一座路德会教堂，巴赫长期担任这座教堂的唱诗班指挥，其遗体也安葬于此。

的。最后我发现自己走向音乐学院。它的样子和母亲毕业证上镌刻的一模一样——这是德国音乐学院的巅峰和典范。我走进去,里面有著名音乐家们留胡子的官方半身像,有学生带着大提琴和乐谱夹快步走过,朗诵和排演的通知在公告板上飘动,毫无疑问,从我母亲那个时代以来,它们一直这样被风掀动。

历经两次世界大战、皇帝统治终结、纳粹政权生与灭、共产主义来又去,我所看到的一切都没有变。每道门旁边贴有一张教授名单,就算看到泰西穆勒的名字我也一点儿都不会惊讶。我们走进一间练琴房,一个学生正在努力弹奏肖邦的前奏曲,有那么一瞬,我真的以为那就是我母亲,年轻、微笑,从琴键上抬起头来,充满期待地望向我们。我几乎确信,窗台上放着一对雉鸡,裹在一份《蒙茅斯郡灯塔报》里。

113

湖边

在默尔恩一家湖滨旅馆,我从窗户里观看四个德国小孩玩耍。他们的大人在餐厅里吃饭,我估计几个小孩的年纪在六岁到十岁之间。领头的总是两个男孩,猛冲猛撞,往水里丢石头,朝经过的船挥手。女孩尽职而热情地跟在后面。其中一个苗条,金发,俏丽,穿着一件她喜欢的印花连衣裙四处雀跃。另一个非常不起眼,矮胖,穿一件蓝色带风帽的夹克,袖子太长,下身是一条格子呢短裙。不起眼的女孩总是落在最后。她可能永远跟不上。他们跑向防波堤尽头,她总是被甩在后面。他们乱糟糟地冲进来,冲在餐厅尽头懒洋洋喝啤酒抽烟斗的大人说话,门在前面三个小孩身后关上,又过了挺长时间,矮胖女孩才喘着粗气、艰难地推开门,蹒跚着走进来。这四人组里,我最喜欢她——她那么努力,笑得那么倔强,那么费劲地不停卷袖子。我也同情她。她家人对她很少留意,其他小孩待她如待宠物狗。然而,当他们再次奔跑出去,她经过我桌前,我给了她一个微笑,她却回给我一个最恶毒的怒视。

114

对德国人抱歉

有时我会对德国人抱歉——特别是那次在北巴伐利亚的帕绍,位于多瑙河、莱茵河与伊尔茨河共同交汇处的一座快乐的城市。我曾经同几个文学同道在这儿接受一个年轻的德国英语文学教授的友好款待。他让我们在阳台上摆姿势,自己跑下楼到花园里给我们拍照,我趁此机会看了看他的公寓。房间布置得很舒伯特。简单的陈设,空荡荡,令人愉快,装饰有印刷的艺术作品,散乱地放着平装书,老式打印机的滚筒上还有一首未完成的诗。窗外苍白的河水波光粼粼。"准备!"年轻的教授喊道。他在我们下面,在小花园里开花的樱桃树下,在长满浓密蒲公英的草坪上。他对焦镜头,我们摆足姿势,一朵花落到他脚边,突然我对德国人产生了一丝歉意。

阳台上有五个人,两个来自英格兰,一个南非,一个威尔士,我觉得我们似乎来自一个更自由、更轻松、本质上更幸福的完全不一样的世界。帕绍极为靠近欧洲的心脏,深深地被陆地包围。阿尔卑斯山挡住它通往地中海的路,它与波罗的海中间是德国的辽阔土地。就连乌鸦,要飞到比斯开湾也有 700 英里。河里的汽船驶向保加利亚、罗马尼亚、俄罗斯——在平原之间一英里一英里地行驶,穿过伊利里亚(Illyria)的铁门[1],然后才到黑海。那天,我体会到了德国人过去常怀心中的某种不公平的感觉。帕绍的魅力,樱桃树的花,年轻教授,还有他的诗与打字机——这一切突然打动了我。我觉得,当他从阳台上往外望,看到的只是德国封闭的壁垒,还有驶入斯拉夫人那片领土的远去的河船。而我们从各自的阳台上往外望,目光会越过大陆,当我们的船轻快地驶离港口,它们要去的不是铁门,也不是可怕的亚速海,而是整个世界的辽阔海洋。希特勒在帕绍住过一段时间,我觉得很容易想象他沉思着从窗口

---

[1] 铁门(Iron Gates),多瑙河一峡谷,在罗马尼亚与塞尔维亚之间。

越过河流眺望，某些同样的想法在心中升腾。对他来说，纽约或悉尼必定是那么的遥远，以傲然之姿进行全球扩张的大英帝国的景象又是多么辉煌、多么令人嫉羡！

"笑一个。"年轻教授说道。我们都微笑了，但我的笑容一定是最难看的。

115

摘自托马斯·曼的《布登勃洛克一家》（1902，H. T. 洛－波特译）

"我们想要自由。"莫滕说。

"自由？"她问道。

"是的，自由，你知道的——自由！"他重复着，做出一个意义模糊、笨拙而激烈的手势，向外又向下，不是朝向梅克伦堡海岸逼仄海湾的那个位置，而是朝着空旷大海的方向，那里蓝、绿、黄、灰的波纹翻滚着涌向我们目力所及的雾蒙蒙的天际。

托尼的目光追随他的手势，他们坐着，望向远方，手在长椅上紧靠在一起。

FIFTY YEARS OF EUROPE
AN ALBUM
JAN MORRIS

116

"这会让世界注意到我们"

1995年，经德国政府批准，保加利亚裔美国艺术家克里斯多·耶拉瑟夫[1]对柏林的德国国会大厦进行改造，制作出一件作品——其实就是用灰色的塑料包装材料将整个大厦覆盖，用蓝色的带子扎紧。我震惊了！这不仅是愚蠢，实际上更是堕落——你能想象美国国会大厦被同样蒙起来吗？——但我诧异地发现德国人喜欢这玩意儿。他们把整件事当成一场娱乐，那座倒霉的大楼被食品摊、热狗档、野餐者、行为艺术家、卖艺人、乐队和一家帐篷餐厅包围，变成了一个游乐场。双翼飞机和直升机在头顶盘旋。几乎没人觉得将这座有历史的老建筑裹成圣诞节包裹（有些边角明显突出，似乎威胁着要戳破塑料）是一种侮辱。侮辱？他们最不希望统治者有的就是尊严。他们想要政府贴近民众，不要高高在上或遥不可及，也不要威严高贵。他们想要乐子。想要现代化。毕竟，他们所受的教育就把老西柏林华丽花哨的资本主义视为文明的典型，他们觉得，对德国来说，把国会变得傻里傻气是件好事。"这会让世界注意到我们。"但我再次对他们表示遗憾。

---

[1] 克里斯多·耶拉瑟夫（Christo Jaracheff，1935—2020），著名包扎艺术家和地景艺术家，长期与妻子合作，作品遍及世界各地。

117

喂鸭子

外国人在德国仍然会感觉格格不入,亚洲人尤其如此。我们在吕讷堡一家河边餐厅,从窗户里看到附近一座桥上有人喂鸭子。他也许是伊朗人,黑眼珠,表情忧伤。他以温柔忧郁的动作从一个白色塑料购物袋里掏出面包皮丢进水里,背后是最为典型的德国背景:一座中世纪塔楼、一排半木质的商会旅馆。他的每个动作都像在诉说孤独,混合了对情感的渴求。鸭子在下面褐色的水里嘎嘎叫,他像个囚徒在喂唯一的朋友。市民从他背后过桥,对他毫不留意。面包喂完了,他准备离开,把袋子揉成一团,却发现里面还有最后一小块,他把它丢给一直在他脚下打转的一只孤独而饥饿的鸽子。然后,他点燃一支烟,消失在塔楼大门里,我们永远不会再见到他了。

118

快乐时光[1]

因为希特勒最喜欢的作曲家瓦格纳,我曾经一直把拜罗伊特当作德

---

1 指酒吧或旅店主要提供减价饮料的时间,通常是在下午较晚时候或傍晚。

国的卢尔德，一个供找寻德国灵魂的人朝圣的地方。在那里，音乐被倾注了日耳曼的全部庄严与神秘。在那里，德国神话中的英雄与魔鬼同德国现实的成功与失望面对面。然而，直到20世纪90年代初，我才第一次去拜罗伊特，此时，我年轻时见到的那个悲剧的德国已经从深渊里被救了起来。在这个著名的小城，我发现的不是一场神圣的献祭，而是一段快乐时光。

我发现在主广场马克西米利安大街坐得越久，就越难想象瓦格纳在这些街上统治着它，更不消说坐着黑色敞篷车旋风般穿街而过的希特勒及其爪牙。广场足够宏伟，点缀着漂亮的巴洛克式喷泉和建筑正面，但肯定不包含任何瓦格纳主义的东西。广场边有个麦当劳，向西延伸的购物街被改成步行区，被连锁商店占领。我在一家标准化的咖啡馆喝咖啡，享受到的服务同在荷兰或英国毫无二致，极有可能属于同一集团公司。各色各样的粗鲁汉子在周围瞎混，一个辍学者横躺在长椅上，附近有摇滚乐在轰响，主流人群是为家里采购东西的友善的中年妇女。然而，众神在这里看到了他们的黎明！拿破仑的大军由此经过，巴伐利亚国王路德维希二世、希特勒、美国军队都攻占过此地，铁幕在东边几英里处砰然关闭，让拜罗伊特在两种意识形态之间做了40年的边境城。在那之前，理查德·瓦格纳本人来了又去，结果让世界上几乎任何人被问到拜罗伊特的时候，都会想起排山倒海的音乐、燃烧的女武神布伦希尔特、心碎的特里斯坦、头盔和胸铠，还有希特勒本人，他头发油光水滑，胳膊饰有万字符，眼神狂野地坐在前排座位。

如今，快乐时光来了。拜罗伊特人有钱有闲，流连于广场上三脚桌间畅饮啤酒，拉长的影子朝麦当劳伸去。这是一个富裕的小城，经营有方，营养充足，自豪于其著名的庆典。它还没有忘记它的众神与恶魔。我住在一家老驿舍，房东对我说，以前这里住过拿破仑、路德维希和希特勒。我问他，这三个人中，他最喜欢谁重新入住？他面无笑容地说："全都是狗屎。"

119

文化之城

在魏玛的大街小巷漫游是一件多么快乐的事儿！这座德国小城的特征历来就是优雅而有文化。18世纪后期，年轻的公爵卡尔·奥古斯特[1]把他的首府变成了艺术天才们的幸福隐居地，从此，魏玛就在对他们名字的回忆中享受着温暖的待遇。你会听说，李斯特故居有一家快乐的餐

---

[1] 卡尔·奥古斯特（Karl August，1757—1828），德意志邦国萨克森-魏玛-艾森纳赫的统治者，1758—1815年为萨克森-魏玛-艾森纳赫公爵，1815—1828年为大公，长期保护和资助歌德。

厅。在歌德故居往右转，就到公交站。你想要参观席勒故居？那简单，从歌德和席勒的雕像沿着席勒大街径直走。在城里四处溜达，在那些杰出人物的阴影里漫步，不时在树下吃个冰激凌，真是惬意极了。街道大多安静而平缓。小男孩拿着钓鱼竿涉水穿过伊尔姆（Ilm）河。街头音乐家的表演令人愉快。赏心悦目的公园和花园比比皆是。很容易想象年轻的卡尔·奥古斯特一手挽着一个诗人漫步，向热情的臣民左右点头。据我所知，没有一座城市会如此本能地将美的观念作为一种政治概念，作为现有秩序的一部分——这也并非指那种浮华权威的美，而是一种友善、有趣、如同室内音乐般的美。

但这儿也有可怕的东西。作为德国的文学首都、不朽的诗歌精神的宝库、自然崇拜和神秘梦幻的隐修所，魏玛成了纳粹心爱的地方，作为回报，它也爱上了纳粹。"希特勒主义和歌德的混合，"1932年托马斯·曼就严苛地评论道，"特别令人不安。"集市广场上耸立着大象旅馆（Elephant Hotel），决伊尔姆河之波，也洗不尽这座倒霉旅馆的污点。它是一座漂亮的20世纪30年代的建筑，但非常可惜地将内部重新装修成了亮晶晶的镀铬风格，令人无法抑制地想到即将到来的趾高气扬的纳粹长官和他们的女人。这个印象实在是太真实了。希特勒及其党羽特别中意这家旅馆，元首不止一次站在它的阳台上，朝外面广场上热情的群众发表演说。

事实上，纳粹对魏玛如此着迷，甚至在那儿竖起他们最著名和最有代表性的一座纪念碑。他们选择的地点位于城外的埃特斯（Ettersberg）山，歌德当年喜欢坐在山上一棵橡树下沉思，此山因而出名。一天晚上，我不情不愿地参观了这个地方，如今它是城中大力宣传的一个流行的旅游景点。我的出租车司机，一个爱交际的家伙，一路上快活地唠叨个不停。我在魏玛待得愉快吗？我参观了歌德故居没有？我感觉吃得如何？我是否知道在千禧年终结的1999年，魏玛将成为"欧洲文化之城"？"可喜可贺，"我说，"再一次作为歌德与席勒之城而得到认可。""说得对。"出租车司机说，与此同时，我们转进支路，朝山上的布痕瓦尔德集中营开去。

120
——

乡村风格

在东欧剧变前，民主德国似乎是我心目中世界上最可怕的地方，当时工业污染的遗痕将持续多年。另一方面，那里的农业技术相对不发达，勃兰登堡乡村的广阔平原才幸免于化肥之害，结果留下了奇迹般的新鲜与自然——有一半田地乏人打理，变得乱糟糟，一半的树需要修剪，但仍然光彩照人、活泼有机。在那些可爱的风景中漫游时，云雀整日在头顶鸣啭，那里有长满罂粟的草地，有樱桃树结满果实的长长的林荫道，不时可见作为古老欧洲童话象征的鹳鸟的巢，舒舒服服地安置在粗陋小山村的烟囱上。有一次，我看到三只鹳庄严地高飞于柏林上空，我担心我们是能够看到这一景象的最后一代人了。

121

耻辱

20世纪80年代的一天，我驱车穿过德国波罗的海海滨城市罗斯托克，突然发现自己有点迷路，我犹犹豫豫，弯来绕去，试图在街道地图上找出自己的路。马上背后就传来恼怒的喇叭声。当时，罗斯托克正因新近发生的几起针对土耳其移民的种族攻击事件而恶名在外，我的血液沸腾了。"该死的德国佬，"我不由自主地念道，"他们永远本性难改。这畜生可不就看我是个外来人？"我坐在车里回过身子，打算像上次在维也纳一样，向他比画出威尔士弓箭手的粗鲁手势。上帝啊，这居然是个醉酒的亚洲人！我甚至对自己脸红了，尤其是我想到，我这50年遇到的各种德国人，不论在哪种意识形态统治下，从他们那儿得到的几乎全是善意。

虽然我是战争中长大的孩子，却不能总是回以慷慨的善意。如今还刺痛我的一个记忆是，在德国还沉陷于耻辱与幻灭的20世纪50年代，我在巴登-巴登（Baden-Baden）一次聚会上碰到些德国年轻人，他们同我年纪相仿，接受过希特勒青年团的训练，我们的交谈如履薄冰。我们绕过最近的历史，避开道德问题，即使这样，到最后分手时，我还是发现一个女青年潸然泪下——那是将她的自我怀疑、她的愧怍歉疚、她的横遭厄运之感同当年我总是忍不住表现出的不加掩饰的民族自豪感加以比较而流下的耻辱泪。30年后，我和一组德国电视人合作拍摄一部电视电影，历经许多欧洲国家。陌生人经常问我们在干什么，我总是着意地强调：导演和他的团队是德国人，但我来自威尔士。"你羞于与我们为伍。"一天，导演悲哀地控诉我。尽管我马上否认，但我知道，他说得没错。

他们也是上帝眷宠之人。他们比其他任何欧洲民族更精擅音乐这门最神圣的艺术，也许是因为德语的特殊节奏，也许是因为他们最伟大的先知马丁·路德让音乐成为其宗教之本。甚至在最堕落时，他们也会敬重这一丝火花——就连集中营里虐待狂的军官也感到有此必要，甭管是真心还是伪装，反正都会表现出对音乐的热爱。从备受折磨并且往往是残忍的民族精神里，迸发出巴赫与贝多芬的荣耀——这确实是陈词滥调，但仍然是一个谜。走进一座德国大教堂（极有可能曾经是一口纯粹种族主义的大锅），听到一首令人敬畏的巴赫赞美诗雷鸣般轰响于中殿，没有什么比这更能打动我——在我心中，这是一种人类渴望的终极表

FIFTY YEARS OF EUROPE
AN ALBUM
JAN MORRIS

达，是欧洲至高无上的荣光。

1991年我去柏林参加勃兰登堡门落成200年典礼，那是一场充满可怕的可能性的周年庆。勃兰登堡门是普鲁士虚荣的胜利，无可否认是一道狂妄自大的拱门。在战争中受损的它最终被修复，闪亮的四马二轮战车再次配上铁十字架和普鲁士鹰鹫（共产主义岁月里，它们被特意取掉）。乐声大作的胜利游行队伍穿过大门，国家元首行列的羽饰华服盛大展示，贡比涅火车车厢[1]被拖来表现报复性的凯旋。漫长的庆典结束时奏起"德意志高于一切"，我怒形于色地想到，这会是一场多可怕的梦魇！不过，演奏者是一支弦乐四重奏乐队，海顿的精美旋律以温柔的抑扬顿挫漂浮在静默的人群头顶，穿过这座伟大复兴的城市的灯火，足以融化容克地主的心。

---

[1] 贡比涅（Compiègne），法国城市，1918年德国向法国投降的协议和1940年法国向德国投降的协议，都是在该城郊区森林一个小火车站的车厢里签订。

4
互联的网络

{ 欧洲不由自主地被习惯和技术连成一体 }

的里雅斯特成为一个城市，全靠它位于去别处的路上。从周围山上任何一个视野开阔的地点，就能看出它存在的理由。在这儿，从欧洲内陆延伸出来的道路抵达地中海，与一边通往意大利、另一边通往斯拉夫国家的道路连接；在这儿，船舶起航，沿着亚得里亚海驶向外面的世界。的里雅斯特是港口的典范，处在重要商路会聚于深港的端点。兴盛时，它是重要的贸易中心，重要的交易所，免除了关税的大商场，永恒的商品交易会。在多情的的里雅斯特传说中，阿尔戈英雄们驾船从黑海出发，沿着多瑙河逆流而上，穿越山岭，找到金羊毛，回家的路上经过了的里雅斯特。当然，罗马人在这里建立了特盖斯特（Tergeste）港，19世纪时，的里雅斯特历史学家乐于声称它被绘在罗马的图拉真[1]柱上（更加晚近的一位学者宣称，这个假设"没有一丁点可能性"）。仍有一条输油管从的里雅斯特港通往德国的因戈尔施塔特，或多或少还是沿着中世纪商队将东方商品运往奥格斯堡和乌尔姆的贸易中心时走过的那条路径。

这座城市在铁路时代到达顶峰，火车让它的码头区同维也纳直接相连，让它成为全奥匈帝国的头号口岸，于是它的利益远远地伸入了中亚和东亚。的里雅斯特的第一个现代港口其实是由一个铁路公司在弗兰茨·约瑟夫一世的赞助下修建，皇帝还慷慨地从维也纳亲临的里雅斯特视察进度，最终，三条独立的铁路线将它与其腹地连接。我还记得曾在这些码头上见过蒸汽火车奔跑冒烟（古斯塔夫·马勒下榻德拉维尔大酒店时，常因被它们吵醒而恼怒），有时，在亚得里亚海炽热的阳光下，火车车厢上居然带有雪——北方的雪，山里的雪！这比什么都更能清晰地说明从亚热带延伸到北极圈的欧洲的形体与意义，千百年来，无数迤逦于大河峡谷、穿越或穿透山岭、从棕榈沙滩伸向冰封海滨的公路和水

---

[1] 图拉真（Trajan, Marcus Ulpius Nerva Traianus, 53—117），罗马帝国皇帝（98—117年在位），罗马帝国五贤帝之一。在位时立下显赫的战功，使罗马帝国的版图达到极盛。他曾经建立"图拉真柱"记载自己的功绩。

FIFTY YEARS OF EUROPE
AN ALBUM
JAN MORRIS

道将欧洲拉扯到一块儿。

这些连接往往从史前就已存在，这些道路被如此长久地延续下来，变成了一种本能的产物，像是动物穿越森林的踪迹。它们构成了一张古老的交互网络。"二战"后没多久，新的南斯拉夫联邦就几乎对西方关上了大门，的里雅斯特的山岭之外就成了一片充满威胁与禁止踏足的灵泊，有一艘小蒸汽船定期从的里雅斯特海事站出发，沿着伊斯特拉海岸驶向达尔马提亚。我心灵的眼睛还能看到它嘎嚓嘎嚓航向南方，喷出的零落黑烟逐渐消散在海湾对面。它谦逊地沿着海岸慢慢走，无视意识形态，几乎也用不着思考——或者这是我的幻想。我总是以同情的目光望着它，如同望着渡船横越冥河，但它总是在一两天后平安归来。它总是走那条路，它是生活与历史模式的一部分。

如今，这些连接更紧密了。一年年，现代贸易、金融、运输、旅游业、通信和大众旅游让欧洲更加熟悉自身，越来越趋近一个整体。我第一次见识网咖就在的里雅斯特，没在聊天的顾客一边喝着卡布奇诺，一边懒洋洋地上网冲浪。

互联的网络

1

在路上

  对我来说，欧洲的一个叫人兴奋之处是日日夜夜永恒交叉往来于这片大陆上的卡车队伍——20世纪40年代末是试探性的涓涓细流，50年后几乎达到饱和。我爱这些穿行在欧洲重要交叉路口之一的巨兽。它们车篷上的名字让我浑身战栗，车辆本身形形色色的宏伟气度就足以构成一道非凡的景观——马德里开来的、挡风玻璃上有遮阳板的卡车，德国开来的巨型拖车，饱经风霜的爱尔兰卡车，颜色活泼的意大利卡车，像兄弟一样结对而行、开往索非亚或布加勒斯特的英国卡车，开往葡萄牙的匈牙利卡车，奔向荷兰、立陶宛或列支敦士登的波兰卡车：在某个高速路咖啡馆的停车场，整夜都有卡车轰隆隆开进来，像是看到一支大商队摆出车阵，倘若天气暖和，会看到周围闪烁着一圈薄薄的热气，到处都有人露营。

2

缩短

  我怀念这种委婉的风景（欧洲的环保主义者肯定不会欣赏），因为我把这些卡车视为实现历史进程的力量。如今它们大多行驶在高速公路上，但它们也非常频繁地遵循古老商路的轨迹，沿着同样的峡谷，翻越同样的山口，在同样的商业与工业中心之间来回，沿着史前人类涉水或乘船渡河的路线从高处横跨同样的河流——早在 14 世纪，信使们就在布鲁日和威尼斯之间建立了一条日常的陆路运输线路。有时，他们遵循神圣的道路，比如曾经引领异教徒穿越布列塔尼抵达卡尔纳克[1]神秘区域的那些路径，或者在几百年中让朝圣者穿过法国和西班牙北部来到圣地亚哥－德孔波斯特拉的圣詹姆斯圣殿的那条宏伟路线。有时，他们追随的是甚至更古老的足迹：著名的牛津高街抛物线，偶尔偷偷开过的重型卡车仍然沿着这条路径行驶，据说它精确地复制了一个人自然而然地穿过草地时采取的路径。

他们经常沿着古罗马的道路行驶。运货穿过南意大利去往布林迪西，他们会沿着最著名的亚壁古道[2]走。乘船越过亚得里亚海到阿尔巴尼亚的都拉斯，然后开车去往地拉那，他们会选择曾经将罗马和君士坦丁堡连接起来的埃格纳提亚路[3]。在瑞士，从巴德拉加兹（Bad Ragaz）去苏

---

1 卡尔纳克（Carnac），法国西北部一个市镇，濒临布列塔尼半岛海岸，该地有平行排列的史前巨石纪念碑，并因此而出名。
2 亚壁古道（Appian Way），罗马与意大利阿普利亚之间的古罗马大道，建于 312 年，后延伸至布林迪西，全长超过 563 千米。
3 埃格纳提亚路（Via Egnatia），罗马人在公元前 2 世纪修建的一条道路，穿过今天的阿尔巴尼亚、马其顿、希腊和土耳其欧洲部分的领土。

黎世的老路上，他们会穿过那些名字中包含着古罗马道路驿站编号的村庄——Prümsch、Siguns、Terzan、Quarten、Quinten。当蜿蜒的欧洲乡村道路突然变成几英里笔直笔直、冷峻慑人的军用公路，我们全都觉得认出了一条古罗马的路，甚至坐后排的小孩也这么想。其实，它往往根本不是古罗马的路，而是一条以前的铁路，又或者不过是现代修建的一段不同寻常的轻松直道。然而，有时会真的碰到罗马人（他们是欧洲现代道路最早的修筑者）的遗迹，因此，行驶于其上，会产生一种真正历史性的战栗。在欧洲大多数地区，不时有古老秩序的幽灵向你迎来，带着效率与准时的特殊承诺。在那些完全没有罗马道路的地方——尤其是爱尔兰——直到今天，我仍然会感觉到一种特殊的混乱无序。在有罗马道路的地方，我把那路视为欧洲有节律的形式，连接的不仅是罗马与其旧殖民地，也连接着罗马尼亚和葡萄牙、西西里和德国、波兰和威尔士。在威尔士，有一条极西的罗马道路来到凯尔苏斯村（Caersws），在我那些部落先祖的顽抗中走到尽头。

在布雷肯（Brecon）山的背风处，有一条罗马道路从凯尔苏斯往南，军团的马车队沿着它将铅和黄金运出山岭。路上原来的铺路石未得修缮，也没再往上铺设路面，但仍能供汽车开行。今天，这条路伸向荒野，一条现代公路就修在旁边，把卡车引向爱尔兰，然而，在我看来，开着配置最先进的汽车，颠颠簸簸地行进在那些古老的厚石板上，现实

FIFTY YEARS OF EUROPE
AN ALBUM
JAN MORRIS

与历史之间千百年的距离就神奇地被缩短了。

3

各个方向

然而，我是在法国才无比感激地体会到修路的罗马人的存在。那里的乡村道路又长又直，由成排的白杨树划定界线，让坐后排的孩子们认为每一条路都是罗马遗迹；事实上，几乎一直到18世纪，所有像样的法国道路都有一半是罗马人修的。拿破仑引入的法国道路编号方式，看上去无疑源于恺撒。被认为是罗马精神特征的所有清晰明了，拉丁语言的全部逻辑，都表现在那些格外坦率的"各个方向"（Toutes Directions）路牌上，一进入任何法国城镇郊区，就有它们向你迎来，赢得你的彻底信任，绝对无误地引导你穿过背街小巷，绕过广场，越过跨线桥，去往——哦，极有可能是去往古罗马剧场。

4

引自《法国道路之歌》（卢迪亚·吉卜林，1923）

颂赞带来心之欲望的

互联的网络

时间与机会之神,

再一次驱车驶上

法兰西欢乐的道路——

拿破仑编号这么棒,

最笨的蠢蛋也能看出

20英里到马达姆堡,

10英里到昂代伊。

5

狗

多年前,我还年轻时,曾驱车越过大圣伯纳德山口,那是一个寒冷的日子,时间过了那么久,当时天气又那么冷,我的记忆也变得像是做梦,或者幻觉。经过冬天漫长的封闭后,山口刚刚对车开放,雪还在断断续续地下,我孤零零地在滑溜难行的道路上蜿蜒着开出瑞士,奔向意大利。这趟旅程的意义令我振奋。整个欧洲最大的壁垒一直是阿尔卑斯山脉,它从法国到南斯拉夫延伸出一个巨大的弧形,将欧洲中心与地中海、拉丁人与日耳曼人、苦寒的北方与温暖的南方分隔开——实际上,将欧洲分成阿尔卑斯之南与阿尔卑斯之北。圣伯纳德山口是刺穿这条山脉的山口中最著名、最重要的。罗马人铺设了第一条越过这山口的道路，在顶上修了一座朱庇特神庙，在我之前，有过无数朝圣者、商人、征服者由此经过。

那时，我一直往上开，穿过山口背风面仍然封闭的村庄，最终来到山顶的圣伯纳德济贫院——冰封的湖边矗立着两座巨大的建筑，中间一块突出的岩石上竖着十字架。据说这是欧洲当时有人居住的海拔最高的建筑。它们露出一副令人望而却步的样子，但其实是几百年来欧洲受到最狂热欢迎的建筑，常有徒步旅行者翻越山口时在高山上遭遇可怕风暴，全靠济贫院的圣奥古斯丁会修士和项圈上套着白兰地酒瓶的圣伯纳德犬拯救才幸免于难。1842年，诗人塞缪尔·罗杰斯[1]曾写过，这种狗"四肢健硕"，但全都温顺驯服。穿越山口的旅行者基本上都能在此停留，那天，我从猛烈的雪里走进济贫院，一个乐于助人的修士带着我参观了一番。我发现房间里摆满了还愿物和礼品——中世纪徒步旅行者的令人感动的小小便条、国王和权贵们赠送给图书馆的书。我的导游说："我们当然还养着狗。"狗！在900年后，在接待数不清的过路人之后，他们还养着狗！他带我绕到房子背后，我大概记得自己见到一座阔气的狗厩，散发出麦秆和暖意的甜蜜味道，里面有两只高贵的圣伯纳德

---

[1] 塞缪尔·罗杰斯（Samuel Rogers，1763—1855），英国诗人，生前声名卓著，与华兹华斯、柯勒律治和拜伦为同一时期的浪漫主义诗人。

犬，抬起温柔的灰色眼睛从昏暗处友善地望着我。

几乎过了50年，我才再次驾车越过这个山口，这次是盛夏，看到那儿模样大变我毫不吃惊。济贫院旁大批旅游巴士排成行。周围涌来成百上千人，出入纪念品店，在咖啡桌旁喝汽水，在湖边漫步。一块巨大的招牌写着"通往犬舍"，但那儿不再是我记忆中弥漫着麦秆芬芳的狗窝，而是像繁育者的展示柜一样，在巨大的铁笼子里展示出一家子狗。不过，那些狗没有变，仍然温顺驯服，至少同样四肢健硕。

6

最令人激动的山口

在我的经验中，全欧洲最激动人心的高山公路是翻越伦巴第山口的道路，那也是欧洲海拔最高的汽车道之一，从意大利城镇维纳迪奥出发，越过滨海阿尔卑斯山的一道偏远的山脊，进入法国的蒂内埃河谷。它向来不太重要，除了对朝圣者，他们去位于边境线上意大利那边一个高而孤独的地方——圣安娜庇护所（Sanctuary of Sant' Anna）可以从它这儿走。这条路极为蜿蜒、陡峭、岩石遍地、坑洼不平、崎岖颠簸，跨越大量的Z形和U形的急转弯，覆盖着一道道金绿色的苔藓。一个秋日，我开车去那儿，一路上没见到别的车，也没有看到人类生活的痕迹，除了庇护所本身那一堆建筑。在山顶，废弃的堡垒标示出边境线，其中一些是马其诺防线被忘却的孑遗，灰白色的牛群心不在焉地啃啮贫瘠的草地。然而，这山口令人激动之处在于那无数次朝圣的遗产。最后一段陡峭的道路上，每隔几百米就有费尽艰辛垒砌而成的石冢，那是数百年来众多圣安娜的恳求者与忏悔者的归宿。有的修得很细致，由坚固的岩石堆叠，顶上还有粗糙的十字架；有的只是一小堆碎石墩，仿佛是被筋疲力尽的人们丢在那儿。偶尔有成群骑自行车的人欢闹地飞驰在伦巴第山口陡峭逶迤的道路上，当你穿过林地俯冲向蒂内埃，在法国那端的尽头有一个豪华的滑雪胜地，修建于20世纪70年代，用来招待另一种类型的朝圣者。

7

穿过阿尔卑斯山

今天，艰难地翻越高高的阿尔卑斯山的游客相对少了很多，除非为了乐趣。大多数交通从山下穿过，隧道刺穿山体，从一个国家通往另一个。这些工程学奇迹由许多国家在几代人的时间里修建，并且反复升级；但它们总是让我感觉是一个庞大的联合工程，也许类似美国空间计划。偶尔有鸟飞过隧道,在欧洲各国的边境放宽之前,总有漫长的卡车队列在等待放行,汇聚在引道上或者卡车停车场里,犹如数目庞大的迁徙动物。有时,从法国进入瑞士勃朗峰隧道时,天气阴沉,下着小雨,从隧道出来时,已经到了阳光灿烂的意大利,此时,阿尔卑斯山的隧道成了充满各种对比、矛盾和惊奇的欧洲本身活生生的隐喻。1806年,拿破仑·波拿巴修了第一条越过辛普朗关口的道路,他认为这个关口非常特殊,对他的欧洲规划十分重要,于是就围绕着它建立了一个辛普朗共和国。

8

新罗马道路

"二战"结束时,我在意大利第一次看到高速公路[1]。我开着一辆吉普沿着11号公路(我刚刚在一张标注日期为"法西斯纪元13年"的超大的旅行俱乐部的意大利地图上查询过道路编号)从米兰朝东边开。越过布伦塔河谷的田野,我看到每隔几百米就有一对高高的广告牌,排成一串,奇异地向视野尽头的天边外延伸。它们是帕多瓦—威尼斯

---

[1] 原文在此罗列了高速公路在欧洲多种语言中的6种写法:英语为 freeway、motorway,法语为 autoroute,德语为 autobahn,意大利语为 autostrada,南斯拉夫语为 autoput。

高速公路的广告收入来源，这条路不仅是我见过的第一条、也是世界上第一条真正的高速公路——也就是说，第一条明确提供给机动车高速交通的道路。它是墨索里尼最初、最成功的倡议之一，始建于法西斯纪元二年。它绝对笔直地延伸了 30 英里，将穿越潟湖通往威尼斯的堤道连接起来，我马上就发现，这一路上的广告牌扎眼地矗立在道路两侧，出人意料地不宣传意识形态，而是推销洗衣粉、玉米片之类的家居用品。

我不知道为什么法西斯主义者决定在帕多瓦和威尼斯之间修筑第一条高速公路。也许这可以说只是一个试验，但结果却是，直到法西斯倒台后，意大利高速公路才修往人们希望修高速路的地方——北方的阿尔卑斯山区，西边的法国边境，此外还有太阳高速公路（Autostrada del Sole）壮观地从意大利一端通往另一端。德国的情况正相反，高速公路被特别设想为战略路线，以便让德国军队快速移动到国境一端或另一端，就像古罗马军队沿着那些笔直平整的道路行军到驻地一样（实际上，希特勒相信，总体而言公路将注定取代铁路）。在英国，从一边海岸移动到另一边海岸从来不是当务之急，所以直到"二战"结束后很久，才开始修建高速公路，我还记得一个运输大臣引领一车外国客人在一条普普通通的公路上开了几英里，仿佛这是一个新时代的开始。

互联的网络

今天，高速公路通往欧洲大多数地方，将道路自身所代表的"团结"——或者"统一"（不同口味的人会有不同的看法）——赋予这片大陆。我们如今全都多多少少习惯了高速路。不论身处哪个国家，我们全都知道在高速路咖啡馆周围该怎么走。我们能够从那儿打电话回家。能够用信用卡付饭钱。把一块塑料插进一条槽里，就有可能得到一些德国马克，或者几千里拉，同时我们在塞萨洛尼基、格拉茨或布拉廷索普（Bruntingthorpe）的银行账户里会记上一笔。在欧洲高速公路上的任何地方，都几乎不会感觉身处国外。

9

一级不存在的台阶

然而，欧洲游历中对我最具启示性的时刻，不是发生在公路上，而是在铁路上——那是一个影响深远的时刻，一个历史性震撼的时刻。那是我这辈子第一次，也是从我父系祖先定居不列颠岛的上千年来第一次，没有看到海水就踏上欧洲大陆。穿越海峡隧道的列车刚刚开始运营，迎迓乘客的是专门设计建造的呈现蓝、银两色的伦敦终点站，还有面露经过良好培训式微笑的多种族工作人员。它的每一处都光滑、有地毯、国际化、热闹繁忙。我从一个和善的人那儿预定了火车票（见第3

章第107节），但我眼下似乎正在登上一个太空舱。

在伦敦和海岸之间，"欧洲之星"被迫缓缓行进，铁轨未能达到列车时速180英里潜能的要求，但我并不在意。列车缓慢穿过肯特郡的蛇麻园时，我相当喜欢这种不着急赶路的感觉，而把时速180英里之类的追求当成毫无价值的**暴发户**心态。进入状态的列车似乎同我一样，以漫不经心的态度对待隧道。我几乎没注意它。前一刻，我们还在英格兰的后花园[1]里徜徉，后一刻，我们就一边吃午餐，一边冲进比利时。简直不值得为此大惊小怪。

直到列车进入布鲁塞尔，我才有一种讶异的感觉涌上心头。**我没有看到海！** 这是一种特殊的、自相矛盾的情感。在我祖先据守岛国几千年后，沿途不再需要看到海水就抵达一个外国城市，我不知道应该感到振奋还是沮丧。这就像是踏上一级不存在的台阶。1930年，年轻的伊夫林·沃[2]首次不乘船而坐飞机飞越英吉利海峡时亦有同感——"当你习惯某种抵达方式……一条新的路径显得极难令人信服。"但作为一种历史性的启示，我认为他的经验还不足以同我的相颉颃。

---

1 肯特郡（Kent）以园艺著称，被称为英格兰的后花园。
2 伊夫林·沃（Evelyn Waugh, 1903—1966），英国作家，著名作品有《一抔土》（1934）、《故园风雨后》（1945）以及"二战"题材的长篇三部曲《荣誉之剑》（1965）。

互联的网络

10
一些共鸣

欧洲的大型列车,甚至包括最新的那些,通常缺乏美国列车巨大的权威感,后者穿越辽阔的风景如同巡视自己的牧场。欧洲列车从来没有那么远的距离要走,它们的车厢更小,机车没那么气派,汽笛声也更轻。没错,若你是法国人,从高速公路上看到一辆高速列车(法语:Trains à Grande Vitesse,TGV)以你车速的两到三倍在乡村飞驰,这多半会让你像安特卫普大教堂里那位 L. R. 布尔托恩一样充满民族自豪感;但对我来说,欧洲铁路的浪漫并不在于列车本身,而在于其沿途站点的宏大罗列。它的铁路网络令人震惊,一些站点有机器,只需按一两个键,就能规划壮观的泛欧路线。你可以在黑海边的康斯坦萨上车,换几次车,在苏格兰最北端的瑟索下车。从伯罗奔尼撒出发的列车最终在拉普兰将你放下。只用一张火车票就从里斯本坐到塔林,理论上来说是可能的。在希腊塞萨洛尼基为旅途打包一篮子食物,能够一路吃到爱尔兰的科克。在欧洲仍被铁幕分割的年代,国际快车携带着更加令人不安的共鸣。我曾经见过一趟从莫斯科开往巴黎的列车抵达柏林,当我在月台上走动时,注意到怀疑或迷惑的目光从过分拥挤、通风不畅的卧铺车厢里盯着我——似乎我有力量将整趟列车再送回去,让他们阴沉地回到大陆的黑暗面。

FIFTY YEARS OF EUROPE
AN ALBUM
JAN MORRIS

11

小火车

另一方面，欧洲的小火车完胜美国的任何同类，夏尔·阿兹纳夫[1]在20世纪60年代极为流行的一首法语歌里对它们进行了恰当的颂赞。欧洲人似乎特别偏爱古老的蒸汽列车，这也是为什么传统的平交路口警示标志仍然是一个学童手绘的老式火车头的轮廓。20世纪60年代，在西班牙，我总是看到来自德国、瑞典或英国的狂热爱好者们兴奋地聚集在铁路旁，肩挎相机等待包黄铜的巨大蒸汽车头拖着西班牙快车驶来。这一类庞然大物如今已不再正常运行，但整个欧洲大陆，到处都还有人充满深情地运营着小型蒸汽列车。威尔士北部有欢乐的窄轨列车：多年来，在教会戒律被严格遵行的地区，星期天唯一能买到酒的地方是费斯廷约格（Ffestiniog）铁路的小型客运列车上的酒吧车厢。一列常规运行的古董蒸汽火车缓缓穿过德国波罗的海海滨温泉城镇巴特多伯兰的街道，接上手提购物篮的家庭主妇，放下夹着公文包的生意人。莱比锡还有我母亲当年熟悉的一座拥有26条铁轨的宏伟火车站，但这条路上还珍藏着古怪的蒸汽火车，从旧巴伐利亚铁路上不起眼的城堡型车站不定

---

[1] 夏尔·阿兹纳夫（Charles Aznavour，1924—2018），亚美尼亚出生的法国歌手、歌曲作者和电影明星。

期地开来开去。至于在哈茨山运营的蒸汽火车网,在冷战时期受到西方游客的喜爱,带来大量硬通货,以至于当时的民主德国国境线对哈茨山的景慕者格外网开一面。

在法国上萨瓦省,我们曾在一个名叫斯克斯特(Sixt)的村子附近住过,村子位于一条峡谷的尽头,而这条峡谷直到20世纪还特别偏僻、不起眼(1844年,约翰·罗斯金寻到这里时,他所写下的只有尝起来是石板味的野草莓)。1858年,为方便爬阿尔卑斯山,一家英国人在丘陵处建了一座木造农舍,曾住过几代人;他们运来一架大钢琴、一张台球桌,还写了一本关于这个地方的书《鹰巢》(阿尔弗雷德·威尔斯[1],1860)。他们帮助斯克斯特村与外面世界相连接。他们赞助了一列电动小火车,它从瑞士边境一路沿着道路中央开来,我们住那儿时它还在运营。我觉得它一半是火车,一半是电车,整体像是来自某个遥远大都市的过时的有轨电车。一个白色的冬日,它从阿讷马斯奔来,载着一车购物者、农民和学童,偶尔以一种颇为惆怅的方式鸣响汽笛,还能有什么比这样的风景更有魅力呢?然而,它不是蒸汽列车,多年后我再回斯克斯特,发现它已经停运。

---

[1] 阿尔弗雷德·威尔斯(Alfred Wills, 1828—1912),英国高级法院法官、著名登山者,1863—1865年任阿尔卑斯俱乐部主席。

FIFTY YEARS OF EUROPE
AN ALBUM
JAN MORRIS

12

月台上的静默

在我50年的旅游生涯之初，蒸汽列车并非稀罕之物，也不是吸引游客的东西，而是日常的运输方式。关于当年在一些支线铁路上的游历，我记得最清楚的是：不论白天夜里何时，火车在乡村车站停下，似乎都有一种静默突然降临——不是我在多尔体验过的那种边境线上有点瘆人的寂静，而是一种温柔的乡村宁静，在我的记忆中同牛奶搅拌器的转动联系在一起。经常，没人下车，也没人上车，我想，我们只是等上一会儿，好吻合列车时刻表，或者把搅拌器装上车。火车引擎虽小，却有国际快车大型火车头的风范，不哼也不喘，只是停在那儿亲切地嘶嘶作响，有时，在守卫吹响口哨，列车几乎无法察觉地再次移动之前，你会听到外面月台上乡村交易的窃语声，或者几个铁路职工提着餐盒走过时的交谈。盎格鲁-威尔士诗人爱德华·托马斯[1]在《埃德斯特若普》（"Adlestrop"）一诗中将这种时空裂隙的感觉不朽化——"蒸汽嘶嘶。有人清嗓。/没人离开，没人来。"——我不怀疑，在欧洲任何地方，只要有蒸汽火车头拖着三四节车厢沿着蜿蜒铁轨开往乡下的地方，就有人

---

[1] 爱德华·托马斯（Edward Thomas, 1878—1917），盎格鲁-威尔士诗人、随笔作家，曾参加"一战"，1917年4月9日在法国阿拉斯战役阵亡。

熟悉那种月台上的静默。

13

摘自《当咱们死人醒来时》(易卜生,1882,彼得·瓦茨翻译)

梅遏:要是那边没出什么事儿,为什么它像这样停下来?

鲁贝克教授:我不知道。没人下车,也没人上车,火车静静地停在这儿,好像有几个小时了。在每个车站,我都听到两个铁路职工沿着月台走——其中一个提着灯笼——他们在夜里互相咕哝,静静地,没有表情,也没有意义。

梅遏:是的,你说得对,总是有两个人交谈……

14

老东方快车遇险记

"二战"后,开车旅行还是一种比较费神的旅行方式,那时我们总是坐老东方快车去威尼斯,我曾经有过一次糟糕的经历。我和妻子留下两个儿子在包厢里安静地睡觉,然后去两三节车厢后的餐车吃饭。吃完饭打算回包厢时,却发现连接车厢的一道门被锁上,我们没法通过。不久,火车停在瑞士高山上的一个车站,正好在一个隧洞前,于是我们跳下车,从月台上跑回我们那节车厢。正当我们开始攀爬通往车厢门的陡峭的铁梯子,火车突然开动。天已全黑。外面极冷。隧道入口已经非常近了,我们还没法打开车门进去。车厢走廊挤满站着的乘客,把门堵着了,我们在黑暗中朝里面挥手,而他们还目瞪口呆地望着我们,似乎被我们的突然出现吓瘫了。我们吼叫——我们猛拍窗户——我们绝望地抓紧扶手——火车加速——人们瞠目结舌——隧道黑黑的洞口越来越近——**东方快车惨案**!就在此刻,两个皮肤黝黑、没刮胡子的男人用力推开走廊中的人群,打开车门,把我们拉进去。他们俩自称土耳其移民工人,正从德国返回伊斯坦布尔度假。整个过程中两个孩子都在熟睡,此后这段经历他们反复听了20多年。

15

新东方快车上的感伤与陈腐

后来,我不止一次乘坐20世纪80年代的东方快车旅游专列,却感到沮丧。它已经被热烈地吹嘘成最后的经典旅游体验——"踏回旅游的黄金时代":闪烁的普尔曼(Pullman)车厢、殷勤的侍者、穿晚礼服的女士、打黑领结的绅士、来自20世纪30年代的老于世故的美国人、钢琴酒吧的餐前鸡尾酒，这就是广告中暗示的场景。但实际上不是这样。车厢肯定闪闪发光，但却没有空调和淋浴，一路上得靠每节走廊尽头烧煤炭的炉子供暖——这方式未免也太古典了。钢琴酒吧的音乐是通过电器播放的。车上的美国人里基本没有科尔·波特[1]或斯科特·菲茨杰拉德（我的一次旅程中，在因斯布鲁克，有两个美国人因为进城找汉堡而没赶上火车）。从哈罗盖特或海威科姆来的可怜的女士，这趟旅游也许是她们在办公室竞赛中赢来的奖品，也许是庆贺钻石婚而收到的礼物，她们肯定用披肩和花袜将自己完美地打扮起来，结果却惊慌失措地发现主宰鸡尾酒时间的男人同她们在扶轮社[2]聚餐时碰到的属于同一类型。在踏回旅游黄金时代的过程中，我草草记下三段对话：

"我一直说，"一位美国主妇对另一位说道，"我不想变成一个占有欲强的母亲，因为**他的母亲**就是那样的。"——她把头朝邻座的丈夫那边一甩。列车继续前行，汤勺咔嗒响，有一两个瞬间，两位女士将探寻的目光投向他。"在威尼斯，他不会对我们好的。"前一位女士说。

年轻的英国妻子，我猜她是在度蜜月："噢，看那城堡。它真可爱

---

1 科尔·波特（Cole Porter，1891—1964），美国著名音乐家，创作了大量歌曲、音乐剧。
2 扶轮社（Rotary），著名慈善团体，以增进职业交流及提供社会服务为宗旨，1905年成立于美国芝加哥，其特色是成员需来自不同的职业，原则上在固定的时间及地点每周召开一次例行聚会。

FIFTY YEARS OF EUROPE
AN ALBUM
JAN MORRIS

啊！"年轻的英国丈夫说："不就是个城堡嘛。你以前也见过啊。"她重新陷入沉默的思考。他继续看惊悚小说。

一个美国人，对我说："你应该读读这本书，从伦敦出发后我就一直在读。书名叫《神拥有我的生意》。对，就叫《神拥有我的生意》。写这本书的家伙是一个非常低调的人，但他在自家店铺上面挂了一块招牌——'上帝是我的经理'。我们什么时候到因斯布鲁克？我们可以在那儿买个汉堡。"

我们就这样朝意大利行进，速度并不特别快。车里充满陈腐与感伤。从外面看，东方快车的确是财富与文雅的典范。田里的人们望着我们经过，似乎毫不嫉妒，也无怨恨，只有一种简单的欢乐，不时冲着这疾驰而过的风雅的展示热情挥手。**哦，以前你见过人们挥手吧？要是见到贡多拉上的人们，他会目瞪口呆。大号字体的'上帝是我的经理'挂在门的上方。"**

16

进入太空时代

多年前初见法国高速列车，是在勃艮第的第戎，站在一个月台上欣赏巴黎快车，机车嗡嗡作响，车体微微颤动，等待开行。我以前从来没见过这种车。它像是来自未来的产物，带着令人不安的力量感，巨大的猪嘴形车头像飞机机头一样被自然力量磨损。我站在那儿时，两位上年纪的女士走进一节车厢，对那球茎状的太空时代布景毫不在意，只顾着找到自己的好座位，我猜测，那位置的好处不在于能看风景，更不是检视设备，而是便于看别的乘客。我走到月台远端，望着列车离开，低沉的隆隆声平稳无情，那么大块头却加速轻快，轮子轻柔地嗡嗡响，我看到窗子里那两位老年女士。她们看上去没有一丝异样。她们正聊得起劲，一边好奇地扫视车厢，一边打毛衣。

17

在山丘上

站在挪威奥斯陆附近一座名叫特吕瓦莎格达（Tryvannshøgda）的小山山顶上，径直往北望，似乎是在俯瞰一片无边无际的荒野。在冬天，一切都被雪覆盖，山脊、湖泊和峡谷伸向北极圈和极点，显然看不到任何路径。这个国家多少有点让你感觉无人居住，照大多数欧洲人的标准看也确实如此。然而，就在你惊骇地眺望这讨厌的风景时，欧洲最宏伟的列车正咣当咣当、直直地经过那些山岭，从首都奥斯陆开往第二大城市卑尔根，一路穿过189个隧道。坐飞机，旅程会轻松得多，但卑尔根快车仍然值得一乘。它和法国高速列车不同,它那一串安稳的车厢仍然让人感觉应该是木制的(尽管实际上不是),电力机车拖着它们以中等速度行进。车上供应丰富的食物与饮料,由一位殷勤的乘务员女士硬塞给你,这趟列车能让你把挪威看个遍。

开头,列车爬出奥斯陆开进山区,乘务员给你送来一杯提前准备好的咖啡,外面的一切显得整洁有序:整洁的小花园,整洁的小房子,晾衣绳上的衣服明显冻硬了,快活的孩子在分布不均的雪地上涂鸦,或者跳过花园篱笆,喊邻居出来玩。然而,没多久,你就置身荒野。乘务员给你一个三明治。列车走的路非常陡,很快就似乎永远地抛下了一切。雪堆到房子屋檐那么高。雪地里的隆起可能是被埋的汽车。铁轨周围耸起巨大的雪堆,要是附近有路,那现在可是一点儿也看不出来了。"上帝啊,可别让这趟车出故障。"你会不自觉地喃喃自语,而乘务员会以为你想要一块蛋糕。几乎在这趟旅程的最高点,一条令人惊恐的支线突然岔开,列车像是要一头扎向虚无,又像是在一场灾难中,朝着你刚刚看到的峡湾、那远在悬崖下面的一泓湛蓝纵身扑去。"还要咖啡吗?"乘务员问。

转眼间,你又到了挪威山丘的另一边,又是下坡路。雪堆变小了,又出现了房子,几抹绿色,汽车,整洁的郊区,孩子爬过花园篱笆,喊邻居出来玩。回来的还有:整洁,秩序,普通生活的安心。列车准时驶入卑尔根火车站,几乎可以肯定此时正在下雨,因为卑尔根的雨总是下个不停。"别着急,"乘务员说,"喝完咖啡再走吧。"

18

尾灯

沿着德国与波兰边境线的道路有时会穿过铁轨。一些是宽阔的双行主轨,也有支线铁路,至少在我记忆中,它们似乎总是伸进幽暗的森林里。那些铁轨给我怎样的战栗!几乎就是这50年内发生的事,灭绝犹太人的列车曾经过这些铁轨,从德国开往奥斯威辛和特雷布林卡;我似乎还能听到肮脏的运牲畜车厢里塞得满满的可怜犹太人的呻吟,听到后面护卫车里警察的笑声,还有蒸汽机车沉重地驶入森林时空洞的呼哧声。我没在这些铁路上见过一趟列车,但却经常想象红色的尾灯摇晃着驶入黑暗。

19

《意大利缆车》

我非常乐意用一小段来写欧洲那些缆索、齿轨铁路,因为我爱它们——我指的不是无数大胆的山区火车,而是另一种低调的设备,通常是老式的,将一种独特的印迹赋予各处一些有特权的市镇与城市。在萨格勒布,一条小小的缆索铁路将高处与低处的城镇相连,它只有几百米长,朝上面那些巴洛克风格的塔楼陡峭地升去,若是你非常懒洋洋地沿着街道朝等待着的车厢走去,车长会急切地敲打玻璃窗,催你快走几步。萨尔茨堡,莫扎特风格的穹顶与镀金的塔楼上覆盖着雪(这样风景更好),在冬日阳光中闪烁,一趟列车带着歌剧范儿从它们头顶上飞驰而过,陡峭地奔向霍亨萨尔茨堡要塞。在布达佩斯,一条精心重建的维多利亚时代风格的缆索铁路从塞切尼链桥几乎通到布达山上的皇宫大门,让你疑惑,弗朗茨·约瑟夫皇帝本人是否也曾纯粹为了取乐,而从底下坐车上升,俯瞰城市壮观地后退。在英国布里奇诺斯,一条倾斜60°的铁路将下城与山脊上的高街相连,与附近一座城堡塔楼滑稽地相映成趣,后者在英国内战[1]期间被炸坏,到如今倾斜度已经超过比萨斜塔三倍。在肯定没有齿轨铁路的威尼斯,8月的一个傍晚,会有声音让你想起最著名的一条齿轨铁路——这座城市最喜欢的一支曲调的旋律,围绕一支小小的贡多拉舰队,穿过闷热的城市,沿着大运河回荡。为飨游

---

[1] 英国内战(English Civil War),是 1642—1651 年在英国议会派与保皇派之间发生的一系列武装冲突及政治斗争。

客，有位上了年纪的男高音随着音乐，用颤音唱起路易吉·登扎[1]献给维苏威铁路的赞歌——起初在你视线之外，隐隐约约，直到小舰队转进一条河，从你多愁善感地斜倚着的那座桥下经过。那位老练的歌者，一看见站在上面的你，就向你文雅地鞠个躬，也许在两句歌词中间还会给你一个飞吻，然后，就在进入桥的阴影之时，他放开歌喉，唱出那首歌中恢宏的合唱句："让我们，让我们，攀上峰顶。/让我们，让我们，攀上峰顶。/缆车，缆车，/攀上峰顶，缆车！"[2]

20

摘自贝德克尔《南意大利旅游指南》（1893）

缆绳铁路长 900 码，上端比下端高 1300 英尺。倾斜度最小 34∶100，最大 63∶100。乘车上去或下来需要 12 分钟。顶上车站有帽子上带编号的导游在等活儿（其他人应该被解雇）。

游客如有谢意，肯定得归功于托马斯·库克（Thomas Cook）和他儿子的力量，因为，他们克服重重困难，在导游

---

[1] 路易吉·登扎（Luigi Denza, 1846—1922），意大利作曲家，最著名的作品是歌曲《意大利缆车》。

[2] 原文为意大利语：Iamme, iamme, via montiam su là. / Iamme, iamme, via montiam su là. / Funiculì funiculà funiculì funiculà. / VIA MONTIAM FUNICULÌ FUNICULÀ!

FIFTY YEARS OF EUROPE
AN ALBUM
JAN MORRIS

和其他人中间维持了秩序与纪律,要知道这些人可是祖祖辈辈都习惯了敲游客的竹杠。

21

小心!电车来了!

"小心!"[1] 几位维也纳女士冲我尖叫。"小心!停住!电车来了!"有轨电车是维也纳本性的基本要素——硕大强健、负责任的交通工具,车顶有旗帜,独眼巨人般的车头灯,将前后车厢连接起来的各类管子和连接器——但在环城大道的某些地方,它们与车流逆行,实在是太有可能将你干掉。它们曾经差点撞死库尔特·瓦尔德海姆博士,尽管好几个人急切地向我保证,这是在他成为共和国总统之前。

"二战"后,欧洲几个支离破碎的有轨电车系统重新改装了美国人不要的电车,但我始终认为,有轨电车是欧洲的精髓,多节电车尤其如是。据说,最伟大的欧洲人之一爱因斯坦正是坐在瑞士伯尔尼的一辆电车上想到了相对论;"二战"中也许最著名的照片,一个苏联士兵在柏林国会大厦的废墟上升起锤子镰刀旗,这照片唯一合适的背景,难道不该是楼下碎

---

[1] 原文为德语:Achtung。

石散落的街头几辆被烧毁的电车？没有电车的欧洲城市（比如，那些在20世纪40至50年代放弃电车的愚蠢的英国自治市）在我看来反正就是不完整："不来梅没有电车，"关于这个极为明智的城市，一本书写道，"就像威尼斯没有贡多拉。"这话也适用于其他许多城市。电车转弯时急速倾斜，偶尔还伴随车铃叮当作响，头顶电线火花洒落，还有什么场景比这更加绝对地属于这片大陆？对于伦敦，我最喜欢的一些回忆与古老的开顶电车有关，它们覆满艳丽的广告，总是在安本克门特一带跑，我坐在上层车厢，浑身发颤、充满期待地奔向某个快乐的属于年轻人的聚会点。当然，如今许多电车变得摩登、流线形、计算机化；在瑞士和德国的许多城市，电车似乎完全由电子控制，加速时发出吓人的尖叫，但它们仍然多半被广告涂得五颜六色，以全副古老安详的自信姿态滑过城市街道。阿姆斯特丹是电车胜地——车身色彩迷幻，车次极频，显然每分钟都能看见一辆；我第一次去那儿，一些电车门边还有邮箱。我所见过最欢乐的一个电车街景是在拉脱维亚的里加，成对小电车在道加瓦河上巨大摩登、时常空空荡荡的桥上熟练地奔跑。但维也纳是我心中最卓越的电车之城。维也纳曾经有条电车线路一直通到普莱斯堡，这城市现在改名布拉迪斯拉发，成了斯洛伐克的首都！我想，维也纳电车给我印象最深，是因为它们如此骄傲地违拗这座城市本身的个性。维也纳有着无止境的虚荣，而电车是不动声色、坦率直接、脚踏实地的机械，不仅逆着城市交通的流向，还

FIFTY YEARS OF EUROPE
AN ALBUM
JAN MORRIS

逆着城市气质的流向。1983年那天,我差点丧命于一辆维也纳电车——"**快闪!电车从对面开来了!**"——在我看来,在这个弗洛伊德之城,它们扮演了一个近乎隐喻性的角色。我从电车轨道上后退一步,堪堪避免被撞死时,我抬头望着从面前经过的电车,在微微起雾的窗玻璃上明显地看到我自己的脸(仅仅是一刹那)。我们交换遥远的微笑,如同在本我与自我之间。

22

一个寓言

一次,我驾车穿过保加利亚首都索非亚,看到一个女人径直走上电车轨道——不是有意,而只是太匆忙。她带着沉重的大包小包。电车也许装满人,但透过城市清晨的烟雾,我一个人也看不到,连司机也看不到。它像是一个寓言。那个女人就是人类本质的体现——担着重负,慌乱,急切,匆忙;电车是茫然的机械,一个沉重的铁家伙,盲目地沿着轨道行进。一种独特的金属声音响起,半是刮,半是滑,车与人撞在一起,女人倒在一堆购物袋里,沿着轨道被推出约50码。紧随着片刻死一般的沉寂,电车停住,女人人事不省,旁观者沉默而惊恐。

23
穿过内里

船只沿着河流、运河来来往往，升起六种庄严的国旗，将数量庞大的物资与制造商从欧洲大陆的一个码头运往另一个码头——从北海到黑海，从波罗的海到地中海——这一景象甚至比电车奔驰更为彻底地属于欧洲。我爱眺望船只经过，门德尔松也喜欢这样——"我来这儿，本有许多工作计划，"1836年，他在法兰克福美因河边的一栋屋子里写道，"但是一周过去了，我几乎什么都没干……"

巨大强劲的船只漫游于现代欧洲的水道。大到令人生畏的引擎将船从一个平面抬到另一个平面。驳船在悬崖间沿莱茵河高速涌动，一艘接一艘，引擎轰响，旗帜飘展。多瑙河上，奇怪的白色游船颠晃、转圈，如同巨大的水生昆虫。法国，几乎任何地方都能看到驳船轧轧作响，沿着无数未知的河道中的某一条行进。在英国，甚至到了商业驳船交通几乎完全让位于游船大杂烩的20世纪90年代，还有不切实际的提议，主张修一条商业运河，连接爱尔兰海和北海。与此同时，英格兰北部的一大古怪景观是，满载成筒新闻纸的驳船，顺着一条小水道定期开到位于中世纪约克市中心的《约克郡晚邮报》办公室。别的任何地方都没有像欧洲这样的水道，既艰险，又多样，还家常——因为，一艘巨大的驳船

FIFTY YEARS OF EUROPE
AN ALBUM
JAN MORRIS

犁开水路,越过千百英里抵达鹿特丹或汉堡、布达佩斯或马赛时,你会看到船长之妻在船尾晾衣服,给装点了舵手室的天竺葵盆栽浇水,清洗前甲板上停着的家用轿车,或者如同在马斯特里赫特一样煮咖啡。

内陆水道的船民组成了欧洲的一个内社区,永远在移动,不断跨越古老的边界,在大型河岸码头与河流交汇处和来自欧洲各地的同行相遇。我威尔士的老家有个德国商人,最初是作为战俘来到英国的,后来一直生活在威尔士,还娶了一个本地女孩。他出生于民主德国一个驳船家庭,一天下午,他用了半个小时在地图上同我追溯他童年时在西里西亚和勃兰登堡地区的水道上的行迹,这轨迹还向西到过易北河与摩泽尔河。他见过欧洲很多地方,但却是从一个与我截然不同的视角。他谈起多年前那些广阔的半隐藏的航行,远离铁路和公路,穿过大多数旅行者从未见过的乡村,他让我想起威尼斯人对"走背街小巷"的俗称:per le fodere——穿过内里。

24

父亲莱茵河

欧洲至高无上的河是莱茵河——远远不像我们先前所以为的那样纯粹是一条边界,而是一个宏伟的交流网络。德国的吕德斯海姆是莱茵河岸上最著名的市镇之一，从罗蕾莱[1]逆流而上很快就到，是一个典型的房屋半木结构、背靠葡萄园、游客云集的德国风景区，也是一个量度莱茵河及其峡谷在引导交通方面的重要性的最佳（或最糟）之处。试着在它的郊区旅馆里睡一晚上，莱茵河的地理价值将会直白得可怕地呈现给你。每一刻钟，远处都会传来恼怒、低沉的声音，像是一股风，提醒你可怜的神经，几分钟后会有另一趟货运列车出发，沿着东岸奔向曼海姆。等它开过，你会听到西岸与之对应的另一趟列车的哐当声，它向北飞跑，赶往鹿特丹或汉堡。在这边或对面没有列车经过，也没有卡车奔跑的短暂一刻，你仍能听到永无止息的深沉的轧轧声，那来自飞速地顺流而下或者吃力地逆流而上的驳船。吕德斯海姆的莱茵河上很少有宁静的时刻，几乎没有哪一瞬不是充斥着作为河流用途的缓行、飞驰与震颤。莱茵河是所有水道中最繁忙的。作为一条交通要道，它始于瑞士与德国边界线上的康斯坦茨，那里有块水边木板上写着一个巨大的数字0，告诉驳船船长，到北海还有1165千米。在到鹿特丹之前，他要穿过150座桥，行经6个国家的河岸，这有助于界定一块大陆。托马斯·卡莱

---

1 罗蕾莱（Lorelei），莱茵河中游东岸一座132米高的礁石，坐落在德国莱茵兰-普法尔茨州境内。此处是莱茵河最深和最窄的河段，很多船只曾在此出事。民间传说在这座礁石上有位女妖罗蕾莱，用美妙歌声诱惑着行经的船只使之遇难。

FIFTY YEARS OF EUROPE
AN ALBUM
JAN MORRIS

尔[1]说，莱茵河是他"对一条世界河流的最初认识"，而它作为一条世界河流，是因为它承载的货物跨越欧洲进入大海，最终散布到全世界的大洋上。

25

对大海的朝圣

我曾经登上一艘荷兰驳船，体验它顺莱茵河而下、穿过低地国家、直抵入海口的最后一程。之前我刚刚乘拖船在密西西比河游了一趟，我以为这可能会是同样类型的体验——毕竟，德国人说"老父亲莱茵河"就像美国人说"老人河"。结果完全不同。密西西比河的旅程首先是有目的，有算计的，而莱茵河之旅有一种狂喜之感——至少我记忆中如是。它像是一次朝圣的终点。大多数时候，我坐在驳船开放的甲板上，周围是同我们一样、如赶赴圣殿般奔向海洋的其他船只。走得越远，船只就越密集，我们的船似乎就行得更快，引擎的节拍就更加狂热，船首波就越猛烈，直到最后冲进圣地——鹿特丹港口，地球上最大的港口，上百条深海货船在周围耸现，拖船飞奔，汽笛轰鸣，闸门打开又关闭，

---

1 托马斯·卡莱尔（Thomas Carlyle, 1795—1881），苏格兰评论家、讽刺作家、历史学家，主要著作有《法国革命》《论英雄、英雄崇拜和历史上的英雄事迹》。

卡车疾驰在码头，我们这一串驳船驶入，似乎正为海神从东方带来贡品。

26

我应否屈膝？

在距鹿特丹不远处汇入莱茵河的马斯河，是欧洲水运的另一条重要渠道。在驳船日夜航行的马斯特里赫特，一天早上，我走到圣色瓦斯桥——横跨这条河的最老的桥，也是这个城市存在的理由。我跨过它的人行道时，一条高桅拖船抵近，我感觉脚下的桥面开始移动，好让它通过。随着机械设备谨慎地震颤，桥面带着我水平浮升到空中，动作多么庄重，多么轻柔，操纵这一切的工作人员在顶上舱室里的形象多么像牧师，让我也感觉自己正参与水道上某个古老的仪式，在拖船从下面驶过时，我也许应该屈膝下跪。

27

去东方

莱茵河是一条西欧的河，而多瑙河流向东方，在它抵达黑海之前历经多次变形。有时，它是繁忙的通衢，有时它寂寞地流过无人居住的荒野。在这儿,它被叫作"多纳",在那儿,它被叫作"多瑙"。它流经9个欧洲国家,沿途有300条小河汇入。它正式的起点是德国黑森林山区的多瑙埃兴根,两条小河在公园里一个具有象征意义的雕塑下面汇合,我问一个路人,哪条河是更准确的多瑙河源头,回答非常巧妙——他从月桂树丛里折下一根小树枝,用上面附属的细枝解释水系的分布。

多瑙河可能会让人失望,尤其在其浪漫与享誉的家乡维也纳,这座城市中心压根就看不到河,原来1875年河水就被运河引到北边去了——这种环境也挡不住城里的华尔兹管弦乐团在每周工作时间里朝河水演奏几百遍约翰·施特劳斯的小夜曲。在其他地方,多瑙河充满惊奇与激动。在位于一条多瑙河支流的布加勒斯特,我在二手书摊上找到一本关于罗马尼亚多瑙河舰队的小书,其中充满奇妙的画面:古老的炮舰绝望地低陷在水里,在战争中沿着河流杀出血路,有时被伪装的枝杈压得那么低,看上去像是一堆堆漂浮的灌木。在河流上游的布拉迪斯拉瓦,多瑙河边耸立着一座被遗弃的纪念碑,献给"二战"中帮忙赶走德国人的苏联海军内河舰船(如今已被所有人遗忘)。多瑙河景观中最奇特的一个,是匈牙利埃斯泰尔戈姆附近的一段河湾上巨大空旷的开垦土地,那完全(至少在我写的时候)是一个废弃大坝的残余:匈牙利和捷克斯洛伐克曾经联合开展过一个规模惊人的河流开发项目,但在1994年,匈牙利人单方面地退出,使花费天文数字已经完成的部分遭遇流产,这让斯洛伐克人非常恼怒，也让奥地利建筑承包商很沮丧，三方陷入无休止的国际诉讼，只留下这片荒弃的纪念物成为地标。

多瑙河应该全程都像在布达佩斯那样，宽阔、耀眼且具有重要地位。在贝尔格莱德，它阴郁。从雷根斯堡的石桥（Stone Bridge）下，从上百座在寓言中赫赫有名的塔楼下面流过时，多瑙河恰到好处地给人以沉思之感。在帕绍，多瑙河因为莱茵河与伊尔茨河的汇入而澎湃，这让我获得一种恰当的暗示：它正集合自身，离开日耳曼世界，奔向斯拉夫人和马扎尔人的领土。两岸树木繁茂，它在其间宽阔的弯道里流动，以一种平静而公正的态度将保加尔人与罗马尼亚人分开。它穿过多瑙河沼泽的湿地，在千百种海鸟的鸣啭与渔夫撒网的哗啦声中，神秘而荣耀地流入黑海。多瑙河上跑着数不清的水翼船，大多是俄国制造，按照时刻表航行，在各处接送乘客，我最爱坐在其中某一条船上，透过窗户欣赏这条河。水翼哗哗响，船儿喜悦行，经过城堡、钓鱼平台和修道院，超过驳船，转向绕过浅滩，从一座古老的城市驶向下一座。

28

落差和历史

有时，同多瑙河在维也纳一样，欧洲这些最大的河流也可能令人沮丧到难过。在源头，它们可以足够浪漫，在入海口，转入宏伟的港口或航道时，它们可以足够壮丽。但它们行程中最重要的河段——抵达著名首都和由它们催生的大都会——往往反而会变得不值一提。"点燃首都之河"，欧洲几个国家都有这个令人激动的谚语，代表实现重大野心，变得声名显赫、大权在握或至少恶名在外，但太多情况下，那条河其实是不可燃的。"什么！"我甚至还能听到自己初抵罗马时的叫嚷，"这就是台伯河？"这就是那条流过鲜血，霍雷修斯[1]守过桥，教皇、皇帝和征服者骄傲地审视过，诗人和画家自古以来就急切地歌颂其不朽的河？艾迪生[2]写道，这条河"被诗歌门外汉唱过太多，带着轻蔑审视多瑙与尼罗！"结果却发现它不过是一条缓缓流淌的小河，被堤坝无情地拦阻，并且肮脏腐臭，这心理落差简直太大了！再说说巴黎塞纳河，这里永远挤满游客，旅游团的船在暮色中昂贵地航行，但我总觉得它不是一条真实的河，而是一条运河并不特别漂亮的一段（其实，今天的地理学家说，它真的不是塞纳河，而是一条平庸的支流）。罗讷河流经里昂的景致，不如它从阿维尼翁的桥下流过，或者从卡马格的草地旁蜿蜒流

---

1 霍雷修斯·科克莱斯（Horatius Cocles），古罗马独眼英雄。公元前508年，埃特鲁里亚人军队入侵罗马，毁坏了台伯河上的苏布里基乌斯桥，他遏止了敌军进攻，后因溺水身亡。
2 约瑟夫·艾迪生（Joseph Addison，1672—1719），英国散文家、诗人、剧作家、政治家。

互联的网络

向其归宿时一半漂亮。说到施普雷河,这个名字在好几种语言中都被当作"美好夜晚的狂欢"的同义词。它穿过柏林市中心,因可怕的记忆而黏滞,经过博物馆与废弃宫殿的阴郁的巨大形体,流过的桥上饰有万幸灭绝了的帝王面孔与幸好消逝了的列强纹章,即使到了 20 世纪 90 年代,它仍然比其他任何事物都少一点儿节庆的味道。

然而,在恰当的日子,从宏伟吊桥下浩浩荡荡涌过的宽阔的塔霍河仍然可以为里斯本提供荣耀的边界线与观景楼;瓜达尔基维尔河向塞维利亚再见时,仍在诉说着伟大的航海家与满载珍宝的舰队的故事;阿尔诺河漂亮,但没什么价值,因为任何人对它所知的一切无非是"它流经佛罗伦萨和比萨";显然为爱丁堡的建筑提供了一道庄严的中心线、将中世纪与乔治王朝风格分开的那条河,也价值不大,因为抵近观察会发现它变成了一条铁路;布拉格的伏尔塔瓦河尊荣地反映着周围雄伟的建筑;亲爱的老利菲河有你想从都柏林得到的一切——一条流淌吉尼斯啤酒的河,近视眼詹姆斯·乔伊斯在它的码头上永恒地漫步,同布鲁姆先生一起,还有叶芝兄弟、斯威夫特教长和几个喝醉的诗人。然而,我心目中最棒的仍是奔流过伦敦的泰晤士河。英国人永远在抱怨他们忽略了伦敦的河岸,但我不同意。我喜欢这种重要与琐碎、肮脏与奢华、古老与新颖的断片式的混杂,我认为今日欧洲仍然少有风景堪比夜晚从桥上所见的泰晤士风景——伦敦西区的璀璨灯火,圣保罗大教堂穹顶的巨

FIFTY YEARS OF EUROPE
AN ALBUM
JAN MORRIS

大光彩，一块块幽暗的区域（说明那是古老与显要的地方），金融区一丛丛一簇簇的楼宇，哨兵般屹立的大本钟塔楼——倘若你幸运，甚至在那时也能听到河对面低沉回荡的钟声。"液态的历史"，这是政治家约翰·伯恩斯[1]从下议院平台上眺望泰晤士河时的著名评论。

29

过河

欧洲的大河通常决定了欧洲大城市的位置，一般建于可涉水而过之处，或在容易修桥的地点，或于引航的最高点，或在入海口。用目光在地图上跟随莱茵河，你会在岸边发现鹿特丹、杜塞尔多夫、科隆、美因兹、曼海姆、斯特拉斯堡、巴塞尔。罗讷河催生了日内瓦、里昂、阿维尼翁、马赛，多瑙河催生了雷根斯堡、维也纳、布拉迪斯拉发、布达佩斯和贝尔格莱德。许多著名的战争也围绕着渡河处展开，从霍雷修斯守桥抵抗埃特鲁里亚人，到蒙哥马利兵锋直指远到阿纳姆的莱茵河上的一座桥。站在跨越著名河流的桥栏杆旁，眺望这一切荒废的或有成果的、哀伤的或欢乐的历史，千百年来伴着河水流向大海的历史，谁能不用警

---

[1] 约翰·伯恩斯（全名为 John Elliot Burns，1858—1943），曾任英国工党领导人，"泰晤士河是液态的历史"为其名言。

句发出惊叹！在老家时，我经常站在一座小石桥上眺望德威弗尔河，它翻涌数千年，起于群山之间，汇入爱尔兰海前足足奔流了9英里！毫无疑问，河流的进程是所有传道词的隐喻中最熟悉的！

但是，过河也可以是另一种隐喻，表现人类自身的能量。欧洲的桥最能让人联想到这片大陆的整个结构，尤其是当这些桥连接不同的民族、国家或列强时：莱茵河上至关重要的众多桥梁，或者将英格兰与威尔士分开的塞文河上那两座漂亮的现代大桥，或者柏林哈弗尔河上、冷战期间民主德国联邦德国常用来交换间谍的格林尼克桥（Glienecker），或者匈牙利和斯洛伐克之间、埃斯泰尔戈姆长方形教堂下面的那座桥——帕特里克·莱斯·弗莫尔[1]在桥的正中间完成了他的杰作《礼物时代》，令这座桥不朽。

在保加利亚边界线的那一段多瑙河上，从南斯拉夫边界几乎到黑海，都只有一座桥。这座巨大的铁桥位于鲁塞，20世纪50年代由保加利亚和罗马尼亚两个共产党政府合作建成，起名叫"友谊桥"（那当然），建成时是欧洲第二长的桥。它从罗马尼亚久尔久那边的河岸升起，到保加利亚这边降下，落入一大堆油箱、管道、加油站、铁轨和卡车司机咖啡馆里。自古以来，鲁塞就是一个国际渡河点的城市。小说家埃利

---

1 帕特里克·莱斯·弗莫尔（Patrick Leigh Fermor，1915—2011），英国作家、学者，在"二战"中立过重要战功，被认为是英国当代最伟大的旅行作家之一。

FIFTY YEARS OF EUROPE
AN ALBUM
JAN MORRIS

亚斯·卡内蒂[1]在这儿一度兴旺的西班牙系犹太社区里长大，他写道，后来在生命中体验到的一切，在鲁塞的时候都已经发生过。尽管有不少重工业和罗马尼亚岸边排放的可怕的化学污染物，又历经变幻莫测的保加利亚历史，鲁塞仍然保持了令人吃惊的优雅——相当有维也纳风范，这里有匀称的林荫大道，还有许多人行道咖啡馆。然而，从河岸边的浸水草甸往下游走几英里，这座城市存在的痕迹几乎就消失了。河水平静地流，岸上渐渐出现森林，牛羊在吃草，一条船偶尔开过，背后的村落升起田园之声，往上游能看到的只有那座桥——一个巨大的悬臂结构，两端各有一座浮夸的塔楼。

1995年，站在阳光中思考这个对象时，我心里确实浮上一些不同的隐喻，因为在我看来，它是一条诡诈欺瞒的导管。它是中欧和东欧通往土耳其的主要交通路径，卡车来自许多国家，列车则来自布加勒斯特、布拉格、柏林、基辅、莫斯科甚至圣彼得堡。我想象自己看到后共产主义欧洲国家里的所有流氓，开着偷来的梅赛德斯（每个有自尊心的巴尔干流氓都得有一辆，最好挂着某个遥远国家的车牌），越过这座桥进入保加利亚。罗马尼亚恶棍、匈牙利骗子、吉卜赛小偷、摩尔达维亚来的机会主义者、俄罗斯无赖——他们全都来了，从悬臂桥的桁梁中间辘辘

---

[1] 埃利亚斯·卡内蒂（Elias Canetti，1905—1994），保加利亚出生、主要用德语写作的犹太小说家、评论家、社会学家、剧作家，1981年诺贝尔文学奖得主。

驶过，车里装着一箱箱违禁品、一包包可卡因、一扎扎待洗的黑钱，地板下面还藏着手枪，藏着给容易收买的政府高官的见面礼。没有什么比一座大桥更能激起这种想象。

30

一座变形的桥

在这 50 年，几乎没有哪个欧洲城市比布拉格更加惊人地复苏，横跨伏尔塔瓦河的查理大桥就是这场变形记的主要象征。它属于世界上最漂亮最有名的桥之一，在布拉格共产主义时代，它作为一座刚愎执拗的建筑总是令我震惊。从桥上那些破碎的躬身雕像中穿过，可以直达河对面似乎有可怕的事情要发生的城堡区。东欧剧变后，我回到这儿，发现几乎一夜之间，它就变成了全欧洲最有活力的桥之一。这个地方，桥之守护圣徒、内波穆克的圣约翰曾被国王下令丢进河里，古老的波希米亚诸王曾在傲慢的荣光中朝加冕礼行进，如今，旅游业的各色人等汇集到神圣的雕像下面：兜售蚀刻版画和皮制钱包的小贩、滑稽表演艺人、立等可取的肖像画家、演奏风笛和葫芦的民谣乐手、到处跑的快活小狗、必然少不了的古典音乐小提琴手，还有个手风琴演奏者，长得活脱脱就是弗朗茨·约瑟夫皇帝本人，我恭维他长得像，他带着如假包换的王者气度向我表示感谢。

FIFTY YEARS OF EUROPE
AN ALBUM
JAN MORRIS

31

改变地理

欧洲的运河数不清，常将不同的河流串起来，改变了这片大陆的格局——正是查理大帝最先动用人工连接了莱茵河与多瑙河。最有名的两条运河实际上改变了地理。一条是希腊的科林斯运河，几千年来刨过多次都未成功，最终于1893年凿通，它把伊奥尼亚海同爱琴海连起来，让整个伯罗奔尼撒半岛变成了岛。另一条是基尔运河，旧称"威廉皇帝北海-波罗的海运河"，1895年凿通，连接北海与波罗的海。这两个工程的风格和引起的联想差别之大，世间罕寻。

科林斯运河只有大约三英里长，笔直笔直，但挖掘得很深，从一个海湾通向另一个。河岸如此陡峭，从轮船甲板上看不到岸上的景象，穿过运河，更像是一次想象的体验，而非旅游的片段。我曾两次坐船往返于威尼斯和比雷埃夫斯，我发现头顶的烟囱上有圣马可的狮子那勇猛而高贵的形象，奇妙地有助于历史性的幻想。威尼斯人在当年的帝国冒险中，一定经常跨越这条地峡，在殖民地之间横穿大陆，或者，在炸毁帕特农神庙的那次战争中最终将军队派去围攻雅典[1]。但对我来说，更容易

---

[1] 1687年，威尼斯军队进攻土耳其人统治的雅典，炮轰城堡，引爆了堆放在神庙里的炸药，把庙顶和殿墙全部炸塌。

想到的是，高高的河岸上面视线所不及处，那些古典时代的行迹——隐约感觉到来来去去的斯巴达人、科林斯人和雅典人，携带奇特野兽的波斯军队，城市广场上激昂演说的哲学家，不眠不休雕琢永恒形象的雕塑家，沐浴中的数学天才，全神贯注的投掷标枪者和悲剧演员——烟囱里冒出一股股稀薄的蒸汽，在比那更高的地方，一切都在发生，像是一场梦中的表演。

而说到基尔运河，你就会想起威廉二世，想起尽显德国人的威胁力量与最终导向"一战"雄心的宏大工程。基尔运河凿穿 60 英里风景怡人的牧场，将基尔的大波罗的海海军基地同北海连接，除了提供商业方面的便利（过去，穿越丹麦海峡的险恶航行每年都令大量船只遇难），更意味着德国公海舰队不必穿越异国海域就能从一片海到达另一片海。皇帝及其舰队司令因它而荣耀！开通典礼上，一百艘战舰由皇家游艇"霍亨索伦号"引领着驶过运河，而皇帝向尊贵的外国客人欣喜地展示运河的奇迹。英王爱德华七世 1908 年乘船经过，制服华丽的德国骑兵沿着河岸全程护驾。修筑这条运河让整个德国舰队能够轻易集合起来，这是对英国人的蓄意挑衅。1906 年，我热爱的英国海军元帅"杰基"·费舍尔[1] 建造

---

1 约翰·阿巴斯诺特·费舍尔（Sir John Arbuthnot Fisher, 1841—1920），绰号"杰基"·费舍尔（"Jacky" Fisher）是英国皇家海军历史上最杰出的改革家和行政长官之一，通过其努力，英国海军得以在"一战"中确保海上优势并赢得最终胜利。

FIFTY YEARS OF EUROPE
AN ALBUM
JAN MORRIS

了1.7万吨的无畏级战列舰，迫使德国人建造同等规模的战舰；基尔运河必须耗费巨资拓宽、加深——这一招从此成了费舍尔自夸的资本。

看基尔运河的最佳位置是伦茨堡，在位于从基尔出发走到全程约三分之一处。那儿有三个附加的奇观让大运河显得更加宏伟。伦茨堡是一座古老的卫戍城，因此有非常多的军营、操练场和用皇帝、国王、皇储命名的街道。它的第一个奇观是从运河底下通过的77号公路那令人震撼的四车道隧道，这工程充满可怕的力量与优雅。第二个是跨越运河的高空大桥。桥体下方总有一个运输舱摇摇摆摆地来回装运汽车，桥身那么高，以至于铁轨从上面通往伦茨堡火车站时降幅过大，不得不走一条半径极大的曲线，像城墙一样将四分之一个城市圈在里面。第三个奇观是欧洲最长的自动扶梯，深深地一头扎进运河底下，把行人载往另一边。一天早上，我站在这个空荡荡、轰隆隆的可怕的电梯井上方往下望，正好奇是否有人用它，就看到我身后来了一个兴高采烈骑自行车的女孩。她毫不停顿，把自行车往胳膊下面一夹就踏上自动扶梯。我站在那儿望着她移动，抓紧自行车，一直往下，就她一个人，越来越小，最后完全消失在基尔运河下面的隧洞里。在她头顶，轮船航行在绿色的乡野之间。

互联的网络

32

航线

欧洲的四分之三都是岛,再加波罗的海和黑海之间一道宽阔的地峡,周围的海上交通仍然活跃,渡船越过海湾与海峡,近岸船只探入峡湾与河口,更不消说渔舟、挖泥船和游艇更热切地从一个国家驶往另一个。现存航线中,适应力最强的是名为"Hurtigruten"的挪威近岸航运路线。20世纪90年代,我在卑尔根码头登上其中一艘船,发现它和我想象的不一样。我本以为会看到一条陈旧的黑白色蒸汽船,有高烟囱和喇叭形通风设备,船头船尾都有巨大的吊臂。结果却看到一条像是从迈阿密开来的邮轮矗立水边,船上一片嘈杂,叉式升降机通过一个巨大的边舱将货物运上甲板,一大群挪威和美国的游客正成群结队地上船。

"Hurtigruten"意为"快速路径",通常代表沿岸快速船运服务,过去100多年,它把从卑尔根绕过北角(North Cape)直到俄罗斯边境上希尔克内斯的挪威海岸港口连起来:部分是装载上班乘客和货物的船只,部分是游艇。沿岸船运是一项国家制度,挪威事物秩序的一部分。"只需要等到明天,"易卜生笔下的鲁贝克教授(又是《当咱们死人醒来时》)喊道,"舒适的大蒸汽船就会开进港口,我们上船,沿着海岸往北开——一直开进北极圈。"在他那个年代,一个星期才几趟船。到20世纪 90 年代，一天 11 趟船，全年无休，沿途停靠 32 个港口。这是一个宏大而优雅的事业。船只要在北极圈里航行 500 英里，到冬天，这是许多隔绝的北方社区同外界唯一的连接方式。

当然，我应该知道得更清楚，而不是以为会见到高烟囱的老蒸汽船——我祖父在 20 世纪初旅行时乘坐过这种。我坐的 Hurtigruten 邮轮，名为"哈拉尔国王号"（Kong Harald），6270 吨，是现代化的典型。然而，我们沿着漫长的海岸往北开的旅程忠实地遵循了蒸汽船曾经走过的路线：同样的路径，同样的下锚地，同样亲切随意的服务态度。古老与家常，反复穿插其间，让人想到更简朴的时代。我们曳船进入一个孤寂的码头，周围散落着灰色房屋、几艘渔船、一两个仓库、一堆等待装货的板条箱，码头上时常有一对哥特打扮的挪威情侣，带着包，等待去特罗姆瑟或哈默菲斯特的船。有一次，上来整整一支铜管乐队，到下一个码头下了船。乐手什么年纪都有，包括一些小男孩小女孩，他们都配有徽章（估计是表明音乐家身份的），用缎带系着挂在胸口或胳膊上。船犁水前行，穿过暮色，他们不用买票，而是在第四层甲板的前厅里演奏进行曲——庄重而令人振奋，我觉得仿佛直接来自鲁贝克教授那个时代的挪威音乐台。表演结束时，乐队里的年轻成员涌进自助餐厅吃冰激凌，但这一点儿也没有破坏那效果，因为他们的面孔是标准的挪威式——苍白、长脸、淡漠、漂亮。一个男孩问我来自何方，我告诉了他,他说:"我有个祖母在威尔士。""真的啊。"我叫道。"不,"他说,"只是开玩笑。"

33

通过波罗的海

另一条繁忙的航线来往于芬兰的赫尔辛基与爱沙尼亚的塔林之间,要在芬兰湾里走50英里。整天都有渡船在跑这条线路,几乎总是满载。每个星期,成千上万芬兰人走这条线,去另一边找便宜货,做交易,或者也许去诈骗。一船船带购物袋的家庭主妇兴高采烈地在甲板上游荡,仿佛要去的是假日营地。商人一找到座位就像通勤者一样埋头工作。这条跨海路线的两头分别由一个要塞把守。芬兰那边是令人生畏的海岛要塞芬兰堡(Seaborg,如今叫作Suomenlinna),祖祖辈辈,它都是波罗的海里的一处枢纽,由瑞典人修筑,被俄国人占领,遭英国人轰炸,最后让给芬兰人,如今由醉驾者执行社区服务时进行不断的修补。爱沙尼亚那边是座堂山(Toompea)上矗立的中世纪城堡,破败,但却傲气十足。从一个要塞到另一个只需一小时,尽管赫尔辛基原本就是同塔林竞争而修筑,但在20世纪90年代,它们在我看来是一对老生意伙伴,秘密地互相交易。这就是Via Baltica(通过波罗的海)路线,把遥远的北方同中欧和地中海连起来。在半个多世纪里，它的交通被战争和意识形态打断，但到我这次乘船跨海时，市场的力量已令其复苏。

34

旅行伙伴

去塔林的海路走了一半，我从舱室窗户往外看，看到一只大灰雁同我们并排飞，速度几乎一致，高度也没高多少。我认为，这只鸟一辈子都在飞这条航线，从未被政治阻遏。我倒是愿意把它描述为毫不费力地、优雅地、永恒地朝爱沙尼亚飞去。不过，其实它的飞行显出各种紧张的迹象，明显艰难地拍打翅膀，我想象它脸上流露出一种疲乏的醒悟的表情。我们渐渐超过了它，它往船尾那边消失而去，我几乎能够听到它的喘息。

35

渡船上

跑赫尔辛基—塔林航线的基本上是水翼船，这是我们能超过野雁的原因。尽管还有千百艘老式渡船在欧洲的海峡服务，但它们正逐渐让位于更现代的船只——嘈杂的气垫船、苗条的水翼船和未来主义的双体船,后者有带长廊的巨大舱室,形如幻想中太空船的内部。我认为,其中最令人愉悦的是飞掠地中海的意大利水翼船,因为它们走得那么快,旋起那么多水沫,顶着那么猛烈的风,所以让你周围的世界变得风格化或者印象主义。乘水翼船去那不勒斯湾里某个小岛,如果当天风大,你也许不会被允许站在敞开的狭窄甲板上,因为可能会掉下去,给运营方招来官司,所以你只能透过遍布浮渣与飞沫的舱室玻璃眺望群岛之间的穿行。要是当天也起雾,那就更好了。外面的一切变成了不透明的地中海特性的综合体——岛屿、海岬上的白色别墅、渔船、岩石周围的碎浪、灯塔、在沙滩上玩古老游戏的褐色皮肤小孩、橄榄树、城堡——直到看见防波堤上一个模糊的标志,表明这是一家迪斯科俱乐部"讲德语的房间"(Zimmer Mit Deutsch Spoken)或者一家"专供游客餐厅",然后告诉你目的地到了。

但照我自个儿的想法,大型渡船仍然不能被完全替代。我喜欢看到它们赫然耸现的白色形体,一艘接一艘,搅动着浪涛横渡英吉利海峡。没有什么欧洲旅游的体验能胜过在一个狂风大作的晴天站在敞开的甲板上看见多佛的白色峭壁出现时激动的战栗,眼前还有多佛城堡如同古老的蔑视耸立在悬崖上,未被侵犯的英国海岸线向西延伸。待在从比雷埃夫斯出发的一艘小船的前甲板上,倚靠通风井,望着爱琴海的岛屿不可

FIFTY YEARS OF EUROPE
AN ALBUM
JAN MORRIS

思议地绵绵不断从海里升起，有什么能比这更令人愉悦？坐在温暖的船舱里，驶向苏格兰海的岛屿——奥克尼群岛、设得兰群岛或多风的赫布里底群岛——有什么能比这更让人满足？

最大最豪华的渡船是一年到头、没日没夜往来于波罗的海边欧洲各港口之间的那种巨大的班轮，其中一半属于第2章第35节写到的那些岛上的船长所有。因为某些已被忘却的理由，我曾经在其中一艘船上得到最豪华的贵宾舱，那天清晨，船向大海航去，而我独自待在非常靠近船头、位于舰桥下面的一个巨大的玻璃墙套间里。我知道，房间后方是各种各样的餐厅、赌场、酒吧和夜总会表演，已经应和着摇滚乐的节奏、孩子们的欢蹦乱跳与收银柜响个不停的叮当声（因为许多乘客坐这些船只为购物）而搏动起来。而贵宾舱里是无限的宁静，只微闻遥远的引擎声，我觉得自己仿佛独自置身于苍白而阳光灿烂的波罗的海上一个豪华的巢穴内。我电话叫了早餐（房间里有四部电话，两台电视）。

36

望船

库克斯港，德国易北河口一个小港口和旅游胜地，是欧洲最佳的望船地，因为汉堡各种五花八门的海船都要由此经过。这是一个快乐的城市，有绿色的散步道和几家旅馆，有提供一切种类与组合做法的鲱鱼餐厅。小货船和渔船繁忙的码头旁，有一个河边的观景码头，带着望远镜的老水手和裹得严严实实（北海海滨可能非常冷）的游客逗留好几个小时，眺望经过的船。白天黑夜，船只排着庄严的队列顺着航路隐约浮现——油轮、近岸货船、如同浮动城堡的大型集装箱船，偶尔有警用摩托艇，有时可见豪华邮轮、去黑尔戈兰岛的渡船、拖网渔船，有时一艘细长的灰色战舰沉重地驶向大海。库克斯港时常雾蒙蒙，河流对岸都看不太清楚，但朦胧中你也能辨认出，石勒苏益格-荷尔施泰因低矮的沙滩海岸上，一排现代风车缓缓旋转，如同船只庄严地驶过。

37

老船

对我这样的人来说，幸运的是，许多欧洲人对老船充满感情，也有许多老船仍可看到，其中一些还在航行。哦，我在欧洲亲眼见过多少船只！我见过大得可怕的战列舰"让·巴尔号"（1945年下水，3.8万吨），在土伦等待最终的命运。我见过维多利亚女王用过的皇室游艇"维多利亚和阿尔伯特号"（1899年下水，4700吨），像是一位优雅的老年贵妇，置身于朴次茅斯军港的驱逐舰之间。"伊丽莎白女王号"（1939年下水，8.3万吨），所有客运班轮中最大的一艘，显然让人看出年纪；"阿基塔尼亚号"（Aquitania，1914年下水，4.5万吨），最后一艘大西洋四烟囱舰船，明显还轻快如昔日；"雷克斯号"（Rex，1936年下水，5.1万吨），墨索里尼的商船队的骄傲，在的里雅斯特港外沉没；还有"大不列颠号"（1845年下水，3500吨），最早的蒸汽铁船，作为废船在马尔维纳斯群岛待了数十年后，被拖回布里斯托尔一个浮码头。我曾经登上纳尔逊[1]的"胜利号"，我检查过阿蒙森[2]的"弗拉姆号"（Fram）——1912年，它进入极北海域，比此前此后其他任何水面舰船都要更深入，我还曾站上最著名的飞剪式帆船[3]"卡提撒克号"（Cutty Sark）的前甲板。

我从没见到传奇的Nydamboot，古日耳曼部落的一艘橡木划艇，因为它位于石勒苏益格的展览馆由于季节原因关闭，我只能像第戎女人们

---

1 霍雷肖·纳尔逊（Horatio Nelson，1758—1805），英国最伟大的海军将领，被誉为"英国皇家海军之魂"，1805年10月19日在特拉法加海战中击败法国、西班牙联合舰队，但自己却在战斗中中枪身亡。

2 罗尔德·阿蒙森（Roald Amundsen，1872—1928），挪威极地探险家，第一个成功通过西北航道的人，也是第一个到达南极点的人。

3 飞剪式帆船（clipper ship），船形瘦长，长宽比一般大于6∶1，船首前端尖锐突出，并且是空心的，航速快而吨位不大。此类舰船是19世纪30年代起源于美国的新型快速帆船，但在19世纪70年代后逐步被蒸汽机船所取代。

触摸幸运猫头鹰像一样,纵身跳起,透过窗户,对蒙着防水油布的黑乎乎的船体瞅上几眼。我在北塞浦路斯见过"我们所知最古老的贸易船凯里尼亚(Kyrenia)"的黑色断片,一同展出的还有它的货物双耳陶瓶;在不来梅港(Bremerhaven)的德国海运博物馆,我从密封容器的防弹玻璃观察孔里窥看过一艘在防腐液里浸了许多年的14世纪汉萨同盟的小船。所有这些值得崇敬的船都为欧洲增光添彩,其中最棒的一个,也是欧洲奇观之一,是斯德哥尔摩的17世纪大型战舰"瓦萨号"(Vasa)。它巨大的展览厅位于码头旁,一进去就见到这个古老奇迹在幽暗光线中高耸于你面前,影影绰绰,闪闪烁烁,极其陈旧,却仍然强大、奇特而美丽——初次见到大船"瓦萨号",几乎是一种神秘的启示。

38

摘自詹姆斯·艾尔罗伊·弗莱科尔[1]《老船》(1914)

一艘多古老的船,谁知道?

仍然那么美,我徒劳地凝目,

只见一朵玫瑰猛然绽开桅杆,

---

[1] 詹姆斯·艾尔罗伊·弗莱科尔(James Elroy Flecker, 1884—1915),英国诗人、小说家、剧作家。

绿叶再次将整面甲板披覆。

39

仍在工作！

老得没那么惊人的船仍在欧洲一些地方工作。在挪威米约萨湖，有世界上还在运行的最古老的明轮蒸汽船 Skibladner（1856 年下水），夏天几个月，它勇敢地巡航。在德国和瑞士（法国似乎较少容许）的许多湖与河里，蒸汽船和明轮艇仍在自谋生计。德累斯顿白色舰队（Weisse Flotte）的河船有一半还是蒸汽动力，其中最老的一艘，明轮船 Diesbar，瘦削的高烟囱和绿色的明轮壳成为这座城市最熟悉的一道风景，它的引擎于 1857 年安装，被官方列为纪念物。按照我的口味，这些船里面最可爱的是仍在瑞士卢塞恩湖岸边一丝不苟地坚持高效服务的庄严的明轮蒸汽船。那儿有五艘漂亮老船，我在韦吉斯住时，去前滩主要就是为了看它们。这些不知疲倦的斗士，最老的生于 1901 年，最年轻的则是 1928 年。汽笛是它们抵岸的先导，随后听到明轮把水面拍得啪啪作响，还有各种扑哧与嘶嘶声。最后，轮船绕过一个角，准时出现在视线中，如海马般优雅。船首漂亮地镀过金，铜质部件闪烁微光，油漆毫无瑕疵，优雅倾斜的烟囱里只逸出一长条稀薄的蒸汽，高高的船桥桥翼上站着船长，他毫不费力地将船引进码头，散发出全副荣光。我想，驾驭"乌里号"（Uri，1901年下水）和"席勒号"（Schiller，1906年下水）的感受，同驾驭我们在库克斯港看到的那些在易北河上赫然耸现的惊人的集装箱船一样令人满足。

40

航空邮递

1938年9月，英国首相内维尔·张伯伦飞往德国与阿道夫·希特勒签约，此前他从未坐过飞机。当然，到如今，各个阶层的欧洲人都用上了航空邮递。大多数人还坐过飞机。大多数邮件通过航空邮递，20世纪90年代末，英国邮政局还在推荐一种针对欧洲大陆的蓝色航空邮递标签，这真是太落伍了。几乎在欧洲任何地方都能看到飞机的尾气，因为不论白天黑夜，它们都在飞越欧洲。机场的代码也变得熟悉——威尼斯是VCE，哥本哈根是CPH，法兰克福是FRA，伦敦希思罗机场是LHR，苏黎世是ZRH，巴黎戴高乐机场是CDG——尽管不是每个人都知道SKG是萨洛尼卡，或者VXO是韦克舍。对于和我有过同样少年趣味的人来说，在某个大空港（法兰克福、罗马、伦敦或巴黎）看到成排航班可真是一种宏大的体验：各种闪亮的装束、纹章图饰与标志、飞龙或立狮、格言式的民间图案或早已消亡的封建徽章。航空旅行让我们这一代人对欧洲地理史无前例地熟悉。谁没有飞越过白雪皑皑的阿尔卑斯山？谁没有越过直布罗陀海峡眺望非洲海岸？我们亲眼观察过斯卡格拉克海峡和卡特加特海峡，以比荷马更宏大的方式看过爱琴海的所有岛屿。

　　我不仅飞越过，而且曾经飞到过阿尔卑斯山中间。那个航线北到日内瓦，南到卢加诺，由小型的瑞典涡轮螺旋桨飞机执飞。对我来说，这似乎是一次诡异的经历。当时是冬天，群山蒙着一层云的薄面纱，透过云层我只能勉强辨认出山岭树林、冲沟峡谷。我们掠过一片蒸汽之海，一个反面的加勒比海，仿佛不是在照片里，而是在底片里。有时，一条裂缝弯弯曲曲穿过积云，犹如一条深水海峡。有时，云起了涟漪，堆起千层浪。有时，出现了岛屿——山顶险峻的灰色峭壁戳破白色，恍如雾蒙蒙的格林纳丁斯群岛[1]。很快，岩石嶙峋、白雪覆盖、云层包裹、阳光照亮的勃朗峰顶从窗外滑过，几乎与我们同高。那个峰顶看上去绝对空寂，绝对无法抵达，似乎真的漂浮在白色的寂静之海上，我觉得难以想象曾有人踏足其上。我们平稳地飞过时，与它近到似乎踏出机舱就能跳进它的雪堆里；但我禁不住战栗地想到，那会像是跳上一个经过的小行星。

1　格林纳丁斯群岛（Grenadines），加勒比海的一处群岛。

互联的网络

41

在机场

  欧洲有些机场似乎比它们服务的城市更繁忙，甚至更大；在欠发达国家，通往机场的路是最好的，以便给人良好的第一印象。自然，它们的建筑也是现代的，或者处于持续开发的状态，让人觉得这个国家充满活力。实际上，大多数机场从未完工，因为它们不断地被新技术超越，没有哪个国家完全满足于用一堆临时、可有可无或可扩充的建筑来修建机场。每个机场都必须是一座纪念碑。20世纪末，欧洲国际机场中最繁忙的是伦敦希思罗机场（LHR），它有4个航站楼，第5个正在修——它这么忙，我想部分是出于习惯，因为不久以前飞越大西洋的飞机才发现这儿是个补充油料的方便之所。每天有5万人去希思罗机场工作，有超过25万人由此飞往世界各地。然而，我还记得当年，唯一的航站楼不过是西大道（Great Western Road）旁的一堆棚屋和帐篷：几个海关人员坐在一张搁板桌旁，我们全都在一台如同海边凸式码头上使用的那种硕大地秤上过磅，然后在周围的柳条椅子上坐下，用搪瓷杯喝茶，等待登上一架改造后装人的轰炸机。如今希思罗是一个永远完不了工的城市，内部人士称之为"航站楼钻井"（Terminal Bore），配套如下：单行街、地下通道、归属不同国家的大批酒店、大量餐厅、店铺（从最奢华的大百货店到最寒酸的纪念品货摊）、一座礼拜堂、一座监狱、一家牡蛎餐馆，全被杂糅到一块儿，成为一种噩梦般的迷宫，似乎是某位疯狂恼怒的城市规划者出于报复心理构造了这一切。

通过50年各种各样的体验，我对自己知道的其他欧洲机场有了一些极为主观的评价：

都柏林机场最欢乐，多年前，咖啡馆友善地给我上了一份菜单上没有的炒鸡蛋——"哈，厨师是个好人。"

巴塞罗那机场最漂亮，是为1992年奥林匹克运动会而特别修建的一座由钢铁和玻璃构成的令人震撼的建筑，成为酷极了的景观。

法兰克福机场最平顺，数以亿万计的、去往或者来自世界各地的包裹在此转运，但根据1995年的公开数据，只有0.0002%的货物遗失。

雅典机场最可怕，一切都不像话。

阿伯丁机场最令人振奋，这里有直升机带着成千上万的（美国、英国、法国、荷兰、西班牙、意大利、希腊、挪威、瑞典、德国）工人轰隆隆飞往北海石油钻塔——这些目的地被狂野海风猛吹，有神奇的名字："鸬鹚""风笛手""活力王""荷兰双桅渔船海滨"……

威尼斯机场最有前途，因为一艘摩托艇能带你直接穿过荒凉的潟湖，进入欧洲最美城市的运河——游荡着缓慢地穿过城市北边的背街小河，随后突然提速，冲进圣马可盆地的大片水域，这种感觉定能让你迷醉。

挪威北部的希尔克内斯机场最肮脏，因为在20世纪90年代后期，这里总是挤满来自摩尔曼斯克、要去本地商店偷东西的可疑的俄国人。

布加勒斯特机场最令人惊讶，因为，要是你向女官员露出令人愉快的微笑，她会免收你的入境税。

柏林滕珀尔霍夫机场最令人惊叹，因为纳粹正好把它修在首都市中心。

尼斯机场最误导人，因为它的跑道在地中海边上，当你从灰色的北方俯冲而下时，你会以为自己已被南方和平与甜蜜的气味包围，其实，你还得汗流浃背地折腾几个小时，才能最终进入里维埃拉海滨某片被严重开发和污染的区域，入住一间毫无特色的混凝土酒店。

曼彻斯特机场最厚颜无耻，它总是破旧混乱的前院里竖起一块巨大的灯光招牌，自称世界上最好的机场。

我记忆中最好客的是慕尼黑机场，那是20世纪50年代一个阳光灿烂的日子。因为，我们降落时，飞机跑道边上有一支乡土气十足的铜管乐队在演奏，乐手们穿着铜扣制服，喜气洋洋，因为喝过啤酒和卖力演出而容光焕发，乐队指挥把身子从朝向乐手转到朝向我们，微笑着挥舞指挥棒，一二三，一二三，从我们飞机的舱门走下台阶。

FIFTY YEARS OF EUROPE
AN ALBUM
JAN MORRIS

42

汉萨

我第一次走进德国波罗的海港口吕贝克一家著名老餐厅"水手协会"（Schiffergesellschaft）时，真切地感觉自己走进了一处显要之所。这家餐厅并不特别时髦，菜的味道也一般，但它所占用的房子是古时候船长行会的总部，里面满当当地配备着沉重的横梁、高背椅、木头长桌、铜灯具、吊船模，像是帆船船长们上岸后会选择的去处。在中世纪，"水手协会"鼎盛之时，来这儿的可不是普通的船长。他们是当时欧洲一个贸易网络中的航海名流，这个网络影响力可覆盖到北欧大部分地区，到处都有其工厂和代理人，并且，通过商人和金融家的技巧，这个网络本身就几乎成了个列强。

汉萨同盟13世纪诞生于吕贝克，当时欧洲各国都还只有雏形，这个贸易城市的联盟变得极为广泛、强大和好斗，直到今天还留下令人生畏的印记。联盟巅峰时期，200多个城市（主要是德国的）是其成员，它们共同对许多国家的许多商品实现了近乎垄断，此外，也维持了联盟运作区域的和平与秩序。每三年，这些城市会派代表参加一个巡回会议，它们建立一套共同遵循的有关商业、航海和金融事务的法律体系。在整个北欧海岸周边，沿着欧洲大陆上古老的商路直到南方，都有这个联盟的水手、商人和维护者在工作——买卖交换木料、皮毛、蜂蜜、柏油、布匹、铜、铁矿、腌鲱鱼；贿赂好收买的外国政客；建工厂；对不友好的国家实施贸易禁令；打击海盗；建自己的教堂（有时要同本地的主教竞争）——有一次甚至还参加过一场针对丹麦人的战争。到17世纪因为民族国家的兴起而终结之前，汉萨同盟在布鲁日、卑尔根、维斯比、诺夫哥罗德、伦敦和许多其他港口与贸易中心都有永久性的半自治居民点。

汉萨同盟这个概念总让我激动，一个不是列强的列强，没有宪法，没有中央政府，没有永久性的议会，基本上没有武装力量，完全是为了保护和追逐贸易而创造（"Hansa"的意思就是"联合"）。20世纪50年代早期，我第一次坐船去挪威卑尔根，汉萨同盟总部那一长排有三角墙的房子真的给我极大的震撼，它们看上去无比古老，仍然统领着"德国码头"（Tyskebryggen）。其中许多房子后来毁于火灾，但当时，它们还歪歪扭扭地立着码头边，黑乎乎，用木板修建，似乎里面还住着在这儿工作了3个多世纪的德国商人、海员、金匠、鞋匠、裁缝、皮货商、面包师、银行家、刀具商，像18世纪中国的欧洲贸易社区一样自给自足，自我隔绝于原住民。

甚至到了现在，到北欧旅游的人也会忍不住去走走汉萨同盟的路径。比如，哥得兰岛上有城墙的维斯比城在14世纪是同盟的一个重

FIFTY YEARS OF EUROPE
AN ALBUM
JAN MORRIS

要中心，那里有许多非常古老的同盟办公楼，部分是仓库，部分是住宅——高高的摇摇欲坠的建筑，楼上储藏间用来存放谷物和咸鱼，商人及其妻子住的家庭生活区如今被制造银器和染色玻璃的工人占据，还有一两家餐厅向游客出售藏红花饼。在波罗的海另一端，立陶宛的考纳斯，汉萨同盟总部那些精致的哥特式红砖建筑矗立在德国商人的教堂旁边，拐过街角就是他们舒适的商务居所。塔林最雄伟的教堂是汉萨同盟的两座尖顶教堂——远远大过山顶上那座爱沙尼亚主教的大教堂。

我喜欢想象，甚至在遥远的苏格兰，在附近海域常有北欧海盗出没的设得兰群岛上，也有来自汉堡、吕贝克和不来梅的商人在海滩上亲手搭起售货棚，在海风中做生意，或者以物易物：钩子和渔网，谷物和面粉，蜂蜜酒和亚麻布，换回羊毛、海豹皮、牛肉和待腌的鱼。本地的斯图尔特伯爵是这种交易的老主顾，有时，德国人渐渐爱上了这个不适宜居住之地的生活，不来梅市民赛格巴德·德特肯（Segebad Detken）在条件恶劣得超出想象的尤伊斯特岛生活了50多年，死后葬于该岛。在本书开头，我曾背朝伦敦石，望向坎农街火车站，那时我也体会到一种适度的历史兴奋感，因为我所望的正是英国的汉萨同盟工厂"秤场"（Steelyard）的遗址。这里曾经居住过全男性的汉萨商团，他们生活奢华，隔绝于英国人，在行业会馆自行选举议事会成员。12世纪开始，他们就据有这个地方，发行自己的货币，在上泰晤士街（Upper Thames

Street）逐渐扩大产业，在一个伸入泰晤士河的私有码头停泊他们的船只。我不怀疑，我那位1826年商务旅行途中死于汉堡的外高祖父也来这儿做过生意，因为，尽管秤场1598年就被关闭，但德国商人始终在这同一个地方工作到19世纪中期。

德国三个主要的汉萨城市，吕贝克、不来梅和汉堡，在汉萨同盟结束后还将独立与国际化的地位顽固地保持了许多年。19世纪90年代，威廉二世开始激发民众对德国海军的热情时，他得到的建议是：别指望汉萨海港能给他多少支持，"因为它们具有自主独立的倾向和寄生于国际贸易的立场"。在其古老特权1934年被纳粹摧毁之前，它们保持了一种名义上的独立，被正式称作汉萨城市：不来梅和汉堡在德意志联邦里仍然是自治州，直到今天这三个城市的车牌上还印有大写的H。

43

贸易城市

当然，远在汉萨同盟出现之前，远在民族国家出现之前，经商者的轨迹早已纵横交错于整个欧洲。在德国石勒苏益格有一个维京人社区，强烈地体现了贸易对古代欧洲的意义。海泽比（Hedeby）是维京人最重要的贸易中心，是他们的头号转口港。至少在1000年前，维京人就在波罗的海和北海之间最狭窄的地方修建它,让东至俄罗斯与黑海,西至英国岛屿、冰岛和格陵兰的维京贸易路线的货运由此通过——就在今天提供同样服务的基尔运河往北 30 英里的地方。出于安全考虑,它藏在一个大峡湾中的小峡湾旁边,位于一个孤独、安全、芦苇丛生的所在,如今可以从石勒苏益格老城搭渡船去那儿。这是一段不易忘怀的体验。在朝向内陆的那一边,仍有一段半圆形的壁垒围着海泽比,在里面,靠近水边,早在 9 世纪就出现了一个贸易城市该有的全部设施——仓库和凸式码头,办公室和居住区,船坞,当然也少不了酒馆和妓院,甚至还有一个为基督徒商人而设的教堂。坐船驶入时,你能想象它的一切。尽管如今变得空空荡荡、沼泽密布,还有波罗的海的风在芦苇中不时呼啸,但它仍然让我觉得是一个自信、自足、外向型的地方——实际上,是遍布欧洲的、由商人们经过数百年时间逐步建成的重要贸易城市的一种原型。

44

欧洲城市

　　欧洲遍布这样的城市,它们往往比政治首府更能互相包容。欧洲城市之间的结对子,有时似乎只是种情感联系,有时仅仅是政府官员狂欢放纵的借口，有时还会肆意扩张到五倍甚至六倍的规模——当一个值得景仰的贸易中心越出国界，宣告与另一个贸易中心的密切关系时，这种20世纪后期的实践显得比往常更真实。1996年，60个城市加入一种名叫"欧洲城市"（Euro-city）的、致力于维护城市权利与责任的伪汉萨同盟。许多个世纪以来，在这种地方繁荣起来的贸易市场，是促进欧洲统一的首要力量。它们让欧洲各地的商人彼此建立联系：乌尔姆、威尼斯、奥格斯堡、法兰克福、莱比锡，为那个时代的商人形成了一个熟悉的工作圈。一些到今天仍是国际化的会展城市。经过历史的起起落落，即使在冷战对抗最激烈时，民主德国的莱比锡、保加利亚的普罗夫迪夫、南斯拉夫的萨格勒布仍然有西方企业家不时光顾。威尼斯是中世纪最耀眼的贸易城市，作为大型艺术展的发源地，到今天还是艺术交易的主要中心之一。美因河畔法兰克福是所有会展城市中最大的一个，将数十万商务人士吸引到它巨大时髦的交易会场上参加国际展览。

法兰克福是德国的商业首府，其繁荣的基础——古老交易会场上的现代建筑——应该处于作为德国马克总部的摩天大楼群的荫庇下，这似乎是唯一恰当的做法。法兰克福的会展传统最早出现于11世纪，然后就再未被遗忘。老城主广场仍叫罗马广场（Römerberg），这个名字源于最初在此设立商铺的罗马客商。在官方接待处，外国代表会领到一份脆椒盐卷饼，这份馈赠继承自中世纪时给经商者的欢迎礼（尽管如今被

FIFTY YEARS OF EUROPE
AN ALBUM
JAN MORRIS

包在玻璃纸里）。这是欧洲贸易的顶点。法兰克福图书交易会始于1480年！夏洛克[1]的钻石是在法兰克福买的！叔本华爱法兰克福，因为这里有那么多英国商人！宏伟的法兰克福老宾馆霍夫酒店（Hof Hotel）在城市中间，是一个典型的商队旅馆，总是挤满沾沾自喜的上了年纪的商业巨头和相对年轻的急切的经理人：我曾经坐在它的一个休息厅，用笔记本电脑写一篇抒情散文，结果被人当作是东芝电脑的演示者。

45

城邦

建立于贸易之上的一些巨大的外省城市，仍然给人城邦的感觉——其中一些更甚于古代的城邦，它们被环形公路环绕，如同被城墙围蔽。其中不来梅作为德国自己的一片**土地**，真可以算作一个，这个地方的一切都呼吸着商业独立的精神——这个城市的格言是"远行即居家，冒险即成功"！不来梅的典型形象是耸立在主广场上的那座14世纪的巨型罗兰（查理大帝的侄子）雕像，高30英尺，系着闪亮的皮带，一手持剑，一手持鹰头盾牌，脚下有一颗人头。他是不来梅反抗教会或国家强权的

---

[1] 夏洛克，莎士比亚作品《威尼斯商人》中冷酷无情的放高利贷者。

象征性的捍卫者,他站了6个世纪,用一种略带讥讽的微笑望着广场对面的大教堂——1989年,不来梅市政当局从他体内取出20世纪30年代纳粹塞进去的一个装有宣传文件的时间盒子时,我相信他的微笑变得更有嘲讽意味了。不来梅充满怪癖和老传统、故事与想象,而且长期秉持快活的激进主义态度。我欣赏此地的平等精神与善抓机会的态度。教堂旁边矗立着一尊傲慢的俾斯麦骑马雕像,从各个方面看都是那座罗兰雕像的反面。基座上没有"铁血宰相"的名字,1995年,我向每个路过者发问才确定了他的身份。这些忠诚的市民,一个接一个,同我一起抬头望向战马背上那个严酷的老政客,全都哈哈大笑,全都不得不承认他们没有一丁点他所代表的观念。罗兰也笑了。

威尼斯,上千年来都是一个主权强国,今天仍然确凿无疑地像个城邦,在克罗地亚,小城杜布罗夫尼克(原名拉古萨)尽管在20世纪90年代的南斯拉夫内战中受损,仍被壮观的城墙环绕,仿佛还掌控着自己的命运。米兰几乎自成首府。巴塞罗那让你几乎感觉不到它被西班牙王国统治。经过纳粹时期,汉堡仍保持着自由主义的汉萨城市的外观。安特卫普是拥有最多语种的欧洲城市,其市民打招呼与比利时其他地区不同,他们互称"阁下"(sinjorenz)。在我看来,布鲁日比布鲁塞尔更重要。拉脱维亚的里加,从河对面看,同老版画上的城邦惊人地相似——城堡、大教堂、尖顶、塔楼在沿着码头的旷地上展开。里昂和马赛远不

FIFTY YEARS OF EUROPE
AN ALBUM
JAN MORRIS

止是法国外省城市，崎岖不平的苏格兰老城格拉斯哥一度是大英帝国第二大城市，总让人以为它有个独立的政府，有自己的外交关系，还有自己的旗帜（实际上，1919年此地弥漫起激进的不满情绪时，它确实在市议会楼顶升过红旗）。

"二战"后不久，我第一次去格拉斯哥，它肮脏，贫穷，被轰炸过，罪案丛生，但却情绪高昂，还在克莱德河里修世界上最大的商船。20世纪60年代我去那儿，它正深陷严重的经济危机，工业衰退，建筑全都变黑、坏损。1990年我再去，它已经自称欧洲的文化首都，变得像是从它的荣耀年代穿越而来，一个浮华炫目的转生版本。从每个地方都可以看出这个城市还保留着对自己的巨大的骄傲与喜爱。书店总是摆满关于格拉斯哥的书，博物馆挤满格拉斯哥人，这里能听到唱格拉斯哥的歌，见到写格拉斯哥的诗、许多描绘格拉斯哥的画，还有不少于一本词典的费解的格拉斯哥土话。似乎这个地方完全隔绝于让它时而富、时而穷、时而以船坞出名、时而又因为时装商店的优雅或艺术现场的时髦而出名的那些在它周围旋转的事件。"格拉斯哥好多了"（Glasgow's Miles Better）是20世纪90年代的宣传口号，"格拉斯哥属于我"（Glasgow belongs to me）是20世纪40年代的市歌，但它们意思都差不多：我最后一次去格拉斯哥时，当我评论这座城市正在搞的大型宣传运动时，一位当地女士告诉我："唉，是的，他们说了一大堆，其实改变真的不大。"

互联的网络

46

听,听

我一直认为,对这种城邦而言,最好的市政宣言是一句神秘的中世纪格言,位于另一个精明而独立的苏格兰自治市阿伯丁,粗糙地镌刻在古老的马歇尔学院(Marischal College)的墙上。这句令人费解的话自问自答:"他们说——他们说什么?让他们说。"但是,克罗地亚的内哈城(Nehaj),它的名字也许更好。这仅仅是"ne hajem"的缩略形式,意思是"我不在乎"。

47

兄弟

有时,不是政治家、征服者、城市或机构,而是平民的努力加强了欧洲的互联。现在,来和我站在一起,背朝法兰克福下美因桥(Untermain Bridge)旁的河流——这里距离中世纪客商云集的罗马广场不远。在我们前面一个对着河面的漂亮平台上,可以看到一栋巨大的白房子。这栋房子位于很关键的位置。在它后面,高过它的屋顶,耸起作为金融区的西区那些惊人的高楼——尖顶如锥,黑漆漆,装有镜面玻璃幕墙。

而它前面，是一条繁忙的道路，再往前又是货运铁路的轨道，将河岸码头的各个部分连接起来。然而，在我眼中，无论如何都是这栋坚固但还称不上宫殿的房子统御着这片风景，就像走进房间就会吸引所有目光的那种人。这是曾经位列欧洲重要犹太城的法兰克福的犹太展览馆，也是罗斯柴尔德银行业家族的发家地，从这里，他们以技巧、智慧、精明和顽强将其活动与影响力拓展开去，让它成为欧洲最强大的经济势力之一。

1848年以前，罗斯柴尔德家族居住和工作的家要朴素得多，是犹太区里一座凌乱的半木板房，位于德意志银行后面，但现在已经完全消失了。梅耶·阿姆斯洛·罗斯柴尔德[1]直到实力雄厚、备受尊敬——按照法兰克福人的说法，足够被上流社会接受[2]，够格进社交界——才搬进下美因码头14号，也就是搬进他们自己所谓的非犹太人统治阶级中。"金钱是我们时代的上帝，"观察这一进程的海因里希·海涅写道，"罗斯柴尔德是他的先知。"让家族银行成为德国最富有的银行后，这位族长把4个儿子分别派到维也纳、那不勒斯、巴黎、伦敦，去欧洲其他地方开设分行。他们建立的网络逐渐盖过了外交、王权、国家，

---

1 梅耶·阿姆斯洛·罗斯柴尔德（Mayer Amschel Rothschild，1744—1812），罗斯柴尔德家族的奠基人。

2 原文为德语：salonfähig。

甚至盖过了列强。罗斯柴尔德家族本身几乎就成了一个王族。他们的先例是依靠金融手段支配了17世纪欧洲财富的佛罗伦萨美第奇家族。美第奇家的格言是简单的"Semper",即"永远",罗斯柴尔德们的目标也是永恒。

他们在整个欧洲大陆都有巨大影响力(尽管那不勒斯分行很快就关闭,那不勒斯王国被证明实力不足),他们无与伦比的快递服务也是情报机构,对许多政府价值无量。19世纪的伦敦是最富有的首都,实力超群。1875年,首相本杰明·迪斯雷利[1]需要资金来买下土耳其驻埃及总督手中的苏伊士运河股份,他所求助的正是他的朋友莱昂内尔·德·罗斯柴尔德男爵,这笔巨款帮他完成了该世纪最重大的一次政治行动。迪斯雷利的私人秘书蒙塔古·科里(Montagu Corry)被派往罗斯柴尔德办公室,要求借款400万英镑(相当于今天的4亿英镑),后来他对这一过程留下了著名的记述。"什么时候要?"罗斯柴尔德问。"明天。"科里说。罗斯柴尔德停下来吃了颗葡萄,吐出核——这个动作也许并不是很被上流社会所接受。"您用什么抵押?"他又问。"英国政府。""没问题。"罗斯柴尔德说道。事情就这样成了。

---

[1] 本杰明·迪斯雷利(Benjamin Disraeli, 1804—1881),英国保守党政治家、作家,在政府任职长达40年,曾两次担任英国首相,在保守党的现代化过程中担当了重要角色。他出生于犹太家庭,后改信基督教,是唯一的犹太裔英国首相。

FIFTY YEARS OF EUROPE
AN ALBUM
JAN MORRIS

直到今天，罗斯柴尔德仍然是一个在金融与智力方面拥有传奇声誉的欧洲家族，他们在伦敦和巴黎有银行，有法国、比利时和英国赠予的头衔，在法国有葡萄园，家族成员在许多职业领域出类拔萃。甚至纳粹也没能羞辱这个强大的犹太王朝。如果你愿意看看历史将这个家族带到了怎样的高度，请随我来到位于英国中部的沃德斯登庄园，它曾经是罗斯柴尔德在英国的总部，直到1957年詹姆斯·德·罗斯柴尔德将其捐赠给国民托管组织[1]。"庄园"其实不足以形容沃德斯登。一条长长的车道穿过公园，经过豪宅与漂亮的马厩，经过神奇喷射的喷泉，经过雕像和装饰性的瓮，笔直地伸向最核心的那栋房子。

那真是一座宫殿，或者是一座城堡，具有法国卢瓦尔河一带的建筑风格——有约定俗成的穹顶，有复折式屋顶，有该类型的塔楼窗户，整体规模并不巨大，却宏伟得令人战栗、无法呼吸。用什么也不可能把我劝诱到这种房子里去住，但在19世纪70年代修建它时，罗斯柴尔德其实已经成了一个名誉上的王族：即使到今天，沃德斯登最高的屋顶上也肯定还飘扬着家族旗帜——蓝底上五支箭，代表最初在法兰克福、巴黎、伦敦、那不勒斯和维也纳建立的五家银行。

---

1 国民托管组织（National Trust），1895年建立，旨在保护英格兰、威尔士和北爱尔兰历史古迹与自然美景的民间组织，靠捐赠维持。苏格兰的国民托管组织建立于1931年。

学术界

欧洲的大学总是构成一个它们自己的网络,因此,诸如伊拉斯谟的中世纪学者才能带着思想轻易地从一个大学到另一个。我想,今天仍然如此,但外人的感觉却不同了。在智识方面,欧洲数不清的学习场所也许仍然互相交织;但在风格方面,它们似乎再也没有多少相似之处。它们曾经共同拥有的,不仅仅是同一个宗教、同一种语言,还有一种品位与历史感。如今,只在少量最古老最守旧的基地里才能感觉到美学上的亲缘关系:萨拉曼卡、科英布拉、牛津、剑桥、乌普萨拉、圣安德鲁、维也纳、海德堡、博洛尼亚、帕多瓦——这些地方的共同特征是:老建筑仍被充满爱心地保护着,仪式未被学术研究同质化和政治干预打断,学者和学生可能穿着古代流传下来的特殊服装,遵循他们自己那些奇怪的行为规则。然而,这要紧吗?要是思想的力量自由而强大,一个大学不管是在管理得乱七八糟的混凝土掩体里,还是在有穿金着红的学者穿行的美妙的文艺复兴宫殿里,不是同样重要吗?巴黎的索邦大学也许是20世纪末欧洲最有影响力的大学,它的思想被全欧洲最为急切地吸收;而且,尽管它是这些大学中最古老的,但只要漫步穿过塞纳河左岸的学校外围地区,你就知道它是多么糟糕的混乱。

FIFTY YEARS OF EUROPE
AN ALBUM
JAN MORRIS

但在我们这个时代，高等教育的观念本身就发生了剧变。在大学里编校报的时候，我写信给一些名人，请他们思考一下，都到了20世纪40年代，牛津大学还值得读吗？陆军元帅、刚上任印度总督的韦维尔子爵回信道："牛津的传统，学院的高贵与美、校内的社团，一定会对去那儿的所有人产生深远而持久的影响——就算撇开教育而言，也是如此。"（后一句大概是他后面想起来的）。50年后，有多少欧洲教育者敢说这样的话？

49

"海怪"

尽管有这么多古老的联系——城市间的联络、学术界的交流——但50年前大多数欧洲国家的民众几乎互不了解，除了在战场上。当时只有富人才能出于消遣而旅游，没有什么比大众旅游更能改变欧洲，更能让欧洲各民族彼此更熟悉。熟悉并不总是产生满足，欧洲有些地方，当地居民和游客不管嘴上说得多甜，其实彼此恨到骨子里，但他们毕竟不再是陌生人了。他们学会了彼此的语言，哪怕只是几个单词；学会了吃别人的饮食，虽然带着狐疑或者带来消化不良；甚或了解了一点对方的历史。在对异国的接触中，有些人比其他人更羞怯，迄今为止，只有西欧人才在节假日全体穿越欧洲出游。但是，至少在我这半个世纪，一个刀枪林立的大陆已经转变为一个寻欢作乐的大陆。

到20世纪90年代，欧洲游客的终极目的地也许是巴黎城外的迪士尼乐园，一个显然无法抵挡的跨海移植过来的美国货，但根据传统，国际旅游的支点是威尼斯，大众旅游的人潮在那儿达到令人恐惧的顶点。夏天最热时，通往圣马可大教堂的幽暗入口被观光者挤得水泄不通，如同地狱的前厅，而涌进斯拉夫人河岸大道（Riva degli Schiavoni）的成千上万人足以让圣徒挤出脏话。情况一直如此。最早一幅关于威尼斯的画来自15世纪早期，画上有个游客身子后仰，好像在给圣马可广场圣西奥多立柱上的鳄鱼拍照；一个中世纪的编年史记录者对圣马可广场上像今天一样到处闲逛的土耳其人、利比亚人、帕提亚人和其他"海怪"感到大为惊讶。1959年，我住在威尼斯，收集了针对数量最多的欧洲游客的一类批评，部分来自本人观察，部分来自威尼斯人的反应。比如，德国人嗓门大、蛮横，成群结队——法国人几乎全都乐呵呵——英国男人最棒，女人最差——就像这样的记录。我想，这一切如今不再真实。欧洲人变得更难以区分。德国人没有过去吵闹了，英国人的绅士风度少了，法国人的欢乐也少了一点儿。我曾经自鸣得意于能够一眼辨认出一个欧洲旅游团的国籍，但如今得靠导游使用的语言来区分了——即便如此，在团体旅游那鹦鹉般单调平板的声音中，听语言辨国籍也开始靠不住了。

FIFTY YEARS OF EUROPE
AN ALBUM
JAN MORRIS

50

你得适应一切

总体而言,大众旅游是可怕的——这一观点已被广泛接受。无疑,它用二流的建筑、游艇船坞和拖车营地从根本上摧毁了许多海岸线(因为它本质上是一种海滨现象)。它对远古的态度与风俗进行拙劣地模仿,以从中获利,由此侮辱了许多古老文化。然而,它变成了欧洲社会中无所不在、无可逃避的一部分,也许最终我们将对它熟视无睹。伪造的民族服装会比真东西更真实。古老建筑最真确的目的将被卖弄给游客。主题公园会同历史遗迹一样真实。"去天涯海角[1]吗?"有一次在康沃尔郡,一个男人问我,"不管玩什么,可别漏掉迷宫。"我以为会看到悬崖上众多巨穴构成一个浪花飞溅的迷宫,就满怀希望地到了那儿,却发现他说的是"最后的传奇迷宫,多感官体验 No. 1",连同亚音速音响和 28 台电影投影仪,被风机吹得鼓动不息——在英格兰最西端,在欧洲最具寓言性的海岬之一,在最具狂野史诗气质的海岸之一。我发现附近有个巨大的汽车公园陪着它,殷勤的女孩把我引到入场处。里面有艘给孩子们玩的仿制大帆船,还有必不可少的电车。从"水手之胸"渗出一股恶心的

---

[1] 天涯海角(Land's End),又称"兰兹角",是英格兰西南端一处著名景点。

香囊味儿，对到处都有的纪念品商店来说倒是不同寻常。这一切的中心是"难以忘怀的体验"，据说"挑战了时间与空间的日常界限"。

不过，你得适应一切。当我离开人群，走到这一堆大杂烩的边缘，我仍然觉得自己置身世界边缘，阳光里一阵大西洋风猛烈抽打，似乎要清洗空气。海上有船开过，有灯塔矗立于岩石，内陆是彭威斯（Penwith）半岛的岩石荒原，上面还留有凯尔特农田的石头纹痕迹，似乎完全隔绝于"最后的迷宫"。我在那边碰到一个美国女人，她似乎已经忘了主题公园。我们一起站在呼啸的风中，背对着"多感官体验"，她狂喜地转向我，说："哎呀，真像是以前从来没有人在这儿站过。"

51

无新事

主题公园一点儿也不新鲜，但在旧时，它们展出的是真东西，不是电子替代品或者石膏模型。在欧洲另一个重要的海岬，挪威顶端的北角，远离人类居住地，从极地吹来的风形成近乎永恒的旋涡，近来人们建了一个观光屋、一个餐厅、一个博物馆和其他一些主题公园的基本配置，但实际上，一代又一代，一直有游客来这儿。在我祖父那个时代，他们从蒸汽船坐小艇艰难地开到海岬下面，然后沿着页岩上一条陡峭的路爬几个小时才到海岬,没有什么等着他们,除了置身此地的情绪。在我们这个时代,我们沿着防波堤轻松地走上岸,乘坐温暖的大巴沿着棒极了的公路开去海岬,路上在"正宗的拉普兰村"停下来买纪念品。实际上,我有一点儿罪孽感,尤其是手握热咖啡,透过厚厚的平板玻璃望向冰冷的灰色大海,想到我可怜的爷爷,想到他被船晃得想吐,还要勇敢地爬上外面狂风大作的悬崖。

52

被唤醒的海滩

20世纪60年代,在写一本关于西班牙的书时,我到西班牙南部的太阳海岸一个名叫丰希罗拉(Fuengirola)的诡秘的小村子,在海滩上一个以前的渔夫小屋里住了几个星期。周围所见全是贫穷,我心中委婉地称之为简朴。找人帮忙做饭简直是世界上最简单的事——丰希罗拉每个人都在找工作。有时,我走到沙滩上,看渔民用原始的方式捕鱼。那情景真令人心碎。他们像奴隶一样干活,拉着巨大的渔网走进水里,卖力地拖网,沿着沙滩一寸一寸、一小时一小时地挪动。他们那么依赖这些捕获,耗费了那么多辛劳与好心情,又有那么多饥饿的孩子在家嗷嗷待哺——这一轮捕捞终于结束了,乱糟糟的渔网里只有一些小沙丁鱼,渔民们清理渔具，然后疲倦而沉默地各自回家去。

再次去丰希罗拉，甚至找不到我住过的小屋在哪儿。公寓楼和酒店高耸在一度荒凉的海滩，再没有渔民拖着渔网在沙滩上艰难跋涉，我想，要是再找人帮忙煮饭，我恐怕付不起她的工资了。

53

抵抗

当然，关于欧洲旅游业还有很多可说，不过，自然也有对旅游破坏的抵抗。甚至最热切发展旅游业的官方有时也会退缩，思忖"是否应该适可而止"。就连威尼斯都曾在几年前对游客关闭过一段时间，因为假日客流似乎要将它压垮；1996 年，佛罗伦萨限制性地每天只允许 150 辆旅游大巴入内。在欧洲其他地方，也有零星的努力，试图将旅游业同环境保护相协调，或者证明假日旅游胜地并不一定会毁掉风景。在西班牙南部、法国南部，有许多人试图阻止修建原住民风格旅游村、仿印第安村落、假渔村造成的破坏，这其中包含着某种可怜的英雄主义。

到 20 世纪 90 年代，地中海的巴利阿里群岛被旅游业糟蹋得特别可怕，以至于西班牙人用 balearizar 作为动词，表明这种现象。但在既有漂亮山地、又是游客噩梦的马略卡岛，一个开发项目成功地抵挡了这一趋势。20世纪20年代，一个阿根廷富豪购下位于该岛最北端，名叫福门托尔（Formentor）的半岛庄园，在这片土地上建起一座酒店，最初构想是作为诗人、画家、哲学家和其他神经敏感度假者的隐修地。20世纪30年代，它成了一个旅游胜地，到今天还是这个时常狂乱的群岛里一片宁静而克制的飞地。几乎每个去过福门托尔的人，都在不同时期参加了凯泽林伯爵[1]"二战"前著名的"哲学周"，聆听如今的室内乐，或者干脆就只是隐遁于这个静寂港湾边的松林里。我也在那儿住过几天，发现它如此令人放松，如此宁谧而含蓄，如此纯粹地未受破坏，环境如此和谐，以至于我逃跑了，跑去了巴塞罗那。

那些反旅游的旅游地中，威尔士的波特梅里恩（Portmeirion）是最戏谑的一个，带来许多额外的乐趣。它初建于20世纪30年代，创始者建筑师克拉夫·威廉-埃利斯[2]想用它证明，旅游地不一定会难看，而赚钱也不一定要无视一切。它把许多建筑风格混合在一块儿，具有高度的娱乐性，其中一些建筑是别处原本要拆除的楼房，一些是本地的，一些是建筑师自己的创作，部分威尔士风格，部分意大利风格，有菲诺港的意大利钟楼，有哥特式的市政厅，有一个暗房，一排柱廊，全都按照

---

1 赫尔曼·凯泽林伯爵（Count Hermann Keyserling, 1880—1946），德国哲学家，出生地今属爱沙尼亚，创立"自由哲学协会"。
2 克拉夫·威廉-埃利斯（Clough Williams-Ellis, 1883—1978），英国建筑师。

一种异想天开、自娱自乐的方式组合在一起，位于俯瞰爱尔兰海的一个开满杜鹃花的半岛。布置精巧的景色令人愉悦，建筑装饰过量却讨人喜欢，似乎威廉-埃利斯只是无法控制自己的汪洋恣肆。从海湾对面看，波特梅里恩像是某个富人心血来潮的产物，塔楼与陡坡屋顶的建筑快乐地分布在水边，似乎纯粹是为了以一种自行其是的方式寻开心：但最初修建它的动机也是严肃的，它始终是对假日旅游业中文明价值的一个优雅而幽默的召唤。

在不来梅中心，另一个有远见的人在20世纪20年代修建了名叫贝特夏街（Böttcherstrasse）的文化旅游街。路德维希·罗泽柳斯（Ludwig Roselius）发明了去咖啡因的咖啡，并因此发了大财，他逐一买下前桶匠街（Street of the Coopers）两边的产业，根据一个新艺术流派的雕塑家伯恩哈德·霍特格（Bernhard Hoetger）的灵感，对整条街重新设计。这是一条带来无限惊奇的街，建筑全用漂亮的红砖，各种角落、庭院、古雅的雕塑、奇特的暗示、玩笑和日耳曼风格的装饰音令其生气勃勃。这里有艺术品商铺、书店、餐厅，有一家酒店，一家电影院，一个音乐工作室、一家赌场、一个用以纪念鲁滨孙·克鲁索的展览馆——小说里他的父亲来自不来梅。这条街只有100码长，但你永远不知道接下来会发现什么。金匠、陶匠、吹玻璃匠在此做生意。街头艺人用小提琴拉巴赫。这里有一套瓷编钟，能演奏一些船歌，这里展出里加"黑头兄弟会[1]"珍藏的银器。纳粹憎恨贝特夏街。

在这条街正中间的一个小庭院里，霍特格造了一座7个懒人造型的喷泉。在那些著名的不来梅传说中，这7兄弟实在是懒得从河里取水，懒得去森林砍木头，也懒得在烂泥地里拖车，他们打了一口井，种了树，还粗建了村里的路。在此沉思故事的道德寓意真是太合适不过，因为尽管对所有有关旅游的正统理论都不屑一顾，但这么多年来，福门托尔、波特梅里恩和贝特夏街全都财源滚滚。

54

矿泉疗养

我想，欧洲最早的旅游业是矿泉疗养，至少从罗马时代就开始了。矿泉疗养让人们在享受的同时改善健康状况。最早的矿泉疗养地就叫斯帕（Spa），是比利时阿登高地山区的一个小城，罗马人最先发现它的泉水有医疗效果，其名字也就成了"矿泉"的同义词。后来，欧洲最国际化的城市中基本上都有了矿泉疗养，过分担心健康的人们从各个国家来

---

1 黑头兄弟会，14世纪中期到1940年活动于爱沙尼亚和拉脱维亚地区的行会，由年轻的单身商人、船主和外国人组成。该行会保护神是早期基督教殉道者、摩尔人圣毛里求斯，并以其头像为标志，行会的名字也由此得来。

此相聚，休养——19世纪的英国人曾将其称之为"spaaing"或者"getting spa' d"。这些矿泉疗养地在文化圈子里往往颇有名气。著名建筑师为设计矿泉建筑而骄傲——卡尔·申克尔[1]修建了德国亚琛的矿泉水供应室，弗里德里希·魏因布伦纳[2]设计了巴登-巴登富丽堂皇的疗养所；约翰·伍德父子[3]因为在巴斯的工作而出名。布达佩斯是唯一一身兼矿泉疗养胜地的欧洲首都，新艺术流派名家阿敏·赫格德斯（Ármin Hegedűs）与阿图尔·塞贝斯蒂安（Artúr Sebestyén）为它设计了盖勒特温泉旅馆。

作家、音乐家和艺术家常去矿泉疗养地，小说家和导演常用其作为背景，它们往往也是时尚生活的中心，特别是那些附设赌场的。德国巴特洪堡的名字被用在洪堡帽上。维希是维希奶油浓汤的发明地。矿泉疗养地在欧洲历史上也常扮演特殊的政治角色。比如，1940年战败的法国政府就将总部设在维希；1945年德国战败前，中立国的大使馆被迫撤离到巴登-巴登；亚琛是查理大帝的首都；在最早的那个斯帕，1918年，奥匈帝国末代皇帝同德国末代皇帝进行了最后一次会面；欧洲政治领导

---

[1] 卡尔·弗里德里希·申克尔（Karl Friedrich Schinkel, 1781—1841），德国建筑师、都市规划师、画家，铁十字勋章的设计者。

[2] 弗里德里希·魏因布伦纳（Friedrich Weinbrenner, 1766—1826），德国建筑师、古典主义的城市设计师。他被誉为"卡尔斯鲁厄的建造者"。

[3] 老约翰·伍德（John Wood, the Elder, 1704—1754）、小约翰·伍德（John Wood, the Younger, 1728—1782），均为英国建筑师。

FIFTY YEARS OF EUROPE
AN ALBUM
JAN MORRIS

人中有一半，以及许多皇室成员，在不同时间段，都曾因为风湿病或肥胖而接受过波希米亚疗养。1917年，德军统帅部的将军们将指挥部设在巴特克罗伊茨纳赫的一家温泉酒店里，而德国盟友土耳其的凯末尔曾来此拜访；30年后，阿登纳和戴高乐在同一家酒店会面，为欧盟的诞生奠定了第一批基石。今天欧洲仍然有数百个活跃的矿泉疗养地，直到20世纪90年代，在矿泉疗养最盛行的德国，公民纳税人3年就有资格免费疗养4周。

55

历史的镜子

矿泉疗养地经常是历史的镜子或指针。最具历史感触的一首挽歌是悲叹苏利斯泉（Aquae Sulis，英国巴斯的罗马浴场）遗迹的盎格鲁-撒克逊哀诗。另一方面，一种奇特地抚慰人心的欧洲现象是矿泉疗养地（包括巴斯）驾驭历史潮流的能力。其中复原能力最强的两个是卡尔斯巴德（Carlsbad）和马里昂巴德（Marienbad），在20世纪，唯有它们在王朝、法西斯、共产主义和民主体制下始终繁荣——尽管名字换了一茬又一茬。它们位于波希米亚的苏台德地区，被森林惬意地覆盖。该地区居民曾经以德国人为主，在奥匈帝国全盛时期，全欧洲时尚阶层都会来这儿休闲。

"一战"后,这两个矿泉疗养地被划入新的捷克斯洛伐克,"二战"前,它们被德国吞并;"二战"后,它们归捷克斯洛伐克社会主义共和国。20世纪50年代末,我去到那儿时,你很难认出它们是娱乐休闲的地方。它们被改名卡罗维发利(Karlovy Vary)和玛丽亚温泉市(Mariánské Lázně),苏台德地区的德国人全被驱逐。卡罗维发利的帕普大酒店,大概是所有温泉酒店中最有名的,被重新命名为莫斯科酒店。

20年后,这两个古老的胜地再次沐浴到民主之光。20世纪80年代,我开车去那儿,欣喜地发现一些路标已经开始重新称它们为卡尔斯巴德和马里昂巴德。到20世纪90年代中期,它们已经大体上恢复了旧时的欢乐。乐队在柱廊下演奏。帕普大酒店的名字回来了。你能在爱德华时代风格的平台上喝热巧克力,抬头望向有大量酒瓶、角楼和旋转装置的屋顶。我想,弗朗茨·约瑟夫皇帝本人可以带着他那些穿白夹克、佩剑叮当响的随从,顺着河流的大道轻松地来到卡尔斯巴德;马里昂巴德古老的魏玛旅馆曾经长期作为一家工会招待所,如今得到了解放,完全可以让海军元帅提尔皮茨[1]或英国国王爱德华七世下榻。很久以前,日耳曼的旧世界曾经在这儿达到一种宁谧的顶峰,如今,在这世纪末,这个矿

---

1 阿尔弗雷德·冯·提尔皮茨(Alfred von Tirpitz, 1849—1930),德国海军元帅,德国大洋舰队之父,其造舰计划极大地破坏了原本良好的英德关系。

FIFTY YEARS OF EUROPE
AN ALBUM
JAN MORRIS

泉疗养地给人以怅然回响的感觉。

苏台德的德国属性曾经是"二战"诱因之一,让希特勒找到借口占领捷克斯洛伐克(波兰和匈牙利也趁机咬上一口)。1995年,苏台德这个地名已经被大多数人遗忘,也完全不再有德国居民。然而,仍有许多人懂德语——德国边境离这儿很近——几乎所有外国游客都来自德国。我去马里昂巴德赌场,希望在"21点"上小赢一把,却惊慌失措地发现巨大如洞窟的中央大堂被成百上千中年德国游客占领,他们坐在长凳上,哈哈大笑,交谈热烈,吃相凶猛。接待台的女人被我的惊愕逗乐了,她的反应堪称一种历史评论,"一整列火车的德国人,"她假装惊慌地说,"你想想,一整列火车的德国人!好生意。想想他们吃什么。"

56

摘自《废墟》
(约公元700年,由R. K. 戈登[1]从盎格鲁-撒克逊文字翻译)

这道石墙非常雄伟;被命运打破,城堡衰朽;巨人的作品分崩离析……此地今成废墟,昔日曾高与山齐,众多心无

---

[1] R. K. 戈登(R. K. Gordon, 1887—1973),研究中世纪及早期英语文学的英国学者。

忧虑、身烁黄金的人啊,满身荣耀,凝视珍宝,骄傲的面颊因酒意而酡红,战场的披挂光彩熠熠……石头庭院尚在,热泉喷发,热溪涌动;城墙将一切拢在明亮的怀抱中;中心浴池宽大,热气腾腾……

57

"开阔"

公元 700 年,巴斯可能已经是一片悲哀的废墟,是献给罗马巨人的纪念,但它恢复后,成了欧洲最美的矿泉疗养地之一,也是英国一个主要的旅游点。20 世纪 70 年代,我在那儿一间公寓里住过一段时间,逐渐发现此地俯仰皆见的优雅的乔治王朝风格有点乏味,但我仍然得承认其辉煌。在巴斯,有一个启示性的时刻,是我特别喜欢体验的。它发生在最著名的英国建筑奇观中,我最喜欢坐车去体验,敞开天窗,录音机里放着欢快明艳的音乐——莫扎特、门德尔松,或者演唱科尔·波特歌曲的阿斯泰尔[1]。我会绕着乔治王朝风格建筑中最引人注目的环形广场兴奋地转圈,然后开上短而直的接驳路布洛克街。我总是假装自己从未来过这儿,出于视觉原因而径直开在路中间。这条

---

1 弗雷德·阿斯泰尔(Fred Astaire, 1899—1987),美国舞蹈家、歌手、演员。

FIFTY YEARS OF EUROPE
AN ALBUM
JAN MORRIS

街的尽头，似乎是一片空地——云，树，不远处一小片绿色，更远处一排横向的房子。一个公园？一个足球场？一片毁坏的遗址？街道平面图什么也没透露，空白仍然空着，抵近街道尽头时唯有逼仄得越来越近的空间感在上升，然后，一辆没我这么欢乐的送奶车从上教堂街（Upper Church Street）猛然开出，吓人一跳，我勉强避开它，爬到一个几乎感觉不到的斜坡顶上，轻松绕过街角，发现面前出现了一个最辉煌的欧洲设计杰作，小约翰·伍德的皇家新月（Royal Crescent），其实那不过是一排精心建筑的房子，但看上去却像是一个对称的堂皇宫殿。我看到游客到达布洛克街上同样的地点，停下来，发现辉煌的景色出现在面前。但他们可能只是被同时转过街角的我驾车逆行、大声播放欢乐音乐的行为给震惊了。

58

小矿泉疗养地

欧洲到处都有小矿泉疗养地，其中一些很诱人。比如，德国波罗的海岸边，罗斯托克往西，有一个名叫巴特多伯兰的小小的矿泉疗养地，我在那儿看到本章第11节里提到的那种小火车开过。梅克伦堡大公弗里德里希·弗朗茨一世[1]曾在此地修过一个夏日休养所，18世纪末他在几英里之外的海滨建起第一个德国海水浴场。"在梅克伦堡修一个时髦的海水浴场！"简·奥斯汀嘲弄道，"除了在英国，人们还能怎样假装时髦，或者假装洗海水浴？"但是，浴场和矿泉疗养地都盛行起来，至今仍然讨人喜欢。巴德多贝兰是一个微缩版的经典矿泉疗养地。优雅的小凉亭装点了城市公园，与大公宫殿只隔了两道门的库尔旅馆是一个非常理想的温泉酒店。1993年，我住进该酒店一个阁楼房间，屋梁低矮，温暖舒适，打开窗户，下面是绿树掩映中的修道院尖顶，道路前方是宫殿的玫瑰花园，我觉得简直可以看到大公本人带着女士和朋友在暮色中漫步，闲聊无关紧要的宫廷丑闻，也许还有一个弦乐四人组伴奏小夜曲。

在全盛时期，大多数矿泉疗养地有自己的风格或顾客阶层。德国的巴登-巴登一直培养高贵的气度，如今仍然是豪富聚集地，他们可以沐浴，也可以赌博，有时在餐前还要称体重，确定自己能吃多少。巴斯，是18世纪一切时髦事物的中心，在我童年时是乏味式体面的典型，穿黑色西装的老侍者带着有斗篷的轮椅在火车站等病人。没有哪个温泉比维多利亚时代威尔士兴盛的小矿泉疗养地更区别待客：如果拉努蒂德韦尔斯和兰加马赫韦尔斯是不信国教者喜欢去的，有自尊的威尔士国教徒

---

1 弗里德里希·弗朗茨一世（Friedrich Franz I，1756—1837），德国梅克伦堡-什未林的统治者，1785—1815年为梅克伦堡-什未林公爵，1815—1837年为大公。

FIFTY YEARS OF EUROPE
AN ALBUM
JAN MORRIS

疑病症患者就只会选择兰德林多德韦尔斯。

59

在海边

早年，人们认为去海边主要是一种健康疗养，而海水浴是一种治疗。人们曾把英格兰苏塞克斯海岸边最早的海水浴场称作"布莱登医生"，而哈布斯堡帝国自己的"布莱登医生"奥帕蒂亚（原 Abbazia，现 Opatija），位于克罗地亚的亚得里亚海滨，由一个医疗企业家建立，并在 1885 年由一个医师协会正式宣布为休养地。甚至到我们这时代，人们常去布里斯托尔湾英格兰海岸线上的滨海韦斯顿，一个特别的原因是他们相信那儿的泥巴里散发出的臭氧有益健康。东欧的共产党政府有同样的想法，黑海、波罗的海和亚得里亚海边建起大批现代化的混凝土酒店，不仅仅是为了给人们娱乐，也是让他们恢复健康，好回到工厂更努力地工作。"快乐带来的力量"，正如纳粹所言——在波罗的海的德国吕根岛上，这种快乐工厂永不停息地发展，最终成为那个名叫普罗拉的海滨浴场，这座浴场可以在一排大楼里容纳两万名公共度假者，后来变成了一座兵营，如今这里仍然是对极权主义旅游业的一种可怕的纪念。

出于各种原因，诸如矿泉疗养地之类的海滨城市往往是时尚的旅游胜地——实际上，圣塞瓦斯蒂安作为其中最漂亮的之一，变成了西班牙法庭的夏季驻地。尽管它们被大众旅游淹没，时髦程度大多有所削弱，在淡季全都显得凄凉，但仍然保持了足够的建筑美感。从爱尔兰的克利夫顿（Clifton）到保加利亚的金色沙滩（Zlatni Pyasâtsi），所有的欧洲海滨胜地中，我最爱法国的特鲁维尔。英国人发明了现代海水旅游，却是法国人把它变成一门艺术，正是在诺曼底的特鲁维尔，莫奈和勃纳尔[1]首次在孤芳自赏的散步女士和俯身于自己垒起的沙堡的孩子身上发现了美。特鲁维尔早已被更新鲜的旅游地取代，被河口对面勒阿弗尔的油罐和公寓楼衬得落伍，但在它全部浓烈的魅力中仍然可辨出海滨的古老美学。老旅馆和别墅仍然繁茂地聚集在海滩周围，像众多系着饰带、戴着灰色高顶礼帽出来寻欢作乐的上流人士。一些房子建得像城堡，像仙境宫殿，像波斯客栈。老特鲁维尔的屋顶上装点有金鸟、菠萝、新月、纺锤、铁花和瓮，树木间气派地矗立着馆阁楼宇，从海滩后面一直延伸到山坡上，被品位和社会的变迁弄得不再害羞，但在它们装饰性的大门和防护性的浓荫花园后面，依然不减奢华逸乐。特鲁维尔的**构成**非常美

---

1 皮埃尔·勃纳尔（Pierre Bonnard, 1867—1947），法国画家、纳比画派成员，该画派以丰富明艳的色彩出名，作品多取材室内场景、裸体以及风景，他的作品继承并发展了印象派传统。

FIFTY YEARS OF EUROPE
AN ALBUM
JAN MORRIS

妙。"二战"后的日子里，海滩上偶尔会翻出没爆炸的地雷和炸弹，市政当局官方将其归入"**奇怪的物体**"。

60

滑雪文化

将欧洲连成一体的另一件事是运动。欧洲大陆上，时常有几十万人来回穿越，观看或参加比赛，从帆板到赛车、到水上滑行、滑雪橇、打高尔夫或者飞滑翔伞。他们去瑞士玩雪橇滑道，去马恩岛看摩托车赛，去意大利参加锡耶纳赛马，去西班牙参加潘普洛纳奔牛，每一趟行程让欧洲的一部分同其他部分更加熟悉一点点。对足球的共同热情不仅通过职业球员的转会促进了国家与民族之间的交流，也让欧洲许多地方习惯了别处来的流氓。20世纪后期，滑雪文化让许多国家的人们同样熟悉了一种生活方式。幸运的是，在我心中，这种热情让它接触到的几乎一切都变得更美，甚至是滑雪后的迪斯科，甚至是最不讨人喜欢的暴发户家庭的年轻滑雪爱好者，因为它有一种内在的优雅。

因为从一开始，滑雪的环境就几乎有一种永远靠得住的优雅，而运动器械也有优雅之处：滑雪板如此柔韧，头盔如此鲜艳闪亮，没有什么比带方向盘和刹车的时髦雪橇更恰当更实用。滑雪文化的声音非常令人满意——飞驰的滑板下面雪的**吱嘎声**，缆车经过电缆塔时的**铿铿声**，阳光灿烂的山上餐厅里畅饮麦芽饮料的**汩汩声**，小奶娃在幼儿活动区尝试难度特别大的障碍滑雪时发出的悦耳笑声。滑雪的动作是优美的。勇敢的年轻人屈膝弯腰、弹性十足地猛冲下滑道的身姿无一例外地让我入迷，就连缆车无休无止的平静运动也能有美感，我永远看不厌那种特殊的步态——必须穿新款滑雪靴才走得出来，如同太空漫步，既像是跳舞，又像在走正步，而且伴随着引人好奇的吱嘎和咔嗒声。

直升机在滑雪地轰隆隆盘旋，滑翔伞像粉色、红色或黄色的鹰绕着雪坡飞，或者向峡谷俯冲，投下古怪的影子。有时，它们看上去近乎透明，被阳光照得近乎一块膜。有时，它们让我觉得，它们一定是永远在天上、在视野之外旋转，日夜不停，如同天使。

61

互联犯罪

你可能还记得，在第 1 章第 17 节，我在巴勒莫被摩托匪徒抢走了行李。警察用巡逻车带着我悠闲地把贼窝子周边转了一圈，却也承认这是浪费时间，因为我的护照和信用卡几乎肯定已经到了黑手党手里。就我所知，这是我同有组织的犯罪体系的唯一一次直接接触，这个体系显然扩张到了欧洲大多数地区，构成了互联网络的另一个强有力的层面。"黑手党"这个词，过去专指西西里犯罪团体，如今成了欧洲许多地方体系化的偷抢拐骗行为的通称，尤其适用于苏联解体后涌出的犯罪浪潮。自多年前的巴勒莫抢劫事件以来，我幸运地避开了那个无定形的地下世界，没有武器要卖，没有黑钱要洗，也不买毒品：但从都柏林到维尔纽斯，再到萨拉热窝，我经常察觉到它的代理人在周围逡巡。

法国历史学家费尔南·布罗代尔[1]说，情况从来如此。甚至在中世纪，资本家的欺诈勒索就超越了国界，精明的从业者总是能够利用种种手段为自己获利。他们操纵信贷，用劣币换良币，"攫取一切值得要的东西——土地、不动产、地租"。他们甚至算是那个时代的教父。

62

影响范围

"影响范围"这个短语作为帝国主义者的修辞而被发明出来，在我这个时代的欧洲，它获得了一些险恶的含义，是冷战势力圈的委婉说

---

1 费尔南·布罗代尔（Fernand Braudel，1902—1985），法国年鉴学派第二代著名的史学家，代表作为《菲利浦二世时代的地中海和地中海世界》《15至18世纪的物质文明、经济和资本主义》。

法。然而，欧洲大陆上也有些慈善的影响范围，国家与国家之间不以残暴相待，而以范例或存在的力量互相影响，点点滴滴地促进欧洲的整体化。当然，经常是富国或强国影响穷国。无数遍布欧洲的布里斯托尔旅馆（Hotel Bristol）至今犹记那位身为第四代布里斯托尔伯爵的德里大主教[1]的挥霍无度，作为最奢侈最古怪的英国绅士，他曾坐着六马马车游遍欧洲，四处馈赠，把财富注入地方经济。几百年里，欧洲最有文化的法国人在这片大陆到处留下他们存在的纪念物。欧洲大国大多向欧洲人的意识里投入了大量的艺术作品，它们代表了各国特有的文化，如今却成了共有的财富。

艺术、音乐和文学的最伟大的创造超越国族身份，但却往往扎根于其中。不管你是否喜欢，贝多芬无可否认是个德国人，莎士比亚毫无争议是个英国人。每个人都认为米开朗琪罗属于意大利，肖邦属于波兰，易卜生属于挪威，卡蒙斯属于葡萄牙，伦勃朗属于荷兰，伏尔泰属于法国。《好兵帅克》《堂吉诃德》《布登勃洛克一家》《追忆逝水年华》《雾都孤儿》，这些书在千百万读者心中代表了各属国家的最真实的本质。然而，它们同时也是欧洲共同文化遗产的无可否认的一部分，为

---

1 第四代布里斯托尔伯爵赫维（Frederick Augustus Hervey, 1730—1803），英国诗人，著名的伯爵大主教，1767—1768 年任克罗因（Cloyne）大主教，1768—1803 年任德里（Derry）大主教。

FIFTY YEARS OF EUROPE
AN ALBUM
JAN MORRIS

欧洲各地受过教育的人所熟悉，将他们连接在一个比政治秩序更紧密的纽带中。我记得有一次，我迷惑地站在斯德哥尔摩一张剧院海报前，猜测上面那部戏的名字——莎士比亚的 *Som Ni Behagar*。一个经过的瑞典人看到我的目光，"《皆大欢喜》，"他说，"有个忧郁的杰奎斯的那部戏。"

63

意大利风格

当然，莎士比亚经常从意大利的故事里借用情节。几百年中，意大利居于全欧洲想象力的中心，在我们这个时代，它还有一种特殊的影响。足球、饮食、衣服、鞋子、汽车、歌剧——在欧洲各个地方，生活中数不清的方方面面都染有意大利风格。在圣诞节期间，欧洲的列车装满回家过节的意大利人，因为欧洲每个角落都有意大利人定居。尽管他们通常会被轻易地吸纳，很快变成本地社区的一部分，但他们仍然保留着同意大利的联系，老了之后多半落叶归根。没有哪个欧洲大城市没有意大利餐厅，20世纪90年代，外国烹饪被允许进入东欧各国，总是意大利餐厅打头阵。思乡的游子吃够了罗宋汤和干鳕鱼，努力说拉脱维亚语或波兰语说到筋疲力尽，绝望地感觉自己陌生于克罗地亚脾性或冰岛价值标准，对于这样疲乏的漫游者来说，偶然发现一家"月神卡普雷塞"（Luna Caprese）餐厅，看到它熟悉的渔网装饰和维苏威火山图片，真可能像是跨入了家门。

在南威尔士，最早的意大利人是姓布拉奇（Bracchi）的两兄弟，他们1890年从波河河谷迁来，在南威尔士乱糟糟地野蛮生长的产煤区开了一家咖啡馆。当年这可是个赚钱的好地方，投机者从各地蜂拥而入，轻易地捞上一笔。布拉奇兄弟就像是加利福尼亚淘金潮里的酒馆经营者。他们发达了，跟着来了许多意大利人，留下一大群后代，分别是咖啡馆业主、冰激凌销售商、杂货商、录像出租店主，根据他们的自述，就算不是来自同一个家族，至少也是出自意大利同一个地方。他们给南威尔士带来了传说中意大利式的活力——也许还带来了一些外貌特征，因为你常能看到那里的年轻人有着明显的地中海长相，就算不是在骨架上，至少从眼睛和步态也能够看出来。直到今天，南威尔士的意大利人及其商铺都被人们亲切地称作布拉奇。

64

法国化

我这半个世纪，法国对欧洲其他地区的影响基本上是令人愉快的——尽管我不是个法国迷,我也要这样说——虽然我没有迷上伊迪丝·琵雅芙[1]的歌、豪斯曼男爵的林荫大道、路易十四的家具、拿破仑的自负、戴高乐的高傲,没有迷上把观念变成运动的人,也没有迷上那些被过于急迫地表达出来的观念本身。法国文化常常是欧洲的福祉。法语这门绚烂的语言长期被用作欧洲外交语言(这句话似乎暗示它几乎成了欧洲的通用语,尽管最初的通用语其实主要是意大利语)。法国烹饪直到不久前还是欧洲各国厨师追求的终极目标,结果却因为屈身俯就短暂流行的新式烹饪(nouvelle cuisine)而失去了许多敬慕者——就我自己的口味,倒觉得这是所有法国烹饪中最棒的,但对于那些向来由衷热爱浓重的法国调料、丰盛的法国肉类和浓郁的法国红酒的老饕而言,却是很难接受的。法国建筑曾将其魔力施于欧洲各国,于是,就连布加勒斯特都曾经貌似法国城市,并且爱自称东方巴黎。以林荫大道为主干的空间开阔的城市规划,被许多好战的政权根据"子弹不会拐弯"的原则加以复制。法国家具总是表现旧时宫廷的岁月,细长的镀金的精细木工被复制到每个地方,被认为最适合婚礼。法国汽车有大胆的原创性——液压悬挂的雪铁龙DS,在遭遇糟糕的颠簸时一按按钮就能抬高底盘;最初的小2CV在20世纪60年代成为注重生态环保的阶层的新宠。法国

---

[1] 伊迪丝·琵雅芙(Édith Piaf,1915—1963),法国最著名也是最受喜爱的女歌手之一,艺名"小麻雀"(La Môme Piaf)。

电影逐渐溢出欧洲艺术电影范畴，进入大众关注的领域，其中一些演员在整个欧洲家喻户晓。法国贵宾犬。法国信，这是老一代英国人对避孕套的称呼（老一代的法国人则称之为"英国雨伞"）。法式热吻。法式板球，英国学童以前课间休息时常在运动场上玩。"原谅我的法语。"一个英国人说了糟糕的话后就会这样道歉。国际象棋中的法式防御，黑方用P-K3应对白方的P-K4开局。法国流感，阿瑟·库斯勒[1]用以指称对一切法国事物的过度喜爱。还有法国时尚。

65

在沙龙

在我那个时代，法国时尚产业还没达到后来的地位，还被世界上任何地方的各种新贵挑战，尤其是意大利和西班牙——至于英国，20世纪60年代狂野的街头时尚不仅提供了一种新鲜时髦的穿法，还给此前英国人古板守旧的声名增加了新的特征。甚至在许多最富有的家庭，高级女子时装也让位于成衣。尽管如此，进入巴黎高级时尚世界，仍然让我陶醉。我被邀请去为一家美国报纸报道夏季巴黎时装周，我坐在前排

---

1 阿瑟·库斯勒（Arthur Koestler，1905—1983），匈牙利裔英国作家、记者、批评家、犹太人，曾写过著名政治小说《中午的黑暗》(Darkness at Noon)。

居高临下的纽约买手和丑得难以置信的美国时尚杂志女祭司中间，我能肯定，就是这帮人决定了任何时装秀的生死。他们看上去多么可怕，身搭毛皮，红色利爪，瘦到怪诞的地步，而在他们周围，法国魅力艺术的优雅代表者们如丝一般地滑动，绕着房间、沿着T台（这是愠怒地噘着嘴、高傲地扭着身体正式走秀的前一天）。在我困惑的眼中，从其他方面看，观众主要由普鲁斯特笔下的人物组成；大门口聚着一堆女裁缝和可爱的模特；房间里，我记得似乎悬挂着美妙的枝形吊灯，弥漫着极为昂贵的香味。

我想，同许多法国影响力一样，这一切全都显得琐碎而过时——熬过艰难时日，在向更粗陋的时代致敬的同时，用强大的魅力与精致，努力维持一个属于更伟大往昔的传统。衣服多么奢华！无疑，价格多么昂贵！模特多么高贵！这一切让我想起土伦的老"让·巴尔号"。

66

英国化

我的欧洲游历开始时，英国人（或英格兰人——欧洲大陆人坚持这样叫）确实正得意扬扬。尽管英国也被"二战"摧毁了一半，但却比打败拿破仑以来任何时候都更受欧洲赞赏和欢迎。英国人没有意识到自己变得多么贫穷，或者在全世界范围内的重要性衰减到了何等的地步。从头到尾，英国人独自坚持同希特勒的可怕战争，正是他们的激励让自由的希望在欧洲不灭。

接下来的50年里，他们的声望无法阻遏地衰落了，他们表现出令人抓狂的摇摆不定，不知道自己是否想做欧洲人。但在我看来，一个奇怪的事实是：就算到了20世纪90年代，在所有欧洲民族中，他们仍然对其他人有最强大的影响力。对别的人来说，他们的事最有趣，所以，关于英国王室的丑闻和风流韵事长期霸占全欧洲的小报头条。他们的摇滚乐引领风潮。他们的足球俱乐部，尽管不再是最成功的，仍然到处都有狂热的追随者。英国酒吧的模仿者在欧洲到处都受欢迎，"只要阳光还照耀，"立陶宛维尔纽斯1996年的官方指南说，"那家酒吧就值得去。"在德国与丹麦边界的小城弗伦斯堡，一个高级酒吧打广告自称"城里最好的英国酒吧"。伦敦那矛盾的魅力，热辣的街头生活，刺眼的社交界光彩，无与伦比的戏剧，还有音乐，仍然让成千上万的欧洲人带着好奇与激动穿过英吉利海峡隧道前来。

甚至更加奇怪的是，英国人冷漠沉静、自控力强的名声仍然回荡在欧洲。老派的、上流社会的英伦风范仍有威望。欧洲各地仍然有人穿着想象中的英伦范儿，举手投足表现出所谓的英国姿态，称颂传说中的英国价值观（比如，情绪不外露）——其实英国人自己早就嘲笑或抛弃这

FIFTY YEARS OF EUROPE
AN ALBUM
JAN MORRIS

些东西了。1996年法国畅销的一本连环漫画合集《弗朗西斯·布莱克案》(*L'affaire Francis Blake*)，主角是一对抽烟斗、绅士风度十足的英国特工，他们在众多恭敬的男管家和老派的警察构成的背景中拯救这个王国。"老天爷呀！"书里的英国人仍然习惯用这种感情充沛的方式叫嚷，或者"哎呀！"甚至"天哪！"一辆昂贵的英国轿车在欧洲仍然引人称羡，不论英国足球流氓和喝醉酒的英国士兵多么可厌，但在欧洲几乎任何地方，教育良好的英国家庭仍然受到尊敬。

他们的语言帮了忙。它成了今日欧洲真正的通用语，其习语进入许多其他语言（比如，Le Weekend, Il Weekend, der Weekend），但这也让许多人把英国人和美国人混淆——甚至见多识广的法国人也张口闭口"盎格鲁-撒克逊人"，似乎这两个民族或多或少是一样的。1994年，法国和比利时最流行的男孩名字叫Kevin，在荷兰则叫Rob、Rick和Tom。不论原因如何——真的或似是而非的，精明实际或怀旧多感的——每个人都还知道英国人，并且知道他们从近海的岛上将影响力明确无误地投向整个欧洲。至于英国人本身，不管是否情愿，他们代代相传的对海峡另一边几乎一切事物的轻蔑渐渐地消失。

摘自 C. S. 卡尔弗利[1]《多佛到慕尼黑》(1861)

五点奥斯坦德起床,

六点早餐,六点半赶火车,

座位难以形容的脏,

开往柯尼希斯温特。

火车穿过沉闷的平原,

我们勉强坐到个空位,

被尖顶帽胖妞挤扁,

那粗腰能让英国人阳痿;

经过许多整洁的小城,

整洁的小妇人坐着打毛线。

(男人的活动是躺倒,

抽永恒的烟斗,吐着痰。)

---

[1] C. S. 卡尔弗利(Charles Stuart Calverley,1831—1884),英国诗人、风趣作者,所谓的大学幽默学派(the university school of humour)的文学之父。

FIFTY YEARS OF EUROPE
AN ALBUM
JAN MORRIS

68

帝国回忆

在许多历史时段,英国人实际统治着国境以外的欧洲土地。从某种意义上说,他们今天仍然统治着苏格兰、威尔士、直布罗陀、北爱尔兰、海峡群岛和马恩岛,但在过去,帝国的势力曾经立足法国、巴利阿里群岛、黑尔戈兰岛、马耳他、塞浦路斯、伊奥尼亚群岛。科孚岛人到20世纪末还在打板球。瓦莱塔人还在大不列颠酒吧里喝酒。就连在英国曾经最不驯服的海外殖民地爱尔兰共和国,英国式的行为态度有时仍然受到尊崇。当时在爱尔兰有大量产业的德国人和斯堪的纳维亚人急切地融入盎格鲁-爱尔兰人的行为方式,住乡间宅第旅馆的爱尔兰裔美国人,尽管经常大嗓门地宣称与昔日激烈的爱国者血脉相连,但却显然毫不知羞地直接避开塔拉[1]的邸宅,而是选择了旧时将他们赶走的那个阶级的房子。

一两年前,我在都柏林走进圣帕特里克大教堂,正赶上他们为不列颠之战举行纪念仪式。头顶,消失多年的圣帕特里克骑士团[2]的舵轮与

---

1 塔拉(Tara),爱尔兰共和国米斯郡的一座小山,早先是爱尔兰国王们的居住区,现在那里仍然有很多古代的土木工程。
2 圣帕特里克骑士团,全称"最辉煌的圣帕特里克骑士团"(The Most Illustrious Order of St. Patrick),是英王乔治三世在1783年时,为了表彰对爱尔兰较有影响力的贵族而设立的荣誉制度。

旗帜在微微闪光;周围,搅动着圣公会全部仪式的是身披白色法衣的牧师、弓着腰的教堂司事、圣歌的甜美音乐;会众中零星站着为英王效过力的爱尔兰老兵,勇敢地拉开嗓门唱圣歌时胸口鼓起勋章,转向代表尼西亚信经的东方时双手紧贴裤缝——无论如何,似乎在宣告他们不仅信仰全能之主,也对忠诚与英勇的往昔信念十足。我忍不住想起,希特勒自杀时,爱尔兰共和国总统曾向德国驻都柏林大使馆表示哀悼。但我把圣帕特里克教堂里的仪式讲给酒店搬运工时,他宽容地说道:"那里什么东西都有——他们极其热衷于世界基督教大联合。"毕竟,就连光荣的黑色乳白色相间的爱尔兰传奇标志吉尼斯啤酒,其创始人家族也是无可挑剔的保王党,获得圣公会认证,并且获得过许多贵族封号。

69

胜利山

如今,大多数欧洲人也许已经忘记英国曾经拥有过欧洲土地,只记得英国军队在欧洲历史上扮演的角色——英国士兵越过海峡,英国水手巡弋欧洲一切海域,英国空军翱翔欧洲全部领空,在失败和获胜的疆场上鏖战,战争的名字可以列一长串:从萨拉曼卡到纳尔维克,从克里特到瓦尔赫伦岛,从北角到特拉法尔加角。这些胜利中最新也最光荣的一次出现在1945年5月4日，德国吕讷堡，一座松林矮山的背风面，能看到在古老塔楼的一片多沙的石南荒野中：希特勒的军队首次大规模投降，陆军元帅蒙哥马利接受了德国北部、丹麦与荷兰的所有德国军队的屈服。如今去那儿的人不多，几乎没有旅游手册标出这个地点，所有的标记都在一块巨大的石头上，镌刻着德语"Nicht Wieder Krieg"（不要再有战争）。

50多年后，我第一次去蒙哥马利的胜利之山蒂姆洛贝格（Tiemeloberg），周围看不到任何人。绝对的寂静，只有鸟鸣和风声。这让人更容易想象穿黑色皮大衣的德国外交使节抵达蒙哥马利的陆军司令部向征服者表示降服的情景。我看到车辙纵横的石楠荒野周围散落着被打烂的英军卡车——也许营地周围还散落着坦克——到处都是尘土和沙，还有嘶哑的坦克引擎声——摩托通信员在沙路上来回奔忙，刹车或加速——不太时髦的英国士兵望着敌人开着插有旗帜的梅赛德斯前来，仿佛看到了魔鬼本人——在这一切的中心，一面英国国旗下面，停着破旧的活动房屋，蒙哥马利元帅本人也在，戴着那顶黑色旧贝雷帽，手拿一块写字夹板，站在台阶上等待。整整三年的战争中，他慢慢地、谨慎地、无情地追亡逐北，从埃及边境，穿过西西里、意大利、法国、比利时、荷兰，直到德国境内波罗的海旁这片严峻的石楠荒原。他没有心情注意繁文缛节。简单地互相行礼；活动房屋内简短地通报情况；在一个匆忙搭建的帐篷里开会，由摄影师拍照；蒙哥马利戴上眼镜，签订受降协议。

是这样吗？也许不是。我想象过全程。受降仪式的照片上，我记得最清楚的面孔是蒙哥马利的情报主管，他戴着眼镜和不合身的卡其布贝雷帽，一点儿也没有胜利者的样子，不像个士兵，倒像个大学教师——他还真就是。蒂姆洛贝格不是那种极其荣耀的地方。不是滑铁卢，不是布伦海姆[1]，没有宏伟的方尖碑记录此地发生过的事。那一天，集合于此的士兵很难说是一支英雄的部队，被打垮的军队只是急着回家，朴素的滴酒不沾的陆军元帅穿着粗糙的战地服装。他们中没有人特别想要来吕讷堡石楠荒原。尽管如此，平凡的英国人完成了漫长而痛苦的责任，在史诗般的孤岛历史行将结束时，以自己作为楷模拯救了欧洲。

70

初抵吕讷堡石楠荒原的
蒙哥马利如何迎接国外交使节
（摘自马丁·吉尔伯特的《第二次世界大战》，1989）

"那些人是谁？"蒙哥马利问，"他们想要什么？"

---

1 布伦海姆（Blenheim），位于德国巴伐利亚，1704年在布伦海姆村附近发生的战役中，英军在马尔巴勒公爵率领下击败法国和巴伐利亚军队。

FIFTY YEARS OF EUROPE
AN ALBUM
JAN MORRIS

蒙哥马利告诉他们,如果他们不同意(他的条款),"我会继续战争,并且乐于作战,我准备好了,"他继续警告,"你们的士兵会被杀光。"

71

去国者

一天,我走在西班牙西海岸马略卡岛小镇德阿(Deya)的一条路上,英国诗人罗伯特·格雷夫斯[1]本尊——这个岛上最著名的居民突然出现在岔路上,他向我露出戈贡佐拉干酪(Gorgonzola)式的短暂微笑,随后转头大步走开(我敢断定,是避免我向他索要签名)。"二战"以来,欧洲一个熟悉的现象是英国人逃离故土、移居国外,比如前往托斯卡纳、诺曼底、多尔多涅、西班牙南部、巴利阿里群岛、爱尔兰,甚至威尔士。但其实过去这样做的英国人更多,遍及欧洲,包括那些在不可思议的地方辛勤工作的商人团体。比如,现在的丹麦驻里加大使馆曾是英国俱乐部,当年这个城市住了太多英国人,以至于被拿破仑嘲笑是伦敦郊区。热那亚足球协会和板球俱乐部由本地的英国人社区建立,城

---

[1] 罗伯特·格雷夫斯(Robert Graves,1895—1985),英国诗人、小说家、翻译家、学者,专门从事古希腊和古罗马作品的研究。

里著名的足球俱乐部对自己名字的拼写仍然是英式的"Genoa"而不是"Genova"。随便一本老贝德克尔旅游指南都会告诉你，英国人在洛桑或哥本哈根的教堂在哪里，丰沙尔哪个英国医生可以提供服务，戛纳哪里能买到伦敦报纸，或者最流行、最多人去的英国小茶馆是哪一家——就这样用小号的斜体字覆盖海外英国人的全部主要需求。我心目中典型的去国者是亲爱的老马克斯·比尔博姆、"无与伦比的马克斯"，老派英国人中教养与优雅的典范，在意大利西海岸的拉帕洛住了许多年，1993年我出发去那儿追寻对他的记忆。

要是去错了日子，拉帕洛会呈现出明显类似地狱的景象，尤其当你经由欧洲最糟糕的道路抵达——从法国边境南下的一条高速公路，上面有无穷无尽的重型卡车单调地缓缓跑着，轰隆隆穿过灯光昏暗、做工粗糙的隧道，还有米兰涌来的一波波坏脾气的菲亚特和白痴的保时捷。更加痛苦的是，在城里最嘈杂的角落找到马克斯住过并且去世的那个别墅。它很大，长方形、淡黄色，不太吸引人，像在郊区一样被同类型的其他建筑包围，整天有车流从旁经过。人们总认为葡萄蔓架、橄榄蔽荫、蝉鸣如歌、农事宁心的静谧田园生活是去国者的归宿，但我眼前所见同想象中的美景的差别大到无以复加。马克斯·比尔博姆少有意大利朋友，并且始终没把意大利语学好。从头到尾，他都是一个典型的爱德华七世时代的英国人，因此，他在拉帕洛住了几乎50年，但其行迹

FIFTY YEARS OF EUROPE
AN ALBUM
JAN MORRIS

却保留甚少。在异国，预言者会很快失去荣誉，在我看来，维里诺·基亚罗的风景和它墙上纪念性的铭碑（要读它，得冒着被菲亚特撞死的风险）是一个关于流亡的恰当的寓言。

在马克斯那个时代，英国人源源不断地经过拉帕洛，我很想知道，最后一次有个漫游的英国人怀揣得到欢迎的自信，敲响维里诺·基亚罗的大门，那是什么时候？这所房子看上去仍然保留完好，但却没有丝毫迹象表明同英国人的联系。只需要一张躺椅上有本企鹅版图书，或下午的空气中浮动着一丝极细微的格雷伯爵茶的味道，我就会敲响门扉；但事实上，我是偷偷地溜走了，徒劳地希望一个上了年纪的细弱而清脆的牛津口音会在巷子里追上我——"我说，你看上去有点迷路了，需要喝杯茶吗？"

72

《住在的里雅斯特的探险家理查德·波顿[1]的生活制度》
（摘自《世界》杂志，伦敦，1878）

我们同15个在旅馆吃客饭的朋友形成了一个小"伙食团"，我们吃得不错，还有一个半弗罗林就能喝到一品脱小丘上酿造的乡村红酒。通过这个计划，我们躲开了厌烦的家务

---

[1] 理查德·波顿（Richard Burton, 1821—1890），英国探险家、语言学家、阿拉伯学者，19世纪最著名的探险家之一，因翻译《一千零一夜》而闻名。

事，从家庭生活的诅咒中解脱出来……吃饭时，我们听新闻，如果有，还喝咖啡、抽烟、喝旅馆外来的樱桃酒，然后走回家，读书直至睡觉，明天周而复始。

73

文化殖民者

有时，去海外的英国人会在欧洲造出真正的文化殖民地。一个例子是葡萄牙的马德拉岛，那里更靠近非洲而不是欧洲，但无疑是个欧洲的岛。英国人同它的联系起初是经济上的，企业家为了控制葡萄酒贸易而需要定居葡萄牙或西班牙的雪利酒乡时，会有人选择此地。在20世纪末的马德拉酒业中，几个英国家庭一直很重要，但他们早就把活动扩展到更加广泛的商业和贸易领域，尤其是逐渐主导了旅游业。他们让马德拉岛有了一层英国光晕，让富有的英国度假者感觉很舒服，尽管几百万其他国籍的旅游者如今也来到这个岛，但英国人的影响仍然很强。不论坐观景巴士兜风，还是买一瓶马德拉酒，甚或于清晨在岛上壮观的植物园里流连，你都以某种方式给马德拉的英国人进了贡。岛上最著名的旅馆里德宫（Reid's）酒店是英国人的，仍然不懈地保持其英国风范。这里的下午茶是典型的高雅活动，在海边游廊上进行，有钢琴伴奏，够胆前来体验的非英国游客往往得努力适应英国习俗，以英国人的方式叉腿，叫女侍者，往烤饼上抹奶油，或者决定先往杯子里面加奶还是茶。

74

风靡一时

在我祖父那个时代，"一战"前，因为德国学术的卓越、德国音乐的天才、德国科学与工业的能量、德国武器的专业水准，德国风范在欧洲许多地方都风靡一时。冯·埃施韦格男爵[1]设计了里斯本郊外辛特拉（Sintra）疯狂的佩纳城堡，给自己竖了一尊雕像，表现他穿着游侠骑士的全套条顿盔甲，站在那个建筑杰作旁边一道居高临下的山脊上，有什么能比这雕像更恰到好处地体现德国风范？直到晚近才统一的德国，当时是欧洲现代性的象征，年轻的威廉二世受到广泛推崇。科孚岛有座山得名"德皇宝座"，因为威廉二世喜欢峰顶的景色，岛上一个主要的胜地是他的假日别墅阿喀琉斯宫，有着丰富的威廉时代的雕像与装饰，配有他写信或者涂鸦战舰设计图时喜欢用来坐的一个马鞍。1897年他出访布达佩斯，表达了对这个正繁荣生长的城市的欣赏，但却希望公共场合

---

[1] 冯·埃施韦格男爵（Baron von Eschwege, 1777—1855），德国工程师、军官，定居葡萄牙，设计了许多著名建筑。

稍多一些雕像：接下来的10年，37座雕像被竖立，大多至今尚存。威廉二世也在挪威海滨小城奥勒松留下令人愉快的纪念。像许多德国人一样，他爱挪威，相信那是德国势力的天然影响范围且常有恰当的北欧诸神出现。1904年，正当他乘坐白色蒸汽游艇"霍亨索伦号"巡游德国领海时，奥勒松市中心几乎被烧成了白地。年轻的皇帝立刻展开行动。他拨了一大笔钱用于城市重建，征募了一群年轻建筑师，大多是德国人，让他们重修奥勒松，给一万多无家可归的市民提供新房。他们3年就完成任务，其永恒的成果是一个虽不协调却讨人喜欢的峡湾城市，呈现奢侈的青年风格[1]——德国版本的新艺术流派。角塔和山墙装饰了鱼仓，龙和水怪的图案给码头区的市民居所增添了活力，然而，如今本地导游指南已忘恩负义，不再提是谁赞助了这些快乐的奇观，尽管当年它曾被视为代表了德国文明的慷慨姿态。

75

英烈祠（Valhalla）

当年，许多外国人去德国自己的英烈祠朝圣，那是在雷根斯堡附近

---

[1] 青年风格（Jugendstil），类似新艺术派的建筑与装饰艺术风格，19世纪末、20世纪初时流行于欧洲的德语区。

多瑙河旁高耸的一处峭壁上按照多立克风格修建的一个骄傲的神庙。它今天还在那儿，白得闪亮，不可一世地君临多瑙河，要走358步闪烁光泽的大理石台阶才能抵达。那是用石头与雕像筑就的一曲赞歌，呈献给德国艺术、学术、政治和战争中的全部伟大人物——所有类型，所有情况，只要对德国传统有所贡献。其建造者巴伐利亚国王路德维希二世相信，德国文明像希腊文明一样是世界性的，任何有价值的人都可以被纳入。比如，有生于阿姆斯特丹的伊拉斯谟。有生于维也纳的马丽亚·特蕾西亚女王[1]。有一些瑞士圣人，几个荷兰舰队司令，几个俄国将军，还有可敬的比德[2]。不论是否自认德国人，反正在这个地板奢侈地铺着大理石、女像柱撑起蔚蓝色天花板、橡木门覆以青铜的英烈祠中，他们被视为神圣的德国人。

一个世纪前，像我祖父这样的人会敬畏地漫步于此，震惊于德国文化的荣耀——"高贵、耐心、深刻、虔诚、坚实"，苏格兰历史学者托马斯·卡莱尔如此评价。当然，你会发现陆军元帅们——格奈森瑙、冯·毛奇、布吕歇尔——还有足够多的严峻无情的日耳曼政治家。但莫扎特也

---

[1] 马丽亚·特蕾西亚（Maria Theresa, 1717—1780），奥地利女大公、匈牙利和波希米亚女王，在任期间奠定了奥地利成为现代国家的基础。
[2] 可敬的比德（Venerable Bede, 672—735），英国盎格鲁-撒克逊时期编年史家、神学家，亦为诺桑比亚本笃会的修士，终生在英格兰北部韦尔茅斯-雅罗的修道院中度过。他著有《英吉利教会史》。

在,还有贝多芬、席勒、歌德,还有一大群哲学家、科学家、神学家:从被德国文化催生而后又反哺德国文化这一意义上讲,全都是德国人——我祖父无疑会认为,在丰富德国文化的过程中,他们也丰富了整个欧洲。

76

无影响

但是看看,历史将会如何改变德国的声名!我祖父还没死就已遭遇独子命丧对德战争,好些年他甚至拒绝听他热爱的巴赫;而等到我去英烈祠时,第一反应是惊讶,因为我发现最新被纳入的一个伟人是犹太人爱因斯坦。曾经是自由主义与高尚进步之典范、诗人与音乐家之保护者、奥勒松之重建者的德国,早已将资产挥霍殆尽。即使在它再次成为欧洲最富有最强大国家的20世纪90年代,也没人希望像德国人。德国可能有最好的足球运动员,制造最好的汽车,培养最棒的网球手,有最坚挺的货币,但没人希望像他们。没有人认为,欧洲中心8000万人说的德语会成为欧洲的通用语。甚至没有人能确认一种德国风格,除了在战争、经济和汽车领域,很少有外国人选择去德国度假。距希特勒去世及其疯狂统治的消亡已经过去了50年,新一代德国人已经成熟,德意志联邦共和国已经把自己建成欧洲最稳固最民主的国家,但仍然没有人希望太像德国人。

在莱比锡,我曾经站在靠近一个售票处排起的队伍前面,在一长溜彬彬有礼、秩序井然的市民中间,一个高个儿德国青年傲慢地走进来,推搡着挤到前面,要求买票。还真让他买到了。我身上流淌的祖先的血沸腾起来,他大摇大摆往外走,经过我身边时,我伸出脚成功地将他绊倒。他掸掉身上的灰,一脸吃瘪地离开,队列里的莱比锡人冲我共谋地微笑:也许他们也不太希望像他们自己。

77

我也鼓掌了

德国人出国旅游时,比大多数欧洲人更喜欢抱团。像英国人一样,他们在欧洲建立了文化殖民地——在原住居民心甘情愿的合作下,和平地控制这些地方。比如,伊斯基亚被德国人如此热情地收养,以至于德语成了它的第二语言,其公众态度也大半被德国化。无疑,这个岛上原生的宁静成了治疗的一部分,让各色各样的家庭主妇[1]及其富足的丈夫年复一年来此接受火山疗养:早晨洗个刺激的桑拿,一天在小山上进行简单的远足,或者在广场周围闲逛,晚饭前回到酒店温泉区做一个安慰性

---

1 原文为德语:Hausfrauen。

的硫黄浴或者泥疗（也许会抽空往多特蒙德打个短暂的电话，确认办公室里一切正常，好安抚血压）。

一天，在岛中心的埃波梅奥山（Mount Epomeo）上一个小咖啡馆里吃午餐时，我获得了一次非常德国的体验。咖啡馆上面拴着一只狗，绳子太短，让狗很不舒服，四腿纠缠，不停地踢。邻桌的德国人对此很恼火，请咖啡馆老板换根长绳子。老板照办了，德国人鼓掌表示赞同，马上，周围的人全部鼓起掌来。其中一半刚才根本没看到狗，也不了解这掌声的含义，但他们全都是德国同伴。他们一边鼓掌，一边隔着桌子互相点头，露出同志般的微笑。我也鼓掌了。

78

确定性

因为，即使我们同辈的欧洲人并不总是打算仿效德国人，我们仍然会认同德国性格中那些耐心、可靠的品质，并且，在欧洲其他地方碰到历史遗留的德国印记，仍然有可能是一种愉快的邂逅。这些印记"二战"后大多被清除，少数德国人被视为战争悲剧的肇因，并因此被遣返，或者被遣送到苏联的劳改营。只有极少人格外深入地扎根到周边环境中，居住的时间太久，成了当地社会肌理中剜不掉的一部分，于是他们留了下来。罗马尼亚城市布拉索夫——旧名喀琅施塔得（Kronstadt），曾名斯大林城——至今日益减少的德国人就是其中一例，这座城市由条顿骑士团[1]13世纪向东方冒险拓展时建立。除了城墙遗迹和战争中幸存下来的少量古建筑，布拉索夫如今看上去不太德国，但它有一个荣耀的德国纪念堂——黑教堂，在20世纪90年代混乱而变幻不定的特兰西瓦尼亚碰到它真是美好。黑教堂建于14世纪，是罗马尼亚最大的教堂，带着坚定的哥特式自信，矗立在城市主广场上。教堂里面，一件纪念物特别代表了在这座城市里生活、工作和战斗过那么多世代的撒克逊人的天性。那是17世纪一个德国士兵的墓地，雕像同建筑师冯·埃施韦格在葡萄牙留下的雕像一样全副铠甲，胡须丰美，刻着一句毫不妥协的铭文："我知道，我相信。"

79

为快克[2]而来

这50年来，欧洲各民族中，一些民族有着巨大的影响力，改变了欧洲其他地方的思想、外貌、衣着、饮食、玩耍、挣钱和娱乐的方式。

---

1 条顿骑士团，与圣殿骑士团、医院骑士团一起并称为三大骑士团，成立于1192年。
2 快克（crack），一种可卡因药丸。

他们是德国人、法国人、意大利人、英国人。其他民族施加了其他类型的影响。几十年来，斯堪的纳维亚人不仅让欧洲接受了装饰房屋的新方式，似乎还成了引导社会进步的楷模。荷兰人以令人惊讶的工业和商业才干，对欧洲事务的支配远胜过大多数欧洲国家曾经实现的程度。西班牙人的习俗和风格被几百万度假者带回欧洲各地，希腊人庆祝时喝树脂密封的酒、砸碎盘子的习惯也一样。爱尔兰在热爱吉他扫弦的宝瓶时代欧洲青年中变得传奇——我见过一对年轻的德国情侣站在一家都柏林酒吧门口，吉尼斯啤酒搁在手肘上，凝视里面的小提琴、鼓和口哨组成的乐队，似乎看到了天堂来的使者。

其实，到20世纪最后几十年，爱尔兰人遍布欧洲。"看看所有这些新商店，"在苏联解体后刚独立的爱沙尼亚，导游领着我在塔林街头参观时骄傲地说，"看看这些亮闪闪的新商店，这是一家新书店。那是一个卖电视机的。还有这个——"她指向一座正在改造的建筑——"那会是一家爱尔兰酒吧。"到20世纪90年代中期，几乎没有哪个大点的城市没有爱尔兰酒吧，大多位于城里不太贵的地段，窗户上全都有吉尼斯招牌，里面有温暖而陈腐的氛围，顾客基本上是吵吵嚷嚷的年轻人，真正的爱尔兰人多半在吧台后面。我曾经在巴黎问过一个多尼戈尔酒保，是什么让他们离开欧洲最快活的乡村，离开故土的乐趣与友谊，奔向遥远的外国城市，在通常阴沉无趣的陋街小巷碰运气？他说，你肯定

FIFTY YEARS OF EUROPE
AN ALBUM
JAN MORRIS

知道，我们爱尔兰人都有一点儿疯狂。那么，是什么让他工作的酒吧对那些显然获得满足的顾客有那么大的吸引力，让他们聚在各个角落，用滔滔不绝的法语高声谈笑？他说，你知道怎么回事儿，他们是来找快克的。

80

天鹅屋旁

然而，有三大影响来自欧洲以外的地方，还留下了各自的征候。开头是俄国——沙皇俄国和苏联都是。沉思旧俄国文化影响的最佳地点是拉脱维亚首都里加，这是因为它的**部分**历史实际上属于旧俄国——它曾经是俄国的第三大城市。城市中心一座公园里有个奇妙的苏联遗物——小湖边一座木头天鹅屋，屋檐宽大，刷成俄国人曾经喜欢的明艳粗糙的颜色，因为年代久远而歪斜。一看到它，就让我想起树下的俄国恋人、穿皮领大衣在路上游荡的俄国军官、屠格涅夫、普希金、三驾马车、流亡知识分子、财产被剥夺的地主、农奴、带炸弹的学生——浪漫的俄罗斯文学读者心中唤起的一切旧俄国的记忆。里加很大程度上仍像是一座沙俄城市，街道有漂亮的平台，天际线上有塔楼和尖顶，河边城堡住过俄国总督，如今住着拉脱维亚总统。尤尔马拉沿着海岸延伸几英里，在沙皇时代是圣彼得堡上层阶级最喜欢的海滨静居地。没有外屋容纳马匹和仆人的板材别墅隐匿在树林中，这里有一条供你闲逛、聊天的长长的商业步行街，有俄式铜壶曾吐泡沫的咖啡馆，有能让安娜·卡列尼娜悲剧性地站在蒸汽中的郊区火车站。"马约伦霍夫（Majorenhof）的疗养所隔壁，"我的 1917 年贝德克尔**俄国**旅游指南安慰我，"就是马克西莫维奇医生的疗养院。"

赫尔辛基也很好，只要你喜欢它那个类型。它曾经是归属俄罗斯的芬兰自治大公国的首都，尽管它和现代俄罗斯分歧多多，但它绝不抛弃历史遗产。港口里巡游着一艘名叫"尼古拉二世"的老蒸汽游艇，烟囱上还有罗曼诺夫王朝的白鹰。有许多老派的俄国餐厅，更不用说老派的俄国流氓。古董店里能买到俄罗斯圣像、圣彼得堡的老明信片、农夫与雪景的绘画。赫尔辛基的许多机构到今天还设立在俄罗斯的建筑里。威严地矗立在水边的总统府曾经是总督府。市政厅曾经是招待俄国来访者的**那个**旅馆。室内乐礼堂曾经是贵族院。作为城市典礼中心的参议院广场（Senaatintori）由沙皇亚历山大二世修建，明确无误地模仿圣彼得堡，广场中心是亚历山大二世的骑马铜像。不远处，沙俄双头鹰栖在沙皇皇后石（Czarina's Stone）上——这座方尖碑纪念的是 1833 年皇室的来访，而那鹰，到苏联后期是全世界唯一的留存。是的，倘若你碰巧是一位大公夫人，在赫尔辛基，你会感觉宾至如归。

FIFTY YEARS OF EUROPE
AN ALBUM
JAN MORRIS

81

回味

不过，我们知道，当年的芬兰是幸运的：沙皇俄国大体上对它足够和善，苏联又从未统治过它。有另一个欧洲国家——保加利亚——对沙俄仍然存有历史的感恩债，但却没有任何欧洲国家会对苏联的影响有感激之情。到 20 世纪末，俄国在我们欧洲只剩下一个据点——被立陶宛同俄罗斯其他国土分割开来的飞地加里宁格勒，曾经的德国东普鲁士——但被苏联统治过的其他欧洲地区仍然笼罩着一层衰萎之气。有时，是一种可以量度的经济或行政方面的颓态，更多时候，是一种不确定的低劣、肮脏和腐化的遗产，是色泽惨淡，是无用无益，是乖戾粗暴。东欧每个首都都有装饰着旗帜、刺刀和星星的巨大且自负的苏维埃战争纪念碑，标志着斯大林的影响范围，我想某一天，它们会被统统除去。人们甚至可能铲除糟蹋了那么多天际线的小尖塔般、蒙古－哥特风格的摩天大楼，文化宫和党务大楼。列宁、斯大林的雕像已经不见了，只有一些工人纪念碑和农业劳动者的雕像留下来装饰办公大楼和桥梁。然而，旧日留下的种种瘴气要彻底消失——连同其肮脏的混凝土荒原、最后一批粗鲁的店主、可疑的政客与黑手党一同消失，还得几代人的时间。与此同时，市民还会怀念他们苦涩而讽刺的记忆。1996 年，在布达佩斯，一家名叫马克西姆的比萨饼店，配有苏联海报、光秃秃的长椅、铁丝网，还有奖励在反传统艺术领域成就卓然者的列宁胸像。在维尔纽斯，现存的苏联风格餐厅得了个绰号"金色老东西"，有人打算开一家夜总会，名叫"铁腕菲利克斯"（一个本地出生的臭名昭著的苏联警察局局长）：里面重新设计了许多和苏联有关的娱乐，全都是讽刺性的，比如马桶边有报纸和真正的手纸提供给客人选择。

82

遭遇俄国人

在里加自由纪念碑附近一家小咖啡馆里，客人除我之外，只有三个裹得严严实实的大块头，坐在角落一张桌子旁，午餐吃得差不多了。一个戴羊毛帽子的男人喝啤酒；一个裹厚毛皮的女人独饮一瓶白葡萄酒；一个穿牛仔裤、皮夹克的年轻人懒洋洋地俯身于一瓶伏特加。三个人都已经醉醺醺。他们互相交谈，不时喷出污言秽语。他们不断打翻酒杯，或者把东西掉到地上。那女人全无笑容。男人偶尔隔着房间讨好地望向我。年轻人不停往桌子上趴，似乎全无意识。男人喝完啤酒，把同伴拉起来，离开餐厅。女人走路像梦游，如同对酒醉的明显的戏仿。年轻人动作脱形地蹒跚走向大门。男人用两手将他推出去，然后转向我，似乎做了个模糊而花哨的鞠躬的动作。他含含糊糊地好像说了声"对不起",一边往街上溜,一边试图再鞠一躬。侍者走来打扫他们留下的混乱时,也隔着房间望向我,面带苦恼的微笑,说:"俄国人。"

83

来自东方

重要性绝不稍逊的是伊斯兰的影响,它古老的威胁极大地促进了欧洲的形成。20世纪90年代南斯拉夫内战之前,一次真正的伊斯兰体验就是去莫斯塔那座桥的塔楼里的一家小咖啡馆喝一杯咖啡。第一次去那儿,我刚在埃及住过一段时间归来,格外抵挡不了伊斯兰的魅力,那个地方的一切都让我着迷。咖啡是加了豆蔻的浓稠的土耳其黑咖啡。房间里挂着地毯。朝周围望去,尖塔戳破地平线,日头西落时,宣礼员神秘的召唤在城里回荡。无花果和柠檬长在河岸边的花园里。那里有烟草田,有像波斯一样的果园。多可爱!16世纪建成的那座单拱桥,样子多纤弱,多奇妙!据说它是伊斯坦布尔的苏莱曼清真寺的建筑师、无与伦比的希南[1]的一个学生所建,伴之以所有关于崩溃、惩罚与慷慨的苏丹

---

[1] 科查·米马尔·希南(Koca Mimar Sinan,约1488/1490—1588),是奥斯曼帝国苏丹苏莱曼一世、塞利姆二世及穆拉德三世的首席建筑师及工程师。

的真正的伊斯兰传说。如果这是欧洲，我想，那就是一个愉快地变异了的欧洲！

但它只是一个装饰音，只是伴随一段可怕旋律的快乐的边鼓。对许多代人来说，伊斯兰的敌对力量是促成欧洲联合的重要力量之一，让欧洲前所未有地等同于基督教世界。15世纪，伊斯兰教被土耳其人带到波斯尼亚，但它首次立足欧洲比这要早得多。8世纪，北非的阿拉伯人入侵西班牙南部和葡萄牙，踞此600余年，一度突入法国。其他穆斯林占领西西里150年，后来奥斯曼帝国从东边猛袭欧洲的浪潮直到撞上维也纳城墙才回卷。这一切给基督教欧洲留下深深的伤痕，即使到现在，对抵抗反基督者那漫长而痛苦的斗争的回忆，仍然是无法回避的。

一些重要的欧洲捍卫者是对抗伊斯兰的斗士，从将摩尔人赶出安达卢西亚的卡斯蒂利亚天主教君主费迪南和伊莎贝尔，到在勒班陀[1]击败土耳其舰队的奥地利的唐·胡安[2]，到普瓦捷战役的胜利者查理·马特（"铁

---

1 勒班陀战役，是1571年10月7日欧洲基督教国家联合海军与奥斯曼帝国海军在希腊勒班陀（Lepanto）近海展开的一场海战，奥斯曼海军被击溃，从此失去在地中海的海上霸权。这场战役也是历史上最后一场以帆桨战舰为主的大型海战。
2 奥地利的唐·胡安（Don John of Austria, 1547—1578），神圣罗马帝国皇帝查理五世的私生子，西班牙国王腓力二世的异母兄弟，1571年领导神圣同盟的海军对奥斯曼帝国作战。

FIFTY YEARS OF EUROPE
AN ALBUM
JAN MORRIS

锤查理")[1]。据说，希腊精锐步兵团士兵那浆过的裙子上每一道褶代表被土耳其统治的一年。维也纳历史博物馆里仍然展出奥斯曼帝国大宰相卡拉·穆斯塔法（Kara Mustafa）的头颅，1683年围攻维也纳时，他带来1500名妾、700个黑人太监、几只猫和一只鸵鸟。西班牙人从未宽恕过20世纪30年代内战中佛朗哥麾下摩洛哥军队的凶残。南斯拉夫的塞尔维亚人最重要的一个哀悼日仍然是"科索沃波尔耶（Kosovo Polje，意为黑鸟平原）之日"，1389年土耳其人在此屠杀了塞尔维亚贵族阶层的精英。保加利亚人最盛大的民族纪念活动所庆祝的正是对穆斯林的一场胜仗。1986年，克里特岛竖起一座纪念碑，献给1866年在斯法基尔特（Sfakiot）发动反土耳其起义的英雄。甚至到了1995年，波斯尼亚的基督徒士兵还曾杀害穆斯林——仅仅因为他们是穆斯林。

84

摘自屠格涅夫《猎人手记》（1847—1851，莫斯科外语出版社译本）

卢克亚：我会告诉你，有个学习《圣经》的学生告诉我：

---

[1] 查理·马特，意译为"铁锤查理"（法语：Charles Martel，英语：Charles the Hammer，约686—741），法兰克王国宫相，政权的掌握者，查理大帝的祖父，欧洲中世纪最重要的人物之一，732年在普瓦捷战役中击败了信奉伊斯兰教的倭马亚王朝的军队，阻止了穆斯林势力对欧洲的入侵。

曾经有过一个国家，穆斯林对它发动战争，他们折磨杀害所有居民，为所欲为，人们无力消灭他们。然后这些人里面出现了一个神圣的处女，她拿起巨剑，披上重达80磅的铠甲，挺身而出，反抗穆斯林，将他们全部赶出海外。将穆斯林全部驱除后，她才对他们说："烧死我吧，因为这是我的誓言，我会为我的人民而在火中牺牲。"穆斯林抓住她，烧死了她，人民从此获得了自由！这是一个高贵的事迹！

85

伊斯兰回归？

也许这就是为什么，在20世纪末，欧洲人用着迷又疑惧的目光打量伊斯兰。一种爱恨交织的感觉，因为穆斯林定居过的地方都会留下某种迷人的成分。在西班牙，伊斯兰的影响无法根除，不仅体现在辉煌的建筑中，也在思想与态度的整体倾向里，这让安达卢西亚仍然是欧洲最有诱惑力的地区之一。布达佩斯的国王温泉浴（Király baths）曾经是土耳其占领军的驻地温泉，很久以后成了同性恋的聚集地，如今平缓的铜制穹顶上仍然飘出蒸汽。温泉背后的山上，几百年中，穆斯林络绎不绝地前来朝拜1541年为土耳其占领布达而举行的感恩祈祷仪式上死去的圣人古尔巴巴[1]。在东欧,在希腊、保加利亚、罗马尼亚、阿尔巴尼亚和前南斯拉夫的那些国家,穆斯林已经生活了几个世纪,在某些地方如今还继续生活着。地拉那斯坎德培广场,穆罕默德·达什(Mahmud Dashi)清真寺的平台上,周五挤满朝拜者的景象,比任何别的情景更能唤起对伊斯兰的印象:不断移动的人群、庄重虔诚的感觉、男性嗓音低沉的嗡嗡声、门边的乞丐、大步穿过人群消失在清真寺阴影中的伊玛目——这一切都发生在一个几年前官方还在宣扬无神论的国家里。

20世纪最后几十年,伊斯兰在欧洲复苏,再次令神经较为紧张的欧洲人感到害怕,并且在某些人心中强化了欧洲作为基督教堡垒的观念。法国的北非后裔,德国的土耳其人,英国的巴基斯坦人——全都带来对自己信仰的虔诚,对本地文化产生了重大影响。巴黎的伊斯兰教中心是最引人瞩目的新建筑之一。伦敦清真寺的塔楼气势恢宏地俯瞰摄政公园。格拉纳达曾经是摩尔人统治西班牙时期的首都,如今伊斯兰传教活动再次活跃。欧洲旅游中最令人诧异的一个体验是:驾车开出约克郡山区,开出"哈利挑战"和"里彭唤醒者"的土地,进入古老的羊毛加工城布雷德福(Bradford),却发现到处都是穆斯林——体面的穆斯林家

---

[1] 古尔巴巴(Gül Baba,?—1541),奥斯曼帝国诗人,伊斯兰拜克塔什派(Bektashi)苦修僧人。

庭、幻想破灭的穆斯林青年、好斗的毛拉和有钱的企业家。这是伊斯兰的影响范围。

然而，说回莫斯塔的那座桥，上一次我去那儿时，它变成了河里的一堆碎石，而周围也是废墟：城里许多穆斯林死于种族清洗。

86
十足马力

这 50 年来，真正改变欧洲风格的其实是大西洋彼岸的一个列强，其效果比以往任何影响更有说服力、更具革命性得多，大大胜过了法国手腕、英国保守、德国效率、意大利格调、俄国意识形态、伊斯兰奉献等一切旧范例。美国风格的引擎恰好在我登上欧陆的同时开动十足马力抵达欧洲。欧洲人永远不会再像以前一样了。美国生活方式的娱乐、炫目、暴力、机会主义、能量、丰盛、欺骗、理想主义、自鸣得意、进取心和浅薄，从此给旧大陆的人打上永恒的烙印，并且出乎意料地让他们彼此更接近。如今欧洲的涂鸦艺术家全都用上了来自曼哈顿街头书法的相同风格，随便两个欧洲人，在他们都嚼汉堡、同样反戴棒球帽、饶有心得地探讨伍迪·艾伦的电影或者谈论加利福尼亚的电脑时，互相也不会再是纯粹的外国人。

FIFTY YEARS OF EUROPE
AN ALBUM
JAN MORRIS

5
反复发作的统一冲动

{ 统一欧洲的六次尝试，从神圣罗马帝国到欧盟 }

完全有可能把的里雅斯特想象成欧洲冲突的一个标志。过去几个世纪，敌对的列强、国家、民族和派系为其归属争拗不休。丘吉尔视其为铁幕最南端，它位于不断分裂的巴尔干的边缘，20世纪欧洲最后一场战争几乎发生在它眼皮底下。然而，我更喜欢待在码头附近、城堡和大教堂山下的镜子咖啡馆（Caffè degli Specchi），沉思这座城市，将它视为永恒的欧洲联合的宣言。我去吧台喝一杯金巴利开胃酒，以此感受其拉丁风情；上午，我在一张露台的桌边喝热巧克力吃黏黏的蛋糕，感受日耳曼特色——此刻，半个欧洲之外，女士们正在点这种或那种巧克力和果馅卷,脱外衣,梳头发,安心享受半个小时的自我放纵。

我坐的地方在意大利统一广场,它曾经是奥匈帝国这个巨大的多民族综合体的样板——这种特性经由神圣罗马帝国和几乎不可毁灭的哈布斯堡继承久远。咖啡馆隔壁是奥地利总督的装饰华丽的古老宫殿。拐过街角就是威尔第剧院,其最早一批表演中包括莫扎特对手安东尼奥·萨列里[1]的一出歌剧。马路对面是意大利邮船公司（Lloyd Triestino,原名为奥地利邮船公司）前总部的宏伟大楼,它的船只曾将哈布斯堡的双头鹰徽记带到全世界各大海洋。广场上原来有个露天音乐台,奥地利第87步兵团的乐队经常在上面由弗朗兹·莱哈尔[2]指挥着表演《风流寡妇》;码头边有个实验室,弗洛伊德在里面搞过一个由维也纳大学资助的研究项目,试图找到鳗鱼的睾丸,最后以失败告终。在某种光线下,在某种心情中,的里雅斯特是古老帝国的一个活着的遗迹。

但在当时,几乎每个希望欧洲联合（不论用什么手段,强力也罢,意识形态也罢）的势力都在的里雅斯特留下了印记。坐在我的桌旁刚

---

1 安东尼奥·萨列里（Antonio Salieri, 1750—1825）,生于威尼斯共和国小镇莱尼亚诺,逝世于维也纳,意大利作曲家。在许多莫扎特传记中,他被描述为出于嫉妒而处处刁难莫扎特的小人,但根据莫扎特逝世前两个月的家信,两人之间颇有交情,并不如传闻中那样彼此敌视。

2 弗朗兹·莱哈尔（Franz Lehár, 1870—1948）,匈牙利血统的奥地利作曲家,曾任军乐队队长,后定居地维也纳投入其轻歌剧创作生涯,轻歌剧《风流寡妇》为其赢得世界性声誉。

FIFTY YEARS OF EUROPE
AN ALBUM
JAN MORRIS

好看不到的一栋房子墙上的匾牌记录了拿破仑曾入住的事实。20世纪30年代，意大利法西斯分子预见到这座城市的辉煌未来——一个法西斯官员写道：它将成为一个新类型的帝国港口，意大利扩张的一件工具，一个军械库，一个商业中心，以维持"向黑色大陆的武装移民"。1944年，意大利在"二战"中崩溃后，德国人随即吞并的里雅斯特及其周边地区，将码头边的圣安息日（San Sabba）米厂变成他们在意大利境内唯一的集中营；当地的纳粹报纸《德意志亚得里亚日报》(*Deutsche Adria Zeitung*)宣称，的里雅斯特将再迎辉煌——"欧洲人将见此盛景"。1945年，的里雅斯特差点变成另一个贝尔格莱德、布加勒斯特、索非亚、布拉格……它与梅梅尔（克莱佩达）、但泽（格但斯克）、阜姆（里耶卡）和柯尼斯堡（加里宁格勒）同列，这一类城市在老地图册上有自己的套印小地图，表明它们在欧洲历史上有其特殊的灵活地位。

我把蛋糕吃得七零八落，只见周围游动着各类种族特征的面孔——粗重的日耳曼面孔、瘦削的拉丁面庞、蓝眼睛高颧骨的斯拉夫面孔，在意大利语的交谈中我可能会听到斯洛文尼亚语、塞尔维亚-克罗地亚语，也许还有德语。这是一个混合的城市，这里的事物很少是绝对的：在的里雅斯特，你能体验到 Gemütlichkeit（友好随和）里藏针，会见识到平静的拉丁风格与和布尔乔亚的斯拉夫人！要是碰上公共庆典（在此非常频繁），比如"奥德斯抵港周年庆"，广场上多半会有武装游行：号

反复发作的统一冲动

角吹响,狙击兵跑步前进,意大利国旗随处飘扬,也许还有一艘军舰下碇奥德斯码头。但在我看来,这种场合下政府对的里雅斯特的意大利身份总是强调得过多,因为同任何人一样,他们知道的里雅斯特的确远不止是一个意大利城市,而是一个多个种族、多种忠诚、多重历史的城市。

我就这样坐着,啜饮来自巴西的咖啡(的里雅斯特仍然是欧洲主要的咖啡进口港之一),远眺米拉马雷城堡(哈布斯堡大公马克西米连[1]曾经从那儿出航,去墨西哥建立帝国),心里想的不是欧洲无可救药的争执的本能,而是它连续不断的统一的冲动。这一冲动先后发作过的五次各不相同——加洛林王朝、哈布斯堡王朝、拿破仑帝国、普鲁士、希特勒统治——我在心里辨别出它们的遗迹。在结账回寓所之前,我还详细地设想了第六次——在我这50年的尽头,被我们殷切地称作"欧洲联盟"的这次尝试。

---

[1] 马克西米连(Maximilian,1832—1867),奥匈帝国皇帝弗兰茨·约瑟夫一世之弟。他本是奥地利大公,1859年与墨西哥君主立宪派接触,后者想在欧洲的天主教王室中挑选一位王子作为墨西哥君主。1862年,法国入侵墨西哥,扶植马克西米连为墨西哥皇帝,称马西米连诺一世。1866年法国撤军,墨西哥前总统胡亚雷斯重新取得政权,次年将马西米连诺逮捕并枪决。

FIFTY YEARS OF EUROPE
AN ALBUM
JAN MORRIS

1

欧洲梦

我第一次出发去亚琛时羞于承认自己完全搞不清楚它在哪儿。它和 Aken 是同一个地方吗？它会不会是 Aix-la-Chapelle？它属于比利时、荷兰，还是德国？地图上这三个国家似乎在此接壤，而一越过地图折痕就是法国和卢森堡。不过，我很快就弄明白了。我出火车站，走进城里，听到一群男声欢乐地唱着"啊，你亲爱的奥古斯汀"（Ach，Du Lieber Augustin），就像是浪漫喜剧里海德堡的大学生决斗后常唱的那样。在一家麦当劳和申克尔温泉建筑之间，我找到了歌声的源头。一个临时舞台上，二三十个体形健美的市民穿着精美奢华的化装舞会装束——有头戴羽饰帽子的王子，有弄臣，有戴头盔的将军——正在庆祝莱茵兰嘉年华的开始，还有一支戴假发的 18 世纪士兵的合唱队；恐怕有一半亚琛市民来到周围，脚拍地，手挽手，有节奏地摇摆，快活地微笑，大杯畅饮泛着泡沫的啤酒。这就是德国。

我去亚琛如同寻找圣杯，因为 1100 多年前，这里诞生了欧洲整体性的第一次现代表达：当然，对于地球上任何地方的所有成熟人群而言，它不过他们拥有的本能的一个侧面，由此成为一个群体的组成部分。这片充满敌意的大陆上一半的民众曾经在亚琛承认一个政治焦点，他们的领袖曾

反复发作的统一冲动

经对一个共同的效忠对象表示拥护。我在一家屋梁阔大的莱茵兰酒吧（碰巧由希腊人经营）吃了一顿饭，然后走过广场去教堂。城中某处仍然传来喧闹的歌声，但那建筑充满阴影，阒寂无声，空空荡荡。只有几个游客漫步在这著名的八边形礼拜堂周围——它是阿尔卑斯山以北第一座有穹顶的建筑。只有一个旅游团在玻璃的唱诗班席里低语，讶异地欣赏摆放在中央圣坛上的镶宝石的金圣骨匣。然而，我靠在一根柱子上，背对祭坛，抬头看礼拜堂的楼座，只能辨认出阴影中切凿粗糙的苍白石椅。它看上去既原始又坚不可摧。它没有精巧的做工，没有装饰，也不像楼下那些珍宝一样覆盖金、银或宝石。我想，它像是古代那些圣石中的一个：强大、简单、宽宏。它是第一个欧洲人查理大帝的王座，因此是欧洲梦的材料。

2

既不神圣，也不罗马，更非帝国

公元800年，以查理大帝的加冕礼为标志，神圣罗马帝国在罗马建立其制度。但它真正的发展其实是在亚琛开始的。伏尔泰有名言道，它既不神圣，也不罗马，更非帝国。它始终是一堆主权国家组成的联邦，这些国家从民族上看几乎全是德意志人，对由一组成员国君主和教士选举出来的一个皇帝表示或多或少自愿的效忠。它选用这个响亮的名字，

FIFTY YEARS OF EUROPE
AN ALBUM
JAN MORRIS

是因为它不仅自称是最神圣的权力——天主教会——在世间的代理者，也是罗马帝国的合法继承者。它的光荣本质上是昔日的荣耀，是一种神秘的、抒情式的荣耀：直到路易十四的时代，法国历任国王都会将前任的枢衣送去放在亚琛的查理大帝墓里。然而，它是从欧洲的日耳曼腹地向外扩展的一个欧洲政治联盟的最初尝试——我所说的第一次泛欧冲动。

"欧罗巴"原本不过是个希腊神话人物，是查理大帝将政治意义赋予这个名字，并让亚琛成为欧洲最初的首都。他将基督的襁褓布和缠腰带带到此地，如今仍然珍藏在大教堂，连同他自己的遗物（放在礼拜堂的圣坛上），让这个城市成为基督教世界里最著名的中心之一。31位继任的皇帝在这些圣物间加冕，亚琛从未忘却其光荣岁月。一尊雄伟的查理大帝雕像统摄着主广场。对面是市政厅，建在他的宫殿遗址上，囊括各种各样让人想起帝国的东西——剑、皇冠、选举人画像、王朝纪念物、一个加冕厅——人们在这里将"查理大帝奖"颁给那些对欧洲和平统一做出显著贡献的政治家。所有这一切，都因为很久以前，一个深具领袖魅力的日耳曼酋长选择这处宜人的矿泉疗养地作为他想象中的帝国的中心。

不论如何想象，在查理大帝死后，又经过一段短暂的间隙之后，这个帝国以种种形式存在了1000年。对于某些人来说，它始终是基督教会在尘世的分支；有远见的人预想，在一切事物的尽头，最后一位皇帝将会同反基督者战斗！其他人将其视为日耳曼文明的体现，如建造英烈祠的路德维希二世所想，它超越了国家，有了一种普世的价值。它强大的影响力依然留存在整个欧洲。最后一位神圣罗马帝国皇帝1792年在法兰克福加冕，当地仍然骄傲地展示在此地教堂里敷擦圣油的君主们的名录，皇帝大厅（Kaisersaal）里悬挂45位皇帝的肖像，历史博物馆外矗立着粗短的查理大帝砂岩雕像，"二战"期间它的头被炸掉，后来重新做了一个。在长期作为帝国议会（Imperial Diet）所在地的雷根斯堡，人们乐于解释帝国大厅（Imperial Hall）的规划，它被布置好，根据礼仪一丝不苟地安排亲王、公爵、伯爵、主教和修道院长的位置。帝国内超民族的骑士团在漫长岁月里逐步衰亡——如果可以说它们的确已彻底消亡的话。1872年，英国领事之妻伊莎贝尔·伯顿[1]（Isabel Burton）去当时仍被奥地利统治的的里雅斯特生活，她认为有必要恢复"伯爵夫人出身"（geborene Gräfin）的尊称，它源自1595年被鲁道夫二世[2]册封为贵族的一个遥远先祖；著名的爱尔兰男高音约翰·麦考马克（John McCormack）一直到1945年去世，都自称是神圣罗马帝国的一个伯爵。

许多欧洲现象根源于查理大帝的统治。美因茨、科隆和特里尔的大主教管辖区之所以重要，是因为其历代大主教依据职务都是神圣罗马

---

1 即第4章第72节中所提到的英国探险家理查德·伯顿之妻。
2 鲁道夫二世（Rudolf II, 1552—1612），哈布斯堡王朝的神圣罗马帝国皇帝（1576—1612年在位），一般认为其政治失误直接导致了30年战争的爆发。他同时又是文艺复兴艺术的忠实爱好者，促进了科学革命的发展。

FIFTY YEARS OF EUROPE
AN ALBUM
JAN MORRIS

国的选帝侯。图恩和塔克西斯（Thurn und Taxis）王侯家族如此富有，是因为它在神圣罗马帝国独家特许经营邮政业务。易北河的内陆港马格德堡之所以重要，是因为它起初是神圣罗马帝国的边疆城市。不论是好是坏，也不管曾经如何，神圣罗马帝国将其魔力投向整个欧洲长达数百年，甚至在它终结后，还激发拿破仑与希特勒用各自的方式创造欧洲统一体。粗俗的拿破仑用查理大帝皇冠的复制品给自己加冕。疯狂的希特勒将纳粹帝国称作第三帝国——第二帝国是 19 世纪的普鲁士王国，而第一帝国则诞生在亚琛灯光昏暗的礼拜堂里。

3

摘自《浮士德》（歌德，1808），大卫·卢克（David Luke）译

阿特迈尔：嗒啦，啦啦，啦！

傅乐世：嗓子都已经校准；开始！

（唱）亲爱的神圣罗马帝国，我们全都爱，

怎么才不会离析分崩，我们全不知。

布兰德尔：呸！陈腔滥调！政治歌曲！

不堪入耳！你们得每天早上感激上帝，

你们不必为罗马帝国操劳心思！

反复发作的统一冲动

4

云遮雾绕的神秘

这首歌是他们在莱比锡的"奥尔巴赫酒吧"里唱的（这个酒吧今天还在，并且因为被写进《浮士德》而生意兴隆）。我同意傅乐世。我把握不了神圣罗马帝国。尽管我尽职尽责地参观了它的历史遗迹，检查了它神圣的遗物，看了它的帝王世系，但我还是没法真正掌握它。它没有永恒的首都可以探查。它的边界变动过大，没法追寻。它的帝王事迹听起来常常是虚构的——有时它的领地也是。是否真的有过一个叫洛泰林吉亚[1]（Lotharingia）的国家？胖子查理[2]是否真的继承了秃头查理的帝位？腓特烈一世[3]和狮子

---

1 843年，查理大帝的三个孙子订立《凡尔登条约》，三分法兰克帝国。其中长孙洛泰尔（795—855）承袭皇帝称号，并领有自莱茵河下游以南、经罗讷河流域，至意大利中部地区的疆域，称为洛泰林吉亚王国（或称"中法兰克王国"，领土包括今日的低地国家、西莱茵兰地区、法国与德国边境地区、瑞士西部、意大利北部）；其弟"日耳曼人路易"（804—876）分得莱茵河以东地区，称为东法兰克王国（德国雏形）；另一弟"秃头查理"（823—877）则领有除此之外的西部地区，称为西法兰克王国（法国雏形）。

2 胖子查理（Charles the Fat, 839—888），加洛林王朝的东法兰克国王（876—887年在位），西法兰克国王（884—887年在位）和罗马帝国皇帝（称查理三世，881—887年在位）。东法兰克王国缔造者日耳曼人路易之子，在位时短暂地重新统一了查理大帝统治过的全部疆土，887年被其侄子阿努尔夫废黜并取代，标志着统一的法兰克国家的历史结束。

3 腓特烈一世（Friedrich I Barbarossa, 1122—1190），绰号"红胡子"，霍亨斯陶芬王朝士瓦本公爵，1152年当选为德意志国王，1155年加冕为神圣罗马帝国皇帝。

FIFTY YEARS OF EUROPE
AN ALBUM
JAN MORRIS

亨利[1]争斗的原因是什么？阿努尔夫[2]是什么时候？为什么是贝伦加尔[3]？谁在莱希费尔德战役[4]中战斗？叙任权斗争[5]是什么？有过多少巴拉丁伯爵[6]？有时我会梦见自己在参加一场关于神圣罗马帝国的可怕的考试。像傅乐世及其朋友一样，我会悲惨地挂科，但我不会放弃。遍游德国时友好的导游也不会。"就在这个房间里，"他们急切地告诉我，"由符腾堡-科堡（Württemberg-Coburg）边疆伯爵领头，选帝侯、下萨克森的大主教同教皇庇护四世的代表们一同会见了好人阿努尔夫，讨论将金玺诏书[7]的适用范围扩展到易北河以外的帝国领土上去。""太迷人了！"我感激地说，

---

1 狮子亨利（Henry the Lion，1129—1195），德意志诸侯和统帅，霍亨斯陶芬王朝时期最有名的政治人物之一，以其与神圣罗马帝国皇帝腓特烈一世的戏剧性冲突著称于世。

2 阿努尔夫（Arnulf of Carinthia，850—899），秃头查理的侄子，将其废黜后成为罗马帝国皇帝（896—899年在位），也是东法兰克国王（887—899年在位）。

3 贝伦加尔（Berengar，845—924），887年由阿努尔夫任命成为意大利国王，称贝伦加尔一世，915年加冕成为神圣罗马帝国皇帝，923年被来自勃艮第的鲁道夫二世废黜，次年被杀。

4 莱希费尔德战役（Battle of Lechfeld），即奥格斯堡战役（Battle of Augsburg），955年，德意志国王奥托一世在奥格斯堡主教的支持下在奥格斯堡南部的莱希费尔德战役中击败了向西扩张的马扎尔人。

5 叙任权斗争（Investiture Controversy），中世纪欧洲最著名的重大冲突事件，矛盾的双方是教会和世俗君主。在11和12世纪之际，数位教皇挑战和指责西欧君主握有对圣职的任命和授予权，冲突在1122年的《沃尔姆斯宗教协定》中全都得到解决。

6 巴拉丁伯爵（Count Palatine），在领地内享有王权的伯爵。

7 1356年金玺诏书（Golden Bull of 1356），1356年神圣罗马帝国皇帝查理四世颁布的帝国大法，因盖上金玺，故名。其目的是要把德意志统治者的选举控制在七名选帝侯手中，不理睬教皇提出的对竞选者进行考察和对选举进行批准的要求；皇帝空位时，由萨克森公爵和巴拉丁伯爵担任摄政，这又否定了教皇的摄政要求。

四下张望，看那些镀金的座椅、黑魆魆的皇帝肖像、镶珍珠的枝状大烛台，它们是洛泰林吉亚的卡罗琳公主嫁给贝伦加尔选帝侯时的部分嫁妆。

5

哈布斯堡家族

对历史漫游者来说，哈布斯堡家族上台后，事情变得稍微简单了点。这个家族建基于奥地利，在15世纪接管神圣罗马帝国，用一个他们自己的帝国把原来那个多少连接得更紧密了些，此外，主要通过婚姻手段让其德国领土一端吞并西班牙，另一端吃下匈牙利——这是我所说的第二次统一冲动。我们都知道哈布斯堡。如我所写，哈布斯堡的王位觊觎者[1]同他两个儿子一样，都是欧洲议会的著名成员，并且不论如何，我们已经从上百张画像上熟悉了这个家族的众多面孔：鼓凸的眼睛，突出的下颚，苍白的宿命的神情。就算像弗朗茨·约瑟夫那样留起络腮胡，我们也能认得出。

经过一两次错误的开始后，哈布斯堡家族于1437年充满热情地登上神圣罗马帝国的皇位，并且从此据有这个尊号，很大程度上是因为

---

1 这里指的是鲁道夫一世（Rudolf I, 1218—1291），哈布斯堡王朝的奠基人。神圣罗马帝国历史上霍亨斯陶芬王朝统治结束后，有一段王位虚空的大空位时期（1254—1273），随后鲁道夫在选举中获胜，于1273年登基。他的两个儿子分别名为阿尔布雷希特与鲁道夫。

帝国领土如此广阔而零散，方便他们把选帝侯纳入囊中。"主啊，坐稳了，"巴塞尔主教警告他的上帝注意第一位哈布斯堡的皇帝，"鲁道夫会占据您的宝座！"这个家族的神秘暗号"AEIOU"仍然在欧洲许多地方出现，一般被解释为"奥地利注定统治全世界"（Austriae Est Imperare Orbi Universo）。哈布斯堡王朝肯定自视为世界性王朝，该家族在许多代人的时间里，同德国、低地国家、西班牙和葡萄牙、南部意大利和撒丁岛、波希米亚、奥地利和匈牙利王座上的家族成员一同控制了大部分欧陆地区。16世纪查理五世拜访英国时，人们坦率地称他为"欧洲的查理"。甚至弗朗茨·约瑟夫（我出生十年前他才死）仍被称作"帝国、皇室和使徒陛下"，他不仅被视为奥地利和匈牙利的皇帝，还被看作几个王国的君主、这里或那里的边疆伯爵、许多公国的公爵和无数领地的领主。一代接一代，在全欧洲，一说"君主政体"，人们就知道你指的是维也纳的哈布斯堡政体；20世纪50年代我首度去美国时，要是提到"帝国"，人们总认为你说的是哈布斯堡帝国，因为太多它的臣民跑去了美国。第一个哈布斯堡皇帝生于瑞士，最后一个死于马德拉岛；如果说有哪个家族是真真正正的欧洲家族，那就是哈布斯堡家族。

奥地利剧作家弗朗茨·格里尔帕策[1]在19世纪50年代写道，哈布斯

---

1 弗朗茨·格里尔帕策（Franz Grillparzer，1791—1872），奥地利剧作家，1832年任宫廷档案馆馆长，主要作品有《太祖母》《国王奥托卡的盛衰》等。

堡家族的诅咒是"优柔寡断、半途而废、折中妥协",但这完全不是他们最令我吃惊的地方。他们被一种处心积虑地掩藏在些许神圣性之下的难以餍足的权力欲驱动了1000多年,这种野心无法抑制,甚至到20世纪90年代还有复辟哈布斯堡帝国的提议。我第一次近身接触这个家族是在维也纳嘉布遣会教堂（Kapuzinerkirche）的家族墓穴,昏暗光线下巨大的棺材里躺着125位家族成员的遗体（除了心脏和内脏,它们被送到别的地方）,奥地利人参观时依然毕恭毕敬。门上镌刻着那组神秘的暗号深深地攫住了我的想象力——如此原始而强劲有力,如此简单易记,如此君威难测的神秘。AEIOU！尽管这组暗号有超过300种解释,但据我了解,至今尚无人确凿无疑地知晓它的含义。

6

一个开始,一个中点,一个结束

瑞士布鲁格（Brugg）附近一座山上屹立着哈布斯堡（Habichtsburg,意即"鹰堡"）,这是哈布斯堡家族发迹之地。欧洲最重要的河流莱茵河流经附近,法国和德国近在大炮射程内,这一切让它成为一座完全属于欧洲的丰碑。今天,这座城堡几乎只剩一座塔楼及其附属建筑的废墟,大部分被改成一个餐厅,但其重要性当然不会被遗忘:在它的小展览馆

FIFTY YEARS OF EUROPE
AN ALBUM
JAN MORRIS

里，一张全景地图展现了这个小城堡的遗产如何最终扩张到整个欧洲大陆，并在一定程度上扩张到全世界。

哈布斯堡王朝抵达权力巅峰的地点更具讽刺性。家族的西班牙分支腓力二世[1]（神圣罗马帝国皇帝查理五世之子）在马德里城外修筑了埃斯科里亚尔（Escorial）建筑群，既是宫殿，又是修道院，还是家族墓地。我第一次拜访马德里，没找到可住的旅馆，一个热心的旅馆门房建议我出城去埃斯科里亚尔村找住宿。他把我带到旅馆门口，指给我看远远的小山上模模糊糊的一块。"那就是，"他说，"你肯定能找到住处，住那儿你还能好好参观一下埃斯科里亚尔本身。是个漂亮地方。"漂亮地方！入住膳宿公寓后，我从窗口往外看到的是世界上最宏大的死亡象征，一个可怕的提醒：别说微不足道的平民，就算是自负天命的帝王，也终归不过是一个土馒头。西班牙的哈布斯堡家族从这里不仅统治了欧洲大部分领土，而且扩张到今天的美国、菲律宾以及从苏门答腊到亚速尔群岛的众多岛屿和殖民地——那是欧洲势力第一次伸入更广阔的世界。埃斯科里亚尔有上百英里的通道和上千道门，哈布斯堡的腓力在里面简朴地生活、工作和祈祷，被国家档案、官方报告、秘密情报和密码

---

[1] 腓力二世（Philip II，1527—1598），西班牙国王（1556—1598年在位）和葡萄牙国王（称腓力一世，1581—1598年在位），在其治下西班牙国力达到巅峰，哈布斯堡王朝称霸欧洲。

包围。次日清晨，进入这个宫殿兼陵墓，我不由得大吃一惊。我简直以为自己还能看到腓力在那儿，头戴无边高帽，脚搁在痛风凳上，接受各国使节的觐见。漂亮地方！

另一方面，哈布斯堡的权力终结之地，连同我所说的第二次泛欧冲动，给我带来近乎可悲的不适感。卡尔一世[1]，哈布斯堡王朝最后一个统治者，在"一战"中失去了他所有的王座和封邑，接下来又让自己变成了一个讨嫌的人，被战胜的西方列强流放到马德拉岛。1922年，他死在岛上，没有像他的许多先人一样归葬维也纳嘉布遣会教堂，甚至也没葬入当地丰沙尔的大教堂，而是葬入城中小山斜坡上一个小小的圣尼古拉斯朝圣教堂。马德拉人仍然常去这个教堂，向能创造奇迹的圣母像祈愿，有时膝行最后一段路；外国游客知道它，主要是因为这个区漂亮的公园，附近的户外咖啡馆，木头运输橇的刺耳行程从这里开始（如今只载游客，沿着陡峭的鹅卵石街巷去往海边）。可怜的卡尔的墓地在教堂左手通道里一排格栅后面，据我观察，除了几个游客，其他人都只是疑惑地短暂瞄一眼就走。门上有一块匾牌，格栅里能瞥见各种各样的帝国纪念物，让它成为维也纳那个自命不凡的墓穴的外省附属建筑；但是陌生人几乎意

1　卡尔一世（Karl I, 1887—1922），哈布斯堡王朝与奥匈帝国的末代皇帝（1916—1918年在位），作为奥地利皇帝称卡尔一世，作为匈牙利国王称卡洛伊四世（Károly IV），"一战"后流亡马德拉岛，死于肺炎。

FIFTY YEARS OF EUROPE
AN ALBUM
JAN MORRIS

识不到这里躺着谁，也不知道他是神圣罗马帝国皇帝的最后一位继承者。

7

国际主义者

实际上，自从1806年弗朗西斯二世为阻止妄自尊大的篡位者拿破仑得到"神圣罗马帝国皇帝"这个头衔而将其废除，哈布斯堡成员就不再任神圣罗马帝国皇帝。他们已经失去，或者即将失去家族在西班牙、低地国家和意大利的领地。但他们自己在东方的帝国仍然有着惊人的世界性。他们本身是德国人，或者至少是日耳曼人，但他们在东欧和中欧的领土包括许多种族、语言、信仰和习俗——詹姆斯·乔伊斯曾抱怨道：100个种族，1000种语言（他还说过，哈布斯堡是"身体方面最堕落"的欧洲王室，但我不知道他这话是什么意思）。维也纳的确是一个帝国首都，至今仍然是，它的街道不止通向外省城镇，也通向古老的总督管辖区和行动领域——雄伟的东街大道（Oststrasse Autobahn）直奔布达佩斯和布拉格，的里雅斯特大道奔向亚得里亚海，梅特涅的乡村大道标示出亚洲的端点。日耳曼人与斯拉夫人之间的斗争从未真正平息过，但有那么几百年，二元君主制的奥匈帝国里各种族至少保持了平衡。这个摇摇欲坠的帝国体系一直是欧洲主义难以置信的证明——墨索里尼对

反复发作的统一冲动

后哈布斯堡时代的帝国后继者之一捷克斯洛伐克共和国评论道：它真的应该叫作"捷克-日耳曼-波兰-马扎尔-鲁特-罗姆-斯洛伐克"。

像神圣罗马帝国一样，奥匈帝国仍然会出其不意地出现在各个地方。比如，我们在第4章第74节拜访过的威廉二世的科孚岛别墅并非为德皇陛下，而是为哈布斯堡皇帝弗朗茨·约瑟夫那位任性而半离异的妻子伊丽莎白皇后[1]而建——1898年，她在日内瓦码头被刺杀，当地留有她的纪念碑。佛罗伦萨的亚诺河边有座皮蒂宫（Pitti Palace），附属的宏大庭院波波里（Boboli）花园里有座优雅的圆形凉亭，顶上有东方式穹顶和风标，里面开着一家可喜的小咖啡馆。这是哈布斯堡的另一个不太靠得住的纪念物。这个家族是如何渐渐地完全统治了佛罗伦萨？我感到迷惑，没准当年的佛罗伦萨人也一样——其实是萨克森选帝侯与波兰国王之间狡诈交换的结果——那个时代典型的欧洲外交。是利奥波德（Leopold）大公（后来的神圣罗马帝国皇帝利奥波德二世）于1776年建了这座充满幻想的迷人建筑。也是他将花园向公众开放，为了纪念他的通情达理，凉亭至今仍被叫作"Kaffeehaus"（德语：咖啡馆）——对于普通游客来说，这是极少数让人知晓哈布斯堡曾经统治托斯卡纳的遗迹之一。

1　即因电影而为中国观众熟知的"茜茜公主"。

FIFTY YEARS OF EUROPE
AN ALBUM
JAN MORRIS

8

哈布斯堡的马

还有别处可一瞥哈布斯堡遗风。一个名气不大的帝国省份斯洛文尼亚自古培育一种血统特别卓越的马,维也纳的宫廷用马都由它供应。这些利皮扎马(Lippizan horse)是仪态神骏的白色马种,由宫廷骑师训练出毫无瑕疵的盛装舞步(如今在西班牙马术学校[1]里,一周内大多数时候为游客表演——它们以天生的帝国范儿绕着宫殿般的圆形场地一圈圈慢跑,后面跟着个男仆,提着铲子清理它们高贵的排泄物)。

1918年,哈布斯堡帝国解体时,一半利皮扎马被遣往奥地利境内的格拉茨,但另一半还留在原来的马厩,那地方变成了利皮卡(Lipica)村,先是属于南斯拉夫王国,然后并入南斯拉夫社会主义联邦共和国,最后归属独立的斯洛文尼亚共和国。一天,我去那儿看它们的后裔。在帝国时代,围绕着育种站建立起一系列帝国的社会阶层,有自己的长官,有自己的官员等级,还有一个绅士派头的公园。多年以后我去那儿时,修了一个赌场、几家酒店,到处都有人野餐,在平台上喝啤酒;但那公园尚存,宽阔的草地点缀着有点像灌木的树,草地中央隐约能辨出

---

[1] 名字虽有西班牙,但在维也纳,不在西班牙。

鬼影子般的哈布斯堡种马场遗迹。这边是简朴的长官宅邸（毕竟不是一个多么高级的帝国官员），那边有让一代代马匹被驯服的跑道，而在有燕子翩然飞过的长长的马厩里的是马本身——原生的利皮扎马，在其故乡的土壤上，仍然是雄健优美的动物，天生承担了一种古怪的命运：在斯洛文尼亚共和国过一辈子，荣耀一个消失王朝的遗产——接受训练，从此端起架子，总是按照许久以前哈布斯堡掌马官给它们规定好的精确方式抬起马蹄、昂起高贵的头颅。

9

朝四面八方

对我来说，最令人振奋的哈布斯堡遗址同皇帝加冕成为匈牙利国王或女王的仪式有关。1867 年，弗朗茨·约瑟夫在即将合并的首都布达佩斯[1]加冕，而在那之前，加冕礼通常在多瑙河畔的城堡之城波若尼（现名布拉迪斯拉发）举行，当地圣马丁教堂的尖顶仍然顶着一个复制的匈牙利王冠。两座城市的人们都还记得为加冕典礼仪式最高潮而在多瑙河

---

1 布达与佩斯早先是遥遥相对的两座城市，后经几个世纪的扩建，于 1873 年合并为布达佩斯。另外，奥匈帝国为二元帝国，虽然首都在维也纳，但帝国在匈牙利部分的首都却是布达佩斯。

FIFTY YEARS OF EUROPE
AN ALBUM
JAN MORRIS

岸边竖起的土丘。堆土丘的泥土来自匈牙利王国的各个地方，加冕礼后国王骑马来到此处。穿着加冕礼的袍服，顶着王冠，他会在土丘顶上策马，从鞘里拔剑，朝王国的四面八方轻蔑地挥舞。对爱马成狂的外向的马扎尔人来说这一定很轻松——这就是他们的做派嘛；但我觉得，很难想象天生的案头皇帝、满面胡须的弗朗茨·约瑟夫有多少信心完成这古老的仪式。

10

K. u. K

哈布斯堡政府给今天大多数人留下的印象是庞大的官僚和军事体系，在帝国后期，该政府就靠这个管理其东部领土——这是一个集结在无穷多的礼仪等级中不断蔓延的超民族的工具。维也纳政治家维克多·阿德勒[1]将其描述为"被混乱软化的专制政权"。它也有严酷的一面——布拉格的卡夫卡在写作中将其中一些特征永恒呈现；还有滑稽的一面，令《好兵帅克》成为文学史上最有趣的小说之一。它用华丽的制服与连续不断的阅兵自我包装，弗朗茨·约瑟夫认为不断阅兵能够消弭

---

[1] 维克多·阿德勒（Victor Adler，1852—1918），奥地利社会民主工党和第二国际领导人。1918年奥匈帝国崩溃后，曾任奥地利政府外交部部长。

战争。它严格指定一种名为"chancery double"的纸张（任何烟草店都能买到）做记录，每一件帝国事务，甚至个人对官方的最琐碎的申请都必须记下来。但它熬过了无数次战争与民族主义的冲击，在最后一位哈布斯堡君主于马德拉群岛去世多年后，它仍然留下鲜活的回响。即使到今天，若想一品其滋味，请跟我来到哈布斯堡王朝最后一个世纪的绝对中心维也纳，去环城大道漫步。

环城大道，环绕维也纳老城的仪式性的宽阔大街，建于19世纪，是帝国自信的有意识的宣告。像某些自大狂的梦一样（也许就是希特勒的梦——他喜欢维也纳），路边的建筑接连不断地荒谬地进入视野，哥特式、古希腊式或者巴洛克式，被庸俗艺术醒目地覆盖，或者扭动着古典形象，这里一个巨大的歌剧院，那边一个辉煌的阿提卡风格的议会大厦，一个比海德堡、剑桥和萨拉曼卡加起来更加纯然学术的大学，尽博物馆所能的博物馆，这一切全都显示出恭顺甚至谄媚的弧度，围绕在支柱林立、绵延广大的帝国皇宫霍夫堡周围——最后一位世人都能记得的哈布斯堡皇帝[1]弗朗茨·约瑟夫在皇宫里简朴的书桌上操劳了一辈子，总是穿着朴素的军装，最爱吃土豆煮牛肉。

这是哈布斯堡的一个标志：简朴风格与绝对权力的结合，也并非不经常地与绝对冷酷结合。但是，正如聚集在皇宫周围的环城大道建筑绝不表

---

1 弗朗茨·约瑟夫并非末代皇帝，但其继位者卡尔一世任期短，声名不彰。

FIFTY YEARS OF EUROPE
AN ALBUM
JAN MORRIS

现任何谦逊之风，维持王权的庞大官僚系统也绝不会有弗朗茨·约瑟夫的朴素风格。奥匈帝国的体制痴迷其等级、阶层和尊称，热爱数不清的社会层次与官方价值，崇拜"阁下""教授先生"、行会、规则与地位先后的细微差异。比如，在旧帝国的纪念物（或者仿制品——萨格勒布有家怀旧咖啡馆就叫"K. u. K"）上仍然经常碰到"K. u. K"的字样。这几个字母不幸被奥地利小说家罗伯特·穆齐尔[1]借用来虚构出代表"愚蠢王国"的"卡卡尼亚国"（Kakania），但原本却是"Kaiserlich und Königlich"的缩写，意为"帝国与皇家"，代表了"奥地利帝国和匈牙利王国"。繁文缛节的无穷尽的等级组成了一道精心设计的复杂梯级，从最低级的职员到地位最高的议员。请注意——往后站——在20世纪90年代的这里，从议会大楼会议室的台阶上走来一群部长，都是些肥滚滚的重要人物，专心讨论着肥滚滚的重要的国家事务——守门人像火箭一样**嗖的**一声从办公室跳出来，气喘吁吁，边扣夹克，边急切地抚平头发，两步并作一步冲下台阶，赶到部长前面，刚刚好赶上，我的天啊，刚刚好赶上，用一种被约瑟夫·罗特[2]描述为"一气呵成的一跳、一鞠躬、身子一挺"的奥地利特有的

---

1 罗伯特·穆齐尔（Robert Musil, 1880—1942），奥地利作家，其未完成的小说《没有个性的人》（Der Mann ohne Eigenschaften）常被认为是最重要的现代主义小说之一。
2 约瑟夫·罗特（Joseph Roth, 1894—1939），犹太裔奥地利作家，代表作《拉德茨基进行曲》反映了奥匈帝国的兴衰。

动作给这几位阁下开门——"请，请!"[1]——大人物们对他的曲意逢迎仅仅报以微微点头，免得打断了谈话，他们从密涅瓦及伴随左右的圣哲们的雕像中间笨重地走出去，走向环形大道上等待着的豪华轿车。

如今，守门人谦卑以待的是一个最小的共和国里的几个小政客，但在同样的台阶上，他的曾祖父以类似的"一跳、一鞠躬、身子一挺"献媚的是半个欧洲的统治者。

11

哈布斯堡皇帝弗朗茨·约瑟夫一世葬礼仪式，1916年，维也纳圣斯蒂芬大教堂

修道院院长：你是谁？是谁请求进入？

掌礼大臣：我是奥地利皇帝、匈牙利国王。

修道院院长：我不知道他。是谁请求进入？

掌礼大臣：我是弗朗茨·约瑟夫皇帝，匈牙利的使徒国王，波希米亚国王，耶路撒冷国王，特兰西瓦尼亚君主，托斯卡纳和克拉科夫大公，洛林公爵。

修道院院长：我不知道他。是谁请求进入？

---

[1] 原文为德语：bitte, bitte。

FIFTY YEARS OF EUROPE
AN ALBUM
JAN MORRIS

掌礼大臣：我是弗朗茨·约瑟夫，一个可怜的罪人，我恳求上帝的宽恕。

修道院院长：你可以进来了。

12
联姻名单

哈布斯堡王朝用最少的血与最多的联姻赢得了在欧洲的霸权。有句名言说道，"让其他人去打仗，幸运的奥地利，你去结婚"。英国女王玛丽一世[1]嫁给了一位哈布斯堡家族成员。玛丽·安托瓦内特[2]是哈布斯堡家族成员。1415—1740年间，同哈布斯堡有婚姻关系的欧洲政权能开列一长条名单：葡萄牙、勃艮第、布列塔尼、巴伐利亚、卡斯蒂利亚、阿拉贡、萨伏依、法兰西、丹麦、波希米亚、匈牙利、曼托瓦、奥地利、波兰、费拉拉、尼德兰、蒂罗尔、普法尔茨－诺伊堡（Palatinate-Neuburg）、

---

1 玛丽一世（Mary I，1516—1558），英格兰和爱尔兰女王（1553—1558年在位）。在任期间短暂复辟罗马天主教，并下令烧死约300名宗教异端人士，获得绰号"血腥玛丽"。1554年，与时为西班牙王储的腓力二世结婚，但婚后腓力二世几乎不曾在英格兰居住。

2 玛丽·安托瓦内特（Marie Antoinette，1755—1793），神圣罗马帝国皇帝弗朗茨一世与皇后玛丽亚·特蕾西亚的第十五个子女，早年为奥地利女大公，后嫁给法国国王路易十六。因挥金如土、奢侈无度而惹起法国民众愤恨，法国大革命后，被控犯有叛国罪，于1793年10月16日被斩首。

洛林、不伦瑞克、萨克森、托斯卡纳、帕尔马、萨克森－特申（Saxe-Teschen）、西班牙、那不勒斯、科隆、符腾堡、西西里、拿骚－威尔堡（Nassau-Weilburg）、萨勒诺、撒丁岛、比利时、布拉甘萨（Braganza）、列支敦士登、萨克森－迈宁根（Saxe-Meiningen）、梅克伦堡、英格兰。

13

联姻计划

这就是欧洲诸王朝的网络，是通往欧洲统一的一个强有力的理论因素，哈布斯堡是一大堆过剩的家族中唯一最不可思议的一个，它以密谋、调情、和亲陪嫁、折冲樽俎实现了有价值的婚姻联盟，将大多数近乎不可能联合的国家拉扯成了亲戚。18世纪的欧根亲王[1]——欧洲统帅的典型，名气大到"二战"时德国人还用其名字命名了一个师和一艘巡洋舰——完美的欧洲将军欧根有西班牙、法国、保加利亚、捷克和意大利的祖先。就连到了当代，还有这个那个王室的公主被打发到欧洲某个角落，与亲爱的表兄奥托订婚，或者嫁给某个完全无名的边疆伯爵，简

---

1 弗朗索瓦-欧根（François-Eugène，1663—1736），萨伏依-卡里尼昂亲王（Prince of Savoy-Carignan），哈布斯堡王朝伟大将领之一，神圣罗马帝国陆军元帅，曾击败奥斯曼土耳其及法国。

FIFTY YEARS OF EUROPE
AN ALBUM
JAN MORRIS

直就像是足球明星从曼联转到皇家马德里。由此造成了无穷的错综复杂，并追溯到欧洲历史的深处。丹麦王克努特[1]是波兰王梅什科一世[2]的外孙！波兰王扬三世·索别斯基[3]是美王子查理[4]的曾祖父！1914年，英国国王和其盟友俄国沙皇及敌手德国皇帝是表兄弟！1941年，意大利国王的侄子萨伏依公爵成了克罗地亚国王托米斯拉夫二世！英国首相帕默斯顿勋爵说过，只有三个人知道如何解决石勒苏益格和荷尔斯泰因公国的王朝混乱状态：第一个疯了，第二个死了，第三个就是他自己，但他忘了解决方案。1976年版《大不列颠百科全书》写道："巴西波旁家族，或者布拉甘萨奥尔良家族……不应该被混同于布拉甘萨波旁家族，后者是一个西班牙分支，发源于加布里埃尔王子（西班牙查理三世之子）的葡萄牙婚姻。"

---

1 克努特（Canute，995—1035），丹麦国王，先后征服挪威、英格兰、苏格兰大部和瑞典南部，是历史上唯一几乎统一了北海沿岸地区的帝王，其帝国被称为"北海帝国"。

2 梅什科一世（Mieszko I，约935—992），皮雅斯特王朝首位波兰大公（约960—992年在位），被后世尊称为波兰"国父"。

3 扬三世·索别斯基（Jan III Sobieski，1629—1696），波兰立陶宛联邦最伟大的国王之一，1683年维也纳战役中战胜意图侵略欧洲的奥斯曼土耳其人。

4 美王子查理（Bonnie Prince Charlie，1720—1788），老王位觊觎者詹姆斯的长子，英格兰国王詹姆斯二世之孙，为家族复辟大不列颠王国王位而于1745年发动叛乱，失败后逃往欧洲大陆。

14

王冠

这一切在我看来都是荒谬的,但作为一个喜欢观察夸耀夸负、热衷于仪式的共和主义者,我始终认为,君主政体的未来可能在于象征化。正如阿散蒂[1]人的灵魂寄寓于从天堂飘落的金凳子(与的里雅斯特从天而降的戟颇为类似),欧洲民族的德行也可以投射到王冠——王权的最尊贵的象征上。他们可以完全不需要凡人君王。金冠本身就是他们国家身份的象征,处于仪式的中心,作为经炼金术变形的王权。在某些仪式性的场合,一辆王室级别的豪华镀金的四轮大马车在制服男仆和骑马侍从的陪同下驶过,后面跟着戴头盔的骑兵,好奇的人群从车窗里看到的只是那顶国家王冠,放在深红色软垫的平台上,宝石熠熠闪光。

匈牙利人最接近这种终极状态。匈牙利国家身份的至高无上的象征是被圣化的首位国王圣斯蒂芬[2]的神奇的拜占庭王冠,它古老得惊人,美得令

---

1 阿散蒂(Ashanti),加纳境内古国名,创立于 1670 年,1896 年成为英属保护国,1935 年恢复君主统治,1957 年并入加纳。据说,在一次头人会议中,一只金凳子从天庭飘落到阿散蒂首位国王的膝盖上,阿散蒂人认为这是吉兆,于是就此独立建国。
2 圣斯蒂芬为伊斯特万一世的英语名称,其匈牙利名为 I.(Szent)István,生于约 970—975 年之间,卒于 1038 年,是匈牙利第一位国王,在他统治时期,马扎尔人完成了从游牧部落向封建国家的转变,并皈依了基督教。

FIFTY YEARS OF EUROPE
AN ALBUM
JAN MORRIS

人心碎,被附加了深远而神秘的意义。根据传说,1000年年底,圣斯蒂芬加冕时,教皇西尔维斯特二世送给他这顶王冠:在接下来的9个世纪[1]里它被用在52位国王头上,赢得了"使徒王冠"的绰号,先后被保存在匈牙利领土的几个要塞和宫殿里,1918年王权崩溃时,它在巴拉顿湖边的维斯普雷姆(Veszprém)。1741年马丽亚·特蕾西亚骑横鞍登上波佐尼的加冕土丘时戴着它,1867年弗朗茨·约瑟夫在布达佩斯向四面八方挥剑时戴着它。1945年,德国人被苏联人赶出匈牙利时带走了王冠,连同其他珍宝一同埋到奥地利境内距离萨尔茨堡不远的马特塞(Mattsee)附近。美国军队将它发掘出来,带到美国,在诺克斯堡的金库里存放了27年。

在王冠缺席时期,匈牙利人仍然尊崇这圣王之冠。20世纪70年代我去布达佩斯,国家博物馆里展出一件复制品,被带武器的士兵包围,似乎意味着,尽管在一个人民共和国里,仅仅是对真王冠的记忆也值得如此尊荣的护卫。20世纪90年代我再去那博物馆,见到从肯塔基州最终归来的真家伙,同其他王位标志一起展出在专门的房间。任何现存王权的现身都不如它那样打动我。毕竟它快有1000年历史了!它见证过53位君王来去!那是一个冬日的早晨,除了我没见到别的参观者。王冠厅的大门打开,回荡起巨大的吱嘎声,灯光昏暗的内厅,一名孤独的看门人坐在角落的椅子上打盹——神圣的王冠熠熠闪光。似乎没有什么

---

[1] 原文为"19个世纪",有误。

反复发作的统一冲动

比它更神圣：全都在闪烁的宝石和珍珠，来自拜占庭的古老圣徒珐琅雕像，古老的希腊和拉丁铭文，悬挂在其边缘的金链上的宝石，还有其中最动人的，王冠顶上高傲甚或歪斜的金十字架。我能够轻易地想象，会有人愿为它而死。

15

两位王室女性

然而，国王和女王总认为王朝的延续比王冠的保存更重要，在王朝盛期，婚姻市场上王室子孙供应充足。仅在德国，19世纪国家统一之前就有350多个小王国，每个都有自己的行政体系，有玩具般的军队，有王室城堡（在公园里），有出身高贵的子女等待佳偶。俾斯麦把一个特别能生育的王族萨克森－科堡（Saxe-Coburg）称作"欧洲的良种马牧场"。公主的交换格外不胜枚举，在欧洲王族把这片大陆缠成乱麻的漫长而复杂的算计与补偿过程中扮演了数不清的角色。

这些女士中有一些绝不仅仅是棋子，还在国家与社会事务中发挥了强有力的作用。其中一个是令人生畏的来自特克（Teck）的玛丽郡主，全名维多利亚·玛丽·奥古斯塔·路易斯·奥尔加·保琳·克劳丁·阿格涅斯（Victoria Mary Augusta Louise Olga Pauline Claudine Agnes），特克公爵的女儿——这个公国当时只剩一座废弃的山岭城堡。她也是符腾堡公爵的外孙女，尽管她在英国出生成长，但却从未失却严肃的日耳曼高贵气度。她先和英王爱德华七世声名狼藉的大儿子克拉伦斯公爵（the Duke of Clarence）订婚，但公爵1892年突然去世后，她嫁给了他的弟弟，最终成为令人畏惧的玛丽王后，而她的丈夫乔治五世[1]也不比她更讨人喜欢。我对她记得很清楚，并且始终讨厌她。穿鸽灰色长大衣，戴无边女帽，紧紧抓着雨伞，高贵的她曾经被人恭敬地领进（也许是应她本人的要求）最古老最僵硬的一个伦敦俱乐部里根深蒂固地厌恶女人的图书馆，这里除了清理地毯或倒烟灰缸的女仆从未有女人敢踏足过。英国王后庄严地走进去，在我想象中，有一位谄媚的俱乐部秘书陪同，还有一位埋头读报的老会员抬头张望。他看见欧洲第一夫人（本身也有众多君王的血统，嫁给了英国国王）在门口停驻，抬起长柄眼镜，审视室内的陈设。"哈，"这位老会员低头继续看报，心想，"开了这个头，好戏在后头。"

我曾经去欧洲另一头找寻玛丽·亚历山德拉·维多利亚（Marie Alexandra Victoria）的事迹，20世纪前50年，她充分利用了自己罗马尼亚王后的身份。她是当时的爱丁堡公爵之女，维多利亚女王的孙

---

[1] 乔治五世（George V，1865—1936），爱德华七世和亚历山德拉王后的次子，现任英国女王伊丽莎白二世的祖父。

女。她也是沙皇亚历山大二世[1]的曾外孙女，她的孩子嫁到了希腊和南斯拉夫的王室，她的丈夫费迪南国王则来自德国霍亨索伦王室。然而她顽固地抵抗通常会发生的王室同一化，除了努力学习罗马尼亚语之外，从头到尾都坚持做一个英国女人。在特兰西瓦尼亚山区的锡纳亚，罗马尼亚王族有一座童话般美妙的佩莱斯城堡，仿文艺复兴风格，有丰富的小尖塔、平台、装饰性的楼梯、山墙、屋脊、钟和少量露明木架。玛丽王后不愿意住在里面（多年后，齐奥塞斯库总统也如此，他认为住进去会得干腐病）。她搬到了附近一个风格柔和些的佩里索尔（Pelisor）城堡里，将自己的品位强行施加于一切文化和历史的奇特事物上。她死后半个世纪，我追随她的脚步来到此地，对城堡非常欣赏。第3章第32节，我写过我在佩莱斯城堡吃闭门羹的经历，随后我从佩里索尔得到了美妙的安慰，它曼妙地综合了新艺术风格、拜占庭特色和凯尔特设计，并由罗马尼亚基调给予优雅的补足。这一切全是玛丽本人设计的。她允许费迪南在书房里保留了少许日耳曼的强力，但其他地方全是冷色调的克制，白色墙壁，漂亮木头，来自博斯普鲁斯海峡的金色粉饰。

---

1 亚历山大二世（Alexander II，1818—1881），俄罗斯历史上与彼得大帝、叶卡捷琳娜二世齐名的皇帝（1855—1881年在位），1861年废除农奴制，主持多项政治改革，1881年3月1日遇刺身亡。

FIFTY YEARS OF EUROPE
AN ALBUM
JAN MORRIS

远在黑海边，在一个如今属于保加利亚的地方，她为自己建造了另一个独特的隐居所。它矗立在巴尔奇克（Balchik）的海边，花园延伸到后面的山上。玛丽称其为"恬静小巢"，尽管我们得知，在她那时候，门前有卫兵24小时一动不动地站立（她可不是个不顶用的王后），建筑风格毫不谦逊，全是乡村红瓦、石板台阶、小瀑布、混杂的蠢玩意儿，一个庭院里有座礼拜堂。当时巴尔奇克居民大多是穆斯林，玛丽总是敏锐地调和罗马尼亚的穆斯林与基督教徒之间的关系，所以她改变自己的惯常方式，在"恬静小巢"的美学里吸纳了伊斯兰风格。这个小宫殿最高处是一座宣礼塔。花园里有许多古老的穆斯林墓石。玛丽乐于邀请城里的穆斯林女士来到她的私人吸烟室，共享土耳其咖啡、八卦闲话和鸦片的抚慰——这一切显然是这位爱丁堡公爵之女相当热衷的。

正是玛丽王后天才的说服力让罗马尼亚站在英法一边参加了"一战"，而她本人也作为红十字会护士英勇地上了战场。她出版了几本书。据说她美得惊人。她是个优秀的骑手。她死于1938年，遗体下葬在"恬静小巢"的花园（坟墓至今犹存），而心脏则放在那个礼拜堂的祭坛下面。"二战"中，这片海岸从罗马尼亚转手保加利亚，那心脏被送往布加勒斯特，玛丽·亚历山德拉·维多利亚在罗马尼亚人中至今备受敬仰。

16

《评论》

1926，多萝西·帕克

噢，生命是一首辉煌的循环歌，

一堆即兴的混杂；

爱是一桩永不出错的事儿，

我是罗马尼亚的玛丽。

17

如果……

德国汉诺威附近风景怡人的小城策勒（Celle）颇为适合思考王室之间的关联。它雅致的街道和保存完好的露明木架房屋似乎全都带着深情的尊敬朝向城市边缘一个深沟环绕的公园里的城堡。这所房子里诞生过英国国王乔治一世[1]，维多利亚女王是他的玄孙女，伊丽莎白二世是他的

---

[1] 乔治一世（George I, 1660—1727），名为乔治·路德维格，德国汉诺威选帝侯奥古斯都和英国国王詹姆士一世的外孙女索菲亚的儿子，1714 年，英国女王安妮驾崩无嗣，在乔治一世前面还有 50 多位血缘关系更近的贵族，但都是天主教徒，不能继承英国王位，乔治一世则是新教徒，因此成为第一位汉诺威王室的英国国王。

云外孙女[1]。与汉诺威的联系让英国王室从那时开始在本质上是德国人，有时说有浓重德语口音的英语，看上去一点儿也不像英国贵族。维多利亚女王常说，如果她"不是眼下的身份"，就会去科堡生活，那是她父系祖先的发源地；直到"一战"时，这个王朝仍然被叫作萨克森-科堡-哥达（Saxe-Coburg-Gotha）家族，只是把姓氏改成了温莎（Windsor），好与敌人相区别。

我听说，英国王座继承人查尔斯王子不时造访策勒——我想他是去沉思他的鼻祖、汉诺威选帝侯兼策勒公爵乔治·路德维格是如何由此出发前往伦敦成为英国国王的。如果历史走上另一条路，查尔斯今天也许只是策勒公爵，住在小城最前面那个惬意的白色城堡里，20世纪90年代的一天，当他比往常更糟糕地陷入婚姻困局和伦敦小报的八卦新闻时，我自娱自乐地想象他的另一种可能的生活。我想，如果他只是这个小国受人热爱与尊敬的君主，策勒的好人卡尔·菲利普，他该多么满足！没有强取豪夺的英国贵族对他胡闹，没有小报嘲弄，没有狗仔队阴魂不散，只有亲爱的卡米拉公爵夫人同他手挽手漫步，像童话中的王子与公主一样，穿过都城山墙绵延的街道，去看公爵的种马场或者国有养蜂学院（众所周知，同蜜蜂说话是王子殿下的小怪癖）。策勒真的是那

---

[1] 此处称呼根据《尔雅·释亲》翻译：子之子为孙，孙之子为曾孙，曾孙之子为玄孙，玄孙之子为来孙，来孙之子为晜孙，晜孙之子为仍孙，仍孙之子为云孙。

种专为这类友善的公爵而设的如同小说中的都城。那座四四方方、多角塔的城堡矗立在公园里一道深沟的包围中,公爵鼓励永远忠诚的市民去公园游玩,而公园门外似乎整个小城都表现出恰当的恭顺,等着满足宫殿里的愿望。它像是某些地方还存在的一个非常大的私人村庄,至于它的效忠与福利,只需看看采邑小屋就了解了。我确定,公爵温和的日耳曼眼睛很少错过什么,在散步过程中见到的一切只会让他愉快——完全是一个公爵式的梦想啊!

然而,快看,在花园咖啡馆那边——那就是他们本人啊,而且正朝这边走来!看女服务生如何挥手傻笑!看公爵及夫人殿下怎样驻足赏鸭!吮手指的小孩盯着他们看。上年纪的女士行屈膝礼。"您好[1],殿下,今天策勒多美啊!"好人卡尔冲我们惋惜地微笑。"啊,没错。呃,我会的英语不多,但是,呃,在这儿见到你真是太好了——难道不是吗,亲爱的[2]?""**太好了**,"公爵夫人说,"我们刚去看过蜜蜂。"

幻想,仅仅是幻想——什么另一种可能性,都是些废话!

---

1 原文为德语:Guten tag。
2 原文为德语:meine Liebchen。

FIFTY YEARS OF EUROPE
AN ALBUM
JAN MORRIS

18

鲁里坦尼亚[1]

要以最讽喻的方式感受王权体系，唯一的去处是山地共和国黑山的前首府采蒂涅（Cetinje）。20世纪90年代末，南斯拉夫的领土只剩下黑山[2]和塞尔维亚。20世纪70年代，我开车去那儿，沿着过去被叫作"科托尔之梯"（Ladder of Cattaro）的险峻的螺旋形公路，离开鲜花盛放的亚得里亚海岸去往洛夫森（Lovćen）山丘荒凉的高原——没有水，显然也没有土壤，只见一片片枯干的灌木丛。采蒂涅就蜷伏在这片荒原的一个斜坡上，在19世纪20世纪之交，它曾经有一二十年是鲁里坦尼亚无可争议的首都。15世纪，土耳其人朝这边横扫而来，把伊斯兰的命令播散到整个巴尔干时，黑山人在一连串战斗的君王兼主教的领导下保持了基督教的独立性，1910年，这些英勇的教士的一个后人自立为王——黑山国王尼古拉一世[3]。那是君主网络的全盛期，皇帝、国王和诸侯在全

---

1 鲁里坦尼亚（Ruritania），一个虚构的中欧王国，出自英国小说家安东尼·霍普（Anthony Hope，1863—1933）的小说《曾达的囚徒》（The Prisoner of Zenda）。
2 2006年6月3日，黑山才正式宣布独立。
3 尼古拉一世（Nicholas I，1841—1921），黑山大公（1860—1910年在位），黑山国王（1910—1918年在位），绰号"欧洲的岳父"。"一战"期间黑山加入协约国以协助盟友塞尔维亚，随即被奥匈帝国占领，尼古拉一世逃亡。"一战"结束后，在塞尔维亚的主导之下，斯洛文尼亚、克罗地亚联合组成了第一个由南斯拉夫族群联合的国家，同时废除尼古拉一世的王位，禁止其回国。

欧洲威福自用，尼古拉热情地加入进去。60年后，他在采蒂涅的王宫在我看来仍然是一个密封着王权的橱柜。看，拿破仑三世送来的成套餐具。注意，未来的英国国王乔治五世的肖像。勋章丰富得令人惊骇，顶上装着国际骑士团的狮子、大象、孔雀、熊和怪兽喀迈拉，连同俗丽的绶带堆放在大玻璃盒里！多少精美的中国风、洛可可或德意志第二帝国风格的艺术品，由同辈君王为了庆祝某个正式活动而送给陛下！

尼古拉生了三个王子和九个公主，他们的婚姻将这个偏远的巴尔干别墅同欧洲的城堡与宫殿出人意料地连接起来。一个女儿嫁给意大利国王，一个嫁给塞尔维亚国王，两个成了大公夫人，将拉斯普廷[1]引荐给俄罗斯宫廷，一个成了德国王妃，还有一个生了未来的南斯拉夫国王亚历山大。在采蒂涅，我巡游列强使领馆，它们连同尼古拉用来装点这个村庄首都的宫廷礼拜堂、歌剧院和政府办公楼一起被授权给了黑山陛下。想象"一战"前的岁月，高原上吹来的风四下呼啸，这些奇特的建筑周围嘈杂忙碌的生活——宫殿里的那些引荐、拜谒，戴绶带的信使送来社交晚会的邀请函，宫廷秘密被吐露和泄漏，外交使节同部长夫人星期日在散步道上相遇！尼古拉国王喜爱这一切，确保不忽略任何一处人君的精妙细节——它们存在于绶带、纽扣、刀具、大炮和黑山的双头鹰上，

---

[1] 拉斯普廷（Rasputin，1869—1916），俄国尼古拉二世时的神秘主义者、俄国沙皇及皇后的宠臣。后因秽乱宫廷、把持朝政被贵族刺杀。

FIFTY YEARS OF EUROPE
AN ALBUM
JAN MORRIS

被提升到王室暗号的地位，用以提示他有资格与哈布斯堡同列。

19

长列士兵

这些王室贵族的祖先大多可追溯到欧洲的日耳曼腹地，而且德国贵族仍然是无法避开的。毕竟，《哥达年鉴》（Almanach de Gotha）是德国1863年[1]出版的欧洲贵族成员名录，当时德国的统一肯定让德国贵族的未来变得充满不确定性。离开从里加往南的公路，我偶尔碰到一片古老的德国庄园，就有可能源自条顿骑士团的岁月。那些可畏的战士，一个好战的基督教修会的成员，在13世纪已经进入波罗的海异教国家，他们的后人作为一个日耳曼统治阶层定居下来，熬过了沙皇的统治，直到"一战"后三个共和国独立时才彻底消亡——在那之后，还继续存在于东普鲁士的部分区域（如今的俄罗斯飞地加里宁格勒）。当然，我碰到的庄园早已被收归国有，但在我眼中却挤满了幽灵。宽大朴素的领主宅邸矗立在庄园中心，围之以高树，周围蔓延着附属建筑，还有我认为曾经是给农奴居住的倾圮的屋棚，小湖里有鸭子。我想象久远以前的

---

[1] 疑原文有误，首次出版年份应为1763年。

伯爵和女伯爵、这位"冯"和那位"冯"，他们就等同于当地社会，这些显赫、自信、傲慢的人们坐在大房子里烛光照亮的餐桌前，交流本地丑闻，低声揣测沙皇统治的未来，痛骂本地农民的懒惰——农民的语言他们基本不通，农民的种族他们轻蔑有加。我觉得自己熟悉他们，完全是通过爱沙尼亚小说家扬·克罗斯[1]1987年出版的杰作《沙皇的狂人》(*Keisri Hull*) 来了解的，那是他们共有的纪念。

另外两本书尤其打开了我对贵族网络权力与适应力（经常还有魅力）的眼界，在相当长时间，这个网络在欧洲大部分地区构成了一种超国家的自治权力。当然，每个欧洲国家都有强大的贵族体系，但在中欧和东欧，在德国、奥地利、波兰、匈牙利和波罗的海诸国，贵族似乎最为共谋，或者最俱乐部化——他们是各自庄园的小国王小王后，尽管据说经常入不敷出，王冠不过是皮帽子，权杖不过是棍棒，权球（orb）不过是土豆。因为在那些国家，他们基本上被横扫一空，或者至少面目全非，我就只能通过文学结识他们。谁能忘记帕特里克·利·法莫回忆录中写到的20世纪30年代从英国去黑海、穿越贵族欧洲的冒险经历？作为一个爱冒险的逍遥青年，他混入各个阶层，但仍然频频入住贵族的

---

1 扬·克罗斯（Jaan Kross, 1920—2007），爱沙尼亚作家，1944年被纳粹逮捕，两年后被送往西伯利亚劳改营，1954年才获释回家，此后成为专业作家，多次获得诺贝尔奖提名。

FIFTY YEARS OF EUROPE
AN ALBUM
JAN MORRIS

城堡与乡村宅邸，给我们描绘出一幅灾难降临前中欧贵胄生活的不朽图景。在宏伟的草坪上学打自行车马球。听夜莺鸣啭，隔壁传来主人在钢琴上弹奏的赋格。这位伯爵有催肥鸭子的怪点子，那位在餐后抽水烟袋。莱茵哈德·冯·李普哈特-拉兹霍夫男爵（Baron Rheinhard von Liphart-Ratshoff）在地图上指出利·法莫在接下来的行程中可能拜访的乡村宅邸——"我的老朋友，霍赫沙伊滕（Hochschatten）的博托·科尔斯（Botho Coreth）。波滕布伦（Pottenbrunn）的特劳特曼斯多夫（Trautmannsdorffs）！"罗伯斯（Lobos）的拉兹洛女伯爵（Grófnő László）给了他一支表面覆盖珍珠母贝的手枪，看着他安全上路。菲利普·谢伊男爵（Baron "Pips" Schey）把普鲁斯特的作品介绍给他。法莫漫游欧洲，从一个家族到另一个，到处都受到热情接待（因为他是个让人一见就顿生好感的年轻英国绅士），从一个城堡到另一个，体验舒适、文雅、别致及选择性好客的普遍氛围。"我们像土豆，"一个匈牙利贵族对他说起他的家族关系，"最好的部分在地下。"

十年后，在天壤相别的环境里，我们又在可敬的玛丽（"蜜斯"）·瓦西契可夫[1]的日记里见到了同一批人。她本人是一个俄国亲王的女儿，"二战"期间同德国的贵族家庭保持友谊关系，其中一些是纯

---

[1] 玛丽（"蜜斯"）·瓦西契可夫（Marie "Missie" Vassiltchikov, 1917—1978），俄国公主，1919年随父母出逃西欧，后写下《柏林记忆：逃离悲恸之地》。

反复发作的统一冲动

日耳曼人，一些是俄罗斯人，一些是波兰人，一些是匈牙利人、立陶宛人、捷克人、奥地利人，甚至还有瑞典人。这个贵族网络好像几乎不受纳粹兴起的影响：1939年，霍亨索伦家族仍然是德国最大的地主，还拥有宫殿、别墅、猎场小屋、葡萄园，产业从基尔到东普鲁士均有分布。蜜斯从被战争摧残、极度匮乏的首都逃到乡村，熟悉的乡村宅邸随时准备好招待她，用庄园里出产的美好的乡村食物催肥她。同桌进餐的总是亲王、男爵夫人、伯爵——普鲁士的霍亨索伦亲王奥古斯特·威廉，伯爵阿克塞尔（"沃利"）·冯·萨尔德恩－阿林－林根瓦尔德，男爵安东（"托尼"）绍尔马·冯·德·耶尔奇，伯爵约翰内斯（"汉西"）·冯·珀斯多夫，公主海伦妮（"莱拉"）·楚·梅克伦堡。在悲惨的纳粹统治与苦难的战争岁月里，时髦的年轻贵族依然过着浮华的生活——比如，夜战飞行员海因里希·维特根斯坦[1]亲王，有时在无尾礼服上罩一件雨衣就去执行飞行任务，或者那些在1944年卷入用炸弹刺杀希特勒的计划的勇敢的年轻贵族。

到我这个时代，他们已经基本消失，他们半隐秘的优雅世界被战争、意识形态、复仇、偏见或合理的愤恨击得粉碎。有时，我看见他们

---

1 海因里希·维特根斯坦（Heinrich zu Sayn-Wittgenstein，1916—1944），出身于一个有德国皇室血统的家族，"二战"中击落83架敌机，是德国最优秀的王牌夜战飞行员之一。

FIFTY YEARS OF EUROPE
AN ALBUM
JAN MORRIS

的房子（就像那座古老的波罗的海庄园），但他们的生活我只能通过想象或文学的眼睛稍稍一瞥。扬·克罗斯笔下的冯·特罗克男爵对爱沙尼亚的同辈贵族说："我们都是一长列士兵的后裔。"他们的确是，古老的中欧贵族。他们用剑赢得的特权，大多又被剑剥夺。

20

政府的艺术

欧洲的王朝往往极度精明，会随着时代不停改变立场、风格甚至信仰。他们经常同宗教势力结盟。好几个世纪，哈布斯堡极为成功地维持了君权神授的神话。佛罗伦萨的美第奇君主有时也是教皇。英国国王和女王是官方的新教信仰捍卫者，其加冕礼有浓厚的宗教色彩，祈求与上帝本身联盟，以帮助他们担当大任，这种做法类似威尼斯的总督与亚得里亚海仪式性地结婚。

有时，君主们甚至会和普遍性的强权——艺术权威——扯上关系。苏维埃革命前，圣彼得堡的俄国艺术家认真地考虑过取代政府，创立"一个艺术性的专政体制"。欧洲艺术家的野心倒没有这么大，但他们也经常加入统治阶级。我们读到不少强大的君王在艺术家面前谦卑有礼。托斯卡纳大公把自己的椅子让给米开朗琪罗。达·芬奇逝世前，法国国王弗朗西斯一世亲抵病榻。丹麦国王克里斯蒂安九世招来他的马车去拜访安徒生。英国的维多利亚女王根据丁尼生[1]的葬礼安排了自己的白棺葬仪。"我出生得太早了，"本身是一名娴熟的长笛演奏者的普鲁士腓特烈大帝宣称，"但我有幸见过伏尔泰。"在魏玛，你仍然能够享受艺术与政府结合的政治实践的成果，因为开明而年轻的公爵卡尔·奥古斯特请到了歌德这样一位艺术家参与他的行政管理。这是一个伟大的成功。对于追星的公爵来说，歌德成了宰相般的角色，无所不能，设计公共建筑，视察公爵矿场，还负责吸引其他各种类型的诗人、艺术家和音乐家到这座城市（后来歌德去了意大利，公爵殿下仍然给他定期的生活津贴）。许多代人的时间里，魏玛就是一个德国的梦想，不法国化，也不普鲁士，不民族主义，也不帝国主义。斯达尔夫人[2]写道，与其说它是一个小城市，不如说是一个巨大的、自由而开明得惊人的宫殿。

漫步在魏玛街头（第3章第119节写过），仍能感觉到歌德的组织力的存在。他想让魏玛的游客将这个小城及其公园看作"一系列美学画面"。当然，我不知道哪个城市如此这般充满美的观念，将其作为一个

---

1 丁尼生（Alfred Tennyson，1809—1892），英国维多利亚时代最受欢迎、最具特色的诗人之一，华兹华斯之后的英国桂冠诗人。
2 斯达尔夫人（Madame de Staël，1766—1817），法国女作家，法国浪漫主义文学运动的前驱。

FIFTY YEARS OF EUROPE
AN ALBUM
JAN MORRIS

政治概念，作为被确立的秩序的组成部分——不是炫耀、威严的美，而是一种亲切、有趣、室内乐类型的美。不过，这种意识形态不会长存。年轻的公爵可能开明，但他的臣民大多是糟糕的庸人，当卡尔·奥古斯特不再为之定调，或者歌德不再监督其美学，艺术家的公国就失去了部分欢乐。然而，欧洲还有哪儿，能够找到一个统治者不是葬在王公贵族中间而是埋在两位诗人之间？所以，若是去魏玛城高处的小山丘参观卡尔·奥古斯特简朴的陵墓，你会发现歌德躺在他一边，席勒躺在另一边。而大多欧洲君王宁愿同赛马葬于一处。

21

两座城堡

在全欧洲的小诸侯里（当然，他们没有一个自以为小），巴伐利亚的维特尔斯巴赫（Wittelsbach）家族属于最高贵之列，其姓氏自中世纪以来在欧洲历史中持续回响，直到1918年都是其独立王国的君主。如今，该家族成员中最著名的是被称为"疯子王"的路德维希二世，他在该国当时的首都慕尼黑西南的山区边上修建新天鹅堡（castle of Neuschwanstein）后，于1886年神秘死去。这座塔楼林立的庞大城堡堪称最早的迪士尼乐园，构思者与其说是建筑师不如说是舞台设计师，路德维希的朋友理查德·瓦格纳非常喜欢它，如今成为欧洲最重要的游客目的地之一。它在照片上看起来相当滑稽，比较世故的游客见了它基本上只会冷嘲，但从山下平坦的草地上仰望它，会有不一样的感觉。从那儿你能看到它仿佛置身歌剧舞台。半英里外，还有另一座几乎从未被拍作明信片的路德维希的城堡——高天鹅堡（Hohenschwangau）——那是一座阴郁得多、战争味儿浓得多的建筑，以一座12世纪的堡垒为基础，像真正的要塞一样有低矮的赭色监狱。这两座建筑，一个如此"坎普"[1]，另一个那么雄壮，隔着中间插入的山谷以迷惑的方式互相打量。在它们后面，山岭奇妙地耸入巴伐利亚的蓝天。点缀着白色房舍的美好的绿色田野在面前延伸；滑翔者乘风高飞；偶尔有一架直升机绕着新天鹅堡的塔楼嗡嗡盘旋；庄严与轻浮、造作与家常的结合，似乎令我情不自禁地着了迷。夏日早晨，草地中间，仰躺在开花的残株中，我曾经用手机打通威尔士的电话，将一丝高地德国的浪漫气息送入故乡的灰色石头。

---

1 "坎普"（camp）最初是美国亚文化圈子里的暗语，形容本为男人却举止阴柔。苏珊·桑塔格移用这个概念，将其扩展为一种艺术品位，形容那些过分讲究、充满夸张与戏剧化、过度渲染和铺张的风格。

FIFTY YEARS OF EUROPE
AN ALBUM
JAN MORRIS

22

野蒜的味道

巴伐利亚王朝还有政治上的支持者，因为许多巴伐利亚人仍然觉得自己首先是巴伐利亚人，然后才是德国人，甚至在衣着上也有所表现——工人阶级的吊带花饰皮裤和插羽毛的帽子，时髦人士的漂亮绿帽子。尊敬的阿尔布雷希特王子（Prince Albrecht）年轻时因为拒绝参加纳粹党而卓然不群，1996年91岁逝世，葬在安德希斯修道院（第1章第35节我曾写到在那儿碰到一个讨厌的修士）的家族墓地。葬礼几天后我参观其墓地时，乖僻的巴伐利亚园丁正在清理花圈。纪念铭牌还没有竖起来，但在中央立有十字架的绿色墓地公园内，到处都是新近加入的王朝成员的名字，王子和公主，全都加有古老的尊称"殿下"（虽然德国1918年后就成了共和国）。园丁扫净落叶移走花圈时，我漫不经心地翻动草地上堆着的葬礼缎带和绶带——红色、黄色、蓝色的一堆丝绸。好大一堆王族！被揉皱、丢弃的东西上绣着王冠、小皇冠和浮凸的王室首字母——我想，一个早已名誉扫地的观念的碎屑，在只有"殿下"才能葬入的一个修道院花园里，面色阴沉的园丁很快就会将它们全部丢进垃圾车。我的笔记本里记着，周围有一股野蒜的味道。

23

仍在尝试

1900年，全欧洲只有法国和瑞士两个共和国，直到我这50年，最后一批欧洲王室才开始失去其光彩与重要性。"二战"结束很久以后，奥地利共和国仍然禁止任何哈布斯堡王族踏足；直到20世纪60年代，持温和泛欧主义的奥托大公才被允许拜访维也纳。"啊，到底怎么回事儿。"你似乎听到历史在低语。埃及国王法鲁克[1]曾经预言，到20世纪末，只有五个王朝仍能存在——红桃、黑桃、方块、梅花以及英国的王朝。到20世纪90年代，甚至英国王朝都不怎么牢靠了。

其他几个欧洲王室仍在尝试——1996年，仍有九个世袭君主在位。如我们所见，比利时的国王和女王，尽管他们新近放弃了宫廷舞会，但仍然生活得足够奢华，摩纳哥和列支敦士登的亲王也是一样。其他王朝同历史妥协。在旧的专制统治下，西班牙国王胡安·卡洛斯被视为头号民主斗士。瑞典国王和女王的斯德哥尔摩旧王宫如今罕见旗帜飘扬，看上去远不如海港对面的大酒店有帝王气派。我第一次去瑞典时，见到隶

---

1 国王法鲁克（King Farouk，1920—1965），全名穆罕默德·法鲁克，第二任埃及和苏丹国王，努比亚、科尔多凡和达尔富尔的统治者（1936—1952年在任），1952年埃及政变后流亡国外。

FIFTY YEARS OF EUROPE
AN ALBUM
JAN MORRIS

属皇家瑞典海军、专供国王陛下的驱逐舰"耶夫勒号"（Gävle，1040吨）正泊在宫殿前面的台阶下；但到20世纪90年代，国王卡尔十六世·古斯塔夫及王后几乎不住王宫，"耶夫勒号"也退役到了一个核电站，成为一艘浮动的充电器，政府当局不再称其为"皇家"，甚至海军也不会。荷兰王室似乎同民主体制建立了同样的平衡，达成一种无害的安排，既能取悦游客，又显得满足了本地民众。我嘲笑过的丹麦玩具士兵，戴高耸的熊皮帽、系交叉皮带，仍在哥本哈根的皇家总部门前愚蠢地来回行进；但丹麦皇家芭蕾舞团结束御前演出后，首先是向普通观众鞠躬，然后才向王室包厢。挪威王室以一种温柔亲切的尊贵而出名，这种尊贵带有讨喜的幽默倾向。立柱恰到好处的王宫矗立在一座几乎位于奥斯陆正中间的山丘上，被公用土地包围。带羽饰帽、穿条纹裤的岗哨站在宫外，不时来回行进，或者仪式性地跺脚，每天中午换岗时有乐队伴奏，有持剑行礼。校阅结束后，很可能会有个大号演奏者留下来在警卫室外的长椅上抽烟，两腿舒服地伸直，帽子挂在脑袋后面——白金汉宫的换岗可不会像这样。在伦敦，他马上就会被军士长痛骂；而在奥斯陆，他给小小的换岗仪式增加了一种轻松自信的感觉，让我觉得既动人又有趣——这正是一个现代王朝所需要的。

反复发作的统一冲动

24

一份完美的好工作

罗马尼亚前国王米哈伊、塞尔维亚王储亚历山大、保加利亚前国王西美昂二世,或者希腊前国王康斯坦丁,全都不时得到消息即将重返被废黜的王座,不过我对此可不太看好。另外,我是个威尔士共和主义者,我欣赏查尔斯·卡斯特罗·德伦齐王子(Prince Charles Castroit de Renzi),他说自己已经有了一份完美的好工作——在特伦特河畔斯托克(Stoke-on-Trent)的电力公司当职员——所以基本不会再要求获得阿尔巴尼亚的王权,尽管他显然是够格的。

25

第三次冲动

我对通过家族网络实现欧洲统一的最大提倡者、我所说的第三次泛欧冲动的创始人有一种并不完全来自遗传的特殊的反感。我说的是"小家伙"拿破仑——与他同时代的元帅皮埃尔·弗朗索瓦·夏尔·奥热罗[1]

---

[1] 皮埃尔·弗朗索瓦·夏尔·奥热罗(Pierre François Charles Augereau, 1757—1816),法国元帅,1815年因为拒绝效忠拿破仑而被削职。

这样称呼他。在巴黎，我总是惊讶于拿破仑·波拿巴仍被视为民族英雄，巴黎荣军院的拿破仑墓仍是一个朝圣地，对他的记忆仍然充满景仰。他死了150年，我还不能摆脱他。不论我去哪儿，他都在，连同他傲慢的姿态、专横的军队、荒唐的虚荣，以及他虚假的自由主义主张。我憎恨他。我鄙弃他为了个人野心而葬送数百万来自欧洲几乎所有国家的人命。我厌恶他厚颜无耻地从威尼斯搬走圣马可教堂的金马，自命不凡地陈列到巴黎凯旋门上。新发现一块奉承的铭牌写着他何时参观了一个城市或在某个房子里住过一夜，这会令我怒发如狂。哪里是拿破仑**没有**住过一夜的地方？像华盛顿在美国一样，他是个无所不在的房客，并且比前者不受欢迎得多。

的确，拿破仑将欧洲或多或少统一了几年。没错，是他实质上终结了古老的神圣罗马帝国，但他却创立了他自己的神圣帝国。他自视为查理大帝的直接继承者——不管哈布斯堡王朝怎么说——并且采用了那个古老帝国的许多神秘印记。还有什么场景比雅克-路易·大卫[1]的《拿破仑在圣母院加冕》更令人作呕，尽管它还吸引崇拜者成百上千地来到卢浮宫观赏？教堂主祭坛周围聚着他的亲信与马屁精，大多是无神论者，或至少是暴力的反教会者，却滑稽地遵循教会规矩穿戴轮状皱领、

---

1 雅克-路易·大卫（Jacques Louis David，1748—1825），法国大革命时期的杰出画家，新古典主义的代表人物，在拿破仑时代曾教育出一批优秀的美术家。

羽饰帽子和紧身裤。傻笑的约瑟芬跪着领受丈夫给她加冕,拿破仑那个科西嘉的家族成员则从后面的专席上自鸣得意地望着这一幕。当然,拿破仑本人站在中心舞台上,其缎带、绶带和袍服,连同头顶的金月桂叶花环,无不透露出暴发户傲慢专横的气息;他身后坐着谦忍的教皇庇护七世[1],尽管年事已高,身体又不好,却被粗野地从罗马招来,他举起手,做出一个热病患者的祝福手势。画上几乎一切都是虚伪的,各种假模假式。头天晚上才有一位神父让假正经的约瑟芬嫁给拿破仑,好让她自己的加冕礼合法化。拿破仑本人已经加过冕了,皇冠其实是他从主祭坛上劈手抢来的,教皇都没来得及过手。拿破仑的亲属其实并不在场,加冕礼以后很久,大卫才在皇帝命令下补画了教皇的祝福手势。拿破仑本人压根不是由教会选中,也没有经过敷圣油礼,简直就是一个有几分性感的希特勒,他的加冕誓言里几乎每一条每一款都是在睁眼说瞎话。

26

粗俗帝国

拿破仑复辟了君主制,荒唐地将一堆虚有其表的王国、亲王国和

---

[1] 庇护七世(Pope Pius VII, 1742—1823),意大利籍教皇(1800—1823年在位),曾因同拿破仑斗争而被囚。

公国播撒欧洲，这些事实及其粗俗的本质，就我所知是共和主义的最佳弹药。他幻想以自己的王朝设计统一欧洲，却只落得一场空，因为它赶上了最糟糕的时机——革命和民族主义的19世纪。然而，他的帝国持续了十年，并给欧洲从此留下深刻的印记。拿破仑及其兄弟姐妹统治法国、意大利、荷兰、西班牙和德国，废黜约瑟芬后，他娶了一位哈布斯堡公主，后者给他生下罗马国王作为继承人。他那些好战的元帅，大多出身小资产阶级，也成了君王：达尔马提亚公爵苏尔特（Soult），那不勒斯国王缪拉（Murat）、瑞典国王贝尔纳多特（Bernadotte，讨人喜欢的当代瑞典国王们就是他的后人）。肯定有些时候，连他自个儿也会被那些傀儡王国的数量甚至地址搞晕。1809年他召集各仆从国君主开会，他的沙龙里坐着萨克森、符腾堡、那不勒斯、荷兰、西班牙和威斯特伐利亚的统治者，而他本人和约瑟芬作为这个新神圣罗马帝国的无可争议的皇帝和皇后主宰着所有人。他的帝国卫队里有来自意大利、德国、立陶宛、波兰与荷兰的部队。

27

拿破仑的岛

当然，拿破仑最终走过了头。他的帝国分崩离析，他本人也被放逐

反复发作的统一冲动

到这片大陆的尽头，远到几乎不能再远。然而，在遭遇最终的滑铁卢之前，他曾被流放到地中海舒适的厄尔巴岛上住过十个月，这个岛也因此成为他唯一统治的封邑。甚至像我这样顽固的人也发现，他在岛上留下的记忆惹人爱多过乞人憎。他的欧洲帝国从规模上缩减成一个18英里长的小岛，他表现良好，证明自己是这个小采邑里称职而理智的君主。在我看来，他在厄尔巴比在其他任何地方都更有活力——比在他的出生地科西嘉，或他人生巅峰时的舞台巴黎，要更鲜明得多。一如既往，他将自己的个性印刻于此地，让小岛直到今天还有可感可触的拿破仑特色。

在我看来，他简朴的夏日行宫是其中最好的纪念。那房子并不堂皇，但即便如此，他也买不起，直到他妹妹宝琳（Pauline）卖了一批珠宝前来相助。在里面，他同几个将军、一小群仆人、宝琳和他母亲度过了炎炎夏日。房子里随处可见的拿破仑遗物早已褪去了浮华与傲慢——鹰、羽饰，还有最紧要的，他给封邑亲自设计的旗帜上出现过的蜜蜂（雕刻的、石膏的、画的、模型的，各色各样）。岛上还飘着那旗帜，还有许多别的东西让人想起拿破仑。有一眼泉被叫作拿破仑泉，优质的泉水被岛民瓶装出售，商标上印有蜜蜂。有一个迷失在森林中的甜蜜而孤独的隐居所，拿破仑同情妇玛丽·瓦莱芙斯卡（Marie Walewska）在那儿快乐地住过两天。慈悲（Misericordia）教堂里有拿破仑死后根据其容貌制作的面具。有一块王座般的岩石，传说中被叫作"拿破仑座椅"，

FIFTY YEARS OF EUROPE
AN ALBUM
JAN MORRIS

据说他常在那儿坐上几个小时，沉思，眺望大海，渴望着法兰西，梦想着光荣岁月……

但在这儿，我发现自己像其他所有人一样屈服于波拿巴的浪漫传奇。拿破仑是一个怪物，但他有无可否认的魅力。在欧洲任何地方，只要瞅到哪儿有他的名字，我就不由自主地停步阅读铭牌。在厄尔巴岛，我站在"拿破仑座椅"旁，目光越过蓝色的第勒尼安海，因为同情而浑身战栗。从欧洲的统治者被贬为小岛乡绅，这是多么悲惨而浪漫的命运！那些蜜蜂多么动人！那死亡面具多么高贵！他勇敢的将军多么忠诚！同爱人在隐居地短暂的相聚多么难舍！我被他的魅力诱惑了片刻，像我之前的千百万人一样。我必须打起精神，回想拿破仑怅惘地凝视海平线时，也许正在策划逃离厄尔巴，再次诉诸暴力：为了重新满足他无情的渴望，为了他即将赢得的权力，在他于滑铁卢遭遇应得的惩罚并最终被彻底赶出欧洲之前，还要再牺牲几十万条性命。如果他生活在我们的时代，会因为战争罪行而被送上法庭。

28

关于那些马

小毛贼偷走的那些圣马可的马，像许多别的艺术品一样，本身就

反复发作的统一冲动

是欧洲象征性的居民，十分频繁地成为国际觊觎与窃取的对象。它们由古希腊或古罗马的天才制造，被威尼斯人在1204年劫掠君士坦丁堡时偷走，被拿破仑1797年占领威尼斯后用重型马车拖往法国，在威尼斯1814年落入哈布斯堡统治后为奥地利所有，1866年威尼斯并入意大利后又归意大利。两次世界大战中，它们从圣马可大教堂的阳台上撤下，被运往安全的地方。它们在观景楼上骄傲地俯瞰广场上千年，让所有见过它们的人惊异，如今却被毫无生气的复制品取代，而本尊则储放到观景楼后面黑暗的房间里，与污染隔绝。我在威尼斯时正赶上它们（明显是永远地）被搬走，这和坐火车从英吉利海峡下面穿过那次一样，是我一生中另一个影响巨大的时刻——令我迷醉了那么久的威尼斯甘心接受它作为一个城市博物馆的未来。

我意识到这是个认命的时刻，我哭了，因为它让我想起拿破仑的军队逼近时，最后一任威尼斯总督将官帽交给贴身男仆时说的话："拿走它，我不再需要了。"另外，圣马可的金马总是唤醒我心中那个易动感情的自我。它们在那儿站了那么久，那么高贵，那么温和，伟岸的身躯上有暗金色的波纹，蹄子抬得那么庄严，可爱的脑袋一个转向另一个，带着那么宽宏的温情。我成年后就熟悉了它们，一想到它们最终被撤下舞台，囚禁在那些不见阳光的、洞穴般的厅室内，我就感到无限的辛酸——实际上，比它们被拿破仑搬到阿尔卑斯山另一边的凯旋门上作

FIFTY YEARS OF EUROPE
AN ALBUM
JAN MORRIS

为最高战利品展示还要辛酸。在 20 世纪 60 年代写的一本关于威尼斯的书中，我宣称听到这些辉煌的动物在午夜踏响蹄子，以一种嘶叫互相呼唤。一位对我不太友好的批评家认为这本书具有"不可思议的非现实与自我沉溺感"，但我并非第一个有此幻想的人。

29

摘自费恩斯·莫里森[1]的《行程录》（1617）

这个楼座上面，教堂的大门上面，是四匹黄铜马，全身镀金，因为古老和优美而极度高贵；它们被安置得让人感觉，只需要向前踏一步，它们就会跳进市场。

30

第二帝国

一天，我在柏林的菩提树下大街东头看到一个奇怪的情景。在共产主义时期，民主德国政府在第二帝国的总部、德皇的皇家城堡（Königli-

---

[1] 费恩斯·莫里森（Fynes Moryson，1566—1630），英国游记作家，曾经遍游欧洲大陆及地中海东岸地区。

che Schloss）遗址上——"二战"结束时苏联人更多出于意识形态原因而非战略或美学的考量将其摧毁——给自己建了一座巨大的人民宫。如今，是时候反过来摧毁人民宫了，作为一种社会－美学－历史试验，整座建筑被覆上帆布，上面画着倘若决定原址重建旧皇宫将会呈现出的景象。那天，许多旁观者似乎都认为这是个坏主意——"让我毛骨悚然"，一个男人告诉我——最终它被废弃了。我颇感遗憾。我通过老照片对旧皇宫的样子非常熟悉：一大块笨重而虚荣的建筑，四四方方地矗立在斯普雷河边，附有常见的雕像、马厩、仪式性的入口与水门，我希望能够看到它的庞大形体重新耸起。

我自己感觉，关于那个老帝国的记忆如此凋萎，如此老朽，已经不再有害。第二帝国是我说的第四次冲动，是继拿破仑后再次统一欧洲的努力——只要是德意志的欧洲，至少以此作为开端。理论上来说，德意志的国家、王国、公国、君主国直到20世纪仍然保持着独立地位——德国士兵入伍时宣读的誓词有一打，而且各不相同——但到19世纪60年代，它们就被"铁血首相"俾斯麦领导下的普鲁士强力锻接成一个民族共同体。普鲁士国王变成了德国皇帝。正是在一位条顿骑士团头领的后裔、两任霍亨索伦皇帝威廉一世与威廉二世的统治下，德国成为欧洲最强大的国家，羞辱法国，震慑奥地利，将其势力伸入波兰和波罗的海国家，甚至在英国的基础势力范围大海上发起挑战。"德国化，"1869年

FIFTY YEARS OF EUROPE
AN ALBUM
JAN MORRIS

俾斯麦环视欧洲,"是一个令人满意的进程……我们的意思不是传播德语,而是传播德国道德与文化。"

几乎不消说,霍亨索伦家族通过婚姻与传承同大多数欧洲王族结盟——维多利亚女王是威廉二世的外祖母——但通过回顾我们看到,他们的统治风格似乎对其自身来说也是独特的,更加华丽、虚饰,也许有更加坚决的帝国主义特质,比其他王权更多一点儿自我防卫或神经过敏。在我看来,它早就不可能再复活了。我认为一个重建的城堡会像阿尔伯特音乐厅[1]一样令人不快,我不在乎他们是否也会重建曾经矗立在宫殿大门对面的斯普雷河上的威廉一世骑马雕像。我通过1897年的揭幕典礼照片熟悉了这座雕像,照片上有一支近乎狂欢的身着大衣、羽饰、高筒靴的游行队伍。这是一件19世纪自我吹嘘的荒唐作品,充满马匹、旗帜、吼狮,绝不会让路过者想到可怕的挑衅的幽灵,而只会想到:自我荣耀能够荒谬到何种地步。

---

[1] 阿尔伯特音乐厅(Royal Albert Hall),位于英国伦敦威斯敏斯特市骑士桥的艺术地标,原本名为"中央艺术科学大厅",后被维多利亚女王改名为皇家阿尔伯特艺术科学大厅(Royal Albert Hall of Arts and Sciences),献给她已故的夫君阿尔伯特亲王。

帝皇之都（Kaiserstadt）

对我来说，没有必要重建城堡来恢复柏林在威廉皇帝时期的时代感。20世纪90年代早期的一天，我带着1913年出版的贝德克尔《德国北部》导游手册出发，想去这座都城的历史里沉思地走一遭。铁幕刚崩塌不久，柏林墙正被拆毁。这个首都正再度恢复其恰当的形状，我漫游得越久，就越来越觉得冷战与纳粹时期不过是可怕的反常现象，普鲁士王朝时期仍然是这座城市主宰性的时代。至少在历史联想方面，同我手里这本老贝德克尔一样，柏林仍然是德意志的帝皇之都。"巴黎人的荣耀夺走了柏林的睡眠。"威廉二世这样评论道，开始有意识地将柏林变成一个"世界都市"。上帝啊，它就是纯粹的浮华炫耀！当然，一个世纪前，浮华炫耀是普遍的欧洲风格，但没有哪个都城像威廉皇帝时期的柏林一样自我卖弄，在天际线和建筑临街的表面上，它仍在孤芳自赏其虚荣的象征性的捍卫者——盔甲，肌肉，剑，号角，大炮，有时伴随着喀迈拉，立狮，以及驯服野马、挥舞旗帜或展示战利品的画面。这边是被骑兵将领拱卫的腓特烈大帝，那边是格奈森瑙[1]元帅同布

---

[1] 格奈森瑙（Gneisenau，1760—1831），普鲁士陆军元帅，普鲁士军事改革和第六次反法同盟战争中的重要人物，对普鲁士和德国的军事制度产生巨大影响。

吕歇尔[1]元帅并排站在歌剧咖啡馆的树荫下。柏林皇家博物馆如往常一样学者气地矗立在斯普雷河的岛上。甚至曾经东欧时期球根状的电视塔对于一个如我这般心境的人来说，也勉强能算是霍亨索伦风格。帝国幽灵无处不在。一条柱廊的残迹、一个破裂的柱基，甚至仅仅是贝德克尔导游地图上的一个名字——威廉大街、卢斯特花园、威廉皇帝大桥——都能神奇地将我送到第四次欧洲统一冲动时的柏林。透过心灵的眼睛，我仍然惊讶于勃来登堡门旁的巴黎广场的时尚光彩，以及**每个人都待过**的那个角落里的阿德龙酒店，还有装饰性花园周围那些车厢的闪光线条。我在腓特烈大街和菩提树下大街交界处喝咖啡，这里正是约翰·克兰茨勒（Johann Krantzler）曾经经营过他那家举世闻名的咖啡馆的地方。我几乎听到普鲁士卫兵登上新卫兵室外的岗哨台（武器叮当撞响，命令高声喊出）。我抬头，望向已经消失的皇家城堡窗户，多年前，威廉一世每天笔直地站在窗边接受敬礼，乐队演奏，围观市民欢呼。在我看来，那是些生动的剪影，早就被消除了杀伤力，那些君王本身也几乎变得像神话一样滑稽。我必须提醒自己，正是德国皇帝、首相和将军们怀揣着对祖国的空洞的雄心，将欧洲卷入史上最可怕的战争之一。"祖国，"墨索里尼说，"是一个像上帝一样的幽灵……它也像上帝一样报复

---

[1] 布吕歇尔（Blücher，1742—1819），普鲁士元帅，在数次重大战役中名声远扬。他积极进攻的指挥风格为他赢得了"前进元帅"的称号。

心重、残酷而专制。"

32

第五次冲动

没多久希特勒就来了,他缔造了第三帝国和第五次统一欧洲的冲动,称之为他的"新秩序"。他比德国皇帝和哈布斯堡君主坏得更加没边了,比拿破仑或神圣罗马帝国的任何皇帝都坏得多。然而,他比上述人物更成功地实现了全欧洲的统一。在其权力巅峰,整个欧洲都在德国控制下,除了英国、爱尔兰、西班牙、葡萄牙、瑞典、瑞士和列支敦士登——而且,倘若有必要的话,他也能占领其中大部分。欧洲从未被合并到如此地步。我们这一代人漫游欧洲时,不可能不想起这个邪恶的帝国,按照设想,它要像之前查理大帝的帝国一样存在 1000 年,但幸运的是,它只存活了 12 年。它并非完全是一个强迫的统一。几乎在每个国家,都有"新秩序"的热情拥护者。有些是机会主义的政客,比如挪威的吉斯林[1]。有些是被吓糊涂了的爱国者,试图通过合作为祖国争取利益,比如法国的贝当。有些是强烈的反共分子。有些是种族主义的狂热

---

[1] 维德孔·吉斯林(Vidkun Quisling, 1887—1945),挪威军人、政治家,1940 年德国进攻丹麦与挪威,吉斯林充当开路先锋,随后出任挪威新政权的总理,1945 年以叛国罪罪名被枪决。

分子。成千上万各种国籍的人们自愿在德国军队里服役，尤其是在庞大的禁卫队党卫军里。德国从挪威北部撤退时，是一个奥地利将军下令将每个小渔村都烧成平地。在战争最后的绝望时日里，是法国籍的党卫军人在柏林捍卫帝国，抵抗苏联红军。西班牙志愿者同德国国防军一同在苏联战斗。苏联人叛逃到德国这边。匈牙利、意大利、罗马尼亚、克罗地亚、丹麦、挪威、瑞典全都有人为希特勒的事业战斗。最终摧毁第三帝国、压制我所说的第五次统一冲动的，是来自全世界的力量——各个大陆、各种肤色、各种信仰、各种语言；但为希特勒而战斗的军队是一支真正的欧洲军队。党卫军法国志愿者师被叫作"查理大帝"师。

33

纪念物

然而，第三帝国来去如同一场噩梦——12个短暂而可怕的年头，从希特勒登上权力宝座到覆灭，不比将一个婴儿抚养成男孩更长。如果第三帝国持续得更久，它肯定会为自己竖起一些巨大骇人的纪念碑。作为"日耳曼尼亚"的新欧洲首都，柏林将被改建出宽阔的礼仪大道、巨大的政府建筑、庞大的凯旋门（城市交通像致敬一样穿过它），还有一座穹顶高过埃菲尔铁塔、设计容纳15万观众站立的人民宫。在维也纳，环城大道要由两条与多瑙河平行的林荫道延伸，它们中间将有一个新古典风格的纳粹广场，用来取代城市第二区的大部分区域（多半是犹太人居住）：结果什么也没建，维也纳唯一的纳粹建筑遗迹是一圈混凝土防空塔楼，经战争检验坚不可摧。从瑞典运来大理石，准备在华沙修一个巨大的胜利纪念碑，结果许多石头被用在纪念1943年犹太聚居区反纳粹起义的纪念碑上。希特勒的出生地是奥地利的布劳瑙，它附近的林茨被计划改造成日耳曼文化的巨型展示地，我们可以想象，在所有被征服的都城，都会竖起夸耀帝国威势的盛气凌人的纪念碑。幸运的是，只有极少人见过希特勒的帝国。德国境内的纳粹遗址大多被德国人作为耻辱而铲除，在欧洲其他国家，纳粹还未赢得太多时间，只够修修军用工事。想想奥兹曼迪亚斯[1]！威廉二世身后留下的东西远比希特勒留下的多！

然而，在被占领的欧洲，纳粹价值观也留下了一个真正的巨型遗迹，今天还能看到：法国海岸的大西洋墙，由数十万奴隶劳工修建，用以防御海上的进攻。到今天，大西洋墙的巨型掩体和枪塔依然毫不含糊地庞大与壮观。它们是纳粹时代最令人惊叹的建筑纪念物——其中一些

---

1 奥兹曼迪亚斯（Ozymandias），埃及法老拉美西斯二世（约公元前1292—公元1225年在位），是古埃及第十九王朝的第三代法老，修建了巨大的墓碑和塑像。雪莱曾就其留下的雕像写出著名的诗篇。

FIFTY YEARS OF EUROPE
AN ALBUM
JAN MORRIS

恰好是由为希特勒设计了新柏林的阿尔贝特·施佩尔[1]设计的（林茨的规划是希特勒自己的主意）。它们是"千年帝国"梦的真正的纪念碑，体现了它的一切幻想。一两个要塞被改造成展览馆，一些被炸得稀烂，但还有许多仍然屹立在大西洋海岸狂风呼啸的草皮沙地中，如同刚建成时的模样。

有时，在搭乘英吉利海峡渡船前有空闲时，我会走进某个遗迹，它巨大的混凝土入口像极了埃及坟墓里通往另一个世界的大门，各种令人不安的形象浮上心头：巡回视察的穿过膝长筒靴的将军——被混凝土块压得直不起腰的囚徒——也许会在午餐后被有棱纹的指挥车带来这儿淫乐的卖身求荣的女人。大西洋墙犹如混凝土制成的纳粹体制，令人畏惧，引人注目，也像纳粹体制本身一样不光彩地败亡。

34

负担

我曾经设想，世界很快就会忘记和宽恕这些纳粹德国的形象，但我逐渐开始怀疑这一点。我们这个时代，电影让历史比以往更清晰，电影

---

[1] 阿尔贝特·施佩尔（Albert Speer, 1905—1981），希特勒的私人建筑师，德国建筑总监，军备与战时生产部部长。纽伦堡审判中，施佩尔因违反人道罪和战争罪被判处20年监禁。

形象将会影响未来许多代人对德国人的印象。大西洋墙的奴工能活到我曾孙那一代；盖世太保将永远是邪恶的化身；死亡列车仍将在午夜电影里轰隆驶过——这是有着模棱两可的命运的德国人不论是否乐意都注定要承受的另一种负担。

也许可以说，一切纳粹遗物中最难忘却的是我们时代的中心纪念物。每个人都从电影和文学里熟悉了奥斯威辛集中营的样子，还有列车开往最终目的地时要从下面穿过去的那个高高的带拱门的塔楼；但是，直到我亲自爬上塔楼，像当年的纳粹一样俯瞰广阔而凄凉的集中营，我才真正理解这个地方的可怕力量。它简直巨大无边。直到视野尽头，都能看到残存的营房棚屋，四周被恐怖的铁丝网与瞭望塔围住。对我来说，没有必要再去参观充满那么多著名恐怖传说的展览馆了。仅仅是爬到集中营的高处，我就意识到，我正望着的是世界上最可怕的地方——有史以来最可怕的地方，一丁点儿仁慈也没有留下。这是人类的最低点，也许任何情况都不可能更糟了。

35

阴魂不散

希特勒依然阴魂不散，尤其是在其出生地，靠近德奥边界的奥地利小城因河畔布劳瑙，他的存在感比其他任何地方更令人烦扰。这是一个可爱的小城，非常古老，有漂亮宽阔的市场街，友好的咖啡馆，还有一道美好如画的城门。希特勒从未忘记自己的出生地。他为将奥地利并入大德意志而骄傲，希望以沿着林茨的道路修建宏大的文化综合体（无疑会献给他）而获得永恒荣耀。在布劳瑙，关于他的记忆被刻意地平淡以待。"就在这条路下面，"我在书店问希特勒的出生地，一个人回答道，"拱门外头，左手边。""那边那栋黄色的房子，"警察说，"外头有个大石头的。"我后来发现那个石头是献给纳粹的千百万受害者的纪念物，但我问起同希特勒的关系时，市民脸上看不出尴尬或羞耻。他们似乎纯粹把它看作一件奇物。然而，我忍不住想象，若是希特勒打赢了"二战"，布劳瑙对他的记忆又会是怎样——会有怎样的铭牌和纪念碑标示出生地！书店架子上会充斥多少回忆录和谄媚的传记！纪念品商店会甩卖多少小塑像和奖章！可爱的市场街上会竖起一尊高大的领袖雕像，伸手做出永恒的敬礼，永远有迷人的老太太献上花环。

36

"拜倒在你脚下……"

也许不太公平。这些是属于我们这一代人的反应，是年轻时被战争淬炼过的心性里猜疑态度的余绪。还记得第3章第121节写过的与我同行的那个德国电视节目组吗？我们在威尼斯拍片时，我看到制片人同年轻的助理一起坐船游大运河。制片人坐在贵宾位上，面朝船首，以乐团经理的架势将外衣搭在肩膀上，单片眼镜用带子挂在脖子上，显示出高贵庄严的气度。助理坐在他对面，背对船首，摆出深深敬意的姿势。

贡多拉消失在一栋房子后面，再次出现在我视线中，已到了运河更远处，那两个人交换了座位。现在助理坐上了贵宾位，看上去温雅、沉静。制片人则被位置的交换完全泄了气，外衣皱皱地包在身上，眼镜歪斜，态度几乎是畏缩的。"不是拜倒在你脚下，就是扼住你的喉咙"——求上帝饶恕，我突然想起丘吉尔的这句话。

37

第六次冲动

我所说的最后一次统一欧洲的冲动与其他几次类型完全不同，它会像结束欧洲的20世纪一样结束我的书。当今的**时代精神**，也许是一种千年的压力，几乎耗尽了每一种暴力、种族歧视、性别偏见和民族主义：20世纪后期欧洲人总是举步维艰地寻求联合的努力，是要让每个人过上更友善更平静生活的一种本能的冲动。然而，这辈子第一次参观

FIFTY YEARS OF EUROPE
AN ALBUM
JAN MORRIS

欧盟总部（继承了希特勒的柏林、德皇之都、拿破仑的巴黎、哈布斯堡的维也纳，并一直可追溯到查理大帝的亚琛）并没有给我留下特别的印象。欧盟的中心其实是布鲁塞尔一个缺乏魅力的区域里一大片不怎么可爱的建筑。我认为，最悲观的泛欧怀疑论者也没必要害怕这个没特色的综合体会在各国不同的情感中取代威斯敏斯特宫、爱丽舍宫或者斯普雷河畔的德国国会大厦。那天，欧洲的首都只有少量旗帜没精打采地飘动，一群官员闷闷不乐地快步走过；我走到欧盟委员会办公大楼，发现这栋被设计为欧洲之冠的建筑完全被荒弃。楼房里的石棉瓦被扯了出来。周围的下沉花园堆满垃圾，因为小雨淅沥沥，我几乎看不到乱糟糟的滴着雨的树木间那块献给"新欧洲之父"罗伯特·舒曼[1]的纪念碑。一个路人告诉我，把这个地方搞好要花天文数字般的巨额资金。"这是历史的代价。"我简洁地答复。"没错，但谁来买单？"他说。

　　世纪末的欧洲至少赢得了这个：欧洲史上第一次，它所有的国家（至少理论上是）共享一致的意识形态——资本主义民主击败了神权政治、王权政治、法西斯主义……让欧洲每个首都有了一个多少算得上自由选举而成的政府。这意味着，我所说的第六次冲动，尽管是最有前

---

[1] 罗伯特·舒曼（Robert Schuman，1886—1963），欧洲议会首任议长，曾任法国总理和外交部部长，同让·莫内（Jean Monnet）一起被称为"欧盟之父"，以他名字命名的舒曼计划为欧盟的前身欧洲煤钢共同体的建立铺平了道路。

途的，也是最慈善的，但却很容易成为最沉闷的。在官方层面，它通过选举、辩论、会议和公投缓慢而断断续续地进行着。可以说，其他一切促成欧洲统一的尝试都曾是**美学**上的尝试：夸张浮华，色泽浓艳，被仇恨、暴力、信仰、对光荣或幻想之爱激发。对它们来说，甚至希特勒狂躁的梦也有一种惊悚的匀称，也没有人能否认拿破仑的幻想有一种绘画艺术的雄浑——仿佛他是通过大卫或德拉克洛瓦的眼睛看到整个欧洲大陆，及其雪中所有的军队、所有的元帅与小国君。至于君主的队列——那些名字里带连字符的公主和头盔上有羽饰的大公——在无穷无尽的一连串婚姻、密谋和家族斗争里，朝欧洲各个方向行进，至少在回顾时，他们为各民族的欢乐做出了贡献。丘吉尔庄严地召唤一个以"数百万人要行善而不为恶的决心"为基础的欧洲合众国，而舒曼最初的"20世纪联合欧洲"的设想也有其高贵。一开始被提出来时，它只是一个煤钢共同体，但它其实是一个意图调和莱茵河流域两大仇敌法国和德国的梦想，这梦想会随着时间流逝发展成一种宽广得多的联合——而它也确实是如此发展（如果不仅仅是名称改变）：先变成欧洲经济共同体，然后变成"欧洲联盟"这个崇高的抽象概念——因此，它在布鲁塞尔那个细雨的日子里是那么不恰当地呈现给我。

但是，人们要说的只是："谁买单？"

FIFTY YEARS OF EUROPE
AN ALBUM
JAN MORRIS

38

摘自阿瑟·奥肖内西[1]《我们是音乐创造者》(1874)

> 对于正建造的美屋,
>
> 他们没有惊人的幻想;
>
> 对于他们要去的土地,
>
> 他们没有神圣的预兆……
>
> 但我们,连同梦想与歌唱,
>
> 我们不停歇,不悲伤!
>
> 我们的光荣依附于,
>
> 我们见到的光荣未来……

39

朝向伟大的共和国

当然,我们全都更愿意把事务交给经济学家管理,而不是交给遗传学者、宗教狂热者甚或系谱专家。即便如此,对我这样性格的人来说,

---

[1] 阿瑟·奥肖内西(Arthur O'Shaughnessy, 1844—1881),爱尔兰裔英国诗人。

反复发作的统一冲动

在火焰与悲剧中发展起来、承诺希望与幻想的欧洲20世纪，似乎正以高潮后的平庸告终。像大多数欧洲人一样，对这六次统一冲动，我感情复杂。战后不久，当人们最初模糊地意识到所谓的欧洲煤钢共同体很有可能发展成一个最新的神圣罗马帝国时，一个加拿大人在伦敦问我："你支持还是反对欧洲联合？"我反问："那会让不列颠更有趣还是更无趣？""肯定是更无趣。""那我反对。"然而，差不多半个世纪过去了，我早已被这个想法的宏大与浪漫以及我们所有人最终同志般地联合起来的前景俘获。年岁渐长，我的民族认同从不列颠化变成了热情的欧洲-威尔士化。漫游欧洲时，我激动地感觉到，古老的彼此憎恨真的正在消退。我还欣喜地记得在瑟堡第一次从渡船上开车下去，法国海关官员甚至懒得看我的护照——半个世纪前，去布洛涅旅游一天都需要签证！我的车上，威尔士民族徽记旁边，招摇地贴着一张欧洲汽车标贴，因为我渐渐觉得，对所有欧洲民众（不论属于列强，还是无力的少数民族）来说，最好的机会就在于创造一个单一的联盟团体，一个包括所有地区的欧洲，如伏尔泰2个世纪前所说的，"一种伟大的共和国"。

但是，国家仍然在顽抗。列强依旧无可救药。虽然到处都有少数民族似乎终于赢得某种自治，但大多数情况下仍然是旧的主权国家把持着最高权力。南斯拉夫的残酷战争——又一次欧洲内战——带来悲哀的幻灭。在前共产主义国家，有组织犯罪几乎本身就变成了一个列强，阿

FIFTY YEARS OF EUROPE
AN ALBUM
JAN MORRIS

尔巴尼亚似乎已经退回成一种资本主义特有的无政府状态。党派竞争堕落到阻碍一切。尤其是，沉闷科学[1]已经接管欧洲。"可怜的罗马，"奥古斯都皇帝评论他古板的继任者提比略[2]时说，"将被这样迟缓的双颚咀嚼！"沉闷的物质主义已经被证明在一切意识形态中最为强大，资产阶级化是普遍的趋势，官署里的财政部部长、银行里的银行家、演讲厅里的经济学家和套装里的企业经理人比任何诗人、理想主义者、音乐创造者或多情的浪漫主义者更加坚持不懈地为欧洲代言。

别担心，不论是否借助政府，我所说的第六次冲动正在发生。泛欧怀疑论者徒劳地抵抗。没有宏大的革命性的夸耀，没有亮丽的色彩，那些地区真的在慢慢变得彼此更少敌意，开始学习彼此的语言，看彼此的电视节目，在同一个网上冲浪。各个地方的女权都在提升，削弱了僵硬的大男子主义。全欧洲的年轻人都在抛弃虚假的忠诚与民族禁忌。这是一个无法抵挡的有机的过程，超越政治，超越经济，超越国家或列强，在我们各个民族里无可避免地发展，唯有等待伏尔泰所说的那个共和国赶将上来。

---

1 沉闷科学（dimal science），托马斯·卡莱尔（Thomas Carlyle）创造的名称，指经济学或政治经济学。
2 提比略（Tiberius，公元前42—公元37），罗马帝国的第二任皇帝，公元14—公元37年在位。个性深沉严苛，执政之后并未受到臣民的普遍喜爱。

结语

{ 回到的里雅斯特的码头，
嘲弄的微笑和勇敢的希望 }

1

回到奥德斯码头

于是，半个世纪后，你会看到我又回到了的里雅斯特的奥德斯码头。"韦林碰到了啥事儿？"我还住在威尔士，并且会一直住下去，但"二战"后几乎每年我都回到的里雅斯特住几天，在这个不同种族相遇的欧洲一角，我朝一边可以望向罗马、巴黎和伦敦，朝另一边能眺望贝尔格莱德、布加勒斯特和雅典。同它相熟的半个世纪里，的里雅斯特没有太大的变化。旅游业的车流总是毫不停息地席卷它，可怕的战火在附近燃烧，许多年陷于不断的政治变迁与经济上被忽略的状态。但在性格、气质甚至建筑方面，它同多年前我坐在这里的系船柱上写关于乡愁的随笔时相比基本上保持了原样。

它从未重建自身。它仍然有某种怅然之感打动我，就像我年轻时初次越过被蹂躏的大陆来到此地时一样。这是我喜欢回的里雅斯特的另一个原因，也是为什么我仍然将其视为我个人的欧洲典型：因为，在20世纪末，这个古老大陆的众多民族间歇性地向统一的方向摸索时，欧洲的景观里也有某种怅然之感。我不再年轻，并且，正如我渴望我那个小国家成为现实，我也如此迫不及待地期望这片大陆融为一体，终结那些愚蠢的分歧，创造一个友爱的联盟，其成员无论贵贱，虽将属于恺撒的交给恺撒，但却为自己珍藏着那些应该属于上帝的信仰、语言、生活与爱的方式。如今我知道这辈子是看不到它了，甚至我的孙子辈也可能得生活在国家与列强的同样争拗不休的傲慢中——这种傲慢将这片大陆毁损了那么久，被歌德贬称为"过剩的记忆、徒然无益的冲突"。如今我意识到，50年前我在这儿感觉到的乡愁，并非对一个失落的欧洲，而是对一个从未有过并且迄今仍未实现的欧洲。

FIFTY YEARS OF EUROPE
AN ALBUM
JAN MORRIS

2

欧罗巴万岁!

　　但在这个永远神奇永远重要的世界一角中,我们仍然能够怀揣希望和做出努力,并对我们当下的已达之境表示感激。多年前的一天晚上,我和一个朋友登上一艘从斯普利特沿达尔马提亚海岸开来的、停在的里雅斯特湾的帆船。如今没有这种船了。它是欧洲人实际使用的最后一代帆船,船首钝,船幅宽,有祈愿好运的红帆和船头画出的大眼睛。我们只带了几瓶便宜的汽酒,再拿不出任何更好的东西,于是就在那宽阔的港口里,在温柔摇晃的船上,同船长一起喝掉了酒。他倚靠在一卷绳子上,向天上聚集的星星敞开心怀,对着夜空唱起悲哀的普契尼咏叹调。"欧罗巴万岁!"我的叫声像在埃皮达鲁斯那天[1]一样几乎没什么回应。

---

[1] 见第3章第47节。

湖 岸
Hu'an publications®

出版统筹_ 唐 奂
产品策划_ 景 雁
特约编辑_ 周 赟　赵 芳
责任编辑_ 蔡 欣
统筹编辑_ 柴晶晶
营销编辑_ 宋 来　王雅伟　李嘉琪
特约营销_ 张 璇　王诗云
装帧设计_ 尚燕平
美术编辑_ 常 亭　陆宣其
责任印制_ 陈瑾瑜

🐦 @huan404
◎ 湖岸 Huan
www.huan404.com

联系电话_ 010-87923806
投稿邮箱_ info@huan404.com

感谢您选择一本湖岸的书
欢迎关注"湖岸"微信公众号